D0008812

Robin Cook estudió medicina en la Universidad de Co-
efectuó sus prácticas profesionales en Harvard.
escritor, es el más brillante autor de literatura de
terror inspirada en la ciencia médica. Sus obras se convier-
invariablemente en *best sellers* mundiales, y muchas
han sido adaptadas al cine. Es autor de libros tan
exitosos como *Cromosoma 6*, *Toxina*, *Abducción*, *Vector*,
Contagio, *Signos vitales*, *Mutación*, *La manipu-*
las mentes, *Miedo mortal*, entre otros.

Biblioteca

ROBIN COOK

Convulsión

Traducción de
Alberto Coscarelli

DeBOLSILLO

Título original: *Seizure*
Diseño de la portada: Departamento de diseño de Random House Mondadori
Fotografía de la portada: © Roger Ressmeyer/Corbis

Primera edición en DeBOLS!LLO en España, 2005
Primera edición para EE.UU., 2006

ISBN: 0-307-34823-7

Fotocomposición: Comptex & Ass., S. L.

Impreso en México/ *Printed in Mexico*

Distributed by Random House, Inc.

AGRADECIMIENTOS

Lo mismo que con muchas de mis novelas, en particular aquellas que tratan con conocimientos que exceden mis estudios de química y de medicina en el campo de la cirugía y la oftalmología, me he beneficiado enormemente de la erudición profesional, la sabiduría y la experiencia de mis amigos y de los amigos de mis amigos a la hora de buscar documentación, planear y escribir *Convulsión*, que toca temas de medicina, biotecnología y política. Una multitud de personas han sido extraordinariamente generosas con su valioso tiempo y conocimientos. Aquellos a los que quiero manifestar mi agradecimiento son (en orden alfabético):

Jean Cook, MSW, CAGS: una psicóloga, una lectora muy perceptiva, una crítica valiente y una valiosa tabla de resonancia.

Joe Cox, J.D., LLM: un dotado abogado experto en impuestos además de lector de obras de ficción, que lo sabe todo de las estructuras corporativas, la financiación y los temas legales internacionales.

Gerald Doyle, M.D.: un comprensivo internista forjado en un molde de épocas pasadas, con una lista de referencia de primer orden de médicos clínicos de éxito.

Orrin Hatch, J.D.: un venerado senador de Utah, quien me permitió generosamente conocer de primera mano un día típico en la vida de un senador y me obsequió con divertidas historias de senadores cuyas biografías fueron una magnífica fuente para crear a mi ficticio Ashley Butler.

Robert Lanza, M.D.: una dínamo humana que lucha incansablemente por cerrar la brecha entre la medicina clínica y la biotec-nología del siglo XXI.

Valerio Manfredi, Ph. D.: un entusiasta arqueólogo y escritor italiano, quien generosamente se ocupó de las presentaciones y de preparar mi visita a Turín, Italia, para documentarme sobre el extraordinario Santo Sudario de Turín.

PRÓLOGO

El lunes, 22 de febrero de 2001, fue uno de esos días de mediados de invierno sorprendentemente cálidos que profetizaban falsamente la llegada de la primavera para los habitantes de la costa atlántica. El sol brillaba desde Maine hasta la punta de los cayos de Florida, y asombrosamente ofrecía una diferencia de temperatura entre uno y otro extremo inferior a los diez grados centígrados. Estaba destinado a ser un día normal y feliz para la gran mayoría de los habitantes de este extenso litoral, aunque para dos individuos excepcionales marcaría el comienzo de una serie de acontecimientos que, en última instancia, harían que sus vidas se cruzaran trágicamente.

Hora: 13.35
Cambridge, Massachusetts

Daniel Lowell apartó la mirada de la hoja rosa que tenía en la mano. Había dos cosas en la nota que la hacían única: primero, la persona que había hecho la llamada era el doctor Heinrich Wortheim, director del departamento de química de Harvard, que reclamaba la presencia del doctor Lowell en su despacho, y segundo, la casilla de URGENTE aparecía marcada con una cruz. El doctor Wortheim siempre se comunicaba por carta y esperaba recibir una respuesta escrita. Como uno de los más eminentes químicos mundiales que ocupaba el sillón directivo del lujoso y muy bien remunerado departamento de Harvard, era un personaje ex-céntricamente napoleónico. En contadas ocasiones trataba direc-tamente con el vulgo que incluía a Daniel, a pesar de que Daniel era el titular de su propio departamento, sometido a la autoridad de Wortheim.

—¡Eh, Stephanie! —gritó Daniel a través del laboratorio—. ¿Has visto el aviso de llamada que está en mi mesa? Es del empe-rador. Quiere verme en su despacho.

Stephanie apartó la cabeza de los oculares del estereomicros-copio que estaba utilizando y miró a Daniel.

—No tiene buena pinta —comentó.

—Tú no le dijiste nada, ¿verdad?

—¿Cómo podría tener la oportunidad de decirle nada? Solo le he visto en dos ocasiones mientras hice el doctorado: cuando defendí la tesis y cuando me entregó el diploma.

—Seguramente se huele algo de nuestros planes —opinó Da-niel—. Supongo que no debería sorprenderme, si tengo en cuenta la cantidad de personas con las que he hablado para que formen parte de nuestro consejo científico asesor.

—¿Piensas ir?

—No me lo perdería por nada del mundo.

Solo era un breve paseo desde el laboratorio hasta el edificio que albergaba las dependencias administrativas del departamento. Daniel tenía claro que caminaba hacia una confrontación, pero en realidad no le importaba. Al contrario, era algo que esperaba con interés.

En cuanto Daniel entró en la oficina, la secretaria del departa-mento le indicó que pasara sin más al despacho de Wortheim. El viejo ganador del Nobel le esperaba sentado al otro lado de su mesa escritorio antigua. Los cabellos blancos y el rostro afilado hacían que Wortheim pareciera más viejo de los setenta y dos años que decía tener. Pero su apariencia no disminuía en nada su autori-taria personalidad, que irradiaba de él como un campo magnético.

—Por favor, siéntese, doctor Lowell —dijo Wortheim, que miró a su visitante por encima de las gafas de montura metálica. Aún conservaba un muy leve rastro de acento alemán a pesar de que había vivido casi toda su vida en Estados Unidos.

Daniel aceptó la invitación. Era consciente de que una débil y despreocupada sonrisa, que sin ninguna duda no escaparía a la mirada del director del departamento, se mantenía en su rostro. A pesar de su edad, las facultades de Wortheim seguían siendo tan agudas como siempre y atentas a cualquier desliz. El hecho de que Daniel tuviera que rendir pleitesía a este dinosaurio era en parte el motivo de haber acertado en su decisión de abandonar la vida académica. Wortheim era brillante, y había obtenido el premio Nobel, pero continuaba empantanado en la química inorgánica sintética del siglo pasado. La química orgánica en forma de proteína y sus respectivos genes era el presente y el futuro del campo.

Fue Wortheim quien rompió el silencio después del cruce de miradas entre los dos hombres.

—Deduzco de su expresión que los rumores son ciertos.

—¿Podría ser un poco más específico? —replicó Daniel. Quería tener la seguridad de que sus sospechas eran correctas. No pensaba hacer el anuncio hasta dentro de un mes.

—Ha estado formando un consejo de asesores científicos —añadió Wortheim. Dejó la silla y comenzó a pasearse por el despacho—. Un consejo asesor solo puede significar una cosa. —Se detuvo para mirar a Daniel con un desdén hostil—. Tiene la intención de presentar su renuncia, y ha fundado o está a punto de fundar una empresa.

—Culpable con todas las de la ley —proclamó Daniel. No pudo evitar una sonrisa de oreja a oreja mientras el rostro de Wortheim mostraba un color rojo subido. Era evidente que Wortheim equiparaba su proceder con la traición cometida por Benedict Arnold durante la guerra de la Independencia norteamericana.

—Hice lo imposible en su favor cuando lo contratamos —replicó Wortheim, furioso—. Incluso le construimos el laboratorio que exigió:

—No me llevaré su dichoso laboratorio —manifestó Daniel. No podía creer que Wortheim intentara hacerle sentirse culpable.

—Su insolencia es insultante.

—Podría disculparme, pero no sería sincero.

Wortheim volvió a sentarse.

—Su marcha me pondrá en una situación difícil como presidente de la universidad.

—Lo siento mucho, y esta vez lo digo con toda sinceridad. Pero todos esos tejemanejes burocráticos forman parte de las razones por las que no lamentaré abandonar la vida académica.

—¿Qué más?

—Estoy harto de sacrificar mis investigaciones para dedicarme a la enseñanza.

—Usted es uno de los que menos clases dan de todo el departamento. Fue algo que negociamos cuando se sumó al equipo.

—Así y todo me roba tiempo a mi trabajo. Sin embargo, no es ese el tema principal. Quiero recoger los beneficios de mi creatividad. Ganar premios y publicar artículos en las revistas científicas no es suficiente.

—Quiere convertirse en una celebridad.

—Supongo que esa es una manera de decirlo. El dinero tampoco me vendrá nada mal. ¿Por qué no? Hay personas con la mitad de mi talento que lo han hecho.

—¿Alguna vez ha leído *Arrowsmith* de Sinclair Lewis?

—No tengo muchas ocasiones de leer novelas.

—Quizá tendría que buscarse un hueco para hacerlo —sugirió Wortheim despectivamente—. Pudiera ser que se replanteara su decisión antes de que sea irreversible.

—Ya lo he pensado todo lo que hacía falta y más. Creo que es lo correcto.

—¿Quiere saber mi opinión?

—Me parece que ya sé cuál es su opinión.

—Creo que será un desastre para ambos, pero sobre todo para usted.

—Muchas gracias por sus palabras de aliento —dijo Daniel. Se levantó—. Nos veremos por el campus —añadió, y luego salió del despacho.

Hora: 17.15
Washington

—Gracias a todos por venir a verme —manifestó el senador Ashley Butler con su cordial deje sureño. Con una sonrisa pintada en su rostro fofo, estrechó las manos de un grupo de hombres y mujeres de expresión ansiosa que se habían levantado al unísono en el momento en que entró en su pequeña sala de reuniones en el edificio del Senado en compañía del jefe de su equipo. Los visitantes estaban agrupados alrededor de la mesa que ocupaba el centro de la sala. Eran los representantes de una organización de pequeños empresarios de la capital del estado del senador que pretendían conseguir una reducción de impuestos, o quizá una rebaja en los seguros. El senador no recordaba exactamente cuál de las dos, y no figuraba en su agenda como correspondía. Tendría que llamarle la atención al encargado de su despacho por el fallo—. Lamento llegar tarde —añadió mientras estrechaba vigorosamente la mano del último de los visitantes—. Esperaba con gran interés la ocasión de reunirme con ustedes, y quería ser puntual, pero hoy ha sido uno de esos días en que todo se complica. —Puso los ojos en blanco para dar más énfasis a la disculpa—. Desafortunadamente, debido a la hora y a otro compromiso urgente, no puedo quedarme. Lo siento. De todas maneras, les dejo con Mike. Es fabuloso.

El senador dio una palmada en el hombro del miembro de su equipo asignado a atender al grupo, e insistió en que el joven se acercara hasta que sus muslos tocaron el borde de la mesa.

—Mike es el mejor de mis ayudantes. Él escuchará sus problemas y después me informará. Estoy seguro de que podemos ayudarlos, y queremos hacerlo.

El senador volvió a palmear varias veces el hombro de Mike, y le dedicó una sonrisa de admiración como si fuese un padre orgulloso en la graduación de su hijo.

Los visitantes agradecieron a coro la atención del senador al recibirlos, sobre todo a la vista de su recargada agenda. Todos los rostros mostraban idénticas sonrisas de entusiasmo. Si los había desilusionado la brevedad de la visita y el hecho de que hubiesen tenido que esperar casi media hora, no lo demostraron en lo más mínimo.

—Ha sido un placer —afirmó Ashley—. Estamos aquí para servir. —Se volvió para dirigirse a la puerta. Antes de salir, repitió un gesto de despedida. Los visitantes de su estado le respondieron de la misma guisa.

—Ha sido fácil —le murmuró Ashley a Carol Manning, su jefa de personal, que había salido de la sala al mismo tiempo que su jefe—. Tenía miedo de que me retuvieran con una letanía de historias a cuál más penosa y unas peticiones imposibles de atender.

—Parecían unas personas agradables —comentó Carol con un tono vago.

—¿Crees que Mike podrá apañárselas con ellos?

—No lo sé —admitió Carol—. No lleva mucho tiempo por aquí, así que no tengo idea.

El senador caminó con paso rápido por el largo pasillo hacia su despacho privado. Miró su reloj. Eran las cinco y veinte.

—Supongo que tienes presente dónde me llevarás ahora.

—Por supuesto. Vamos de nuevo a la consulta del doctor Whitman.

El senador miró a Carol con una expresión de reproche al tiempo que apoyaba el índice en sus labios.

—No es una información para consumo general —susurró, irritado.

Sin hacer el menor caso de su jefa de despacho, Dawn Shackelton, Ashley cogió al vuelo las hojas que ella le ofreció cuando pasó junto a su mesa y entró en su despacho. En las hojas aparecían un esbozo de las actividades del día siguiente junto con una lista de las llamadas recibidas durante el tiempo que había estado en la sala de sesiones para una votación de última hora, y la transcripción de una entrevista improvisada con alguien de la CNN que lo había pillado en los pasillos.

—Será mejor que vaya a buscar el coche —dijo Carol después de mirar la hora en su reloj—. Tenemos que estar en la consulta a las seis y media, y nadie sabe cómo estará el tráfico cuando salgamos de aquí.

—Buena idea. —Ashley fue a sentarse en su silla mientras leía la lista de llamadas.

—¿Le recojo en la esquina de C y la Segunda?

El senador respondió con un gruñido. Varias de las llamadas eran importantes, dado que las habían hecho los jefes de algunos de sus muchos comités de acción política. Para él, recaudar fondos era la parte más importante de su trabajo, sobre todo cuando tenía por delante la campaña para la reelección en noviembre del año siguiente. Escuchó el suave chasquido de la puerta cuando salió Carol. Por primera vez en todo el día, se encontró inmerso en el silencio. Miró en derredor. También, por primera vez en todo el día, estaba solo.

Inmediatamente, la ansiedad que había notado en cuanto había abierto los ojos aquella mañana se extendió por todo su cuerpo como un incendio fuera de control. La notaba desde la boca del estómago a la punta de los dedos. Nunca le había gustado ir al médico. Cuando era un niño, había sido sencillamente el miedo a las inyecciones o a cualquier otra experiencia dolorosa o vergonzante. Pero a medida que se había hecho mayor, el miedo había cambiado y se había convertido en más fuerte y angustioso. Visitar al médico se había convertido en un desagradable recordatorio de su mortalidad y el hecho de que ya no era un jovenzuelo. Ahora era como si el mero hecho de acudir al médico aumentase las posibilidades de tener que enfrentarse a algún diagnóstico espantoso como el cáncer o, peor todavía, el síndrome de Lou Gehrig.

Unos pocos años atrás, a uno de los hermanos de Ashley le habían diagnosticado dicha enfermedad después de experimentar unos vagos síntomas neurológicos. Tras el diagnóstico, el hombre, de recia complexión física y aficionado a los deportes, que había sido la viva imagen de la salud, se había convertido rápidamente en un inválido y había fallecido en cuestión de meses ante la impotencia de los médicos.

Ashley dejó los papeles sobre la mesa con aire ausente y miró a la distancia. Él también había comenzado a tener unos vagos síntomas neurológicos desde hacía un mes. Al principio no les había hecho caso, y los había atribuido al estrés del trabajo, a beber demasiado café o a no haber dormido bien. Los síntomas eran más o menos claros pero nunca desaparecían del todo. En realidad, poco a poco parecían ir empeorando. Lo más preocupante eran los temblores intermitentes en su mano izquierda. En algunas ocasiones había tenido que sujetarla con la derecha para evitar que alguien se diera cuenta. Después estaba la sensación de tener arena en los ojos, cosa que les hacía lloriquear de una forma llamativa. Por último, había una ocasional sensación de rigidez que le obligaba a realizar un esfuerzo físico y mental para levantarse y caminar.

Una semana antes, el problema le había impulsado a ver a un médico a pesar de su supersticiosa renuencia a hacerlo. No había acudido al Walter Reed o al Centro Médico Naval de Bethesda. También tenía miedo de que los periodistas descubrieran que algo no iba bien. Ashley no quería esa clase de publicidad. Después de casi treinta años en el Senado se había convertido en una fuerza para tener en cuenta, a pesar de su reputación como un obstruccionista que regularmente incumplía con las orientaciones de su partido. Gracias a su apoyo a cuestiones fundamentalistas y populistas como los derechos de los estados y la oración en las escuelas, además de su postura en contra de la acción afirmativa y el aborto, había conseguido desdibujar las posturas del partido al tiempo que se había hecho con una legión de partidarios cada vez mayor. La reelección para el Senado no le plantearía ningún problema gracias a su bien aceitada maquinaria política. La meta de Ashley era presentarse a candidato a la Casa Blanca en el 2004. No necesitaba que nadie se interesara o hiciera correr rumores referentes a su salud.

En cuanto superó su renuencia a buscar una opinión profesional, Ashley fue a visitar a un internista particular en Virginia que ya le había atendido en el pasado y que era un modelo de discreción. El internista a su vez lo había enviado inmediatamente al doctor Whitman, un neurólogo.

El doctor Whitman no había querido comprometerse, aunque después de escuchar los miedos específicos de Ashley, había manifestado sus dudas de que el problema pudiera estar relacionado con el síndrome de Lou Gehrig. Después de una revisión a fondo y de enviarle a que le hicieran una serie de pruebas, incluida una resonancia magnética, el médico no le había ofrecido un diagnóstico sino que le había recetado una medicación para ver si le aliviaba los síntomas. Luego le había dicho que volviera al cabo de una semana cuando ya dispondría de los resultados de las pruebas. Añadió que quizá para entonces ya estaría en condiciones de darle un diagnóstico. Era esta visita la que tanto preocupaba ahora a Ashley.

El senador se pasó la mano por la frente. Sudaba a pesar de la temperatura fresca de la habitación. Notaba el pulso acelerado. ¿Qué pasaría si al final tenía el síndrome? ¿Qué pasaría si tenía un tumor cerebral? A principios de los setenta, cuando Ashley era senador de su estado, uno de sus colegas había sido víctima de un tumor cerebral. Intentó en vano recordar cuáles habían sido los síntomas. Lo único que recordaba era haber visto cómo el hombre se convertía en una sombra de sí mismo antes de morir.

La puerta de la oficina exterior se abrió y Dawn asomó la cabeza que mostraba un peinado impecable.

—Carol acaba de llamar por el móvil. Estará en el punto de encuentro en cinco minutos.

Ashley asintió. Afortunadamente, se levantó sin dificultad. El hecho de que la medicación que le había recetado el doctor Whitman parecía haber obrado un milagro era para él la única nota alegre de todo el asunto. Los síntomas que tanto le preocupaban habían desaparecido salvo un ligero temblor de la mano cuando faltaban unos minutos para tomar la dosis. Si el problema se podía tratar con tanta facilidad, quizá no tendría sentido preocuparse tanto. Al menos eso fue lo que se dijo para convencerse.

Carol, tal como esperaba Ashley, se presentó puntualmente. Llevaba trabajando con él los últimos dieciséis años de su casi treinta en el Senado, y una y otra vez le había dado sobradas muestras de su capacidad, su dedicación, y su lealtad. Mientras se dirigían a Virginia, Carol intentó aprovechar el tiempo del viaje para discutir los acontecimientos del día y la agenda del día siguiente, pero no tardó en darse cuenta de que Ashley no le prestaba atención y guardó silencio. Así que se concentró en conducir en medio de un tráfico infernal.

La ansiedad de Ashley fue en aumento a medida que se acercaban a la consulta. Cuando se apeó del coche, estaba bañado en sudor. El senador había aprendido a lo largo de los años a escuchar a su intuición, y ahora sonaban todos los timbres de alarma. Había algo malo en su cerebro, él lo sabía, y lo que hacía ahora era pretender negarlo.

La cita había sido fijada para conveniencia de Ashley después del horario normal de la consulta, y un silencio sepulcral reinaba en la desierta sala de espera. La única luz la suministraba la pequeña lámpara en la mesa de la recepcionista. Ashley y Carol esperaron un momento, sin saber qué hacer. Luego se abrió una puerta y la brillante luz de los fluorescentes inundó la sala. En el umbral apareció la silueta recortada del doctor Whitman.

—Lamento esta bienvenida poco hospitalaria —manifestó el doctor Whitman—. Todo el mundo se ha ido a casa. —Accionó el interruptor. Vestía una impecable bata blanca. Su actitud era absolutamente profesional.

—No es necesario que se disculpe —respondió Ashley—. Agradecemos su discreción. —Miró el rostro del médico, con la ilusión de ver algo en su expresión que pudiera interpretarse como un buen augurio. No vio nada.

—Senador, por favor pase a mi despacho. —El doctor Whitman hizo un gesto—. Señorita Manning, si tuviese usted la bondad de esperar aquí...

El despacho del médico era un ejemplo de la pulcritud compulsiva. El mobiliario consistía en una mesa y dos sillas para los pacientes. Los objetos sobre la mesa estaban cuidadosamente alineados, mientras que los libros en la estantería estaban ordenados por su tamaño.

El doctor Whitman le señaló una de las sillas antes de sentarse. Apoyó los codos en la mesa, y unió las puntas de los dedos. Esperó a que el senador se sentara antes de mirarlo. Hubo una pausa inquietante.

Ashley nunca se había sentido tan incómodo. Su ansiedad había llegado al límite. Había dedicado la mayor parte de su vida a conseguir el poder, y lo había conseguido en una medida que superaba todas sus expectativas. Sin embargo, en este momento, estaba absolutamente indefenso.

—Me comentó cuando hablamos por teléfono que la medicación le había ayudado —comenzó el doctor Whitman.

—Ha sido fantástico —exclamó Ashley, que se animó inmediatamente al ver que el doctor Whitman había comenzado por el lado positivo—. Han desaparecido casi todos los síntomas.

El médico asintió como si hubiese esperado la respuesta afirmativa. Su expresión continuó siendo indescifrable.

—Yo hubiese dicho que es una buena noticia —añadió el senador.

—Nos ayuda a formular el diagnóstico —replicó el doctor Whitman.

—Bueno... ¿qué es? —preguntó Ashley después de una pausa que se le hacía eterna—. ¿Cuál es el diagnóstico?

—La medicación contiene levadopa —respondió el médico con el tono de un profesor—. El cuerpo la convierte en dopamina, que es una sustancia activa en la transmisión neuronal.

Ashley respiró con fuerza. Un súbito estallido de rabia amenazó con salir a la superficie. No quería que le dieran una conferencia, como si fuese un estudiante. Quería un diagnóstico. Tenía la sensación de que el médico jugaba con él como un gato que juega con un ratón acorralado.

—Ha perdido unas cuantas células que actúan en la producción de la dopamina —prosiguió el doctor Whitman—. Estas células están en una parte de su cerebro que recibe el nombre de *substancia nigra*.

Ashley levantó las manos como si se rindiera. Suprimió el deseo de cantarle cuatro frescas y tragó saliva.

—Doctor, vayamos al grano. ¿Cuál es el diagnóstico?

—Estoy seguro en un noventa y cinco por ciento que tiene usted la enfermedad de Parkinson —contestó el médico. Se echó hacia atrás. Un chirrido de la silla acompañó al movimiento.

Ashley permaneció callado durante unos momentos. No sabía gran cosa de la enfermedad de Parkinson, pero no sonaba bien. En su mente aparecieron las imágenes de algunos famosos que padecían la enfermedad. Al mismo tiempo, respiró más tranquilo al saber que no tenía un tumor cerebral o el síndrome de Lou Gehrig. Se aclaró la garganta.

—¿Es algo que se puede curar? —se permitió preguntar.

—En la actualidad no tiene cura —respondió el doctor Whitman—. Pero como usted ha podido comprobar con la medicación que le receté, se puede controlar durante un tiempo.

—¿Eso qué significa?

—Podemos mantenerle relativamente libre de los síntomas durante un tiempo, quizá un año, o quizá más. Desafortunadamente, dado su historial de unos síntomas que se desarrollan relativamente rápido, diría, de acuerdo con mi experiencia, que los medicamentos perderán su efectividad a un ritmo más rápido que en muchos otros pacientes. A partir de ese momento, la enfermedad le irá debilitando progresivamente. No nos quedará otra cosa que enfrentarnos a cada circunstancia a medida que aparezca.

—Esto es un desastre —murmuró Ashley. Se sentía abrumado por las implicaciones. Sus peores temores se habían convertido en realidad.

1

Miércoles, 20 de febrero de 2002. Hora: 18.30.
Un año más tarde.

A Daniel Lowell le pareció que el taxi se había detenido inútil-
mente en el mismo centro de la calle M en Georgetown, Washington, una arteria de cuatro carriles con un tráfico endemoniado.
A Daniel nunca le había gustado viajar en taxi. Le parecía el colmo
de la ridiculez confiarle la vida a un desconocido que casi siempre
provenía de algún distante país del Tercer Mundo y que frecuentemente parecía más interesado en hablar por su teléfono móvil
que en estar atento a la conducción. Estar sentado en medio de la
calle M en hora punta, en la oscuridad y con los coches que pasaban a gran velocidad por ambos lados mientras el conductor
hablaba desaforadamente en un idioma desconocido era la encar-
nación de sus pesadillas. Daniel miró a Stephanie. Parecía relajada
y le sonrió en la penumbra. Ella le apretó la mano cariñosamente.

Solo cuando se inclinó hacia delante para mirar a través del
parabrisas Daniel vio el semáforo que permitía un giro a la izquierda en mitad de la manzana. Al mirar al otro lado de la calle,
vio una entrada de coches que conducía a un edificio que parecía
una caja sin ninguna característica especial.

—¿Ese es el hotel? —preguntó Daniel—. Si lo es, no se parece
mucho a un hotel.

—Esperemos a hacer nuestra evaluación hasta que disponga-
mos de más datos —respondió Stephanie, con un tono juguetón.

Cambió la luz y el taxi salió disparado como un caballo de carreras en la salida. El conductor sujetaba el volante con una sola
mano mientras aceleraba en el giro. Daniel se sujetó para no verse

lanzado contra la puerta del coche. Después de un gran salto al atravesar el desnivel entre la calle y el camino de entrada, y otro violento giro a la izquierda para situarse debajo de la marquesina, el conductor frenó con la brusquedad necesaria para tensar el cinturón de seguridad de Daniel. Un segundo más tarde, se abrió la puerta de Daniel.

—Bienvenidos al Four Seasons —les saludó alegremente un portero de librea—. ¿Se alojarán ustedes en el hotel?

Daniel y Stephanie dejaron el equipaje en manos del portero, entraron en el vestíbulo y se dirigieron a la recepción. Pasaron junto a una serie de esculturas dignas de un museo de arte moderno. La alfombra era gruesa y mullida. Casi todas las butacas de terciopelo estaban ocupadas por personas vestidas con mucha elegancia.

—¿Cómo me has convencido para que me aloje aquí? —preguntó Daniel—. El exterior puede ser feo, pero el interior sugiere que esto no tiene nada de barato.

Stephanie obligó a Daniel a detenerse.

—¿Pretendes sugerir que has olvidado nuestra conversación de ayer?

—Ayer hablamos de mil cosas —murmuró Daniel. Se fijó en una mujer que pasó a su lado con un caniche en brazos y que lucía una alianza con un diamante del tamaño de una pelota de pingpong.

—¡Sabes perfectamente bien a qué me refiero! —proclamó Stephanie. Sujetó la barbilla de Daniel y le obligó a girar la cara—. Decidimos sacar el máximo provecho de este viaje. Nos quedaremos dos noches en este hotel. Vamos a disfrutarlo y espero que disfrutemos también el uno del otro.

Daniel no pudo evitar la sonrisa al captar la divertida lujuria de Stephanie.

—Mañana tendrás que responder a las preguntas del subcomité de política sanitaria del senador Butler, y no será precisamente una experiencia agradable —añadió Stephanie—. Eso está claro. Pero a pesar de lo que pase allí, al menos vamos a llevarnos de regreso a Cambridge el recuerdo de unos momentos gloriosos.

—¿No podríamos haber disfrutado de unos momentos gloriosos en algún hotel un poco menos extravagante?

—Ni hablar —declaró Stephanie—. Aquí hay gimnasio, masajistas y un servicio de habitaciones de primera. Nosotros lo aprovecharemos todo. Así que relájate y deja de sufrir. Además, yo pagaré la cuenta.

—¿Lo harás?

—¡Claro que sí! Con el sueldo que estoy cobrando, me parece justo devolverle una parte a la compañía.

—¡Ese ha sido un golpe bajo! —exclamó Daniel con un tono divertido, al tiempo que fingía apartarse de una bofetada imaginaria.

—Escucha —dijo Stephanie—. Sé que la compañía no ha podido pagarnos nuestros sueldos durante un tiempo, pero me ocuparé de que este viaje lo carguen a la cuenta de gastos de la compañía. Si mañana las cosas salen mal, algo que es muy posible, dejaremos que cuando nos declaremos en quiebra el juzgado decida cuánto cobrará el Four Seasons por nuestra indulgencia.

La sonrisa de Daniel dio paso a una franca carcajada.

—¡Stephanie, nunca dejas de sorprenderme!

—Todavía no has visto nada —replicó Stephanie con una sonrisa—. La pregunta es: ¿Vas a desmelenarte o qué? Incluso en el taxi, vi que estabas tenso como la cuerda de una guitarra.

—Eso fue porque me preocupaba saber si llegaríamos aquí sanos y salvos, y no cómo íbamos a pagar todo esto.

—Vamos, manirroto —dijo Stephanie, y empujó suavemente a Daniel hacia la recepción—. Subamos a nuestra suite.

—¿Suite? —exclamó Daniel, mientras se dejaba arrastrar hacia la recepción.

Stephanie no había exagerado. La habitación daba a una parte del Chesapeake y al canal de Ohio, con el río Potomac al fondo. En la mesa de centro de la sala había un cubo de hielo con una botella de champán. En la cómoda del dormitorio y en la repisa del enorme cuarto de baño de mármol había jarrones con flores frescas.

En cuanto salió el botones, Stephanie abrazó a Daniel. Sus ojos oscuros miraron los ojos azules del hombre. Una leve sonrisa apareció en sus labios carnosos.

—Sé que te preocupa mucho lo de mañana —comenzó—, así que te propongo una cosa. ¿Qué te parece si me dejas a mí a cargo de todo? Ambos sabemos que de aprobarse el proyecto de ley del senador Butler tu brillante procedimiento se convertirá en ilegal, tras lo cual cancelarán el segundo tramo de la financiación de la compañía, con las lógicas y desastrosas consecuencias. Dicho esto, y ahora que lo tenemos claro, vamos a olvidarnos de todo por esta noche. ¿Puedes hacerlo?

—Puedo intentarlo —manifestó Daniel, aun a sabiendas de que sería imposible. El fracaso era algo que le aterrorizaba.

—Eso es todo lo que te pido —insistió Stephanie. Le dio un beso antes de ocuparse de abrir el champán—. ¡Este es el programa! Nos tomaremos una copa, y luego a la ducha. Luego, iremos a un restaurante que se llama Critonelle que según me han dicho es fantástico, y donde ya tenemos reservada una mesa. Después de una maravillosa cena, volveremos aquí y haremos el amor hasta el agotamiento. ¿Qué dices?

—Que estaría loco si pusiera pegas —replicó Daniel, y levantó las manos como si se rindiera.

Stephanie y Daniel vivían juntos desde hacía algo más de dos años. Se habían fijado el uno en el otro a mediados de los ochenta, cuando Daniel había vuelto a la vida académica y Stephanie estudiaba biología en Harvard. Ninguno de los dos había hecho nada para satisfacer su mutua atracción porque las relaciones entre profesores y alumnos estaban en contra de la política universitaria. Además, ninguno de los dos tenía la menor idea de que sus sentimientos eran recíprocos, al menos hasta que Stephanie había completado su doctorado y había entrado a formar parte del profesorado, cosa que les había dado la oportunidad de tratarse en un nivel más igualado. Incluso sus respectivas áreas científicas se complementaban. Cuando Daniel abandonó la universidad para fundar su compañía, fue algo absolutamente natural que Stephanie lo acompañara.

—No está nada mal —opinó Stephanie cuando acabó la copa y la dejó en la mesa—. ¡Venga! Sorteemos a quién le toca primero la ducha.

—No hace falta sortearlo —dijo Daniel. Dejó su copa junto a la de Stephanie—. Te la cedo. Tú primero. Mientras te duchas, yo me afeitaré.

—Trato hecho.

Daniel no sabía si era el champán o el entusiasmo contagioso de Stephanie pero se sentía mucho menos tenso, aunque no menos preocupado, mientras se enjabonaba la cara y comenzaba a afeitarse. Como solo había tomado una copa, decidió que era Stephanie. Tal como ella había comentado, quizá mañana se produciría el desastre, un miedo que le recordaba inquietantemente la profecía de Heinrich Wortheim el día en que había descubierto que Daniel se reincorporaba a la industria privada. En cualquier caso, Daniel intentaría que dichos pensamientos no le estropearan la visita, al menos por esta noche. Intentaría dejarse llevar por Stephanie y divertirse.

Al mirar en el espejo más allá de su rostro enjabonado, vio la sombra de la silueta de Stephanie a través de la mampara de la bañera empañada de vapor. Escuchó la canción que cantaba por encima del estruendo del agua. Tenía treinta y seis años pero aparentaba diez años menos. Tal como él le había comentado en más de una ocasión, había sido afortunada en la lotería genética. Su alta y bien formada figura era delgada y firme como si hiciera gimnasia a diario, cosa que no hacía, y su piel morena no tenía casi ninguna imperfección. La abundante cabellera oscura a juego con los ojos negro azabache completaban la figura.

Stephanie abrió la puerta de la mampara y salió de la ducha. Se secó el cabello enérgicamente, sin preocuparse en absoluto de su desnudez. Durante un momento se dobló por la cintura para dejar que los cabellos colgaran libremente mientras se los secaba frenéticamente con la toalla. Luego se levantó bruscamente para que sus cabellos volaran hacia atrás como un caballo que sacude las crines. Cuando comenzó a secarse la espalda con un provocativo meneo de las caderas, vio que Daniel la miraba en el reflejo del espejo. Se detuvo.

—¡Eh! —exclamó—. ¿Qué miras? Se supone que te estás afeitando. —De pronto sintió vergüenza y se envolvió rápidamente con la toalla como si fuese un minivestido sin tirantes.

Daniel superó la vergüenza de haber sido sorprendido como un mirón; dejó la maquinilla de afeitar y se acercó a Stephanie. La sujetó por los hombros y miró sus ojos que parecían hechos de ónice líquido.

—No he podido evitarlo. Eres terriblemente sensual y absolutamente seductora.

Stephanie inclinó la cabeza hacia un lado para mirar a Daniel desde una nueva perspectiva.

—¿Estás bien? —le preguntó.

—Muy bien —respondió Daniel, y se echó a reír.

—¿No habrás vuelto al salón para pulirte la botella de champán tú solo?

—Lo digo en serio.

—No has dicho nada parecido desde hace meses.

—Decir que me carcomía la preocupación es poco. Cuando se me ocurrió fundar la compañía, nunca imaginé que conseguir fondos me ocuparía el ciento diez por ciento de mis esfuerzos. Ahora, como si aquello fuese poco, aparece esta amenaza política, que bien podría acabar destrozando toda la operación.

—Lo comprendo. De verdad que sí, y no me lo he tomado como algo personal.

—¿De verdad que han pasado meses?

—Confía en mí —dijo Stephanie, y asintió con la cabeza para recalcar las palabras.

—Me disculpo, y como muestra de mi arrepentimiento, me gustaría presentar una moción para cambiar el programa de la noche. Propongo que nos vayamos a la cama ahora mismo, y dejemos la cena para más tarde. ¿Alguien la secunda?

Daniel se inclinó para darle a Stephanie un beso juguetón, pero ella le apartó el rostro enjabonado apoyando la punta de su dedo índice en la nariz. Su expresión sugería que tocaba algo en extremo repugnante, sobre todo mientras se limpiaba la espuma que le manchaba el dedo en el hombro de su compañero.

—Las reglas parlamentarias no conseguirán que esta dama se pierda una buena cena —afirmó—. Me costó lo mío conseguir la reserva, así que se mantienen los planes para la noche tal como se votaron y aprobaron en su momento. ¡Ahora acaba de afeitarte! —Le dio un vigoroso empujón hacia el lavabo, y ella ocupó el contiguo para secarse el cabello.

—Bromas aparte —gritó Daniel para hacerse escuchar por encima del aullido del secador cuando acabó de afeitarse—. Estás preciosa. Algunas veces me pregunto qué ves en un viejo como yo. —Se hizo un masaje con loción para después del afeitado.

—No se puede decir que nadie con cincuenta y dos años sea viejo —gritó Stephanie a su vez—. Sobre todo cuando se es tan activo como tú. En honor a la verdad, tú también eres muy sexy.

Daniel se miró en el espejo. No tenía mal aspecto, aunque no iba a engañarse a sí mismo con la idea de que era un tipo sexy. Muchos años atrás, se había reconciliado con el hecho de que estaba en el lado negativo de la ecuación de la vida, después de crecer como un prodigio científico desde sexto grado. Stephanie solo pretendía ser amable. Siempre había tenido el rostro delgado, así que al menos no tendría el problema de que le saliera papada o incluso arrugas, salvo algunas discretas patas de gallo en las comisuras de los ojos cuando sonreía. Se había mantenido activo físicamente, aunque no mucho durante los últimos meses, debido al poco tiempo que le dejaba buscar financiación para su compañía. Como miembro del profesorado de Harvard, había aprovechado al máximo las instalaciones deportivas y había frecuentado las canchas de squash y balonmano, además de practicar el remo en el río Charles. A su juicio, el único problema real en su apariencia eran las entradas cada vez más grandes y la calvicie en la coronilla, junto con las canas que salpicaban sus cabellos castaños, pero eso era algo que no podía solucionar.

Cuando terminaron de acicalarse, se pusieron los abrigos, y salieron del hotel guiados por las sencillas indicaciones que les había dado el conserje para ir al restaurante. Cogidos del brazo, caminaron varias manzanas en dirección oeste por la calle M, y pasaron por delante de una amplia variedad de galerías de arte, librerías y tiendas de antigüedades. La noche era fresca pero no demasiado fría y se veían las estrellas en el cielo despejado a pesar de las luces de la ciudad.

En el restaurante un camarero los acompañó hasta una mesa situada en un lateral que les permitía un cierto grado de intimidad en la sala llena a rebosar. Pidieron la comida y una botella de vino, y se dispusieron a disfrutar de una cena romántica. Después de que les hubiesen servido los entrantes y que ambos se divirtieran recordando su mutua atracción antes de que comenzaran a salir, disfrutaron de un cómodo silencio. Desafortunadamente, Daniel lo rompió.

—Quizá no sea el momento más oportuno para sacar a colación el tema... —comenzó.

—Pues entonces no lo hagas —le interrumpió Stephanie, que adivinó de inmediato cuál era el tema.

—Debo hacerlo —replicó Daniel—. De hecho, tengo que hacerlo, y ahora mejor que más tarde. Hace ya unos cuantos días, dijiste que investigarías a nuestro torturador, el senador Ashley Butler, con la intención de encontrar algo que pudiera ayudarme en la audiencia de mañana. Sé que lo hiciste, aunque no has dicho ni pío. ¿Cómo es eso?

—Si no recuerdo mal estuviste de acuerdo en olvidarte de la audiencia por esta noche.

—Acepté intentar olvidarme de la audiencia —le corrigió Daniel—. No le he conseguido. ¿No has sacado el tema porque no has encontrado nada que pueda ayudarme o qué? Ayúdame ahora y nos olvidaremos del asunto durante el resto de la noche.

Stephanie desvió la mirada durante unos segundos mientras ordenaba sus pensamientos.

—¿Qué quieres saber?

Daniel soltó una breve carcajada.

—Me lo estás poniendo más difícil de lo necesario. A fuer de sincero, no sé qué quiero saber, porque no sé ni siquiera lo suficiente como para formular las preguntas.

—El hombre es un hueso.

—Ya teníamos esa impresión.

—Lleva en el Senado desde 1972, y su antigüedad hace que tenga mucha influencia.

—Eso ya me lo suponía, dado que es el presidente del subcomité. Lo que necesito saber es qué lo hace funcionar.

—En mi opinión se acerca mucho al típico demagogo sureño pasado de moda.

—Así que un demagogo —repitió Daniel. Se mordió el interior del carrillo por un momento—. Supongo que debo admitir mi desconocimiento en este punto. He escuchado antes la palabra «demagogo», pero si quieres saber la verdad, no sé exactamente lo que significa más allá de su sentido peyorativo.

—Se refiere a un político que se vale de los prejuicios y los miedos populares para conseguir y retener el poder.

—Te refieres, en este caso, a algo así como la preocupación pública en lo que respecta a la biotecnología en general.

—Así es —admitió Stephanie—. Sobre todo cuando la biotecnología involucra palabras como «embriones» y «clonación».

—Que la gente interpreta como fábricas de embriones y el monstruo de Frankenstein.

—Efectivamente. Se aprovecha de la ignorancia y los peores temores de la gente. En el Senado, es un obstruccionista. Siempre resulta más sencillo estar en contra de lo que sea que a favor. Lo ha convertido en su oficio, incluso no ha tenido inconveniente en echar por tierra proyectos de su propio partido en numerosas ocasiones.

—No parece una perspectiva que nos favorezca —se lamentó Daniel—. Descarta cualquier intento de convencerlo con argumentos racionales.

—Me duele decir que comparto tu impresión. Por eso mismo no te mencioné lo que había averiguado. Resulta deprimente que alguien como Butler pueda estar en el Senado, y más todavía que tenga tanto poder y peso. Se supone que los senadores deben ser líderes, no personas que están allí para beneficiarse del poder.

—Para mí lo que resulta deprimente es que este palurdo tenga el poder de frenar mis prometedores y creativos trabajos científicos.

—No creo que sea un palurdo —señaló Stephanie—. Todo lo contrario. Es un tipo muy creativo. Incluso diría que es maquiavélico.

—¿Cuáles son los otros temas que defiende?

—Todos los fundamentalistas y conservadores. Los derechos de los estados, por supuesto. Ese es su caballo de batalla. Pero también está en contra de la pornografía, la homosexualidad, el matrimonio entre personas del mismo sexo, y cosas por el estilo. Ah, sí, también está contra el aborto.

—¿El aborto? —repitió Daniel, sorprendido—. ¿Es un demócrata y no está a favor de la libertad de elección? A mí me parece un miembro de la extrema derecha republicana.

—Te dije que no le espanta ponerse en contra de su partido cuando le conviene. Está decididamente en contra del aborto, aunque en algunas ocasiones ha tenido que dar marcha atrás. De la misma manera, ha estado metiéndose con los derechos civiles. Es un tío listo, marrullero, y un populista conservador que, a diferencia de Strom Thurmond y Jesse Helms, no ha abandonado el Partido Demócrata.

—¡Sorprendente! —declaró Daniel—. Cualquiera creería que la gente acabaría por verle como es en realidad, un aprovechado a quien solo le interesa el poder, y dejaría de votarlo. ¿Por qué crees que el partido no se ha unido en su contra si ha cambiado de bando en temas esenciales?

—Es demasiado poderoso —manifestó Stephanie—. Es una máquina de recaudar dinero, con todo un entramado de comités de acción política, fundaciones, e incluso corporaciones que trabajan en beneficio de sus variados temas populistas. Los demás senadores le tienen verdadero miedo a la vista del dinero que puede disponer para las campañas de relaciones públicas. No le preocupa ni le asusta utilizar sus arcas contra cualquiera al que tenga entre ceja y ceja cuando se presenta a la reelección.

—Esto pinta cada vez peor —murmuró Daniel.

—Me enteré de algo curioso —añadió Stephanie—. Se podría decir que es una coincidencia, pero tú y él tenéis algunas cosas en común.

—¡Oh no, por favor! —protestó Daniel.

—Para empezar, ambos sois hijos de familias numerosas. Es más, ambos sois de familias con nueve hijos, y ambos sois los terceros con dos hermanos mayores.

—¡Eso es una coincidencia! ¿Cuáles son las probabilidades de que ocurra algo así?

—Muy pocas. Sería lógico asumir que sois más parecidos de lo que crees.

La expresión de Daniel se ensombreció.

—¿Hablas en serio?

—¡No, por supuesto que no! —Stephanie se echó a reír—.

¡Bromeaba! ¡Relájate! —Tendió la mano, cogió la copa de vino de Daniel, y se la ofreció. Luego cogió su copa—. ¡Se acabó hablar del senador Butler! Brindemos a nuestra salud y por nuestra relación, porque suceda lo que suceda mañana, al menos tenemos eso, y ¿qué es más importante?

—Tienes razón. ¡Por nosotros! —Sonrió, pero en su interior notaba un nudo en la boca del estómago. Por mucho que lo intentara, no podía disipar el espectro del fracaso que se cernía como una nube negra.

Chocaron las copas y bebieron, mientras se miraban a los ojos.

—Eres realmente preciosa —afirmó Daniel, en un intento por recuperar el momento en el baño del hotel cuando Stephanie había salido de la ducha—. Hermosa, inteligente, y absolutamente sensual.

—Eso está mucho mejor —dijo Stephanie—. Tú también.

—Además de ser una provocadora —añadió Daniel—. Así y todo, te quiero.

—Yo también te quiero.

En cuanto acabaron de cenar, Stephanie se mostró ansiosa por volver al hotel. Caminaron deprisa. Después del calor en el restaurante, el frío de la noche atravesó sus abrigos. Solos en el ascensor del hotel, Stephanie besó a Daniel apasionadamente, lo empujó contra un rincón, y se apretó contra su cuerpo.

—¡Para! —exclamó Daniel con una risa nerviosa—. Probablemente haya una cámara de vigilancia aquí dentro.

—¡Vaya! —murmuró Stephanie, mientras se apartaba rápidamente y se arreglaba el abrigo. Observó el techo del ascensor—. No se me había ocurrido.

El ascensor se detuvo en su piso. Stephanie cogió la mano de Daniel y le animó a caminar velozmente por el pasillo hasta la puerta de la habitación. Sonrió mientras introducía la tarjeta magnética en la cerradura. Una vez en el interior, buscó con muchos aspavientos el cartel de NO MOLESTAR y lo colgó en el pomo. Hecho esto, volvió a coger la mano de Daniel y lo llevó al dormitorio.

—¡Abrigos fuera! —ordenó, al tiempo que arrojaba el suyo

sobre la silla que tenía más cerca. Luego empujó a Daniel y lo hizo caer sobre la cama. Se montó sobre su compañero con las rodillas a cada lado del pecho y comenzó a aflojarle la corbata. De pronto, se detuvo. Vio las gotas de sudor que perlaban su frente.

—¿Estás bien? —le preguntó, preocupada.

—Estoy teniendo un sofoco —confesó Daniel.

Stephanie se apartó y tiró de Daniel para sentarlo en la cama. Él se enjugó la frente y miró el sudor en su mano.

—También estás pálido.

—Me lo imagino. Creo que estoy teniendo una minicrisis del sistema nervioso autónomo.

—Eso suena a jerigonza médica. ¿Podrías explicarlo en inglés normal?

—Estoy demasiado nervioso. Me temo que acabo de tener una descarga de adrenalina simpática. Lo siento, pero creo que han quitado el sexo del programa.

—No tienes que disculparte.

—Creo que sí. Sé que lo estabas esperando, pero mientras veníamos hacia aquí, tuve la sensación de que quedaba descartado.

—No pasa nada —insistió Stephanie—. No nos estropeará la velada. Me interesa mucho más asegurarme de que estarás bien.

Daniel exhaló un suspiro.

—Estaré perfectamente después de mañana, cuando sepa lo que va a suceder. La incertidumbre y yo nunca nos hemos llevado muy bien, especialmente cuando está de por medio algo malo.

Stephanie lo acunó entre sus brazos. Notaba con toda claridad la fuerza y la velocidad de los latidos de su corazón.

Más tarde, después de que Stephanie permaneciera inmóvil el tiempo suficiente para confirmar que se había dormido, Daniel apartó las mantas y se levantó de la cama. No había podido conciliar el sueño con la mente intranquila y el pulso acelerado. Se puso una bata del hotel y fue a la salita. Se acercó a la ventana para contemplar la vista.

Le acuciaba el recuerdo de la condena de Heinrich Wortheim y el hecho de que el desastre que le había profetizado pudiera convertirse en realidad. El problema radicaba en que Daniel había quemado los puentes cuando se había marchado de Harvard. Wortheim no volvería a admitirle en la universidad y quizá incluso podía poner trabas a su ingreso en otras instituciones. Para colmo, también se había cerrado otras puertas cuando se había marchado de Merck en 1985 para reincorporarse a la vida académica a raíz de aceptar el puesto en Harvard.

Vio la botella de champán en el cubo de hielo. La sacó del agua; el hielo se había fundido hacía tiempo. La sostuvo a la luz que entraba por la ventana. Todavía quedaba media botella. Se sirvió una copa y bebió un sorbo. El champán había perdido las burbujas, pero estaba fresco. Bebió un poco más mientras volvía a mirar a través de la ventana.

Sabía que el miedo a regresar a Revere Beach, en Massachusetts, era irracional, pero eso no lo hacía menos real. Revere Beach era el lugar donde había crecido, en el seno de una familia encabezada por un empresario de poca monta que culpaba de sus fracasos a su esposa y su prole, en particular a aquellos que le avergonzaban. Desafortunadamente, casi siempre había sido Daniel, que había tenido la desgracia de tener a dos hermanos mayores que habían sido los mejores atletas del instituto, un hecho que había ofrecido un cierto solaz al frágil ego del padre. Por contra, Daniel había sido un chiquillo debilucho, más interesado en jugar al ajedrez y a producir hidrógeno a partir de agua, limpiatuberías y papel de aluminio en el laboratorio que había instalado en el sótano. El hecho de que Daniel hubiese sido admitido en el Boston Latin, donde sobresalió en los estudios, no había tenido el más mínimo efecto en su padre, que había continuado utilizándolo sin piedad como chivo expiatorio. Las becas que había ganado Daniel para cursar estudios en la Universidad Wesleyan y después en la facultad de medicina de Columbia habían servido para apartarlo de sus hermanos.

Daniel se acabó la copa y se sirvió otra. Mientras bebía el champán, pensó en el senador Ashley Butler, que era su nueva *bête noire*. Stephanie le había dicho que bromeaba cuando había sugerido que él y el senador tenían más cosas en común de lo que creía. Se preguntó si ella lo creía de verdad, dado que era mucha coincidencia que él y el senador tuvieran familias similares. En el fondo de la mente de Daniel, estaba el pensamiento de que quizá había algo de verdad en la idea. Después de todo, Daniel debía admitir que envidiaba el poder del hombre que podía poner en peligro su carrera.

Dejó la copa en la mesa de centro y se dirigió al dormitorio. Caminó con precaución en la oscuridad de un entorno desconocido. No creía que pudiese conciliar el sueño mientras su intuición le avisaba de la inminencia del desastre. Sin embargo, no quería pasar la noche en pie. Se metería en la cama y procuraría relajarse. Si no podía dormir, al menos descansaría.

2

La puerta del despacho del senador Ashley Butler se abrió violentamente, y el senador salió como una tromba escoltado por su jefa de personal. Cogió al paso la hoja de papel que le ofreció su secretaria, Dawn, sin moverse de su mesa.

—Es su declaración de apertura de la audiencia del subcomité —le gritó la mujer al senador, que se alejaba por el pasillo en dirección a la puerta principal de la oficina. Dawn estaba acostumbrada a que no le prestara atención, y no se lo tomaba como algo personal. Dado que era ella quien mecanografiaba el programa del día del senador, sabía que Butler llegaba tarde. Ya tendría que haber estado en la sala donde se celebraría la audiencia para poder empezar a las diez en punto.

Butler se limitó a gruñir después de leer el primer párrafo del escrito y se lo pasó a Carol para que le echara una ojeada. Carol era algo más que la jefa de personal de Ashley, la que contrataba y despedía a sus empleados. Cuando llegaron a la sala de espera de la oficina, y el senador se detuvo para saludar y estrechar las manos de la media docena de personas que esperaban ser atendidas por sus ayudantes, Carol tuvo que intervenir para llevárselo hacia la puerta, si no querían llegar todavía más tarde.

Apuraron el paso en cuanto llegaron al vestíbulo de mármol del senador. A Butler le resultó un tanto difícil, porque notaba una cierta rigidez en las piernas a pesar de la medicación que le había recetado el doctor Whitman. Butler había descrito la rigidez como la sensación de alguien que intenta caminar con el fango hasta la cintura.

—¿Qué te parece la declaración de apertura? —preguntó Butler.

—No está nada mal hasta donde he leído —respondió Carol—. ¿Cree que Rob y Phil le han echado una ojeada?

—Eso espero —replicó el senador con un tono brusco. Caminaron unos metros en silencio antes de que Butler añadiera—: ¿Quién demonios es Rob?

—Es su relativamente nuevo asesor principal en el subcomité de política sanitaria —le explicó Carol—. Estoy segura de que lo recuerda. Destaca en medio de cualquier multitud. Es un pelirrojo muy alto que trabajaba en el equipo de Kennedy.

Butler se limitó a asentir. Aunque se vanagloriaba de su facilidad para recordar los nombres, ya le resultaba imposible retener los de todas las personas que trabajaban para él dado que había más de setenta en su equipo; sin contar con los inevitables cambios. Phil, en cambio, era alguien bien conocido, ya que llevaba con él casi tanto tiempo como Carol. Era su principal analista político y una figura muy importante, dado que todo lo que figuraba en las transcripciones de las audiencias y en las actas del congreso pasaba por sus manos.

—¿Se ha tomado la medicación? —le preguntó Carol. Los golpes de sus tacones contra el suelo de mármol sonaban como disparos.

—Ya la tomé —respondió el senador, irritado. Para estar absolutamente seguro, metió la mano disimuladamente en el bolsillo de la chaqueta. Tal como sospechaba, no encontró la píldora que se había metido en el bolsillo a primera hora de la mañana; por lo tanto, era obvio que se la había tomado antes de salir del despacho. Quería tener un buen nivel de la droga en la sangre durante la audiencia. Le espantaba la posibilidad de que alguien de los medios pudiera advertir cualquiera de los síntomas, como que le temblara la mano durante la sesión, sobre todo ahora que tenía un plan para solucionar el problema.

Al doblar en una esquina, se encontraron con varios senadores muy liberales que caminaban en dirección opuesta. Butler se detuvo y con toda naturalidad utilizó su típico y meloso deje sureño para alabar los peinados, los trajes de última moda, y las corbatas de colores chillones. Comparó con un tono divertido la elegancia de sus atuendos con su traje y corbata oscuros, y la vulgar camisa blanca. Vestía con el mismo estilo desde que había ingresado en la cámara en 1972. Butler era animal de costumbres. No solo vestía con el mismo estilo de prendas, sino que continuaba comprándolas en la misma tienda de su ciudad natal.

En cuanto se despidieron de los senadores, Carol comentó la amabilidad de su jefe.

—Solo les estaba dando coba —replicó Butler despectivamente—. Necesitaré sus votos cuando presente mi proyecto de ley la semana que viene. Ya sabes que no soporto todas esas ridiculeces, sobre todo los trasplantes capilares.

—Por eso mismo me sorprendió tanta amabilidad.

Cuando ya estaban muy cerca de la entrada lateral de la sala de audiencias, Butler acortó el paso.

—Hazme un rápido repaso de todo lo que vosotros averiguasteis del primer testigo de la mañana. Se me ha ocurrido un plan muy especial y quiero que funcione.

—Sus antecedentes profesionales son realmente fantásticos —dijo Carol. Cerró los ojos por un momento mientras hacía memoria—. Ha sido un prodigio científico desde el instituto. Fue el número uno de su promoción en la facultad de medicina, y su tesis doctoral obtuvo el *cum laude*. ¡Eso es algo impresionante! Además, se convirtió rápidamente en el más joven de los directores científicos de Merck antes de que lo contrataran para un puesto de prestigio en Harvard. El hombre debe tener un coeficiente de inteligencia estratosférico.

—Tengo presente su curriculum vitae. Pero no es eso lo que me interesa ahora. Háblame de la valoración que hizo Phil de la personalidad del hombre.

—Recuerdo que, según Phil, es egocéntrico y presuntuoso a la vista de cómo desprecia el trabajo de sus colegas científicos. Me refiero a que la mayoría, incluso si piensan de esa manera, se lo calla. Él no se corta ni un pelo.

—¿Qué más?

Llegaron a la puerta y vacilaron. Más allá, en la entrada principal de la sala, había un grupo de personas que esperaban, y el rumor de sus voces llegó hasta ellos. Carol se encogió de hombros.

—No recuerdo mucho más, pero tengo conmigo el informe que preparó el equipo donde están las opiniones de Phil. ¿Quiere repasarlo antes de que comience la audiencia?

—Esperaba que me hablases de su miedo al fracaso —replicó el senador—. ¿Lo tienes presente?

—Sí, ahora que lo menciona. Creo que fue uno de los puntos que recalcó Phil.

—¡Bien! —Butler miró en dirección al grupo—. Si lo sumamos a un ego desmesurado, me parece que podré apretarle a fondo. ¿Tú qué opinas?

—Lo supongo, aunque no lo tengo muy claro. Recuerdo que Dan comentó que su miedo al fracaso era desproporcionado en relación a sus logros y su extraordinaria inteligencia. Después de todo, probablemente tendría éxito en cualquier cosa que quisiera hacer, siempre y cuando se concentrara en ella. ¿Por qué su miedo al fracaso le parece una ventaja? ¿Para qué necesita esa ventaja?

—Quizá pueda hacer cualquier cosa que le interese, pero aparentemente ahora mismo quiere convertirse en un empresario de primera fila, algo que no ha tenido el menor reparo en manifestar descaradamente en una de sus entrevistas. Para conseguirlo, ha hecho una jugada profesional y financiera muy arriesgada. Necesita que la explotación comercial de sus descubrimientos científicos sea un éxito por razones muy personales.

—Entonces, ¿qué es lo que quiere hacer? —preguntó Carol—. Phil quiere que figure en actas su postura en contra de la aplicación de dichos descubrimientos. Así de sencillo.

—Las circunstancias han hecho que todo esto sea un poco más complicado de lo que parece. Quiero que el buen doctor haga algo que, sin la menor duda, no querría hacer.

La preocupación apareció instantáneamente en el rostro de Carol.

—¿Phil está enterado?

Butler sacudió la cabeza. Le hizo un gesto a Carol para que le diera el texto de la declaración de apertura.

—¿Qué quiere que haga el doctor?

—Tú y él lo sabréis esta noche —respondió el senador, mientras comenzaba a leer el texto—. Me llevaría demasiado tiempo explicártelo ahora mismo.

—Esto me asusta —admitió Carol en voz alta. Miró a un extremo y otro del pasillo mientras Butler leía el discurso. Cambió el peso de un pie a otro. La meta final de Carol y la razón por la que había sacrificado tanto de su propia vida a su actual posición era su propósito de presentarse como candidata a suceder a Ashley cuando él se retirara, algo que prometía ocurrir dentro de un futuro próximo a la vista de que le habían diagnosticado la enfermedad de Parkinson. Estaba más que calificada para el puesto, después de haber sido senadora del estado antes de venir a Washington para llevar los asuntos de Ashley, y a estas alturas, con la meta a la vista, no quería que él la hiciera víctima de alguna jugarreta como había hecho Bill Clinton con Al Gore. Desde aquella fatídica visita al doctor Whitman, Butler se había mostrado preocupado e imprevisible. Tosió discretamente para llamar la atención de su jefe—. ¿Cómo piensa conseguir que el doctor Lowell haga algo que él no quiere hacer?

—Le haré creer que ha conseguido sus propósitos y luego se lo echaré todo a rodar —respondió el senador. Miró a Carol y le dedicó una sonrisa de complicidad—. Estoy librando una batalla, y pretendo ganarla. Para conseguirlo, utilizaré un antiguo consejo de *El arte de la guerra*; buscaré los puntos más propicios para librar la batalla, y me presentaré allí con una fuerza abrumadora. Déjame ver los informes financieros de su compañía.

Carol buscó entre los muchos documentos que llevaba en el maletín y le entregó los informes. El senador les echó una rápida ojeada. Ella le observó, atenta a cualquier cambio en su expresión que le pudiera dar una pista. Se preguntó si debería llamar a Phil por el teléfono móvil a la primera oportunidad y avisarle de que se preparara para lo inesperado.

—Esto está bien —murmuró Butler—. Está muy bien. Es una suerte que tenga buenos contactos en el FBI. No podríamos haber conseguido todo esto por nuestra cuenta.

—Quizá tendría usted que discutir con Phil lo que piense hacer —sugirió Carol.

—No hay tiempo —contestó Butler—. Por cierto, ¿qué hora es?

Carol consultó su reloj.

—Son más de las diez.

Butler extendió la mano izquierda y la apoyó sobre la derecha para ver si le temblaba. Comprobó que el temblor casi no se notaba.

—No creo que pueda pedir más. ¡Venga, a trabajar!

El senador entró en la sala de audiencia por la puerta lateral que estaba a la derecha del estrado con forma de herradura. Una nutrida concurrencia llenaba la sala. Tuvo que abrirse camino entre los colegas y varios miembros de su equipo para llegar a su asiento. El pelirrojo Rob apareció en el acto con una segunda copia del discurso de Butler, y el senador levantó la copia que tenía en la mano para indicarle que no le hacía falta. Se sentó y acomodó el micrófono a una altura conveniente.

La mirada de Butler hizo un rápido recorrido por la sala decorada al estilo griego, y luego se fijó en las dos personas sentadas a la mesa de los testigos que tenía delante a un nivel más bajo. Su atención se vio atraída como por un imán por la hermosa joven con el rostro enmarcado por una cabellera que parecía sedosa y brillante como el armiño. El senador sentía una profunda admiración por las mujeres hermosas, y esta cumplía con todos los requisitos. Vestía un traje de chaqueta azul con cuello blanco que resaltaba el bronceado de su tez. A pesar de la sobriedad del vestido, transmitía una sana sensualidad. Sus ojos oscuros miraban fijamente al presidente del subcomité, y él tuvo la sensación de que estaba mirando los cañones de una escopeta. No tenía idea de quién era ni por qué estaba allí, pero consideró que su presencia haría un poco más agradable el trámite de la audiencia.

A regañadientes, Ashley desvió su atención de la hermosa mujer para mirar al doctor Daniel Lowell. Los ojos del doctor eran más claros que los de su acompañante, aunque reflejaban el mismo descaro en su mirada fija. El senador calculó que el científico era alto, a pesar de que estaba despatarrado en la silla. Era de constitución delgada, con el rostro anguloso, rematado por una cabellera rebelde salpicada de canas. Incluso su atuendo sugería un punto de insolencia comparable a la que reflejaban sus ojos y la postura. A diferencia de la muy correcta vestimenta de su compañera, vestía una americana de espiga con coderas, una camisa sin corbata, y por lo que se veía debajo de la mesa, vaqueros y zapatillas de deporte.

Ashley sonrió para sus adentros mientras empuñaba el mazo. Sabía que la actitud despreocupada y la vestimenta informal de Daniel era un débil intento por demostrar que no se sentía amenazado por haber sido citado a declarar ante un subcomité del senado. Quizá Daniel pensaba que podía valerse de su brillante carrera para intimidar a alguien como el senador que se había educado en un modesto colegio universitario baptista. Pero no le serviría de nada. El senador tenía a Daniel en su campo y jugaba con la ventaja del equipo local.

—El subcomité de Salud Pública del Comité de Salud Pública, Educación, Trabajo y Pensiones abre su sesión —anunció Butler con una pronunciada entonación sureña al tiempo que daba un golpe con el mazo. Esperó unos momentos para que los últimos espectadores ocuparan sus asientos. Escuchó a su espalda el ruido de los ayudantes que hacían lo mismo. Miró a Daniel Lowell, pero el doctor no se había movido. Luego miró a izquierda y derecha. Solo había cuatro de los miembros del subcomité, y los que no estaban leyendo el temario, hablaban en voz baja con sus colaboradores. No había quórum, pero no era necesario. No había nada que votar, y Ashley no tenía pensado pedir una votación.

—Esta audiencia tratará el proyecto de ley del Senado 1103 —continuó Ashley, mientras dejaba la hoja de su parlamento inicial sobre la mesa. Luego cruzó los brazos, y se sujetó los codos con las manos para evitar cualquier posibilidad de un temblor. Echó la cabeza un poco hacia atrás para ver mejor la letra a través de los bifocales—. Este proyecto de ley es complementario de la ley ya aprobada por la Cámara de Representantes para prohibir el procedimiento de clonación llamado...

Butler vaciló y se inclinó sobre la mesa para mirar atentamente la hoja.

—Tengan un poco de paciencia —rogó, al verse obligado a desviarse del texto preparado—. Este procedimiento no solo espanta, sino que es un trabalenguas, y quizá el buen doctor quiera ayudarme si me equivoco. Se llama Recombinación Segmental Homóloga Transgénica, o RSHT. ¡Caray! ¿Lo he dicho bien, doctor?

Daniel se irguió en la silla y se inclinó para acercarse al micrófono.

—Sí —respondió sencillamente y volvió a reclinarse. Él también mantenía los brazos cruzados.

—¿Por qué los médicos no hablan inglés? —preguntó Ashley, mientras miraba a Daniel por encima de las gafas.

Algunos de los espectadores dejaron escapar unas risas, para el placer del senador. Le encantaba actuar para la galería.

Daniel se inclinó para responder, pero Ashley levantó una mano.

—La pregunta no constará en acta, no es necesario que la responda.

La estenógrafa borró la pregunta de la máquina. Butler miró a su izquierda.

—Esto tampoco constará en acta, pero me gustaría saber si el distinguido senador por Montana está de acuerdo conmigo en que los médicos han desarrollado con toda intención un lenguaje propio, de forma que los simples mortales no tengamos ni la más mínima idea de lo que están diciendo.

Se escucharon más risas de los espectadores, cuando el senador por Montana interrumpió la lectura para asentir con entusiasmo.

—Veamos, ¿por dónde iba? —preguntó Ashley, y volvió a centrarse en el texto—. La necesidad de esta legislación surge como respuesta al problema de que en este país la biotecnología en general y la ciencia médica en particular han perdido sus bases morales y éticas. Los miembros del subcomité de Salud Pública consideramos que es nuestra obligación como norteamericanos morales y responsables invertir esta tendencia al seguir el camino marcado por nuestros colegas de la Cámara de Representantes. El fin no justifica los medios, sobre todo en el campo de la investigación médica, como quedó claramente señalado desde los juicios de Nuremberg. El RSHT es un ejemplo. Este procedimiento amenaza una vez más con crear embriones indefensos y luego desmembrarlos con la dudosa justificación de que las células obtenidas de estos diminutos seres humanos se utilizarán para tratar a los pacientes que sufren de una amplia variedad de enfermedades.

Pero eso no es todo. Tal como escucharemos en el testimonio de su descubridor, a quien hoy nos vemos honrados de tener como testigo, este no es un procedimiento de clonación terapéutica normal, y yo, como principal redactor del proyecto de ley, estoy asombrado al ver que se pretende convertir este procedimiento en algo habitual. Pues bien, solo les diré una cosa, ¡antes tendrán que pasar sobre mi cadáver!

Esta vez se escucharon algunos aplausos dispersos entre el público. El senador los agradeció con un gesto y una breve pausa. Luego respiró profundamente.

—Podría seguir hablando de esta nueva técnica, pero no soy médico, y me inclino respetuosamente ante el experto, que ha accedido muy cortésmente a presentarse ante este subcomité. Quisiera ahora preguntar al testigo, a menos que mi eminente colega del otro partido quiera decir algunas palabras.

Butler miró al senador sentado a su derecha, que sacudió la cabeza, tapó su micrófono con la mano, y se inclinó hacia el presidente.

—Ashley —susurró—, espero que abrevies. Tengo que salir de aquí a las diez y media.

—No te preocupes —le susurró Ashley a su vez—. Ahora voy a por la yugular.

El senador bebió un trago de agua de la copa que tenía delante, y miró a Daniel.

—Nuestro primer testigo es el brillante doctor Daniel Lowell, quien, como ya he mencionado, es el descubridor del RSHT. El doctor Lowell tiene unas credenciales impresionantes, incluidos los doctorados en medicina y química, que obtuvo en algunas de las más augustas instituciones de nuestro país. Por si fuese poco, encontró tiempo para ser médico residente. Ha recibido innumerables premios por sus trabajos y ha ostentado elevados cargos en la empresa farmacéutica Merck y la Universidad de Harvard. Bienvenido, doctor Lowell.

—Muchas gracias, senador —respondió Daniel. Se movió hacia adelante en la silla—. Agradezco sus amables comentarios sobre mi curriculum, pero, si me lo permite, quiero hacer una aclaración inmediata a un punto de su discurso de apertura.

—Por supuesto —manifestó Ashley.

—El RSHT y la clonación terapéutica no suponen, repito, no suponen el desmembramiento de embriones. —Daniel habló pausadamente, y recalcó cada palabra—. Las células terapéuticas son tomadas antes de que el embrión comience a formarse. Están tomadas de una estructura llamada blastocito.

—¿Niega que estos blastocitos son una vida humana incipiente?

—Son vida humana, pero cuando se los disgrega, sus células son similares a las células que pierde usted de las encías cuando se lava los dientes vigorosamente.

—No creo que me lave los dientes con tanto vigor —replicó Ashley con un tono risueño. Algunos espectadores se rieron.

—Todos desprendemos células epiteliales vivas.

—Quizá sea así, pero estas células epiteliales no forman embriones como un blastocito.

—Podrían —señaló Daniel—. Esa es la cuestión. Si las células epiteliales se fusionan con un óvulo al que se le ha extraído el núcleo, y después se activa la combinación, podrían formar un embrión.

—Que es lo que se hace en la clonación.

—Precisamente. Los blastocitos tienen potencial para formar un embrión viable, pero solo si se implanta en un útero. En la clonación terapéutica, nunca se les permite que formen embriones.

—Creo que nos estamos empantanando en cuestiones semánticas —manifestó Ashley, impaciente.

—Es una cuestión semántica —admitió Daniel—. Pero es una cuestión semántica muy importante. Las personas deben comprender que los embriones no tienen nada que ver con la clonación terapéutica o el RSHT.

—Su opinión respecto a mi discurso de apertura ha quedado registrada en actas —dijo Ashley—. Ahora quisiera pasar al procedimiento en sí. ¿Quiere usted describirlo para que nos enteremos y quede consignado en actas?

—Lo haré encantado. Recombinación Segmental Homóloga Transgénica es el nombre que le hemos dado al procedimiento de reemplazar la parte del ADN de un individuo responsable de una determinada enfermedad con otra parte de ADN sana. Esto se hace en el núcleo de una de las células del paciente, que luego se utiliza para la clonación terapéutica.

—Un momento —le interrumpió Ashley—. Estoy cuando menos confuso, y estoy seguro que lo está la mayoría del público. A ver si lo he entendido bien. Habla usted de coger una célula de una persona enferma y cambiar su ADN antes de hacer la clonación terapéutica.

—Eso es correcto. Se reemplaza la pequeña porción del material genético de la célula que es el responsable de la enfermedad del individuo.

—Luego se hace la clonación terapéutica para producir una cantidad de estas células que curarán al paciente.

—¡Correcto una vez más! Las células son estimuladas con varias hormonas del crecimiento para que se conviertan en el tipo de células que necesita el paciente. Gracias al RSHT, estas células no tienen la predisposición genética para reproducir la enfermedad que se trata. Cuando estas células son introducidas en el cuerpo del paciente, no solo se curará, sino que no volverá a tener la tendencia genética que le indujo la enfermedad.

—Quizá podríamos hablar de una enfermedad determinada —sugirió Ashley—. Podría hacer que resultara más fácil de entender para todos aquellos que no somos científicos. Tengo entendido por algunos de los artículos que ha publicado que la enfermedad de Parkinson es una de las dolencias que usted cree que sería posible curar con este tratamiento.

—Eso es correcto. Como también muchas otras enfermedades, desde el Alzheimer y la diabetes a ciertas formas de artritis. Hay una lista impresionante de enfermedades, para muchas de las cuales no hay un tratamiento adecuado, y mucho menos una cura.

—Vamos a centrarnos por ahora en el Parkinson —manifestó Butler—. ¿Por qué cree que el RSHT funcionará con esta enfermedad?

—Porque en el caso de la enfermedad de Parkinson, tenemos la fortuna de haberlo ensayado en las ratas —declaró Daniel—. Estas ratas tienen la enfermedad de Parkinson, o sea que a sus cerebros les faltan las células nerviosas que producen un compuesto llamado dopamina que funciona como un neurotransmisor, y su enfermedad es una imagen calcada de la forma humana. Hemos cogido a estas ratas, las hemos sometido al proceso de RSHT, y se han curado de forma permanente.

—Eso es algo impresionante —comentó Butler.

—Es incluso más impresionante cuando ves cómo ocurre delante de tus ojos.

—Las células se inyectan.

—Sí.

—¿No hay ningún problema cuando se hace?

—No, ninguno en absoluto —contestó Daniel—. Ya tenemos una considerable experiencia en el uso de esta técnica en humanos para otras terapias. La inyección se debe hacer cuidadosamente, en condiciones controladas, pero por lo general no hay ningún tipo de problema. En nuestros experimentos, las ratas no han sufrido de ningún efecto secundario.

—¿Las ratas se curan después de la inyección?

—Por lo que hemos comprobado en nuestros experimentos, los síntomas de la enfermedad de Parkinson comienzan a remitir inmediatamente —afirmó Daniel—, y continúan haciéndolo a ritmo acelerado. En las ratas tratadas, es algo realmente asombroso. En menos de una semana, las ratas sometidas a tratamiento no se pueden distinguir de las demás.

—Supongo que estará ansioso por ensayar el procedimiento en humanos —sugirió el senador.

—Así es —admitió Daniel que movió la cabeza varias veces en señal de asentimiento para recalcar sus palabras—. En cuanto acabemos con los experimentos con los animales, que avanzan a un ritmo acelerado, confiamos en que la FDA nos autorice sin demora a comenzar con los ensayos en humanos en un entorno controlado.

Ashley vio cómo Daniel miraba a su acompañante e incluso le apretaba la mano por un instante. Sonrió para sus adentros, al darse cuenta de que Daniel creía que la audiencia se desarrollaba favorablemente para sus intereses. Había llegado el momento de sacarlo de su error.

—Dígame, doctor Lowell —preguntó Butler—. ¿Alguna vez

ha escuchado el refrán que dice: «Si algo parece demasiado bueno como para ser verdad, es probable que no lo sea»?

—Por supuesto.

—Pues yo creo que el RSHT es un magnífico ejemplo. Opino que más allá de la discusión semántica sobre si los embriones son desmembrados o no, el RSHT presenta otro gran problema ético. —El senador hizo una pausa teatral. Todo el público estaba pendiente de sus palabras—. Doctor —añadió con un tono paternalista—, ¿ha leído alguna vez la novela de Mary Shelley titulada *Frankenstein*?

—El RSHT no tiene absolutamente nada que ver con el mito de Frankenstein —replicó Daniel con un tono de indignación, que indicaba claramente su conocimiento de las intenciones del senador—. Insinuar tal cosa es un intento irresponsable de aprovecharse de los miedos y el desconocimiento del público.

—Lamento no estar de acuerdo —señaló Ashley—. Creo que Mary Shelley debió olerse que el RSHT era algo que se cernía en el horizonte, y por esa razón escribió la novela.

Los espectadores volvieron a reír. Era obvio que estaban pendientes de todo lo que se decía y que estaban disfrutando.

—Admito no haber tenido los beneficios de una educación universitaria de primera fila, pero he leído *Frankenstein*, cuyo título incluye *El moderno Prometeo*, y creo que los paralelismos son notables. Tal como yo lo veo, la palabra «transgénico», que es una parte del confuso nombre de su procedimiento, significa tomar trozos y parte de los genomas de diversas personas y mezclarlos como quien prepara una tarta. Eso le suena a este pobre paleto muy parecido a lo que hizo Victor Frankenstein cuando creó al monstruo: cogió unas partes de este cadáver y partes de aquel otro, y las unió. Incluso utilizó algo de electricidad, de la misma manera que hacen ustedes con la clonación.

—En el RSHT, añadimos pequeños trozos de ADN, y no órganos enteros —replicó Daniel, enfadado.

—¡Tranquilícese, doctor! —le advirtió Ashley—. Esta es una audiencia que busca información, no una pelea. Lo que intento decir es que, con su procedimiento, usted toma partes de una persona y las pone en otra. ¿No es así?

—A nivel molecular.

—No me importa el nivel que sea —declaró el senador—. Solo quiero establecer los hechos.

—La ciencia médica lleva trasplantando órganos desde hace tiempo —dijo Daniel vivamente—. El público no ve ningún problema moral al respecto, todo lo contrario, y el trasplante de órganos es desde luego un paralelo conceptual mucho más cercano al RSHT que la novela de Mary Shelley, que es del siglo XIX.

—En el ejemplo que nos ha dado referente a la enfermedad de Parkinson, admitió que planea inyectar estos pequeños Frankestein moleculares que está preparando para que acaben en el cerebro de otra persona. Lo lamento, doctor, pero que yo sepa no se han realizado muchos trasplantes de cerebros dentro de nuestro actual programa de trasplantes de órganos, así que no considero válida la comparación. Tomar partes de una persona e inyectarlas en el cerebro de otra es algo que va más allá de lo tolerable, y yo creo en el libro sagrado.

—Las células terapéuticas que creamos no son Frankestein moleculares —afirmó Daniel cada vez más enfadado.

—Su opinión ha quedado debidamente registrada —dijo el senador—. Continuemos.

—¡Esto es una farsa! —opinó Daniel. Levantó los brazos en un gesto de indefensión.

—Doctor, debo recordarle que esta es una audiencia de un subcomité del Congreso, y que se espera que se comporte con el debido decoro. Todos los aquí presentes somos personas razonables, de las que se espera que se respeten las unas a las otras mientras hacemos todo lo posible por recoger información.

—Cada vez resulta más evidente que esta audiencia se ha montado con falsas pretensiones. Usted no ha venido aquí para recoger información con una actitud abierta ante el RSHT, como ha sugerido con tanta magnanimidad. Solo está utilizando esta audiencia para lucirse con una retórica sensiblera.

—Si me permite que se lo diga —manifestó Butler con un tono condescendiente—, ese tipo de declaraciones antagónicas y acusaciones sin fundamento son muy mal vistas en el Congreso. Esto no es *Crossfire* ni ningún otro circo mediático. Sin embargo, me niego a sentirme ofendido. En cambio, le aseguro una vez más que su opinión consta en actas, y que, como dije antes, quisiera seguir con el tema. Como descubridor del RSHT, no se puede esperar que sea del todo objetivo en lo referente a los méritos morales del procedimiento, pero me gustaría hacerle algunas preguntas al respecto. Antes quiero decir que resulta muy difícil no tomar en cuenta la presencia de la muy bella mujer que le acompaña en esta comparecencia. ¿Está aquí para ayudarle en sus manifestaciones? Si es así, quizá quiera identificarla para que conste en actas.

—Es la doctora Stephanie D'Agostino —contestó Daniel con el mismo tono brusco—. Es mi colaboradora científica.

—¿Otra doctora en medicina y biología? —preguntó Ashley.

—Soy bióloga —respondió Stephanie—. Señor presidente, quiero hacerme eco de la opinión del doctor Lowell sobre la manera tendenciosa en que se está desarrollando esta audiencia, aunque sin sus apasionadas palabras. Creo firmemente en que las alusiones al mito de Frankestein en relación al RSHT son inapropiadas, dado que juegan con los temores fundamentales de las personas.

—Me siento mortificado —replicó el senador—. Siempre he creído que a personas tan cultas como ustedes les encantaba citar las obras maestras de la literatura, pero aquí, la única vez que se me ocurre hacerlo, me dicen que es inapropiado. Me pregunto si eso es justo, sobre todo cuando recuerdo claramente que me enseñaron en mi modesto colegio universitario baptista que Frankestein era, entre otras cosas, una advertencia en contra de las consecuencias morales del materialismo científico descontrolado. En mi opinión, la obra viene muy a cuento. ¡Pero ya está bien de hablar de la novela! Esta es una audiencia, no un debate literario.

Antes de que Butler pudiese continuar, se acercó Rob y le tocó en el hombro. Ashley tapó el micrófono con una mano para impedir que se escucharan los comentarios de su colaborador.

—Senador —susurró Rob al oído de Butler—. Esta mañana, en cuanto llegó la solicitud para que la doctora D'Agostino acompañara al doctor Lowell en la mesa de los testigos, hicimos una rápida investigación de sus antecedentes. Es licenciada por Harvard. Se crió en el North End de Boston.

—¿Eso tiene alguna relevancia?

El colaborador se encogió de hombros.

—Podría tratarse de una coincidencia, aunque lo dudo. El inversor acusado en la compañía del doctor Lowell del que nos informó el FBI también es un D'Agostino que se crió en el North End. Probablemente estén emparentados.

—Vaya, vaya, es ciertamente curioso —comentó Ashley. Cogió la hoja que le ofrecía Rob y la dejó junto al informe financiero de la compañía de Daniel. Le costó reprimir la sonrisa ante este inesperado golpe de suerte.

—Doctora D'Agostino —dijo el senador, después de apartar la mano del micrófono—. ¿Por alguna casualidad está emparentada con Anthony D'Agostino que reside en el número 14 de Acorn Street en Medford, Massachusetts?

—Es mi hermano.

—¿Es el mismo Anthony D'Agostino que está acusado de actividades mafiosas?

—Desafortunadamente, sí —respondió Stephanie. Miró a Daniel, que la observaba con una expresión de absoluta incredulidad.

—Doctor Lowell —continuó Ashley—. ¿Sabía usted que uno de sus primeros y principales accionistas está acusado de actividades mafiosas?

—No, no lo sabía —declaró Daniel—, aunque dista mucho de ser uno de los principales accionistas.

—Puede que sí —replicó Ashley—. Sin embargo, para mí unos centenares de miles de dólares es mucho dinero. Pero no vamos a discutir por eso. Supongo que no es uno de los directivos, ¿verdad?

—No lo es.

—Es algo de agradecer. También supongo que podemos asumir que el acusado Anthony D'Agostino no figura en su comisión de ética, que, si no me equivoco, tiene su compañía.

Unas risas mal contenidas se escucharon en la sala.

—No forma parte de nuestra comisión de ética —afirmó Daniel.

—Algo más que debemos agradecer. Hablemos ahora por un momento de su compañía. Se llama CURE, que debo interpretar como un acrónimo.

—Así es —respondió Daniel y exhaló un suspiro, como si estuviese aburrido con los procedimientos—. El nombre completo es Cellular Replacement Enterprises.

—Le pido disculpas si le cansan los rigores de la audiencia, doctor. Intentaremos acabar con todo esto lo más rápido posible. Según tengo entendido su compañía intenta conseguir una segunda línea de financiación a través de capitalistas de riesgo, con el RSHT como su mayor propiedad intelectual. ¿Es su último intento para conseguir nuevos inversores para su compañía a través de una oferta pública?

—Sí —respondió Daniel escuetamente. Se reclinó en la silla.

—Bien, lo siguiente no constará en actas —anunció Ashley. Miró a su izquierda—. Quisiera preguntarle al distinguido senador por el gran estado de Montana si cree que a la Comisión de Valores le parecerá interesante que el inversor inicial de una compañía que tiene la intención de ser pública haya sido acusado de actividades mafiosas. Me refiero a que aquí se plantea una cuestión de tipo moral. Un dinero que bien podría derivar de la extorsión y quizá incluso de la prostitución, puede acabar blanqueado a través de una empresa de biotecnología.

—Creo que estarían muy interesados —manifestó el senador por Montana.

—Estoy de acuerdo —dijo Ashley. Consultó sus notas y luego miró a Daniel—. Tengo entendido que su segunda ronda de financiación está paralizada por la ley 1103 y el hecho que la Cámara ya aprobó su versión. ¿Es eso correcto?

Daniel asintió.

—Tiene que hablar para que conste en actas —le pidió Ashley.

—Es correcto.

—Tengo entendido que la cantidad de dinero que invierte en estos momentos para mantener su compañía a flote es muy grande, y que si no consigue una segunda línea de financiación, se enfrenta a la quiebra.

—Así es.

—Lo lamento —declaró Ashley, con un tono de aparente sinceridad—. Sin embargo, para nuestros propósitos en esta audiencia, debo asumir que su objetividad en relación a los aspectos morales del RSHT plantea serias dudas. Me refiero a que el futuro de su compañía depende de que no se apruebe la ley 1103. ¿No es esa la verdad, doctor?

—Mi opinión es y seguirá siendo que es moralmente incorrecto no continuar las investigaciones y luego utilizar el RSHT para curar a millones de seres humanos.

—Su opinión consta en acta. Para que quede constancia, quiero señalar que el doctor Daniel Lowell ha escogido no contestar a la pregunta planteada. —Ashley se echó hacia atrás, y miró a su derecha—. No tengo más preguntas para este testigo. ¿Alguno de mis estimados colegas tiene alguna pregunta?

Butler miró a cada uno de los senadores que lo acompañaban en el estrado.

—Muy bien. El subcomité de Salud Pública les da las gracias a los doctores Lowell y D'Agostino por su amable participación. Ahora llamamos a nuestro siguiente testigo: el señor Harold Mendes de la organización Derecho a la Vida.

3

Jueves, 21 de febrero de 2002. Hora: 11.05

Stephanie vio un taxi desocupado en medio de la jauría de coches, y levantó la mano, expectante. Daniel y ella habían seguido el consejo de uno de los guardias de seguridad del edificio del Senado y habían ido hasta Constitution Avenue con la esperanza de coger un taxi, pero no habían tenido mucha suerte. Lo que por la mañana había comenzado como un día frío y soleado había ido a peor. Unos oscuros nubarrones habían aparecido por el este, y con la temperatura muy cerca a los cero grados centígrados, había una clara posibilidad de que nevara. Al parecer, en tales condiciones climáticas, la demanda de taxis superaba ampliamente la oferta.

—Aquí viene uno —exclamó Daniel con un tono brusco, como si Stephanie tuviese algo que ver con la falta de taxis—. ¡No lo dejes pasar!

—Lo veo —replicó Stephanie con idéntica brusquedad.

Después de salir de la sala de la audiencia, ninguno de los dos había dicho más de lo mínimo necesario para decidirse a aceptar el consejo de caminar hasta Constitution Avenue. De la misma manera que los nubarrones habían estropeado la mañana, sus ánimos habían ido cambiando con el desarrollo de la audiencia.

—¡Maldita sea! —refunfuñó Stephanie cuando el taxi pasó como una exhalación. Fue como si el conductor llevara anteojeras. La mujer había hecho todo lo posible por detenerlo, excepto lanzarse delante del vehículo.

—Lo has dejado escapar —le reprochó Daniel.

—¿Que lo he dejado escapar? —gritó Stephanie—. Le he hecho señas. He silbado. Incluso he saltado. No he visto que tú hicieras ningún esfuerzo.

—¿Qué diablos vamos a hacer? —preguntó Daniel—. Aquí hace más frío que en el polo.

—Pues si se te ocurre alguna idea brillante, Einstein, dímela.

—¿Qué? ¿Es culpa mía que no haya taxis?

—Tampoco es culpa mía —replicó Stephanie.

Se arrebujaron en sus abrigos en un inútil intento por mantenerse calientes, pero ninguno de los dos hizo nada para acercarse al otro. Ninguno había traído un buen abrigo de invierno. Habían creído que no los necesitarían dado que iban a una ciudad seiscientos kilómetros más al sur.

—Ahí viene otro —avisó Daniel.

—Es tu turno.

Daniel levantó una mano y se aventuró en la calzada hasta donde creyó que era seguro. Casi de inmediato tuvo que correr de vuelta a la acera al ver que una furgoneta de reparto se le echaba encima. Gritó e hizo señas, pero el taxi pasó de largo entre la marea de coches.

—Bien hecho —comentó Stephanie.

—¡Cállate!

En el momento en que estaban a punto de darse por vencidos y emprender a pie el camino de regreso a lo largo de la avenida en dirección oeste, un taxista tocó la bocina. Había estado detenido en el semáforo de First Street y Constitution, y había visto las piruetas de Daniel. Cuando cambió la señal, giró a la izquierda y se acercó al bordillo.

Stephanie y Daniel subieron deprisa y se abrocharon los cinturones.

—¿Adónde? —preguntó el taxista que los miraba por el espejo retrovisor. Llevaba un turbante y tenía la piel bronceada como si acabara de pasar una semana de vacaciones en el Sahara.

—Al Four Seasons —le indicó Stephanie.

La pareja permaneció en silencio, cada uno entretenido en mirar a través de su respectiva ventanilla. Daniel fue el primero en iniciar el diálogo.

—Diría que la audiencia ha ido todo lo mal que podía ir.

—Fue peor —opinó Stephanie.

—No hay ninguna duda de que el cabrón de Butler conseguirá que aprueben su proyecto de ley, y cuando eso ocurra, según me han dicho en la Organización de la Industria Biotecnológica, recibirá la aprobación de todo el comité y del Senado.

—Así que adiós a CURE, Inc.

—Es una vergüenza que en este país la investigación médica esté prisionera de los políticos demagogos —afirmó Daniel, enfadado—. No tendría que haberme molestado en venir a Washington.

—Quizá no tendrías que haber venido. Quizá hubiese sido mucho mejor que viniera sola. Desde luego no has ayudado mucho al decirle a Ashley que se estaba pavoneando y que no tenía una mentalidad abierta.

Daniel se volvió para mirar fijamente la nuca de Stephanie.

—¿Cómo has dicho? —tartamudeó, rabioso.

—No tendrías que haber perdido el control.

—No me lo creo —exclamó Daniel—. ¿Estás sugiriendo que este resultado nefasto es culpa mía?

Esta vez Stephanie se volvió para responderle.

—Ser sensible a los sentimientos de los demás personas no es uno de tus puntos fuertes, y lo ocurrido en la audiencia es un ejemplo. ¿Quién sabe lo que hubiera ocurrido si no hubieses perdido la calma? Atacarlo de aquella manera fue poco acertado porque impidió cualquier clase de diálogo que hubieses podido mantener. Eso es lo único que digo.

El rostro pálido de Daniel se puso rojo.

—¡La audiencia fue una maldita farsa!

—Puede que sí, pero eso no justifica que se lo dijeras a Butler en la cara. Cortó de raíz cualquier posibilidad de éxito que pudiéramos tener, por pequeña que fuese. Creo que su objetivo era que te enfadaras para que quedaras mal, y lo consiguió. Fue su manera de desacreditarte como testigo.

—Me estás cabreando.

—Daniel, estoy tan enfadada con el resultado como lo estás tú.

—Sí, pero dices que es culpa mía.

—No, digo que tu comportamiento no ayudó en nada. Hay una diferencia.

—Pues tu comportamiento tampoco ayudó mucho. ¿Cómo es que nunca me dijiste que a tu hermano le acusan de actividades mafiosas? Lo único que me dijiste fue que era un inversor calificado. ¡Vaya calificaciones! Fue el momento perfecto para enterarme de algo absolutamente sórdido.

—Ocurrió después de que invirtiera en la compañía, y se publicó en los periódicos de Boston. Así que no es ningún secreto, aunque preferí no hablar del tema, al menos en el momento. Creí que la razón por la que no lo había sacado a relucir era una muestra de consideración. Veo que estaba en un error.

—¿Preferiste no hablar del tema? —preguntó Daniel con un asombro exagerado—. Sabes que no pierdo el tiempo leyendo los periodicuchos de Boston. Por lo tanto, ¿de qué otra manera podía enterarme? Hubiera acabado enterándome de todas maneras porque Butler tenía razón. Si hubiésemos ido a buscar una segunda línea de financiación, hubiese salido que tenemos a un delincuente como inversor, y eso hubiese acabado con todo.

—Lo han acusado —replicó Stephanie—. No lo han condenado. Te recuerdo que en nuestro sistema de justicia eres inocente hasta que se demuestre que eres culpable.

—Esa es una mala excusa para no decírmelo —dijo Daniel, airado—. ¿Lo condenarán?

—No lo sé. —La voz de Stephanie perdió su tono cortante mientras se enfrentaba al sentimiento de culpa por no haber hablado a Daniel de su hermano. Había pensado en hablarle de la acusación pero siempre lo había dejado para el día siguiente.

—¿No tienes ni la más mínima idea? Resulta un tanto difícil de creer.

—Tenía algunas vagas sospechas —admitió Stephanie—. También las tuve respecto a mi padre, y Tony es quien se hizo cargo de los negocios de papá.

—¿De qué negocios estamos hablando?

—Negocios inmobiliarios y unos cuantos restaurantes, además de un restaurante y un café en la calle Hanover.

—¿Eso es todo?

—Eso es lo que no sé. Siempre me provocaron sospechas ver las idas y venidas a mi casa de toda clase de personas a cualquier hora del día y la noche, y que a las mujeres y a los niños nos mandaran salir del comedor después de las largas comidas familiares para que los hombres pudiesen hablar. En muchos sentidos, al verlo en retrospectiva, me parece que éramos la típica familia de pandilleros italoamericana. Desde luego no era en la escala que ves en las películas de gángsteres, pero muy parecido en un plan más humilde. Se esperaba que las mujeres nos dedicáramos a la cocina, el hogar y la iglesia sin interesarnos o meternos en cualquier tipo de negocio. Si quieres saber la verdad, todo aquello me resultaba muy molesto, porque los chicos del barrio nos trataban de otra manera. No veía la hora de marcharme, y fui lo bastante lista como para comprender que la mejor manera de lograrlo era ser una buena estudiante.

—Eso lo puedo entender —dijo Daniel. También su voz se hizo más suave—. Mi padre estaba metido en toda clase de negocios, y algunos de ellos bordeaban la estafa. El problema era que fracasaba en todos, con la consecuencia de que él y por lo tanto mis hermanos y yo nos convertimos en el hazmerreír de Revere, sobre todo en la escuela, al menos aquellos de nosotros que no formábamos parte de ningún grupo. El apodo de mi padre era el Perdedor, y desafortunadamente el apodo tiene tendencia a transmitirse.

—En mi caso, fue todo lo contrario —manifestó Stephanie—. Nos trataban con una deferencia que no era nada agradable. Ya sabes que a los adolescentes les gusta integrarse. Pues no me dejaron, y ni siquiera sabía la razón.

—¿Cómo es que nunca me has hablado de todo esto?

—¿Cómo es que tú nunca me has hablado de tu familia más que para decirme que tienes ocho hermanos a ninguno de los cuales, si se me permite decirlo, conozco? Yo al menos te he preguntado por tu familia en varias ocasiones.

—Una muy buena pregunta —opinó Daniel, distraído. Volvió a contemplar el exterior donde se veían unos pocos copos de nieve arrastrados por las rachas de viento. Sabía que la verdadera respuesta a la pregunta de Stephanie era que a él nunca le había importado su familia más que la propia. Se aclaró la garganta y se volvió hacia su compañera.

—Quizá nunca hablamos de nuestras familias porque ambos estamos avergonzados de nuestra infancia. Claro que también podría ser una combinación de eso con nuestra preocupación por la ciencia y fundar la compañía.

—Quizá —admitió Stephanie sin mucha convicción. Miró a través del parabrisas—. Es verdad que la vida académica siempre ha sido mi vía de escape. Por supuesto, mi padre nunca lo aprobó, pero eso solo sirvió para reforzar mi decisión. Demonios, no quería que estudiara. Creía que era una pérdida de tiempo y dinero, y afirmaba que debía casarme y tener hijos como hace cincuenta años atrás.

—A mi padre le avergonzaba que destacara tanto en las ciencias. Decía a todos que debía ser algo heredado de mi madre, como si fuese una enfermedad genética.

—¿Qué hay de tus hermanos y hermanas? ¿También pasaron por lo mismo?

—Hasta cierto punto, porque mi padre era una persona lo bastante miserable como para culparnos de sus fracasos. Decía que nos comíamos el capital que necesitaba para tener éxito de verdad en la última idea brillante que había tenido. Sin embargo, mis hermanos, que destacaban en los deportes, lo tenían un poco mejor, al menos cuando estaban en el instituto, porque mi padre era un fanático de los deportes. Pero volvamos otra vez a tu hermano, Tony. ¿De quién fue la idea de que invirtiera en CURE, suya o tuya? —La voz de Daniel recuperó parte de la brusquedad anterior.

—¿Esto se convertirá de nuevo en una discusión?

—Tú responde a la pregunta.

—¿Qué más da de quién fue la idea?

—Fue un tremendo error de juicio permitir a un posible, o probable, ya se verá, gángster que invirtiera en nuestra compañía.

—Creo que fue una combinación de los dos —manifestó Stephanie—. A diferencia de mi padre, se mostró interesado en mis actividades, y le dije que la biotecnología era un buen campo para invertir parte de las ganancias de los restaurantes.

—¡Estupendo! —exclamó Daniel con un tono sarcástico—. Confío en que te darás cuenta de que a los inversores en general no les gusta perder dinero, aunque se les haya advertido adecuadamente de los riesgos de una empresa que comienza. Supongo que eso es algo que un gángster da por sobreentendido. ¿Has escuchado alguna vez algo absolutamente desagradable como que te rompan las piernas?

—¡Por amor de Dios, es mi hermano! Nadie le romperá las piernas a nadie.

—Sí, pero yo no soy su hermano.

—Sugerir algo así es un insulto —replicó Stephanie. Volvió a mirar a través de la ventanilla. Por lo general, tenía una reserva de paciencia para aguantar los sarcasmos, el ego, y la negatividad antisocial de Daniel, gracias al respeto que sentía por su extraordinaria capacidad científica, pero en este momento y después de los acontecimientos de la mañana, se le estaba agotando.

—A la vista de las circunstancias, no tengo ningún interés en quedarme en Washington otra noche —manifestó Daniel—. Creo que deberíamos recoger nuestras cosas, y tomar el próximo avión del puente aéreo a Boston.

—Por mí, de acuerdo —dijo Stephanie bruscamente.

Se apeó del taxi por su lado mientras Daniel pagaba la carrera. Entró en el vestíbulo del hotel, casi sin darse cuenta de que él la seguía un par de pasos más atrás. Stephanie estaba lo bastante alterada como para plantearse qué haría cuando estuvieran en Boston. Dada su ofuscación mental en estos momentos, la idea de volver al apartamento de Daniel en Cambridge donde había estado viviendo no le resultaba en absoluto atractiva. La sugerencia de Daniel de que su familia era tan infame como para llegar a la violencia física era directamente un insulto. No tenía muy claro si alguien de su familia era un usurero o participaba en otras actividades dudosas, pero sí estaba absolutamente segura de que nunca habían atacado a nadie.

—¡Doctora D'Agostino, un momento por favor! —llamó uno de los recepcionistas.

Escuchar que alguien decía su nombre en voz alta en medio del vestíbulo sorprendió a Stephanie hasta el punto de que se detuvo bruscamente. Daniel chocó contra ella, con la consecuencia de que se le cayó la carpeta que llevaba.

—¡Maldita sea, ten un poco más de cuidado! —protestó Daniel, mientras se agachaba para recoger las hojas que se habían salido de la carpeta. Un botones acudió en su ayuda. Eran copias del procedimiento RSHT. Las había llevado a la audiencia por si se presentaba la oportunidad de distribuirlas y facilitar a los presentes la comprensión del procedimiento. Desafortunadamente, no había surgido la oportunidad.

Cuando Daniel acabó de recoger las hojas, Stephanie ya había vuelto de la recepción.

—Podrías haberme avisado de que ibas a parar —se quejó Daniel.

—¿Quién es Carol Manning? —replicó ella, sin hacerle caso.

—No tengo ni la más mínima idea. ¿Por qué lo preguntas?

—Tienes un mensaje urgente de su parte. —Stephanie le alcanzó una nota.

Daniel le echó un vistazo.

—Se supone que debo llamarla. Dice que es una emergencia. ¿Cómo puede ser una emergencia si ni siquiera sé quién es?

—¿Cuál es el código de área? —le preguntó Stephanie, mientras miraba por encima del hombro de su compañero.

—Dos, cero, dos. ¿Sabes tú a cuál corresponde?

—¡Por supuesto que sí! Es aquí mismo, en el distrito federal.

—¡Washington! —exclamó Daniel—. Bueno, solucionado el misterio. —Hizo una bola con el mensaje, se acercó al mostrador de la recepción, y le pidió a uno de los empleados que la tirara a la papelera.

Stephanie parecía haber echado raíces en el lugar donde le había entregado la nota a Daniel. Su mente funcionaba a toda velocidad mientras miraba a Daniel que iba hacia los ascensores. Llevada por una súbita decisión, se acercó rápidamente a la recepción, cogió la nota que el recepcionista todavía tenía en la mano mientras hablaba con uno de los huéspedes, y corrió detrás de su socio.

—Creo que deberías llamar —dijo, con voz entrecortada cuando lo alcanzó.

—¿Sí? —preguntó Daniel con un tono de arrogancia—. No lo creo.

Se abrió la puerta del ascensor. Daniel entró en la cabina. Stephanie lo siguió.

—No, creo deberías llamar. Después de todo, ¿qué puedes perder?

—Un poco más de mi autoestima —manifestó Daniel.

El ascensor comenzó a subir. La mirada de Daniel permaneció fija en la botonera. La de Stephanie permaneció fija en Daniel. Se abrió la puerta. Caminaron por el pasillo.

—Recuerdo el prefijo porque lo marqué la semana pasada cuando llamé al despacho del senador Ashley Butler. Si no recuerdo mal, el prefijo era dos, dos, cuatro, y si es así, entonces corresponde a la centralita del Senado.

—Razón de más para no llamar. —Daniel abrió la puerta de la habitación y entró. Stephanie lo siguió.

Mientras Daniel se quitaba el abrigo, Stephanie fue a sentarse a la mesa de la sala. Alisó la nota.

—Es dos, dos, cuatro —le gritó—. El *urgente* está subrayado. ¡Quizá el viejo carcamal haya cambiado de opinión!

—Eso es tan improbable como que la luna se caiga de su órbita —respondió Daniel. Se acercó a la mesa y miró el mensaje—. Es curioso. ¿Qué demonios de emergencia podría ser? Por un momento creí que era de algún periodista, pero eso es imposible si el número corresponde a la centralita del Senado. Sabes, me da lo mismo. Mostrarme dispuesto a cooperar con cualquiera que tenga la más mínima relación con el Senado es algo que no me interesa en este momento.

—¡Llama! No vaya a ser que escupas al cielo y acabes escupiéndote a la cara. Si no lo haces, lo haré yo. Me haré pasar por tu secretaria.

—¿Tú, una secretaria? ¡Qué divertido! ¡De acuerdo, venga, llama!

—Utilizaré el altavoz para que escuches la conversación.

—¡Fantástico! —se burló Daniel. Se tumbó en el sofá con la cabeza apoyada en uno de los brazos y los pies en el otro.

Stephanie marcó el número. Se escuchó un único timbrazo antes de que se efectuara la conexión. Una voz femenina dijo «Hola» con un tono brusco como si la persona hubiese estado esperando la llamada impacientemente.

—Llamo de parte del doctor Daniel Lowell. —La joven sostuvo la mirada de Daniel—. ¿Hablo con Carol Manning?

—Soy yo. Gracias por llamar. Es extremadamente importante que hable con el doctor antes de que se marche del hotel. ¿Está disponible?

—¿Puedo preguntar cuál es el motivo de la llamada?

—Soy la jefa de personal del senador Ashley Butler —respondió Carol—. Quizá me viera usted esta mañana. Estaba sentada detrás del senador.

Daniel se pasó el dedo índice por la garganta para indicarle a Stephanie que colgara. Ella no le hizo caso.

—Necesito hablar con el doctor —prosiguió Carol—. Tal como le dije antes, es extremadamente importante.

Daniel repitió el gesto de antes al que añadió una expresión de enfado, y lo hizo una tercera vez al ver que ella titubeaba.

Stephanie le replicó con un ademán que dejara de hacer muecas. Tenía claro que él no quería hablar con Carol Manning, pero no estaba dispuesta a colgar.

—¿El doctor está allí? —preguntó Carol.

—Está, pero no se puede poner en este momento.

Daniel puso los ojos en blanco.

—¿Puedo preguntar con quién hablo?

Stephanie titubeó una vez más mientras pensaba en qué decir, después de haberle dicho a Daniel que se haría pasar por su secretaria. Sin embargo, ahora que estaba al teléfono le pareció ridículo, así que acabó dando su nombre.

—¡Oh, bien! —respondió Carol—. Por lo que dijo el doctor Lowell en sus declaraciones, deduzco que es usted una colaboradora. ¿Puedo preguntar si su colaboración es cercana y quizá incluso personal?

En el rostro de Stephanie apareció una sonrisa agria. Por un momento miró el teléfono como si el aparato pudiera decirle por qué Carol Manning se había saltado las reglas de cortesía para formularle la pregunta. En circunstancias normales, Stephanie se habría enfadado. Ahora solo sirvió para aumentar su curiosidad.

—No quiero parecer descortés —añadió la jefa de personal, como si quisiera anticiparse a una dura respuesta por parte de

Stephanie—. Esta es una situación un tanto violenta, pero me informaron de que se alojaban ustedes en la misma habitación. Confío en que comprenda que no es mi propósito entrometerme en su vida privada sino mostrarme lo más discreta posible. Verá, el senador quiere mantener una reunión secreta con el doctor Lowell, y en esta ciudad eso no es nada fácil, si tenemos en cuenta la importancia y la notoriedad del senador.

Stephanie abrió cada vez más la boca mientras escuchaba esta sorprendente propuesta. Incluso Daniel apartó los pies del brazo del sofá y se sentó.

—Esperaba —continuó Carol—, poderle comunicar este mensaje directamente al doctor Lowell de forma que solo el senador, el doctor, y yo tuviésemos conocimiento del encuentro. Es obvio que eso ya no es posible. Espero poder contar con su discreción, doctora D'Agostino.

—El doctor Lowell y yo trabajamos en estrecha colaboración —señaló Stephanie—. Puede usted contar con mi discreción. —Gesticuló frenéticamente para saber si Daniel quería intervenir en la conversación ahora que había tomado un giro del todo sorprendente. Daniel sacudió la cabeza y le indicó por señas que continuara.

—Nos gustaría poder concertar el encuentro para esta noche —dijo Carol.

—¿Puedo comunicarle al doctor Lowell el motivo de la reunión?

—No se lo puedo decir.

—Si no me lo dice, tendremos un problema. Sé que el doctor Lowell está muy disgustado con lo ocurrido en la audiencia de esta mañana. No tengo ninguna seguridad de que se muestre dispuesto a reunirse con el senador si no sabe que puede significarle algún beneficio. —Stephanie miró a Daniel, que cerró el puño y levantó el pulgar para comunicarle que aprobaba cómo estaba llevando el tema.

—Eso también es difícil para mí —comentó Carol—. Aunque soy la jefa de personal del senador y normalmente sé todo lo que pasa en este despacho, no tengo la más mínima idea de por qué el senador quiere reunirse con el doctor. El senador dijo que si bien el doctor Lowell podía estar molesto por las cosas dichas en la audiencia, debería evitar cualquier conclusión referente a la S.1103 · hasta después de la entrevista.

—Eso es un tanto vago.

—Es todo lo que puedo decir a tenor de la información de la que dispongo. En cualquier caso, insisto en la conveniencia de que el doctor acceda a la entrevista. Creo que le resultará beneficiosa. No se me ocurre ninguna otra razón para este encuentro. Se aparta de lo normal, y lo sé por experiencia personal. Llevo dieciséis años al servicio del senador.

—¿Dónde tendría lugar la reunión?

—El lugar más seguro sería un coche en marcha.

—Eso suena muy melodramático.

—El senador insiste en el máximo secreto, y como le dije antes, eso no es fácil en esta ciudad.

—¿Quién conduciría el coche?

—Yo.

—Si el doctor Lowell accede a la entrevista, insisto en estar presente.

Daniel volvió a poner los ojos en blanco.

—Dado que ya está enterada de la invitación, supongo que no habrá inconvenientes. En cualquier caso, para tener la certeza absoluta, tendré que consultar con el senador.

—¿Debo suponer que vendrá a recogernos al hotel?

—Mucho me temo que eso no podrá ser. El plan más seguro es que usted y el doctor Lowell vayan en taxi a la Union Station. A las nueve en punto, llegaré en un monovolumen Chevrolet negro con cristales tintados. El número de la matrícula es GDF471. Aparcaré delante mismo de la estación. Le daré el número de mi móvil por si surge algún problema.

Stephanie anotó el número que le dictó Carol.

—¿El senador puede confiar en que el doctor Lowell acudirá a la cita?

—Le transmitiré la información al doctor Lowell tal como me la ha comunicado.

—Eso es todo lo que pido. De todas maneras, quiero recalcar de nuevo lo extremadamente importante que es esta cita, tanto para el senador como para el doctor Lowell. El senador utilizó estas mismas palabras.

Stephanie le dio las gracias, dijo que la volvería a llamar en quince minutos y colgó. Miró a Daniel.

—Este es uno de los episodios más extravagantes en los que me he visto metido —comentó Stephanie—. ¿A ti qué te parece?

—¿Qué demonios se traerá entre manos el viejo carcamal?

—Mucho me temo que solo hay una manera de averiguarlo.

—¿De verdad crees que debo ir?

—Digámoslo de esta manera —respondió Stephanie—. Creo que sería una tontería de tu parte no ir. Dado que el encuentro es secreto, ni siquiera tendrás que preocuparte de perder un poco más de autoestima, a menos que te importe lo que Ashley Butler piense de ti, y sabiendo la opinión que te merece, no creo que sea el caso.

—¿Crees que Carol Manning no sabe nada de la razón para la cita?

—Sí, me lo creo. Capté un cierto resentimiento cuando lo dijo. Tengo la sensación de que el senador oculta algo en la manga que ni siquiera está dispuesto a compartir con su más íntima colaboradora.

—De acuerdo —aceptó Daniel con una cierta renuencia—. Llámala y dile que estaré en la estación a las nueve.

—Le diré que estaremos en la estación a las nueve. No mentí cuando le dije a la señorita Manning que quería estar presente. Insisto en ir.

—¿Por qué no? Podríamos celebrar una fiesta.

4

A Carol le pareció que en la modesta casa del senador en Arlington, Virginia, estaban encendidas todas las luces cuando entró en el camino de coches. Miró su reloj. Con las extravagancias del tráfico de Washington, no sería lo más fácil del mundo llegar a la Union Station a las nueve en punto. Confiaba en haberlo calculado bien, aunque las cosas no habían comenzado auspiciosamente. Había tardado diez minutos más de lo planeado en venir desde su apartamento en Foggy Bottom a la casa de Ashley. Afortunadamente, había añadido en su plan un margen de error de quince minutos.

Puso el freno de mano, y sin apagar el motor, se dispuso a bajar del vehículo. Pero no fue necesario que se expusiera a la llovizna helada que caía en el exterior. Se abrió la puerta principal de la casa, y apareció el senador. Detrás de él, vio a su rubicunda esposa que parecía el epítome de una feliz vida doméstica, con un delantal blanco con volantes sobre el vestido de algodón a cuadros. Al reparo de la galería, y al parecer en obediencia a sus órdenes, el senador consiguió abrir su paraguas después de un par de intentos. Lo que al principio del día habían sido unos pocos copos de nieve se había convertido en lluvia mezclada con aguanieve.

Ashley comenzó a bajar la escalinata de su casa con el rostro oculto por la copa del paraguas. Se movía lenta y deliberadamente, y le dio tiempo a Carol para observar la figura fornida, ligeramente encorvada de un hombre que en otra vida hubiese podido ser un granjero o incluso un trabajador metalúrgico. Para Carol, no era una visión especialmente alegre ver acercarse a su jefe. Había algo claramente patético y deprimente en la escena. La cortina de lluvia y el color sepia contribuían a ello, lo mismo que el monótono vaivén de los limpiaparabrisas que trazaban implacables sus arcos sobre el cristal mojado. Sin embargo, para Carol era más lo que sabía que lo que veía. Aquí estaba un hombre al que había respetado casi hasta la reverencia, para quien había hecho innumerables sacrificios durante más de una década, pero que ahora era imprevisible y ocasionalmente incluso ruin. A pesar de todos los intentos que había hecho a lo largo del día, seguía sin saber por qué había insistido en el encuentro clandestino y políticamente arriesgado con el doctor Lowell, y debido a su insistencia en el más absoluto secreto, no había podido preguntarle a nadie más. Para empeorar todavía más las cosas, no podía evitar la sensación de que Ashley le había ocultado el motivo del encuentro exclusivamente por maldad, solo porque percibía instintivamente su desesperación por saberlo. Durante el último año, gracias a muchos inmerecidos comentarios sarcásticos, se había dado cuenta de que él envidiaba su relativa juventud y su buena salud.

Carol observó cómo Ashley se detenía al pie de la escalinata para acomodarse al terreno llano. Por un momento, pareció haberse convertido en una estatua, una metáfora de su prepotente tozudez, una cualidad que Carol había admirado cuando se trataba de sus creencias políticas populistas pero que ahora la irritaba. En el pasado, él había luchado por el poder que necesitaba para sacar adelante sus postulados conservadores. En cambio, ahora parecía luchar por el poder en sí mismo como si se hubiera hecho adicto a detentarlo. Siempre le había tenido por un gran hombre que sabía cuándo le había llegado el momento de apartarse, pero ahora ella no lo tenía muy claro.

Ashley comenzó a caminar lentamente; con el abrigo negro, los hombros caídos, y los pasos cortos arrastrando los pies, le recordó a un enorme pingüino. Ganó velocidad a medida que caminaba. Carol esperaba que diera la vuelta para sentarse en el asiento del acompañante, pero el senador abrió la puerta trasera izquierda. Notó el suave balanceo del vehículo cuando subió. Luego escuchó el golpe de la puerta al cerrarse y el ruido del paraguas cuando lo tiró al suelo.

Carol se volvió. Ashley estaba arrellanado en el asiento. En la débil luz grisácea del interior del coche, su rostro se veía pálido, casi fantasmagórico, y sus facciones vulgares se hundían en la carne como si las hubiesen marcado en una masa de pan cruda. Sus cabellos grises siempre bien peinados tenían el aspecto de un puñado de lana de acero. El reflejo de las luces de la casa en los cristales de sus gafas de montura ancha tenía algo de siniestro.

—Llegas tarde —protestó Ashley, sin el menor rastro de deje sureño en la voz.

—Lo siento —respondió Carol mecánicamente. Siempre se estaba disculpando—. Así y todo llegaremos a la hora. ¿Quiere que hablemos antes de ir a la ciudad?

—¡Conduce! —le ordenó Ashley.

Carol sintió cómo la dominaba la rabia. Pero se mordió la lengua, consciente de las consecuencias si manifestaba sus sentimientos. Ashley tenía una memoria de elefante para la más mínima afrenta y la malicia de sus venganzas era legendaria. La jefa de personal salió marcha atrás del camino de coches.

La ruta era sencilla con carreteras de acceso limitado durante la mayor parte del camino. Carol se dirigió hacia la autopista 395 sin ninguna dificultad al pillar todos los semáforos en verde. Cuando entró en la autopista, observó complacida que había muchos menos coches que quince minutos antes, y aceleró hasta la velocidad permitida. Segura de que cumpliría el horario previsto, se relajó un poco, pero cuando se acercaron al río Potomac, un reactor de pasajeros que despegaba del aeropuerto Reagan pasó con gran estruendo por encima de la autopista. Tensa como estaba, el súbito y terrible aullido de los motores la sorprendió hasta el punto que movió bruscamente el volante y el coche se desvió.

—Si no supiera que no puede ser —comentó Ashley, que rompió el silencio que había mantenido después de su brusca orden, y de nuevo con el deje sureño—, hubiera jurado por la memoria de mi madre que la turbulencia provocada por ese avión se extendió hasta la autopista. ¿Tienes el absoluto control de este vehículo, querida?

—Todo va bien —respondió Carol escuetamente. En este momento, le parecía insultante hasta el acento teatral del senador, porque sabía que lo manejaba a voluntad.

—He estado ojeando el informe que tú y el resto del equipo preparasteis sobre el buen doctor —prosiguió Ashley después de una breve pausa—. Casi me lo he aprendido de memoria. No puedo menos que felicitaros. Habéis hecho un gran trabajo. Creo que sé más de ese muchacho que él mismo.

Carol asintió con un gesto. Continuaron en silencio hasta que entraron en el túnel que pasaba por debajo del Washington Mall.

—Sé que estás enfadada conmigo —dijo Ashley sorpresivamente—, y sé la razón.

Carol miró al senador por el espejo retrovisor. Los destellos de luz de los azulejos del túnel le iluminaban el rostro de manera intermitente, cosa que le daba un aspecto más fantasmal que antes.

—Estás enfadada conmigo porque no he divulgado mis motivos para esta inminente reunión.

Carol lo miró de nuevo. Estaba sorprendida. La admisión era algo absolutamente fuera de contexto. Nunca había sugerido que conocía o que le importaban los sentimientos de Carol. Esta era una prueba más de su actual imprevisibilidad, y no sabía qué decir.

—Esto me recuerda una ocasión en que mi mamá se enfadó conmigo —añadió Ashley, que ahora añadió su tono anecdótico al deje. Carol gimió para sus adentros. Era un gesto que le resultaba insoportable—. Fue cuando yo levantaba un palmo del suelo. Quería ir a pescar yo solo en un río que estaba a un par de kilómetros de nuestra casa donde, según decía, los bagres tenían el tamaño de armadillos. Me marché antes del amanecer, cuando nadie más se había levantado, y le causé a mi madre una terrible preocupación. Cuando regresé a casa, estaba como loca. Me agarró del cuello y me preguntó por qué no le había pedido permiso para hacer semejante tontería a mi tierna edad. Le respondí que no le había pedido permiso porque sabía que me diría que no. Bien, Carol, querida, me encuentro en la misma situación ante este inminente encuentro con el doctor. Te conozco lo bastante bien como para saber que harías lo imposible para hacerme cambiar de opinión, y yo estoy decidido a hacerlo.

—Solo intentaría hacerlo si fuese en su mejor interés —replicó Carol.

—Hay ocasiones en que tus intenciones son absolutamente transparentes. La mayoría de las personas se negarían a creer tus verdaderos motivos, a la vista de tu aparentemente desinteresada devoción, pero yo te conozco mejor.

Carol tragó saliva. No sabía muy bien cómo interpretar el pomposo comentario de Ashley, pero sabía que no le interesaba ir por la dirección que sugería, porque era una indicación de que él sospechaba de sus secretas ambiciones.

—¿Al menos ha discutido este encuentro con Phil para estar seguro de sus potenciales implicaciones políticas?

—¡Santo cielo, no! No he hablado de este asunto con nadie, ni siquiera con mi esposa, bendita sea. Tú, los doctores, y yo somos los únicos que sabemos que tendrá lugar.

Carol salió de la autopista y se dirigió hacia Massachusetts Avenue. Se tranquilizó al ver que se acercaban a la estación, cosa que evitaría la posibilidad de que la conversación volviera al tema de sus metas no manifestadas. Miró su reloj. Las nueve menos cuarto.

—Llegaremos un poco antes de la hora —anunció.

—Entonces párate un poco —sugirió Ashley—. Preferiría llegar a la hora en punto. Ayudará a dar el tono correcto a la cita.

Carol giró a la derecha en North Capital y luego a la izquierda en la D. Era una zona conocida, dada su proximidad al edificio del Senado. Cuando se dirigió de nuevo a la estación, faltaban tres minutos para las nueve. Eran las nueve en punto cuando aparcó delante de la estación.

—Allí están —dijo Ashley, y señaló por encima del hombro de Carol. Daniel y Stephanie se protegían de la lluvia con un paraguas del Four Seasons. Destacaban entre la multitud por su inmovilidad. Todos los demás corrían a buscar refugio, ya fuera en el edificio de la estación o en los taxis que hacían cola.

Carol encendió por un momento las luces largas para llamar la atención de los doctores.

—No es necesario montar una escena —protestó Ashley—. Nos han visto.

Vieron cómo Daniel miraba su reloj antes de caminar hacia el vehículo. Stephanie le cogía el brazo izquierdo. La pareja se acercó a la ventanilla de Carol. Ella bajó el cristal.

—¿Señorita Manning? —preguntó Daniel despreocupadamente.

—¡Estoy en el asiento de atrás, doctor! —gritó Ashley antes de que Carol pudiese responder—. ¿Qué le parece si se sienta usted conmigo aquí atrás y su bella colaboradora se sienta delante con Carol?

Daniel se encogió de hombros antes de que él y Stephanie dieran la vuelta al coche. Cubrió a Stephanie con el paraguas mientras subía, y luego subió él a la parte de atrás.

—¡Bienvenido! —le saludó Ashley con un tono alegre, al tiempo que le extendía su mano de dedos gruesos—. Gracias por aceptar reunirse conmigo en una noche desagradablemente fría y lluviosa.

Daniel miró la mano del senador pero no hizo el menor gesto de estrechársela.

—¿Qué se le ha ocurrido, senador?

—Esto es lo que se llama un auténtico norteño —comentó Ashley con el mismo tono, mientras bajaba la mano sin parecer ofendido en lo más mínimo por el rechazo del científico—. Siempre dispuestos a ir por la vía rápida sin desperdiciar el tiempo en los refinamientos de la vida. Bien, que así sea. Ya habrá tiempo más tarde para los apretones de mano. Mientras tanto, mi propósito es que usted y yo nos conozcamos mejor. Verá, estoy profundamente interesado en sus conocimientos esculapianos.

—¿Dónde vamos, senador? —preguntó Carol, que miró a su jefe por el espejo retrovisor.

—¿Por qué no llevamos a estos buenos doctores a dar un paseo por nuestra bella ciudad? —sugirió Ashley—. Ve hacia el Tidal Basin para que puedan disfrutar del monumento más elegante de nuestra ciudad.

Carol puso el coche en marcha y fue hacia el sur. Carol y Stephanie se miraron la una a la otra en una rápida valoración.

—Aquí a la derecha tenemos el Capitolio —añadió Ashley, y lo señaló—. A nuestra izquierda está el Tribunal Supremo, un edificio cuya arquitectura me encanta, y la biblioteca del Congreso.

—Senador —manifestó Daniel—, con todo el debido respeto, que no es mucho, no me interesa que nos ofrezca un recorrido turístico por la ciudad, ni tampoco me interesa conocerle mejor, especialmente después de la parodia en la que nos hizo participar esta mañana.

—Mi querido, queridísimo amigo... —comenzó Ashley después de una breve pausa.

—¡Acabe de una vez con el rollo sureño! —le interrumpió Daniel despectivamente—. Además, que conste que no soy su queridísimo amigo. Ni siquiera soy su amigo.

—Doctor, con el debido respeto, que en mi caso es sincero, se hace usted un flaco favor con todas esas afrentas. Si me lo permite le daré un pequeño consejo: esta mañana perjudicó su propia causa cuando permitió que sus emociones dominaran su considerable intelecto. A pesar de su muy claramente manifestada animosidad hacia mí, deseo negociar con usted de hombre a hombre y mejor dicho de caballero a caballero un tema muy importante y delicado. Ambos tenemos algo que el otro desea, y si queremos conseguir nuestros deseos, ambos tendremos que hacer algo que preferiríamos no hacer.

—Habla usted con acertijos —protestó Daniel.

—Quizá sí —admitió Ashley—. ¿He captado su interés? No añadiré nada más a menos que esté convencido de ello.

Ashley escuchó el suspiro de impaciencia de Daniel. Por su lenguaje corporal imaginó que el doctor había puesto los ojos en blanco, aunque no podía estar seguro dada la oscuridad del interior del vehículo. El senador esperó mientras Daniel miraba fugazmente a través de la ventanilla los edificios del instituto Smithsoniano.

—El mero hecho de admitir su interés no le obliga ni lo amenaza en ningún sentido —añadió—. Nadie más excepto aquellos que estamos en este vehículo está enterado de esta reunión; siempre, claro está, que usted no se lo haya comunicado a alguien.

—Me hubiese sentido muy avergonzado.

—Prefiero hacer caso omiso de sus groserías, doctor, de la misma manera que esta mañana hice caso omiso de la falta de cortesía que me demostró con su atuendo, su desdeñoso lenguaje corporal y sus ataques verbales. Como corresponde a un caballero, podría haberme dado por ofendido, pero no lo hice. ¡Así que ahórrese la molestia! Lo que quiero saber es si está interesado en negociar.

—¿Se puede saber exactamente qué debo negociar?

—La viabilidad de su compañía, su actual carrera, sus oportunidades de convertirse en famoso, y quizá lo más importante de todo, la oportunidad de evitar el fracaso. Tengo razones para creer que el fracaso es su fobia particular.

Daniel miró a Butler en la penumbra del coche. El senador fue consciente de la fuerza de la mirada del científico, a pesar de que no podía verla. Se animó al comprobar que poco a poco iba consiguiendo captar su interés.

—¿Cree usted que soy una persona especialmente sensible al fracaso? —replicó Daniel, con una voz que había perdido parte de su tono sardónico.

—No me cabe la menor duda —afirmó Ashley—. Es usted una persona tremendamente competitiva, algo que, combinado con su capacidad intelectual, ha sido la fuerza impulsora de su éxito. Pero a las personas tremendamente competitivas no les gusta fracasar, sobre todo cuando parte de su motivación es escapar de su pasado. A usted le ha ido bien y ha progresado mucho desde sus años en Revere, Massachusetts, y, sin embargo, su peor pesadilla es un fracaso que lo llevara de nuevo a sus raíces infantiles. No es una preocupación racional, si tenemos en cuenta sus credenciales, pero de todas maneras le acosa.

Daniel soltó una carcajada desabrida.

—¿Cómo es que se le ha ocurrido esta teoría absolutamente ridícula y estrafalaria? —preguntó.

—Sé muchísimas cosas de usted, amigo mío. Mi padre siempre me decía que el conocimiento era el poder. Dado que nosotros dos tendremos que negociar, me aproveché de mis considerables recursos, incluidos mis contactos en el FBI, para averiguar todo lo posible sobre su compañía y su persona. A fuer de sincero, lo sé todo de usted y de su familia desde hace generaciones.

—¿Me ha hecho investigar por el FBI? —exclamó Daniel, atónito—. Me resulta difícil de creer.

—¡Pues créalo! Le indicaré algunos de los puntos destacados de lo que ha resultado ser una historia muy interesante. En primer término, está directamente emparentado con la familia Lowell de Nueva Inglaterra, que se menciona en la famosa descripción de la sociedad de Boston donde los Lowell solo hablaban con los Cabot y los Cabot solo hablaban con Dios. ¿O era al revés? Carol, ¿me puedes ayudar?

—Lo ha dicho bien, senador —respondió Carol.

—Me tranquiliza. No quiero perjudicar mi credibilidad apenas iniciado el discurso. Desafortunadamente, doctor, su parentesco con los famosos Lowell no le ha sido de ninguna ayuda. Al parecer, el borracho de su abuelo fue expulsado de la familia y, lo que es más importante, desheredado después de oponerse a los deseos familiares, primero al abandonar los estudios para alistarse como soldado de infantería en la Primera Guerra Mundial, y luego, cuando lo licenciaron, casándose con una chica de clase media baja de Medford. Por lo que se sabe fue tan terrible la experiencia que vivió en Europa durante la guerra que estaba psicológicamente incapacitado para reintegrarse a una sociedad privilegiada. Esto, desde luego, era muy distinto a la situación de sus hermanos y hermanas, que no habían ido a la guerra y que disfrutaban al máximo de los excesos de los locos años veinte y quienes, incluso a pesar del riesgo de convertirse en alcohólicos, estaban acabando sus carreras y se casaban con personas de su mismo nivel social.

—Senador, esto no me resulta nada divertido. ¿Podemos ir al grano?

—Paciencia, amigo mío. Permítame que continúe con mi historia. Al parecer el beodo de su abuelo paterno tampoco fue un buen padre ni un modelo para sus diez hijos, uno de los cuales fue su padre. El refrán «De tal palo tal astilla» es ciertamente aplicable a su padre, que prestó servicio en la Segunda Guerra Mundial. Aunque consiguió no acabar alcohólico perdido, tampoco fue un buen padre ni un modelo para sus nueve hijos, y creo que está de acuerdo conmigo. Afortunadamente, con su competitividad, su capacidad intelectual, y por no haber tenido que vivir la experiencia de la guerra en Vietnam, ha conseguido romper la espiral descendente, pero no sin algunas heridas.

—Senador, por última vez, a menos que me diga en qué está pensando con palabras, insistiré en que nos lleven de regreso a nuestro hotel.

—Ya se lo he dicho —contestó Ashley—. En cuanto subió al coche.

—Será mejor que me lo repita —se mofó Daniel—. Al parecer, fue algo tan sutil que lo pasé por alto.

—Le dije que estaba interesado en sus conocimientos esculapianos.

—Citar al dios de la medicina convierte todavía más todo esto en una adivinanza que no tengo paciencia para resolver. Seamos específicos, sobre todo dado que mencionó que esto era una negociación.

—De acuerdo. Específicamente, le ofrezco un trueque entre sus poderes como médico y mis poderes como político.

—Soy un investigador, no un médico con ejercicio.

—Así y todo es un médico, y las investigaciones que realiza son para curar a las personas.

—Siga.

—Lo que voy a decirle es la razón por la que estamos ahora manteniendo esta conversación. Pero necesito su palabra de caballero de que lo que voy a decirle será absolutamente confidencial, sea cual sea el resultado de esta reunión.

—Si es algo de verdad personal, no tengo ningún inconveniente en mantener el secreto.

—¡Excelente! ¿Y usted, doctora D'Agostino? ¿También tengo su palabra?

—Por supuesto —tartamudeó Stephanie, sorprendida por lo inesperado de la pregunta. Estaba sentada de lado, para mirar a los dos hombres. Llevaba en esa posición desde que el senador había comenzado a hablar sobre el miedo al fracaso de Daniel.

Carol tenía dificultades para seguir conduciendo y había disminuido la velocidad considerablemente. Fascinada por la conversación que tenía lugar en el asiento trasero, su mirada estaba más pendiente del reflejo de Ashley en el espejo retrovisor que de la carretera. Estaba segura de saber lo que Ashley se disponía a decir y ahora sospechaba cuál era el plan del senador. Estaba asombrada.

El senador se aclaró la garganta.

—Desafortunadamente, me han diagnosticado la enfermedad de Parkinson. Para empeorar las cosas, mi neurólogo cree que tengo una variante de la dolencia que se desarrolla rápidamente. En la última visita incluso comentó que quizá pronto la enfermedad comience a afectar a mi capacidad cognitiva.

Durante unos instante reinó en el coche el más absoluto silencio.

—¿Cuánto tiempo hace que lo sabe? —preguntó Daniel—. No he observado ningún temblor.

—Alrededor de un año. La medicación ha ayudado pero, como dijo mi neurólogo, cada vez hace menos efecto. Por lo tanto, mi enfermedad no tardará en ser del conocimiento público a menos que se haga algo y pronto. Mucho me temo que mi carrera política está en juego.

—Espero que toda esta pantomima no acabe en lo que estoy pensando —manifestó Daniel.

—Supongo que así es —admitió Ashley—. Doctor, quiero ser su cobaya o, más exactamente, uno de sus ratones. Según anunció con tanto orgullo esta mañana, ha tenido mucha suerte con sus ratones.

Daniel sacudió la cabeza.

—¡Esto es absurdo! ¿Quiere que lo trate como he tratado a nuestras ratas?

—Efectivamente, doctor. Ahora bien, sabía que no querría hacerlo por una multitud de razones, y por eso esta charla es una negociación.

—Iría contra la ley —intervino Stephanie—. La FDA nunca lo permitiría.

—No tenía la intención de informar a la FDA —respondió Ashley tranquilamente—. Sé lo entrometidos que llegan a ser en ocasiones.

—Tendría que hacerse en un hospital —señaló Stephanie—. Sin la aprobación de la FDA, ninguno lo permitiría.

—Ninguno en este país —le corrigió Ashley—. La verdad es que pensaba en las Bahamas. Es una buena época del año para ir a las Bahamas. Además, allí hay una clínica que satisfaría nuestras necesidades a la perfección. Hace seis meses, mi subcomité realizó una serie de audiencias sobre la falta de una regulación adecuada de las clínicas de estirilidad en este país. Una clínica llamada Wingate apareció durante las audiencias como ejemplo de cómo algunas de estas clínicas no hacen caso de las normas más básicas para de esa manera obtener unos cuantiosos beneficios. La clínica Wingate se trasladó no hace mucho a la isla de New Providence para eludir las pocas leyes aplicables a sus operaciones, que incluye algunos tratamientos muy dudosos. Pero lo que más me llamó la atención fue que estaban a punto de construir un centro de investigación y un hospital con los adelantos más modernos.

—Senador, hay unas razones muy claras por las que las investigaciones se hacen primero con los animales antes de pasar a los seres humanos. Hacer otra cosa es contrario a la ética en el mejor de los casos y una verdadera locura en todos los demás. No puede ser parte de algo semejante.

—Sabía que de entrada no le entusiasmaría la idea —señaló Ashley—. Por eso hablo de una negociación. Verá, estoy dispuesto a darle mi palabra de caballero de que mi proyecto de ley, el S.1103, nunca saldrá de mi subcomité si usted acepta tratarme con su RSHT en el más absoluto secreto. Eso significa que podrá seguir adelante con su segunda línea de financiación, salvar a su compañía, y convertirse en el millonario empresario biotecnológico que aspira a ser. En cuanto a mí mismo, mi poder político todavía está en ascenso, y seguirá así, siempre y cuando desaparezca la amenaza del Parkinson. De esta manera, como una consecuencia de que cada uno de nosotros hará algo que preferiría no hacer, ambos saldríamos ganando.

—¿Qué está haciendo que no querría hacer? —preguntó Daniel.

—Acepto el riesgo de convertirme en una cobaya —declaró Ashley—. Soy el primero en admitir que preferiría que nuestros papeles estuvieran invertidos, pero así es la vida. También me arriesgo al castigo político de mis votantes conservadores que esperan que el subcomité dé el visto bueno al proyecto de ley S. 1103.

Daniel sacudió la cabeza con una expresión de asombro.

—Esto es un disparate.

—Hay algo más —dijo Ashley—. Consciente del riesgo que asumo al someterme a esta nueva terapia, no creo que nuestro intercambio de servicios esté igualado. Para rectificar ese desequilibrio y disminuir el riesgo, reclamo una intervención divina.

—Me da miedo preguntar a qué se refiere con una *intervención divina*.

—Si no lo he entendido mal, si acepta tratarme con su RSHT, necesitará un segmento de ADN de alguien que no tiene la enfermedad de Parkinson.

—Es correcto, pero no importa quién sea la persona. No es necesario que los tejidos sean compatibles, como en los trasplantes de órganos.

—A mí me importa quién sea la persona —replicó Ashley—. También tengo entendido que podría conseguir el pequeño segmento de ADN de la sangre.

—No podría obtenerlo de los glóbulos rojos, que no tienen núcleo —le explicó Daniel—. En cambio, podría sacarlo de los glóbulos blancos, que siempre encuentras en la sangre. Por lo tanto, sí, podría obtenerlo de la sangre.

—Agradezco al buen Dios que nos diera los glóbulos blancos —declaró Ashley—. Es la fuente de la sangre lo que ha captado mi interés. Mi padre era un ministro baptista, pero mi madre, Dios la tenga en su santa gloria, era una irlandesa católica. Ella me enseñó unas cuantas cosas que nunca he olvidado. Permítame que le haga una pregunta: ¿sabe algo sobre la Sábana Santa de Turín?

Daniel miró a Stephanie. Una desabrida sonrisa de incredulidad había aparecido en su rostro.

—Me criaron en la fe católica —manifestó Stephanie—. Sé lo que es la Sábana Santa.

—Eso lo sé yo también —intervino Daniel—. Es una reliquia religiosa que se decía que era la mortaja de Jesucristo, algo que se demostró como una falsedad hará unos cinco años.

—Es verdad —dijo Stephanie—. Pero fue hace más de diez años. Según la datación del carbono 14 es de mediados del siglo XIII.

—No me importa en lo más mínimo la datación del carbono 14 —proclamó el senador—. Sobre todo después de que fuera criticado por varios científicos de gran prestigio. Es más, incluso si el informe no hubiese sido puesto en duda, mi interés hubiera sido el mismo. El sudario tenía un lugar especial en el corazón de mamá, y se me pegó parte de su devoción cuando nos llevó a mí y a mis dos hermanos mayores a Turín para que lo viéramos cuando yo no era más que un chiquillo impresionable. Más allá de las dudas referentes a su autenticidad, el hecho innegable es que hay manchas de sangre en la tela. La mayoría está de acuerdo en ese punto. Quiero que el pequeño segmento de ADN que se necesita para el RSHT se obtenga de la Sábana Santa de Turín. Esa es mi exigencia y mi oferta.

Daniel no pudo contener una carcajada de desprecio.

—Esto es mucho más que ridículo. Es una locura. Además, ¿cómo podría conseguir una muestra de sangre de la Sábana Santa de Turín?

—Eso es cosa suya, doctor —señaló Ashley—. Pero estoy dispuesto y puedo ayudarle. Estoy seguro de que podré conseguir los detalles sobre cómo acceder a la mortaja a través de un arzobispo que conozco, y que siempre está dispuesto a intercambiar favores por una consideración política especial. Sé que han tomado muestras de las manchas de sangre de la mortaja para cederlas en préstamo, y que posteriormente fueron devueltas a la iglesia. Quizá se podría conseguir alguna, pero usted tendría que ir a recogerla.

—Me ha dejado sin respuestas —admitió Daniel, que hizo lo posible para evitar la burla.

—Eso es muy comprensible —manifestó Ashley—. Estoy seguro de que la oportunidad que le ofrezco lo ha pillado desprevenido. No espero que me responda inmediatamente. Como un hombre reflexivo, estoy seguro de que preferirá considerarlo a fondo. Mi propuesta es que me llame, y le daré un número especial para que lo haga. Pero me gustaría añadir que si no tengo noticias suyas mañana a las diez, aceptaré que ha decidido no aprovechar mi oferta. A las diez, le ordenaré a mi equipo que convoque al subcomité a la brevedad posible para que vote el proyecto de ley S.1103, de forma tal que pase a consideración del pleno del comité y luego al Senado. Estoy seguro de que el grupo de presión del BIO ya le ha informado de que el S.1103 será aprobado sin problemas.

5

Las luces traseras del coche de Carol Manning se perdieron a lo lejos mientras el vehículo seguía por Louisiana Avenue y se confundieron con el tráfico general antes de desaparecer en la oscuridad de la noche. Stephanie y Daniel las siguieron hasta perderlas, y luego se miraron el uno al otro. Sus rostros estaban separados solo unos centímetros, dado que mantenían sus cuerpos apretados debajo del paraguas. Una vez más, permanecían inmóviles en la acera delante de la estación, en el mismo lugar donde una hora antes habían esperado a que vinieran a recogerlos. Entonces les había dominado la curiosidad y la intriga. Ahora estaban atónitos.

—Mañana por la mañana, juraré que todo esto fue una alucinación —opinó Stephanie, y sacudió la cabeza.

—Tengo la sensación de que el tema tiene algo de irreal —admitió Daniel.

—Creo que grotesco es un adjetivo mucho más adecuado.

Daniel miró la tarjeta del senador que tenía en la mano libre. Le dio la vuelta. En el dorso, Butler había garabateado el número de un teléfono móvil donde podía ponerse en contacto directo con él durante las siguientes doce horas. Leyó el número varias veces como si quisiera aprenderlo de memoria.

Una súbita racha de viento hizo que la lluvia se moviera en un plano horizontal. Stephanie se estremeció cuando las gotas heladas le azotaron el rostro.

—¡Hace frío! ¡Volvamos al hotel! No tiene sentido quedarnos aquí y acabar empapados.

Daniel, como si despertara de un trance, se disculpó y echó una ojeada a la explanada de delante de la estación. Había una parada de taxis en uno de los lados, y varios vehículos que hacían cola. Con el paraguas a modo de escudo para protegerse del viento, caminó hacia la parada con Stephanie pegada a sus talones. Llegaron al primer vehículo de la cola, y Daniel sostuvo el paraguas para evitar que su compañera se mojara mientras subía al coche, y luego la siguió.

—Al hotel Four Seasons —le indicó al taxista, que lo miraba por el espejo retrovisor.

—Esta noche ha sido irónica además de grotesca —comentó Stephanie sin más, mientras arrancaba el taxi—. El mismo día que escucho de tu boca cuatro palabras sobre tu familia, el senador Butler me ofrece un relato con pelos y señales.

—A mí me pareció más irritante que irónico —replicó Daniel—. Diablos, que me hiciera investigar por el FBI es una flagrante violación de mi vida privada. También es pasmoso que el FBI lo hiciera. Me refiero a que soy un ciudadano particular que no es sospechoso de ningún delito. Semejante abuso recuerda los días de J. Edgar Hoover.

—¿Así que todo lo que dijo Butler de ti es verdad?

—Supongo que lo es en lo esencial —respondió Daniel con un tono vago—. Escucha, hablemos de la oferta del senador.

—Te puedo decir mi reacción ahora mismo. ¡Creo que es repugnante!

—¿No le ves ningún aspecto positivo?

—El único aspecto positivo que le veo es que confirma nuestra impresión de que el hombre es la quintaesencia del demagogo. También es un hipócrita detestable. Está en contra del RSHT exclusivamente por razones políticas, y está dispuesto a prohibir el procedimiento y la investigación a pesar de su potencial para salvar vidas y aliviar los sufrimientos. Al mismo tiempo, lo quiere para él. Eso es imperdonable y obsceno, y desde luego no vamos a ser partícipes de algo semejante. —Stephanie soltó una breve carcajada de desprecio—. Lamento mucho haber prometido guardar el secreto de su enfermedad. Todo este asunto es una historia que volvería locos a los medios, y a mí me encantaría servírsela en bandeja.

—Desde luego que no podemos ir a los medios —manifestó Daniel categóricamente—, y tampoco creo que debamos actuar impulsivamente. Creo que la oferta de Butler merece ser considerada.

Stephanie, sorprendida, se volvió para mirar a Daniel. Intentó verle el rostro en la penumbra.

—No lo dirás en serio, ¿verdad?

—Hagamos una lista de las cosas que sabemos. Conocemos muy bien el desarrollo de las neuronas productoras de dopamina a partir de las células madre, así que en ese aspecto no es como si estuviésemos dando manotazos en la oscuridad.

—Lo hemos hecho con células madre de ratones, no con células humanas.

—El proceso es el mismo. Hay colegas que lo han hecho con células madre humanas utilizando la misma metodología. Hacer las células no es el problema. En cuanto las tengamos, podemos seguir exactamente el mismo protocolo que utilizamos con los ratones. No hay ninguna razón para creer que no dará resultados en los humanos. Después de todo, las últimas ratas que tratamos han respondido perfectamente bien.

—Excepto aquellas que murieron.

—Sabemos por qué murieron todas las que no respondieron al tratamiento. Fue antes de que perfeccionáramos la técnica de la inyección. Todos los ratones que inyectamos correctamente han sobrevivido y se han curado. En el caso de un voluntario humano, tendremos un aparato esterotaxis que no existe para los ratones. Eso permitirá que la inyección sea más precisa, infinitamente más fácil, y por lo tanto, más segura. Además, nosotros no nos encargaríamos de la inyección. Buscaríamos a un neurocirujano que esté dispuesto a echarnos una mano.

—No puedo creer lo que escucho —exclamó Stephanie—. Suena como si ya te hubieses convencido a ti mismo de hacer este experimento que además de descabellado va contra todos los principios éticos, y eso es lo que sería: un experimento peligroso e incontrolado en un único sujeto humano. No importa cuál sea el resultado; carecería de todo valor, excepto quizá para Butler.

—No estoy de acuerdo. Al aceptar la propuesta, salvaremos CURE y el RSHT, y al final serán millones de personas las que resultarán beneficiadas. A mí me parece que una pequeña falta ética es un precio asumible a la vista de los extraordinarios beneficios finales.

—Si aceptamos, estaremos haciendo exactamente aquello de lo que el senador Butler acusó esta mañana a la industria biotecnológica en su discurso de apertura: utilizar los fines para justificar los medios. Sería una falta ética muy grave experimentar con el senador. Así de claro y sencillo.

—Sí, bueno, quizá hasta cierto punto, pero ¿a quién estamos poniendo en peligro? ¡Al villano! Es él quien lo pide. Peor aún, nos chantajea para que lo hagamos gracias a la información que consiguió después de convencer al FBI, vaya a saber con qué medios, para que hiciera una investigación ilegal.

—Todo eso puede ser cierto, pero la suma de dos males no son un bien y no nos absuelve de nuestra complicidad.

—Yo creo que sí. Haremos que Butler firme un documento que nos exonere de cualquier responsabilidad, incluido el hecho de que somos absolutamente conscientes de que aplicar el procedimiento puede ser considerado antiético por cualquier junta investigadora de este país, porque se hace sin un protocolo debidamente aprobado. El documento dejará bien claro que fue idea de Butler utilizar el procedimiento y que se utilizara fuera del país. También dejará constancia de que se valió de la extorsión para que participáramos.

—¿Crees que firmará un documento así?

—No le daremos elección. Si no firma, no se beneficiará del RSHT. Me gusta la idea de que utilicemos el procedimiento en las Bahamas. De esa manera no estaremos violando ninguna regla de la FDA, y tendremos un documento que nos descarga de cualquier culpa en el caso de que lo necesitemos. La responsabilidad caerá directamente sobre los hombros de Butler.

—Déjame que lo piense unos minutos.

—Tómate tiempo, pero de verdad creo que el peso moral está de nuestra parte. Sería diferente si le estuviéramos forzando en cualquier sentido. No es así. Es todo lo contrario.

—Se podría argumentar que no estaba informado. Es un político, no un médico. No conoce a fondo los riesgos. Podría morir.

—No va a morir —declaró Daniel enfáticamente—. Seremos el máximo de conservadores en el margen de error, y con esto quiero decir que el peor de los casos será que no le inyectemos las células suficientes para mantener la concentración de dopamina en un nivel lo bastante alto como para eliminar todos los síntomas. Si eso ocurre, nos suplicará que lo hagamos de nuevo, algo que será fácil, dado que mantendremos un cultivo de las células tratadas.

—Déjame que lo piense.

—Claro —dijo Daniel.

Durante el resto del trayecto permanecieron en silencio. Cuando subían en el ascensor del hotel Stephanie preguntó:

—¿Crees sinceramente que encontraremos un lugar adecuado para aplicar el procedimiento?

—Butler ha dedicado muchos esfuerzos a este asunto. No creo que haya dejado nada al azar. Sinceramente, me sorprendería que no hubiera hecho investigar la clínica que mencionó al mismo tiempo que a mí.

—Supongo que eso es posible. Si no me equivoco, me parece haber leído algo sobre la clínica Wingate hará cosa de un año. Era una clínica de reproducción asistida muy conocida en Bookford, Massachusetts, antes de que, obligada por las presiones, se trasladara a las Bahamas. Fue todo un escándalo.

—Yo también lo recuerdo. La dirigían un par de tipos que iban por libre. Su departamento de investigación estuvo realizando experimentos de clonación reproductiva antiéticos.

—Absurdos sería una descripción más ajustada, como querer gestar fetos humanos en cerdos. Recuerdo que también estuvieron implicados en la desaparición de un par de estudiantes de Harvard donantes de óvulos. Los directores tuvieron que escapar del país, y se salvaron por los pelos de que los extraditaran. En conjunto, parece lo más opuesto a la clase de lugar y personas con las que deberíamos relacionarnos.

—No nos relacionaremos con ellos. Aplicaremos el procedimiento, nos lavaremos las manos, y nos marcharemos.

Se abrieron las puertas del ascensor. Caminaron por el pasillo hacia la suite.

—¿Qué pasa con el neurocirujano? —preguntó Stephanie—. ¿Crees que podremos encontrar a alguien que quiera tomar parte en toda esta trama? El que sea sabrá que hay algo sospechoso en todo esto.

—Con el incentivo adecuado, eso no será un problema. Lo mismo pasará con la clínica.

—Te refieres al dinero.

—¡Por supuesto! El motivador universal.

—¿Cómo piensas respetar la palabra que diste a Butler de mantener el secreto?

—Ese es un tema que le afecta más a él que a nosotros. No utilizaremos su verdadero nombre. Sin las gafas y el traje oscuro, supongo que será uno de esos tipos anónimos. Si se viste con una camisa de manga corta en plan hawaiano y se pone gafas de sol, quizá nadie le reconozca.

Stephanie utilizó su tarjeta magnética para abrir la puerta. Se quitaron los abrigos y fueron a sentarse en la sala.

—¿Te apetece algo del minibar? —preguntó Daniel—. Quiero celebrarlo. Hace un par de horas, creía que nos había engullido una nube negra. Ahora hay un rayo de sol.

—No vendría mal una copa de vino —respondió Stephanie. Se frotó las manos para calentárselas antes de acurrucarse en una esquina del sofá.

Daniel descorchó una botella de cabernet y llenó una copa balón. Se la dio a Stephanie antes de servirse un copa de whisky. Se sentó en el otro extremo del sofá. Brindaron y bebieron un sorbo de sus respectivas copas.

—¿Así que quieres seguir adelante con este plan descabellado? —preguntó Stephanie.

—Lo haré, a menos que tú encuentres unas muy buenas razones para no hacerlo.

—¿Qué me dices de esa tontería del Santo Sudario? Me refiero a eso de la «intervención divina». ¡Qué idea más idiota y presuntuosa!

—No estoy de acuerdo. Considero que es algo genial.

—No lo dirás en serio.

—¡Por supuesto! Será el mejor de los placebos, y sabemos lo poderosos que pueden ser. Si quiere creer que está recibiendo algo del ADN de Jesucristo, por mí no hay ningún inconveniente. Le dará un poderoso incentivo para creer en la cura. Opino que es una idea brillante. No estoy proponiendo que estamos obligados a conseguir el ADN del sudario. Podríamos decirle que lo hicimos, y el resultado será el mismo. Pero podemos echarle una ojeada. Si hay sangre en el sudario como dice y podemos tener acceso a ella como sugiere, podría servir.

—¿Aunque las manchas de sangre sean del siglo XIII?

—Los años no significan nada. El ADN estará fragmentado, pero no será un problema. Podríamos utilizar la misma prueba que usamos con una muestra de ADN fresca para formar el segmento que necesitamos, y después aumentarlo con el PCR. Esto añadiría un toque de desafío e interés en muchos aspectos. Lo más duro será resistir a la tentación de escribir el procedimiento para *Nature* o *Science* después de hacerlo. ¿Te imaginas el título: «El RHST y el Santo Sudario de Turín se combinan para producir la primera cura de la enfermedad de Parkinson en los seres humanos»?

—No podremos publicar ni una palabra de todo esto —afirmó Stephanie.

—¡Lo sé! Solo que es divertido pensar en ser el heraldo de las cosas que vendrán. El próximo paso será un experimento controlado, y ese sí que lo podremos publicar. En ese momento, CURE estará en el candelero y se habrán acabado para siempre nuestros problemas financieros.

—Desearía poder compartir tu entusiasmo.

—Creo que lo harás en cuanto las cosas comiencen a encajar. Aunque esta noche no hemos hablado de fechas, asumiré que el senador está dispuesto a que se haga cuanto antes. Eso significa que tendremos que empezar con los preliminares mañana en cuanto lleguemos a Boston. Me ocuparé de hacer los arreglos con la clínica Wingate y buscar al neurocirujano. ¿Qué te parece si tú te ocupas de la muestra de la Sábana Santa?

—Eso al menos será interesante —manifestó Stephanie, que intentó mostrar un poco de entusiasmo ante la idea de tratar a Butler, a pesar de las advertencias de su intuición—. Siento curiosidad por descubrir por qué la Iglesia todavía lo considera una reliquia después de haberse demostrado que es falso.

—Es obvio que el senador cree que es auténtico.

—Tal como lo recuerdo, la datación del carbono 14 fue confirmada por tres laboratorios independientes. Eso es algo muy difícil de descartar por las buenas.

—Ya veremos lo que encuentras —dijo Daniel—. Mientras tanto, tendremos que pensar en algunos viajes importantes.

—¿Te refieres a Nassau?

—A Nassau y probablemente a Turín, según lo que tú averigües.

—¿De dónde sacaremos el dinero para pagar los viajes?

—De Ashley Butler.

Stephanie enarcó las cejas.

—Quizá, después de todo, esta escapada no esté nada mal.

—¿Entras en esto conmigo? —preguntó Daniel.

—Supongo que sí.

—No suena muy positivo.

—Es lo mejor que puedo ofrecer en este momento. En cualquier caso, tal como has dicho, puede que me anime a medida que progresen las cosas.

—Cogeré todo lo que me den —anunció Daniel. Se levantó del sofá y le apretó el hombro a Stephanie mientras lo hacía—. Me tomaré otra copa. Dame la tuya.

Daniel sirvió el vino y el whisky, y volvió a sentarse. Después de mirar su reloj, dejó la tarjeta de Butler en la mesa de centro y cogió el teléfono.

—Vamos a comunicarle al senador la buena noticia. Estoy seguro de que se mostrará la mar de ufano, pero como dice él: «Así es la vida». —Daniel apretó el botón de altavoz para tener tono. La llamada fue atendida en el acto. La voz de barítono de Ashley Butler con el típico deje sureño sonó en toda la habitación.

—Senador —dijo Daniel que interrumpió la verborrea de Ashley—. No quiero parecer descortés, pero es tarde y solo quería comunicarle que he decidido aceptar su oferta.

—¡Dios sea loado! —entonó Ashley—. ¡Sin demoras! Me temía que fuera a permitir que esta sencilla decisión le perturbara su descanso y que no llamara hasta mañana. ¡No puedo estar más complacido! ¿Puedo suponer que la doctora D'Agostino también ha aceptado participar?

—He aceptado —respondió Stephanie, que intentó imprimir a su voz un tono positivo.

—¡Excelente, excelente! —exclamó Ashley—. No es que me sorprenda, dado que este asunto redundará en beneficio de todos. Pero creo muy sinceramente que compartir todos la misma opinión y la identidad de propósitos son factores clave para el éxito, porque todos desearemos que la empresa culmine con el mayor de los éxitos.

—Suponemos que usted querrá empezar inmediatamente —comentó Daniel.

—Por supuesto, mis queridos amigos, por supuesto. Se me acaba el tiempo en lo que se refiere a ocultar mi enfermedad —explicó Ashley—. No hay tiempo que perder. Muy oportunamente para nuestros propósitos, habrá unas vacaciones del Senado. Será del veintidós de marzo al ocho de abril. Normalmente, es un tiempo que me reservo para hacer campaña en mi estado, pero he decidido dedicarlo a mi tratamiento. ¿Un mes es tiempo suficiente para que usted y los científicos tengan preparadas las células sanadoras?

Daniel miró a Stephanie y le susurró:

—Es más rápido de lo que esperaba. ¿Tú qué opinas? ¿Podremos hacerlo?

—Es arriesgado —susurró Stephanie a su vez, y se encogió de hombros—. Primero, necesitaremos unos días para cultivar sus fibroblastos. Luego, suponiendo que no tengamos problemas con la transferencia nuclear para crear un preembrión viable, necesitaremos cinco o seis días para que se forme el blastocito. Después, necesitaremos otro par de semanas de cultivo de las células alimentadoras cuando recojamos las células madre.

—¿Hay algún problema? —preguntó Ashley—. No consigo escuchar ni jota de lo que están discutiendo.

—¡Un segundo, senador! —le rogó Daniel—. Estoy hablando con la doctora D'Agostino de los plazos. Ella será la encargada de hacer la mayor parte del trabajo manual.

—A continuación tendremos que diferenciarlas en las células nerviosas correctas —añadió Stephanie—. Eso nos llevará otro par de semanas, o quizá un poco menos. Las células de los ratones solo tardaron diez días.

—¿Cuánto calculas si todo va bien? —preguntó Daniel—. ¿Tendremos bastante con un mes?

—Teóricamente es posible. Se podría hacer, pero tendríamos que empezar casi de inmediato con el trabajo celular, mañana mismo si es posible. El problema es que necesitaríamos tener disponibles óvulos humanos y no los tenemos.

—¡Maldita sea! —murmuró Daniel. Se mordió el labio inferior y frunció el entrecejo—. Estoy tan acostumbrado a trabajar con óvulos de vaca que me olvidé del problema del suministro de óvulos humanos.

—Es un problema grave —admitió Stephanie—. Incluso en las mejores circunstancias donde ya tenemos a la espera a una donante de óvulos, necesitamos más o menos un mes para estimularla y obtenerlos.

—Bueno, quizá nuestros alocados amigos de la clínica puedan ayudarnos también en este aspecto. Como es un centro de reproducción asistida, sin duda tendrán unos cuantos óvulos de reserva. Si tenemos en cuenta su nada ética reputación, estoy seguro de que con el incentivo adecuado podremos convencerlos de que nos den lo que necesitamos.

—Supongo que es posible, pero en ese caso nos veremos todavía más comprometidos con ellos. Cuanto más hagan por nosotros, más nos costará lavarnos las manos de todo este asunto y marcharnos tan alegremente como has sugerido hace unos momentos.

—Pues no tenemos mucho más donde elegir. La alternativa es renunciar a CURE, al RSHT, y a todos nuestros sacrificios y esfuerzos.

—A ti te corresponde decidir. Pero que conste que a la vista de su historial me molesta mucho verme comprometida con la gente de Wingate en lo que sea.

Daniel asintió un par de veces mientras reflexionaba; luego lanzó un suspiro, y reanudó la conversación.

—Senador, hay una posibilidad de que tengamos unas cuantas células para el tratamiento en un mes. No obstante, debo advertirle que requerirá esfuerzos y un poco de suerte, y que debemos comenzar inmediatamente. Tendrá que prestarnos toda su colaboración.

—Seré dócil como un cordero. Ya puse en marcha el proceso hace un mes cuando arreglé todo para llegar a Nassau el veintitrés de marzo y quedarme en la isla durante el período de vacaciones. Incluso hice una reserva para usted. Para que vea lo seguro que estaba de su participación. Era importante hacerlo con tiempo porque esta época del año es temporada alta en las Bahamas. Nos alojaremos en el Atlantis, donde tuve el placer de alojarme el año pasado mientras maduraba este plan. Es un complejo hotelero lo suficientemente grande como para garantizar el anonimato e ir y venir sin despertar sospechas. También hay un casino, y como podrá usted imaginar, disfruto jugando cuando tengo la fortuna de disponer de unos cuantos dólares en el bolsillo y me lo puedo permitir.

Daniel miró a Stephanie. Por un lado, le alegraba que Ashley hubiese hecho las reservas y así adelantar en el proyecto, pero por el otro le irritaba comprobar que el senador tenía la seguridad de poder manipularlo.

—¿Se inscribirá con su verdadero nombre? —le preguntó Stephanie.

—Por supuesto. Solo utilizaré un nombre falso cuando ingrese en la clínica Wingate.

—¿Qué hay de la clínica? —le interrogó Daniel—. Confío en que los haya investigado absolutamente a fondo, como hizo con mi pasado.

—Ha acertado. Creo que encontrará la clínica muy adecuada para nuestros propósitos, aunque no puedo decir lo mismo del personal. El director de la clínica es el doctor Spencer Wingate, un tipo algo fanfarrón aunque al parecer bien calificado en el campo de la esterilidad. Parece estar más interesado en ser una figura de la vida social de la isla y, por lo visto, piensa volar al Viejo Continente para buscar clientes en las cortes europeas. Su segundo es el doctor Paul Saunders, que se encarga del trabajo diario. Es un individuo más complicado, que se ve a sí mismo como un investigador de primera a pesar de su falta de preparación adecuada, más allá del tema de la esterilidad. Estoy seguro de que ambos individuos estarán dispuestos a colaborar en lo que sea tan solo con alabar su vanidad. Para ellos, la perspectiva de trabajar con alguien con sus conocimientos y fama es una oportunidad única en la vida.

—Me halaga, senador.

Stephanie sonrió al captar el sarcasmo en la voz de Daniel.

—Solo porque se lo merece —replicó Ashley—. Además, uno debe tener fe en su médico.

—Diría que los doctores Wingate y Saunders estarán más interesados en el dinero que en mi historial.

—Mi opinión es que les interesará su historial como una manera de obtener el prestigio que les ayudará a ganar dinero —dijo Ashley—. En cualquier caso, su naturaleza venal y su carencia de preparación como investigadores no es algo que nos concierna, más allá de tenerlo presente y aprovecharlo en nuestro beneficio. Son las instalaciones y los equipos lo que nos interesa.

—Espero que tenga presente que hacer este procedimiento en estas circunstancias no resultará precisamente barato.

—No pretendo en absoluto que sea barato —respondió Ashley—. Quiero un servicio de primera calidad, lo mejor de lo mejor. No se preocupe, tengo acceso a fondos más que suficientes para cubrir cualquier gasto necesario para el bien de mi carrera política. Pero espero que sus servicios personales sean *pro bono*. Después de todo, es un intercambio de favores.

—De acuerdo —asintió Daniel—. Pero antes de prestar cualquier servicio, la doctora D'Agostino y yo necesitaremos que firme un documento de descargo que redactaremos. En este documento describirá exactamente la manera en que se inició este asunto y también todos los riesgos que supone, incluido el hecho de que nunca hemos experimentado este procedimiento en un ser humano.

—Mientras tenga la garantía de la confidencialidad de este documento de descargo, no tendré ningún reparo en firmarlo. Comprendo que lo quieran para su protección. Estoy absolutamente seguro de que reclamaría lo mismo si estuviese en su posición, por lo tanto no habrá ningún problema, siempre y cuando no incluya nada irrazonable o inapropiado.

—Le puedo asegurar que será muy razonable —afirmó Daniel—. Por otro lado, quiero pedirle que utilice los recursos que mencionó para acceder a la Sábana Santa de Turín, y obtener una muestra.

—Ya le he dado instrucciones a la señorita Manning para que establezca los debidos contactos con los prelados con quienes mantengo una relación de trabajo. Supongo que solo tardará unos días. ¿Cuál es el tamaño de la muestra que necesita?

—Puede ser extremadamente pequeño. Unas pocas fibras bastarían, siempre que sean fibras tomadas de una parte del sudario que tenga una mancha de sangre.

—Hasta un ignorante como yo sabe esa parte. El hecho de que necesite una muestra tan pequeña simplificará mucho las cosas. Tal como le mencioné esta noche, sé que se han sacado muestras que después fueron devueltas a la Iglesia.

—La necesitamos lo más pronto posible —señaló Daniel.

—Comprendo muy bien la necesidad de la rapidez —respondió Ashley—. ¿Necesitan alguna cosa más de mí?

—Sí —intervino Stephanie—. Necesitaremos una biopsia de su piel mañana por la mañana. Si existe la posibilidad de que podamos producir las células sanadoras en un mes, tendremos que llevarnos su biopsia cuando regresemos mañana a Boston. Su médico de cabecera puede arreglar que un dermatólogo le haga la biopsia y nos la envíe por mensajero al hotel. Servirá como fuente de los fibroblastos que criaríamos en un cultivo de tejido.

—Me ocuparé de la muestra mañana a primera hora.

—Creo que eso es todo por ahora —dijo Daniel. Miró a Stephanie, y ella asintió.

—Tengo que pedirles algo muy importante —manifestó Ashley—. Creo que deberíamos intercambiarnos unas direcciones de e-mail especiales y utilizar el correo electrónico para todas nuestras comunicaciones, que deberán ser breves y genéricas. La próxima vez que hablemos directamente será en la clínica Wingate en la isla Nueva Providencia. Quiero mantener este asunto en el más estricto secreto, y cuanto menos contacto directo tengamos, mejor. ¿Les parece bien?

—Por supuesto —asintió Daniel.

—En cuanto al dinero para gastos —añadió el senador—, le enviaré un mensaje con el número de una cuenta en un banco de

Nassau, abierta por uno de mis comités de acción política, de la cual podrán retirar fondos. Por supuesto, esperaré que, en su momento, me presenten una rendición de cuentas. ¿Les parece bien?

—Siempre que haya bastante dinero —dijo Daniel—. Uno de los mayores gastos será para obtener los óvulos humanos.

—Le reitero que tendrá a su disposición fondos más que adecuados. ¡Puede estar seguro!

Unos minutos más tarde, después de una larga despedida por parte de Ashley, Daniel se inclinó para desconectar el altavoz. Levantó el teléfono para dejarlo de nuevo sobre la mesa. Luego se volvió para mirar a Stephanie.

—No pude menos que reírme cuando llamó fanfarrón al director de la clínica Newgate. Se cree el ladrón que todos son de su condición.

—Has acertado al decir que le ha dedicado mucho tiempo a este asunto. Me sorprendió cuando dijo que había hecho las reservas hace un mes. No tengo ninguna duda de que mandó investigar la clínica.

—¿Ahora ya no te da tanto reparo implicarte en su tratamiento?

—Hasta cierto punto —admitió Stephanie—. Sobre todo cuando dice que no tendrá ningún inconveniente en firmar el documento de descargo que escribiremos. Al menos tengo la sensación de que ha considerado el carácter experimental de lo que haremos y los riesgos inherentes. Antes no lo tenía claro.

Daniel se desplazó en el sofá, rodeó a Stephanie con sus brazos y la estrechó contra su cuerpo. Notaba los latidos de su corazón. Echó la cabeza un poco hacia atrás para contemplar las oscuras profundidades de sus ojos.

—Ahora que aparentemente tenemos las cosas controladas en el campo científico, político y financiero, ¿qué te parece si seguimos con lo que empezamos la noche pasada?

Stephanie le devolvió la mirada.

—¿Es una proposición?

—Claro que sí.

—¿Tu sistema nervioso autónomo está dispuesto a cooperar?

—Mucho más que la noche pasada, te lo aseguro.

Daniel se levantó y ayudó a Stephanie.

—Nos hemos olvidado del cartel de NO MOLESTAR —comentó Stephanie, mientras Daniel la llevaba rápidamente hacia el dormitorio.

—Vivamos peligrosamente —respondió él, con una mirada pícara.

6

Viernes, 22 de febrero de 2002. Hora: 14.35

Stephanie se despertó muy temprano y de inmediato comenzó a ocuparse de los detalles del proyecto Butler. Su intuición negativa respecto a tratar la enfermedad de Parkinson que padecía el senador no había cambiado, pero había demasiadas cosas que hacer como para obsesionarse con sus sentimientos. Incluso antes de ducharse había utilizado su ordenador portátil para enviar una serie de mensajes referentes a la biopsia al senador.

Primero, quería tener la biopsia lo antes posible; segundo, quería estar absolutamente segura de que fuese una muestra de todo el grosor de la piel, porque necesitaría las células más profundas de la dermis; y tercero, quería que la muestra se la enviaran sumergida en un caldo de cultivo de tejido y no congelada o enfriada. Estaba segura de que la muestra se conservaría sin problemas a temperatura ambiente hasta que llegara a su laboratorio en Cambridge, donde podría tratarla apropiadamente. El objetivo era crear un cultivo de los fibroblastos del senador, y a partir de sus núcleos crear las células para el tratamiento. Siempre había obtenido mejores resultados con las células frescas que con las congeladas cuando realizaba el RSHT seguido de la transferencia nuclear, o clonación terapéutica, como insistían algunas personas en llamar al proceso.

Para sorpresa de Stephanie y a pesar de lo temprano de la hora, el senador le respondió al mensaje sin tardanza, una prueba de que no solo era madrugador sino que estaba comprometido con el proyecto, había dicho la noche anterior. En su mensaje le aseguraba que ya había llamado a su médico y que en cuanto le respondiera, él le comunicaría sus recomendaciones e insistiría en que se siguieran al pie de la letra.

Daniel se mostró muy activo desde el momento en que apartó las mantas. Él también conectó su ordenador portátil, para enviar una serie de mensajes. Vestido solo con un albornoz del hotel, escribió un mensaje a un grupo de inversores de riesgo en la costa Oeste que había manifestado su interés en invertir en CURE, pero que no estaban dispuestos a hacer ninguna aportación hasta no saber qué pasaría con el proyecto de ley del senador Butler. Daniel quería hacerles saber que el proyecto estaba destinado a dormir el sueño de los justos en los archivos del subcomité y que ya no representaba una amenaza. También le hubiese gustado explicarles cómo se había enterado, pero no podía hacerlo. No esperaba que los posibles inversores le respondieran hasta al cabo de unas cuantas horas, dado que eran las cuatro de la mañana en la costa Oeste cuando envió su mensaje por la red. Sin embargo, tenía confianza en la respuesta.

Se permitieron el lujo de pedir que les sirvieran el desayuno en la habitación. A insistencia de Daniel, incluyó un ramo de mimosas. Con un tono divertido, le comentó a Stephanie que ya se podía ir acostumbrando a ese estilo de vida, porque sería el habitual en cuanto CURE se convirtiera en una empresa pública.

—Estoy un poco harto de la pobreza académica —declaró—. ¡Vamos a figurar en la lista de los mejores, y nos comportaremos como tales!

A las nueve y cuarto se llevaron una sorpresa cuando los llamaron de la recepción para comunicarles que un mensajero había traído un paquete con el sello de URGENTE enviado por la doctora Claire Schneider. El recepcionista preguntó si deseaban que se lo subieran a la habitación, y ambos respondieron afirmativamente. Tal como suponían, en el paquete estaba la biopsia de la piel de Butler, y ambos se sintieron impresionados por la eficacia del senador. Había llegado unas cuantas horas antes de lo esperado.

Con la biopsia en su poder, pudieron coger el vuelo de las diez y media a Boston, y llegaron al aeropuerto Logan unos minutos después de las doce. Después de un viaje en taxi todavía más espeluznante que los de Washington, al menos en opinión de Daniel, con un taxista paquistaní en un vehículo destartalado, llegaron al edificio de apartamentos Appleton Street donde vivía Daniel. Se cambiaron y después de un almuerzo rápido fueron en el Ford Focus de Daniel hasta el local de CURE en Athenaeum Street, East Cambridge. La compañía ocupaba un local en la planta baja a la derecha de la entrada.

Cuando Daniel había fundado CURE, la empresa ocupó casi toda la planta baja del renovado edificio de oficinas del siglo XIX, pero después, con la escasez de fondos, el primer recorte fue el de espacio. En la actualidad, solo conservaba una décima parte del original, con un único laboratorio, dos despachos pequeños y una recepción. Luego se marchó el personal no esencial. Ahora trabajaban Daniel y Stephanie, que no cobraban sus salarios desde hacía cuatro meses, un científico llamado Peter Conway, Vicky McGowan que oficiaba de telefonista, recepcionista y secretaria, y tres técnicos de laboratorio que muy pronto se reducirían a dos o quizá incluso uno, aunque Daniel no había tomado aún una decisión en firme. No había tocado para nada la junta de directores, el consejo asesor científico, y el comité de ética, y no pensaba comentarles absolutamente nada del caso Butler.

—Son solo las dos y treinta y cinco —comentó Stephanie, después de cerrar la puerta—. Diría que vamos muy bien de horario, si tenemos en cuenta que nos levantamos en Washington.

Daniel se limitó a un gruñido. Ahora mismo prestaba atención a Vicky, que le entregó un montón de mensajes telefónicos, algunos de los cuales necesitaban una explicación. Entre ellos estaba el del grupo de inversores de la costa Oeste que habían llamado en lugar de responder al e-mail de Daniel. Según Vicky, no estaban muy satisfechos con la información recibida y exigían más detalles.

Stephanie dejó que Daniel se ocupara de los temas económicos y se fue a su laboratorio. Saludó a Peter, que estaba sentado delante de uno de los microscopios diseccionadores. Mientras Daniel y Stephanie viajaban a Washington, él se había quedado para mantener en marcha todos los experimentos de la compañía.

Dejó el ordenador portátil en la mesa de laboratorio que utili-

zaba como escritorio; su despacho privado había caído en el recorte de espacio. Con el frasco de la biopsia de Butler en la mano,
fue a una zona de trabajo del laboratorio. Sacó el trozo de piel con
unas pinzas, lo picó, y luego puso el material picado en un caldo
de cultivo fresco, junto con varios antibióticos. Vació el preparado en un frasco, lo metió en la incubadora, y volvió a su mesa.

—¿Qué tal han ido las cosas por Washington? —le preguntó
Peter. Era un hombre de constitución delgada que parecía un
adolescente, a pesar de ser mayor que Stephanie. Sus características más notables eran sus prendas andrajosas y una larga cabellera
rubia recogida en una coleta. Stephanie siempre había pensado
que podría haber sido un modelo ideal de la época hippie.

—No ha estado mal —respondió Stephanie sin más detalles.
Ella y Daniel habían decidido no hablar con los demás del senador Butler hasta después de aplicar el procedimiento.

—¿Así que seguimos funcionando? —quiso saber Peter.

—Eso parece. —Enchufó el ordenador y lo encendió. En
cuestión de segundos, se conectó a la red.

—¿Llegará el dinero de San Francisco? —insistió Peter.

—Tendrás que preguntárselo a Daniel. Intento mantenerme
apartadas de los temas financieros.

Peter captó el mensaje implícito y volvió a su trabajo.

Stephanie había estado impaciente por averiguar más cosas de
la Sábana Santa de Turín desde el momento en que Daniel le había
propuesto que fuese su contribución inicial al proyecto Butler.
Había pensado en hacerlo aquella mañana después de ducharse y
antes de recibir la biopsia del senador, pero después decidió no
hacerlo porque conectarse a la red a través del módem le parecía
terriblemente lento, mal acostumbrada como estaba por la conexión de banda ancha de CURE. Además, le había parecido una
tontería conectarse y tener que interrumpirse. Ahora disponía
de toda la tarde.

Fue al buscador Google, escribió «Sábana Santa» y clicó BUS-
CAR. No tenía idea de lo que podía esperar. Aunque recordaba
unas vagas referencias sobre el sudario de cuando ella era una
niña y todavía católica practicante. Tras las noticias que había leído en su primer año de universidad de que la datación del carbo-

no 14 había determinado que se trataba de una falsificación, no había vuelto a pensar en la reliquia en años y había supuesto que a los demás les había pasado lo mismo. Después de todo, ¿a quién podía interesar una falsificación del siglo XIII? Pero un par de segundos más tarde, cuando Google acabó la búsqueda, comprendió que estaba en un error. Sorprendida, miró el número de entradas: ¡más de 28.300!

Stephanie marcó el link de la primera página web, titulada «El Sudario de Turín», y durante la hora siguiente se encontró totalmente desbordada por la cantidad de información disponible. En la introducción de la página, leyó que el sudario era «el objeto más estudiado de toda la historia humana». Con su relativamente escaso conocimiento del tema, le pareció una declaración a todas luces extraordinaria, sobre todo si tenía en cuenta su interés por la historia en general; se había licenciado en química, pero también había hecho un curso intermedio de historia. Además leyó que muchos expertos no tenían nada claro que los resultados de las dataciones de carbono hubiesen demostrado que el sudario no era del siglo I. Como científica y conocedora de la fiabilidad de la datación del carbono 14, no conseguía entender cómo alguien podía defender esa opinión y estaba ansiosa por averiguarlo. Pero antes de hacerlo, buscó en la red las fotografías del sudario, que se ofrecían en formato positivo y negativo.

Stephanie se enteró de que la primera persona que había fotografiado el sudario en 1898 se había sorprendido al comprobar que las imágenes eran mucho más nítidas en el negativo, y a ella le pasó lo mismo. La imagen en positivo era débil, y sus intentos por ver la figura le recordó uno de sus pasatiempos juveniles veraniegos: intentar ver rostros, figuras, o animales en las infinitas variaciones de las nubes. Pero en negativo, ¡la imagen era sorprendente! Correspondía claramente a un hombre que había sido golpeado, torturado, y crucificado, y que planteaba la pregunta de cómo un falsificador medieval podía haberse anticipado al descubrimiento de la fotografía. Aquello que en positivo no era más que manchones ahora eran impresionantes churretes de sangre. Cuando miró de nuevo la imagen en positivo, le sorprendió que la sangre hubiese retenido el color rojo.

Stephanie volvió al menú principal de la página del sudario de Turín, y clicó en el botón marcado PREGUNTAS MÁS FRECUENTES. Una de las preguntas era si se habían hecho pruebas de ADN en el sudario. Dominada por la excitación, marcó la pregunta. La respuesta decía que investigadores tejanos habían encontrado rastros de ADN en las manchas de sangre, aunque había algunas dudas referentes a la procedencia de la muestra. También estaba el problema de la contaminación de ADN producida por la cantidad de personas que habían tocado el sudario a lo largo de los siglos.

La página también incluía una extensa bibliografía, y Stephanie la consultó. Una vez más, se sorprendió al ver la cantidad de títulos. Ahora que le había picado la curiosidad y como amante de los libros, leyó unos cuantos títulos. Salió de la página del sudario, y buscó la de una librería, donde aparecían unos cien libros, muchos de los cuales eran los mismos de la página del sudario. Después de leer unas cuantas reseñas, seleccionó unos cuantos que quería tener inmediatamente. Se sintió muy interesada por las obras de Ian Wilson, un erudito que había estudiado en Oxford, que al parecer presentaba los dos lados de la controversia referente a la autenticidad del sudario a pesar de estar convencido de que era auténtico, y con esto se refería no solo a que era del siglo I, sino que era la mortaja de Jesucristo.

Stephanie cogió el teléfono y llamó a la librería local. Se alegró cuando le informaron de que tenían uno de los títulos que le interesaban. Era *The Turin Shroud: The Illustrated Evidence* de Ian Wilson y Barrie Schortz, un fotógrafo profesional que había sido miembro de un equipo norteamericano que había analizado a fondo el sudario en 1978. Stephanie pidió que se lo reservaran.

Volvió a la página de la librería, y pidió que le enviaran otros cuantos libros. Hecho esto, se levantó y cogió el abrigo colgado del respaldo de la silla.

—Voy a la librería —le gritó a Peter—. Voy a recoger un libro sobre el sudario de Turín. Por pura curiosidad, ¿qué sabes de él?

—Hummm —dijo Peter, al tiempo que hacía una mueca como si le costara mucho pensar—. Sé el nombre de la ciudad donde lo tienen.

—Hablo en serio —le advirtió Stephanie.

—Bueno, te lo diré de otra manera. He escuchado mencionarlo, pero no es algo que aparezca con frecuencia en las conversaciones que tengo con mis amigos. Si me presionaran, diría que es una de esas cosas que la iglesia medieval utilizaba para avivar el fuego religioso que mantenía los cepillos llenos, como las astillas de la cruz y las uñas de los santos.

—¿Crees que es auténtico?

—¿Te refieres a si es la mortaja de Jesucristo?

—Sí.

—¡Diablos, no! Demostraron que era una falsificación hace diez años.

—¿Qué pasaría si te dijera que es el objeto más investigado en la historia de la humanidad?

—Te preguntaría qué has estado fumando.

Stephanie se echó a reír.

—Gracias, Peter.

—¿Por qué me das las gracias? —replicó Peter, obviamente confuso.

—Me preocupaba que mi falta de conocimientos sobre el sudario de Turín fuera algo único. Me tranquiliza saber que no lo es. —Stephanie se puso el abrigo y se dirigió hacia la puerta.

—¿A qué viene este súbito interés en el sudario de Turín? —le gritó Peter.

—No tardarás en saberlo —le respondió Stephanie por encima del hombro. Cruzó la recepción en diagonal y asomó la cabeza en el despacho de Daniel. Se sorprendió al verlo inclinado sobre la mesa con la cabeza entre las manos.

—Eh —exclamó Stephanie—. ¿Estás bien?

Daniel levantó la cabeza y parpadeó. Tenía los ojos enrojecidos, como si se los hubiera estado frotando, y su rostro estaba más pálido de lo habitual.

—Sí, estoy bien —contestó, con un tono de cansancio. No quedaba ni rastro del entusiasmo anterior.

—¿Qué pasa?

Daniel sacudió la cabeza mientras miraba la mesa cubierta de papeles. Exhaló un suspiro.

—Dirigir esta organización es como mantener a flote una barca que se hunde achicando el agua con un dedal. La gente de San Francisco se niega a seguir financiándonos hasta que no les diga por qué estoy tan seguro de que el proyecto de ley no saldrá del subcomité. No se lo puedo decir, porque si lo hago, acabará filtrándose, y entonces lo más probable es que Butler se eche atrás y dé curso al proyecto de ley. En ese caso, se habrá acabado todo.

—¿Cuánto dinero nos queda?

—Casi nada —se lamentó Daniel—. El mes que viene para estas fechas, tendremos que recurrir a nuestra línea de crédito solo para pagar las nóminas.

—Eso nos da el mes que necesitamos para tratar a Butler —señaló Stephanie.

—¡Vaya suerte! —exclamó Daniel con un tono sarcástico—. Me irrita profundamente que debamos detener nuestras investigaciones y tratar con tipos como Butler y posiblemente con aquellos payasos de Nassau. Es un verdadero crimen que la investigación médica se haya politizado en este país. Nuestros padres fundadores que insistieron en la separación entre la iglesia y el estado se estarán revolviendo en sus tumbas al ver que unos cuantos políticos utilizan sus supuestas creencias religiosas para impedir lo que indudablemente sería el mayor avance en el tratamiento médico.

—Todos sabemos lo que realmente está detrás de todo este jaleo en contra de la biotecnología.

—¿De qué estás hablando?

—En realidad es la política contra el aborto disfrazada —declaró Stephanie—. El tema es que estos demagogos quieren que el cigoto sea considerado como un ser humano con todos los derechos constitucionales, con independencia de cómo se formó y sin preocuparse del futuro del cigoto. Es una postura ridícula, pero con todo si se diera, habrá que olvidarse de *Roe contra Wade*.

—Probablemente tengas razón —admitió Daniel. Exhaló un suspiro que sonó como el aire que escapa de un neumático—. ¡Qué situación más absurda! La historia se preguntará qué clase de personas éramos para permitir que un tema absolutamente personal como el aborto fuese una rémora social a lo largo de los años. Nosotros tomamos muchas de nuestras ideas sobre los derechos del individuo, el gobierno, y desde luego nuestro derecho consuetudinario de Inglaterra. ¿Por qué no podemos seguir la orientación británica a la hora de tratar los temas éticos de la biociencia reproductiva?

—Esa es una muy buena pregunta, pero no nos servirá de nada preocuparnos por la respuesta en estos momentos. ¿Qué se ha hecho de tu entusiasmo por tratar a Butler? ¡Hagámoslo! En cuanto acabemos de tratarlo, ya no se podrá echar atrás en lo convenido, incluso si se produce una filtración a los medios, porque tendremos su firma en el documento de descargo. Me refiero a que una vez que esté curado, podrá enfrentarse a la prensa negando sin más cualquier acusación de una motivación política. Lo que no podrá hacer es negar un documento firmado.

—Has dado en el clavo —señaló Daniel.

—¿Qué hay del dinero de Butler? —preguntó Stephanie—. A mí me parece que es la pregunta clave en estos momentos. ¿Hemos recibido alguna comunicación al respecto?

—Ni siquiera se me ha ocurrido comprobarlo. —Daniel abrió el correo para consultar su cuenta particular—. Aquí hay un mensaje que debe ser de Butler. Lleva un archivo adjunto cifrado. Esto promete.

Daniel abrió el archivo. Stephanie se acercó para mirar por encima de su hombro.

—Yo diría que es muy prometedor —comentó—. Nos facilita el número de una cuenta en un banco de las Bahamas, y por lo que se ve, ambos estamos autorizados a retirar fondos.

—Hay un link con la página del banco —dijo Daniel—. Veamos si podemos consultar cuánto dinero ha depositado en la cuenta. Eso nos dirá hasta qué punto se toma en serio todo este asunto.

Al cabo de un minuto, Daniel se echó hacia atrás en la silla. Miró a Stephanie, y ella le devolvió la mirada. Se habían quedado boquiabiertos.

—¡Yo diría que se lo toma muy en serio! —opinó Stephanie—. ¡Desesperado!

—Pues a mí me ha dejado de piedra. Esperaba un ingreso de diez o veinte mil dólares. Ni siquiera en un momento de locura hubiese pensado en cien mil. ¿Cómo se las habrá apañado para conseguir esa cantidad con tanta rapidez?

—Te dije que tenía una serie de comités de acción política que se dedican a recaudar fondos. Lo que me pregunto es si alguna de las personas que contribuyen han imaginado alguna vez en qué se gastaría el dinero. Resulta toda una ironía si son unos conservadores recalcitrantes como me imagino que son.

—Eso es algo que no nos concierne —declaró Daniel—. Además, nunca nos gastaremos cien mil dólares. Claro que es una tranquilidad saber que están disponibles. ¡Venga, a trabajar!

—Yo ya he comenzado el cultivo de fibroblastos con la biopsia de piel.

—Excelente. —Daniel comenzó a recuperar el entusiasmo de primera hora de la mañana. Hasta le volvieron los colores—. Me pondré ahora mismo a averiguar lo que pueda sobre la clínica Wingate.

—Me parece estupendo —dijo Stephanie mientras caminaba hacia la puerta—. Volveré dentro de una hora.

—¿Adónde vas?

—A una librería del centro —le respondió Stephanie por encima del hombro. Titubeó un momento al llegar al umbral—. Me tienen reservado un libro. Después de comenzar el cultivo, busqué información sobre el sudario de Turín. Debo decir que he tenido muy buena suerte en el reparto de trabajo. El sudario está resultando ser un tema muchísimo más interesante de lo que imaginaba.

—¿Qué has averiguado?

—Lo suficiente para engancharme, pero te daré un informe completo dentro de veinticuatro horas.

Daniel sonrió, saludó con el pulgar levantado y se volvió de nuevo hacia la pantalla del ordenador. Utilizó un buscador para consultar un listado de las clínicas de reproducción asistida. Encontró la página web de la clínica Wingate, y se conectó.

Echó un vistazo a las primeras páginas. Tal como esperaba, se referían al centro en los términos más encomiables para atraer a los clientes. En la sección titulada «conozca a nuestro equipo», leyó los antecedentes profesionales de los directivos, donde figuraban el fundador y director ejecutivo, doctor Spencer Wingate; el jefe de los servicios de investigación y laboratorio, doctor Paul Saunders y la directora de los servicios clínicos, doctora Sheila

Donaldson. Las presentaciones eran tan brillantes como la descripción de la clínica, aunque Daniel opinaba que los tres individuos habían estudiado en escuelas de segundo y tercer orden, y lo mismo se podía decir de sus programas de formación.

Al final de la página, encontró lo que buscaba: un número de teléfono. También había una dirección de correo electrónico, pero Daniel quería hablar directamente con alguno de los directivos, ya fuese Wingate o Saunders. Cogió el teléfono y marcó el número. La llamada fue atendida de inmediato por una operadora muy amable que le ofreció un breve elogio de la clínica antes de preguntarle con quién quería hablar.

—Con el doctor Wingate —respondió Daniel. Decidió que lo mejor era comenzar por arriba.

Tuvo que esperar unos segundos antes de que le pasaran con otra mujer tan amable como la anterior. Le preguntó cortésmente cuál era su nombre antes de decirle si el doctor Wingate estaba disponible. Cuando Daniel se lo dijo, la respuesta fue inmediata.

—¿Es el doctor Daniel Lowell de la Universidad de Harvard?

Daniel hizo una pausa, mientras pensaba en cuál sería la mejor respuesta.

—He estado en Harvard, aunque ahora tengo mi propia compañía.

—Ahora mismo le paso con el doctor Wingate —dijo la secretaria—. Sé que estaba esperando hablar con usted.

Daniel puso cara de sorpresa y apartó el auricular de la oreja para mirarlo incrédulo, como si el teléfono pudiera explicarle la inesperada respuesta de la secretaria. ¿Cómo podía Spencer Wingate estar esperando hablar con él? Sacudió la cabeza.

—¡Buenas tardes, doctor Lowell! —dijo una voz con un marcado acento de Nueva Inglaterra, y una octava más alto de lo que Daniel hubiese esperado—. Soy Spencer Wingate, y me alegra mucho escucharlo. Esperábamos que nos llamara la semana pasada, pero no importa. ¿Le importaría aguardar un momento mientras llamo al doctor Saunders para que se ponga en la línea? Solo será un minuto, pero, ya que estamos, podríamos aprovechar para que sea una conferencia, porque el doctor Saunders está ansioso como yo de hablar con usted.

—De acuerdo —asintió Daniel amablemente, aunque su asombro iba en aumento. Echó la silla hacia atrás, puso los pies encima de la mesa, y se pasó el teléfono a la mano izquierda para poder tamborilear con un lápiz en la mesa. La respuesta de Wingate a su llamada lo había pillado totalmente por sorpresa y sintió una cierta ansiedad. Tenía muy presentes las advertencias de Stephanie respecto a cualquier relación con estos infames personajes.

El minuto se convirtió en cinco. Cuando Daniel comenzaba a preguntarse si se habría cortado la comunicación, Spencer reapareció en la línea. Jadeaba un poco.

—¡Muy bien, ya estoy aquí! ¿Tú qué dices, Paul? ¿Estás ahí?

—Aquí estoy —respondió Paul, al parecer desde una extensión en otra sala. A diferencia de la voz de Spencer, la suya era profunda, con un claro tono nasal del Medio Oeste—. Es un placer hablar con usted, Daniel, si me permite llamarlo por su nombre de pila.

—Como usted quiera.

—Muchas gracias, y por favor llámeme Paul. No es necesaria tanta formalidad entre amigos y colegas. Permítame decirle que me entusiasma la idea de trabajar con usted.

—Lo mismo digo —declaró Spencer—. ¡Diablos! Todo el personal de la clínica lo está. ¿Cuándo vendrá por aquí?

—Verán, esa es una de las razones por las que llamo —explicó Daniel que intentaba mostrarse diplomático, aunque le consumía la curiosidad—. Ante todo, me gustaría saber cómo es que esperaban mi llamada.

—Por el explorador o como quiera que se denomine su trabajo —respondió Spencer—. ¿Cómo dijo que se llamaba, Paul?

—Marlowe.

—¡Eso es! Bob Marlowe —dijo Spencer—. Después de visitar la clínica, nos informó de que usted nos llamaría la semana siguiente. No hace falta decir, que nos llevamos una desilusión cuando no recibimos su llamada. Pero ahora que nos ha llamado, aquello ya es agua pasada.

—Nos encanta que quiera utilizar nuestras instalaciones —manifestó Paul—. Será un honor trabajar con usted. Ahora espero que no le importe si reflexiono en voz alta sobre lo que tiene pensado, porque Bob Marlowe fue muy vago, pero supongo que desea ensayar su ingenioso procedimiento RSHT en un paciente. Me refiero a que si no es eso, ¿por qué otra razón estaría dispuesto a prescindir de su propio laboratorio y de todos los grandes hospitales de Boston? ¿Acierto en mi suposición?

—¿Cómo se ha enterado del RSHT? —preguntó Daniel. No estaba muy seguro de querer referirse a sus motivos cuando apenas si habían comenzado a hablar.

—Leímos su sobresaliente artículo en *Nature* —contestó Paul—. Era brillante, sencillamente brillante. Su importancia fundamental para la biociencia me recordó mi propio trabajo: «Maduración in vitro de los ovocitos humanos». ¿Lo ha leído?

—Todavía no —respondió Daniel, dispuesto a seguir actuando con tacto—. ¿En qué revista se publicó?

—En *The Journal of Twenty-first Century Reproductive Technology* —le informó Spencer.

—No he tenido la ocasión de leer ningún número. ¿Quién la publica?

—Nosotros —manifestó Paul, orgulloso—. Aquí mismo, en la clínica Wingate. Estamos comprometidos con la investigación tanto como con los servicios clínicos.

Daniel puso los ojos en blanco. Sin la crítica de sus pares, las autopublicaciones científicas eran una tontería, y se sintió impresionado con la acertada descripción de los dos hombres que le había hecho Butler.

—El procedimiento RSHT nunca se ha utilizado en humanos —comentó Daniel, que eludió de nuevo responder a la pregunta de Paul.

—Lo sabemos —apuntó Spencer—, y esa es una de las muchas razones por las que nos entusiasmaría que se hiciera aquí por primera vez. Estar a la última es precisamente la reputación que la clínica Wingate intenta conseguir.

—La FDA no verá con buenos ojos que se realice un procedimiento experimental fuera de un protocolo aprobado —señaló Daniel—. Nunca darían su aprobación.

—Por supuesto que no lo aprobarían —admitió Spencer—. Nosotros lo sabemos muy bien. —Se echó a reír y Paul le hizo coro—. Pero aquí en las Bahamas no es necesario que la FDA se entere, dado que no tienen jurisdicción.

—Si yo fuera a practicar el RSHT en un humano, tendría que ser en el más absoluto secreto —dijo Daniel, en una admisión indirecta de sus planes—. No se podrá divulgar y obviamente no se podrá utilizar para la promoción de la clínica.

—Somos conscientes de ello —replicó Paul—. Spencer no pretendía decir que lo fuéramos a utilizar inmediatamente.

—¡Cielos, no! —exclamó Spencer—. Pensaba en utilizarlo solo después de que fuera del conocimiento público.

—Tendré que reservarme el derecho de decidir cuándo podría ser —dijo Daniel—. Ni siquiera me he planteado utilizar esto para promocionar el RSHT.

—¿No? —preguntó Paul—. Entonces, ¿por qué quiere hacerlo?

—Por razones estrictamente personales. Estoy seguro de que el RSHT funcionará en los humanos con la misma eficacia que en los ratones. Pero necesito demostrármelo a mí mismo con un paciente y así tener la fortaleza que necesito para enfrentarme a los ataques de la derecha política. No sé si estarán enterados, pero ahora mismo me enfrento a un posible veto del Congreso a mi procedimiento.

Se produjo una pausa un tanto violenta en la conversación. Al exigir el secreto y negarles cualquier posible campaña publicitaria en un futuro próximo, Daniel le estaba negando a la clínica Wingate algunas de las razones para su cooperación. Intentó pensar a la desesperada en algo que le permitiera amortiguar la desilusión, y cuando ya se disponía a hablar y posiblemente empeorar las cosas, Spencer rompió el silencio:

—Supongo que podemos respetar su deseo de mantener el secreto. Pero si no vamos a conseguir ningún beneficio publicitario por su colaboración con nosotros en un plazo relativamente corto, ¿en qué clase de compensación ha pensado por el uso de nuestras instalaciones y servicios?

—Estamos dispuestos a pagar —respondió Daniel.

Siguió otro silencio. Daniel intuyó que la negociación no iba por buen camino, y le asustó la posibilidad de desaprovechar la ocasión de utilizar la clínica Wingate para el tratamiento de Butler. Si tenía en cuenta las limitaciones de tiempo, dicha pérdida sería el final del proyecto. Comprendió que debía ofrecer algo más. Entonces recordó las palabras del senador sobre la vanidad de los dos médicos. Hizo de tripas corazón y añadió:

—Más adelante, después de que la FDA apruebe el RSHT para uso general, podríamos publicar un artículo conjunto sobre el caso.

Daniel hizo una mueca. La idea de aparecer como coautor de un artículo con aquellos tipejos era algo doloroso, aunque se dijo que podría retrasarlo indefinidamente. Sin embargo, a pesar de la oferta, el silencio continuó, y el miedo de Daniel fue creciendo. En aquel momento recordó su propia respuesta a la exigencia de Butler de utilizar la sangre de la Sábana Santa de Turín para el RSHT, así que lo mencionó con la explicación de que el paciente había insistido en ello. Incluso propuso el mismo título para el artículo que le había sugerido a Stephanie en tono de guasa.

—¡Ese sería un artículo bomba! —opinó Paul sorpresivamente—. ¡Me encanta! ¿Dónde lo podríamos publicar?

—En cualquier revista —dijo Daniel sin comprometerse—. *Science* o *Nature*. La que ustedes prefieran. No creo que pusieran ninguna pega.

—¿Se puede hacer el RSHT con la sangre de la Sábana Santa de Turín? —preguntó Spencer—. Si no recuerdo mal, esa cosa tiene una antigüedad de quinientos años.

—Di mejor unos dos mil —intercaló Paul.

—¿No se demostró que era una falsificación medieval? —replicó Spencer.

—No vamos a entrar ahora en una discusión sobre su autenticidad —dijo Daniel—. No tiene importancia para nuestros propósitos. Si el paciente quiere creer que es auténtico, nosotros de acuerdo.

—Sí, pero ¿funcionará en la práctica? —insistió Spencer.

—El ADN estará fragmentado, tenga quinientos o dos mil años —le recordó Daniel—. En cualquier caso, ese no es un problema. Solo necesitamos unos fragmentos, que buscarán nuestras sondas RSHT después de la amplificación PCR. Uniremos enzimáticamente todo lo que necesitemos para los genes completos. Funcionará.

—¿Por qué no el *The New England Journal of Medicine*? —sugirió Paul—. ¡Sería el no va más para la clínica! Me encantaría colar algo en esa publicación tan repipi.

—Pues claro —dijo Daniel, aterrorizado ante la idea—. ¿Por qué no?

—A mí también comienza a gustarme —declaró Spencer—. ¡Esa es la clase de artículo que sería recogido por la prensa como si fuese oro puro! Aparecería en todos los periódicos. Diablos, ya veo a todos los presentadores de los informativos de televisión hablando del tema.

—No me cabe la menor duda de que tiene razón —afirmó Daniel—. Pero no lo olviden, hasta que el artículo no se publique, hay que mantener todo este asunto en el más absoluto secreto.

—Lo comprendemos —dijo Spencer.

—¿Cómo hará para conseguir una muestra de la Sábana Santa? —preguntó Paul—. Tengo entendido que la Iglesia católica la tiene guardada en una especie de cápsula espacial.

—Se están ocupando del tema mientras mantenemos esta conversación —respondió Daniel—. Nos han prometido la asistencia de las más altas jerarquías eclesiásticas.

—¡No sé cómo lo conseguirá si no conoce al Papa! —comentó Paul.

—Quizá tendríamos que hablar del coste —sugirió Daniel, ansioso por cambiar de tema ahora que se había superado la crisis—. No queremos que haya ningún malentendido.

—¿De qué tipo de servicios estamos hablando? —quiso saber Paul.

—El paciente que trataremos sufre de la enfermedad de Parkinson —explicó Daniel—. Necesitaremos personal de quirófano y un equipo estereotáxico para la implantación.

—Disponemos del quirófano —dijo Paul—, pero no tenemos un equipo estereotáxico.

—Eso no es problema —apuntó Spencer—. Podemos pedirlo prestado al hospital Princess Margaret. El gobierno de las Bahamas y la comunidad médica de la isla han apoyado decididamente la instalación de la clínica. Estoy seguro de que les encantará ayudar. Sencillamente no les diremos para qué lo vamos a utilizar.

—Necesitaremos los servicios de un neurocirujano —añadió Daniel—. Alguno que sea discreto.

—No creo que tampoco tengamos problemas por ese lado —afirmó Spencer—. Hay varios en la isla que, en mi opinión, están infrautilizados. Estoy seguro de que podremos llegar a un acuerdo con alguno de ellos. No sé exactamente cuánto querrá cobrar, pero sí le garantizo que le costará mucho menos que en Estados Unidos. Calculo que le pedirá doscientos o trescientos dólares.

—¿No cree que pueda haber problemas con la confidencialidad?

—En absoluto —contestó Spencer—. Todos están buscando trabajo. Como cada vez son menos los turistas que alquilan monopatines, se han reducido notablemente los traumas craneales. Lo sé porque dos cirujanos han venido a la clínica para dejar sus tarjetas.

—Suena maravilloso —opinó Daniel—. Aparte de eso, solo necesitamos poder usar parte de su laboratorio. Supongo que disponen de un laboratorio donde hacen su trabajo reproductivo.

—Se sorprenderá cuando vea nuestro laboratorio —afirmó Paul con un tono de orgullo—. ¡Dispone de los equipos más modernos y es mucho más que un laboratorio de reproducción asistida! Además de mí, tenemos a varios técnicos de primera fila a su disposición que tienen experiencia en la transferencia de núcleos y que están ansiosos por aprender el procedimiento RSHT.

—No necesitaremos la asistencia de personal de laboratorio. Nosotros haremos nuestro propio trabajo celular. Lo que necesitamos son ovocitos humanos. ¿Hay alguna posibilidad de que nos los puedan suministrar?

—¡Por supuesto! —dijo Paul—. Los ovocitos son nuestra especialidad y muy pronto serán los que nos darán de comer. Es nuestra intención suministrarlos en un futuro a todo Estados Unidos. ¿Cuál es el tiempo del que dispone?

—Los necesitamos lo antes posible. Esto puede parecer un exceso de optimismo, pero quisiéramos estar preparados para un implante dentro de un mes. Nos vemos limitados en el tiempo, con un margen muy pequeño impuesto por el paciente voluntario.

—No hay ningún problema —le informó Paul—. ¡Podemos suministrarle los ovocitos mañana mismo!

—¿De verdad? —preguntó Daniel. Le pareció demasiado bueno para ser cierto.

—Podemos suministrarles los ovocitos cuando usted quiera —repitió Paul. Luego añadió con un tono divertido—: ¡Incluso en festivos!

—Estoy impresionado —dijo Daniel sinceramente—. Y mucho más tranquilo. Me preocupaba que pudiera retrasarnos conseguir los ovocitos. Sin embargo, eso nos lleva otra vez a los costes.

—Excepto por los ovocitos, no sabemos qué podemos cobrar —dijo Spencer—. En honor a la verdad, nunca se nos ocurrió que alguien quisiera utilizar nuestra clínica. Vamos a hacerlo lo más sencillo posible: ¿Qué le parecen veinte mil dólares por el quirófano, incluido el personal, y otros veinte mil por el laboratorio?

—Me parece bien. ¿Qué me dice de los ovocitos?

—Quinientos dólares por unidad —respondió Paul—. Le garantizamos un mínimo de cinco divisiones con cada uno o se los cambiamos.

—Me parece justo. ¡Pero tienen que ser frescos!

—Frescos del día —afirmó Paul—. ¿Cuándo vendrá?

—Los volveré a llamar dentro de unas horas o esta noche. En el peor de los casos, mañana. Tenemos que darnos prisa.

—Estaremos aquí —dijo Spencer, y colgó.

Daniel colgó el teléfono lentamente. En cuanto apartó la mano, soltó un grito de alegría. Tenía el fuerte presentimiento de que, a pesar de los últimos retrocesos, CURE, el RSHT, y su propio destino volvían al camino correcto.

El doctor Spencer Wingate mantuvo la mano bronceada sobre el teléfono después de colgar mientras reflexionaba sobre la conversación que acababa de mantener con el doctor Daniel Lowell. No había ido como había imaginado ni como esperaba y se sentía desilusionado. Cuando dos semanas antes había surgido inesperadamente el tema de que el famoso investigador quería utilizar la clínica Wingate, lo había tomado como algo providencial, dado que acababan de abrir las puertas después de ocho meses de construcción. En su mente, la asociación profesional con un hombre que según Paul podía ganar un premio Nobel hubiese sido una magnífica manera de anunciar al mundo que Wingate volvía a la actividad después del lamentable fracaso en Massachusetts el pasado mes de mayo. Pero tal como se habían planteado las cosas, no habría ningún anuncio. Los cuarenta mil dólares podían venir bien, pero era una miseria comparados con el dinero que habían gastado en la construcción y el equipamiento de la clínica.

La puerta del despacho, que había quedado entreabierta cuando Spencer volvió después de buscar a su segundo, se abrió del todo. En el umbral apareció la figura baja y fornida del doctor Paul Saunders. La amplia sonrisa que destacaba en su rostro dejaba a la vista los dientes cuadrados y muy separados. Era obvio que no compartía la desilusión de Spencer.

—¿Te lo imaginas? —le soltó Paul—. ¡Vamos a publicar un artículo en *The New England Journal of Medicine*! —Se dejó caer en una silla delante de la mesa de Spencer y comenzó a agitar los brazos en alto como si hubiese ganado una etapa del Tour de Francia—. Será sensacional. «La clínica Wingate, la Sábana Santa de Turín y el RSHT se combinan para la primera cura de la enfermedad de Parkinson». ¡Fabuloso! La gente hará cola en la puerta.

Spencer se reclinó en la silla y entrelazó las manos detrás de la cabeza. Miró al director de investigación, un título que Paul había insistido en tener, con cierta condescendencia. Paul era un trabajador animado por su proyecto, pero tendía a ser excesivamente entusiasta, y carecía del sentido práctico necesario para dirigir correctamente una empresa. En el tiempo en que la clínica estaba en Massachusetts, había conseguido casi hundirla financieramente. De no haber sido porque Spencer había hipotecado la clínica hasta la última piedra y había sacado del país la mayoría de los fondos, ahora estarían en la ruina.

—¿Por qué estás tan seguro de que habrá un artículo? —preguntó Spencer.

El rostro de Paul se ensombreció.

—¿De qué estás hablando? Acabamos de discutirlo ahora mismo con Daniel. Hasta tenemos el título. Él mismo lo propuso.

—Lo propuso, pero ¿cómo podemos estar seguros de que lo

hará? Estoy de acuerdo en que sería fantástico si lo hiciera, pero también podría postergarlo indefinidamente.

—¿Por qué demonios haría algo así?

—No lo sé, pero por alguna razón el secreto parece estar por encima de todo, y un artículo destaparía el tema. No querrá escribir el artículo, al menos en el plazo que nos interesa, y si seguimos adelante y lo hacemos sin él, probablemente negará cualquier participación. Si eso sucede, nadie querrá publicarlo.

—En eso tienes toda la razón —admitió Paul.

Los dos hombres se miraron el uno al otro a través de la extensión de la mesa de Spencer. Un avión que se disponía a aterrizar en el aeropuerto internacional de Nassau atronó el espacio por encima de sus cabezas. La clínica estaba situada muy cerca del aeropuerto por el lado oeste, en un terreno árido donde solo crecían matojos. Había sido el único lugar donde habían podido comprar a precio razonable un solar amplio que se pudiera vallar adecuadamente.

—¿Crees que ha sido sincero cuando dijo que utilizaría la Sábana Santa? —preguntó Paul.

—Eso no lo sé. En cualquier caso, me ha parecido un tanto sospechoso. Tú ya me entiendes.

—Pues a mí me ha picado la curiosidad.

—No me malinterpretes —dijo Spencer—. La idea es interesante y, desde luego, es apropiada para un artículo científico rematadamente bueno y como noticia a nivel internacional, pero cuando lo unes todo, incluido el tema del secreto, hay algo decididamente sospechoso en este asunto. ¿Tú te has creído su explicación cuando le preguntaste por qué se tomaba todas estas molestias?

—¿Te refieres a que quería demostrarse a sí mismo que el RSHT funcionaba?

—Eso es.

—No del todo, aunque es verdad que el Senado norteamericano está considerando prohibir el RSHT. Ahora que lo dices, también me parece que aceptó el precio que le diste sin pensárselo ni un segundo, como si el precio no tuviese importancia.

—Estoy de acuerdo contigo. No tenía idea de cuánto podía pedir por el uso de nuestras instalaciones, y me inventé una cantidad a la espera de una contraoferta. Diablos, a la vista de la prisa que se dio, bien podría haberle pedido el doble.

—¿Tú cómo lo ves?

—Creo que el tema importante es la identidad del paciente —opinó Spencer—. Es la única cosa que parece tener sentido.

—¿Quién puede ser?

—No lo sé. Pero si tuviese que adivinar por obligación, diría primero que es un familiar, y si no es así, entonces creería que es alguien rico, alguien muy rico y posiblemente famoso. Me creo mucho más esto último.

—¡Rico! —repitió Paul. En su rostro apareció la sombra de una sonrisa—. Una cura que podría costar millones.

—Efectivamente, y por lo tanto, creo que deberíamos trabajar con la hipótesis de que es alguien rico y famoso. Después de todo, ¿por qué Daniel Lowell tiene que embolsarse millones mientras que a nosotros solo nos dan cuarenta mil?

—Eso significa que debemos averiguar la identidad del paciente.

—Confiaba en que vieras este asunto desde mi punto de vista. Me preocupaba que pudieras conformarte con el mero hecho de trabajar con un investigador de renombre.

—¡Diablos, no! —exclamó Paul—. De ninguna manera, cuando no podemos obtener los beneficios de la promoción que esperábamos. Incluso dio a entender que no recibiremos ningún conocimiento sobre el RSHT cuando dijo que se encargaría de su propio trabajo celular. Había creído que nos dejaría participar. Todavía quiero aprender el procedimiento, así que cuando vuelva a llamarle, dile que forma parte del paquete.

—Será un placer decírselo —manifestó Spencer—. También le diré que queremos la mitad del dinero por anticipado.

—Dile también que queremos una consideración especial cuando en el futuro otorguen licencias para explotar el RSHT.

—Esa es una muy buena idea —admitió Spencer—. Veré lo que puedo hacer a la hora de renegociar nuestro acuerdo sin modificar el precio fijado. No quiero asustarlo. Mientras tanto, ¿qué te parece si tú te encargas de averiguar la identidad del paciente? Eso es algo que tú puede hacer mucho mejor que yo.

—Lo tomaré como un cumplido.

—Es un cumplido.

—Buscaré a Kurt Hermann, nuestro jefe de seguridad, ahora mismo. —Paul se levantó—. Le encantan esta clase de encargos.

—Dile a nuestro deshonrosamente licenciado boina verde, o lo que demonios fuera, que procure matar al menor número de personas posible. Después de todas las inversiones y esfuerzos que hemos hecho, no quiero que nos vean con malos ojos en esta isla.

Paul se echó a reír.

—En realidad es un tipo muy cuidadoso y discreto.

—No es eso lo que tengo entendido —replicó Spencer. Levantó las manos para indicar que no quería discutir—. No creo que las putas de Okinawa a las que maltrató lo consideren precisamente cuidadoso, y se le fue un poco la mano cuando estábamos en Massachusetts, pero no hablemos más. Admito que es bueno en su trabajo; si no fuera así no lo tendríamos en nómina. Solo hazme el favor de decirle que sea discreto. Es todo lo que pido.

—Se lo diré. De todas maneras, recuerda que como ninguno de nosotros, incluido Kurt, puede regresar a Estados Unidos, probablemente no podrá conseguir gran cosa hasta que Daniel, su equipo, y el paciente lleguen aquí.

—No pido milagros —afirmó Spencer.

7

Viernes, 22 de febrero de 2002. Hora: 16.45

El dentado perfil de Manhattan se recortaba contra el cielo gris cuando el avión del puente aéreo Washington-Nueva York hacía su aproximación final al aeropuerto de La Guardia. Las luces de la gran ciudad resplandecían como piedras preciosas en la penumbra. Los puentes colgantes parecía collares de perlas tendidos entre los gigantescos pilares. Las sinuosas columnas de faros en la autovía FDR recordaban una sarta de diamantes, mientras que las luces traseras sugerían rubíes. Un barco con la cubierta engalanada con luces de colores parecía un broche, mientras se deslizaba silenciosamente hacia su amarre en el río Hudson.

Carol Manning dejó de mirar el precioso panorama y echó una ojeada a la cabina. Nadie hablaba. Sin hacer el menor caso de la majestuosa vista, los pasajeros estaban absortos en sus periódicos, documentos de trabajo, y pantallas de ordenador. Su mirada se centró en el senador que compartía su hilera con un asiento vacío de por medio. Leía como todos los demás pasajeros. Sus grandes manos sujetaban el montón de hojas relacionadas con su agenda para el día siguiente que había arrebatado de las manos de Dawn Shackelton cuando él y Carol habían salido corriendo del despacho con el deseo de coger el vuelo de las tres y media. Lo habían conseguido por los pelos.

Ante la insistencia de Ashley, Carol había telefoneado aquella mañana a uno de los secretarios privados del cardenal para concertar una cita aquella misma tarde. Tal como le había indicado el senador, se limitó a decir que era un asunto muy urgente pero que el encuentro no duraría más de quince minutos. El padre Malo-ney le había respondido que intentaría arreglarlo, a pesar de que la agenda del cardenal estaba completa. Afortunadamente, Malo-ney había llamado cuando aún no había pasado una hora para comunicar que el cardenal recibiría al senador en algún momento entre las cinco y media y las seis y media, después de una recepción oficial a un cardenal italiano y antes de la cena con el alcalde. Carol respondió que serían puntuales.

Dadas las circunstancias de haber tenido que correr para coger el avión y no saber qué podía depararles el tráfico de Nueva York, Carol no pudo menos que sentirse impresionada con la aparente tranquilidad de Ashley. Por supuesto, la tenía a ella para que se preocupara de los detalles, pero si se hubieran invertido los papeles y ella hubiese tenido que enfrentarse a lo que se enfrenta-ba el senador, sin duda ahora mismo sería un manojo de nervios y no hubiese podido concentrarse. ¡Desde luego no era ese el caso con Ashley! A pesar del leve temblor de la mano izquierda, leía las páginas de un vistazo y las pasaba rápidamente, una prueba de que su legendaria rapidez de lectura no se había resentido por la enfermedad ni los acontecimientos de las últimas veinticuatro horas. Carol carraspeó.

—Senador, cuanto más pienso en este asunto, más me sorprende que no me haya pedido mi opinión. Usted siempre me pide mi opinión sobre casi todo.

Ashley volvió la cabeza para mirar a Carol por encima de las gafas de montura gruesa que se habían deslizado casi hasta la punta de la nariz. Frunció el entrecejo con una expresión condescendiente.

—Carol, querida —respondió—. No es necesario que me des tu opinión. Como te dije anoche, sé muy bien cuál es.

—Entonces confío en que sea consciente de que a mi juicio está corriendo un gran riesgo ante este supuesto tratamiento.

—Aprecio tu interés, sea cual sea el motivo, pero estoy decidido.

—Está permitiendo que experimenten con usted. No tiene ni idea de cuál puede ser el resultado.

—Puede ser verdad que no sé exactamente cuál será el resultado, pero también es cierto que si no hiciera nada a la vista del avance de una enfermedad neurológica degenerativa incurable, sabría muy bien cuál sería el resultado. Mi padre predicaba que Dios Nuestro Señor ayuda a quienes se ayudan a sí mismos. He sido un luchador durante toda mi vida, y desde luego no pienso rendirme ahora. No me iré sin plantar cara. Me defenderé con uñas y dientes.

—¿Qué pasará si el cardenal le dice que su plan es inviable?

—Dicha respuesta es poco probable, dado que no tengo la intención de comunicarle al cardenal cuáles son mis propósitos.

—En ese caso, ¿para qué hemos venido aquí? —preguntó Carol, con un tono cercano al enfado—. Confiaba en que Su Eminencia podría apelar a su buen juicio durante la conversación.

—No estamos haciendo esta peregrinación a la sede del poder de la Iglesia católica norteamericana en busca de consejo sino sencillamente para conseguir una muestra de la Sábana Santa de Turín como una prometedora ayuda contra las incertidumbres de mi terapia.

—¿Cómo piensa tener acceso al sudario sin explicar los motivos?

Ashley levantó una mano como un orador que acalla a una multitud inquieta.

—Ya es suficiente, mi querida Carol, no conviertas tu presencia en una carga en lugar de una ayuda. —Volvió su atención a las páginas mientras el avión comenzaba las operaciones de aterrizaje.

El rubor cubrió las facciones de Carol al verse despachada de una manera tan sumaria. Este tratamiento degradante se estaba convirtiendo en algo frecuente, lo mismo que la consiguiente irritación. Preocupada por la posibilidad de que sus sentimientos se notaran, volvió a mirar a través de la ventanilla.

Mientras el avión rodaba hacia la puerta de desembarque, Carol mantuvo la atención puesta en el exterior. Vista de cerca, Nueva York ya no parecía una joya, debido a los montones de basura y nieve que bordeaban la pista. En consonancia con el oscuro y lúgubre panorama, le inquietaba el conflicto de emociones y el sentimiento de culpa en relación con el plan de Ashley para tratar su enfermedad. Por un lado, tenía un miedo legítimo ante el tratamiento experimental, mientras que por el otro, le preocupaba que la terapia pudiese salir bien. Aunque su reacción inicial al diagnóstico de Ashley había sido de una compasión sincera, a lo largo del año también lo había visto como una oportunidad. Ahora el miedo a un mal resultado competía en pie de igualdad con el miedo a uno bueno, si bien le costaba admitir esto último. En cierto sentido, se veía como Bruto ante César.

El paso del avión a la limusina, que había pedido Carol, se efectuó sin problemas. Sin embargo, cuarenta y cinco minutos más tarde, se encontraban atascados entre un mar de coches en la autovía FDR, donde el tráfico había empeorado sensiblemente desde que la habían sobrevolado.

Molesto con la demora, Ashley arrojó las páginas que había estado leyendo y apagó la lámpara de lectura. En el interior del vehículo volvió a reinar la oscuridad.

—Vamos a perder nuestra oportunidad —rezongó el senador, sin el menor deje sureño.

—Lo siento —dijo Carol, como si fuese culpa suya.

Milagrosamente, después de estar detenidos durante cinco minutos y amplia variedad de maldiciones por parte de Ashley, los coches volvieron a circular.

—Demos gracias al Señor por los pequeños favores —entonó Butler.

El chofer salió de la calle 96, tomó por un atajo para ir al centro y dejó al senador y su jefa de personal delante de la residencia arzobispal en la esquina de Madison y la calle 50, cuatro minutos antes de la hora fijada. Le dijeron al conductor que diera vueltas a la manzana, dado que pensaban emprender el camino de regreso al aeropuerto en menos de una hora.

Carol nunca había estado en la residencia. Observó el poco imponente edificio de tres plantas, color gris, y techo de pizarra que se acurrucaba a la sombra de los rascacielos. Se alzaba directamente sobre la acera, sin un solo toque de verde para suavizar su severidad. Unos pocos aparatos de aire acondicionado en algunas de las ventanas desfiguraban la fachada, como también lo hacían las recias rejas de hierro en la planta baja. Los barrotes daban al edificio más la apariencia de pequeña cárcel que de residencia. Un trozo de encaje belga detrás del cristal de una de las ventana era la única pincelada amable.

Ashley subió los escalones de piedra y tiró del cordón de la brillante campanilla de latón. No tuvieron que esperar mucho. La pesada puerta la abrió un sacerdote alto y delgado con una sorprendente nariz romana y la cabellera roja muy corta. Vestía un traje negro con el alzacuello blanco.

—Buenas tardes, senador.

—Lo mismo digo, padre Maloney —respondió Ashley mientras entraba—. Confío en haber llegado en el momento oportuno.

—No podía serlo más —afirmó el padre Maloney—. He de acompañarle a usted y a su ayudante al despacho privado de Su Eminencia. Se reunirá con usted en unos momentos.

El despacho era una habitación, espartana como una celda, en el primer piso. La decoración se reducía a un retrato del papa Juan Pablo II y una pequeña estatua de la Virgen de mármol de Carrara. No había ninguna alfombra en el suelo de madera, y los tacones de Carol sonaron como martillazos contra la superficie encerada. El padre Maloney se retiró sin decir palabra y cerró la puerta.

—Es un tanto austero —comentó Carol. El mobiliario consistía en un pequeño y viejo sofá de cuero, una butaca a juego, un reclinatorio, y una pequeña mesa escritorio con una silla de madera de respaldo recto.

—Al cardenal le gusta que sus visitantes crean que no le interesa el mundo material —le explicó Ashley, al tiempo que se sentaba en la butaca—. Pero yo le conozco bien.

Carol se sentó muy rígida en el borde del sofá con las piernas recogidas a un lado. Ashley se puso cómodo como si estuviese de visita en la casa de un familiar. Cruzó las piernas y dejó a la vista el calcetín negro y parte de su pantorrilla, de un blanco lechoso.

Al cabo de un momento, se abrió la puerta y entró su Eminencia el cardenal James O'Rourke escoltado por el padre Maloney, que se encargó de cerrar la puerta. El cardenal iba vestido con todas las galas. Sobre los pantalones negros y la camisa blanca llevaba una sotana con alamares rojos y botones. Sobre la sotana una capa roja. Una ancha faja roja le rodeaba la cintura. Se cubría la cabeza con un capelo rojo. Alrededor del cuello llevaba colgada una cruz de plata recamada con piedras preciosas.

Carol y Ashley se levantaron. Carol se sintió impresionada por el suntuoso atuendo del cardenal, acentuado por la austeridad del entorno. Pero una vez de pie, se dio cuenta de que el poderoso prelado era más bajo que ella, que medía un metro sesenta y dos de estatura, y que junto a Ashley, que no era nada alto, parecía bajo y regordete. A pesar de las galas, su rostro sonriente y expresión amable transmitía la sensación de que era un humilde sacerdote con una suave y turgente piel inmaculada, las mejillas sonrosadas, y las armoniosas facciones redondeadas. Sin embargo, la mirada aguda de sus ojos sugería otra característica, más coherente con lo que Carol sabía del poderoso personaje. Reflejaba una formidable y astuta inteligencia.

—Senador —dijo el cardenal, con una voz a juego con sus amables modales. Extendió la mano con la muñeca floja.

—Su Eminencia —respondió Ashley, con su más cordial acento sureño. Apretó más que estrechó la mano del cardenal y evitó besar el anillo del prelado—. Es un placer. Estoy enterado de lo apretado de su agenda, y le agradezco profundamente que haya encontrado un minuto para atender a este granjero con tan poca anticipación.

—Oh, por favor, senador —manifestó el cardenal lisonjeramente—. Es un placer, como siempre, recibir su visita. Por favor, siéntese.

Ashley se sentó y adoptó la misma postura de antes.

Carol volvió a ruborizarse. Que le hicieran el menor caso resultaba tan vergonzoso como ser despachada. Había esperado que la presentaran, sobre todo cuando el cardenal le dirigió una mirada acompañada por un muy leve arqueo interrogativo de las cejas. Se sentó en el filo del sofá mientras el cardenal acercaba la rústica silla que estaba junto a la mesa. El padre Maloney permaneció de pie y en silencio junto a la puerta.

—En deferencia a nuestros compromisos —comenzó Ashley—, creo que debo ir al grano.

Carol, con la extraña sensación de ser invisible, miró a los dos hombres sentados a su lado. Identificó inmediatamente las similitudes de carácter, a pesar de las diferencias de aspecto y más allá de sus exigentes y trabajadoras naturalezas. Ambos consideraban los difusos límites entre la Iglesia y el Estado como un terreno ventajoso; ambos eran adeptos a la adulación y a cultivar las relaciones personales con aquellos con los que podían intercambiar favores en sus respectivas parcelas; ambos ocultaban sus personalidades, que eran duras, calculadoras y de una voluntad de hierro detrás de sus fachadas (un sacerdote humilde el cardenal y un cordial e ingenuo granjero el senador); ambos eran celosos guardianes de su autoridad y les gratificaba el ejercicio del poder.

—Siempre es mejor ser directo —comentó O'Rourke. Estaba sentado muy erguido con el capelo en sus manos regordetas. Era casi calvo.

En la mente de Carol apareció la imagen de dos duelistas que se vigilaban.

—Me ha preocupado muchísimo ver a la Iglesia católica tan asediada —prosiguió el senador—. Los escándalos sexuales han hecho sentir sus efectos, sobre todo con la división entre sus propias filas y un dirigente viejo y enfermo en Roma. Me he pasado noches enteras despierto mientras buscaba la manera de prestar un servicio.

Carol tuvo que hacer un esfuerzo para no poner los ojos en blanco. Conocía sobradamente cuáles eran los verdaderos sentimientos del senador respecto a la Iglesia católica. Como congregacionalista fundamentalista, tenía en muy poca consideración cualquier religión jerarquizada, y para él la Iglesia católica era la más jerarquizada de todas.

—Aprecio su comprensión —respondió el cardenal—, y he sentido la misma preocupación por el Congreso norteamericano después de la tragedia del once de septiembre. Yo también he buscado la mejor manera de ayudar.

—Su liderazgo moral es una ayuda constante —dijo Ashley.

—Quisiera hacer más —señaló O'Rourke.

—Me preocupa el hecho de que un número relativamente pequeño de sacerdotes con un desarrollo psicosexual frustrado haya podido poner a una organización filantrópica como es la Iglesia en una situación financiera arriesgada. Lo que me gustaría proponer a cambio de un pequeño favor es una legislación que limite las indemnizaciones que deban pagar las instituciones benéficas reconocidas, de las cuales la Iglesia católica es el más brillante ejemplo.

Durante unos minutos, el silencio reinó en la habitación. Por primera vez, Carol escuchó el tictac del pequeño reloj que había en la mesa y los sonidos apagados del tráfico en Madison Avenue. Miró el rostro del cardenal. Su expresión no había cambiado.

—Dicha legislación sería de gran ayuda en la presente crisis —manifestó O'Rourke finalmente.

—Por grave que sea para la víctima cada episodio de abuso sexual, no debemos victimizar a todas aquellas almas que dependen de la Iglesia para satisfacer sus necesidades sanitarias, educacionales, y espirituales. Como mi madre solía decir: «No debemos arrojar al bebé con el agua del baño».

—¿Cuál es la probabilidad de que se apruebe dicha legislación?

—Con mi pleno respaldo, que ciertamente lo daría, diría que las probabilidades son considerables. En cuanto al presidente, creo que le complacería mucho convertirlo en ley. Es un hombre de mucha fe, firmemente convencido de lo necesaria que es la caridad religiosa.

—Estoy seguro de que el Santo Padre agradecerá su apoyo.

—Soy un servidor del pueblo —declaró Ashley—. Sin distinción de razas y religiones.

—Mencionó un pequeño favor —dijo el cardenal—. ¿Se trata de algo que yo deba saber?

—Oh, es algo muy pequeño. Algo relacionado con la memoria de mi madre. Mi madre era católica. ¿Se lo mencioné alguna vez?

—No creo que lo haya hecho.

Carol pensó de nuevo en dos esgrimistas que se tanteaban.

—Católica como la que más —afirmó el senador—. Era del viejo país, de las afueras de Dublín y, desde luego, una mujer profundamente religiosa.

—Asumo por su sintaxis que está en el seno de su Hacedor.

—Desafortunadamente, sí —admitió Butler. Vaciló por un momento, como si la emoción le impidiera hablar—. Hace ya unos cuantos años, Dios bendiga su alma, cuando yo apenas si levantaba un palmo del suelo.

Esta era una historia que Carol conocía. Una noche, después de una larga sesión en el Senado, había ido con su jefe a un bar de Capitol Hill. Después de unas cuantas copas, el senador se había mostrado especialmente locuaz y le había relatado la triste historia de su madre. Había fallecido cuando Ashley tenía nueve años como consecuencia de una hemorragia provocada por un aborto clandestino que había decidido hacerse en lugar de tener a su décimo hijo. La ironía era que tenía miedo a morir durante el parto a la vista de las complicaciones que tuvo cuando había parido al noveno. El severísimo padre de Ashley se había escandalizado hasta tal punto que le informó a su familia y a la congregación que la mujer había sido condenada a arder en el infierno por toda la eternidad.

—¿Quiere que oficie una misa por su alma? —preguntó el prelado.

—Eso sería muy generoso —declaró Ashley—, pero no es del todo lo que había pensado. A día de hoy, todavía recuerdo cuando me tenía sentado en sus rodillas y me hablaba de todas las cosas maravillosas de la Iglesia católica. Sobre todo recuerdo cuando me habló de la milagrosa Sábana Santa de Turín, su reliquia más querida.

Por primera vez, hubo un cambio en la expresión del cardenal. Fue un cambio muy sutil, pero Carol vio que era claramente de sorpresa.

—La Sábana Santa está considerada como una reliquia muy sagrada —recalcó O'Rourke.

—No esperaba menos —respondió Ashley.

—El Santo Padre en persona manifestó extraoficialmente su convicción de que es la mortaja de Jesucristo.

—Me alegra saber que la creencia de mi madre está confirmada —comentó Ashley—. Como un reconocimiento a las palabras de mi madre, durante todos estos años me he interesado en el sudario. Sé que se sacaron muestras del mismo, algunas para realizar pruebas y otras no. También sé que las muestras que no se utilizaron, las reclamó la Iglesia después de los resultados de la datación del carbono 14. Lo que desearía obtener es una pequeña —Ashley unió el pulgar y el índice para recalcar sus palabras— muestra de la tela manchada de sangre que fue devuelta.

El cardenal se reclinó en la silla. Intercambió una rápida mirada con el padre Maloney.

—Es una petición muy poco corriente —dijo—. Sin embargo, la Iglesia ha sido muy clara en este tema. No se harán más pruebas científicas de la Sábana Santa, excepto las necesarias para asegurar su conservación.

—No tengo el menor interés en someterla a ningún tipo de prueba —manifestó el senador categóricamente.

—En ese caso, ¿para qué quiere esta pequeña, muy pequeña, muestra?

—Para mi madre —respondió Ashley simplemente—. Deseo colocarla en la urna que guarda sus cenizas la próxima vez que vaya a mi casa, de forma que sus restos se mezclan con el Huésped Divino. Su urna está junto a la de mi padre en la repisa de la chimenea del viejo hogar.

Carol tuvo que reprimir una carcajada de desprecio al ver con cuánta facilidad y convicción mentía el senador. La misma noche que su jefe le había contado la historia de su pobre madre, había añadido que su padre no había permitido que la enterraran en el cementerio de su iglesia, y habían tenido que sepultarla en el solar del alfarero del pueblo.

—Creo —añadió Ashley—, que si ella hubiese podido formular un deseo, hubiese sido este, para ayudar a su alma inmortal a entrar en el paraíso eterno.

O'Rourke miró de nuevo al padre Maloney.

—No sé nada de las muestras recuperadas. ¿Lo sabe usted?

—No, Su Eminencia —respondió el sacerdote—. Pero podría averiguarlo. El arzobispo Manfredi, a quien usted conoce bien, está en Turín, y monseñor Garibaldi, a quien conozco bien, también está allí.

El cardenal se dirigió una vez más al senador.

—¿Se contentaría con unas pocas fibras?

—Eso es todo lo que pido —contestó Ashley—, aunque debo añadir que quisiera tenerlas lo antes posible, dado que pienso ir a mi casa en un futuro muy próximo.

—Si esta pequeña muestra del tejido estuviese disponible, ¿cómo se la haríamos llegar?

—Enviaría inmediatamente a un agente a Turín —manifestó Ashley—. No es algo que confiaría por las buenas al correo o ninguna mensajería comercial.

—Veremos qué se puede hacer —dijo el cardenal mientras se levantaba—. Supongo que no tardará en presentar la propuesta legislativa.

El senador también se levantó.

—El lunes por la mañana, Su Eminencia, si para entonces he tenido noticias suyas.

Las escaleras representaban un duro esfuerzo para el cardenal, y las subió lentamente, con varias pausas para recuperar el aliento. El problema principal a la hora de vestirse con las prendas de gala era que se sentía oprimido con tantas capas y con frecuencia le agobiaba el calor, sobre todo cuando subía las escaleras para ir a sus aposentos privados. El padre Maloney le seguía un escalón más abajo, y cuando el cardenal se detenía, él también.

Con una mano en la balaustrada, el cardenal apoyó la otra en la rodilla alzada. Respiraba con dificultad, y se pasó una mano por la frente sudorosa; estaba pálido. Había un ascensor, pero evitaba usarlo como si fuera una penitencia.

—¿Hay alguna cosa que pueda traerle, Su Eminencia? —preguntó el padre Maloney—. Se la podría traer, y de esa manera evitaría tener que subir estas escaleras tan empinadas. Ha sido una tarde agotadora.

—Muchas gracias, Michael —respondió el prelado—. Pero debo descansar si quiero aguantar la cena con el alcalde y el cardenal que nos visita.

—¿Cuándo quiere que llame a Turín? —preguntó el sacerdote, para aprovechar la pausa.

—Hoy mismo, pasada la medianoche —dijo O'Rourke, con

voz entrecortada—. Serán las seis de la mañana en Italia, y podrá hablar con ellos antes de la misa.

—Es una petición sorprendente si se me permite decirlo, Su Eminencia.

—¡Desde luego! ¡Sorprendente y curiosa! Si la información del senador sobre las muestras es correcta, cosa que me sorprendería que no fuese conociendo como conozco al hombre, sería una petición fácil de complacer a la vista de que evita manipular el sudario. Sin embargo, en sus conversaciones con Turín, asegúrese de recalcar que el tema se debe mantener en absoluto secreto. Tiene que haber una confidencialidad total y ninguna documentación escrita. ¿Está claro?

—Perfectamente claro —respondió Michael—. ¿Tiene alguna duda sobre el uso que ha dicho el senador que dará a las muestras, Su Eminencia?

—Esa es mi única preocupación —declaró el prelado, mientras cogía fuerzas. Comenzó a subir el último tramo—. El senador es un genio de la negociación. Estoy seguro de que no quiere la muestra para realizar ninguna prueba no autorizada, pero quizá esté intercambiando favores con alguien que sí está interesado en hacerlas. El Santo Padre ha dispuesto ex cátedra que el sudario no debe ser sometido a nuevas indignidades científicas y estoy plenamente de acuerdo. Pero más allá de eso, creo que es una noble causa cambiar unas pocas fibras sagradas por la oportunidad de asegurar la viabilidad económica de la Iglesia. ¿Está de acuerdo conmigo, padre?

—Desde luego.

Llegaron al rellano, y el cardenal hizo otra pausa.

—¿Confía en que el senador hará lo que ha dicho referente a la legislación, Su Eminencia?

—Absolutamente —contestó el cardenal, sin la menor vacilación—. El senador siempre cumple con su parte del trato. Por ponerle un ejemplo, ha sido obra suya el programa de bonos escolares que salvará a nuestras escuelas parroquiales. A cambio, me ocupé de que tuviera el voto católico en su última reelección. Fue algo claramente ventajoso para ambas partes. Ahora, el intercambio propuesto no está tan claro. En consecuencia, si queremos arreglar este asunto, y como una medida de seguridad adicional, quiero que vaya a Turín para ver quién recoge la muestra y luego siga a la muestra para ver a quién se entrega. De esa manera, estaremos en condiciones de anticiparnos a cualquier resultado potencialmente negativó.

—¡Su Eminencia! No se me ocurre una misión más agradable.

—¡Padre Maloney! —replicó el cardenal vivamente—. Esta es una comisión muy seria y no algo pensado para su disfrute. Espero la más absoluta discreción y compromiso.

—¡Por supuesto, Su Eminencia! No pretendía insinuar nada menos.

8

Viernes, 22 de febrero de 2002. Hora: 19.25

—¡Jesús! —exclamó Stephanie después de mirar su reloj. ¡Eran casi las siete y media! Era sorprendente cómo se le pasaban las horas cuando estaba absorta, y había estado absorta toda la tarde. Primero, se había sentido cautivada en la librería con los libros sobre la Sábana Santa de Turín, y durante la última hora, se había quedado embobada con lo que estaba aprendiendo a través del ordenador.

Había regresado al local de la empresa muy poco antes de las seis, y lo había encontrado desierto. Supuso que Daniel se había ido a su casa, y se había instalado delante de su improvisada mesa en el laboratorio. Con la ayuda de la red y algunos archivos de periódicos, se había dedicado a investigar qué había pasado con la clínica Wingate poco más de un año atrás. Había sido una investigación absorbente a la par que inquietante.

Stephanie guardó el ordenador portátil en su mochila, cogió la bolsa de la librería, y se puso el abrigo. Al salir del laboratorio apagó las luces, cosa que le obligó a cruzar a ciegas la recepción que estaba a oscuras. En cuanto salió del edificio, se dirigió hacia Kendall Square. Caminaba con la cabeza agachada para protegerse del viento helado. Como era típico del clima de Nueva Inglaterra, se había producido un gran cambio respecto a las primeras horas de la tarde. Ahora que el viento soplaba del norte en lugar de hacerlo del oeste, la temperatura había bajado en picado de los relativamente suaves entre comillas cinco grados a los siete bajo cero. El viento del norte venía acompañado de copos de nieve que habían blanqueado la ciudad como si fuese una tarta espolvoreada con azúcar.

En Kendall Square, Stephanie cogió el metro de la línea roja hasta Harvard Square, un territorio conocido de sus años universitarios. Como siempre y a pesar del tiempo, la plaza estaba repleta de estudiantes y la chusma que gravita hacia ese entorno. Incluso unos pocos músicos callejeros hacían frente al mal tiempo. Con los dedos morados de frío, entretenían a los transeúntes. Stephanie se compadeció de ellos y dejó una ristra de dólares en los sombreros boca arriba mientras salía de Harvard Square y cruzaba Eliot Square.

Las luces y el bullicio se esfumaron rápidamente cuando Stephanie tomó por Brattle Street. Pasó por una sección del Radcliff College y por delante de la famosa casa Longfellow. Pero no prestó la menor atención al entorno. En cambio, pensaba en todo lo que había averiguado en las anteriores tres horas y media, y estaba ansiosa por compartirlo con Daniel. También le interesaba saber qué había averiguado su compañero.

Eran pasadas las ocho cuando subió las escalinatas del edificio donde vivía Daniel. Ocupaba el último piso de una casa de tres plantas de estilo victoriano con todos los detalles de su época, incluida una carbonera. Había comprado el piso cuando acabaron las obras de reforma en 1985, año en que se había reincorporado a la vida académica en Harvard. Había sido un gran año para Daniel. No solo había dejado su empleo en la empresa farmacéutica Merck, sino que también se había divorciado de su esposa, después de cinco años de matrimonio. Le había explicado a Stephanie que se había sentido asfixiado por ambos. Su esposa había sido una enfermera a la que había conocido mientras era médico interno y hacía el doctorado en física, una proeza que Stephanie comparaba con correr dos maratones seguidas. Daniel le había dicho que su ex esposa era muy trabajadora pero algo muy parecido a una rémora, y estar casado con ella le hacía sentirse como si fuese Sísifo, condenado a subir una enorme piedra cuesta arriba. Había añadido que ella era muy amable con todo el mundo y había esperado que él también lo fuese. Stephanie no había sabido cómo interpretar ninguna de las dos explicaciones, pero se había abstenido de ahondar en el tema. Agradecía que no hubiesen tenido hijos, cosa que al parecer la ex esposa había deseado desesperadamente.

—¡Estoy en casa! —gritó Stephanie, después de cerrar la puerta con el trasero. Dejó el ordenador y la bolsa de libros sobre la pequeña mesa del recibidor, se quitó el abrigo y abrió la puerta del armario para colgarlo.

—¿Hay alguien? —gritó, aunque su voz sonó ahogada porque hablaba con la cabeza metida en el armario. Cuando acabó de colgarlo, se volvió. Comenzó a gritar de nuevo, pero la súbita aparición de Daniel en el umbral del vestíbulo la sorprendió. No estaba a más de tres pasos. El sonido que salió de sus labios casi no se escuchó.

—¿Dónde demonios estabas? —le preguntó Daniel, con un tono áspero—. ¿Tienes idea de la hora que es?

—Son alrededor de las ocho —respondió Stephanie. Se llevó una mano al pecho—. ¡No se te ocurra pegarme otro de estos sustos nunca más!

—¿Por qué no llamaste por teléfono? Iba a llamar a la policía.

—¡Venga, vamos! Ya sabes lo que me pasa cuando entro en una librería. Fui a dos y me enganché. En las dos, acabé sentada en el pasillo, para echar un vistazo a los libros sobre el tema y decidir cuáles comprar. Luego, cuando volví al despacho, quise aprovecharme de la banda ancha.

—¿Cómo es que no llevabas encendido el móvil? Intenté llamarte una docena de veces.

—Porque estaba en una librería y cuando fui al despacho, se me olvidó encenderlo. ¡Eh! Lamento mucho haberte causado tanta preocupación, ¿vale? Pero ahora ya estoy en casa, sana y salva. ¿Qué has preparado para cenar?

—Muy graciosa —masculló Daniel.

—¡Cálmate! —dijo Stephanie, y le tiró de la manga juguetonamente—. Te agradezco tu preocupación, de verdad que sí, pero estoy muerta de hambre y supongo que tú también. ¿Qué te parece si vamos a la plaza y cenamos? ¿Podrías llamar al Rialto mientras me doy una ducha? Es viernes por la noche, pero a la hora que llegaremos no creo que tengamos problemas.

—De acuerdo —aceptó Daniel con desgana, como si estuviese aceptando algo muy importante.

Eran las nueve y veinte cuando entraron en el restaurante, y tal como había pronosticado Stephanie, había una mesa vacía y preparada. Dado que ambos estaban hambrientos, echaron una ojeada al menú y pidieron sin más demora. A petición de ellos, el camarero se dio prisa en traerles el vino y el agua con gas para saciar la sed y el pan para calmar un poco el hambre.

—Muy bien, ¿quién quiere hablar primero? —preguntó Stephanie.

—Empezaré yo —respondió Daniel—, porque no tengo mucho de que informar, pero lo que tengo es alentador. Llamé a la clínica Wingate, que parece estar bien equipada para nuestras necesidades, y nos dejarán utilizar sus instalaciones. Ya tengo acordado el precio: cuarenta mil.

—¡No se han quedado cortos a la hora de pedir! —opinó Stephanie.

—Sí, lo sé, es un poco alto, pero no me pareció prudente regatear. En un primer momento, después de informarle de que no podrían aprovecharse de que usemos sus instalaciones para promoción, tuve miedo de que se echaran atrás. Afortunadamente, conseguí que aceptaran.

—En cualquier caso no es nuestro dinero, y desde luego disponemos de fondos. ¿Qué hay del tema de los ovocitos?

—Esa es la mejor parte. Me dijeron que pueden suministrarnos ovocitos humanos sin ningún problema.

—¿Cuándo?

—Dicen que cuando queramos.

—Dios mío, eso incita a la curiosidad.

—A caballo regalado no le mires el diente.

—¿Qué pasa con el neurocirujano?

—Tampoco hay problemas por ese lado. Hay varios en la isla que buscan trabajo. El hospital local incluso tiene equipo estereotáxico.

—Eso sí que es alentador.

—Te lo dije.

—Pues mis noticias son buenas y malas. ¿Cuáles quieres escuchar primero?

—¿Las malas son muy malas?

—Todo es relativo. No son tan malas como para poner en peligro nuestros planes, pero sí lo suficiente para que desconfiemos.

—Entonces escuchemos las malas y así acabamos antes.

—Los directivos de la clínica Wingate son peores de lo que recordaba. Por cierto, ¿con quién hablaste en la clínica?

—Hablé con los dos principales: con Spencer Wingate en persona y su mayordomo, Paul Saunders. Te diré una cosa: son una pareja de payasos. No te lo vas a creer: publican su propia revista científica, y ellos son los que escriben y editan los artículos.

—¿Quieres decir que no tienen una junta editorial?

—Eso es lo que parece.

—Pues eso es ridículo, a menos que alguien se suscriba a la revista y acepte lo que publican como si fuese el Evangelio.

—Comparto la opinión.

—Pues te diré que son mucho peor que unos payasos —afirmó Stephanie—, y también mucho peor que simples autores de experimentos antiéticos de clonación reproductiva. Consulté los archivos de los periódicos, en particular *The Boston Globe*, para saber qué había ocurrido en mayo pasado cuando la clínica se trasladó por sorpresa a las Bahamas. ¿Recuerdas que la última noche que estuvimos en Washington te mencioné que habían estado implicados en la desaparición de un par de alumnas de Harvard? Se trataba de mucho más que una mera implicación, de acuerdo con las manifestaciones de un par de personas muy fiables que estaban haciendo el doctorado de física en Harvard. Consiguieron sendos empleos en la clínica para averiguar el destino de los óvulos que habían donado. Durante sus investigaciones, encontraron mucho más de lo que esperaban. En una audiencia del gran jurado, afirmaron haber visto los ovarios de las dos alumnas desaparecidas en lo que llamaron la «sala de recuperación de óvulos» de la clínica.

—¡Dios bendito! —exclamó Daniel—. ¿Cómo es que no acusaron a esos tipos con semejante testimonio?

—¡Falta de pruebas y un carísimo equipo de abogados defensores! Al parecer, los directivos tenían un plan de evacuación que incluía la destrucción inmediata de la clínica y su contenido, en particular los laboratorios de investigación. Las llamas consumieron todo mientras los directivos escapaban en helicóptero. Por lo tanto, no los pudieron acusar. La ironía final es que sin la acusación, pudieron cobrar la póliza de seguro contra incendios.

—¿Cuál es tu opinión sobre todo esto?

—Sencillamente que no son buenas personas, y que debemos limitar nuestro trato con ellos. Después de lo que leí me gustaría conocer el origen de los óvulos que nos suministrarán, solo para estar segura de que no estamos financiando alguna cosa inconcebible.

—No creo que sea una buena idea. Ya hemos decidido que atenernos a la ética es un lujo que no nos podemos permitir si queremos salvar CURE y el RSHT. Ponernos a malas con ellos en estos momentos podría causarnos problemas, y no quiero poner en peligro el uso de sus instalaciones. Tal como mencioné, no se mostraron muy entusiasmados después de que veté claramente cualquier uso de nuestra participación con fines promocionales.

Stephanie jugó con la servilleta mientras pensaba en las palabras de Daniel. No le gustaba lo más mínimo tratar con la clínica Wingate, pero era cierto que ella y Daniel no tenían mucho donde elegir, sometidos como estaban a un plazo inamovible. También era cierto que ya habían violado las normas éticas cuando habían aceptado tratar a Butler.

—¿Cuál es tu respuesta? —preguntó Daniel—. ¿Podrás soportarlo?

—Supongo que sí —respondió Stephanie sin ningún entusiasmo—. Hacemos el procedimiento y nos largamos.

—Ese es el plan —señaló Daniel—. Bueno, continuemos. ¿Cuáles son las buenas noticias?

—Las buenas noticias se refieren a la Sábana Santa de Turín.

—Te escucho.

—Esta tarde, antes de ir a la librería, te comenté que la historia del sudario era más interesante de lo que me había imaginado. Pues ahora te digo que es apasionante.

—¿Cómo es eso?

—En estos momentos creo que después de todo Butler quizá no esté loco, porque es muy posible que el sudario sea auténtico. Este es un giro sorprendente, dado que tú sabes lo escéptica que soy.

—Casi tanto como yo —dijo Daniel.

Stephanie miró a su amante después de este comentario con la ilusión de ver algún rastro de humor como una sonrisa sardónica, pero no lo vio. Se sintió un tanto molesta al comprobar que Daniel siempre tenía que ser un poco más, con independencia del tema. Bebió un sorbo de vino mientras volvía a centrarse en el asunto.

—La cuestión es —añadió— que comencé a hojear unos cuantos libros y tuve problemas para dejarlos. Me refiero a que no veía la hora de empezar con el libro que había comprado. El autor es un erudito de Oxford llamado Ian Wilson. Con un poco de suerte, mañana recibiré los libros que conseguí a través de la red.

Stephanie se interrumpió al ver que llegaba la comida. Daniel y ella esperaron con impaciencia mientras les servían. Daniel esperó a que se retirara el camarero para reanudar la conversación.

—Muy bien, has conseguido despertar mi curiosidad. Escuchemos la base de esta sorprendente epifanía.

—Comencé mi lectura con el conocimiento de que la Sábana Santa, según los tres laboratorios independientes que habían realizado la datación del carbono 14, era del siglo XIII, el mismo siglo en que apareció sin más históricamente. Dada la precisión de la tecnología de la datación del carbono, no suponía que pudiera haber ningún motivo para poner en duda que se trataba de una falsificación. Pero los había, y aparecieron de inmediato. La razón era sencilla. Si la Sábana Santa se hizo en el siglo indicado por la datación del carbono, el falsificador tendría que haber sido un genio muy por encima de Leonardo da Vinci.

—Tendrás que explicármelo más a fondo —comentó Daniel entre bocado y bocado. Stephanie había hecho una pausa para comenzar a comer.

—Comencemos con algunas sutiles razones por las que el falsificador tendría que haber sido un superhombre para su época, y después pasaremos a otras más intrigantes. En primer lugar, el falsificador tendría que haber tenido un conocimiento del escorzo, algo que aún no se había descubierto en el arte. La imagen del hombre en el sudario tiene las piernas recogidas y la cabeza inclinada hacia delante, probablemente en *rigor mortis*.

—Diría que eso no es terriblemente apasionante —señaló Daniel.

—Veamos qué te parece esto: el falsificador tuvo que conocer el verdadero método de la crucifixión utilizado por los romanos en su época. No era como aparecía en todas las representaciones de la crucifixión hechas en el siglo xiii, que eran centenares de miles. En realidad, al condenado le clavaban las muñecas a la cruz, no las palmas de las manos, que no hubieran podido soportar el peso. Además, la corona de espinas no era tal, sino que se parecía más a un capelo.

Daniel asintió con la cabeza varias veces mientras pensaba.

—Te diré más: las manchas de sangre tapan la imagen en la tela, y eso significa que nuestro inteligente artista comenzó por las manchas de sangre y luego pintó la imagen, que es exactamente al contrario del método de trabajo de todos los demás artistas. Primero pintarían la imagen, o al menos el contorno. Luego añadirían los detalles como la sangre para estar seguros de que aparecían en el lugar correcto.

—No niego que es interesante, pero tendré que ponerlo en el mismo grupo del escorzo.

—Pues entonces sigamos adelante —dijo Stephanie—. En 1979, cuando la Sábana fue sometida a cinco días de pruebas científicas por equipos de Estados Unidos, Italia y Suiza, se demostró inequívocamente que la imagen no estaba pintada. No había marca alguna de pincel, sino una infinita gradación de densidad, y la imagen solo era un fenómeno superficial sin ninguna impregnación, o sea que no había líquidos o pinturas de ningún tipo. La única explicación que se les ocurrió fue que la imagen era el resultado de algún proceso de oxidación en la superficie de las fibras de lino, como si hubiese sido expuesta en presencia de oxígeno a una muy fuerte descarga lumínica o alguna otra potente radiación electromagnética. Obviamente, esto era algo vago e hipotético.

—De acuerdo —dijo Daniel—. Debo admitir que cada vez resulta más interesante.

—Hay más —declaró Stephanie—. Algunos de los científicos

norteamericanos que analizaron el sudario en 1979 pertenecían a la NASA y lo sometieron a una serie de pruebas con la tecnología más avanzada disponible en el momento, incluido un equipo conocido con el nombre de analizador de imágenes VP-8. Era un aparato análogo al que había desarrollado para convertir las imágenes digitales de la superficie lunar y de Marte en imágenes tridimensionales. Para gran sorpresa de todos, la imagen del sudario contenía esta clase de información, y eso significa que la densidad de imagen del sudario en cualquier punto es directamente proporcional a la distancia que estaba del individuo crucificado al que había envuelto. En líneas generales, quien lo hizo tuvo que haber sido un falsificador genial si fue capaz de hacer ese trabajo en el siglo XIII.

—¡Increíble! —exclamó Daniel mientras movía la cabeza para recalcar su asombro.

—Permíteme que añada otra cosa. Los biólogos especializados en el estudio del polen encontraron que el sudario contenía una variedad de polen que solo se encuentra en Israel y Turquía, y eso significa que el supuesto falsificador además de inteligencia disponía de recursos.

—¿Cómo es posible que la datación del carbono 14 pudiera equivocarse hasta tal punto?

—Una pregunta muy interesante —afirmó Stephanie. Cogió un bocado y lo engulló deprisa—. Nadie tiene una respuesta clara. Se pensó que los antiguos tejidos de lino permiten el desarrollo continuado de unas bacterias que dejan una película transparente, como una especie de barniz biológico, que podría distorsionar los resultados. Al parecer, el mismo problema se presentó con la datación de las telas de lino de las momias egipcias, cuya antigüedad se conocía exactamente por otras fuentes. Un científico ruso propuso la idea de que el fuego que chamuscó el sudario en el siglo XVI pudo haber distorsionado la datación, aunque a mí me resulta difícil aceptar que lo haya variado en más de mil años.

—¿Qué me dices de los antecedentes históricos? Si el sudario es auténtico, ¿cómo es que su historia solo se remonta al siglo XIII, cuando apareció en Francia?

—Esa es otra muy buena pregunta. Cuando comencé a leer sobre la Sábana Santa, me centré más en los aspectos científicos, y solo acabo de empezar con la parte histórica. Ian Wilson relaciona muy hábilmente el sudario con otra muy conocida y reverenciada reliquia bizantina conocida como el Sudario de Edesa, que había estado en Constantinopla durante más de trescientos años. Es interesante el hecho de que dicho sudario desapareciera cuando la ciudad fue saqueada por los cruzados en el año 1204.

—¿Hay alguna prueba documental de que la Sábana Santa de Turín y la de Edesa sean la misma?

—En ese punto abandoné la lectura —respondió Stephanie—. Pero parece ser que existen tales pruebas. Wilson cita a un testigo francés que vio la reliquia bizantina antes de su desaparición, y que la describió en sus memorias como una mortaja con la doble figura completa de Jesús, que concuerda con la Sábana Santa de Turín. Si las dos reliquias son una sola, entonces la historia se remonta por lo menos hasta el siglo IX.

—Ahora comprendo que todo esto haya cautivado tu interés —manifestó Daniel—. Es fascinante. Volvamos al terreno científico. Si no pintaron la imagen, ¿cuáles son las teorías actuales sobre su origen?

—Esa es la pregunta más curiosa de todas. En realidad, no hay ninguna teoría.

—¿El sudario ha sido sometido a nuevos estudios científicos desde aquellos realizados en 1979?

—A muchos.

—Así y todo, ¿no se han formulado nuevas teorías?

—Ninguna que justificara la realización de más pruebas. Por supuesto, todavía ronda por ahí la idea de algún tipo de extraña radiación... —La voz de Stephanie se apagó como si quisiera dejar la idea flotando en el aire.

—¡Espera un momento! —exclamó Daniel—. No me saldrás ahora con alguna tontería divina o sobrenatural, ¿verdad?

Stephanie levantó las manos, se encogió de hombros, y sonrió todo al mismo tiempo.

—Ahora tengo la sensación de que estás jugando conmigo —comentó Daniel, y se echó a reír.

—Te estoy ofreciendo la oportunidad de que propongas alguna teoría.

—¿Yo? —preguntó Daniel.

Stephanie asintió.

—No puedo plantear una hipótesis sin tener acceso a toda la información. Supongo que los científicos utilizaron cosas como el microscopio electrónico, el espectrógrafo, la luz ultravioleta, además de los preceptivos análisis químicos.

—Todo eso y más. —Stephanie se reclinó en la silla con una sonrisa provocadora—. Así y todo, no hay ninguna teoría aceptada sobre cómo se produjo la imagen. Es un misterio, desde luego. Pero ¡venga! ¡Participa en el juego! ¿No se te ocurre nada con todos los detalles que te he dado?

—Tú eres quien ha leído los libros. Creo que te toca a ti plantear alguna hipótesis.

—Pues la tengo.

—No sé si debo atreverme a preguntar cuál es.

—Me inclino hacia lo divino. Este es mi razonamiento: si el sudario es la mortaja de Jesucristo, y si Jesús resucitó, y eso significa que pasó de lo material a lo inmaterial, presumiblemente en un instante, entonces el sudario recibió los efectos de la energía de la desmaterialización. Fue una descarga de energía lo que creó la imagen.

—¿Qué diantres es la energía de la desmaterialización? —preguntó Daniel, irritado.

—No estoy segura —contestó Stephanie, con una sonrisa—. Sin embargo tiene que haber una descarga de energía en una desmaterialización. Recuerda lo que pasa con una rápida decadencia de los elementos. Así funcionan las bombas atómicas.

—Supongo que no es necesario recordarte que estás empleando un razonamiento muy poco científico. Te vales de la imagen del sudario para justificar la desmaterialización y después usarás la desmaterialización para explicar el sudario.

—No tendrá nada de científico, pero para mí tiene sentido —declaró Stephanie, antes de echarse a reír—. También lo tiene para Ian Wilson, que describe la imagen del sudario como una instantánea de la resurrección.

—Bien, aunque solo sea por eso, desde luego me has convencido para que eche una ojeada a tu libro.

—¡No hasta que haya acabado! —bromeó Stephanie.

—¿Puedo preguntarte si toda esta información referente al sudario ha conseguido que cambie tu opinión sobre la utilización de la sangre de las manchas para tratar a Butler?

—Ha dado un giro de ciento ochenta grados —admitió Stephanie—. Ahora mismo estoy absolutamente a favor. Quiero decir, ¿por qué no utilizar algo potencialmente divino para beneficiarnos? Además, como tú dijiste en Washington, utilizar la sangre del sudario añadirá un toque de desafío y emoción a todo el asunto, al tiempo que nos facilita el placebo perfecto.

Daniel y Sthephanie levantaron las manos y las chocaron por encima de la mesa.

—¿Qué quieres de postre? —preguntó Daniel.

—No quiero. Pero si tú tomas, pediré un café descafeinado.

Daniel sacudió la cabeza.

—No quiero postre. Volvamos a casa. Quiero ver si ha llegado algún e-mail del grupo financiero. —Hizo un gesto al camarero para que le trajera la cuenta.

—Pues yo quiero ver si hay algún mensaje de Butler —dijo Stephanie—. La otra cosa que averigüé del sudario es que necesitaremos su ayuda para conseguir una muestra. Sería imposible obtenerla por nuestra cuenta. La iglesia lo tiene guardado a cal y canto en una cápsula con una atmósfera de argón. También han comunicado categóricamente que no permitirán más pruebas. Después del fiasco de la datación de carbono, resulta comprensible.

—¿Se hicieron análisis de la sangre?

—Por supuesto. Resultó ser del tipo AB, que era mucho más común en el antiguo Oriente Próximo que ahora.

—¿Alguna prueba de ADN?

—Eso también —manifestó Stephanie—. Aislaron varios fragmentos específicos de genes, incluido un beta globulina del cromosoma once e incluso un amelogenin Y del cromosoma Y.

—Pues entonces ya lo tenemos —exclamó Daniel—. Si podemos hacernos con una muestra, será cosa de coser y cantar sacar los segmentos que necesitamos con nuestras sondas RSHT.

—Más vale que las cosas comiencen a pasar deprisa —le advirtió Stephanie—. De lo contrario, no dispondremos de las células a tiempo para las vacaciones del Senado.

—Soy muy consciente de ello. —Daniel cogió la tarjeta de crédito que le entregaba el camarero, y firmó el recibo—. Si el sudario acaba involucrado en esta historia, tendremos que viajar a Turín dentro de unos pocos días. Así que más vale que Butler espabile. En cuanto tengamos la muestra, volaremos directamente a Nassau desde Londres en British Airways. Lo averigüé esta tarde.

—¿No haremos el trabajo celular aquí, en nuestro laboratorio?

—Lamentablemente no podrá ser. Los óvulos están allí, no aquí, y no quiero correr el riesgo de que los envíen. Además los quiero frescos. Con un poco de suerte, quizá el laboratorio de la clínica esté tan bien equipado como han dicho, porque tendremos que hacerlo todo allí.

—Eso significa que nos marcharemos dentro de unos días y estaremos ausentes un mes o más.

—Así es. ¿Te supone algún problema?

—Supongo que no —dijo Stephanie—. No es mala época para pasar un mes en Nassau. Peter puede encargarse de mantener las cosas en marcha en el laboratorio. Pero tendré que ir a casa mañana o el domingo para ver a mi madre. Como ya sabes, no está muy bien de salud.

—Será mejor que vayas cuanto antes —opinó Daniel—. En cuanto Butler nos diga algo de la muestra del sudario, tendremos que salir pitando.

9

Daniel tuvo la sensación de que comenzaba a tener una vaga idea de lo que era sufrir un trastorno maníaco-depresivo cuando colgó el teléfono después de otra decepcionante conversación con el grupo de capitalistas de San Francisco. Momentos antes de la llamada, se sentía en la cima del mundo después de escribir un bosquejo de sus actividades para el mes siguiente. Ahora que contaba con el apoyo entusiasta de Stephanie en el plan de tratar a Butler, incluida la utilización de la sangre de la Sábana Santa, las cosas comenzaban a encajar. Aquella mañana, habían redactado entre los dos un documento de descargo para que lo firmara Butler y se lo habían enviado por correo electrónico. Según las instrucciones, el senador tendría que firmarlo con Carol Manning como testigo y luego enviarlo por fax.

Mientras Stephanie entraba en el laboratorio para ocuparse del cultivo de los fibroblastos de Butler, Daniel se había convencido a sí mismo de que las cosas iban tan bien que era razonable llamar a los hombres del dinero con la ilusión de hacerles cambiar de parecer respecto a autorizar la segunda línea de financiación. Sin embargo, la llamada no había ido bien. La persona clave había acabado la conversación con la advertencia de que Daniel no volviera a llamarlo hasta tener la prueba escrita de que no prohibirían el RSHT. El banquero le había explicado que a la vista de los recientes acontecimientos, la palabra, en particular en forma de comentarios generales, no era bastante. El banquero había añadido que si dicha documentación no llegaba en un futuro muy próximo, el dinero asignado a CURE sería transferido a otra muy prometedora firma biotecnológica cuya propiedad intelectual no estaba amenazada políticamente.

Daniel se dejó caer en la silla con las nalgas apoyadas precariamente en el borde y la cabeza apoyada en el respaldo. La idea de volver al seguro pero poco rentable trabajo académico, con sus infinitas trabas burocráticas, comenzaba a parecerle cada vez más atractiva. Ahora comenzaba a detestar los bruscos altibajos en sus intentos por conseguir la celebridad y el dinero que, a su juicio, se merecía. Le parecía insultante que a las estrellas de cine les bastara memorizar unas pocas frases y a los famosos atletas la destreza con un bate o una pelota para convertirse en millonarios colmados de honores. Con sus antecedentes y su brillante descubrimiento, resultaba ridículo que tuviese que pasar por tantas angustias y apuros económicos. Stephanie asomó la cabeza.

—¿Quieres saber algo? —dijo con un tono animado—. Las cosas van requetebién con el cultivo de los fibroblastos de Butler. Gracias a la atmósfera de un cinco por ciento de CO_2 y aire, ya se ha comenzado a formar una monocapa. Las células estarán listas antes de lo que pensaba.

—Maravilloso —afirmó Daniel con un tono lúgubre.

—¿Ahora cuál es el problema? —preguntó Stephanie. Entró en el despacho y se sentó—. Tienes todo el aspecto de estar a punto de fundirte en el suelo. ¿A qué viene la cara larga?

—¡No preguntes! Es la misma historia de siempre: el dinero, o mejor dicho su falta.

—Supongo que eso significa que has vuelto a llamar a los financieros.

—¡Podrías trabajar de vidente! —replicó Daniel con tono sarcástico.

—¡Dios santo! ¿Por qué te torturas?

—Así que ahora crees que lo hago porque me gusta sufrir.

—Así es si continúas llamándoles. Por lo que dijiste ayer, sus intenciones eran muy claras.

—Pero el plan Butler sigue adelante. La situación evoluciona.

Stephanie cerró los ojos por un momento y realizó un par de inspiraciones profundas.

—Daniel —comenzó, mientras pensaba en las palabras más adecuadas para expresar lo que iba a decirle sin irritarlo—, no puedes esperar que los demás vean el mundo como tú. Eres un hombre brillante, quizá demasiado inteligente para tu propio bien. Hay otras personas que no ven el mundo de la misma manera. Me refiero a que no pueden pensar como tú lo haces.

—¿Piensas que soy un niño? —Daniel miró a su amante, colaboradora científica y socia. Últimamente, con la tensión de los acontecimientos, era cada vez más lo último que lo primero, y la empresa no iba nada bien.

—¡Cielos, no! —negó Stephanie rotundamente. Antes de que la joven pudiera continuar, sonó el teléfono. El estridente sonido los sobresaltó a los dos.

Daniel tendió la mano hacia el teléfono, pero no lo cogió. Miró a Stephanie.

—¿Esperas alguna llamada?

Stephanie sacudió la cabeza.

—¿Quién puede llamar a la oficina un sábado?

—Quizá sea para Peter —dijo Stephanie—. Está en el laboratorio.

Daniel cogió el teléfono y pronunció el nombre completo de la empresa en lugar del acrónimo.

—Soy el doctor Spencer Wingate de la clínica Wingate. Llamo desde Nassau y quiero hablar con el doctor Daniel Lowell.

Daniel le indicó a Stephanie con un gesto para que fuera a la recepción y cogiera la extensión de Vicky. Luego se dio a conocer a su interlocutor.

—Desde luego no esperaba que atendiera usted el teléfono, doctor —comentó Spencer.

—Nuestra recepcionista no trabaja los sábados.

—¡Vaya! —exclamó Spencer, y se echó a reír—. No me di cuenta de que era fin de semana. Desde que abrimos la clínica, hemos estado trabajando veinticuatro horas al día, los siete días de la semana para ir arreglando los fallos. Mil perdones si le causo una molestia.

—No nos molesta en lo más mínimo —le tranquilizó Daniel. Escuchó el débil clic cuando Stephanie cogió el teléfono de la recepción—. ¿Hay algún problema referente a nuestra conversación de ayer?

—Todo lo contrario —respondió Spencer—. Me preocupaba que hubiese habido algún cambio de su parte. Dijo que llamaría anoche o esta mañana a más tardar.

—Tiene razón, lo dije. Lo siento mucho. He estado esperando tener alguna noticia sobre la Sábana Santa antes de poner las cosas en marcha. Le pido disculpas por no haberlo llamado.

—No es necesario que se disculpe. Aunque no había tenido noticias suyas, lo llamo para informarle de que ya he hablado con un neurocirujano, el doctor Rashid Nawaz, que tiene su consulta en Nassau. Es un cirujano paquistaní que cursó sus estudios en Londres y que según me han dicho, tiene un gran talento. Incluso tiene algo de experiencia en los implantes de células fetales y le interesa mucho colaborar. También está de acuerdo en hacer los arreglos para que traigan el equipo estereotáxico del hospital Princess Margaret.

—¿Le mencionó que se le pide la máxima discreción?

—Por supuesto, y está de acuerdo.

—Perfecto —dijo Daniel—. ¿Hablaron de la tarifa?

—Sí. Quiere cobrar algo más de lo que yo había calculado, quizá debido a la discreción. Pide mil dólares.

Daniel debatió consigo mismo por un instante si debía hacer el esfuerzo de negociar. Mil dólares era un aumento considerable respecto a los doscientos o trescientos dólares del principio. Pero no era su dinero, y al final le dijo a Spencer que cerrara el trato.

—¿Alguna información nueva sobre cuándo debemos esperarlo? —preguntó Spencer.

—No por el momento. Se lo haré saber tan pronto como pueda.

—De acuerdo. Ya que lo tengo al teléfono, hay algunos detalles que quisiera discutir.

—Por supuesto.

—En primer lugar, quisiéramos que nos enviara la mitad de la tarifa convenida —dijo Spencer—. Le puedo enviar los datos bancarios por fax.

—¿Quieren el dinero inmediatamente?

—Quisiéramos recibirlo tan pronto como sepamos la fecha de su llegada. Eso nos permitiría buscar al personal más adecuado. ¿Le crea problema?

—Supongo que no —admitió Daniel.

—Bien. Por otro lado, nos gustaría llegar a un acuerdo para que nuestro personal, y en particular el doctor Paul Saunders, participara en un cursillo sobre el procedimiento RSHT, además de la oportunidad de tratar con ustedes en su momento una licencia para el uso del RSHT y los precios de los materiales requeridos.

Daniel vaciló. La intuición le decía que le estaba presionando como consecuencia de haber accedido sin discusión a la tarifa acordada el día anterior. Carraspeó.

—No tengo ningún inconveniente a que el doctor Saunders presencie el procedimiento. Sin embargo, en el tema de la licencia, me temo que no estoy autorizado a conceder dicha solicitud. CURE es una corporación con una junta de directores que debe autorizar cualquier acuerdo, con la debida consideración a sus accionistas. Pero como actual director ejecutivo, le doy mi palabra de que cuando tratemos el tema, la ayuda que nos presta ahora será tenida en consideración.

—Quizá estaba pidiendo más de la cuenta —comentó Spencer amigablemente. Se rió—. Pero como dicen, no se pierde nada por intentarlo.

Daniel puso los ojos en blanco, dolido por las indignidades que debía soportar.

—Una última cosa —dijo Wingate—. Nos gustaría saber el nombre del paciente, y así poder iniciar el trámite de ingreso y su historial. Quisiéramos tenerlo todo preparado para cuando llegue.

—No habrá ningún historial —respondió Daniel con un tono seco—. Ayer dejé bien claro que el tratamiento será realizado en el más absoluto secreto.

—Necesitamos identificar al paciente para las pruebas de laboratorio y demás —insistió Spencer.

—Llámelo paciente X o John Smith. No tiene ninguna importancia. Le adelanto que el paciente estará en la clínica como máximo un día. Nosotros estaremos con él todo el tiempo, y nos encargaremos de todas las pruebas de laboratorio.

—¿Qué pasa si las autoridades locales plantean algún problema a la admisión?

—¿Es eso probable?

—No, supongo que no. Pero si lo hacen, no tengo muy claro qué debo responderles.

—Confío en que, con su experiencia en el trato con las autoridades durante la construcción de la clínica, será capaz de improvisar. Esa es parte de la razón por la que les vamos a pagar cuarenta mil dólares. Asegúrese de que no harán preguntas.

—Para eso tendríamos que pagar un par de sobornos. Quizá si usted estuviese dispuesto a subir el precio otros cinco mil, podríamos garantizarle que no habrá ningún problema con las autoridades.

Daniel no respondió inmediatamente porque primero tuvo que controlar su furia. Detestaba que lo manipularan, sobre todo cuando lo hacía un payaso del calibre de Wingate.

—De acuerdo —aceptó finalmente, sin disimular la irritación—. Les enviaremos veintidós mil quinientos dólares. Sin embargo, quiero su garantía personal que todo irá como una seda a partir de ahora, y que no habrá más exigencias.

—Tiene usted mi garantía como fundador de la clínica Wingate de que haremos todos los esfuerzos para que su trato con nosotros responda a todas sus expectativas y más completa satisfacción.

—Recibirá noticias nuestras dentro de muy poco.

—¡Aquí estaremos!

El tremendo estrépito de las turbinas hizo vibrar las paredes de la oficina de Spencer cuando un Boeing 767 intercontinental sobrevoló la clínica Wingate a una altitud inferior a los doscientos metros en su trayectoria de aterrizaje. Gracias al aislamiento acústico del edificio, la vibración era más táctil que audible y lo bastante fuerte como para mover la colección de diplomas enmarcados. Spencer ya estaba habituado al paso de los aviones y no les prestaba ninguna atención más allá de enderezar los cuadros de vez en cuando.

—¿Qué te ha parecido? —gritó Spencer a través de la puerta abierta.

Paul Saunders apareció en el umbral después de haber escuchado la conversación con Daniel desde su despacho.

—Vamos a mirarlo por el lado positivo. No has averiguado el nombre del paciente, pero sí has conseguido eliminar casi a la mitad de las personas ricas y famosas de este mundo. Ahora sabemos que es un hombre.

—Muy gracioso. Tampoco esperábamos que nos sirviera el nombre en bandeja de plata. En cambio, conseguí que subiera a cuarenta y cinco mil y aceptara que tú puedas presenciar su trabajo celular. No está nada mal.

—Vale, pero no le presionaste en el asunto de las licencias. Eso es algo que podría ahorrarnos una considerable cantidad de dinero con nuestra floreciente terapia con células madre.

—Sí, lo sé, pero tiene un motivo. Preside una empresa.

—Puede que sea una empresa, pero es una compañía privada, y te apuesto lo que quieras a que él es el principal accionista.

—Todo es cuestión de dar y recibir. La cuestión es que no lo espanté. Recuerda que esa era una de nuestras principales preocupaciones: que si le presionábamos demasiado se fuera a alguna otra parte.

—He reconsiderado esa preocupación, siempre y cuando nos haya dicho la verdad sobre los plazos. Probablemente seamos los únicos que podemos proveerle de un día para otro un laboratorio de primera clase, instalaciones hospitalarias y ovocitos humanos sin hacer preguntas. Pero todo eso no tiene importancia. Nuestra mayor oportunidad para forrarnos está en averiguar el nombre del paciente. No me cabe ninguna duda, y cuanto antes lo averigüemos mejor para todos.

—Estoy de acuerdo; con ese fin averigüé que Lowell estaba hoy en su despacho, cosa que era el verdadero propósito de la llamada.

—¡Admito que en eso te has apuntado un tanto! En cuanto colgaste, llamé a Kurt Hermann para comunicárselo. Dijo que le transmitiría la información inmediatamente a su compatriota en Boston, que está a la espera de allanar el apartamento de Lowell.

—Confío en que este compatriota, como acabas de llamarlo, sea capaz de actuar con finura. Si Lowell se asusta, o, lo que es peor, resulta herido, todo este asunto podría irse al traste.

—Le transmití muy claramente a Kurt tu preocupación referente a cualquier maltrato.

—¿Qué te respondió?

—Ya sabes que Kurt no es muy hablador. Pero captó el mensaje.

—Espero que tengas razón, porque nos vendría muy bien una buena racha financiera. Con lo que hemos gastado para edificar la clínica y ponerla en marcha, las arcas están casi vacías, y más allá de nuestro trabajo con las células madre, no hay mucha actividad a la vista en lo que se refiere a la reproducción asistida.

—El doctor Spencer suena precisamente como el tipejo que me temía —comentó Stephanie. Acababa de entrar en el despacho de Daniel después de escuchar la conversación por el supletorio—. Habla del soborno como si fuese el pan nuestro de cada día.

—Quizá lo sea en las Bahamas.

—Espero que sea un tipo bajo, gordo y con una verruga en la nariz.

Daniel miró a Stephanie con una expresión confusa.

—Quizá también es un fumador empedernido y tiene mal aliento.

—¿Se puede saber de qué demonios hablas?

—Si Spencer Wingate tiene una pinta en consonancia con cómo suena, y quizá no pierda mi fe en la profesión médica. Sé que es irracional, pero no quiero que se parezca en lo más mínimo a la imagen mental que tengo de los médicos. Me aterra creer que sea un médico que ejerza, y eso también va por sus compañeros.

—¡Oh, vamos, Stephanie! No puedes ser así de ingenua. La

profesión médica, como cualquier otra, dista mucho de ser perfecta. Los hay buenos y malos, con una amplia mayoría entre los dos extremos.

—Creía que la autorregulación formaba parte del concepto de la profesión. En cualquier caso, lo que me preocupa es que mis instintos no dejan de advertirme de que trabajar con estas personas no es una buena idea.

—Por última vez —dijo Daniel con tono de impaciencia—, no estamos trabajando con estos payasos. ¡Dios no lo quiera! Vamos a utilizar sus instalaciones y nada más. Fin de la historia.

—Confiemos en que todo sea así de sencillo —manifestó Stephanie.

El científico miró a su compañera. Llevaban juntos el tiempo suficiente como para saber que ella no se creía sus palabras, y le molestó que no le diera más apoyo. El problema radicaba en que al manifestar ella sus dudas, conseguía que prestara atención a las suyas, que intentaba dejar en un segundo plano. Quería creer que todo el asunto funcionaría sin problemas y que no tardaría en acabarse, pero el negativismo de Stephanie socavaba sus expectativas.

Se escuchó una llamada de teléfono en la recepción, y el fax se puso en marcha.

—Voy a ver qué nos mandan —dijo Stephanie. Se levantó y salió de la habitación.

Daniel la observó mientras salía. Era un alivio escapar de su mirada.

La gente le irritaba; incluso Stephanie en algunas ocasiones. Se preguntó si no estaría mejor solo.

—Es el documento de descargo de Butler —le gritó Stephanie—. Firmado por él y el testigo. Añade en una nota que envía el original por correo.

—¡Fantástico! —respondió Daniel a voz en cuello. Al menos la cooperación de Butler era alentadora.

—En la portada pregunta si hemos mirado nuestro e-mail esta tarde. —Stephanie apareció en el umbral con un expresión interrogativa—. Yo no lo he mirado. ¿Tú lo has hecho?

Daniel sacudió la cabeza, y luego se conectó a la red. En la nueva cuenta de correo abierta para el tratamiento de Butler, había un mensaje del senador.

Stephanie se acercó para mirar por encima del hombro de Daniel mientras lo abría.

> Mis queridos doctores:
> Confío en que este mensaje los encuentre ocupados con los preparativos de mi tratamiento. Yo también he estado productivamente ocupado y me alegra informarles de que los custodios de la Sábana Santa se han mostrado muy dispuestos, gracias a la intervención de un colega muy influyente. Tienen que viajar a Turín a la mayor brevedad posible. Cuando lleguen, tendrán que llamar a la cancillería de la archidiócesis de Turín y preguntar por monseñor Mansoni. Informarán a monseñor de que son ustedes mis representantes. Tengo entendido que monseñor arreglará un encuentro en un lugar apropiado para hacerles entrega de la muestra sagrada. Por favor, comprendan que esto debe hacerse con la mayor discreción y secreto, para no poner en un compromiso a mi estimado colega. Reciban los saludos de su más cordial amigo.

> A.B.

Daniel se entretuvo un momento para borrar el mensaje. Stephanie y él habían decidido borrar todos los mensajes del senador para reducir al mínimo cualquier rastro de su actividad. Después de borrarlo, miró a su compañera.

—El senador está cumpliendo su parte a rajatabla.

—Estoy impresionada —admitió Stephanie—, y también nerviosa. El asunto está adquiriendo un muy claro toque de intriga internacional.

—¿Cuándo estarás preparada para marchar? Alitalia tiene vuelos a Roma todas las tardes con conexiones a Turín. Recuerda que tienes que llevar todo lo necesario para un mes.

—Hacer las maletas no es problema. Mis dos problemas son mi madre y el cultivo del tejido de Butler. Como te dije, tengo que pasar algún tiempo con mi madre. También quiero que el cultivo esté en un punto en el que Peter pueda continuar supervisándolo.

—¿Cuánto tiempo calculas para el cultivo?

—No mucho. Tal como lo vi cuando vine, me daré por satisfecha si está mañana por la mañana. Solo quiero asegurarme de que se está formando una monocapa auténtica. Entonces Peter podrá mantenerla y criopreservarla. Mi plan es que me envíe una parte a Nassau en un contenedor de nitrógeno líquido cuando estemos preparados para utilizarlo. Mantendremos aquí el resto por si lo necesitamos en el futuro.

—No seamos pesimistas. ¿Qué hay de tu madre?

—Mañana estaré con ella unas cuantas horas. Siempre está en casa los domingos. Cocina para toda la familia.

—Entonces, ¿es posible que estés preparada para partir mañana por la noche?

—Por supuesto, si hago las maletas esta noche.

—Pues volvamos al apartamento ahora mismo. Haré todas las llamadas desde casa.

Stephanie fue al laboratorio para recoger el ordenador portátil y el abrigo. Después de asegurarse de que Peter vendría a la mañana siguiente para hablar del cultivo del senador, volvió a la recepción. Se encontró con que Daniel la esperaba impaciente, con la puerta abierta.

—¡Vaya, sí que tienes prisa! —comentó Stephanie. Por lo general era ella quien tenía que esperar a Daniel. Cada vez que iban a alguna parte, él siempre encontraba alguna cosa más que hacer.

—Son casi las cuatro, y no quiero darte ninguna excusa para no estar lista para marcharte mañana por la noche. Recuerda lo que tardaste para hacer las maletas cuando fuimos a Washington solo por un par de noches, y ahora nos vamos un mes. Estoy seguro de que tardarás más de lo que crees.

Stephanie sonrió. No se equivocaba porque, entre otras cosas, tenía que planchar algunas prendas. Además, acababa de recordar que tendría que pasar por la perfumería. Sin embargo, lo que no se esperaba fue la conducción temeraria de Daniel en cuanto se pusieron en marcha. Se atrevió a mirar el velocímetro cuando pasaban como una exhalación por Memorial Drive. Iban casi a ochenta en una zona donde la velocidad máxima era de cincuenta.

—¡Eh, afloja un poco! —alcanzó a decir Stephanie—. Estás conduciendo como uno de esos taxistas de los que tanto te quejas.

—Lo siento —se disculpó Daniel. Aminoró un poco.

—Te prometo que estaré lista a tiempo, así que no es necesario que arriesguemos nuestras vidas. —Stephanie miró a Daniel para ver si se había dado cuenta de que ella intentaba ser graciosa, pero su expresión no cambió.

—Estoy ansioso por acabar con todo este desgraciado asunto ahora que tengo la sensación de que estamos en marcha —comentó sin apartar la mirada de la carretera.

—Se me acaba de ocurrir algo que debería hacer —dijo Stephanie—. Voy a programar el móvil para enviar un aviso cuando llegue un e-mail de Butler. De esa manera podemos conectarnos a la red inmediatamente.

—Buena idea —aprobó Daniel.

Aparcaron delante mismo de la casa. Daniel apagó el motor y se apeó a toda prisa. Ya estaba casi en la puerta en el momento en que Stephanie acababa de recoger el ordenador del asiento trasero. Ella se encogió de hombros.

Daniel se convertía en el típico profesor despistado cuando se centraba en una cosa. Podía olvidarse de ella totalmente, como ocurría ahora. Pero Stephanie no se lo tomaba como algo personal. Lo conocía muy bien.

Daniel subió las escaleras de dos en dos mientras decidía si primero llamaría a la línea aérea para reservar los billetes y luego se pondría en contacto con la gente de la clínica. Consideró que reservar hotel para una sola noche de estancia en Turín sería suficiente. Entonces recordó que debía pedirle a Spencer el número de la cuenta de su banco en Nassau y dejar resuelto el tema del dinero.

Llegó al rellano del tercer piso y se detuvo mientras sacaba las llaves. Fue en aquel momento cuando advirtió que la puerta del apartamento estaba entreabierta. Durante una fracción de segundo, intentó recordar quién había sido el último en salir aquella mañana: él o Stephanie. Entonces recordó que había sido él, porque había vuelto para recoger el billetero. Recordaba claramente haber cerrado la puerta con una doble vuelta de llave.

El ruido de la puerta principal al abrirse y cerrarse subió por la caja de la escalera seguido por las pisadas de Stephanie en los viejos escalones. No se escuchaban más ruidos en la casa. Los vecinos del primer piso se había marchado al Caribe de vacaciones y el del segundo nunca estaba en casa durante el día. Era un matemático que estaba siempre en el centro de informática del MIT y solo iba a casa a dormir.

Con mucho cuidado, Daniel abrió la puerta para ver mejor el recibidor. Ahora veía todo el pasillo hasta la sala. Como el sol estaba a punto de ponerse, el apartamento estaba a oscuras. De pronto, vio el destello de una linterna cuando el rayo iluminó la pared de la sala. Al mismo tiempo, escuchó cerrarse uno de los cajones de su archivador.

—¿Quién demonios está aquí? —gritó a voz en cuello. Estaba indignado por el hecho de que un intruso se hubiera metido en su apartamento, pero no era tonto. Aunque era obvio que el intruso había entrado por la puerta principal, estaba seguro de que había recorrido todo el piso y había encontrado la salida de emergencia que daba a la escalera de incendios en el estudio. Mientras cogía el móvil para llamar a la policía, esperaba que el ladrón escapara por aquella ruta.

Para su gran sorpresa, el intruso apareció inmediatamente en la línea de visión de Daniel y lo cegó con la linterna. Intentó protegerse los ojos con una mano. No lo consiguió del todo, pero sí lo suficiente para ver cómo el hombre avanzaba hacia él a toda velocidad. Antes de que pudiera reaccionar fue apartado bruscamente por una mano enguantada, con tanta fuerza que rebotó en la pared. Le zumbaron los oídos mientras recuperaba el equilibrio.

Vio a un hombre alto y fornido vestido con prendas negras ajustadas y la cabeza cubierta con un pasamontañas del mismo color que bajaba las escaleras sin hacer ni un ruido. Al grito de sorpresa de Stephanie le siguió el ruido del portazo cuando el intruso escapó del edificio.

Daniel corrió a la balaustrada y dirigió su mirada hacia abajo. En el rellano del segundo piso, Stephanie estaba pegada a la puerta del apartamento del matemático con el ordenador portátil apretado contra el pecho. El rostro se le había quedado sin sangre del susto.

—¿Estás bien? —le preguntó.

—¿Quién demonios era ese? —replicó ella.

—Un maldito ladrón —respondió Daniel. Se volvió para mirar la puerta. Stephanie subió el último tramo y miró por encima de su hombro—. Al menos, no rompió la puerta —añadió el científico—. Sin duda tenía una llave.

—¿Estás seguro de que estaba cerrada?

—¡Absolutamente! Recuerdo muy bien que cerré con dos vueltas de llave.

—¿Quién más tiene llave?

—Nadie —respondió Daniel—. Solo hay dos. Fueron todas las que mandé hacer cuando compré el apartamento y cambié las cerraduras.

—Tuvo que abrirla con una ganzúa.

—Si lo hizo, entonces se trata de un profesional. Pero ¿por qué iba un profesional a entrar en mi apartamento? No poseo nada de valor.

—¡Oh, no! —exclamó Stephanie repentinamente—. Dejé todas las joyas que tengo encima del tocador, incluido el reloj de brillantes de mi abuela. —Apartó ligeramente a Daniel y se dirigió al dormitorio.

Daniel la siguió por el pasillo.

—Eso me recuerda que fui lo bastante idiota como para dejarme encima de la mesa todo el dinero que saqué anoche del cajero automático.

Daniel entró en el despacho. Para su estupor, el dinero estaba exactamente donde lo había dejado: exactamente en el centro de la carpeta. Lo cogió, y cuando lo hizo se dio cuenta de que habían movido todo lo que se encontraba encima de la mesa. Admitía que no era la persona más pulcra en el mundo, pero era extremadamente bien organizado. Podía haber montones de correspondencia, facturas y revistas científicas sobre la mesa, pero sabía su ubicación exacta, aunque no el orden dentro de cada montón.

Su mirada se fijó en el archivador de cuatro cajones. Hasta las fotocopias de los artículos científicos apiladas sobre el mueble a la espera de ser archivadas habían sido movidas. No las habían movido mucho, pero su posición era otra.

Stephanie apareció en el umbral. Parecía más tranquila.

—Debimos llegar a casa justo a tiempo. Al parecer, no tuvo la oportunidad de entrar en el dormitorio. Todas mis alhajas estaban donde las dejé anoche.

Daniel le mostró el fajo de billetes.

—Ni siquiera se llevó el dinero, y no hay duda de que entró aquí.

Stephanie se rió con una risa hueca.

—¿Qué clase de ladrón era este?

—No me parece en absoluto divertido —afirmó Daniel. Abrió uno tras otro los cajones del archivador y la mesa para verificar que los habían revisado.

—A mí tampoco me parece divertido —protestó Stephanie—. Solo intento usar el humor como una manera de calmar mis verdaderos sentimientos.

—¿De qué estás hablando?

Stephanie sacudió la cabeza. Le costaba respirar. Consiguió controlar las lágrimas, aunque temblaba visiblemente.

—Estoy muy alterada. Este tipo de acontecimientos inesperados me perturban. El hecho de que alguien entrara aquí, que invadiera nuestra intimidad, me provoca una sensación como si me hubiesen violado. Pone de manifiesto que estamos viviendo en medio del peligro, incluso cuando no lo percibimos.

—Yo también estoy afectado, aunque no filosóficamente. Me altera porque aquí hay algo que no comprendo. Tengo muy claro que el intruso no era un simple ladrón. Buscaba algo determinado, y no tengo idea de qué puede ser. Eso es preocupante.

—¿No crees sencillamente que llegamos antes de que pudiera llevarse alguna cosa?

—Llevaba aquí bastante tiempo, desde luego el suficiente para apropiarse de las cosas de valor, si eso era lo que buscaba. Tuvo tiempo para revisar la mesa y quizá incluso el archivador.

—¿Cómo lo sabes?

—Sencillamente lo sé debido a que soy compulsivo. Este hombre era un profesional, y buscaba algo en particular.

—¿Te refieres a algo así como la propiedad intelectual, quizá asociada al RSHT?

—Es posible, pero lo dudo. Todo eso está protegido por las patentes. Además, en ese caso, no hubiese venido aquí, sino a la oficina.

—¿Qué nos queda?

—No lo sé —admitió Daniel, y se encogió de hombros.

—¿Llamaste a la policía?

—Comencé a marcar el número, pero entonces fue cuando salió corriendo. Ahora no sé si llamar o no.

—¿Por qué no? —preguntó Stephanie, sorprendida.

—¿Qué podrían hacer? El hombre ya se ha marchado. No parece faltar nada, así que no hay nada que denunciar al seguro, y además no tengo muy claro de que quiera responder a un montón de preguntas referente a nuestras actividades en los últimos tiempos, si es que sale el tema. Además, nos vamos mañana por la noche, y no quiero que nada nos retrase.

—¡Espera un momento! —exclamó Stephanie—. ¿Qué pasa si este episodio tiene algo que ver con Butler?

Daniel miró a su amante con los ojos muy abiertos.

—¿Cómo y por qué podría involucrar a Butler?

Stephanie sostuvo la mirada de su compañero. El sonido del motor de la nevera al ponerse en marcha en la cocina rompió el silencio.

—No lo sé —respondió finalmente—. Solo estaba pensando en sus relaciones con el FBI y en que te hizo investigar. Quizá todavía no han acabado.

Daniel asintió mientras consideraba la idea de Stephanie; se dio cuenta de que no podía descartarla sin más, aunque parecía un tanto estrafalaria. Después de todo, el encuentro clandestino con el senador, dos noches atrás, también había sido estrafalario.

—Intentemos olvidar todo este incidente por el momento —propuso Daniel—. Tenemos mucho que preparar, así que manos a la obra.

—De acuerdo —dijo Stephanie, y se armó de valor—. Quizá ocuparme del equipaje me ayudará a relajarme. En cualquier caso, creo que deberíamos llamar a Peter, no vaya a ser que a este personaje se le ocurra asaltar la oficina.

—Buena idea. Pero no le diremos nada de Butler. Tú no le has dicho nada, ¿verdad?

—No, ni una palabra.

—¡Perfecto! —afirmó Daniel, y cogió el teléfono.

10

Domingo, 24 de febrero de 2002. Hora: 11.45

Stephanie se sorprendió, pese a estar acostumbrada al caprichoso tiempo de Nueva Inglaterra, al comprobar que el domingo resultó ser un día de cielo azul y temperatura agradable. Aunque el sol invernal no tenía mucha fuerza, el aire era templado y los pájaros estaban omnipresentes, como si la primavera estuviese a la vuelta de la esquina. No se parecía en nada a la caminata del viernes por la noche desde Harvard Square a su casa, con las calles alfombradas de nieve.

Había aparcado el coche de Daniel en el garaje subterráneo de Government Center y de allí se había dirigido a pie en dirección este hacia el North End, uno de los barrios más pintorescos de Boston. Era un laberinto de callejuelas con casas pareadas de tres y cuatro pisos. Los inmigrantes del sur de Italia se habían hecho con el lugar en el siglo XIX para transformarlo en una Pequeña Italia, con todos los detalles, incluidas las habituales vistas y olores. Siempre había gente que charlaba animadamente en las calles y el aroma de la salsa boloñesa predominaba en el aire. Cuando se acababa el horario de clases, había niños por todas partes.

Todo le pareció entrañable mientras recorría Hanover Street, la avenida comercial que dividía el barrio. En general, la comunidad le había ofrecido mientras crecía un entorno agradable, abierto y protector. Los únicos problemas eran los asuntos familiares que había comentado con Daniel. Dicha conversación había reavivado sensaciones y pensamientos que había reprimido hacía mucho, de la misma manera que lo había hecho la acusación contra Anthony.

Stephanie se detuvo delante de la puerta abierta del café Cosenza. Era uno de los locales propiedad de su familia, y ofrecía pastas y helados italianos junto con los típicos *espressos* y capuchinos. El rumor de las conversaciones mezclado con las risas y acompañado por los silbidos y los golpes de la cafetera exprés se escuchaba desde la acera, al igual que se olía el aroma del café recién molido. Había pasado muchas horas muy agradables en compañía de sus amigos en este local con las paredes pintadas con las típicas vistas del Vesubio y la bahía de Nápoles. Sin embargo, desde su perspectiva actual, le parecía como si hubiese pasado un siglo desde entonces.

Al mirar al interior desde la acera, Stephanie comprendió lo muy distante que se sentía de su infancia y de su familia excepto, quizá, de su madre, a la que telefoneaba con frecuencia. Aparte de su hermano menor Carlo, que había ingresado en el sacerdocio, una decisión que no acababa de entender, ella era la única de toda la familia que había ido a un colegio universitario y tenía un doctorado. Casi todas sus compañeras de la escuela primaria e incluso las que habían hecho el bachillerato, vivían en la actualidad en North End o en los suburbios de Boston con sus maridos, hijos, en casas con jardín y monovolúmenes en los garajes. Ella, en cambio, cohabitaba con un hombre que le llevaba dieciséis años, con quien luchaba para sacar a flote una empresa de biotecnología a través de un tratamiento secreto a un senador norteamericano al que someterían a un terapia experimental, no aprobada pero prometedora.

Mientras caminaba por Hanover Street, Stephanie pensó en su desconexión con la vida que había llevado allí. Le pareció interesante que no le preocupara. Ahora se daba cuenta de que había sido una reacción natural a su disconformidad con las actividades de su padre y el papel de su familia en la comunidad. Se preguntó si su vida hubiese seguido por otros derroteros de haber estado su padre más disponible emocionalmente. En la adolescencia había intentado atravesar la barrera de su egocéntrico paternalismo y su preocupación por lo que fuese que estuviera haciendo, pero no había funcionado. El vano intento había acabado por alimentar una fuerte voluntad de independencia que la había llevado hasta su situación actual.

Stephanie se detuvo cuando se le ocurrió un pensamiento curioso. Su padre y Daniel tenían algunas cosas en común, a pesar de sus enormes y obvias diferencias. Ambos eran egocéntricos, en ocasiones podían ser ariscos hasta el punto de ser considerados antisociales, y los dos eran tremendamente competitivos en sus respectivos mundos. Además, Daniel también era machista, solo que en su caso lo era en un plano intelectual. Se rió para sus adentros. Se preguntó por qué no se le había ocurrido antes, dado que Daniel muchas veces no estaba emocionalmente disponible, y menos todavía desde que habían aparecido las dificultades financieras de CURE. Aunque la psicología no era su fuerte, se planteó vagamente si las similitudes entre su padre y Daniel podían tener algo que ver con la atracción que sentía por el científico.

Reanudó la marcha al tiempo que se prometía volver a pensar en el tema cuando tuviese un momento libre. Ahora le era del todo imposible con todo lo que aún le quedaba por hacer antes de embarcar para Roma y Turín aquella noche. Se había levantado con el alba para acabar el equipaje. Luego había pasado gran parte de la mañana en el laboratorio con Peter, para explicarle exactamente qué quería que hiciera con el cultivo de Butler. Afortunadamente, las células progresaban a buen ritmo. Le había asignado al cultivo el nombre de John Smith, en consonancia con lo que había propuesto Daniel en su conversación con Spencer Wingate. Si Peter tenía alguna pregunta sobre por qué se iban a Nassau, y por qué debía enviar parte de las células de John Smith criopreservadas, no la mencionó.

Stephanie giró a la izquierda en Prince Street y apuró el paso. Esta zona la conocía todavía mejor, sobre todo cuando pasó por delante de su vieja escuela. La casa donde había nacido y donde aún vivían sus padres estaba media manzana más allá de la escuela a mano derecha.

El North End era una comunidad segura, gracias a una «guardia de vecinos» extraoficial. Siempre había a la vista por lo menos una media docena de personas interesadas en saber lo que hacían los demás. La parte mala radicaba en que cuando eras pequeño no podías ir con mentiras, pero ahora Stephanie disfrutó de la sensación de seguridad. A diferencia de Daniel, que aparentemente se había recuperado del incidente de la tarde anterior y lo había descartado como algo menor dentro del esquema general, ella no se había repuesto, al menos del todo, y estar de nuevo en el viejo barrio le resultaba reconfortante. Lo más desconcertante era que sin una explicación, el episodio tendía a aumentar su inquietud en todo lo relacionado con el caso Butler.

Se detuvo delante de su viejo hogar, y contempló la fachada de falsa piedra gris de la planta baja, la marquesina de aluminio rojo con los festones blancos en la puerta principal y la imagen de un santo de escayola pintada de colores chillones en su nicho. Sonrió al recordar cuánto tiempo le había llevado darse cuenta de lo vulgares que eran estos adornos. Antes de aquella revelación, ni siquiera se había fijado en ellos.

Aunque tenía llave, llamó a la puerta y esperó. Había telefoneado desde la oficina para avisar que pasaría, así no habría ninguna sorpresa. Un momento más tarde, su madre abrió la puerta. Thea la recibió con los brazos abiertos. El abuelo de Thea era griego y los nombres que puso a las mujeres de la rama materna de la familia, incluido el de Stephanie, habían sido griegos a lo largo de los años.

—Tienes que estar hambrienta —comentó Thea, al tiempo que se apartaba para mirar a su hija. Para su madre, la comida era algo importante.

—No me vendría mal un bocadillo —dijo Stephanie, consciente de que era inútil rehusar. Siguió a la delgada figura de su madre hasta la cocina donde reinaba un olor delicioso—. Huele muy bien.

—Estoy preparando ossobuco, el plato favorito de tu padre. ¿Por qué no te quedas a comer? Comeremos alrededor de las dos.

—No puedo, mamá.

—Ve a decirle hola a tu padre.

Stephanie, obediente, asomó la cabeza en la sala contigua a la cocina. La decoración no había cambiado ni un ápice desde que tenía memoria. Como siempre, antes de la comida dominical, su padre estaba oculto detrás del periódico que sostenía en sus manos carnosas. Un cenicero lleno de colillas se mantenía en precario equilibrio en uno de los brazos del sillón.

—Hola, papá —dijo Stephanie alegremente.

Anthony D'Agostino padre bajó el periódico unos centímetros. Miró a Stephanie por encima de las gafas de lectura con sus ojos ligeramente lagrimosos. Le rodeaba una aureola de humo de cigarrillo como una niebla espesa. A pesar de haber sido un hombre atlético en su juventud, ahora era la imagen de la inmovilidad corpulenta. Había engordado mucho durante la última década, en contra de las severas advertencias de sus médicos, incluso después del infarto que había sufrido tres años atrás. Mientras su esposa perdía peso, él lo ganaba en una muy poco saludable proporción inversa.

—No quiero que alteres a tu madre, ¿me oyes? Ha pasado bien los últimos días.

Volvió a levantar el periódico. Bueno, ya hemos tenido nuestra conversación, pensó Stephanie mientras se encogía de hombros y ponía los ojos en blanco. Volvió a la cocina. Thea había puesto en la mesa queso, pan, jamón de Parma y fruta. Stephanie la observó mientras trabajaba. Su madre había vuelto a perder peso desde la última vez que la había visto, cosa que no era buena señal. Los huesos de las manos y la cara tenían una mínima capa de carne. Dos años antes, le habían diagnosticado un cáncer de mama. Después de la intervención quirúrgica y la quimioterapia había mejorado sensiblemente hasta hacía poco más de tres meses, cuando había tenido una recaída. Le habían encontrado un tumor en uno de los pulmones. Las perspectivas eran graves.

Stephanie se sentó a la mesa y se preparó el bocadillo. Su madre se sirvió una taza de té y se sentó.

—¿Por qué no puedes quedarte a comer? —preguntó Thea—. Viene tu hermano mayor.

—¿Con o sin la esposa y los hijos?

—Sin —contestó Thea—. Él y tu padre tienen que ocuparse de unos asuntos.

—Eso me suena conocido.

—¿Por qué no te quedas? Apenas si te vemos.

—Me gustaría, pero no puedo. Esta noche me marcho por un mes, por eso quería verte. Todavía tengo que preparar un montón de cosas.

—¿Vas con ese hombre?

—Se llama Daniel y sí, nos vamos juntos.

—No tendrías que vivir con él. No está bien. Además, es demasiado viejo. Tendrías que estar casada con un hombre joven y agradable. Ya no eres una jovencita.

—Mamá, ya hemos hablado de todo esto.

—Escucha a tu madre —gritó Anthony padre desde la sala—. Sabe de lo que habla.

Stephanie se mordió la lengua.

—¿Adónde irás?

—Casi siempre estaré en Nassau, en las Bahamas. Iremos primero a otro lugar, pero solo un par de días.

—¿Te tomas vacaciones?

—No —exclamó Stephanie. Le explicó a su madre que se trataba de un viaje relacionado con el trabajo. No le dio detalles ni su madre se los pidió, sobre todo cuando Stephanie cambió de tema y comenzó a hablar de sus sobrinas y sobrinos. Los nietos era el tema favorito de Thea. Una hora más tarde, cuando Stephanie estaba a punto de marcharse, se abrió la puerta y entró Anthony hijo.

—¿Es que no se acabarán nunca los milagros? —preguntó Tony con un tono de fingida sorpresa cuando vio a Stephanie. Hablaba con un acento muy fuerte como si fuese un trabajador—. La muy importante y poderosa doctora de Harvard ha decidido hacer una visita a los pobres tontos trabajadores.

Stephanie le dedicó una sonrisa a su hermano mayor. Se mordió la lengua como había hecho antes con su padre. Había aprendido hacía mucho a no dejarse provocar. Tony siempre había despreciado los estudios de Stephanie, como su padre, pero no por la misma razón. Sospechaba que en el caso de Tony era más una cuestión de celos, porque apenas si había conseguido acabar el graduado escolar. El problema de Tony no era falta de inteligencia, sino la falta de motivación en la adolescencia. Ya adulto, prefería fingir que no le importaba no haber ido la universidad, pero Stephanie no se engañaba.

—Mamá dice que tu hijo se está convirtiendo en todo un jugador de hockey —comentó Stephanie, para llevar la conversación lejos del espinoso tema de los estudios. Tony tenía un hijo de doce años y una hija de diez.

—Sí, de tal palo tal astilla —respondió Tony. Compartía el mismo color de piel y aproximadamente la misma estatura de su hermana, pero era más fornido, con el cuello grueso y las manos grandes del padre. También como él, Tony le parecía a Stephanie de una desagradable agresividad machista, que le hacía sentir pena por su cuñada y preocupación por el futuro de su sobrina.

Tony besó a su madre en las mejillas antes de entrar en la sala.

Stephanie escuchó el ruido del periódico cuando cayó al suelo, una palmada que interpretó como un apretón de manos, y un intercambio de «¿Cómo estás? ¡Bien! ¿Cómo estás tú? ¡Bien!». Cuando la conversación pasó a los deportes y a la actuación de los diversos equipos de Boston, desconectó.

—Tengo que irme, mamá.

—¿Por qué no te quedas? Serviré la comida en unos minutos.

—No puedo, mamá.

—¡Papá y Tony te echarán de menos!

—Oh, sí, claro.

—Te quieren a su manera.

—Estoy segura de que es así —respondió Stephanie y sonrió. La ironía era que su madre se lo creía. Apretó cariñosamente la muñeca de Thea. La notó frágil, y tuvo la sensación de que si apretaba un poco más, le rompería los huesos. Apartó la silla y se levantó. Thea la imitó, y se abrazaron.

—Te llamaré desde las Bahamas en cuanto esté instalada y te diré dónde nos alojamos y el número de teléfono —le prometió Stephanie. Le dio un beso en la mejilla antes de asomar la cabeza en la sala—. Adiós a los dos. Me marcho.

—¿Qué es esto? —dijo Tony—. ¿Ya te vas?

—Se va un mes de viaje —le informó Thea por encima del hombro de Stephanie—. Tiene que acabar de hacer las maletas.

—¡No! No te puedes ir. ¡Todavía no! —protestó Tony—. Tengo que hablar contigo. Iba a llamarte, pero ya que estás aquí, mejor hacerlo cara a cara.

—Pues entonces más te vale venir aquí ahora mismo. Tengo el tiempo justo.

—Te esperarás hasta que hayamos acabado —intervino Anthony—. Tony y yo estamos hablando de negocios.

—No pasa nada, papá —dijo Tony. Apretó la rodilla del padre al tiempo que se levantaba—. Lo que tengo que decirle a Steph solo me llevará un momento.

Anthony rezongó por lo bajo mientras recogía el periódico.

Tony entró en la cocina. Le dio la vuelta a la silla y se sentó con las manos apoyadas en el respaldo. Le indicó a Stephanie que se sentara en cualquiera de las otras. Stephanie vaciló por un momento. Tony se estaba volviendo más autoritario a medida que asumía más responsabilidades, y resultaba irritante. Para no montar una discusión, se sentó, pero como un compromiso consigo misma, le dijo a su hermano que se diera prisa. También le pidió que apagara el cigarrillo, cosa que él hizo de mala voluntad.

—La razón por la que iba a llamarte —comenzó Tony—, es que Mickey Gulario, mi contable, me dijo que CURE está a punto de quebrar. Le respondí que era imposible, porque mi hermanita me lo hubiera dicho. Pero él dice que lo leyó en el *Globe*. ¿Cuál es la verdad?

—Tenemos dificultades financieras —admitió Stephanie—. Hay un problema político que está retrasando nuestra segunda línea de financiación.

—¿Eso quiere decir que el *Globe* no mentía?

—No leí el artículo, pero como digo, estamos pasando por un apuro.

Tony hizo una mueca como si le costara pensar. Asintió varias veces.

—Pues no es precisamente una buena noticia. Supongo que comprenderás que me debo preocupar por el futuro de mi préstamo de doscientos mil dólares.

—¡Te equivocas! No fue un préstamo. Fue una inversión.

—¡Un momento! Viniste a mí llorando que necesitabas dinero.

—¡Otra equivocación! Te dije que necesitábamos reunir dinero, y desde luego no lloraba.

—Vale, sí, pero dijiste que era una cosa segura.

—Dije que me parecía una buena inversión, porque estaba basada en un brillante y nuevo procedimiento patentado que prometía ser un notable avance en la medicina. Pero también hablé de que existían riesgos, y te di un prospecto. ¿Lo leíste?

—No, no lo leí. No entiendo ni jota de todas esas palabrejas. Sin embargo, si la inversión era excelente, ¿cuál es el problema?

—El problema es que nadie pensó en la posibilidad de que el Congreso pudiera considerar la prohibición del procedimiento. Sin embargo, te aseguro que estamos ocupándonos del tema, y creemos que lo tenemos controlado. Todo el asunto ha sido como si nos hubiese caído un rayo, y la prueba es que Daniel y yo hemos invertido hasta el último centavo en la compañía; Daniel hasta hipotecó el piso. Lamento que en estos momentos la inversión no parezca segura. Si me lo permites, te diré que lamento haber aceptado tu dinero.

—¡Tú y yo!

—¿Qué pasará con la acusación en tu contra?

Tony agitó la mano como si estuviese espantando a una mosca.

—Nada. Son un montón de tonterías. El fiscal de distrito está buscando un poco de publicidad para que lo reelijan. Pero no cambiemos de tema. Dices que crees tener controlado el problema político.

—Eso creemos.

—¿Esto tiene algo que ver con el viaje de un mes?

—Tiene —respondió Stephanie—, aunque no puedo darte detalles.

—¿Ah, no? —preguntó Tony sarcásticamente—. Tengo doscientos papeles metidos en esto y tú no puedes darme detalles. Aquí hay algo que no funciona.

—Si divulgara lo que estamos haciendo, pondría en jaque su eficacia.

—¡*Divulgar, en jaque, eficacia!* —repitió Tony con un tono de desprecio—. ¡Dame un respiro! Espero que no creas que me daré por satisfecho con un montón de palabras altisonantes. ¡Ni lo sueñes! ¿Adónde vas? ¿A Washington?

—Se va a Nassau —manifestó Thea intempestivamente desde

donde estaba junto a los fogones—. No seas desagradable con tu hermana. ¿Me escuchas?

Tony se sentó muy erguido en la silla, con las manos inertes a los lados. Abrió la boca lentamente en una expresión del más completo asombro.

—¡Nassau! —chilló—. Esto es una locura. ¿Si CURE está a punto de hundirse por razones políticas, ¿no crees que tendrías que quedarte por aquí y hacer algo?

—Por eso mismo voy a Nassau —replicó Stephanie.

—¡Ja! —gritó Tony—. A mí todo esto me suena como que tu amiguito tiene la intención de estafarnos a todos.

—No digas más tonterías, Tony. Desearía poder decirte algo más, pero no puedo. Si las cosas van bien, dentro de un mes todo volverá a su cauce, y para entonces nos sentiremos muy felices de considerar tu aportación como un préstamo y te lo devolveremos con intereses.

—Intentaré no olvidarme de respirar mientras llega ese momento —se burló Tony—. Afirmas que no puedes decirme nada más, pero yo sí te diré una cosa. Parte de esos doscientos mil dólares no eran míos.

—¿No? —preguntó Stephanie. Intuyó que la conversación iba a resultar todavía más desagradable.

—Me pintaste un negocio tan tentador, que me sentí obligado a compartirlo. La mitad del dinero lo aportaron los hermanos Castigliano.

—¡Eso no me lo dijiste!

—Te lo digo ahora.

—¿Quiénes son los hermanos Castigliano?

—Socios comerciales. Te diré algo más. No les va a gustar enterarse de que su inversión está a punto de perderse. No están acostumbrados a que pasen esas cosas. Como tu hermano, creo que es mi obligación decirte que no es una buena idea irte a las Bahamas.

—Tenemos que hacerlo.

—Eso es lo que dices, pero no me das ninguna explicación. Me obligas a repetirme: a ti y tu amiguito de Harvard más os vale quedaros por aquí y vigilar la tienda, porque todo parece indicar que tenéis la intención de retozar al sol con nuestro dinero mientras nosotros como unos imbéciles nos pelamos el culo de frío en Boston.

—Tony —declaró Stephanie con el tono más sereno y seguro de que fue capaz—, nos vamos a Nassau, y nos ocuparemos de resolver este desafortunado problema.

Tony levantó las manos en un gesto de impotencia.

—¡Lo intenté! ¡Dios sabe que lo intenté!

Tony solo necesitó el dedo índice de su mano derecha para girar el volante de su Cadillac DeVille negro, gracias a la dirección asistida. Con una temperatura casi primaveral en el exterior, condujo con la ventanilla abierta y la mano izquierda con la que sostenía el cigarrillo afuera. El ruido de los neumáticos al circular por la gravilla apagó el sonido de la radio cuando entró en el aparcamiento delante del local de la empresa de fontanería de los hermanos Castigliano. Era un edificio de una sola planta, construido con bloques de hormigón y el techo plano, cuya parte trasera daba a un albañal.

Tony aparcó junto a otros tres vehículos similares al suyo: todos eran Cadillac negros. Arrojó la colilla a una pila de fregaderos oxidados y apagó el motor. En el momento de salir del coche, frunció la nariz al oler el desagradable olor del albañal. No era nada agradable. Con la caída de la noche, el viento había girado al este.

La fachada del edificio necesitaba una urgente mano de pintura. Además del nombre de la empresa en letras de molde, todo lo demás lo ocupaban las pintadas. La puerta estaba sin llave, y Tony entró sin llamar, como era su costumbre. Un mostrador dividía el salón. Al otro lado del mostrador estaban las estanterías metálicas con toda clase de suministros de fontanería. No había nadie a la vista. La radio encendida en el mostrador estaba sintonizada en una emisora que transmitía música de los cincuenta.

Tony pasó al otro lado del mostrador y caminó por el pasillo central. Cuando llegó al final, abrió otra puerta que daba a un despacho. Comparado con la habitación anterior, esta era relativamente más acogedora, con un sofá de cuero y dos mesas, y una raída alfombra oriental. Las pequeñas ventanas daban a un solar donde había pilas de chatarra y neumáticos viejos. Había tres hombres en el despacho, uno en cada mesa y otro en el sofá.

D'Agostino saludó a los presentes, y después de estrechar las manos de los que estaban sentados a las mesas, hizo lo mismo con el ocupante del sofá, antes de sentarse. Los dos primeros eran los hermanos Castigliano. Eran mellizos y respondían a los nombres de Sal y Louie. Tony los conocía desde la escuela pero solo de nombre, no como amigos. En el instituto habían sido unos chicos esqueléticos y granujientos que habían soportado toda clase de burlas por parte de sus compañeros. Ahora seguían siendo muy delgados, con las mejillas chupadas y los ojos hundidos en las órbitas.

El hombre sentado en el sofá junto a Tony era Gaetano Baresse, que se había criado en la ciudad de Nueva York. Era fornido como Tony, pero más alto y con unas facciones muy marcadas. Oficialmente, se encargaba de atender a los clientes de la empresa. Su segundo trabajo era de matón al servicio de los mellizos. La mayoría creía que los hermanos lo tenían contratado para cobrarse las burlas que habían soportado en la escuela, pero Tony sabía la verdad. Gaetano solo oficiaba de matón de vez en cuando como parte de las otras actividades comerciales de los gemelos: algunas legales, y otras no tanto. Era en estas actividades comerciales que se habían conocido Tony y los hermanos.

—En primer lugar —manifestó Tony—, quiero daros las gracias por haber venido aquí un domingo.

—Ningún problema —afirmó Sal. Estaba sentado a la izquierda de Tony—. Espero que no te importe que hayamos invitado a Gaetano.

—Cuando llamaste para decir que había un problema, consideramos que debía estar presente —añadió Louie.

—Ningún problema —respondió Tony—. Solo lamento no haber podido mantener esta reunión un poco antes, cosa que ahora os explicaré.

—Hicimos todo lo posible —señaló Sal.

—Mi móvil se quedó sin batería —dijo Gaetano—. Estaba jugando al billar en la casa de mi hermana. No fue fácil localizarme.

Tony encendió un cigarrillo y les ofreció el paquete. Todos cogieron uno y los encendieron.

Después de unas cuantas caladas, Tony dejó el cigarrillo. Necesitaba tener las manos libres para gesticular mientras hablaba. Le relató a los hermanos Castigliano palabra a palabra tal como la recordaba la conversación que había mantenido a mediodía con Stephanie. No omitió nada, ni se anduvo con rodeos. Manifestó que su opinión y la de su contable era que la compañía de Stephanie iba a la quiebra.

Mientras Tony hablaba, la agitación de los mellizos iba en aumento. Sal, que había estado jugando con un clip, acabó partiéndolo. Louie aplastó en el cenicero su cigarrillo a medio fumar, con un gesto furioso.

—¡No me lo creo! —afirmó Sal cuando Tony acabó.

—¿Tu hermana está casada con ese imbécil? —preguntó Louie.

—No, solo viven juntos.

—Pues te diré una cosa, no nos vamos a quedar aquí sentados mientras ese cabrón toma el sol —dijo Sal—. ¡De ninguna manera!

—Tenemos que hacerle saber que no estamos conformes —señaló Louie—. Si no mueve el culo y se ocupa de poner en orden las cosas, sabrá lo que es bueno. ¿Lo tienes claro, Gaetano?

—Sí. ¿Cuándo?

Louie miró a su hermano. Sal miró a Tony.

—Hoy ya es tarde —manifestó Tony—. Es por eso que quería verlos más temprano. Ahora mismo están de viaje a no sé dónde antes de ir a las Bahamas. Mi hermana llamará a mi madre cuando llegue a Nassau.

—¿Nos lo dirás? —preguntó Sal.

—Sí, por supuesto. El trato es este: dejad a mi hermana fuera de este asunto.

—No tenemos nada en su contra —comentó Sal—. Al menos, eso creo.

—No tiene nada que ver —dijo Tony—. ¡Confiad en mí! No quiero que haya mala sangre entre nosotros.

—Solo nos interesa el tipo —añadió Sal.

Louie miró a Gaetano.

—Me parece que tendrás que ir a Nassau.

Gaetano hizo sonar los nudillos de su mano derecha con la izquierda.

—Será un placer —afirmó.

11

Lunes, 25 de febrero de 2002. Hora: 07.00

—¡Stephanie! —susurró Daniel, mientras la sacudía suavemente por el hombro—. Van a servir el desayuno. ¿Quieres desayunar, o prefieres dormir hasta que aterricemos?

Stephanie abrió los ojos con un esfuerzo, se los frotó, al tiempo que bostezaba. Luego parpadeó rápidamente varias veces hasta que fue capaz de ver. Tenía los ojos secos debido a la muy baja humedad en la cabina.

—¿Dónde estamos? —preguntó con voz ronca. También tenía la garganta seca. Se sentó para estirar los músculos. Luego se inclinó para mirar a través de la ventanilla. Aunque en el horizonte se divisaba una muy tenue luminosidad, la tierra seguía a oscuras. Vio las luces de las ciudades y pueblos que salpicaban el paisaje.

—Supongo que estamos volando sobre algún lugar de Francia —respondió Daniel.

A pesar de los intentos por evitar las prisas de última hora, la noche anterior había sido una desesperada carrera para salir del apartamento de Daniel, llegar al aeropuerto Logan y pasar los controles de seguridad. Habían subido al avión cuando solo faltaban diez minutos para el despegue. Gracias al dinero de Butler, viajaban en la clase Magnífica de Alitalia y ocupaban los dos primeros asientos en el lado izquierdo del Boeing 767. Stephanie enderezó el respaldo del asiento.

—¿Cómo es que estás tan despejado? ¿Has dormido?

—No he pegado ojo —admitió Daniel—. Comencé a leer tus

libros sobre la Sábana Santa, en particular el de Ian Wilson. Ahora entiendo por qué te enganchaste. Es algo fascinante.

—Tienes que estar agotado.

—No lo estoy. Leer me ha infundido nuevas energías. Incluso me siento mucho más dispuesto a tratar a Butler y a utilizar los fragmentos de ADN de la mortaja. Se me ha ocurrido que quizá después de acabar con Butler, podríamos seguir adelante y tratar a algún personaje célebre con el mismo ADN, alguien a quien no le importe la publicidad. En cuanto los medios se hagan eco de la historia, no habrá ningún político dispuesto a interferir; mejor todavía, la FDA se verá obligada a cambiar el protocolo para la aprobación del tratamiento.

—¡Espera, espera, no corras tanto! Por ahora tenemos que concentrarnos en Butler. Por mucho que lo deseemos, no sabemos si se curará o no.

—¿No crees que tratar a algún otro famoso sea una buena idea?

—Tengo que pensarlo un poco antes de dar una respuesta inteligente —manifestó Stephanie, en un intento por ser diplomática—. Ahora mismo aún estoy un poco dormida. Necesito ir al lavabo, y después quiero desayunar. Estoy hambrienta. Cuando tenga mi mente funcionado a pleno rendimiento, quiero escuchar lo que has leído sobre el sudario, y en particular si tienes una hipótesis sobre cómo se formó la imagen.

Menos de una hora más tarde, aterrizaron en el aeropuerto de Fuimicino en Roma. Junto con la multitud que llegaba al mismo tiempo de diversos destinos internacionales, pasaron por el control de pasaportes y luego consiguieron encontrar el vuelo que los llevaría a Turín. En uno de los muchos cafés Daniel pidió un *espresso* que se bebió de un trago como los clientes locales. No había clase Magnífica en este vuelo, y cuando subieron al avión se encontraron con una cabina llena de hombres de negocios. Stephanie se sentó en el asiento del medio y Daniel en el que daba al pasillo, más o menos en la mitad del avión.

—Esto es lo que yo llamo comodidad —comentó Daniel. Como medía un metro ochenta y cinco de estatura, tenía las rodillas apretadas contra el respaldo del asiento de delante.

—¿Cómo te encuentras ahora? ¿Estás cansado? —preguntó Stephanie.

—No, y menos ahora que me he tomado una bomba de cafeína.

—¡Entonces háblame del sudario! Quiero escuchar tu opinión. —Debido a la larga cola para usar el lavabo en el vuelo de Boston a Roma, no habían tenido tiempo para continuar con el tema antes del aterrizaje.

—En primer lugar, no tengo ninguna teoría referente a cómo se formó la imagen. Estoy de acuerdo en que es un gran misterio, y me gustó mucho la manera poética que Ian Wilson utiliza para describirlo como «un negativo fotográfico que espera como una cápsula del tiempo a la invención de la fotografía». Pero no me trago la idea que él propone y tú compartes de que la imagen es una prueba de la resurrección. Es un razonamiento científico falso. No puedes postular un proceso de desmaterialización desconocido y contraintuitivo para explicar un fenómeno desconocido.

—¿Qué me dices de los agujeros negros?

—¿De qué estás hablando?

—Los agujeros negros han sido postulados para explicar fenómenos desconocidos, y los agujeros negros son evidentemente contraintuitivos respecto a nuestra experiencia científica directa.

Hubo un período de silencio, donde solo se escuchaba el rumor de las turbinas mezclado con el roce de las hojas de los periódicos de la mañana, y el tecleo de los ordenadores portátiles.

—En eso tienes razón —admitió Daniel finalmente.

—¡Continuemos! ¿Qué más te llamó la atención?

—Unas cuantas cosas. Lo primero que me viene a la memoria es el resultado de las pruebas de la espectroscopia reflectante que muestran la presencia de tierra en las imágenes de los pies. A mí me pareció que no tenía nada fuera de lo normal, hasta que me enteré de que algunos de los gránulos fueron identificados por la cristalografía óptica como aragonita travertina que tiene un espectro idéntico a las muestras de piedra caliza recogidas en las tumbas del antiguo Jerusalén.

Stephanie se echó a reír.

—Es absolutamente típico de ti mostrarte impresionado por

uno de los detalles científicos más oscuros. Ni siquiera recordaba esa información.

—Hay que ser muy crédulo para suponer que un falsificador francés del siglo XIV llegara al extremo de obtener y espolvorear con ese clase de piedra su supuesta creación.

—Estoy totalmente de acuerdo.

—Otro hecho que me llamó la atención fue que si miras la intersección de los tres hábitats de las tres plantas de Oriente Próximo cuyos pólenes son los más abundantes en el sudario, reduce el aparente origen de la tela a un sector de unos treinta y seis kilómetros entre Hebrón y Jerusalén.

—Curioso, ¿verdad?

—Es más que curioso —afirmó Daniel—. Si el sudario es o no la mortaja de Jesucristo es algo que no se ha probado, ni creo que pueda llegar a probarse, pero tengo la idea de que vino de Jerusalén y que amortajó a alguien que había sido flagelado a la manera que lo hacían los romanos, que tenía la nariz rota, heridas de espinas en la cabeza, que había sido crucificado, y que presentaba una herida de lanza en el pecho.

—¿Qué me dices del aspecto histórico?

—Está muy bien presentado y atrae —reconoció Daniel—. Después de leerlo, estoy dispuesto a aceptar que la Sábana Santa de Turín y la tela de Edesa son la misma. Me llamó mucho la atención que la marca de los dobleces del sudario se utilizaran para explicar que se exhibiera en Constantinopla como la representación de la cabeza de Jesús, que es como se describía generalmente la tela de Edesa, o como un Jesús de cuerpo entero, por delante y por detrás, como la describió el cruzado Robert de Clari, que fue quien la vio muy poco antes de su desaparición durante el saqueo de Constantinopla en el año 1204.

—Todo eso significa que los resultados de la datación del carbono son erróneos.

—Por problemático que me resulte como científico, esa parece ser la verdad.

Hacía un minuto que les habían servido el zumo de naranja cuando se encendió la luz de abrocharse el cinturón, y se escuchó el anuncio de que los pilotos iniciaban la maniobra de aterrizaje en el aeropuerto Caselle de Turín. Quince minutos más tarde, aterrizaron. Lleno como estaba el avión, tardaron casi tanto como la duración del vuelo desde Roma en desembarcar, caminar hasta la terminal y encontrar la sala de recogida del equipaje.

Mientras Daniel esperaba a que aparecieran las maletas, Stephanie vio una tienda de telefonía móvil, y entró para alquilar un teléfono. Antes de salir de Boston, se había enterado de que su móvil no le serviría en Europa, aunque sí en Nassau, y para estar segura de que no se perdería ningún e-mail de Butler mientras estaba en Turín, necesitaba un teléfono móvil con un número europeo. En cuanto pudiera, programaría el teléfono para que los mensajes de Butler fueran a ambos números.

Salieron de la terminal con las maletas y los abrigos puestos y se unieron a la cola en la parada de taxis. Mientras esperaban, tuvieron la oportunidad de echar su primera mirada al Piamonte. Al oeste y al norte estaban las montañas con las cumbres nevadas. Hacia el sur, una niebla malva formaba un manto en la zona industrial de la ciudad. La temperatura era baja y bastante parecida a la de Boston, cosa que tenía sentido, dado que ambas ciudades estaban aproximadamente en la misma latitud.

—Espero no tener que lamentar no haber alquilado un coche —comentó Daniel, al ver lo lejos que estaban del principio de la cola.

—La guía señalaba que aparcar en la ciudad es imposible —le recordó Stephanie—. La parte positiva es que al parecer los conductores italianos son buenos, aunque conduzcan deprisa.

Una vez en camino, Daniel se sujetó con todas sus fuerzas mientras el conductor respondía plenamente a la descripción de Stephanie. El taxi era un Fiat posmoderno, con una línea que le hacía parecer un monovolumen y un coche compacto. Desafortunadamente para Daniel, era muy sensible al acelerador.

Stephanie había estado varias veces en Italia y tenía una visión muy clara de cómo sería la ciudad. En un primer momento, se llevó una desilusión. Turín no tenía nada del encanto medieval o renacentista que asociaba a lugares como Florencia y Siena. En cambio, parecía otra de tantas ciudades modernas ahogadas por la expansión suburbana y que, en estos momentos, padecía los habi-

tuales atascos de primera hora de la mañana. El tráfico era inten-
so, y todos los conductores italianos parecían comportarse con
idéntica agresividad: hacían sonar las bocinas continuamente,
aceleraban a fondo y clavaban los frenos. El viaje fue terrible, sobre
todo para Daniel. Stephanie intentó iniciar una conversación, pero
a su compañero solo le preocupaba no salir disparado a través del
parabrisas en la próxima frenada.

Daniel había reservado habitación para una noche en el que su
guía mencionaba como mejor hotel de la ciudad: el Grand Belvedere. Estaba en el centro del casco antiguo, y cuando entraron en
la zona, la impresión que se había hecho Stephanie de Turín comenzó a cambiar. Seguía sin ver el tipo de arquitectura que esperaba, pero la ciudad comenzaba a tener su encanto particular, con
los amplios bulevares, las plazas porticadas, y los elegantes edificios barrocos. Cuando el taxi se detuvo delante del hotel, la desilusión de Stephanie se había transformado en un bien fundado
aprecio.

El Grand Belvedere era la última palabra del lujo del siglo XIX.
El vestíbulo era todo un despliegue de marcos dorados, angelotes
y querubines. Las columnas de mármol se elevaban a gran altura
para sostener las bóvedas, mientras que unas pilastras aflautadas
decoraban las paredes. Dos porteros con libreas se apresuraron a
cargar con su equipaje, que era considerable, dado que llevaban
todo lo necesario para un mes de estancia en Nassau.

La habitación tenía un techo muy alto, un gran candelabro de
cristal de Murano y una decoración que no llegaba a los extremos
del vestíbulo, aunque era igual de resplandeciente. Había querubines dorados en cada una de las cuatro esquinas de la cornisa.
Las ventanas se abrían a la Piazza Carlo Alberto, donde estaba situado el hotel. Las cortinas de brocado rojo y centenares de bor-
las doradas enmarcaban las ventanas. El mobiliario, incluida la
cama, era de madera oscura tallada. El suelo estaba cubierto por
una mullida alfombra oriental.

Después de darles las preceptivas propinas a los botones y al
atildado recepcionista que les había acompañado hasta la habitación, Daniel echó una ojeada en derredor con expresión satisfecha.

—¡No está mal! ¡No está nada mal! —comentó. Abrió la puerta y miró el baño que era todo de mármol antes de volverse hacia Stephanie—. Por fin estoy viviendo como me corresponde.

—¡Lo que me faltaba por escuchar! —se burló Stephanie. Abrió el neceser.

—¡Es verdad! —replicó Daniel, entre risas—. No sé cómo he aguantado vivir como un pobre académico durante tanto tiempo.

—¡Es hora de trabajar, rey Midas! Tenemos que averiguar cómo se llama a la cancillería de la archidiócesis para encontrar a monseñor Mansoni —dijo Stephanie mientras entraba en el baño. Tenía prisa por lavarse los dientes.

Daniel se acercó a la mesa y comenzó a abrir los cajones, en busca de una guía de teléfonos. Como no tuvo éxito, miró en los armarios.

—Creo que deberíamos bajar y decirle al recepcionista que lo haga —gritó Stephanie desde el baño—. De paso podríamos pedirle que nos reserven una mesa para la cena.

—Buena idea.

Tal como había supuesto Stephanie, el recepcionista les ayudó con mucho gusto. Sacó una guía de un cajón, y en cuestión de segundos tenía a monseñor Mansoni al aparato, mientras Stephanie y Daniel aún discutían quién hablaría con el sacerdote. Después de unos momentos de confusión, Daniel se puso al teléfono. Tal como le había indicado Butler en su e-mail, Daniel se identificó como el representante de Ashley Butler y añadió que estaba en Turín para recoger la muestra. En un intento por ser lo más discreto posible, no dio más explicaciones.

—Estaba esperando su llamada —respondió Mansoni en inglés con un fuerte acento italiano—. Estoy preparado para reunirme con usted esta misma mañana, si lo considera adecuado.

—En lo que respecta a nosotros, cuanto antes mejor —dijo Daniel.

—¿Nosotros? —preguntó el sacerdote.

—Estoy aquí con mi colega —explicó Daniel. Consideró que el término «colega» era suficientemente vago. Le molestaba un tanto hablar con un sacerdote católico que podía sentirse ofendido porque él y Stephanie fueran una pareja de hecho.

—¿Debo asumir que su colega es una mujer?

—Efectivamente —respondió Daniel. Miró a Stephanie para asegurarse de que había aceptado el término «colega». Nunca lo había empleado antes para describir su relación, a pesar de que era apropiado. Stephanie sonrió al ver su inquietud.

—¿Asistirá a nuestro encuentro?

—Por supuesto —afirmó Daniel—. ¿Dónde sería un lugar conveniente para usted?

—Quizá el Caffè Torino en Piazza San Carlo no estaría mal. ¿Usted y su colega están alojados en algún hotel de la ciudad?

—Creo que estamos en pleno centro.

—Excelente —comentó el monseñor—. El café estará cerca de su hotel. El recepcionista le dirá cómo llegar.

—Muy bien —dijo Daniel—. ¿A qué hora debemos estar allí?

—¿Digamos dentro de una hora?

—Allí estaremos. ¿Cómo le reconoceremos?

—No creo que vea a muchos otros sacerdotes, pero si los hay, yo seré seguramente el más corpulento. Me temo que he ganado demasiado peso debido a lo sedentario de mi actual cargo.

Daniel miró a Stephanie. Sabía que ella escuchaba al sacerdote.

—Supongo que no le costará mucho vernos a nosotros. Mucho me temo que nuestras prendas indicarán que somos norteamericanos. Además, mi colega es una hermosa morena.

—En ese caso, estoy seguro de que nos reconoceremos. Los espero alrededor de las once y cuarto.

—Será un placer —manifestó Daniel, antes de devolverle el teléfono al recepcionista.

—¿Una hermosa morena? —preguntó Stephanie con un susurro forzado después de que el conserje les indicara el camino para llegar al café, y se alejaban de la recepción. Parecía molesta—. Nunca me habías descrito de una manera tan absolutamente tópica. Peor aún, es del todo sexista.

—Lo siento —se disculpó Daniel—. No me ha resultado nada agradable tener que tratar con un sacerdote.

Luigi Mansoni abrió uno de los cajones de su mesa. Metió la mano, sacó una caja de plata alargada y se la guardó en un bolsillo. Luego se recogió los faldones de la sotana para no pisar el ruedo cuando se levantó y salió apresuradamente de su despacho. Al final del pasillo, llamó a la puerta de monseñor Valerio Garibaldi. Le faltaba el aliento, cosa que le avergonzaba, porque no había caminado más de treinta metros. Miró su reloj y se preguntó si no tendría que haberle dicho a Daniel una hora y media. El vozarrón de Valerio le gritó que entrara.

Luigi le relató a su superior y amigo la conversación telefónica que acababa de mantener.

—Oh, no —comentó Garibaldi—. Estoy seguro de que es mucho antes de lo que el padre Maloney esperaba. Confiemos en que esté en su habitación. —Valerio cogió el teléfono. Se tranquilizó al escuchar la voz de Maloney. Le explicó la situación al norteamericano, y añadió que él y monseñor Garibaldi le esperaban en su despacho.

—Todo esto es muy curioso —le dijo Valerio a Luigi mientras esperaban.

—Desde luego. Me pregunto si tendríamos que avisar a alguno de los secretarios del arzobispo. De esa manera, si al final surge algún problema, sería falta de usted que Su Reverencia no hubiese estado sobreaviso. Después de todo, Su Reverencia es el custodio oficial de la Sábana Santa.

—Una muy buena observación —manifestó Valerio—. Creo que seguiré su consejo.

Una llamada a la puerta precedió a la aparición del padre Maloney. Valerio le señaló una silla. Aunque Valerio y Luigi estaban por encima de Michael en la jerarquía eclesiástica, el hecho de que Maloney fuese el representante oficial del cardenal O'Rourke, el prelado más poderoso de la Iglesia católica de Estados Unidos y amigo personal de su propio arzobispo, el cardenal Manfredi, hacía que ambos le trataran con una deferencia especial.

Michael se sentó. A diferencia de los purpurados, vestía un traje de calle negro con el alzacuello blanco. También a diferencia de los otros, que eran muy corpulentos, Michael era extremadamente delgado, y con la nariz aguileña, sus facciones resultaban mucho más italianas que las de sus colegas. Por último, sus cabellos rojos contrastaban vivamente con los cabellos canosos de los purpurados.

Luigi volvió a relatar su conversación con Daniel. Recalcó que había dos personas en la misión y que una de ellas era una mujer.

—Eso es sorprendente —opinó Michael—, y no me agradan las sorpresas. Pero tendremos que tomar las cosas tal como vienen. Supongo que la muestra está preparada.

—Por supuesto —dijo Luigi. Para facilitarle las cosas a Michael hablaba en inglés, aunque Maloney hablaba un italiano pasable. Michael había estudiado en una de las escuelas vaticanas, donde aprender italiano era obligatorio.

Luigi metió la mano en el bolsillo y sacó la caja de plata que recordaba una pitillera de los años cincuenta.

—Aquí está. El profesor Ballasari se ocupó personalmente de la selección de las fibras para que sea representativa. Provienen de un trozo manchado de sangre.

—¿Puedo? —preguntó Michael, y tendió la mano.

—Desde luego. —Luigi le entregó la caja.

Michael la sujetó con las dos manos. Era toda una experiencia. Siempre había estado convencido de la autenticidad del sudario, y tener en sus manos una caja donde estaba la sangre de su Salvador en lugar del vino convertido en sangre era algo abrumador.

Luigi recuperó la caja, y la guardó de nuevo en el bolsillo.

—¿Hay alguna instrucción particular que deba saber? —preguntó.

—Desde luego que sí —respondió Michael—. Necesito saber todo lo que pueda averiguar sobre las personas a las que le entregará la muestra; nombres, direcciones, lo que sea. Pídale los pasaportes y tome nota de los números. Con esa información y sus contactos con las autoridades civiles, podremos enterarnos de muchas cosas referentes a sus identidades.

—¿Qué está buscando? —quiso saber Valerio.

—No estoy seguro —admitió Michael—. Su Eminencia el cardenal James O'Rourke quiere entregar esta pequeña muestra a cambio de un muy importante beneficio político para la Iglesia.

Al mismo tiempo, quiere estar absolutamente seguro de que se respetan las órdenes del Santo Padre que prohíben cualquier nueva prueba científica del sudario.

Valerio asintió como si lo hubiese entendido, aunque en realidad no era así. Entregar un trozo de una reliquia a cambio de unos favores políticos era algo que estaba más allá de su experiencia, sobre todo cuando no había ninguna documentación oficial. Era preocupante. Al mismo tiempo, sabía que las pocas fibras guardadas en la caja de plata correspondían a una muestra del sudario tomada hacía muchos años, y que nadie había vuelto a tocar el sudario. La preocupación principal del Santo Padre era asegurar la conservación de la reliquia.

Luigi se levantó.

—Si quiero llegar puntual a la cita, tengo que marcharme ahora mismo.

—Si no le importa, le acompañaré —manifestó Michael, y se levantó—. Quiero presenciar la entrega desde lejos. Después de que usted les entregue la muestra, seguiré a esas personas. Me interesa saber dónde se alojan, por si sus identidades presentan algún problema.

Valerio también se levantó. Parecía un tanto desconcertado.

—¿Qué hará si, como usted dice, sus identidades presentan algún problema?

—Me veré obligado a improvisar —respondió Michael—. En ese punto, las instrucciones del cardenal fueron un tanto vagas.

—La ciudad no está nada mal —comentó Daniel, mientras él y Stephanie caminaban en dirección oeste por unas calles donde abundaban los palacios ducales—. Al principio no me impresionó, pero ahora sí.

—Tengo la misma impresión —manifestó Stephanie.

Al cabo de unas pocas calles, llegaron a la Piazza San Carlo, y se encontraron con una gran plaza del tamaño de un campo de fútbol rodeada por unos hermosos edificios barrocos color crema. Las fachadas estaban ornamentadas con una agradable profusión de detalles. En el centro se levantaba una imponente estatua ecuestre. El Caffè Torino se encontraba en el lado oeste de la plaza, más o menos en el medio. En el interior dominaba el aroma del café recién molido. Varios grandes candelabros de cristal colgaban del techo decorado con pinturas al fresco, y sus luces contribuían a crear un ambiente cálido y acogedor.

No tuvieron que esforzarse mucho para dar con monseñor Mansoni. El sacerdote se levantó en cuanto los vio entrar y les hizo un gesto para que se unieran a él en una mesa junto a la pared más alejada. Mientras cruzaban el local, Stephanie echó una ojeada a los clientes. El curioso comentario de monseñor Mansoni referente a que no habría muchos más sacerdotes en el café era correcto. Solo vio a uno más. Estaba solo y, por una fracción de segundo, Stephanie tuvo la inquietante sensación de que la mirada del cura se cruzaba con la de ella.

—Bienvenidos a Turín —dijo Luigi. Estrechó las manos de ambos y los invitó a sentarse. Su mirada se detuvo en Stephanie el tiempo suficiente para hacerla sentir un tanto incómoda, mientras recordaba la poco apropiada descripción de Daniel.

Apareció un camarero en respuesta a la llamada del sacerdote y tomó el pedido de la pareja. Daniel pidió otro *espresso*, mientras que Stephanie pidió agua con gas.

Daniel observó al sacerdote. La descripción que había hecho de sí mismo como corpulento no era errónea. La papada casi ocultaba el alzacuello. Como médico, se preguntó cuál sería su nivel de colesterol.

—Supongo que debemos comenzar con las presentaciones. Soy Luigi Mansoni. Vivía en Verona, hasta que me trasladaron a Turín.

Daniel y Stephanie le dieron sus nombres y añadieron que vivían en Cambridge, Massachusetts. En ese momento, apareció el camarero con el café y el agua.

Daniel bebió un sorbo y dejó la taza en el platillo.

—No pretendo ser descortés, pero vayamos a lo nuestro. Supongo que habrá traído la muestra.

—Por supuesto —replicó Luigi.

—Debemos asegurarnos de que la muestra procede de una parte del sudario con una mancha de sangre —añadió Daniel.

—Le aseguro que lo es. Fue seleccionada por el profesor encargado de la conservación del sudario por el arzobispo, cardenal Manfredi, que es el actual custodio.

—¿Nos la entrega?

—En un momento —dijo Luigi. Metió la mano en un bolsillo y sacó una libreta y un bolígrafo—. Antes de entregarles la muestra, se me ha dicho que debo tomar nota de sus señas de identidad. A la vista de las controversias y el permanente interés de los medios en todo lo referente al sudario, la Iglesia insiste en saber quiénes disponen de las muestras.

—El senador Ashley Butler será el receptor —manifestó Daniel.

—Eso es lo que me han dicho. Sin embargo, necesitamos tener pruebas de sus identidades. Lo siento, pero esas son mis instrucciones.

Daniel miró a Stephanie que se encogió de hombros.

—¿Qué clase de pruebas necesita?

—Creo que será suficiente con sus pasaportes y el domicilio.

—No veo ningún inconveniente —señaló Stephanie—. El domicilio que figura en el pasaporte es el actual.

—Yo tampoco tengo nada que objetar —dijo Daniel.

Los norteamericanos sacaron sus pasaportes y los dejaron en la mesa. Luigi copió los nombres, las direcciones y los números. Luego se los devolvió. Después de guardar la libreta y el bolígrafo, sacó la caja de plata. La puso sobre la mesa y la empujó hacia el científico con mucha deferencia.

—¿Puedo? —preguntó Daniel.

—Por supuesto.

Daniel cogió la caja de plata. Tenía un cierre en un lado, y lo movió a la posición de abierto. Levantó la tapa con mucho cuidado. Stephanie se inclinó para mirar por encima de su hombro. En el interior, guardado en un sobre de celofán, había un pequeño trozo de tela de un color indeterminado.

—Parece adecuada —comentó Daniel. Cerró la tapa y aseguró el cierre. Le entregó la caja a Stephanie, que la guardó en su bolso junto con los pasaportes.

Quince minutos más tarde, Daniel y Stephanie salieron a la plaza iluminada por el débil sol de invierno. Cruzaron la plaza en diagonal camino de regreso al hotel. A pesar del *jet lag*, caminaban con paso atlético. Ambos se sentían un tanto eufóricos.

—No podría haber resultado más fácil —comentó Daniel.

—Estoy de acuerdo.

—Nunca se me pasaría por la cabeza recordarte tu pesimismo inicial —se burló Daniel—. Jamás de los jamases.

—Espera un momento. Hemos conseguido la muestra sin problemas, pero todavía nos queda por delante un largo camino para tratar a Butler. Mis preocupaciones abarcan todo el proceso.

—Creo que este pequeño episodio es el heraldo de las cosas que vendrán.

—Confío en que tengas toda la razón.

—¿Qué podríamos hacer para ocupar el resto del día? —preguntó Daniel—. Nuestro vuelo a Londres no sale hasta las siete y cinco de la mañana.

—Necesito dormir un rato —dijo Stephanie—, y tú también. ¿Qué te parece si volvemos al hotel, comemos alguna cosa, dormimos media horita, y después salimos? Hay unas cuantas cosas que me gustaría ver mientras estamos aquí. En particular la iglesia donde tienen la Sábana Santa.

—Me parece un plan excelente —opinó Daniel, complacido.

Michael Maloney se mantuvo todo lo lejos que pudo sin perder de vista a Daniel y Stephanie. Le sorprendió la rapidez de su marcha, y tuvo que apretar el paso. Cuando salió del café, tuvo suerte de verlos, porque estaban a punto de salir de la plaza.

En cuanto los dos norteamericanos dejaron el café, él había mantenido una breve conversación con Luigi para recordarle que hiciera investigar las identidades de ambos y que después lo llamara al móvil para comunicarle la información que hubiesen podido suministrarle las autoridades civiles. Añadió que su propósito era no perder de vista a la pareja o al menos saber dónde se encontraban, hasta recibir la información.

Daniel y Stephanie desaparecieron al dar la vuelta en una esquina, y Michael echó a correr hasta que los volvió a ver. Estaba dispuesto a no perderlos. Tal como le había dicho su superior, el cardenal O'Rourke, Michael se tomaba su actual cometido con una gran responsabilidad. Su aspiración era llegar a las más altas jerarquías eclesiásticas y hasta ahora, las cosas le iban saliendo de acuerdo con sus planes. Primero, tuvo la oportunidad de estudiar en Roma. Luego había seguido el reconocimiento de sus méritos por parte del entonces obispo O'Rourke, cuando lo invitó a unirse a su personal, y el posterior ascenso de O'Rourke a arzobispo. En este momento de su carrera, Michael sabía que su éxito dependía exclusivamente de complacer a su muy poderoso superior, y el instinto le decía que esta misión vinculada a la Sábana Santa era una oportunidad de oro. Gracias a su importancia para el cardenal, le ofrecía una ocasión única para demostrar su inquebrantable lealtad, dedicación, e incluso su capacidad de improvisación, a la vista de la carencia de unas guías específicas.

En el momento en que llegaron a la Piazza Carlo Alberto, Michael decidió que la pareja se encaminaba hacia el Grand Belvedere. Aceleró el paso hasta casi un trote para estar directamente detrás de los norteamericanos cuando entraron. En el interior, esperó hasta que entraron en el ascensor, y comprobó que se detenía en el cuarto piso. Satisfecho fue a sentarse en uno de los sofás tapizados en terciopelo del vestíbulo, cogió un ejemplar del *Corriere della Sera*, y comenzó a leer mientras echaba una ojeada de vez en cuando a los ascensores. Hasta ahora, todo en orden, pensó.

No tuvo que esperar mucho. La pareja reapareció en el vestíbulo, y esta vez se dirigieron al comedor. Michael fue a sentarse en otro sofá, desde donde podía ver mejor la entrada del comedor. Estaba seguro de que nadie le prestaba la menor atención. Sabía que en Italia, la vestimenta de sacerdote garantizaba el acceso a cualquier lugar además del anonimato.

Media hora más tarde, cuando la pareja salió del comedor, Michael no pudo contener la sonrisa. Destinar media hora a la comida era algo típicamente norteamericano. Sabía que los comensales italianos la dedicarían por lo menos dos horas. Les vio subir de nuevo en el ascensor hasta el cuarto piso.

Esta vez tuvo que esperar mucho más. Acabó de leer el periódico, y buscó más material de lectura. Cuando no encontró nada y poco dispuesto a correr el riesgo de levantarse para ir hasta el quiosco, comenzó a pensar en lo que haría si la información que le transmitiría Luigi no era la correcta. Ni siquiera sabía qué debía considerar como una información incorrecta. Esperaba enterarse de que al menos uno de los miembros de la pareja trabajaba para el senador o probablemente para alguna organización relacionada con Butler. Recordaba claramente que el senador había dicho que enviaría a un agente a recoger la muestra. Aún estaba por ver qué había querido decir con «agente».

Michael se desperezó; consultó su reloj. Eran casi las tres, y su estómago comenzaba a protestar. No había probado bocado, excepto la pasta con el café en el Caffè Torino. Mientras su mente lo atormentaba con las imágenes de sus platos favoritos, percibió el zumbido del móvil que llevaba en el bolsillo. Había quitado el timbre. Se apresuró a responder. Era Luigi.

—Acabo de recibir el informe de mis contactos en la oficina de inmigración —dijo Luigi—. No creo que le resulte agradable la información que me han dado.

—¡Oh! —exclamó Michael. Intentó mantener la calma. Para su mala fortuna, en aquel mismo momento los norteamericanos salieron del ascensor con los abrigos puestos y las guías turísticas en la mano, sin duda dispuestos a visitar los lugares de interés. Preocupado ante la posibilidad de que tomaran un taxi, cosa que representaría una dificultad añadida, Michael intentó ponerse el abrigo mientras mantenía el teléfono pegado al oído. La pareja caminaba con la misma rapidez de antes—. Espere un momento, Luigi, ahora mismo estoy caminando. —Con un brazo en una manga, y antes de que pudiera evitarlo la manga libre se enganchó en la puerta giratoria. Tuvo que retroceder para soltarla.

—*Prego* —dijo el portero, mientras le ayudaba.

—*Mi scuso* —respondió Michael. Salvado el obstáculo, corrió a la calle y se calmó en parte al ver a los norteamericanos que dejaban atrás la parada de los taxis y caminaban hacia la esquina noroeste de la plaza. Acortó un poco el paso.

—Lo siento, Luigi —dijo Michael—. La pareja salía del hotel en el momento que llamó. ¿Qué decía?

—Le decía que ambos son científicos —respondió Luigi.

Michael notó que se le aceleraba el pulso.

—No es una buena noticia.

—Comparto su opinión. Al parecer, sus nombres aparecieron inmediatamente en cuanto las autoridades italianas se pusieron en contacto con los colegas norteamericanos para pedirles información. Ambos son investigadores en el área biomolecular. Daniel Lowell es químico y Stephanie D'Agostino, bióloga. Son personas muy conocidas en sus especialidades, él más que su compañera. Dado que ambos viven en la misma dirección, supongo que cohabitan.

—¡Dios del cielo! —exclamó Michael.

—Desde luego no parecen ser unos correos normales.

—Esta es la peor de las situaciones.

—Estoy de acuerdo. A la vista de sus antecedentes, deben estar pensando en algún tipo de prueba. ¿Qué va usted a hacer?

—Todavía no lo sé. Tendré que pensarlo.

—Avíseme si necesita ayuda.

—Me mantendré en contacto —dijo Michael y se despidió.

Aunque Michael acababa de decirle a Luigi que no sabía qué haría, eso no era del todo verdad. Ya había decidido que recuperaría la muestra de la Sábana Santa; ahora solo tenía que descubrir cómo hacerlo. Sí tenía claro que quería hacerlo él solo, de forma que cuando informara al cardenal O'Rourke, se pudiera atribuir todo el mérito de haber evitado que la sangre del Salvador pasara por más indignidades científicas.

Los norteamericanos llegaron a la inmensa Piazza Castello pero continuaron caminando al mismo paso. Michael había supuesto que irían a visitar el Palazzo Reale, la antigua residencia de la Casa de Saboya. Sin embargo, comprobó que se había equivocado cuando la pareja dejó atrás la Piazzeta Reale para entrar en la Piazza Giovanni.

—¡Por supuesto! —exclamó en voz alta. En la plaza estaba el Duomo di San Giovanni, el templo que albergaba la Sábana Santa después del incendio que se había iniciado en su capilla en 1997. Michael avanzó un poco más para asegurarse del destino de los norteamericanos. En cuanto les vio subir las escalinatas de la catedral, dio media vuelta y volvió sobre sus pasos. Seguro de que la pareja estaría tiempo lejos del hotel, decidió aprovechar la oportunidad. Si quería recuperar la muestra del sudario, este podría ser el mejor momento, o quizá el único, si es que tenían proyectado marcharse a la mañana siguiente.

Si bien ya le faltaba un poco el aliento, se obligó a apurar el paso. Quería llegar al Grand Belvedere lo antes posible. A pesar de su inexperiencia en cuestiones de intrigas en general y el robo en particular, tenía que averiguar cuál era la habitación de Daniel y Stephanie, conseguir entrar y luego coger la caja de plata, todo en un plazo de un par de horas.

—¿Esta es la Sábana Santa original? —susurró Daniel. Había más personas en la catedral, pero estaban de rodillas en los bancos entregados a sus oraciones, o encendían cirios en los altares de los santos. Los únicos sonidos eran los ecos de los tacos cuando entraba o salía alguien.

—No, no es el original —respondió Stephanie en voz baja—. Es una réplica fotográfica de tamaño natural. —Sostenía la guía abierta en la página correspondiente al sudario. Se encontraban delante de una alcoba con el frente de vidrio que abarcaba el primer piso del crucero norte del templo. Un piso por encima de la parte cerrada estaba el balcón con baldaquino desde donde los antiguos duques de Saboya asistían a la celebración de la misa.

La fotografía se exhibía como una panorámica. Las cabezas de las imágenes por delante y detrás del hombre crucificado casi se tocaban en el centro, algo que quedaba explicado porque al hombre lo habían colocado en posición supina sobre la tela y a continuación lo habían envuelto en la mortaja. La imagen frontal se encontraba a la izquierda. La fotografía estaba colocada en lo que parecía ser una mesa de casi cinco metros de largo por un metro veinte de ancho, cubierta por una tela azul que llegaba hasta el suelo.

—La fotografía está encima de la nueva caja que contiene el sudario original —le explicó Stephanie—. Está dotada con un sistema hidráulico, de forma que cuando se exhibe, la parte superior se coloca en posición vertical, y la reliquia se puede ver a través de un cristal blindado.

—Recuerdo haberlo leído —comentó Daniel—. Es un montaje realmente impresionante. Por primera vez en la larga historia del sudario, descansa completamente horizontal en una atmósfera controlada.

—La verdad es que resulta sorprendente que la imagen se haya conservado, si tenemos en cuenta lo que ha pasado.

—Ahora que miro la foto de tamaño natural, me resulta más difícil de lo que había imaginado discernir la imagen. Te diré que si es así el sudario, te puedes llevar una desilusión. Se ve y se aprecia mucho mejor en el libro que tú tienes.

—Donde se ve mejor es en el negativo —manifestó Stephanie.

—Aparentemente, la imagen no se ha desdibujado. Lo que pasa es que el fondo ha amarilleado, por lo que es menor el contraste.

—Confío en que el nuevo sistema de conservación impida que continúe el proceso —comentó Stephanie—. Bueno, ya lo hemos visto. —Se volvió para observar el interior de la catedral—. Esperaba recorrer la catedral, pero para ser una iglesia renacentista italiana, esta no da mucho de sí.

—Lo mismo pensaba yo —admitió Daniel—. Vayamos a otra parte. ¿Qué te parece una visita al palacio real? Se supone que el interior es la quintaesencia del rococó.

Stephanie miró a Daniel de reojo.

—¿Desde cuándo te has convertido en un experto en arquitectura y decoración interior?

—Lo leí en la guía antes de salir del hotel —respondió Daniel con un tono risueño.

—Me encantaría visitar el palacio, si no fuese por un problema.

—¿Qué clase de problema?

Stephanie se miró los pies.

—Me olvidé ponerme unos zapatos cómodos en lugar de estos que me puse para ir a comer. Mucho me temo que acabaré con los pies destrozados si nos pasamos toda la tarde caminando. Lo siento, pero ¿te molestaría mucho si pasamos un momento por el hotel y me cambio los zapatos?

—Por lo que a mí respecta, ahora que tenemos la muestra de la Sábana Santa, no tenemos nada más que hacer. Así que vamos si quieres.

—Gracias —dijo Stephanie, más tranquila. Daniel solía irritarse por esta clase de cosas—. Lo siento mucho. Tendría que haberlo pensado antes. Ya que estamos, me pondré otro suéter. Hace más frío de lo que imaginaba.

Salvo en las contadas ocasiones de alguna inocente travesura en su época de estudiante, el padre Michael Maloney nunca había violado a sabiendas ley alguna, y lo que se disponía a hacer le provocaba mucha más ansiedad de lo que había imaginado. No solo temblaba y sudaba, sino que notaba tantas molestias gástricas que deseó tener a mano un antiácido. Para colmo de males tenía la preocupación añadida del tiempo. Desde luego no quería que los norteamericanos lo sorprendieran in fraganti. Aunque estaba convencido de que tardarían dos horas o más en su recorrido turístico, decidió darse un máximo de una hora para la misión. Solo pensar en que le podrían sorprender hacía que le temblaran las rodillas.

Mientras se acercaba al Grand Belvedere, no tenía idea de cómo conseguiría su objetivo, pero todo cambió al pasar delante de una floristería en la misma plaza del hotel. Entró en el local, y preguntó si podían enviar inmediatamente alguno de los ramos preparados al hotel. Cuando le dijeron que sí, cogió el que tenía más a mano, escribió en el sobre el nombre de los norteamericanos, y en la tarjeta: «Bienvenidos al Grand Belvedere. La Dirección».

Cinco minutos más tarde, mientras Michael estaba sentado en el mismo sofá que anteriormente en el vestíbulo del hotel, vio entrar por la puerta giratoria las flores que había comprado. Levantó el periódico para ocultar su rostro, y espió a la misma mujer que le había vendido el ramo cuando lo entregó en la recepción. Uno de los botones firmó el recibo, y la mujer se marchó.

Desafortunadamente, durante los siguientes diez minutos no pasó nada. Las flores continuaban en el mostrador de la recepción mientras los botones mantenían una muy animada conversación entre ellos.

¡Venga!, pensó Michael con las mandíbulas apretadas. Pensó levantarse para ir a protestar al mostrador, pero no se atrevió. No quería llamar la atención. Su plan era aprovechar al máximo la ventaja de su vestimenta sacerdotal para parecer inofensivo, y relativamente invisible.

Por fin, uno de los botones echó una ojeada al sobre sujeto al ramo y pasó al otro lado del mostrador. Michael se dio cuenta de que estaba consultando el ordenador por el reflejo de la luz de la pantalla en el rostro del hombre. Un momento más tarde, se apartó del mostrador, recogió el ramo, y se dirigió a los ascensores. Michael dejó el periódico y caminó hasta colocarse detrás del botones.

El empleado lo saludó con un gesto cuando las puertas se cerraron. Michael le respondió con una sonrisa. El ascensor llegó a la cuarta planta. El botones salió primero y Michael lo siguió a una distancia prudencial. Cuando el botones se detuvo delante de la puerta de la habitación 408 y llamó, Michael siguió caminando. El empleado repitió el gesto de saludo acompañado de una sonrisa. Michael hizo lo mismo.

Se detuvo en cuanto dio la vuelta a una esquina. Con mucho cuidado espió a lo largo del pasillo. Vio que el botones repetía la llamada antes de coger un manojo de llaves. Abrió la puerta y desapareció por un momento. Cuando reapareció sin las flores, silbaba suavemente. Cerró la puerta y se alejó en dirección a los ascensores.

Michael caminó hasta la habitación 408 en el mismo momento en que el ascensor bajaba. No esperaba que la puerta estuviese abierta, y no lo estaba. Miró a un lado y otro del pasillo; vio un carrito de la limpieza. Inspiró a fondo e hinchó los carrillos por un instante para infundirse coraje, y luego caminó hacia el carrito. Estaba junto a una puerta abierta. Golpeó discretamente.

—*Scusi!* —llamó. Escuchó las voces procedentes de un televisor. Entró en la habitación. Dos mujeres de mediana edad, vestidas con uniformes marrones estaban haciendo la cama—. *Scusi!* —repitió con un tono mucho más alto.

Las mujeres se detuvieron, sorprendidas. Ambas palidecieron. Al cabo de un par de segundos, una se recuperó lo suficiente como para correr a apagar el televisor.

Michael apeló a su mejor italiano para preguntar a las sirvientas si podían ayudarle. Les explicó que se había dejado la llave en la habitación 408, y necesitaba hacer una llamada telefónica urgente. Quería saber si ellas tendrían la amabilidad de abrirle la puerta para no tener que bajar a la recepción.

Las mujeres se miraron la una a la otra, desconcertadas. Michael tardó un momento en comprender que ambas hablaban muy poco italiano. Volvió a explicarles la excusa, con voz muy lenta y clara. En esta ocasión, una de las mujeres captó el mensaje y, para alivio de Michael, le enseñó su llave maestra. El sacerdote asintió.

Como si quisiera compensarlo por las dificultades en la comunicación, la mujer pasó junto a Michael y casi corrió por el pasillo. Michael no pudo hacer otra cosa que seguirla al mismo paso. La empleada abrió la cerradura y mantuvo la puerta abierta de la habitación 408. Michael le dio las gracias mientras entraba. La puerta se cerró a sus espaldas.

Michael exhaló con fuerza. Había retenido el aliento sin darse cuenta. Se apoyó en la puerta mientras echaba una ojeada. Las cortinas estaban descorridas y había mucha luz. Había más maletas de las que esperaba, aunque un par de ellas no estaban abiertas. Lamentablemente, no había ninguna caja de plata a la vista en la cómoda, la mesa, o en los veladores.

Notó que se le aceleraba el pulso. También sudaba copiosamente. «No sirvo para estas cosas», susurró. Deseaba con auténtica desesperación encontrar la caja de plata y marcharse. Tuvo que apelar a toda su fuerza de voluntad para permanecer en la habitación.

Se apartó de la puerta, y se acercó primero a la mesa. Sobre el escritorio, entre dos bolsas de ordenador estaba la llave de la habitación. Michael vaciló por un instante, y luego se guardó la llave en un bolsillo. A toda prisa, buscó en las bolsas: la caja no estaba. Solo tardó unos segundos en mirar en los cajones de la mesa. No había nada más que papel y sobres con el membrete del hotel. Luego la cómoda. También estaba vacía, excepto por las notas para la lavandería y las bolsas de plástico para la ropa sucia. Tampoco tuvo suerte con los cajones de los veladores. Buscó en el baño, sin encontrar nada. Cuando abrió el armario y vio la caja de seguridad, pensó que había acabado la búsqueda, pero también estaba vacía. Metió la mano en los bolsillos de una americana colgada de una percha: nada.

Volvió a mirar en derredor, y esta vez se fijó en las maletas abiertas. Estaban en un soporte a los pies de la cama. Levantó la tapa de una, metió la mano y la deslizó por los lados. Encontró diversos artículos pero ni rastro de la caja. Repitió la operación con la otra con idéntico resultado. Luego comenzó a levantar las prendas para profundizar la búsqueda. De pronto, escuchó unas voces que, para su espanto, le sonaron a inglés norteamericano. Se irguió como impulsado por un resorte. Un instante después, se quedó de piedra al escuchar el más terrible de los ruidos. ¡El sonido de una llave introduciéndose en la cerradura!

12

—¿Qué demonios? —preguntó Stephanie, desde el umbral de la habitación. Daniel miró por encima de su hombro.

—¿Qué pasa? —preguntó.

—Hay un ramo de flores en la cómoda. ¿A quién se le ocurriría enviarnos flores?

—¿Butler?

—No sabe que estamos en Turín, a menos que tú le hayas enviado un e-mail.

—Yo no le he enviado ningún e-mail —replicó Daniel, como si se tratara de algo fuera del reino de lo posible—. Claro que con sus vinculaciones, quizá lo sepa. Después de hacer que me investigaran, cualquier cosa es posible. También está la posibilidad de que monseñor Mansoni le informara de la entrega de la muestra.

Stephanie se acercó a la cómoda y abrió el sobre que acompañaba al ramo.

—¡Vaya por Dios! Solo es un obsequio de la dirección del hotel.

—Son muy amables —comentó Daniel con indiferencia. Entró en el baño.

Stephanie fue a buscar los zapatos que tenía guardados en el lado izquierdo de la maleta. En cuanto levantó la tapa, apareció en su rostro una expresión de enfado. La camisa de lino que había doblado con tanto esmero en Boston, mostraba un pliegue. La desdobló con un dedo, pero como temía, no pudo borrar la marca del doblez por mucho que intentara alisarlo con la palma de la mano. Murmuró una vulgaridad mientras buscaba los zapatos. Fue entonces cuando vio una pieza de ropa interior, que también había guardado con idéntico esmero, y que ahora estaba arrugada. Se irguió bruscamente, con la mirada fija en la maleta abierta.

—¡Daniel! ¡Ven aquí!

Daniel asomó la cabeza por la puerta del baño, mientras se escuchaba el ruido de la descarga de la cisterna. Sostenía una toalla en la mano.

—¿Qué pasa? —preguntó con las cejas enarcadas. Se había dado cuenta por el sonido de su voz que estaba alterada.

—¡Alguien ha estado en nuestra habitación!

—Ya lo sabíamos desde el momento en que vimos las flores.

—¡Ven aquí!

Daniel se echó la toalla al hombro mientras se acercaba a Stephanie, que le señaló la maleta abierta.

—Alguien ha revisado mi maleta.

—¿Cómo lo sabes?

Stephanie se lo explicó.

—Son unos cambios muy sutiles —dijo Daniel. Le dio una palmadita en la espalda con una actitud paternal—. Tú misma has buscado cosas en la maleta antes de que saliéramos. ¿Estás segura de que no tienes un ataque de paranoia por culpa del episodio de Cambridge?

—¡Alguien ha metido mano en mi maleta! —repitió Stephanie, acalorada. Apartó la mano de su compañero. Debido al *jet lag* y la tensión, se sintió muy herida ante la actitud despreocupada de Daniel—. ¡Mira en la tuya!

Daniel puso los ojos en blanco; levantó la tapa de su maleta que estaba junto a la de Stephanie.

—Muy bien, miro en la mía.

—¿Ves algo fuera de lo normal?

Daniel se encogió de hombros. Distaba mucho de ser una persona ordenada a la hora de hacer maletas, y además ya había rebuscado en el interior para coger una muda limpia. De pronto, hizo ver como si se hubiese quedado atónito, y alzó la cabeza lentamente para mirar a Stephanie.

—¡Dios mío! —exclamó—. ¡Aquí falta algo!

—¿Qué? —Stephanie sujetó el brazo de Daniel con una fuerza tremenda mientras miraba en el interior de la maleta.

—¡Alguien se ha llevado mi cápsula de plutonio!

Stephanie descargó una palmada en el hombro de Daniel, que respondió levantando los brazos de una manera exagerada, como si quisiera protegerse de nuevos golpes que nunca llegaron.

—¡No estoy para bromas! —protestó con voz aguda. Volvió a mirar su maleta, cogió el cepillo de cabello y lo agitó en el aire—. ¡Aquí tienes otra prueba! Cuando salimos, este cepillo estaba encima de mis prendas, y no en el fondo de la maleta. Lo recuerdo porque pensé si no sería mejor dejarlo en el baño. Te lo digo: ¡alguien ha estado revisando mi maleta!

—¡De acuerdo! ¡De acuerdo! —dijo Daniel con un tono amable—. ¡Cálmate!

Stephanie buscó en el bolsillo lateral de la maleta y sacó una bolsa de terciopelo. La abrió para mirar su contenido.

—Al menos mis joyas están aquí y también el dinero que guardé. Es bueno saber que no traje nada demasiado valioso.

—¿Crees que las empleadas tuvieron que mover las maletas? —sugirió Daniel.

—¿Por qué te cuesta tanto creerme? —se quejó Stephanie, como si la idea de Daniel fuera algo descabellado. Echó una ojeada a la habitación, y se fijó en la mesa—. ¡Ha desaparecido mi llave de la habitación! La dejé encima del escritorio.

—¿Estás segura?

—¿No recuerdas lo que hablamos antes de salir? ¿Si era necesario que lleváramos dos llaves?

—Vagamente.

Stephanie entró en el baño. Daniel miró en derredor. No acababa de decidir si valía la pena hacer caso de la paranoia de Stephanie, a la vista de que aún estaba alterada por la aparición de aquel intruso en el piso de Cambridge. Sabía que el personal del hotel como las sirvientas, los encargados de reponer el minibar, los camareros y los botones entraban y salían de las habitaciones a todas horas. Quizá alguien había metido la mano en la maleta. Para algunas personas podía ser una gran tentación.

—Alguien ha mirado también en mi bolsa de cosméticos —gritó Stephanie desde el baño.

Daniel se acercó a la puerta y se detuvo en el umbral.

—¿Falta alguna cosa?

—¡No, no falta nada! —respondió Stephanie, furiosa.

—¡Eh, no te enfades conmigo!

Stephanie se irguió, cerró los ojos, y realizó una inspiración profunda. Asintió varias veces.

—Tienes razón. Lo siento. No estoy enfadada contigo, solo decepcionada porque este asunto no te altera tanto como a mí.

—Si nos hubiesen robado algo, sería diferente.

Stephanie cerró la tapa de su bolsa de cosméticos. Se acercó a Daniel para abrazarlo. Él le correspondió.

—Me altera que alguien revise mis pertenencias, sobre todo después de lo que ocurrió el día anterior a que iniciáramos el viaje.

—Eso es muy comprensible —admitió Daniel.

—Es curioso que no falte nada, ni siquiera el dinero. Esto hace que este episodio sea idéntico al de Cambridge, pero que haya ocurrido aquí lo hace todavía más extraño. Allá al menos podíamos achacarlo al espionaje industrial, por improbable que fuese. ¿Qué podrían buscar aquí aparte de las joyas y el dinero?

—La única cosa que se me ocurre es la muestra de la Sábana Santa.

Stephanie se apartó un poco para mirarle a la cara.

—¿Por qué querría alguien llevarse la muestra?

—Que me maten si lo sé. Es la única cosa que tenemos que es fuera de lo corriente.

—Yo diría que la única persona enterada de que está en nuestro poder es quien nos la dio. —Stephanie frunció el entrecejo como si lo que acababa de decir fuese una preocupación añadida.

—¡Tranquilízate! No creo que nadie estuviese buscando la muestra del sudario. Solo pensaba en voz alta. Por cierto, ahora que la mencionamos, ¿dónde está?

—La tengo en mi bolso —contestó Stephanie.

—¡Búscala! ¡Le echaremos otra mirada! —Daniel consideró que lo mejor era desviar el tema de un posible intruso.

Volvieron a la habitación. Stephanie cogió el bolso que estaba sobre la cama. Sacó la caja de plata y la abrió. Daniel sacó con mucho cuidado el sobre de celofán y lo sostuvo a la luz que entraba por las ventanas. Iluminado por detrás, el pequeño rectángulo de tela se veía con toda claridad, aunque el color era indeterminado.

—¡Caray! —exclamó Daniel y sacudió la cabeza—. Es del todo increíble pensar que exista la más pequeña posibilidad de que aquí esté la sangre de la persona más famosa que haya pisado este mundo, y eso sin mencionar su vertiente divina.

Stephanie dejó la caja de plata en la mesa y cogió el sobre. Se acercó a la ventana, y ella también lo sostuvo a la luz. Se llevó la mano libre a la frente a modo de visera para protegerse los ojos de los rayos de sol, y observó el contenido del sobre expuesto a la luz directa. Ahora se apreciaban hasta las fibras teñidas de un color rojo pardo.

—Parece sangre —comentó—. ¿Sabes una cosa? Tiene que ser que mi educación católica vuele a aflorar, porque tengo una sensación muy fuerte de que es la sangre de Jesucristo.

Aunque el padre Michael Maloney no podía ver a Stephanie D'Agostino, la tenía tan cerca que escuchaba su respiración. Le aterrorizaba la posibilidad de que los estrepitosos latidos de su corazón lo delataran o, si no eso, entonces el ruido de las gotas de sudor que le corrían por el rostro y caían al suelo. La mujer solo estaba a un palmo de su escondite.

Llevado por la desesperación cuando escuchó que metían la llave en la cerradura, había corrido a ocultarse detrás de las cortinas. Había sido un acto reflejo. Visto ahora, esconderse detrás de las cortinas le parecía un acto indigno, en sí mismo y por su parte. Como si se tratara de un vulgar ladrón. Tendría que haberse quedado donde estaba, aceptar que le descubrieran, asumir toda la responsabilidad de sus acciones. Se reprochó no haber pensado que la mejor defensa era el ataque, y que en la presente situación, para justificar sus acciones tendría que haber apelado a la justa indignación provocada por la verdadera identidad de estas personas y sus intenciones de someter la muestra del sudario a una serie de pruebas no autorizadas.

Desafortunadamente, ante el dilema de plantar cara o huir, había optado por lo segundo; ahora que veía las cosas con mayor claridad, el hecho de haberse ocultado detrás de las cortinas le impedía jugar la carta de la indignación. Solo le quedaba rezar con toda su alma para que no le descubrieran.

En un primer momento se había dado por perdido cuando escuchó la exclamación de Stephanie al abrir la puerta. Había creído que la mujer le había visto o como mínimo había visto moverse las cortinas. Se estremeció de alivio al advertir que el ramo de flores había sido el motivo de la exclamación.

Después había tenido que soportar el descubrimiento de su ineptitud a la hora de revisar la maleta de la mujer y el hecho de que se había apoderado de la llave que estaba en la mesa. Aquel fue el momento en que su pulso volvió a dispararse después de haberse moderado un poco tras el susto inicial. Había temido que ella comenzara a revisar la habitación sin más, cosa que hubiese significado ser descubierto en el acto. Ni siquiera se atrevía a imaginar la vergüenza y las consecuencias. Aquello que había comenzado como una manera de asegurar el futuro de su carrera, ahora amenazaba con tener el efecto absolutamente contrario.

—Nuestra opinión referente al sudario no es en absoluto relevante —manifestó Daniel—. Lo único que importa es lo que crea Butler.

—No estoy muy segura de compartir tu parecer —replicó Stephanie—. Pero creo que es un tema que podemos discutir en otra ocasión.

Michael se quedó petrificado cuando Stephanie rozó las cortinas. Afortunadamente, eran de una tela muy tupida y pesada, y aparentemente la mujer no advirtió que también había rozado el brazo de Michael. Otro torrente de adrenalina se volcó en sus venas, con la consecuencia de que comenzó a sudar todavía más copiosamente. Para él, el ruido de las gotas que iban cayendo en el suelo le parecía el de unas piedras cayendo en un bidón metálico. Nunca hubiera imaginado que podía sudar hasta tal punto, máxime cuando ni siquiera tenía calor.

—¿Qué haré con la muestra? —preguntó Stephanie mientras se apartaba de las cortinas.

—Dámela —respondió Daniel desde algún lugar de la habitación.

Michael se permitió una inspiración más profunda, y se relajó un poco. Le dolía todo el cuerpo como consecuencia de la fuerza con la que se había mantenido apretado contra la pared, en un esfuerzo por reducir el bulto de su cuerpo en las cortinas. Escuchó otros sonidos que no fue capaz de identificar, junto con lo que supuso el chasquido de la tapa de la caja de la muestra al cerrarse.

—Podríamos cambiar de habitación —propuso Daniel—, o incluso de hotel si quieres.

—¿Qué crees que deberíamos hacer?

—Creo que da lo mismo quedarnos aquí. Hay múltiples llaves para todas las habitaciones de todos los hoteles. Esta noche, cuando nos acostemos, nos aseguraremos de echar el cerrojo.

Michael escuchó el fuerte sonido del pesado cerrojo.

—Es un cerrojo de padre y señor mío —comentó Daniel—. ¿Tú qué dices? No quiero que estés nerviosa. No hay ningún motivo.

Esta vez Michael escuchó cómo sacudían la puerta.

—Supongo que el cerrojo bastará —dijo Stephanie—. Parece seguro.

—Con el cerrojo echado, no habrá nadie capaz de entrar sin que nosotros nos enteremos. Tendrían que utilizar un ariete.

—Vale. Quedémonos aquí. No es más que una noche, bastante corta si tenemos en cuenta que has reservado billetes para el vuelo a Londres que sale a las siete y cinco. Vaya hora. Por cierto, ¿cómo es que volamos vía París?

—No había otra opción. Al parecer, British Airways no tiene vuelos a Turín. Solo tienen Air France a París o Lufthansa a Frankfurt. Me pareció mejor no retroceder.

—Pues a mí me parece ridículo que no haya un vuelo directo a Londres. Me refiero a que Turín es una de las grandes ciudades industriales de Italia.

—¿Qué quieres que te diga? —Daniel se encogió de hombros—. ¿Qué te parece si te pones los zapatos cómodos y el suéter, y continuamos el paseo?

Oh, por favor, marchaos, rogó Michael para sus adentros.

—Ya no me apetece salir —declaró Stephanie, con el consiguiente desconsuelo para Michael—. ¿Por qué no nos quedamos aquí hasta la hora de ir a cenar? Son casi las cuatro, y no tardará en oscurecer. Con lo poco que has dormido esta noche, debes estar agotado.

—Estoy cansado —admitió Daniel.

—Venga, lo mejor que podemos hacer es meternos en la cama. Te daré un masaje en la espalda, y ya veremos qué más pasa, según lo cansado que estés. ¿Qué respondes?

Daniel se echó a reír.

—Nunca he escuchado una idea mejor en toda mi vida. A fuer de sincero, no me interesaba en absoluto hacer un recorrido turístico. Lo hacía más que nada por complacerte.

—¡Pues ya no es necesario, príncipe mío!

Michael se encogió mientras escuchaba cómo se desnudaban, entre risitas y arrumacos. Tenía miedo de que alguno de ellos se acercara a las cortinas, pero no fue así. Escuchó los sonidos de la cama cuando se acostaron. Escuchó el ruido de una loción al salir del frasco e incluso el ruido de la carne al frotar la carne resbaladiza. Escuchó el ronroneo de placer de Daniel, a medida que progresaba el masaje.

—Muy bien, ya está —dijo Daniel finalmente—. Ahora te toca a ti.

Sonaron nuevos crujidos procedentes de la cama cuando la pareja cambió de posición.

Pasaron los minutos. A Michael comenzaron a dolerle los músculos, sobre todo los de las piernas. Preocupado por la posibilidad de tener un calambre, que seguramente le descubriría, cambió el peso de un pie a otro varias veces y luego contuvo la respiración por si acaso advertían el movimiento. Afortunadamente no fue así, pero el dolor volvió al poco rato. Peor que la incomodidad física era el tormento de escuchar los sonidos de la intimidad entre un hombre y una mujer, que culminaron con los rítmicos e inconfundibles sonidos del acto sexual. Michael se vio forzado por las circunstancias a convertirse en un mirón auditivo, y a pesar de sus intentos de aislarse con la silenciosa recitación de trozos de su breviario, la excitación sexual que sintió fue una burla a sus votos de castidad.

Después de unos cuantos gemidos de placer, en la habitación reinó el silencio durante unos minutos. Luego se escucharon unos susurros que Michael no alcanzó a entender, seguidos por risas. Por fin, para tranquilidad de Michael, la pareja fue al baño. Escuchó sus voces por encima del ruido de la ducha.

Michael se permitió rotar la cabeza, mover los hombros, levantar los brazos e incluso caminar sin moverse, durante un par de minutos. Luego, se convirtió de nuevo en una estatua, al no saber en qué momento volvería a la habitación alguno de los dos. No tuvo que esperar mucho para escuchar los ruidos de alguien que movía las maletas.

Desafortunadamente para Michael, Stephanie y Daniel tardaron tres cuartos de hora en vestirse, ponerse los abrigos y buscar la llave de la habitación antes de marcharse a cenar. En un primer momento, el silencio le resultó ensordecedor, mientras se esforzaba por escuchar cualquier ruido que pudiera sugerir que regresaban para coger algún objeto olvidado. Transcurrieron cinco minutos. Por fin, Michael acercó una mano precavidamente al borde de la cortina y la apartó poco a poco; vio la habitación en penumbras. La pareja había dejado encendida la luz del baño, y había un trozo iluminado junto a la cama.

Michael miró la puerta que daba al pasillo e intentó calcular cuánto tardaría en cruzar la habitación, abrirla, salir al pasillo y cerrarla. No podía tardar mucho, pero le ponía nervioso verse expuesto antes de alejarse todo lo posible de la habitación 408. Si lo pillaban en este momento sería mucho más problemático salir bien librado que cuando vinieron la vez anterior.

Mientras intentaba reunir el coraje para abandonar la relativa seguridad de las cortinas, su mirada recorría la habitación. El brillo de un objeto metálico junto al ramo de flores en la cómoda le llamó la atención. Parpadeó mientras en su rostro aparecía una expresión de incredulidad.

—¡Alabado sea Dios! —susurró. Era la caja de plata.

Maravillado ante este inesperado golpe de suerte, Michael inspiró profundamente y salió de su escondite. Vaciló durante un momento, atento a cualquier sonido antes de correr hasta la cómoda. Cogió la caja, se la metió en el bolsillo y continuó la carrera hasta la puerta. Para su alivio, no vio a nadie en el pasillo. Se alejó rápidamente de la habitación 408 con miedo de mirar atrás y aterrorizado ante la posibilidad de que alguien le saliera al paso. Hasta que llegó a los ascensores no se permitió mirar hacia atrás. El pasillo continuaba desierto.

Unos pocos minutos más tarde, Michael pasó por la puerta giratoria y salió a la oscuridad del anochecer. Nunca la sensación del viento frío de un anochecer de mediados de invierno en su rostro arrebolado le había parecido tan deliciosa. Se alejó rápidamente, cada paso más alegre y decidido que el anterior. Con la mano derecha, que aferraba la caja de plata como un recordatorio de lo que había sido capaz de conseguir, en el bolsillo de la chaqueta, experimentó una sensación muy parecida a la euforia de la absolución que sentía de vez en cuando después de una visita especialmente difícil al confesionario. Era como si la agotadora prueba y las tribulaciones sufridas para recuperar la muestra de sangre del Salvador hubiese hecho la experiencia mucho más intensa.

Cogió un taxi en la parada junto al hotel y le dijo al taxista que lo llevara a la cancillería de la archidiócesis. Se reclinó en el asiento y procuró relajarse. Consultó su reloj. Eran casi las seis y media. ¡Había estado oculto detrás de las cortinas durante más de dos horas! Pero había sido una pesadilla con un final feliz, como atestiguaba la caja de metal que llevaba en el bolsillo.

Cerró los ojos y se preguntó cuál sería el mejor momento para llamar al cardenal James O'Rourke para explicar el desgraciado problema referente a las identidades de los supuestos correos, y la solución que había dado al tema. Ahora que estaba sano y salvo, sonrió al recordar las cosas que había soportado. Permanecer oculto detrás de las cortinas mientras la pareja practicaba el sexo era algo tan descabellado como para parecer increíble. Deseaba poder contárselo al cardenal, pero sabía que era imposible. La única persona a la que acabaría diciéndoselo sería su confesor, e incluso eso no sería nada fácil.

Como conocía la agenda del cardenal, se dijo que lo mejor sería esperar a las diez y media de la noche, hora italiana, para hacer la llamada. Durante la hora previa a la cena resultaba más fácil ponerse en contacto con el cardenal. Para Michael lo más grato de la llamada sería dar a entender más que decirle al cardenal que había sido él quien gracias a su ingenio y sin la ayuda de nadie, había evitado lo que podía haber sido algo muy embarazoso para la Iglesia en general y el cardenal en particular.

Cuando el taxi se detuvo delante de la cancillería, Michael había recuperado casi del todo la normalidad. Aunque aún tenía el pulso un tanto acelerado, ya no sudaba, y su respiración era del todo regular. La única molestia era que tenía la camisa y la ropa interior húmedas del sudor, y le producía sensación de frío.

En cuanto entró en el edificio, fue a ver a Valerio Garibaldi, su amigo de sus tiempos de estudiante en el colegio norteamericano en Roma, pero le informaron de que su amigo había salido para asistir a un acto oficial. Michael decidió ir al despacho de Luigi Mansoni. Llamó a la puerta abierta, y el prelado, que hablaba por teléfono, lo invitó a pasar con un ademán y le señaló una silla. Se dio prisa por acabar la llamada, y dirigió toda su atención a Michael. Pasó del italiano al inglés para preguntar qué tal había ido el asunto. La intensidad de su mirada parecía demostrar un muy profundo interés.

—Muy bien, dada la situación —respondió Michael indirectamente.

—¿Dada qué situación?

—La que he tenido que pasar. —Con una expresión triunfal, metió la mano el bolsillo y sacó la caja de plata. La colocó con mucho cuidado en la mesa de Luigi antes de empujarla hacia el monseñor. Luego se apoyó en el respaldo de la silla sin disimular la sonrisa de complacencia en su rostro delgado.

Luigi enarcó las cejas. Tendió la mano, levantó cuidadosamente la caja y la sostuvo entre las palmas.

—Me sorprende que aceptaran devolverla. Parecían dos personas muy apasionadas.

—Su valoración es mucho más acertada de lo que imagina —replicó Michael—. Sin embargo, todavía no saben que han devuelto la muestra a la Iglesia. A fuer de sincero, ni siquiera hablé con ellos del tema.

Una leve sonrisa se dibujó en el rostro hinchado de Luigi.

—Creo que quizá no deba preguntar cómo la consiguió.

—No debe hacerlo.

—Muy bien, en ese caso, será así como procederemos. Por mi parte, me limitaré sencillamente a devolverle la muestra al profesor Ballasari, y nos olvidaremos de todo este asunto. —Luigi accionó el cierre y levantó la tapa. Dio un respingo cuando descubrió que estaba vacía. Después de mirar rápida y alternativamente a Michael y a la caja, declaró—: Estoy desconcertado. ¡La muestra no está aquí!

—¡No! ¡No me diga eso! —Michael tuvo que hacer un esfuerzo para no levantarse de un salto.

—Pues tengo que decírselo —respondió Luigi. Volvió la caja vacía para que Michael lo comprobara.

—¡Oh, no! —gritó Michael. Se llevó las manos a la cabeza y después se tumbó hacia adelante hasta apoyar los codos en las rodillas—. ¡No me lo puedo creer!

—Han tenido que sacar la muestra.

—Es evidente —admitió Michael, con voz ahogada. Parecía muy abatido.

—Parece usted muy preocupado.

—Más de lo que se imagina.

—Desde luego, no está todo perdido. Quizá ahora podrá abordar a los norteamericanos directamente y reclamarles que le devuelvan la muestra.

Michael se frotó la cara. Inspiró profundamente y miró a Luigi.

—No creo que esa sea una opción, y menos después de lo que hice para recuperar una caja vacía. Incluso si lo hiciera, la valoración de su carácter posiblemente sea correcta. Se negarían. Tengo la sensación de que están comprometidos con un proyecto específico para la muestra.

—¿Sabe cuándo se marchan?

—Mañana por la mañana a las siete y cinco, en un vuelo de Air France. Viajan a Londres vía París.

—Bueno, hay otra opción —comentó Luigi, que entrecruzó los dedos e hizo presión—. Hay una manera segura de recuperar la muestra. Da la casualidad de que estoy emparentado por el lado de la familia de mi madre con un caballero llamado Carlo Ricciardi. Es un primo hermano. También es el superintendente de Arqueología del Piamonte, cargo que significa que es el director regional del NPPA, siglas del Nucleo Protezione Patrimonio Artístico e Archeologico.

—Nunca lo he escuchado mencionar.

—No tiene nada de particular, dado que la mayor parte de sus actividades se realizan en secreto, pero se trata de un cuerpo especial de los *carabinieri* encargado de la seguridad del vasto tesoro monumental y artístico italiano, en el que se incluye el sudario de Turín, aunque la Santa Sede sea su legítimo propietario. Si llamara a Carlo, él no tendría ningún inconveniente en recuperar la muestra.

—¿Qué le diría? Me refiero a que usted le dio la muestra a los norteamericanos; no es como si ellos la hubiesen robado. De hecho, dado que usted la entregó en un lugar público, cualquier abogado italiano emprendedor probablemente encontraría algún testigo.

—No sugeriría que hubiesen robado la muestra. Solo diría que la muestra fue obtenida con falsos pretextos, que aparentemente es el caso. Pero por encima de todo, recalcaría que no se dio ninguna autorización para que la muestra fuese sacada de Italia. Incluso añadiría que sacar la muestra de Italia había sido estrictamente prohibido, y así y todo, de acuerdo con las informaciones en mi poder los norteamericanos se disponen a hacerlo mañana por la mañana.

—¿Esta policía arqueológica tendría autoridad para confiscarla?

—¡Por supuesto! Son un departamento muy poderoso e independiente. Para ponerle un ejemplo, hace unos años su entonces presidente Reagan preguntó al entonces presidente italiano si los bronces que habían sido rescatados del mar frente a las costas de Reggio Calabria podían ser llevados a Los Ángeles como un símbolo de los Juegos Olímpicos. El presidente italiano accedió, pero el superintendente de arqueología de la región dijo que no, y las estatuas permanecieron en Italia.

—De acuerdo. Estoy impresionado —manifestó Michael—. ¿Dicho departamento tiene su propio cuerpo uniformado?

—Tienen sus propios *ispettori* que van de paisano, pero en muchos procedimientos utilizan a agentes uniformados de los *carabinieri* o de la Guardia di Finanza. En el aeropuerto es posible que sean los agentes de la Guardia di Finanza, aunque si actúan a las órdenes directas de Carlo, puede contar que también participarán los *carabinieri*.

—Si hace la llamada, ¿qué le pasará a los norteamericanos?

—Mañana por la mañana, cuando vayan a recoger las tarjetas de embarque para su vuelo internacional, los detendrán, los llevarán a la cárcel, y a su debido momento los juzgarán. En Italia, este tipo de cargos son considerados delitos graves. Sin embargo, no los juzgarán inmediatamente. Los trámites judiciales son muy lentos y complicados. En cambio, nos devolverán la muestra inmediatamente, y el problema quedará resuelto.

—¡Haga la llamada! —dijo Michael sencillamente. Estaba desilusionado, aunque aún no estaba todo perdido. Era obvio que no podría atribuirse el mérito de haber recuperado la muestra él solo. Por otro lado, aún podía asegurarse de que el cardenal se enterara de que él había sido el elemento fundamental en su rescate.

Un eructo se abrió paso desde el estómago de Daniel para emerger entre sus carrillos hinchados. Se llevó una mano a la cara en un pobre intento por ocultar una sonrisa traviesa.

Stephanie le dirigió lo que ella consideraba su mirada más despreciativa. Nunca le había resultado divertido cuando él daba salida a su lado juvenil más vulgar. Daniel se echó a reír.

—Eh, relájate. Hemos disfrutado de una cena excelente y nos hemos bebido una botella de Barolo. ¡No lo estropeemos!

—Me relajaré después de que compruebe que no hay nadie en nuestra habitación —replicó Stephanie—. Creo que tengo todo el derecho a estar inquieta después de que alguien metiera mano en mis pertenencias.

Daniel abrió la puerta. Stephanie cruzó el umbral y echó una ojeada. Daniel se dispuso a pasar, y ella extendió el brazo para impedírselo.

—Tengo que usar el baño —protestó Daniel.

—¡Hemos tenido visita!

—¿Ah, sí? ¿Cómo lo sabes?

Stephanie le señaló la cómoda.

—Ha desaparecido la caja de plata.

—Es cierto, no está. Supongo que has tenido razón desde el primer momento.

—Por supuesto que tenía razón. —Stephanie se acercó y apoyó una mano en la cómoda donde había estado la caja, como si no creyera en su desaparición—. Claro que tú también. Querían apoderarse de la muestra del sudario.

—Te felicito por tu brillante idea de coger la muestra y dejar la caja.

—Muchas gracias. Pero antes vamos a asegurarnos de que no se llevaron la caja solo porque la consideraron valiosa. —Se acercó a la maleta, y miró de nuevo en su joyero. Todo estaba allí, incluido el dinero.

Daniel hizo lo mismo. Nadie se había llevado las joyas ni el dinero en efectivo, ni los cheques de viaje. Cerró la maleta.

—¿Qué quieres hacer?

—Marcharme de Italia. Nunca creí que podría desear tal cosa. —Stephanie se desplomó en la cama, con el abrigo puesto, y miró el gran candelabro multicolor.

—Hablo de esta noche.

—¿Te refieres a si cambiamos de habitación o de hotel?

—Eso.

—Creo que es mejor quedarnos aquí y echar el cerrojo.

—Esperaba que lo dijeras —afirmó Daniel mientras se quitaba el pantalón. Lo sostuvo por los bajos para que no perdieran la raya—. No veo la hora de meterme en la cama —añadió, mientras miraba a Stephanie tendida boca arriba. Luego fue al armario y colgó el pantalón. Se sujetó del marco para quitarse los mocasines.

—Sería un esfuerzo inútil moverse, y estoy reventada —declaró Stephanie. Le costó ponerse de pie y quitarse el abrigo—. Además, no tengo ninguna seguridad de que la persona que nos ha robado no pueda encontrarnos allí donde vayamos. Propongo no salir de esta habitación hasta la hora de abandonar el hotel. —Pasó junto a Daniel y colgó el abrigo.

—Por mí, de acuerdo —dijo Daniel. Comenzó a desabrocharse la camisa—. Por la mañana, podríamos incluso saltarnos el desayuno en el hotel. Podríamos comer algo en cualquiera de los bares del aeropuerto. Todos parecen servir pastas de toda clase. El recepcionista dijo que tendríamos que estar allí alrededor de las seis, y eso significa que tendremos que madrugar muchísimo, incluso si no hacemos un alto para comer.

—Una idea excelente —afirmó Stephanie—. No tengo palabras para explicar cuánto deseo llegar al aeropuerto, coger la tarjeta de embarque y subir al avión.

13

A pesar de la solidez del cerrojo, Stephanie durmió mal. Cada ruido dentro y fuera del hotel le había causado una leve reacción de pánico, y los ruidos habían sido considerables. En una ocasión, unos minutos después de la medianoche, cuando los huéspedes habían entrado en la habitación vecina, Stephanie se había sentado en la cama, dispuesta a defenderse, convencida de que alguien intentaba entrar en el cuarto. Se había sentado con tanta brusquedad que había destapado a Daniel, cuya reacción fue coger la manta para volver a taparse, con una exclamación de enfado.

Stephanie se quedó dormida pasadas las dos. Pero fue un sueño intranquilo, y se alegró cuando Daniel la sacudió suavemente para despertarla después de lo que a ella le parecieron unos quince minutos.

—¿Qué hora es? —preguntó con voz somnolienta, mientras se levantaba apoyada en un codo.

—Son las cinco de la mañana. ¡Venga, a ver esos ánimos! Tenemos que coger un taxi dentro de media hora.

«Venga, a ver esos ánimos» había sido la frase que su madre empleaba para despertarla cuando Stephanie era una adolescente, y como siempre había sido una dormilona de cuidado que detestaba que la despertaran, la frase siempre la había irritado. Daniel conocía la historia y utilizaba la frase con toda la intención de provocarla, cosa que, por supuesto, era la mejor manera de despertarla.

—Ya estoy despierta —protestó, enfadada, cuando él la volvió a sacudir. Miró a su torturador, pero él se limitó a sonreír antes de desordenarle los cabellos con la palma de la mano. Este gesto era otra de las cosas que irritaban a Stephanie, incluso cuando los tenía desordenados, como ciertamente era el caso en estos momentos; lo consideraba denigrante, y se lo había dicho a Daniel en varias ocasiones. La hacía sentirse como si él la considerara una niña o, todavía peor, una mascota.

Stephanie miró a Daniel que iba al baño. Se incorporó, y entornó los párpados ante la intensidad de la luz. El candelabro de cristales multicolores resplandecía como un sol. En el exterior, todavía era noche cerrada. Bostezó. Tenía la sensación de que la única cosa que deseaba hacer en este mundo era seguir durmiendo. Pero entonces comenzaron a borrarse los vestigios del sueño, y con la mente más despejada pensó en lo mucho que deseaba subir al avión con la muestra del sudario y abandonar Italia.

—¿Te has levantado? —gritó Daniel desde el baño.

—¡Estoy levantada! —gritó a su vez. No le importaba remolonear en la cama, y mucho menos después de lo despiadado que había sido él a la hora de despertarla. Se desperezó, bostezó, y se sentó en la cama. Luego de librarse de una sensación muy próxima a la náusea, se levantó.

La ducha obró maravillas. A pesar de que Daniel había hecho lo posible para demostrar lo contrario, él tampoco estaba muy animoso al despertarse y le había costado lo suyo levantarse cuando sonó el despertador. Sin embargo, cuando ambos salieron del baño, se encontraban muy animados y ansiosos por llegar al aeropuerto. Se vistieron y acabaron de hacer las maletas en cuestión de minutos. A las cinco y cuarto, Daniel llamó a la recepción para que les buscaran un taxi y enviaran a alguien a recoger las maletas.

—Se me hace difícil creer que estaremos en Nassau a última hora de la tarde —comentó Daniel, mientras cerraba la maleta. El itinerario del día era volar a Londres vía París en un avión de Air France, enlazar con British Airways, y desde Londres volar directamente a la isla de New Providence en las Bahamas.

—A mí me resulta difícil hacerme a la idea de que pasaremos

del invierno al verano en un mismo día. Siento como si hiciera siglos que no me pongo un pantalón corto y un top.

Apareció el botones que se encargó de bajar las maletas al vestíbulo con la orden de cargarlas en el taxi. Daniel permaneció en el umbral de la puerta del baño mientras Stephanie acababa de secarse el cabello.

—Creo que deberíamos comunicar en la recepción que alguien se coló en nuestro cuarto —dijo Stephanie, en voz muy alta para hacerse escuchar por encima del ruido del secador.

—¿De qué serviría?

—Supongo que de muy poco, pero aun así tendrían que saberlo.

—Creo que sería una pérdida de tiempo, y no vamos muy sobrados de tiempo —respondió Daniel después de consultar su reloj—. Son casi las cinco y media. Tenemos que ponernos en marcha.

—¿Por qué no bajas y pagas? —sugirió Stephanie—. No tardaré ni dos minutos.

—Nassau, allá vamos —dijo Daniel mientras salía.

El incesante campanilleo del teléfono arrancó a Michael Maloney de las profundidades del sueño. Descolgó antes de estar despierto del todo. Se trataba del padre Peter Fleck, el otro secretario privado del cardenal O'Rourke.

—¿Está despierto? —preguntó Peter—. Lamento llamarlo a esta hora.

—¿Qué hora es? —replicó Michael. Buscó el interruptor de la lámpara, y luego intentó ver qué hora era en su reloj.

—Son las doce menos veinte de la noche aquí en Nueva York. ¿Qué hora es en Italia?

—Son las seis menos veinticinco de la mañana.

—Lo lamento, pero usted me dijo cuando llamó esta tarde que necesitaba hablar con el cardenal cuanto antes y Su Eminencia acaba de regresar en este mismo momento. Ahora se pone.

Michael se frotó la cara y se dio unas palmaditas en las mejillas para acabar de despertarse. Al cabo de unos segundos, la suave voz del cardenal James O'Rourke sonó en su oído. El prelado se disculpó por llamarlo a una hora tan intempestiva y le explicó que se había visto forzado a quedarse con el gobernador en un acto público que se había iniciado a última hora de la tarde.

—Siento mucho tener que añadir otra a sus preocupaciones —manifestó Michael con una cierta inquietud. No se dejaba engañar por la actitud humilde de un hombre muy poderoso. Sabía que detrás de la aparente benevolencia había un ser despiadado, sobre todo con cualquier subordinado lo bastante estúpido o desafortunado como para provocarle algún disgusto. Al mismo tiempo, con aquellos que le complacían, podía mostrarse extraordinariamente generoso.

—¿Está dando a entender que se ha producido algún problema en Turín? —preguntó el cardenal.

—Desafortunadamente, así es —respondió Michael—. Las dos personas enviadas por el senador Butler para recoger la muestra del sudario son ambas científicos biomoleculares.

—Comprendo —manifestó James.

—Se trata del doctor Daniel Lowell y la doctora Stephanie D'Agostino.

—Comprendo —repitió James.

—De acuerdo con sus instrucciones —prosiguió Michael—, sabía que le preocuparía este imprevisto dadas sus relaciones con una prueba no autorizada. La buena noticia es que con la rápida y valiosa colaboración de monseñor Mansoni, he conseguido disponerlo todo para que la muestra sea recuperada en cuestión de horas.

—Oh —dijo James sencillamente. Hubo una pausa incómoda. En lo que concernía a Michael, no era la respuesta que esperaba. En este momento de la conversación, contaba con una reacción muy positiva por parte del cardenal.

—Es obvio que la meta es evitar que se cometan nuevas indignidades científicas con el sudario —añadió Michael rápidamente. Notó como si una mano helada le recorriera la espalda. Su intuición le avisaba de que estaba a punto de producirse un giro inesperado.

—¿Los doctores Lowell y D'Agostino han aceptado voluntariamente devolver la muestra?

—No exactamente —admitió Michael—. La muestra será confiscada por las autoridades italianas cuando se presenten en la mesa de embarque del aeropuerto para tomar el vuelo a París.

—¿Qué le pasará a los científicos?

—Creo que los detendrán.

—¿Es verdad que, como dijo el senador Butler, no se tocó el sudario para conseguir esta muestra?

—Es verdad. La muestra es un pequeño trozo de una tira que cortaron del sudario hace unos cuantos años.

—¿Se la entregaron a los científicos en la más estricta confidencialidad, sin ningún documento oficial?

—Así se hizo. Comuniqué que ese era su deseo. —Michael comenzó a sudar, no tan copiosamente como lo había hecho mientras estaba escondido detrás de las cortinas en la habitación del hotel la tarde anterior, pero como consecuencia del mismo estímulo: el miedo. Notaba un dolor en la boca del estómago y la tensión en los músculos. El tono de las preguntas del cardenal tenía un filo apenas perceptible que la mayoría de las personas pasarían por alto, pero que Michael identificó en el acto. Sabía que la cólera de Su Eminencia crecía por momentos.

—¡Padre Maloney! Para su conocimiento, el senador ya ha presentado la legislación prometida para limitar las indemnizaciones que han de pagar las instituciones de beneficencia y ahora cree que su respaldo tendrá muchas más posibilidades de ser aprobada que cuando propuso la idea el viernes. No es necesario que le explique el valor que tiene dicha legislación para la Iglesia. En cuanto a lo que se refiere a la muestra del sudario, sin una documentación oficial, incluso si se realizaran algunas pruebas no autorizadas, los resultados carecerían de todo valor y bastaría con rechazarlos.

—Lo siento —balbuceó Michael dócilmente—. Creía que Su Eminencia deseaba recuperar la muestra.

—Padre Maloney, sus instrucciones eran claras. No se le envió a Turín para que pensara. Fue allí para descubrir quién recibía la muestra y seguirlo si era necesario para ver quién era el destinatario final. No debía intervenir para que se recuperara la muestra con la consecuencia de poner en peligro un proceso legislativo extremadamente importante.

—No sé qué decir —tartamudeó Michael.

—No diga nada. En cambio, le recomiendo que invierta lo que ha puesto en movimiento si no es ya un hecho consumado; eso, por supuesto, si no es que el objetivo inmediato de su carrera es ser destinado a alguna pequeña parroquia de las montañas Catskill. No quiero que confisquen la muestra del sudario ni quiero que arresten a los científicos norteamericanos, que es un término más acertado que el eufemismo que utilizó. Por encima de todo, no quiero que el senador Butler me llame para decirme que ha retirado su proyecto de ley, cosa que seguramente hará si ocurre lo que me ha dicho. ¿Está claro, padre?

—Absolutamente claro —consiguió decir Michael. Escuchó un zumbido en el teléfono. El cardenal había colgado sin más.

Michael tragó con cierta dificultad mientras colgaba el teléfono. Ser trasladado a una pequeña parroquia en el norte del estado de Nueva York era el equivalente eclesiástico de ser enviado a Siberia.

Sin perder ni un segundo, volvió a coger el teléfono. El avión de los científicos norteamericanos no despegaba hasta las siete y cinco. Eso significaba que aún tenía una posibilidad de evitar el hundimiento de su carrera. Primero, llamó al Grand Belvedere, donde le dijeron que la pareja ya se había marchado. A continuación, intentó llamar a monseñor Mansoni, pero el prelado ya había salido de su residencia media hora antes para dirigirse al aeropuerto donde debía atender un asunto relacionado con la Iglesia.

Acicateado por estas informaciones, Michael se vistió con las prendas que tenía en una silla junto a la cama. Sin afeitarse, ducharse, o incluso utilizar el lavabo, salió corriendo de su habitación. Demasiado alterado para esperar el ascensor, bajó las escaleras de dos en dos. En cuestión de minutos y sin aliento, llegó al aparcamiento, sacó las llaves de su coche alquilado y subió al Fiat. Arrancó, salió de la plaza marcha atrás y abandonó el aparcamiento a toda velocidad.

Mientras conducía, consultó su reloj. Calculó que llegaría al aeropuerto muy poco después de las seis. El problema más grave era que no sabía qué haría cuando estuviese allí.

—¿Vas a darle una buena propina? —preguntó Stephanie con un tono provocador, cuando el taxi comenzó a subir la rampa que llevaba a la terminal de vuelos internacionales. La fobia de Daniel a los taxis comenzaba a agotarle la paciencia, aunque el conductor había hecho caso omiso de las repetidas peticiones de Daniel para que aminorara la velocidad. Cada vez que Daniel había dicho algo, el hombre se había limitado a encogerse de hombros y a responder: «¡No inglés!». Por otro lado, tampoco había circulado más aprisa que los demás coches de la autopista.

—¡Tendrá suerte si le pago la carrera! —replicó Daniel.

El taxi se detuvo entre otros muchos taxis y coches que descargaban a sus pasajeros. A diferencia del centro de la ciudad, el aeropuerto funcionaba a pleno rendimiento. Stephanie y Daniel se apearon junto con el taxista. Entre los tres, sacaron las maletas encajadas en el pequeño maletero, y las apilaron en la acera. Daniel le pagó al taxista sin disimular su disgusto.

—¿Cómo hacemos para mover todo esto? —preguntó Stephanie. Tenían más maletas de las que podían cargar sin grandes dificultades. Miró en derredor.

—No me atrae la idea de dejar nada sin vigilancia —manifestó Daniel.

—A mí tampoco. ¿Qué te parece si uno va a buscar un carrito mientras el otro hace guardia?

—Me parece bien. ¿Qué prefieres?

—Dado que tú tienes los billetes y los pasaportes, podrías ir preparándolos mientras busco un carrito.

Stephanie se abrió paso entre la muchedumbre, atenta a cualquier carrito disponible, pero todos estaban en uso. Tuvo mejor suerte en el interior de la terminal, sobre todo más allá de los mostradores de embarque y antes de la zona de seguridad. Los viajeros que tenían que pasar por los controles dejaban los carritos. Stephanie se hizo con uno y emprendió el camino de regreso. Encontró a Daniel sentado en la maleta más grande; era la viva imagen de la impaciencia.

—Has tardado lo tuyo —protestó.

—Lo siento. Hice todo lo posible. El lugar está repleto. Seguramente hay unos cuantos vuelos que salen más o menos a la misma hora.

Cargaron todas las maletas en el carrito excepto las bolsas con los ordenadores, en una pila un tanto precaria. Las bolsas con los ordenadores se las colgaron al hombro. Mientras Daniel empujaba, Stephanie caminaba a un lado con una mano sobre la pila de maletas para impedir que bambolearan.

—He visto a muchos policías rondando por todas partes —comentó Stephanie, cuando entraron en la terminal—. Más de lo habitual. Por supuesto, los *carabinieri* destacan mucho con esos uniformes.

Se detuvieron a unos seis metros más allá de la puerta. La multitud pasaba a su lado como un río. Inmóviles como estaban, acabaron por provocar una pequeña catarata humana.

—¿Adónde tenemos que ir? —preguntó Daniel. Varias personas lo empujaron—. No veo ningún cartel de Air France.

—Los vuelos aparecen en las pantallas junto a cada mostrador de embarque —le explicó Stephanie—. ¡Espera aquí! Buscaré el mostrador.

Stephanie solo tardó unos minutos en dar con el mostrador. Cuando volvió para buscar a Daniel, encontró que él se había apartado para no molestar a la riada que entraban por la puerta. Le indicó la dirección que debían seguir y se pusieron en marcha.

—Yo también he visto a la policía —dijo Daniel—. Pasaron una media docena mientras tú no estabas. Van armados con metralletas.

—Hay un grupo detrás del mostrador donde tenemos que recoger las tarjetas de embarque —le informó Stephanie.

Se unieron a la larga cola que esperaba en el mostrador de embarque para el vuelo a París. Pasaron cinco minutos antes de que la cola se moviera.

—¿Qué demonios están haciendo en el mostrador? —protestó Daniel. Se puso de puntillas para ver cuál era el motivo del retraso—. No sé por qué tardan tanto. Me pregunto si la policía no estará retrasando el embarque.

—Mientras no nos quedemos atascados en el control de seguridad, todo irá bien. —Stephanie consultó su reloj. Eran las seis y veinte.

—Como este mostrador es solo para este vuelo, estamos todos en el mismo barco —dijo Daniel, con la mirada puesta en el inicio de la cola.

—No se me había ocurrido. Tienes toda la razón.

—¡Vaya por Dios! —exclamó Daniel.

—¿Qué pasa? —La exclamación de Daniel y el cambio de tono hicieron consciente a Stephanie de lo tensa que estaba. Intentó mirar hacia donde miraba su pareja, pero no podía ver por encima de las personas que tenían delante.

—Monseñor Mansoni, el sacerdote que nos dio la muestra de la Sábana Santa, está con la policía detrás del mostrador de embarque.

—¿Estás seguro? —preguntó Stephanie. No parecía lógico suponer que se tratara de una coincidencia. Intentó de nuevo ver el mostrador sin conseguirlo.

Daniel se encogió de hombros. Volvió a mirar el mostrador antes de responder.

—Desde luego parece él. No creo que haya muchos otros sacerdotes que sean tan obesos como él.

—¿Crees que esto tiene alguna relación con nosotros?

—No sé qué decirte, aunque si sumamos su presencia al hecho de que alguien intentó llevarse la muestra del sudario de la habitación del hotel, no puedo menos que sentirme inquieto.

—Esto no me gusta —afirmó Stephanie—. No me gusta ni un pelo.

La cola avanzó. Daniel titubeó, sin saber qué hacer hasta que el hombre que tenía detrás lo empujó, impaciente. Daniel empujó el carrito aunque con la precaución de mantenerse detrás para que le ocultara. Había cuatro grupos entre ellos y el inicio de la cola. Stephanie se movió hacia un lado para espiar el mostrador. Volvió inmediatamente junto a Daniel.

—No hay duda de que es monseñor Mansoni —confirmó. La pareja intercambió una mirada.

—¿Qué demonios podemos hacer? —preguntó Daniel.

—No lo sé. Es la policía la que me preocupa, no el sacerdote.

—Naturalmente —replicó Daniel, furioso.

—¿Dónde está la muestra del sudario?

—Te lo dije antes. En la bolsa del ordenador.

—Eh, no me grites.

La cola avanzó. Con el hombre que tenían detrás dispuesto a arrollarlos, Daniel se sintió obligado a empujar el carrito. Acercarse al mostrador aumentó la ansiedad de ambos.

—Quizá esto solo sea un caso de imaginaciones hiperactivas —comentó Stephanie con un tono ilusionado.

—Es una coincidencia demasiado grande para explicarla como pura paranoia —señaló Daniel—. Si fuese solo el sacerdote o la policía sería una cosa, pero que estén los dos en el mismo mostrador, es otra cosa muy distinta. El problema es que tendremos que tomar una decisión ahora mismo. Me refiero a que no hacer nada es una decisión, porque en un par de minutos estaremos en el mostrador y lo que deba pasar pasará.

—¿Qué podemos hacer en este momento? Estamos encajonados en medio de una multitud y cargados con un montón de maletas. En el peor de los casos, les podemos dar la muestra si es eso lo que quieren.

—No habría tantos policías de uniforme si solo quisieran confiscar la muestra.

—Perdón —dijo una voz entrecortada detrás de ellos, en un impecable inglés norteamericano.

Tensos como estaban, Stephanie y Daniel volvieron las cabezas al unísono para enfrentarse a un clérigo muy agitado que los miraba con una expresión desesperada. El pecho del hombre se movía rápidamente, como si hubiese estado corriendo, y las gotas de sudor perlaban su frente. Para añadir todavía mayor desaliño a su aspecto, se le veía barbudo y despeinado, algo que resaltaba al compararlo con su impecable atuendo. Al parecer, se había abierto paso sin muchas contemplaciones, a la vista de las expresiones de enfado de los pasajeros que hacían cola.

—¡Doctor Lowell y doctora D'Agostino! —añadió el sacerdote—. ¡Es imperativo que hable con ustedes!

—*Scusi!* —dijo el hombre que los seguía, cada vez más enojado. Le hizo un gesto a Daniel para que se moviera. La cola había avanzado, y Daniel también debía hacerlo.

Le hizo un gesto al hombre para que pasara, cosa que hizo sin demora.

Michael espió por encima del carrito con el equipaje de la pareja. Se agachó inmediatamente al ver al monseñor y a la policía, y se apretujó contra Daniel.

—Solo disponemos de unos segundos —susurró—. ¡No pueden pedir las tarjetas de embarque para volar a París!

—¿Cómo es que sabe nuestros nombres? —preguntó Daniel.

—No tenemos tiempo para explicaciones.

—¿Quién es usted? —inquirió Stephanie. El hombre le resultaba conocido, pero no conseguía identificarlo.

—No importa quién soy. Lo importante es que están a punto de ser detenidos, y que les confiscarán la muestra de la Sábana Santa.

—Ahora le recuerdo —exclamó Stephanie—. Estaba en el café cuando nos entregaron la muestra.

—¡Por favor! —suplicó Michael—. Tienen que salir de aquí. Tengo un coche. Los sacaré de Italia.

—¿En coche? —dijo Daniel, como si la idea le pareciera ridícula.

—Es la única manera. Los aviones, los trenes... vigilarán todos los medios de transporte público, pero especialmente los aviones y en particular este vuelo a París. Hablo muy en serio; están a punto de ser detenidos y encarcelados. ¡Créanme!

Daniel y Stephanie intercambiaron una mirada. Ambos estaban pensando lo mismo: la súbita llegada y la advertencia de este sacerdote desesperado era algo inaudito, pero que confirmaba del todo lo que unos segundos antes había sido una mera aunque temible suposición. No iban a embarcar en el vuelo a París. Daniel empujó el carrito para darle la vuelta. Michael se lo impidió.

—No hay tiempo para ocuparse del equipaje.

—¿De qué está hablando? —protestó Daniel.

Michael asomó la cabeza fuera de la cola para echar una ojeada al mostrador que estaba a unos seis metros de distancia. Inmediatamente, ocultó la cabeza como si fuese una tortuga, alzando los hombros.

—¡Maldición! Ahora me han visto, y eso significa que estamos a un paso del desastre. A menos que les entusiasme la idea de pasar una temporada en la cárcel, tenemos que correr. ¡Habrán de abandonar casi todo el equipaje! Tienen que tomar una decisión sobre lo que es más importante: la libertad o el equipaje.

—Ahí está toda mi ropa de verano —se quejó Stephanie, espantada ante la idea de perder las maletas.

—*Signore!* —dijo el hombre detrás de Daniel, con evidente irritación, al tiempo que gesticulaba para que Daniel se moviera—. *Va! Va vía!*

Varios más se sumaron a la protesta. La cola había avanzado, y al no moverse, Daniel y Stephanie estaban montando una escena.

—¿Dónde está la muestra? —preguntó Michael—. ¿Los pasaportes?

—Está todo en mi bolso —respondió Daniel.

—¡Bien! ¡Quédense con los bolsos, y dejen todo lo demás! Ya me ocuparé de llamar al consulado norteamericano para que rescaten sus pertenencias y se las envíen allí donde vayan después de Londres. ¡Vamos! —Tiró del brazo de Daniel y señaló en la dirección opuesta al mostrador.

Daniel miró por encima de las maletas apiladas en el carrito en el momento en que monseñor Mansoni cogía del brazo a uno de los policías uniformados y señalaba en su dirección. Sin perder ni un segundo, se dirigió a Stephanie.

—Creo que más nos vale hacer lo que dice.

—¡Fantástico! ¡Dejemos las maletas! —respondió Stephanie, y levantó los brazos en un gesto de resignación.

—¡Síganme! —ordenó Michael. Encabezaba la marcha lo más rápido que podía. Los viajeros que se apretujaban en las respectivas colas, se apartaban de mala gana y lentamente. Al tiempo que repetía «*scusi*», Michael se veía obligado a apartar a algunos de los pasajeros, y más de una vez, tropezó con los equipajes de mano que estaban en el suelo. Daniel y Stephanie le seguían pegados a sus talones porque el sendero que abría el sacerdote amenazaba con cerrarse al instante. Era una lucha a brazo partido, y en el esfuerzo le recordó a Stephanie la pesadilla que la atormentaba cuando Daniel la había despertado una hora y media antes.

Los gritos de «*alt!*» que sonaron detrás de ellos los animaron a redoblar los esfuerzos. En cuanto consiguieron apartarse de la muchedumbre delante de los mostradores de embarque, avanzaron sin problemas, pero Michael les impidió correr.

—Una cosa sería entrar corriendo en la terminal —les explicó Michael—. Correr hacia la salida llamaría demasiado la atención. ¡Solo caminen a paso ligero!

De pronto, directamente delante, aparecieron dos policías jóvenes, que caminaban hacia ellos apresuradamente con las metralletas en las manos.

—¡Oh, no! —gimió Daniel, y acortó el paso.

—¡Siga caminando! —masculló Michael. Detrás se escuchaban unos gritos ininteligibles a medida que aumentaba la conmoción.

Los dos grupos continuaron acercándose rápidamente. Daniel y Stephanie estaban convencidos de que los policías venían dispuestos a detenerlos, y no fue hasta el último momento en que comprendieron que no era así. Ambos respiraron mucho más tranquilos cuando los agentes pasaron a su lado sin siquiera mirarlos, al parecer con el objetivo de intervenir en el alboroto en la zona de los mostradores de embarque.

Otros viajeros comenzaron a detenerse para mirar a los policías, con expresiones de preocupación e incluso miedo. Después del 11 de septiembre, los disturbios en un aeropuerto en cualquier parte del mundo, con independencia de la causa, ponían nerviosa a la gente.

—Mi coche está en las llegadas en el nivel inferior —explicó Michael, mientras los guiaba hacia las escaleras—. No hubo manera de que pudiese dejarlo aunque solo fuera unos minutos aquí delante.

Bajaron las escaleras lo más rápido que pudieron. El nivel inferior estaba relativamente desierto, dado que aún no habían comenzado a llegar los vuelos. Las únicas personas a la vista eran algunos trabajadores del aeropuerto que se preparaban para la avalancha de pasajeros y equipajes, y los empleados de las agencias de alquiler de coches que abrían los locales.

—Ahora es más importante que nunca no mostrar que tenemos prisa —murmuró Michael. Algunos los miraron al pasar, pero solo por un momento, antes de seguir con sus ocupaciones. Michael llevó a Daniel y Stephanie hacia una de las puertas que se abrió automáticamente. Salieron, pero entonces Michael se detuvo. Levantó un poco los brazos para impedir que los otros siguieran caminando.

—Esto no pinta nada bien —gimió Michael—. Desafortunadamente, mi coche está allí.

A unos quince metros, había una furgoneta Fiat beige aparcada con los intermitentes funcionando. Inmediatamente detrás había un coche azul y blanco de la policía con las luces azules encendidas. Se veían las siluetas de dos agentes a través del parabrisas.

—¿Qué hacemos ahora? —preguntó Daniel, angustiado—. ¿Qué le parece alquilar otro?

—No creo que las agencias de alquiler de coches estén abiertas a esta hora —respondió Michael—. Además, tardaríamos demasiado.

—¿Qué tal un taxi? —propuso Stephanie—. Tenemos que alejarnos del aeropuerto. Podríamos alquilar un coche en la ciudad.

—Es una buena idea —admitió Michael. Miró la parada de taxis que estaba desierta—. El problema es que no aparecerá ningún taxi hasta que llegue el primer vuelo, y no sé cuándo será. Si queremos coger un taxi, tendremos que volver a subir, y eso es algo que no podemos hacer. Creo que debemos arriesgarnos a recuperar mi coche. Son guardias urbanos. Dudo que nos estén buscando, al menos ahora. Lo más probable es que estén esperando que llegue una grúa.

—¿Qué les dirá?

—No estoy muy seguro —reconoció Michael—. No es el momento para ser especialmente creativo. Intentaré aprovecharme de mi condición de sacerdote. —Inspiró profundamente para darse ánimos—. ¡Vamos! Cuando lleguemos al coche, suban sin más. Yo me encargaré de la conversación.

—Esto no me gusta —declaró Stephanie.

—Ni a mí —admitió Michael. Les animó a seguir con un gesto—. Sin embargo, creo que es nuestra mejor oportunidad. Dentro de unos pocos minutos, todos los que tengan algo que ver con la seguridad nos estarán buscando por todo el aeropuerto. Monseñor Mansoni me vio.

—¿Ustedes dos son amigos? —preguntó Stephanie.

—Digamos que somos conocidos —respondió Michael.

No hablaron más mientras el grupo caminaba con paso decidido hacia el Fiat Ulysse. Michael dio la vuelta por detrás del vehículo de la policía para llegar a la puerta del conductor. Abrió y se sentó al volante como si no hubiese visto a la policía. Stephanie y Daniel abrieron una de las puertas de atrás y subieron al coche.

—*Padre!* —gritó uno de los policías. Se bajó del coche cuando vio a Michael subir al Fiat. El segundo agente permaneció en el vehículo.

Michael no había cerrado la puerta cuando sonó el grito del policía.

Daniel y Stephanie seguían los acontecimientos desde el asiento trasero. El policía se acercó a Michael. Vestía un uniforme de dos tonos de azul con el correaje y la pistolera blanca. Era un hombre menudo que hablaba muy rápido, lo mismo que Michael. La conversación iba acompañada de numerosos gestos y culminaron cuando el agente señaló hacia adelante y luego a un lado y a otro. En aquel momento, Michael volvió a subir al coche y arrancó el motor. Unos segundos más tarde, el Fiat encaró hacia la salida del aeropuerto.

—¿Qué ha pasado? —preguntó Stephanie, muy nerviosa. Miró a través de la ventanilla trasera para asegurarse de que no los seguían.

—Afortunadamente, se amilanó un poco al ver que yo era un sacerdote.

—¿Qué le dijo? —quiso saber Daniel.

—Solo me disculpé y le dije que se trataba de una emergencia. Luego le pregunté dónde estaba el hospital más cercano. Me creyó, y luego me dio las indicaciones necesarias.

—¿Usted habla italiano? —preguntó Stephanie.

—Me defiendo bastante bien. Estudié en el seminario de Roma.

A la primera oportunidad, Michael salió de la autovía para seguir por una carretera comarcal. No tardaron mucho en encontrarse en pleno campo.

—¿Adónde vamos? —preguntó Daniel. Miraba a través de la ventanilla con evidente preocupación.

—Vamos a mantenernos apartados de las autopistas —le explicó Michael—. Será más seguro. En honor a la verdad, no sé hasta qué punto están dispuestos a perseguirlos. En cualquier caso, no quiero correr el riesgo de pasar por las cabinas de peajes.

Al cabo de unos kilómetros, Michael detuvo el coche en el arcén. Dejó el motor en marcha, salió del coche, y desapareció durante unos minutos detrás de unos arbustos. Aún no había amanecido, pero había algo de luz.

—¿Qué está pasando? —preguntó Stephanie.

—No tengo ni la menor idea, pero si quieres que adivine, diría que ha ido a orinar.

Michael reapareció y subió al coche.

—Lo siento —dijo, sin dar más explicaciones. Abrió la guantera y sacó unos cuantos mapas—. Necesitaré un copiloto. ¿Alguno de los dos sabe leer un mapa?

Daniel y Stephanie intercambiaron una mirada.

—Probablemente ella es la mejor de los dos —declaró Daniel.

Michael desplegó uno de los mapas. Miró a Stephanie por encima del hombro.

—Venga a sentarse conmigo. Voy a necesitar ayuda hasta que pasemos Cuneo.

Stephanie se encogió de hombros, bajó del coche, y fue a sentarse en el asiento del acompañante.

—Aquí es donde estamos ahora —explicó Michael, que encendió la luz interior y señaló un punto en el mapa al nordeste de Turín—, y aquí es donde vamos. —Movió el dedo hacia la parte inferior del mapa y se detuvo en la costa mediterránea.

—¿A Niza, Francia? —preguntó Stephanie.

—Sí. Es el aeropuerto más importante y más cercano fuera de Italia si vamos hacia el sur, cosa que recomiendo, dado que viajaremos por carreteras secundarias. Podríamos ir al norte hacia Génova, pero eso nos obligaría a ir por las autovías, y a pasar por un puesto fronterizo principal. Creo que ir hacia el sur es más seguro, y por lo tanto mejor. ¿Están de acuerdo?

Daniel y Stephanie se encogieron de hombros.

—Esperemos que así sea —opinó Daniel.

—De acuerdo. Esta es la ruta. —Una vez más, Michael movió

el dedo mientras hablaba—. Atravesaremos Turín en dirección a Cuneo. De allí, pasaremos el Colle di Tenda. Después de cruzar la frontera, donde no hay controles, seguiremos por territorio francés, aunque la carretera principal hacia el sur vuelve a entrar en Italia. En Menton, que está en la costa, podremos ir por la autopista, que nos llevará rápidamente hasta Niza. Ese tramo será el más rápido. En cuanto al tiempo, calculo que todo el viaje nos llevará entre cinco y seis horas. ¿Les parece aceptable?

Daniel y Stephanie volvieron a encogerse de hombros después de intercambiar una mirada. Ambos estaban aturdidos hasta tal punto por los acontecimientos que no sabían qué decir. Les resultaba difícil pensar, y todavía más hablar. Michael los miró.

—Interpretaré el silencio como un sí. Comprendo su desconcierto; ha sido una mañana agitada, por decir algo. Así que primero atravesaremos Turín. Con un poco de suerte, quizá nos libraremos de los peores atascos. —Desplegó un segundo mapa, que era un plano de Turín. Le señaló a Stephanie dónde estaban y dónde quería ir. Ella asintió—. No tendría que ser difícil —añadió Michael—. Si hay algo que los italianos saben hacer bien son las señales. Primero debemos seguir los carteles que indican *Centro Città*, y después seguir los que señalan la carretera S-20 que va al sur. ¿De acuerdo?

Stephanie asintió de nuevo.

—¡Pues entonces en marcha! —Michael arrancó sin más demoras.

Al principio el tráfico no estuvo mal, pero a medida que se acercaban a la ciudad, comenzó a empeorar; cuanto más empeoraba, más tardaban y cuanto más tardaban, más empeoraba el tráfico, en un círculo vicioso. Poco antes de que llegaran al centro de la ciudad, el día amaneció claro y despejado. Viajaban en silencio, excepto las ocasionales indicaciones de Stephanie, que seguía atentamente su marcha en el plano y señalaba los carteles correctos. Daniel permanecía mudo. Al menos le complacía que Michael fuera un conductor prudente.

Eran casi las nueve cuando salieron de los atascos de la hora punta en Turín y llegaron a la S-20. Para ese momento Stephanie y Daniel habían tenido tiempo para relajarse un poco y poner en orden sus pensamientos, que se centraban sobre todo en el conductor y el equipaje abandonado.

Stephanie plegó cuidadosamente los mapas y los dejó sobre el tablero. A partir de aquí, la ruta era clara. Miró el perfil aguileño de Michael, las mejillas hundidas sin afeitar, y los cabellos rojos desordenados.

—Quizá este sea un buen momento para preguntarle quién es usted —dijo.

—No soy más que un simple sacerdote —respondió Michael. Esbozó una sonrisa. Se imaginaba las preguntas que le harían, y no tenía muy claro cuánto quería decir.

—Creo que nos merecemos saber algo más —insistió Stephanie.

—Me llamo Michael Maloney. Pertenezco al arzobispado de Nueva York y me encuentro en Italia por un tema relacionado con la Iglesia.

—¿Cómo es que sabía nuestros nombres? —preguntó Daniel desde el asiento trasero.

—Estoy seguro de que ambos sienten una gran curiosidad —dijo Michael—, y no les falta razón. No obstante, preferiría no entrar en los detalles de mi participación. Sería lo más conveniente para todos. ¿Sería posible para ustedes aceptar que he conseguido salvarlos del inconveniente de ser arrestados sin necesidad de interrogarme? Lo pido como un favor. Quizá podrían atribuir mi ayuda a la intervención divina.

Stephanie miró por un instante a Daniel antes de mirar de nuevo al sacerdote.

—Es interesante que haya empleado la frase «intervención divina». Es una coincidencia, dado que la hemos escuchado en relación con lo que nos ha traído a Italia: recoger la muestra del sudario de Turín.

—Oh —dijo Michael con un tono vago. Intentó pensar en algo que le permitiera desviar la conversación hacia temas menos comprometidos, pero no se le ocurrió nada.

—¿Por qué iban a detenernos? —preguntó Daniel—. Eso es algo que no debería tener nada que ver con su participación.

—Porque las autoridades tuvieron conocimiento de que eran ustedes científicos biomédicos. Esa fue una sorpresa mal recibida. En estos momentos, la Iglesia no quiere que se realicen más pruebas científicas sobre la autenticidad de la Sábana Santa, y debido a sus antecedentes se planteó la legítima preocupación de que eso fuera lo que ustedes pretendían hacer. En un primer momento, la Iglesia solo quería la devolución de la muestra de la Sábana Santa, pero cuando pareció que no era posible, decidieron confiscarla.

—Eso explica unas cuantas cosas —declaró Stephanie—. Excepto la razón por la que usted decidió ayudarnos. ¿Está seguro de que no realizaremos pruebas?

—Prefiero no entrar en ese tema, por favor.

—¿Cómo sabía que íbamos a Londres cuando estábamos a punto de embarcarnos para París? —Daniel se adelantó un poco para escuchar mejor, porque no conseguía entender con claridad las palabras del sacerdote desde el asiento trasero.

—Esa es una pregunta que me resulta muy difícil de responder. —Michael enrojeció mientras recordaba las horas que había pasado oculto detrás de las cortinas de la habitación del hotel—. Se lo ruego. ¿No podría dejarlo pasar? Acepte lo que he hecho como un favor, la intervención de un amigo dispuesto a ayudar a una pareja de compatriotas metidos en un apuro.

Viajaron en silencio durante unos cuantos kilómetros. Por fin, Stephanie se decidió a hablar.

—Muchas gracias por su ayuda, y si en realidad le interesa saberlo, no tenemos la más mínima intención de hacer pruebas con la muestra de la Sábana Santa para establecer su autenticidad.

—Se lo comunicaré a las autoridades eclesiásticas pertinentes. Estoy seguro de que les gustará saberlo.

—¿Qué pasará con nuestro equipaje? —preguntó Stephanie—. ¿Hay alguna posibilidad de que pueda ayudarnos a recuperarlo?

—Haré todo lo que esté a mi alcance, y confío en tener éxito, sobre todo ahora que sé que no tienen la intención de hacer pruebas con la muestra. Si todo va bien, haré que les envíen el equipaje a su casa de Massachusetts.

—No volveremos a casa hasta dentro de un mes —le informó Daniel.

—Les dejaré mi tarjeta —dijo Michael—. En cuanto tengan una dirección, llámenme.

—Ya tenemos una dirección —manifestó Daniel.

—Yo tengo una pregunta —dijo Stephanie—. ¿A partir de ahora seremos personas *non gratas* en Italia?

—Lo mismo que con sus equipajes, estoy seguro de que podré conseguir que se borre cualquier antecedente desfavorable. No tendrán ningún inconveniente para visitar Italia en el futuro, si eso les preocupa.

Stephanie se volvió para mirar a Daniel.

—Supongo que podré vivir sin conocer los peores detalles. ¿Tú qué dices?

—Supongo que sí. Sin embargo, me gustaría saber quién consiguió entrar en nuestra habitación del hotel.

—No quiero hablar de ese tema —señaló Michael rápidamente—, aunque eso no significa que sepa algo al respecto.

—Al menos dígame una cosa: ¿fue algún miembro de la Iglesia, un profesional contratado, o alguien del personal del hotel?

—No se lo puedo decir. Lo siento.

Cuando por fin Daniel y Stephanie se resignaron al hecho de que Michael no les ofrecería más explicaciones sobre los motivos para su intervención, y en cuanto se hizo evidente que habían escapado de las autoridades italianas porque el Fiat circulaba por las carreteras francesas, se relajaron y disfrutaron del viaje. El panorama era espectacular mientras circulaban por los Alpes nevados y pasaban por la estación de esquí de Limone Piemonte.

En el lado francés del paso, descendieron por la Gorge de Saorge, por una carretera cortada en la pared de la garganta. Se detuvieron para comer en la ciudad de Sospel. Eran poco más de las dos de la tarde cuando llegaron al aeropuerto de Niza.

Michael les dio su tarjeta y apuntó la dirección del Ocean Club en Nassau, donde Daniel había reservado una habitación. Les dio la mano, prometió ocuparse del equipaje en cuanto llegara a Turín, y se marchó.

Daniel y Stephanie observaron cómo el Fiat se perdía en la

distancia antes de mirarse el uno al otro. Stephanie sacudió la cabeza, asombrada.

—¡Qué experiencia más extraordinaria!

—Ya lo puedes decir.

Stephanie se echó a reír con una risa un tanto burlona.

—No pretendo ser cruel pero recuerdo cómo te ufanabas ayer de lo sencillo que había sido recoger la muestra, y que eso era un feliz augurio de que el tratamiento de Butler no presentaría problemas. ¿Quieres retirar lo dicho?

—Quizá me anticipé un poco —admitió Daniel—. Sin embargo, las cosas se han solucionado. Es probable que perdamos un día o dos, pero por lo demás, no tendría que haber más problemas a partir de ahora.

—Ruego para que sea cierto. —Stephanie se cargó la bolsa del ordenador al hombro—. Vamos a ver qué vuelos hay a Londres. Esa será la primera prueba.

Entraron en la terminal y buscaron en el enorme tablero electrónico. Casi al mismo tiempo descubrieron un vuelo directo a Londres de British Airways que salía a las cuatro menos diez.

—¿Ves lo que te decía? —exclamó Daniel alegremente—. No podría ser más conveniente.

14

Jueves, 28 de febrero de 2002. Hora: 15.55

—¡Maldita sea! —gritó Daniel—. ¿Qué demonios está haciendo? ¡Nos va a matar!

Daniel empujaba contra el cinturón de seguridad con una mano apoyada en el respaldo del asiento delantero del taxi, que era un viejo Cadillac negro. Daniel y Stephanie acababan de llegar a la isla de New Providence, en las Bahamas. El control de pasaportes y la aduana habían sido una mera formalidad dado que no llevaban equipaje. Las pocas prendas y artículos de tocador que la pareja había comprado en su estancia forzada de treinta y seis horas en Londres las llevaban en un pequeño bolso de mano. Habían sido los primeros en salir de la terminal y habían cogido el primer taxi en la parada.

—¡Dios mío! —gimió Daniel cuando un coche que venía de frente se cruzó con ellos por la derecha. Volvió la cabeza para ver cómo el otro coche se perdía en la distancia.

Alarmado por los gritos, el taxista miraba a sus pasajeros por el espejo retrovisor.

—¿Qué pasa? —preguntó, preocupado.

Daniel volvió a mirar al frente, aterrorizado ante la posibilidad de que aparecieran más coches. Estaba totalmente pálido. El coche que acababa de pasarles había sido el primero que habían encontrado en la carretera de doble dirección que salía del aeropuerto. Como siempre, Daniel había estado mirando nerviosamente a través del parabrisas y había visto cómo se acercaba el coche. Su miedo había aumentado por momentos mientras el taxista, que les ofrecía un monólogo de bienvenida como si fuese un miembro de la cámara de comercio de las islas, comenzaba a desviarse hacia la izquierda. Daniel había asumido que el hombre se daría cuenta del error y que llevaría el coche otra vez hacia la derecha. Pero no lo hizo. En el momento en que Daniel calculó que ya era demasiado tarde para desviarse a la derecha y evitar una colisión frontal, soltó un grito de desesperación.

—¡Daniel, tranquilízate! —le rogó Stephanie con voz serena. Apoyó una mano en el muslo tenso de su compañero—. No pasa nada. Es evidente que en Nassau se conduce por la izquierda.

—¿Por qué demonios no me lo has dicho antes? —replicó Daniel.

—No lo sabía hasta que nos cruzamos con aquel coche. Tiene sentido. Estas islas fueron colonias británicas durante siglos.

—Si es así, ¿cómo es que tiene el volante a la izquierda, como en los coches normales?

Stephanie comprendió que era inútil insistir, así que cambió de tema.

—Es increíble el color que tenía el mar visto desde el avión cuando nos disponíamos a aterrizar. Seguramente se debe a que es una zona poco profunda. Nunca había visto un aguamarina así de brillante o un zafiro tan fuerte.

Daniel se limitó a gruñir. Estaba atento a otro coche que se acercaba. Stephanie volvió su atención al exterior y bajó el cristal de la ventanilla, a pesar del aire acondicionado en el interior del Cadillac. Después de pasar casi dos días en el rigor del invierno en Londres, el cálido aire tropical y la exuberancia de la vegetación resultaban sorprendentes, en especial el escarlata brillante y el luminoso púrpura de las buganvillas que parecían ocupar todas las paredes. Los pueblos y edificios que veía le recordaban los de Nueva Inglaterra, excepto por los vibrantes tonos tropicales resaltados por el implacable sol de las Bahamas. Las personas que pasaban, cuya coloración de piel iba desde el blanco al caoba oscuro, parecían relajadas. Incluso a la distancia, sus sonrisas y carcajadas eran manifiestas. Stephanie tuvo la sensación de que este era un lugar feliz y confiaba en que fuese un buen augurio para aquello que ella y Daniel pretendían hacer.

En cuanto al alojamiento, Stephanie no tenía idea de lo que debía esperar, porque era una cuestión que no habían tratado. Daniel había hecho todos los arreglos antes de emprender el viaje a Italia, mientras ella se ocupaba de preparar el cultivo de los fibroblastos de Butler y visitaba a su familia. En cambio, sabía dónde estarían de aquí a tres semanas. Butler llegaría el veintidós de marzo, y ella y Daniel se trasladarían al enorme hotel Atlantis para disfrutar de las reservas hechas por el senador. Stephanie sacudió la cabeza en un gesto imperceptible al pensar en todo lo que debían hacer antes de la llegada del paciente. Confiaba en que el cultivo que había dejado en Cambridge continuara desarrollándose sin problemas. Si no era así, no habría ninguna posibilidad de realizar el implante en el plazo previsto.

Después de media hora de viaje, comenzaron a ver los primeros hoteles en el lado izquierdo de la carretera, en una zona que les informó el taxista se llamaba Cable Beach. La mayoría de los edificios eran muy altos y Stephanie apenas si les prestó atención. Luego entraron en la ciudad de Nassau, donde el bullicio era mucho más grande de lo que ella había imaginado, con gran abundancia de coches, camiones, autobuses, motos y peatones. Sin embargo, pese a toda esta actividad, los imponentes edificios de los bancos, y las bellas mansiones coloniales donde funcionaban las oficinas gubernamentales, se respiraba el mismo aire alegre que Stephanie había observado antes. Incluso estar metidos en un atasco no solo era tolerado por las personas que vio, sino que parecían disfrutarlo.

El taxi cruzó un puente elevado para ir a la isla Paradise, que según el conductor, se conocía con el nombre de Hog Island en la época de la colonia. Añadió que Huntington Hartford, que se había encargado de urbanizarla, le había cambiado el nombre por considerarlo poco atractivo. Stephanie y Daniel estuvieron de acuerdo. Una vez en la isla, el taxista les señaló un moderno centro comercial a la derecha y el enorme complejo del hotel Atlantis a la izquierda.

—¿Hay tiendas de ropa en el centro comercial? —preguntó Stephanie, que se volvió para mirar atrás. El centro parecía muy lujoso.

—Sí, señora, pero son muy caras. Si quiere comprar prendas locales a buen precio, le recomiendo que vaya a Bay Street.

Siguieron un poco más hacia el este, y luego el taxi se desvió hacia el norte por lo que parecía un largo y sinuoso camino particular con una vegetación muy densa a ambos lados. En la entrada había un cartel que decía: PRIVADO. THE OCEAN CLUB. SOLO HUÉSPEDES. A Stephanie le llamó mucho la atención que no le fuera posible ver el edificio del hotel hasta que el taxi dobló la última curva.

—Esto tiene toda la pinta de ser el paraíso —comentó cuando el taxista se detuvo a la sombra de la marquesina donde esperaban los porteros vestidos con camisas y pantalones blancos cortos.

—Se supone que es uno de los mejores hoteles —afirmó Daniel.

—Y no le han mentido —intervino el taxista.

El hotel resultó ser todavía mejor de lo que Stephanie podía esperar. Consistía en una serie de edificios de dos plantas dispersos alrededor de un sector de playa con forma de herradura y ocultos de la vista por grandes árboles cargados de flores. Daniel había reservado una de las suites en la planta baja desde donde solo había que cruzar un corto tramo de césped inmaculado para llegar a la playa de arena blanca. Guardaron sus escasas pertenencias en uno de los armarios y dejaron sus artículos de tocador en el baño de mármol.

—Son las cinco y media —dijo Daniel—. ¿Qué podemos hacer?

—Poca cosa —respondió Stephanie—. Para nosotros es casi medianoche según la hora europea, y estoy agotada.

—¿No crees que deberíamos llamar a la clínica Wingate y avisarles de que hemos llegado?

—Supongo que no estaría mal, aunque tampoco tengo muy claro de qué nos serviría, dado que iremos allí mañana por la mañana. Me parece que sería mucho más útil que fueses a la recepción y alquilaras un coche. Para mí lo más importante ahora mismo es llamar a Peter y preguntarle si está preparado para enviarme una parte de los fibroblastos de Butler. No podemos hacer prácticamente nada hasta que no los tengamos. Después de hablar con

Peter, necesito llamar a mi madre. Le prometí que me pondría en contacto con ella para darle la dirección y el teléfono en cuanto estuviésemos instalados aquí.

—Necesitaremos ropa —dijo Daniel—. A ver qué te parece: yo voy a alquilar el coche, tú haces las llamadas y luego nos vamos al centro comercial cerca del puente y vemos si hay alguna tienda de ropa que no esté mal.

—¿Por qué no te limitas a alquilar el coche? Solo quiero darme una ducha, comer algo, y meterme en la cama. Ya tendremos tiempo para ir de compras mañana.

—Supongo que tienes razón —admitió Daniel—. Estar en Nassau por fin me tiene muy alterado, cuando la verdad es que yo también estoy agotado.

En cuanto Daniel salió de la habitación, Stephanie fue a sentarse a la mesa. Se llevó una agradable sorpresa al ver que el móvil tenía cobertura. Como le había dicho a Daniel, quería llamar a Peter que, como sospechaba, aún estaba en el laboratorio.

—El cultivo de John Smith se desarrolla a la perfección —le informó Peter en respuesta a la pregunta—. Tengo preparada una parte criopreservada para enviarla desde hace varios días. Esperaba tener noticias tuyas el martes pasado.

—Nos retrasó un pequeño problema que surgió por sorpresa —dijo Stephanie sin entrar en detalles. Sonrió con una expresión desabrida, al pensar en lo corta que se había quedado en su descripción, si consideraba que se habían visto obligados a huir de Italia sin equipaje para que no los detuvieran.

—¿Estás preparada para que te la envíe?

—Por supuesto. Envíala con los reagentes RSHT, las sondas de genes dopaminérgicos y los factores de crecimiento que dejé separados. Se me acaba de ocurrir algo más. Incluye el preparado con el promotor de tirosina hidrolaxa que utilizamos en los últimos experimentos con ratones.

—¡Dios mío! —exclamó Peter—. ¿Se puede saber qué estáis preparando?

—Más vale que no te lo explique. ¿Cuáles son las posibilidades de que lo envíes todo esta noche?

—No veo por qué no. En el peor de los casos, tendría que llevarlo yo mismo al aeropuerto, pero eso no es un problema. ¿Dónde quieres que lo envíe?

Stephanie pensó por un momento. Pensó en que podría recibirlo en el hotel, pero luego se dijo que lo mejor sería limitar el tiempo de transporte y meter la muestra en un congelador de nitrógeno líquido, algo que seguramente había en la clínica Wingate. Le pidió a Peter que esperara un momento, y utilizó el teléfono interno para llamar a la recepción y preguntar la dirección de la clínica Wingate. Era el 1200 de Windsor Field Road. Se la transmitió a Peter junto con el número de teléfono de la clínica.

—Lo enviaré todo esta noche por FedEx —prometió Peter—. ¿Cuándo estaréis de vuelta?

—Diría que dentro de un mes, quizá menos.

—¡Que tengáis buena suerte con lo que estéis haciendo!

—Gracias. La necesitaremos.

Stephanie contempló el suave oleaje del mar rosa y plata. Una línea de nubes marcaba el horizonte. Cada una de ellas mostraba en la parte superior la pincelada rosa fuerte de los rayos del sol que se ponía a su izquierda. El ventanal estaba abierto, y una suave brisa aromatizada con el perfume de alguna flor exótica le acarició el rostro. La vista y el entorno le producían un efecto sedante después de los frenéticos días de viaje e intriga. Notaba cómo comenzaba a relajarse en un entorno absolutamente sereno, ayudada por la noticia de lo bien que se había desarrollado el cultivo de fibroblastos de Butler. La constante preocupación de que pudiera estropearse había rondado en el fondo de su mente desde el momento en que había iniciado el viaje. Tal como iban las cosas, comenzaba a pensar que quizá el optimismo de Daniel sobre el proyecto Butler podía acabar siendo razonable, a pesar de que su intuición le decía lo contrario y las dificultades que ella y Daniel habían tenido en Turín.

En cuanto se puso el sol, la noche cayó con rapidez. Encendieron antorchas a lo largo de la playa, y la brisa agitaba las llamas. Stephanie cogió de nuevo el móvil y marcó el número de sus padres. Quería comunicarle a su madre el nombre del hotel, el número de la habitación y el del teléfono, ante la posibilidad de que su madre pudiese empeorar. Mientras esperaba, rogó para que no respondiera su padre. Siempre le resultaba difícil conversar con él. Se alegró al escuchar la voz de su madre.

Aunque Tony no tenía ningún motivo para creer que su tozuda hermana no cumpliría la amenaza de descansar en las Bahamas mientras su compañía se iba a pique, había mantenido la ilusión de que ella acabaría por ver la luz después de lo que él le había dicho, cancelaría el viaje, y haría lo que pudiera por solucionar los problemas. Sin embargo, la llamada de Stephanie a su madre, le había confirmado que no era ese el caso. La muy zorra y su estrafalario novio estaban en Nassau, alojados en una suite de algún hotel de lujo delante mismo de la playa. Era indignante.

Tony sacudió la cabeza, asombrado por el desparpajo de su hermana. Desde que había entrado en Harvard no había hecho más que burlarse de él cada vez que le daba la espalda, algo que él había tolerado porque era su hermana menor. Pero ahora se había pasado de la raya, sobre todo a la vista del imbécil académico con quien se había liado. Cien mil dólares era mucho dinero, y eso sin tener en cuenta la parte de los Castigliano. Todo el asunto era un embrollo, de eso no había ninguna duda, pero así y todo ella seguía siendo su hermana menor, así que las cosas no estaban tan claras como podrían haber estado.

El enorme Cadillac entró en el aparcamiento de grava y se detuvo delante del local de la empresa de suministros de fontanería de los hermanos Castigliano. Tony apagó las luces y el motor. Pero no se apeó del coche inmediatamente. Esperó unos momentos para calmarse. Podría haber llamado por teléfono y transmitirle la información a Sal o a Louie. Sin embargo, como se trataba de su hermana, necesitaba saber qué harían. Sabía que estaban tan furiosos como él, pero no se veían limitados por tener implicado a alguien de la familia. A él no le importaba en lo más mínimo lo que hicieran con el novio. Qué diablos, a él mismo no le importaría darle una paliza. Pero su hermana era otra historia. Si alguien tenía que atizarle, quería ser él.

Tony abrió la puerta y de inmediato olió el hedor nauseabundo del albañal. No conseguía entender cómo alguien podía estar en un local donde cada vez que el viento cambiaba de dirección, apestaba a huevos podridos. Era una noche sin luna, y Tony caminó con mucha precaución. No quería tropezar con un fregadero abandonado o cualquier otra pieza de chatarra.

Dado que ya había pasado el horario comercial, la tienda estaba cerrada, como indicaba el cartel colgado en el cristal de la puerta. Pero la puerta no estaba cerrada. Gaetano estaba detrás de la caja registradora, ocupado en sumar las ventas del día. Tenía un lápiz detrás de una oreja sorprendentemente pequeña, que lo parecía todavía más en comparación con la cabeza.

—¿Sal y Louie? —preguntó Tony.

Gaetano señaló con la cabeza hacia la parte de atrás sin interrumpir lo que estaba haciendo. Tony encontró a los gemelos sentados a sus respectivas mesas. Después de estrecharse las manos sonoramente y unas pocas palabras de saludo, Tony se sentó en el sofá. Los hermanos lo miraron, expectantes. La única luz en la habitación, suministrada por las pequeñas lámparas de cada mesa resaltaba las facciones cadavéricas de los hermanos. Desde la perspectiva de Tony, los ojos de ambos no eran más que agujeros negros.

—Están en Nassau —comenzó Tony—. Confiaba en que podría venir aquí y deciros lo contrario, pero no es el caso. Acaban de alojarse en un hotel de lujo llamado Ocean Club. Están en la suite 108. Incluso tengo el número de teléfono.

Tony se inclinó hacia adelante y dejó un trozo de papel en la mesa de Louie, que era la más cercana al sofá.

Se abrió la puerta y Gaetano asomó la cabeza.

—¿Me necesitan o qué? —preguntó.

—Sí —respondió Louie, mientras cogía el papel con el número de teléfono y le echaba una ojeada.

Gaetano entró en la habitación y cerró la puerta.

—¿Hay algún cambio en las perspectivas de la empresa? —preguntó Sal.

—No que yo sepa —contestó Tony—. Si hay alguna novedad, mi contable me lo hubiera dicho.

—Tiene toda la pinta de que el tipo se está burlando de nosotros —comentó Louie. Se rió con una risa siniestra—. ¡Nassau!

Todavía no me lo puedo creer. Es como si estuviese pidiendo que le diéramos su merecido.

—¿Es eso lo que vais a hacer? —preguntó Tony.

Louie miró a Sal antes de responder.

—Queremos que venga aquí inmediatamente, y se ocupe de salvar la compañía y nuestra inversión. ¿Tengo razón, hermano?

—Toda la razón —afirmó Sal—. Tenemos que hacerle saber quién está metido en este asunto y dejar bien claro que queremos recuperar nuestro dinero, pase lo que pase. No solo tiene que volver aquí, sino que más le valdrá tener una idea bien clara de cuáles serán las consecuencias si no nos hace caso o cree que podrá librarse con declararse en quiebra o cualquier otra trampa legal. ¡Habrá que darle una paliza para que no se lleve a engaño!

—¿Qué pasa con mi hermana? —preguntó Tony—. No es que sea inocente en este follón, pero si hay que sacudirle, quiero ser yo quien lo haga.

—Ningún problema —dijo Louie. Dejó el papel con el número de teléfono en la mesa—. Como dije el domingo, no tenemos nada en contra de ella.

—¿Estás preparado para ir a Nassau, Gaetano? —preguntó Sal.

—Puedo marcharme mañana por la mañana a primera hora —manifestó Gaetano—. ¿Qué debo hacer después de darle el mensaje? ¿Me quedo o qué? ¿Qué pasará si no entiende el mensaje?

—Pues asegúrate de que lo reciba —declaró Sal—. No te hagas a la idea de que te estamos pagando unas vacaciones. Además, te necesitamos aquí. Después de darle el mensaje, te vuelves a Boston inmediatamente.

—Gaetano tiene razón —intervino Tony—. ¿Qué haréis si ese imbécil no hace caso del mensaje?

Sal miró a su hermano. No necesitaron decir ni una palabra para ponerse de acuerdo. Sal miró de nuevo a Tony.

—Si ese imbécil no estuviera, ¿tu hermana podría dirigir la compañía?

—¿Cómo puedo saberlo? —replicó Tony, y se encogió de hombros.

—Es tu hermana —manifestó Sal—. ¿No es doctora?

—En Harvard le dieron el título de doctora en biología —contestó Tony—. ¡Pura filfa! Para lo único que ha servido es para convertirla en una engreída insoportable. Hasta donde sé, eso solo significa que sabe un montón sobre gérmenes, genes y toda esas estupideces, pero no cómo dirigir una empresa.

—Pues el imbécil también es doctor —señaló Louie—. Así que a mí me parece que a la compañía no le podría ir peor si tu hermana dirigiera las cosas. Además, si ella estuviese al mando, tú estarías en mejores condiciones para decirle cómo se deben hacer las cosas.

—A ver si me aclaro. ¿Qué me estás diciendo? —preguntó Tony.

—Eh, ¿qué pasa? ¿No estoy hablando en inglés? —replicó Louie.

—Claro que estás hablando en inglés —afirmó Sal.

—Escucha —añadió Louie—. Si el jefe de la compañía no capta el mensaje, y no dudo que podemos contar con Gaetano para que se lo deje bien claro, entonces nos los cargaremos. Así de sencillo, y final de la historia para el profesor. Aunque solo sea para eso, servirá para que tu hermana reciba un clarísimo aviso de que más le vale hacer las cosas como está mandado.

—En eso tienes toda la razón —admitió Tony.

—¿Tú estás de acuerdo, Gaetano? —preguntó Sal.

—Por supuesto. Así y todo, no lo tengo muy claro. ¿Queréis o no que me quede allí hasta asegurarnos de que hace las cosas como es debido?

—Por última vez —dijo Sal con un tono amenazador—. Tienes que transmitir el mensaje y volver aquí. Si todo va bien y encuentras algún vuelo, quizá podrías hacerlo todo en un día. De lo contrario, te quedas. Pero queremos que vuelvas cuanto antes, porque hay muchas cosas que atender aquí. Si hay que cargárselo, ya irás. ¿De acuerdo?

Gaetano asintió, aunque estaba desilusionado. Cuando habían tratado el tema el domingo, se había hecho la idea de disfrutar de una semana al sol.

—Se me acaba de ocurrir algo —intervino Tony—. Dado que no podemos descartar que Gaetano deba volver, entonces no creo que deba hacer lo que tiene que hacer en el hotel. Si resulta que el profesor no quiere colaborar, tampoco queremos que se largue, algo que podría hacer si cree que el hotel no es un lugar seguro. En las Bahamas hay centenares de islas.

—Tienes razón —reconoció Sal—. No queremos que se esfume cuando está en juego nuestro dinero.

—Quizá entonces no estaría mal que me quedara por allí para vigilarlo —sugirió Gaetano con renovadas esperanzas.

—¿Cómo tengo que explicártelo, imbécil? —gritó Sal, que miró a Gaetano con una expresión furiosa—. Por última vez, no te irás al sur de vacaciones. Harás lo tuyo y te volverás. El problema con el profesor no es el único que tenemos.

—¡Vale, vale! —Gaetano levantó las manos como si se rindiera—. No me encontraré con el tipo en el hotel. Solo iré allí para localizarlo, o sea que necesitaré algunas fotos.

—Ya me lo figuraba —dijo Tony. Metió la mano en un bolsillo de la americana y sacó varias instantáneas—. Estos son los tortolitos. Se las hicieron la Navidad pasada. —Se las entregó a Gaetano que seguía junto a la puerta. El matón les echó una ojeada.

—¿Están bien? —preguntó Louie.

—No están nada mal —contestó Gaetano. Luego miró a Tony, y añadió—: Tu hermana es un bombón.

—Sí, pero olvídala —replicó Tony—. No se toca.

—Mala suerte —comentó Gaetano, con una sonrisa retorcida.

—Otra cosa —prosiguió Tony—. Con todas esas tonterías de la seguridad en los aeropuertos, no creo que sea recomendable llevar un arma ni siquiera en una maleta que vaya a la bodega. Si Gaetano necesita una, sería mejor que la consiga en la isla a través de los contactos en Miami. Tenéis contactos en Miami, ¿no?

—Claro que sí —contestó Sal—. Es una buena idea. ¿Alguna cosa más?

—Creo que eso es todo —dijo Tony. Aplastó la colilla en el cenicero y se levantó.

15

Viernes, 1 de marzo de 2002. Hora: 9.15

Había sido una larga, deliciosa y rejuvenecedora mañana. Con los ciclos circadianos descompensados, una consecuencia de su breve viaje a Europa, Stephanie y Daniel se habían despertado mucho antes de que el sol apareciera por el horizonte. Incapaces de volverse a dormir, se habían levantado, y después de ducharse, habían salido a dar un paseo por los jardines del hotel y a lo largo de la playa desierta, mientras contemplaban el fantástico amanecer tropical. De regreso al hotel, habían sido los primeros en desayunar. Mientras disfrutaban de una última taza de café, hablaron de la preparación de las células para el tratamiento de Butler. Con solo tres semanas a su disposición antes de la llegada del senador, se enfrentaban a un plazo muy limitado, y estaban ansiosos por comenzar, aunque tenían claro que podían hacer muy poco hasta que no llegara el envío de Peter. A las ocho llamaron a la clínica Wingate y le comunicaron a la recepcionista que ya estaban en Nassau y que irían a la clínica sobre las nueve y cuarto. La recepcionista les respondió que avisaría a los doctores.

—La parte occidental de la isla es muy diferente a la parte oriental —comentó Daniel, mientras iban hacia el oeste por Windsor Field Road—. Es mucho más llana.

—También está mucho menos urbanizada y se ve muy seca —añadió Stephanie. Estaban pasando por una zona semiárida con bosques de pinos salpicados con palmeras achaparradas. El cielo era de un azul fuerte, con algunas nubecillas en el horizonte.

Daniel había insistido en conducir, cosa que a Stephanie no le había importado hasta que su compañero sugirió que le resultaría más fácil conducir por la izquierda que a ella. Su reacción inicial había sido replicar a lo que le pareció una poco apropiada afirmación machista, pero luego lo dejó correr. No valía la pena discutir. En cambio, se instaló en el asiento del acompañante y se contentó con sacar el mapa. Como había ocurrido cuando habían escapado de Italia, haría las funciones de navegante.

Daniel conducía lentamente, cosa que le parecía bien a Stephanie, si dejaba aparte evitar la tendencia a girar a la derecha en las esquinas y no entrar en las rotondas contra dirección. Habían recorrido la costa norte de la isla, y se habían fijado una vez más en los hoteles de muchos pisos que se levantaban a lo largo de Cable Beach como soldados en posición de firmes. Después de pasar junto a numerosas cuevas prehistóricas, se dirigieron tierra adentro. Cuando giraron a la derecha en el siguiente cruce de Windsor Road, vieron a lo lejos el aeropuerto.

Continuaron la marcha hacia el oeste, y no tuvieron problemas para encontrar el desvío a la clínica Wingate. Estaba en el lado izquierdo de la carretera, señalado por un enorme cartel.

Stephanie se inclinó hacia delante para ver mejor a través del parabrisas a medida que se acercaban.

—¡Válgame Dios! ¿Ves el cartel?

—Resulta difícil no verlo. Es gigantesco.

Daniel condujo el coche por una calzada bordeada de árboles.

—Deben de tener mucho terreno —opinó Stephanie. Se echó hacia atrás—. No veo el edificio.

Después de varias vueltas y revueltas a través de un bosque, llegaron a una verja que cerraba la carretera. Una formidable alambrada coronada con alambre de espino se perdía en el bosque por ambos lados. En el lado izquierdo había una garita. Un guardia uniformado, con pistolera, gorra de plato y gafas de aviador salió de la garita. Llevaba una lista en la mano. Daniel detuvo el coche, Stephanie bajó el cristal de la ventanilla. El guardia metió la cabeza por la ventanilla abierta para dirigirse a Daniel.

—¿Puedo ayudarlo, señor? —Su tono era formal y carente de toda emoción.

—Somos la doctora D'Agostino y el doctor Lowell —respondió Stephanie—. Tenemos una cita con el doctor Wingate.

El guardia consultó la lista y luego acercó una mano a la visera de la gorra antes de volver a la garita. Al cabo de un momento, la reja se abrió silenciosamente, y Daniel arrancó.

Pasaron unos minutos antes de que la clínica apareciera a la vista. Anidado en un paisaje de árboles y flores había un complejo de edificios de arquitectura posmoderna, levantados en forma de U. Estaba compuesto de tres edificios conectados por caminos cubiertos con marquesinas. Los revestimientos de todas las construcciones eran de piedra caliza blanca con tejas rojas, y los frontones aparecían rematados con fantasiosas acroteras de conchas marinas que recordaban los templos griegos de la antigüedad. Al pie de las celosías entre las ventanas, las buganvillas comenzaban a trepar.

—¡Que me aspen! —exclamó Stephanie—. No estaba preparada para esto. Es hermoso. Se parece más a un balneario que a una clínica de reproducción asistida.

El camino conducía hasta una zona de aparcamiento delante del edificio central, cuya entrada estaba adornada con un pórtico de columnas. Las columnas eran cuadradas, con una entasis exagerada y rematadas con sencillos capiteles dóricos.

—Espero que haya ahorrado algo de dinero para los equipos de laboratorio —comentó Daniel. Aparcó el Mercury Marquis alquilado entre varios descapotables BMW nuevos. Algunas plazas más allá había dos limusinas, y sus chóferes de uniforme fumaban y charlaban apoyados en los guardabarros delanteros de los vehículos.

Daniel y Stephanie se apearon del coche y se detuvieron unos momentos para contemplar el complejo, que resplandecía iluminado por el brillante sol de las islas.

—Había escuchado decir que la esterilidad era lucrativa —añadió Daniel—, pero nunca imaginé que pudiera serlo tanto.

—Ni yo —afirmó Stephanie—. Me pregunto cuánto de todo esto será el resultado de que pudieran cobrar el seguro de incendios después de su huida de Massachusetts. —Sacudió la cabeza—. No importa de dónde salió el dinero; con el coste de la sanidad, la opulencia y la medicina son malas compañeras de cama. Hay algo que no está bien en esta imagen, y mis recelos a implicarme con estas personas se han vuelto a reavivar.

—No nos dejemos llevar por nuestros prejuicios y fariseísmos —le advirtió Daniel—. No hemos venido para emprender una cruzada social. Estamos aquí para tratar a Butler y punto.

Se abrió la gran puerta con adornos de bronce y apareció un hombre alto, muy bronceado y de cabellos blancos. Vestía una bata blanca. Agitó una mano y gritó una bienvenida con una voz aguda.

—Al menos estamos recibiendo una atención personalizada —dijo Daniel—. Vamos allá, y guárdate tus opiniones.

Daniel y Stephanie se encontraron delante del coche y comenzaron a caminar hacia la entrada.

—Espero que ese no sea Spencer Wingate —susurró Stephanie.

—¿Por qué no? —preguntó Daniel, en voz baja.

—Porque es lo bastante guapo como para hacer de médico en una serie de televisión.

—¡Vaya, lo había olvidado! Querías que fuera bajo, gordo y con una verruga en la nariz.

—Eso es.

—Bueno, todavía nos queda la esperanza de que sea un fumador empedernido y le apeste el aliento.

—¡Oh, cállate!

Daniel y Stephanie subieron los tres escalones que conducían al pórtico. Spencer extendió la mano mientras mantenía la puerta abierta con el pie. Se presentó a sí mismo con muchas sonrisas y aspavientos. Luego, con un gesto ampuloso, los invitó a que entraran.

En consonancia con el exterior, el interior presentaba un diseño clásico, con pilastras, molduras denticulares, y columnas dóricas. El suelo era de pizarra pulida, cubierto con alfombras orientales. Las paredes estaban pintadas de un color azul muy claro, que a primera vista parecía un gris claro. Incluso el mobiliario de madera barnizada tenía un aspecto clásico, con la tapicería de cuero verde oscuro. Un débil olor a pintura fresca impregnaba el aire acondicionado, como un recordatorio de que se trataba de una construcción muy reciente. Para Daniel y Stephanie, el frío seco resultaba un agradable contraste con el calor húmedo en el exterior, que había ido en aumento desde el amanecer.

—Esta es nuestra sala de espera principal —comentó Spencer con un gesto que abarcaba la gran habitación. Dos parejas de mediana edad, muy bien vestidas, estaban sentadas en sendos sofás. Hojeaban nerviosamente unas revistas y solo miraron a los recién llegados durante unos segundos. La recepcionista, con las uñas pintadas de un color rosa fuerte, ocupaba su puesto detrás de una mesa semicircular junto a la puerta.

—Este edificio es donde recibimos a los nuevos pacientes —añadió Wingate—. También alberga las oficinas de la administración. Estamos muy orgullosos de nuestra clínica, y nos gustaría acompañarles en una visita por todas las instalaciones, aunque sospechamos que a ustedes les interesa sobre todo nuestro laboratorio.

—No olvide el quirófano —dijo Daniel.

—Sí, por supuesto, el quirófano. Pero primero, vayamos a mi despacho. Tomaremos un café y les presentaré a mis colaboradores.

Spencer los llevó hasta el ascensor, aunque solo tenían que subir un piso. Durante la subida, Spencer les preguntó, como buen anfitrión, si habían disfrutado de un viaje sin contratiempos. Stephanie le aseguró que había sido perfecto. En la planta alta, pasaron junto a una secretaria que interrumpió por un momento su trabajo para sonreírles alegremente.

El inmenso despacho de Spencer estaba en la esquina nordeste del edificio. Se veía el aeropuerto en el lado este y la línea azul del océano al norte.

—Sírvanse ustedes mismos —dijo Spencer, y les señaló la bandeja con la cafetera y las tazas que había en una mesa de centro de mármol delante de un sofá en forma de L—. Voy a buscar a los dos directores de departamento.

Daniel y Stephanie se quedaron solos durante unos momentos.

—Esto tiene el aspecto de un despacho de uno de los directores ejecutivos de una de las quinientas compañías más grandes del mundo —opinó Stephanie—. Toda esta opulencia me parece obscena...

—No hagamos juicios hasta que no hayamos visto el laboratorio.

—¿Crees que aquellas dos parejas que están en la recepción son pacientes?

—No tengo la menor idea, ni me importa.

—Parecen un poco mayores para un tratamiento de reproducción asistida.

—No es algo que nos concierna.

—¿Crees que la clínica Wingate se dedica a embarazar a mujeres mayores como ese especialista italiano que va por libre?

Daniel miró a Stephanie con una expresión de enfado en el momento en que reaparecía Spencer. El fundador de la clínica venía acompañado por un hombre y una mujer, ambos vestidos con batas blancas almidonadas. Les presentó primero a Paul Saunders, que era bajo y fornido, y cuya silueta rechoncha le recordó a Stephanie las columnas del pórtico de la entrada. En consonancia con el cuerpo, el rostro de Paul era redondo, abotagado, con la piel muy pálida, lo que provocaba un fuerte contraste con la figura alta y delgada, las facciones muy marcadas y la piel bronceada de Spencer. Los cabellos desordenados y un mechón de pelo blanco completaban la excéntrica imagen de Paul y acentuaban su palidez.

Paul sonrió mientras estrechaba vigorosamente la mano de Daniel, y dejó a la vista los dientes romos, muy separados y amarillentos.

—Bienvenidos a la clínica Wingate, doctores —manifestó—. Es un honor tenerlos aquí. No saben lo entusiasmado que estoy con nuestra colaboración.

Stephanie esbozó una sonrisa cuando Paul le estrechó la mano. Estaba fascinada con los ojos del hombre. Como tenía la nariz ancha, sus ojos parecían estar más juntos de lo habitual. Además, nunca había conocido a una persona con los ojos de colores diferentes el uno del otro.

—Paul es el director de investigaciones —explicó Spencer: le dio una palmada en la espalda—. No ve la hora de tenerlos en su laboratorio, ayudarles en su trabajo, y de paso aprender unas cuantas cosas. —Dicho esto, Spencer apoyó un brazo en los hombros de la mujer, que tenía casi su misma estatura—. Esta es la doctora Sheila Donaldson, directora de los servicios clínicos. Ella se encargará de hacer todos los arreglos para que usen uno de nuestros dos quirófanos, además de las habitaciones para los pacientes, que supongo que aprovecharán.

—No sabía que disponían de habitaciones para los pacientes —dijo Daniel.

—Ofrecemos todos los servicios —manifestó Spencer, sin disimular el orgullo—. En el caso de que se trate de pacientes que deban permanecer ingresados durante un tiempo prolongado, cosa que no esperamos, tenemos previsto enviarlos al Doctors Hospital en la ciudad. Nuestras instalaciones para ese servicio están pensadas para los pacientes que no necesiten estar ingresados más de un día, algo que cubre sus necesidades a la perfección.

Stephanie dejó de mirar a Paul Saunders y se fijó en Sheila Donaldson. Tenía el rostro delgado y el cabello castaño lacio. En comparación con la exuberancia de los hombres, parecía retraída, casi tímida. Tuvo la sensación de que la doctora le rehuía la mirada mientras le daba la mano.

—¿No quieren café? —preguntó Spencer.

Stephanie y Daniel sacudieron las cabezas al unísono.

—Creo que ambos ya hemos tomado nuestra cuota —explicó Daniel—. Seguimos con el horario europeo, y nos hemos levantado con el alba.

—¿Europa? —repitió Paul con un tono de entusiasmo—. ¿El viaje a Europa tiene algo que ver con la Sábana Santa de Turín?

—Por supuesto —respondió Daniel.

—Confío en que haya sido un viaje provechoso —manifestó Paul, con un guiño de complicidad.

—Agotador pero provechoso —admitió Daniel—. Nosotros... —Se interrumpió como si quisiera decidir qué más revelar.

Stephanie contuvo la respiración. Confiaba en que a Daniel no se le ocurriera descubrir la experiencia de Turín. Deseaba mantener las distancias con estas personas. Que Daniel compartiera las experiencias del viaje a Europa sería algo demasiado personal y cruzaría un límite que ella no quería cruzar.

—Conseguimos una muestra del sudario con una mancha de sangre —añadió Daniel—. La tengo aquí conmigo. Quisiera ponerla en una solución salina para estabilizar los fragmentos de ADN, y me gustaría hacerlo lo antes posible.

—A mí me parece bien —asintió Paul—. Vayamos ahora mismo al laboratorio.

—No hay ninguna razón para que la visita no pueda empezar allí —manifestó Spencer amablemente.

Mucho más tranquila al ver que se habían mantenido las distancias personales, Stephanie soltó el aliento y se relajó un poco cuando el grupo salió del despacho de Spencer.

Cuando llegaron al ascensor, Sheila dijo que debía ocuparse de unos pacientes. Se despidió de las visitas y bajó las escaleras.

El laboratorio estaba en el lado izquierdo del edificio central y se accedía por uno de los caminos cubiertos.

—Nos decidimos por los edificios separados para obligarnos a salir, aunque se trate siempre de trabajo —explicó Paul—. Es bueno para el espíritu.

—Yo salgo bastante más que Paul —añadió Spencer, con un tono divertido—. Como si no fuese evidente por mi bronceado. No soy un adicto al trabajo.

—¿El laboratorio ocupa todo el edificio? —preguntó Daniel mientras cruzaba la puerta que Wingate mantenía abierta.

—No del todo —contestó Paul. Se acercó a un expositor de publicaciones y cogió una revista a todo color. El grupo había entrado en una habitación que parecía cumplir las funciones de sala de estar y biblioteca. Las estanterías cubrían las paredes—. Esta es nuestra sala de lectura, y este es un ejemplar del último número de nuestra revista *Journal of Twenty-first Century Reproductive Technology*. —Le entregó la revista a Daniel con mal disimulado orgullo—. Hay unos cuantos artículos que le parecerán interesantes.

—Es muy amable de su parte —dijo Daniel, con un esfuerzo. Echó una ojeada al índice que aparecía en la portada y le pasó la revista a Stephanie.

—En este edificio hay habitaciones además del laboratorio—. Eso incluye algunos cuartos de huéspedes, que no son lujosos pero que sí cuentan con todas las comodidades. Están a su disposición si prefieren estar cerca de su trabajo. Incluso tenemos una cafetería, donde se sirven las tres comidas, en el edificio que está al otro lado del jardín, así que no tienen que salir de la clínica si no quieren. Verán, muchos de nuestros empleados viven en el complejo, y sus apartamentos también están en este edificio.

—Muchas gracias por la oferta —se apresuró a responder Stephanie—. Es muy amable de su parte, pero disponemos de un alojamiento muy cómodo en la ciudad.

—¿Dónde se alojan? —preguntó Paul.

—En el Ocean Club —dijo Stephanie.

—Una excelente elección —opinó Paul—. Bien, la oferta sigue en pie si deciden aceptarla.

—No lo creo —replicó Stephanie.

—¿Qué les parece si continuamos con la visita? —propuso Spencer.

—Por supuesto —asintió Paul. Guió al grupo hacia las puertas que comunicaban con las dependencias interiores—. Además del laboratorio y las habitaciones, aquí tenemos parte del equipo de diagnóstico, como el escáner PET. Lo hicimos instalar aquí porque consideramos que lo utilizaríamos más en el trabajo de investigación que en el clínico.

—No imaginaba que dispusieran de un escáner PET —dijo Daniel. Miró a Stephanie con las cejas enarcadas para comunicarle su agradable sorpresa en contrapartida a su evidente actitud hostil. Sabía que un escáner PET, que utiliza los rayos gamma para estudiar las funciones fisiológicas podía resultar muy útil si surgía algún problema con Butler después del tratamiento.

—Hemos diseñado todo esto pensando en la investigación además de los servicios clínicos —se vanaglorió Paul—. Ya que instalábamos un escáner CT y un MRI, pensamos que bien podíamos añadir un PET.

—Estoy impresionado —reconoció Daniel.

—Me lo suponía —declaró Paul—. A usted, como descubridor del RSHT, sin duda le interesará saber que planeamos tener un papel muy importante en la terapia de células madre, similar al que tenemos en el campo de la reproducción asistida.

—Es una combinación interesante —dijo Daniel con un tono vago, al no tener clara su reacción ante esta noticia inesperada. Como con tantas otras cosas relacionadas con la clínica Wingate, la idea de que pensaran aplicar la terapia de células madre era una sorpresa.

—Nos pareció la extensión natural de nuestro trabajo —explicó Paul—, si consideramos nuestro acceso a los ovocitos y nuestra gran experiencia con las transferencias nucleares. Lo más curioso es que lo habíamos interpretado como un trabajo colateral, pero desde que abrimos las puertas, estamos realizando más tratamientos con células madre que de reproducción asistida.

—Efectivamente —intervino Spencer—. Los pacientes que vieron ustedes en la sala de espera están aquí para someterse a la terapia de células madre. El boca a boca referente a nuestros servicios parece funcionar a tope. No hemos necesitado hacer publicidad.

Los rostros de Stephanie y Daniel reflejaron claramente su alarma ante semejante afirmación.

—¿Cuáles son las enfermedades que están tratando? —preguntó Daniel.

—¡Tratamos lo que sea! —Paul se echó a reír—. Son muchas las personas que tienen clara la importancia de las células madre en el tratamiento de una multitud de enfermedades, desde el cáncer terminal y las enfermedades degenerativas al envejecimiento. Dado que no pueden recibir el tratamiento con células madre en Estados Unidos, acuden a nosotros.

—¡Eso es absurdo! —exclamó Stephanie, indignada—. No hay protocolos establecidos para ningún tratamiento con células madre.

—Somos los primeros en admitir que estamos abriendo nuevos campos —respondió Spencer—. Es algo puramente experimental, lo mismo que harán ustedes con su paciente.

—En esencia, lo que hacemos es valernos de la demanda del público para financiar nuestras investigaciones —aclaró Paul—. Diablos, es algo lógico a la vista de que el gobierno norteamericano no quiere financiar los trabajos y lo único que consigue es ponerle las cosas todavía más difíciles a los investigadores.

—¿Qué clase de células están utilizando? —preguntó Daniel.

—Células madre multipotentes —contestó Paul.

—¿No están diferenciando las células? —La incredulidad de Daniel crecía por momentos, dado que las células madre no diferenciadas no servían para ninguna clase de tratamiento.

—No, en absoluto —manifestó Paul—. Por supuesto, intentaremos hacerlo en el futuro, pero por ahora hacemos la transferencia nuclear, cultivamos las células madre y las inyectamos. La teoría es dejar que el cuerpo del paciente las utilice como le parezca más adecuado. Hemos obtenido algunos resultados muy interesantes, aunque no con todos los pacientes, pero eso forma parte de la naturaleza de la investigación.

—¿Cómo puede llamar investigación a lo que hace? —preguntó Stephanie, cada vez más furiosa—. Tendrá que perdonarme, pero no estoy de acuerdo. No puede establecer ningún paralelismo entre lo que nosotros pensamos hacer y lo que ustedes están haciendo.

Daniel cogió a Stephanie por el brazo y la apartó de Paul.

—La doctora D'Agostino solo se refiere a que en nuestro tratamiento utilizaremos células diferenciadas.

Stephanie intentó librarse de la mano de Daniel.

—Me estoy refiriendo a algo mucho más importante que eso —replicó—. ¡Lo que ustedes dicen que están haciendo con las células madre no es más que puro curanderismo!

Daniel aumentó la presión en el brazo de su compañera.

—Si nos perdonan un momento... —dijo a Paul y Spencer, cuyas expresiones se habían oscurecido. Se llevó a Stephanie a un aparte y le habló en un susurro furioso:

—¿Qué demonios estás haciendo? ¿Intentas sabotear nuestro proyecto y que nos echen de aquí?

—¿Qué quieres decir con qué estoy haciendo? —susurró Stephanie a su vez con la misma vehemencia—. ¿Cómo puedes no subirte por las paredes? Encima de todo lo demás, estos tipos son unos charlatanes.

—¡Cállate! —le ordenó Daniel. Sacudió a Stephanie—. ¿Tengo que recordarte que estamos aquí por un único motivo: tratar a Butler? ¿Por amor de Dios, no puedes contenerte? Nos estamos jugando el futuro de CURE y el RSHT. Estas personas no son ningunos santos. Lo sabíamos desde el principio. Por eso están aquí y no en Massachusetts. ¡Así que ahora no vayamos a echarlo todo por la borda por culpa de un ataque de pía indignación!

Daniel y Stephanie se miraron por un instante con expresiones furiosas. Por fin, Stephanie bajó la cabeza.

—Me estás haciendo daño en el brazo.

—¡Lo siento! —Daniel le soltó el brazo. Stephanie se hizo un masaje en la parte dolorida. Daniel inspiró con fuerza en un intento por controlar su enfado. Miró a Spencer y Paul, quienes los observaban con curiosidad. Volvió su atención a Stephanie—. ¿Podemos concentrarnos en nuestra misión? ¿Podemos aceptar que estos tipos carecen de toda ética, que son unos cretinos venales, y seguir con lo nuestro?

—Supongo que el dicho: «Si vives en una casa de cristal, no tires piedras» se aplica aquí a la perfección, a la vista de lo que pretendemos hacer. Quizá esa sea la razón por la que me preocupo tanto.

—Es probable que estés en lo cierto —asintió Daniel—. Pero no olvides que nos vemos obligados a saltarnos los límites éticos. ¿Puedo contar con que serás capaz de callarte tus opiniones sobre la clínica Wingate, al menos hasta que acabemos con lo nuestro?

—Haré todo lo posible.

—Bien. —Daniel realizó otra inspiración profunda para armarse de valor antes de ir a reunirse con los dos médicos. Stephanie lo siguió un par de pasos más atrás.

—Creo que aún estamos sufriendo los últimos efectos del *jet lag* —le explicó Daniel a sus anfitriones—. Nos exaltamos con demasiada facilidad. Además, la doctora D'Agostino tiende a exagerar cuando defiende una opinión. Intelectualmente, considera que las células diferenciadas son el camino más eficaz para aprovechar las ventajas que prometen las células madre.

—Hemos conseguido algunos resultados muy buenos —manifestó Paul—. Quizá, doctora D'Agostino, quiera usted echarles una ojeada antes de dar una opinión definitiva.

—Me parece una propuesta muy instructiva —mintió Stephanie.

—Continuemos —propuso Spencer—. Queremos enseñarles toda la clínica antes de la hora de la comida y hay mucho que ver.

Daniel y Stephanie cruzaron las puertas del enorme laboratorio, sin decir palabra, todavía asombrados, y su asombro fue todavía mayor cuando vieron las dimensiones del laboratorio y el despliegue de equipos, desde secuenciadores de ADN a las más normales incubadoras de cultivos. Superaba todo lo que habían esperado o imaginado. La única cosa que faltaba era el personal. Había un único técnico que trabajaba en un estereomicroscopio diseccionador.

—En estos momentos tenemos el personal mínimo —explicó Spencer, como si hubiese leído el pensamiento de sus huéspedes—, algo que no tardará en cambiar, dada la demanda.

—Iré a buscar a la supervisora del laboratorio —anunció Paul, antes de desaparecer en un despacho contiguo.

—Pensamos tener todo el personal necesario dentro de unos seis meses —añadió Spencer.

—¿Cuántos técnicos trabajarán aquí? —preguntó Stephanie.

—Unos treinta —respondió Spencer—. Al menos, eso es lo que indican las proyecciones actuales. Claro que si la demanda de tratamientos con células madre continúa aumentando al ritmo de ahora, tendremos que ajustar esa cifra al alza.

Paul reapareció. Traía de la mano a una mujer casi esquelética, con todos los huesos a flor de piel, sobre todo en las mejillas. Tenía los cabellos grises, y una nariz afilada que parecía un signo de exclamación encima de una boca pequeña de labios finos. Vestía una bata corta con las mangas arremangadas. Paul se acercó con ella al grupo y la presentó. Se llamaba Megan Finnigan, como rezaba en la placa de identificación enganchada en el bolsillo de la bata.

—Ya lo tenemos todo preparado para ustedes —dijo Megan, después de las presentaciones. Tenía una voz suave, con acento de Boston. Señaló uno de los bancos del laboratorio—. Hemos preparado este sector con todo aquello que nos pareció que podían necesitar. Si precisan algo más, no tienen más que pedirlo. La puerta de mi despacho está siempre abierta.

—El doctor Lowell necesita un frasco con solución salina —le informó Paul—. Necesita conservar el ADN de la sangre contenida en una muestra de tela.

—No hay ningún problema. —Megan llamó a una técnica. En el otro extremo del laboratorio, la mujer se apartó del microscopio y fue a preparar la solución.

—¿Cuándo quieren comenzar? —añadió la supervisora, mientras Daniel y Stephanie echaban una ojeada al sector que les habían destinado.

—En cuanto sea posible —dijo Daniel—. ¿Qué hay de los ovocitos humanos? ¿Estarán disponibles cuando los necesitemos?

—Eso está garantizado —afirmó Paul—. Solo necesitamos que nos avisen doce horas antes.

—Eso es sorprendente —manifestó Daniel—. ¿Cómo es posible?

—Es un secreto del oficio. —Paul sonrió—. Quizá después de haber trabajado juntos, podamos compartir secretos. A mí me interesa mucho el RSHT.

—¿Eso significa que quieren comenzar hoy? —preguntó Megan.

—Lamentablemente, no podemos. Tenemos que esperar a que llegue un paquete de FedEx antes de poder comenzar, además de sumergir la muestra de tela en una solución salina. —Miró a Spencer—. Supongo que no habrá llegado nada para nosotros esta mañana.

—¿Cuándo lo enviaron?

—Lo enviaron anoche desde Boston.

—¿Cuánto pesa? —quiso saber Spencer—. Eso establece una diferencia cuando llega. Nassau es, después de todo, un destino internacional para un envío desde Boston. Si fuese un sobre o un paquete muy pequeño, podría recibirlo mañana por la mañana a primera hora, o quizá a última hora de esta tarde.

—No es un sobre —le explicó Stephanie—. Será un paquete lo bastante grande como para contener un recipiente con un cultivo de tejido criopreservado además de una serie de reactivos.

—Entonces lo más temprano que puede esperar recibirlo será mañana a última hora —dijo el director de la clínica—. Si tiene que pasar por la Aduana, tardará un día más como mínimo.

—Es importante que pongamos el cultivo en el congelador antes de que se estropee —señaló Daniel.

—Llamaré a la Aduana para que agilicen los trámites —ofreció Spencer—. Durante el año pasado, mientras construían la clínica, tuvimos que tratar con ellos casi a diario.

La técnica de laboratorio se acercó con el frasco de la solución salina. Era una afroamericana de piel clara de unos veintitantos años que llevaba los cabellos recogidos en un rodete muy prieto.

Las pecas agraciaban el puente de la nariz, y un impresionante despliegue de *piercings* con las correspondientes joyas bordeaban sus orejas.

—Esta es Maureen Jefferson —dijo Paul—. La llamamos Mare. No quiero avergonzarla, pero tiene un toque de oro cuando se trata de usar las micropipetas y hacer las transferencias nucleares. Así que si necesitan ayuda, ella estará aquí. ¿No es así, Mare?

La muchacha sonrió recatadamente mientras le entregaba el recipiente a Daniel.

—Es muy generoso de su parte —manifestó Stephanie—. pero creo que nos podemos arreglar muy bien en la manipulación celular.

Mientras los demás miraban, Daniel sacó del bolsillo el sobre de celofán. Con unas tijeras que le ofreció Megan, cortó uno de los extremos. Luego apretó los bordes para abrirlo, y a continuación dejó caer el pequeño trozo de tela con la mancha de sangre sin tocarla en la solución salina. La muestra flotó en la superficie del líquido. Cerró el frasco con el tapón de goma y lo apretó. Con un rotulador que también le entregó Megan escribió las iniciales ST en la etiqueta del recipiente.

—¿Hay algún lugar seguro donde guardar la muestra mientras se disuelven los componentes de la sangre? —preguntó Daniel.

—Todo el laboratorio es seguro —le informó Paul—. No tiene motivos para preocuparse. Disponemos de nuestro propio equipo de seguridad.

—Considere esta clínica como el Fort Knox de Nassau —manifestó Spencer.

—Puede guardarlo en mi despacho —dijo Megan—. Incluso puedo guardarlo en mi caja de seguridad.

—Se lo agradecería —declaró Daniel—. Es irreemplazable.

—No tenga miedo —insistió Paul—. Estará bien protegida, créame ¿Le importaría si la cojo un momento?

—Claro que no —contestó Daniel. Le entregó el frasco a Paul.

El científico levantó el frasco para que le diera la luz de lleno.

—¿Se lo pueden creer? —comentó mientras miraba el pequeño trozo de tela rojiza que flotaba en la superficie del líquido—.

¡Tenemos el ADN de Jesucristo! Me estremezco solo con pensarlo.

—No nos pongamos melodramáticos —señaló Spencer.

—¿Cómo lo hizo para conseguirlo? —preguntó Paul, sin hacer caso del comentario de Spencer.

—Contamos con ayuda eclesiástica al más alto nivel —respondió Daniel vagamente.

—¿Y eso cómo lo consiguió? —quiso saber Paul, sin apartar la mirada del recipiente al tiempo que lo hacía girar.

—No fue cosa nuestra —dijo Daniel—. Lo hizo nuestro paciente.

—Vaya. —Paul bajó el recipiente y miró a Spencer—. ¿Su paciente está relacionado con la Iglesia católica?

—No que nosotros sepamos.

—Como mínimo, tiene que ser alguien con una considerable influencia —sugirió Spencer.

—Quizá —admitió Daniel—. No lo sabemos.

—Después de haber estado en Italia —dijo Spencer—, ¿qué opina respecto a la autenticidad de la Sábana Santa?

—Tal como le comenté en nuestra conversación telefónica —respondió Daniel, con una exasperación apenas disimulada—, no nos interesa entrar en la controversia referente a la autenticidad del sudario. Solo lo utilizamos debido a la insistencia de nuestro paciente como fuente del ADN que necesitamos para el RSHT. —A Daniel no le interesaba en lo más mínimo mantener un debate con estos granujas.

—Espero con ansia el momento de conocer a su paciente —comentó Paul—. Él y yo tenemos algo en común: ambos creemos que la Sábana Santa es auténtica. —Le devolvió el frasco a Megan—. ¡Mucho cuidado con esto! Tengo el presentimiento de que este trocito de tela hará historia.

Megan sujetó el frasco con las dos manos. Miró a Daniel.

—¿Qué quiere hacer con esta suspensión? —preguntó—. No esperará que la tela se disuelva, ¿verdad?

—Por supuesto que no. Solo quiero que se desprenda de la muestra todo el ADN linfocítico y se mezcle con la solución. Dentro de unas veinticuatro horas, pasaré una alícuota por el PCR. La electroforesis con algunos controles nos dará una idea de lo que tenemos. Si encontramos los suficientes fragmentos de ADN, cosa que a mi juicio sucederá, los amplificaremos y luego veremos si nuestras sondas recogen lo que necesitamos para el RSHT. Como es lógico, tendremos que hacerlo varias veces y secuenciar cualquier hueco. En cualquier caso, mantendremos la muestra en la solución salina hasta disponer de lo que necesitamos.

—Muy bien —dijo Megan—. Guardaré el frasco en mi caja de seguridad. Ya me avisará cuando la necesite.

—Perfecto —asintió Daniel.

—Si hemos terminado aquí, podríamos ir al edificio de la clínica —propuso Spencer. Consultó su reloj—. Querrán ver los quirófanos y las habitaciones de los pacientes. Les presentaré al personal, y luego iremos a la cafetería. Nos tienen preparada una mesa, y hemos invitado al doctor Rashid Nawaz, el neurocirujano. Nos pareció que querrían conocerlo.

—Así es —afirmó Daniel.

A Gaetano le pareció que había transcurrido una eternidad, pero había llegado finalmente su turno en el mostrador de la agencia de alquiler de coches. Se preguntó por qué las personas que le habían precedido en la cola habían tardado tanto en alquilar un maldito coche, cuando lo único que debían hacer era firmar el puñetero contrato. Consultó su reloj. Las doce y media. Había llegado veinte minutos antes, aunque había salido del aeropuerto Logan a las seis de la mañana, antes de que amaneciera. El problema fue la falta de vuelos directos, por lo que tuvo de hacer transbordo en Orlando.

Se balanceó impaciente. Sal y Lou le habían dejado muy claro que querían que realizara su misión en un solo día y regresara a Boston. Le habían advertido específicamente que no iban a tolerar ninguna excusa, aunque también estaban de acuerdo en que el éxito dependía de que Gaetano estableciera contacto rápidamente con el doctor Daniel Lowell, algo que no se podía asegurar, dado que, como habían admitido amablemente, había algunas variables que tener en cuenta. Gaetano había prometido hacer todo lo posible, aunque no tendría ni la más mínima oportunidad de hacer su trabajo si no conseguía llegar de una maldita vez al Ocean Club.

El plan era sencillo. Gaetano debía ir al hotel, localizar a su objetivo, quien según Lou y Sal estaría tomando el sol en la playa y disfrutando del agua, convencerlo para que saliera del hotel, y hacer lo que debía, o sea transmitir el mensaje de los jefes y sacudirlo a base de bien para que se tomara el mensaje en serio. Hecho esto, Gaetano debía ir pitando al aeropuerto y coger un avión de vuelta a Miami a tiempo para coger el último vuelo a Boston. Si esto no sucedía por alguna razón desconocida, entonces Gaetano realizaría su misión al anochecer, siempre y cuando el profesor saliera del hotel, y luego se alojaría en alguna pensión y regresaría al día siguiente. El único problema con este último plan era que no había ninguna garantía de que el objetivo saliera del hotel, lo que significaría que habría que dejarlo todo para el día siguiente. En ese caso, Lou y Sal pillarían un cabreo, por mucho que Gaetano quisiera explicarlo, así que se veía entre dos fuegos. La cuestión importante era que a Gaetano lo necesitaban en Boston. Tal como le habían recordado sus patrones, había mucho que hacer en estos días, con el rollo de que se hundía la economía y que la gente se lamentaba de no tener el dinero para pagar los préstamos y las deudas de juego.

Gaetano se enjugó el sudor que le chorreaba por la frente. Iba vestido con lo que había sido un pantalón impecablemente planchado, una camisa de manga corta estampada, y una americana azul. La idea era presentar un aspecto digno y evitar parecer un vagabundo que rondaba por el Ocean Club. Ahora llevaba la americana al hombro y el pantalón mostraba unas arrugas considerables a la altura de las corvas. Para colmo, su constitución física no era la más adecuada para soportar el húmedo calor tropical.

Quince minutos más tarde, Gaetano entró en el aparcamiento, donde hacía más calor que en el mismísimo infierno, para recoger un jeep Cherokee blanco. Si antes había tenido calor, ahora se asaba, y la camisa se le pegaba en las empapadas axilas. Llevaba un bolso en la mano derecha con lo mínimo indispensable y en la izquierda la documentación del coche y un mapa que le habían dado en el mostrador de la agencia. La idea de conducir por la izquierda, como le había dicho el empleado, le había preocupado un poco, pero ahora consideraba que no tendría mayores dificultades, siempre y cuando no lo olvidara. Le parecía el colmo de la ridiculez que en las Bahamas circularan por el lado equivocado.

Encontró el coche. Entró sin perder ni un segundo y arrancó el motor. Lo primero que hizo fue poner el aire acondicionado al máximo y dirigir todas las salidas de aire hacia él. Después de echar una ojeada al mapa, lo dejó desplegado en el asiento del acompañante y salió del aparcamiento.

Habían hablado de conseguir un arma, pero después habían desistido. En primer lugar, llevaría tiempo, y en segundo, no necesitaba un arma para tratar con un profesor gilipollas. Miró el mapa de nuevo. La ruta no tenía complicaciones dado que la mayoría de las carreteras llevaban a Nassau. Una vez allí, cruzaría el puente para ir a isla Paradise, donde no tendría problemas para dar con el Ocean Club.

Gaetano sonrió al pensar en las vueltas del destino. Unos pocos años antes, ¿quién hubiese imaginado que estaría conduciendo en las Bahamas, vestido como un dandi, la mar de contento, y con las posibilidades de un poco de acción? La excitación hizo que se le erizaran los cabellos de la nuca. A Gaetano le gustaba la violencia en todas sus formas. Era una adicción que le había metido en problemas en el pasado, desde la escuela primaria, pero sobre todo en el instituto. Le encantaban las películas y los videojuegos más violentos, pero sobre todo le gustaba la violencia real. Gracias a su corpachón y una muy buena preparación física, se las había apañado para salir victorioso en la mayoría de las refriegas.

El gran problema lo había tenido en el 2000. Gaetano y su hermano mayor trabajaban de lo que él seguía haciendo, como matones, pero en aquel entonces lo hacían para una de las grandes familias del crimen organizado de Queens, Nueva York. Había salido un trabajo, y se lo habían encomendado a él y a su hermano Vito. Tenían que darle una lección a un poli que cobraba el soborno pero que no cumplía con su parte del trato. Era un trabajo sencillo, pero se había torcido. El poli había sacado un arma que llevaba oculta y había conseguido herir de gravedad a Vito antes de que Gaetano pudiera desarmarlo.

Lamentablemente, Gaetano había perdido los estribos. Cuando se acabó la pelea, no solo había matado al policía, sino también a la esposa y al hijo adolescente del tipo, que habían sido lo bastante estúpidos para meterse en la bronca, la mujer con un arma y el chico con un bate de béisbol. Todo el mundo estaba furioso. Nadie había esperado que pudiera pasar nada semejante y había provocado una reacción desmesurada por parte del cuerpo de policía de Nueva York, como si el poli muerto hubiese sido un héroe. En un primer momento, Gaetano creyó que lo sacrificarían, ya fuera pegándole un tiro o entregándolo a la poli en bandeja de plata. Pero entonces, cuando menos lo esperaba, surgió la oportunidad de largarse a Boston y trabajar para los hermanos Castigliano, que tenían un parentesco lejano con la familia para la que habían trabajado, los Baresse.

Verse en Boston no le hizo mucha gracia. Detestaba la ciudad, a la que veía como un pueblucho de mala muerte comparada con Nueva York, y detestaba trabajar de empleado en una empresa de suministros de fontanería, un puesto que consideraba degradante. Sin embargo, poco a poco se fue acostumbrando.

—¡Caramba! —exclamó Gaetano, cuando vio el mar de las Bahamas. Nunca había visto unos colores tan vivos. A medida que aumentaba el tráfico, redujo la velocidad y disfrutó del paisaje. Se había acostumbrado más fácilmente de lo que esperaba a conducir por la izquierda, cosa que le permitía mirar a placer, y había mucho para recrearse la vista. Comenzó a pensar con más optimismo en sus planes para la tarde hasta que entró en Nassau. Se encontró sin más metido en un atasco, y durante un tiempo estuvo parado detrás de un autobús.

Miró su reloj. Era la una pasada. Sacudió la cabeza mientras su optimismo se esfumaba rápidamente. Sus posibilidades de hacer lo que debía y estar de regreso en el aeropuerto alrededor de las cuatro y media, si es que pretendía llegar a tiempo para coger el vuelo de Miami a Boston, se iban reduciendo con el paso de los minutos.

—¡A tomar por saco! —proclamó Gaetano vehementemente. De pronto decidió que no permitiría que el factor tiempo le estropease el día. Inspiró profundamente y miró a través de la ventanilla. Incluso le sonrió a una hermosa mujer negra que le devolvió la sonrisa, y le hizo pensar que podría disfrutar de una noche muy agradable. Bajó el cristal de la ventanilla, pero la mujer ya había desaparecido. Un momento más tarde, el autobús que tenía delante se puso en marcha.

Gaetano prosiguió su camino y cruzó el grácil puente que unía las islas New Providence y Paradise, y no tardó en llegar al aparcamiento del Ocean Club, que, a la vista de los coches aparcados, era más para el personal del hotel que para los huéspedes.

Dejó el bolso y la americana en el asiento de atrás del Cherokee, se apeó, y caminó en dirección oeste por un sendero bordeado de árboles y flores antes de desviarse hacia el norte entre dos de los edificios. Esto lo llevó hasta la zona de césped que separaba el hotel de la playa. Dobló hacia el este, y regresó hacia los edificios centrales donde estaban los espacios públicos y los restaurantes. Se sintió impresionado por todo lo que veía. Era un entorno de primera.

En lo alto de una pendiente que bajaba hasta la playa había un restaurante al aire libre con un bar en el centro y techo de cañas desde donde se disfrutaba de una preciosa vista. A la una y media, el comedor estaba a rebosar, y había una larga cola de clientes que esperaban a que se desocupara una mesa o los taburetes del bar. Gaetano se detuvo y sacó las fotos para mirar de nuevo las imágenes del profesor y la hermana de Tony. Su mirada se regodeó en la hermana, y lamentó que no fuera ella el objetivo. En su rostro apareció una sonrisa mientras pensaba en las diversas maneras de hacerle llegar un mensaje con la contundencia adecuada.

Provisto con la imagen mental de las personas que buscaba, Gaetano caminó lentamente alrededor del bar y el restaurante. Las mesas estaban dispuestas en el borde exterior del círculo con el bar en el centro. Todas las mesas y taburetes estaban ocupados, la mayoría por personas de todas las edades y tamaños, vestidas con trajes de baño, camisetas y pareos.

Gaetano se encontró de nuevo donde había comenzado, sin haber visto a nadie que se pareciera al tipo o a la chica. Abandonó el restaurante, bajó las escaleras hasta un rellano donde había varias duchas, y bajó por otro tramo de escaleras que conducían a la playa. A la derecha, al pie de las escaleras, estaban las tumbonas, las sombrillas y las toallas para los huéspedes. Gaetano se quitó los zapatos y los calcetines, y se recogió las perneras de los pantalones antes de caminar hasta donde el agua lamía la orilla. Cuando metió los pies en el agua, se arrepintió de no haber traído un bañador. El agua era transparente como el cristal, poco profunda, y deliciosamente tibia.

Gaetano caminó por la arena en dirección este, atento a los rostros de los bañistas. No había muchos, porque la mayoría estaban comiendo. Cuando llegó a un extremo donde ya no había nadie más, dio la vuelta y caminó hacia el oeste. Cuando allí tampoco encontró a su presa, decidió que el profesor y la hermana no estaban en la playa. Vaya pérdida de tiempo, pensó malhumorado.

Cruzó la playa y recuperó los zapatos. Se hizo con una toalla y subió al rellano donde se lavó los pies. Se calzó los zapatos, volvió a subir las escaleras; esta vez siguió por un sendero que cruzaba el césped delante del edificio principal del hotel que imitaba el estilo colonial. En el interior, se encontró en lo que parecía la sala de estar de una mansión. Un pequeño bar en una esquina con seis taburetes le recordó que esto era, después de todo, un hotel. El barman aprovechaba la ausencia de clientes para limpiar las copas.

Gaetano cogió el teléfono que estaba en una mesa con recado de escribir, y llamó a la telefonista del hotel. Le preguntó cómo podía llamar a la habitación de uno de los huéspedes y la empleada le dijo que ella lo conectaría. Gaetano le dio el número de la habitación: 108.

Mientras sonaba el teléfono, Gaetano se sirvió una pieza de la fruta que había en un bol. El teléfono sonó diez veces antes de que la telefonista apareciera en la línea para preguntarle si quería dejar un mensaje. Gaetano le respondió que llamaría más tarde y colgó.

Fue en ese momento en que Gaetano se preguntó si el hotel tendría una piscina. No la había visto donde la esperaba, en medio del césped entre el hotel y la playa, pero dado que el hotel disponía de mucho espacio, bien podía ser que tuvieran una. Así que cruzó la sala para ir a la recepción, donde le dieron toda clase de explicaciones.

Resultó ser que la piscina estaba en el lado este, lejos del océano y al pie de un jardín de varias terrazas, coronado por un templete medieval. Gaetano se sintió impresionado por el entorno pero desilusionado al tener la misma suerte que había tenido en la playa. El profesor y la hermana de Tony no se encontraban en la piscina ni en el bar anexo. Tampoco estaba en el gimnasio ni en ninguna de las numerosas pistas de tenis.

—¡Joder! —murmuró Gaetano. Era obvio que su objetivo no se encontraba en el hotel. Consultó su reloj. Eran más de las dos. Sacudió la cabeza. En lugar de preguntarse si tendría que pasar allí la noche, comenzó a pensar en cuántas noches más necesitaría si las cosas seguían a este ritmo.

Volvió sobre sus pasos, y en la recepción encontró un cómodo sofá con una mesa de centro donde estaban el bol de frutas y una pila de revistas, y desde donde disponía de una clara visión de la entrada principal. Resignado a esperar, Gaetano se sentó y se puso cómodo.

16

Viernes, 1 de marzo de 2002. Hora: 14.07

Paul dejó a Spencer, que iba a su lujoso despacho, y bajó las escaleras que conducían al sótano del edificio central después de despedirse de sus visitantes. A menudo se preguntaba qué haría Spencer durante toda la jornada metido en aquella enorme habitación, que tenía cuatro veces el tamaño del despacho de Paul y era diez veces más suntuoso. No obstante, a Paul no le molestaba en lo más mínimo. Había sido la única exigencia de Spencer durante la construcción de la nueva clínica. Más allá de insistir en disponer de un espacio ridículamente grande, Spencer le había dejado hacer a su voluntad, sobre todo en lo refente al laboratorio y los equipos. Por otra parte, Paul disponía de un segundo despacho, aunque muy pequeño, en el mismo laboratorio, que utilizaba muchísimo más que el primero en el edificio de la administración.

Paul silbaba feliz mientras abría la puerta blindada al pie de las escaleras. Tenía motivos para estar de buen humor. No solo esperaba un buen respaldo a su legitimidad como investigador en el campo de las células madre gracias a su colaboración con un posible premio Nobel, sino todavía más importante, consideraba la perspectiva de un cuantioso y muy necesitado aporte financiero para la clínica. Como la mitológica ave fénix, Paul había vuelto a resurgir de las cenizas, y esta vez en el sentido más literal. Menos de un año atrás, él y otros altos cargos de la clínica habían tenido que escapar de Massachusetts cuando los bárbaros convertidos en alguaciles federales asaltaban la entrada del establecimiento. Afortunadamente, Paul había previsto los problemas derivados de lo que había estado haciendo en sus investigaciones, aunque había supuesto que las dificultades las tendría con la FDA, no directamente con el Departamento de Justicia, y por lo tanto había preparado planes muy detallados para trasladar la clínica fuera del territorio nacional. Durante casi un año, había estado vaciando las cuentas a espaldas de Spencer, algo que le había resultado muy sencillo, dado que Spencer se había casi retirado a Florida. Paul había utilizado el dinero para comprar el solar en las Bahamas, diseñar una nueva clínica y comenzar la construcción. El inesperado asalto por parte de las fuerzas de la ley tras un par de chivatazos solo había significado que él y sus cómplices habían tenido que marcharse precipitadamente antes de que acabara la construcción de la nueva clínica. También les había obligado a activar un plan de destrucción total, que disponía el incendio de las instalaciones para eliminar todas las pruebas.

La ironía para Paul era que el reciente renacimiento desde las cenizas había sido su segunda recuperación milagrosa. Solo siete años antes, sus perspectivas habían sido catastróficas. Tenía prohibido ejercer en los hospitales y estaba a punto de perder su licencia médica en el estado de Illinois cuando solo hacía dos años que había acabado su período de residencia como obstetra y ginecólogo. Había sido por culpa de una estúpida estafa a la seguridad social que había copiado y después mejorado de algunos colegas locales. El problema le había forzado a escapar del estado. El azar le había llevado a Massachusetts, donde había aceptado un puesto de profesor de reproducción asistida para evitar que la junta médica de Massachusetts descubriera sus problemas en Illinois. Su suerte se había mantenido cuando uno de los profesores resultó ser Spencer Wingate, que pensaba retirarse. El resto era historia.

—¡Si mis amigos pudieran verme ahora! —murmuró Paul alegremente, mientras caminaba por el pasillo central del sótano. Estos comentarios eran su pasatiempo favorito. Por supuesto, utilizaba el término *amigos* un tanto a la ligera, dado que no tenía muchos; había sido un solitario durante la mayor parte de su vida, después de ser la víctima de todas las bromas a lo largo de sus años de formación. Siempre había sido muy trabajador, y sin embargo nunca había conseguido estar a la altura de las exigencias sociales, al margen de licenciarse en medicina. Pero ahora, con un laboratorio soberbiamente equipado a su disposición e incluso sin la amenaza de la supervisión de la FDA, sabía que estaba en posición de convertirse en el investigador biomédico del año, quizá de la década... quizá del siglo, si tenía en cuenta el potencial de la clínica Wingate para disfrutar del monopolio de la clonación terapéutica y reproductiva. Por supuesto, para Paul, la idea de convertirse en un famoso investigador era la mayor de las ironías. Nunca lo había considerado, carecía de la preparación adecuada para serlo, e incluso tenía el dudoso honor de haber sido el último de la clase en la facultad de medicina. Paul se rió para sus adentros, consciente de que en realidad debía su actual posición no solo a la suerte, sino también a la preocupación de los políticos estadounidenses con el tema del aborto, que les hacía olvidar todo lo referente a la esterilidad y perjudicar la investigación en el campo de las células madre. De no haber sido por eso, los investigadores del país estarían donde él estaba ahora.

Paul llamó a la puerta de Kurt Hermann. Kurt era el jefe de seguridad de la clínica y uno de sus primeros contratados. Al poco tiempo de su llegada a la clínica Wingate, Paul había intuido el inmenso negocio de la esterilidad, sobre todo si se estaba dispuesto a saltarse las normas y aprovechar al máximo la falta de supervisión en la materia. Con eso en mente, Paul había asumido que la seguridad sería un tema básico. Por consiguiente, había querido buscar a la persona adecuada para el trabajo, alguien sin muchos escrúpulos, por si se presentaba la necesidad de aplicar métodos draconianos, alguien muy machista en el sentido no sexista del término, y alguien con mucha experiencia. Paul había encontrado todos estos requisitos en Kurt Hermann. El hecho de que el hombre hubiese sido licenciado de las fuerzas especiales del ejército norteamericano en circunstancias muy poco honrosas, después de una serie de asesinatos de prostitutas en la isla de Okinawa, no había preocupado a Paul en lo más mínimo. Al contrario, le había parecido un galardón.

Abrió la puerta cuando escuchó la voz de Kurt, que lo invitaba a entrar. El jefe de seguridad había diseñado sus dependencias. La habitación principal era una combinación de despacho con un par de mesas y sus correspondientes sillas, y un pequeño gimnasio con media docena de aparatos. También había una colchoneta para la práctica del taekwondo. Además, había una sala de vídeo con toda una pared ocupada por monitores de televisión que mostraban las imágenes captadas por las cámaras de vigilancia instaladas por todo el complejo. Había un pasillo que conducía a un dormitorio y un baño. Kurt disponía de un apartamento más grande en la planta alta del laboratorio, pero en algunas ocasiones permanecía en su despacho durante varios días. Al otro lado del dormitorio había una celda con un lavabo, un inodoro, y un camastro de hierro.

El sonido metálico de las pesas llamó la atención de Paul que se dirigió hacia el gimnasio. Kurt Hermann se sentó en el banco al verle entrar. Iba vestido como de costumbre, con una camiseta negra ajustada, pantalón negro, y zapatillas a juego, algo que ofrecía un brusco contraste con sus cabellos de un color rubio sucio muy cortos. En una ocasión, Paul le había preguntado al pasar por qué insistía en vestir de negro a la vista de la intensidad del sol en las Bahamas. Kurt se había limitado a encogerse de hombros y a enarcar las cejas. En general, era hombre de pocas palabras.

—Tenemos que hablar —dijo Paul.

Kurt no respondió. Se quitó las muñequeras, se enjugó el sudor de la frente con una toalla, y fue a sentarse a la mesa. Los músculos pectorales y los tríceps tensaron la tela de la camiseta cuando apoyó los brazos en la mesa.

Después de sentarse, permaneció inmóvil. A Paul le recordó un gato dispuesto a saltar.

Cogió una silla, la colocó delante de la mesa, y se sentó.

—El doctor y su amiga han llegado a la isla —dijo Paul.

—Lo sé —respondió Kurt con una voz monótona. Giró el monitor que tenía sobre la mesa. En la pantalla aparecía la imagen congelada de Daniel y Stephanie en el momento en que se acercaban a la entrada del edificio de la administración. Sus rostros se veían con toda claridad; entrecerraban los párpados para protegerse los ojos del resplandor del sol.

—Una muy buena toma —comentó Paul—. Hace justicia a la hermosura de la mujer.

Kurt giró de nuevo el monitor pero no dijo palabra.

—¿Hemos conseguido alguna información referente a la identidad del paciente desde la última vez que hablamos? —preguntó Paul.

Kurt sacudió la cabeza.

—¿Las búsquedas en el apartamento y las oficinas no dieron ningún resultado?

—Ninguno —respondió el jefe de seguridad.

—Detesto ponerme pesado —añadió Paul—, pero necesitamos averiguar quién es esa persona lo antes posible. Cuanto más tardemos, menores serán nuestras posibilidades de aumentar nuestra compensación. Necesitamos el dinero.

—Las cosas serán más sencillas ahora que están en Nassau.

—¿Cuál es la estrategia?

—¿Cuándo comenzarán a trabajar en la clínica?

—Mañana, siempre y cuando reciban el paquete de FedEx que esperan.

—Necesito hacerme con sus ordenadores portátiles y sus móviles durante unos minutos —dijo Kurt—. Para eso, quizá necesite la ayuda del personal del laboratorio.

—¿Sí? —A Paul le llamó la atención que Kurt pidiera ayuda—. ¡Por supuesto! Hablaré con la señorita Finnigan. ¿Qué debe hacer?

—Después de que comiencen a trabajar, necesitaré saber dónde tienen los ordenadores, y con un poco de suerte los móviles, cuando vayan a la cafetería.

—Eso parece bastante sencillo —opinó Paul—. Megan seguramente les facilitará alguna taquilla para que guarden sus efectos personales. ¿Para qué necesita los móviles? Entiendo que pueda necesitar los ordenadores, pero ¿por qué los móviles?

—Para ver las identificaciones de las llamadas recibidas —respondió Kurt—. No es que espere descubrir gran cosa, a la vista de lo precavidos que se han mostrado hasta ahora. Ni tampoco espero nada de los ordenadores. Eso sería demasiado fácil. Estos profesores están lejos de ser unos estúpidos. Lo que de verdad quiero hacer es meter un micro en los móviles para controlar las llamadas. Así encontraremos lo que queremos saber. El lado malo es que la escucha tendrá que hacerse desde muy cerca, en un radio de unos treinta metros más o menos, debido a las limitaciones de la potencia. Una vez instalados los micros, Bruno o yo mismo tendremos que mantenernos dentro del alcance de los aparatos.

—¡Menudo trabajo! —afirmó Paul—. Confío en que no olvidará que aquí lo primordial es la discreción. No podemos permitirnos que se monte el más mínimo escándalo. Al doctor Wingate le daría una apoplejía.

Kurt le respondió con uno de sus inescrutables encogimientos de hombros.

—Sabemos que están alojados en el Ocean Club, en isla Paradise.

El jefe de seguridad apenas si movió la cabeza en un gesto de asentimiento.

—Hoy también nos hemos enterado de algo que podría ser útil —añadió Paul—. El misterioso paciente podría ser alguien que pertenece a las altas jerarquías de la Iglesia católica, algo que podría sernos muy beneficioso a la vista de la posición de la Iglesia en el tema de las células madre. Mantener el secreto podría valer mucho dinero.

Kurt no hizo ningún comentario al respecto.

—Bueno, no hay nada más. —Paul se palmeó las rodillas antes de levantarse—. Insisto en que necesitamos un nombre.

—Lo conseguiré —prometió Kurt—. Confíe en mí.

—Ahora ¿qué pasa? —preguntó Daniel, con un tono irritado—. ¿Has decidido no hablarme o qué? No has dicho ni mu desde que salimos de la clínica hace más de veinte minutos.

—Tú tampoco has dicho gran cosa —replicó Stephanie. Miraba a través de la ventanilla con una expresión de malhumor y no se molestó en volver la cabeza hacia Daniel.

—Dije que hacía un día precioso cuando subimos al coche.

—¡Oh, vaya! —exclamó Stephanie despectivamente—. Algo excelente para iniciar una conversación, a la vista de cómo ha ido la mañana.

Daniel miró enfadado a su compañera antes de volver su atención a la carretera. Circulaban por la costa norte de la isla, camino de regreso al hotel.

—No creo que seas ecuánime. Te has puesto hecha una fiera con nuestros anfitriones, algo que no quiero que vuelva a repetirse, y ahora que estamos solos, estás callada como una momia. Actúas como si hubiese hecho algo mal.

—Pues si lo quieres saber, no entiendo por qué no estás escandalizado con todo lo que pasa en la clínica Wingate.

—¿Te refieres a su supuesta terapia con las células madre?

—Incluso llamarlo terapia es una burda exageración. Es una pura y desvergonzada estafa médica. No solo roba el dinero y niega el tratamiento adecuado a unas personas desesperadas, sino que además desprestigia todo lo relacionado con las células madre, porque no cura nada, salvo que actúe como un placebo.

—Estoy escandalizado —afirmó Daniel—. Cualquiera lo estaría, pero también lo estoy con los políticos que hacen que esto sea posible y, al mismo tiempo, nos obligan a tratar con estas personas.

—¿Qué me dices del putativo comercio secreto que le permite a la clínica Wingate suministrar ovocitos humanos a pedido en un plazo de doce horas?

—Admito que eso también plantea un problema ético francamente preocupante.

—¿Preocupante? —repitió Stephanie con un tono que no podía ser más despectivo. ¿Por casualidad has visto el artículo sobre los ovocitos en la revista que nos dieron? —Desenrolló la revista, que había convertido en un cilindro, y la señaló—. El título del artículo número tres es «Nuestra amplia experiencia con la maduración in vitro de los ovocitos fetales humanos». ¿Eso qué te sugiere?

—¿Crees que consiguen los ovocitos de fetos abortados?

—Por lo que sabemos, no sería una suposición descabellada.

¿Te has fijado en cuántas jóvenes nativas embarazadas trabajan en la cafetería, ninguna de las cuales, debo añadir, parece ser una mujer casada? ¿Qué me dices de cómo presumía Paul de su experiencia en las transferencias nucleares? Estas personas son muy capaces de estar ofreciendo la clonación reproductiva, aparte de todo lo demás.

Stephanie exhaló un sonoro suspiro al tiempo que sacudía la cabeza. Se negó a mirar a Daniel, y continuó mirando a través de la ventanilla. Mantenía los brazos cruzados sobre el pecho.

—El mero hecho de estar allí y hablar con esa gente, y ya no digamos que vayamos a trabajar en la clínica, me hace sentir cómplice.

Permanecieron en silencio durante algunos minutos. Daniel habló cuando entraron en los aledaños de Nassau y tuvo que reducir la velocidad.

—Todo lo que dices es verdad. Pero también lo es que tenía una idea muy aproximada de lo que eran estas personas antes de venir aquí. Tú te encargaste de averiguar sus antecedentes en la red, y permíteme que cite tus palabras: «Estas personas no son nada agradables, y tendríamos que limitar nuestro trato con ellas». ¿Lo recuerdas?

—Por supuesto que sí —replicó Stephanie vivamente—. Fue en el restaurante Rialto, y de aquello no ha pasado ni una semana. —Suspiró—. ¡Caray! Han pasado tantas cosas en los últimos seis días, que es como si hubiese pasado un año entero.

—¿Me has entendido? —insistió Daniel.

—Supongo que sí, pero también dije que deseaba tener la seguridad de que al trabajar en su clínica, no estuviésemos avalando algo del todo inaceptable.

—Aún a costa de hacer el ridículo repitiéndome, estamos aquí para tratar a Butler y nada más. Estuvimos de acuerdo en ese punto, y eso es lo que haremos. No estamos en una cruzada para destapar las actividades ilegales de la clínica Wingate, ni ahora ni después de haber tratado a Butler, porque si la FDA descubre lo que hemos hecho, podríamos tener problemas.

Stephanie se volvió para mirar a Butler.

—Cuando al principio acepté participar en el tratamiento de

Butler, creí que el único compromiso que tendríamos era con la ética de la investigación. Desafortunadamente, parece que vamos cuesta abajo. Me preocupa saber adónde nos llevará todo esto.

—Siempre te queda la posibilidad de irte a casa —opinó Daniel—. Tú sabes más del trabajo celular, pero supongo que podría apañármelas.

—¿Lo dices de verdad?

—Sí. Tú tienes una técnica muy superior a la mía con las transferencias nucleares.

—No, me refiero a que no te importaría si me marchara.

—Si las concesiones éticas que debemos hacer van a conseguir que te sientas desgraciada o malhumorada y que seas desagradable, no me importará que te marches.

—¿Me echarías de menos?

—¿Es una pregunta con trampa? Ya te he dicho que prefiero mucho más que te quedes. Si me comparo contigo cuando trabajo con los ovocitos y los blastocitos en el microscopio diseccionador, siento como si tuviese seis dedos en cada mano.

—Me refiero a echarme de menos sentimentalmente.

—¡Por supuesto! Eso por descontado.

—Nunca lo es, sobre todo porque nunca lo has dicho. Pero no me malinterpretes; te agradezco que me lo digas ahora; también te agradezco que me dejes irme. Significa mucho para mí. —Stephanie suspiró una vez más—. Por mucho que me preocupe trabajar con esos imbéciles, no creo que deba dejarte que sigas solo. Me lo pensaré. Me tranquiliza saber que tengo una alternativa, y agradezco tus sentimientos. Después de todo, este asunto va desde el primer día en contra de lo que me dice la intuición y el buen juicio, y la experiencia de esta mañana no ha ayudado.

—Soy consciente de tus dudas y eso me hace apreciar más aún tu apoyo. Pero ya está bien. Sabemos que son unos tipejos y lo que hemos visto esta mañana lo confirma. Pasemos a otro tema. ¿Qué te ha parecido el neurocirujano paquistaní?

—¿Qué puedo decir? Me gusta su acento inglés, pero es bajito. Por otro lado, es un encanto.

—Intento ser serio —manifestó Daniel; de nuevo la irritación apareció en su voz.

—Pues yo intento ser graciosa. ¿Cómo puedes valorar a un profesional solo porque has comido con él? Al menos cuenta con una buena preparación en los mejores centros académicos de Londres, pero si es un buen cirujano, ¿quién lo puede decir? Al menos es un tipo tratable. —Stephanie se encogió de hombros—. ¿Tú qué opinas?

—Creo que es fantástico; es una suerte que lo tengamos con nosotros. El hecho de que tenga experiencia en la implantación de células fetales para el tratamiento de los enfermos de Parkinson es algo muy valioso. Me refiero a que va a usar el mismo procedimiento con nosotros. Implantar nuestras células dopaminérgicas clonadas será una mera repetición, con la diferencia de que saldrá bien. Intuí en él una sincera desilusión al ver los malos resultados de los estudios con células fetales que había hecho.

—Se le ve entusiasmado —añadió Stephanie—; lo reconozco, aunque no estoy del todo convencida de si era porque necesita el trabajo. Una cosa que me sorprendió fue su convencimiento de que no tardaría más de una hora.

—Pues a mí no —manifestó Daniel—. El único paso que requiere tiempo es colocar el equipo estereotáxico en posición. Trepanar e inyectar es algo que se hace rápido.

—Supongo que debemos dar gracias por haberlo encontrado sin problemas.

Daniel se limitó a asentir, y el silencio reinó en el coche durante unos minutos.

—Sé de otra razón por la que te alteraste tanto esta mañana —dijo Daniel de pronto.

—¿Sí? —preguntó Stephanie, que notó cómo volvía la tensión ahora que había conseguido relajarse un poco. No le interesaba en lo más mínimo escuchar otro detalle inquietante.

—Tu fe en la profesión médica debe estar en estos momentos por los suelos.

—¿De qué estás hablando?

—No se puede decir que Spencer Wingate sea el individuo bajo, rechoncho y con una verruga en la nariz que esperabas ver, aunque, como dije antes, bien puede ser que sea un fumador empedernido y tenga mal aliento.

Stephanie le pegó en el hombro juguetonamente varias veces.

—Después de todas las cosas que he dicho últimamente, es muy propio de ti recordar solo eso.

En la misma tónica divertida, Daniel simuló estar aterrorizado y se encogió contra su ventanilla para ponerse fuera de su alcance. En aquel momento, tuvieron que detenerse porque el semáforo que regulaba el acceso al puente a la isla Paradise estaba rojo.

—Paul Saunders es otra historia —comentó Daniel, al tiempo que se ponía en la posición correcta—. Así que quizá tu fe no haya sufrido un golpe irreversible, dado que su apariencia compensa plenamente el aspecto de estrella de cine de Spencer.

—Paul no es mal parecido —replicó Stephanie—. Tiene un cabello muy bonito, y el mechón blanco lo hace interesante.

—Sé que te cuesta criticar el aspecto físico de las personas —manifestó Daniel—. No es que lo comprenda, sobre todo en este caso, a la vista de lo que opinas de esta pareja, pero al menos tendrás que admitir que tiene una pinta extraña.

—Las personas no pueden elegir los rostros y los cuerpos, nacen con ellos. Yo diría que Paul Saunders es único. Nunca he visto a nadie con los ojos de diferente color.

—Tiene un síndrome genético epónimo —explicó Daniel—. Es algo poco frecuente, si no estoy equivocado, pero no recuerdo el nombre. Era una de esas enfermedades arcanas que de vez en cuando te aparecía en algún examen.

—¡Una enfermedad hereditaria! —afirmó Stephanie—. Por eso mismo no me gusta criticar el aspecto físico de las personas. ¿El síndrome puede provocar alguna consecuencia grave para la salud?

—Ahora mismo no lo recuerdo —admitió Daniel.

Cambió la luz del semáforo, y cruzaron el puente. La vista de la bahía de Nassau era impresionante, y ninguno de los dos dijo nada hasta llegar al otro lado.

—¡Eh! —exclamó Daniel. Cambió de carril para hacer un giro a la derecha y detuvo el coche—. ¿Qué te parece si aprovechamos para ir al centro comercial y compramos unas cuantas prendas? Como mínimo, necesitaremos bañadores para ir a la playa. Después de que llegue el paquete de FedEx no tendremos muchas oportunidades para disfrutar de los placeres de Nassau.

—Vayamos primero al hotel. Es hora de llamar al padre Maloney. Ya debe estar de regreso en Nueva York y quizá tenga alguna información referente a nuestro equipaje. Nuestras compras dependerán de si recibimos o no las maletas.

—¡Buena idea! —aprobó Daniel. Puso el intermitente de la izquierda y miró por encima del hombro mientras volvía al carril en dirección este.

Unos pocos minutos más tarde, Daniel condujo el coche más allá del aparcamiento y se detuvo delante mismo de la puerta del hotel. Los porteros acudieron rápidamente para abrir las puertas de los dos lados simultáneamente.

—¿No lo dejarás en el aparcamiento? —preguntó Stephanie.

—Que se encarguen los porteros —respondió Daniel—. Llamaremos al padre Maloney, pero lo encontremos o no, quiero volver para comprar los bañadores.

—De acuerdo —dijo Stephanie, mientras se apeaba del coche. Después de las tensiones de la mañana, ir de compras y disfrutar de una relajante visita a la playa le pareció la gloria.

Gaetano sintió que se le aceleraba el pulso y se le erizaban los cabellos de la nuca como si se hubiese tomado una dosis de anfetaminas. Finalmente, después de muchas falsas alarmas, las dos personas que entraron por la puerta principal del hotel se parecían a la pareja que buscaba. Sacó la foto que llevaba en el bolsillo de la camisa estampada sin perder ni un segundo. Mientras la pareja todavía estaba a la vista, comparó los rostros con los de la foto. «Bingo», murmuró. Guardó la foto y echó una ojeada al reloj. Las tres menos cuarto. Se encogió de hombros. Si el profesor cooperaba ya fuese saliendo a dar un largo paseo o, mejor todavía, se volvía a la ciudad, donde seguramente habían estado, Gaetano conseguiría coger el último vuelo a Boston.

La pareja desapareció de la vista por la derecha de Gaetano, al parecer a través del vestíbulo, más allá de los mostradores de la recepción. Con la mayor discreción, Gaetano dejó la revista que había estado leyendo, recogió la americana que había dejado en el respaldo del sofá, le sonrió al barman, que había tenido la amabilidad de charlar con él, con lo que había evitado llamar la atención de los guardias de seguridad, y siguió a la pareja. Cuando salió al exterior ya no estaban a la vista.

Gaetano caminó por el sinuoso sendero bordeado de árboles llenos de flores y setos. No le preocupaba no ver a la pareja, porque estaba seguro de que iban a su habitación, y él sabía dónde estaba la habitación 108. Mientras caminaba, lamentó que sus órdenes fueran no abordar al profesor en el hotel. Hubiese sido mucho más sencillo que esperar a que el hombre saliera del recinto.

Vio a sus presas en el momento en que entraban en su edificio. Siguió caminando en dirección al mar, y encontró una hamaca colgada entre dos palmeras que estaba en una posición estratégica. Colgó la americana en una de las cuerdas, y luego se subió con mucho cuidado. Desde este punto tenía la ventaja de ver si se dirigían a la playa, la piscina, o cualquier otra de las instalaciones del hotel. No podía hacer más que permanecer atento y vigilante, y confiar en que los planes de la pareja los llevaran lejos del hotel.

A medida que pasaban los minutos, el pulso de Gaetano volvió a la normalidad, aunque todavía le excitaba la inminente acción física. Estaba todo lo cómodo que podía desear, con la cabeza apoyada en una pequeña almohada de lona sujeta a la hamaca y un pie apoyado en el suelo para columpiarse suavemente. Se estaba fresco a la sombra de las palmeras. De haber tenido que esperar al sol se hubiese asado.

Una mujer con un biquini minúsculo y un pareo casi transparente pasó a su lado y le sonrió. Gaetano levantó la mano para corresponderle, y a punto estuvo de acabar en el suelo. Que él recordara, nunca se había acostado antes en una hamaca, y como no estaba tensada entre las palmeras sino floja, no tenía la firmeza que había imaginado. Se sentía más seguro si se cogía a los lados.

Iba a arriesgarse a soltar una mano para mirar el reloj cuando vio a la pareja. En lugar de dirigirse a la playa caminaban por el sendero de regreso al vestíbulo. Sin embargo, lo más importante era que no se habían cambiado de ropa. Gaetano no quería llamar a la mala suerte, pero vestidos como ahora, estaba claro que no iban a la piscina, y quizá se disponían a dejar el hotel.

En su intento de incorporarse rápidamente, consiguió que la hamaca diera una vuelta de campana y acabó ignominiosamente tumbado boca abajo en el suelo. Se levantó de un salto, y sintió una profunda vergüenza cuando descubrió que un par de chiquillos y su madre habían sido testigos de la caída.

Se limpió las briznas de hierba del pantalón y recogió las gafas de sol. Se enfadó al ver que los chiquillos se reían a su costa, y por un segundo, pensó en darles una lección sobre el respeto a sus mayores. Afortunadamente, la familia siguió su marcha, aunque uno de los mocosos se volvió para mirarlo por encima del hombro, con la misma expresión de burla. Gaetano le dedicó un gesto obsceno. Luego recogió la americana y siguió a la pareja.

Esta vez, Gaetano echó a correr; era importante no perderlos de vista. Los alcanzó antes de que llegaran al edificio central y acortó el paso. Respiraba con dificultad. Cuando entraron en el vestíbulo, Gaetano les pisaba los talones. Estaba lo bastante cerca como para escuchar su conversación, y también para notar que Stephanie era más hermosa de lo que parecía en la foto.

—¿Por qué no les dices que traigan el coche? —dijo Stephanie—. Solo tardaré un segundo. Quiero preguntar al recepcionista si necesitamos hacer reserva para cenar en el patio.

—De acuerdo —respondió Daniel amablemente.

Gaetano reprimió una sonrisa de placer; dio media vuelta y salió del vestíbulo por la misma puerta por la que había entrado. Se dirigió a paso rápido hacia el aparcamiento, y se subió al Cherokee. Arrancó y fue a situarse en un lugar desde donde veía el camino y la rotonda. Delante mismo de la puerta del hotel había un Mercury Marquis azul con el motor en marcha. Stephanie salió del edificio y subió al coche sin más demora.

—¡Bingo! —exclamó Gaetano alegremente.

Miró su reloj. Eran las tres y cuarto. De pronto, las piezas comenzaban a encajar.

El Mercury Marquis arrancó y pasó directamente por delante del Cherokee. Gaetano lo siguió, lo bastante cerca para leer la matrícula. Luego dejó que se alejaran un poco.

—¿Qué piensas de mi conversación con el padre Maloney? —preguntó Stephanie.

—Sigo tan confuso sobre su participación como lo estaba el día que salimos de Turín.

—Yo también —admitió Stephanie—. Confiaba en que se mostraría un poco más abierto que en Italia con toda esa historia de la intervención divina y que solo era un servidor de la voluntad de Dios. Pero al menos se ha ocupado de solucionar el problema de las maletas. Dada nuestra condición de fugitivos y lo que suele ocurrir con las maletas extraviadas, no hay duda de que es una prueba de la intervención divina.

—Quizá así sea, pero sin tener idea de cuándo pueden llegar, no creo que nos sea de mucha ayuda a corto plazo.

—Pues yo estoy dispuesta a creer que será pronto, así que limitaré mis compras a un traje de baño y unas pocas prendas imprescindibles.

Daniel entró en el aparcamiento y condujo por delante de las tiendas. Detuvo el coche cuando vio una tienda de ropa de mujer junto a otra de hombres. Los escaparates estaban puestos con mucho gusto, y las prendas respondían al corte europeo.

—No podría ser más conveniente —comentó Daniel mientras aparcaba el coche. Miró el reloj—. Si estás de acuerdo, nos encontraremos aquí dentro de media hora.

—Por mí, perfecto —dijo Stephanie, y se apeó del coche.

Con el mismo nerviosismo que había experimentado cuando la pareja salió del hotel, Gaetano metió el jeep en una de las plazas de aparcamiento con salida directa a la calle, desde la que tendría vía libre al puente que iba a la carretera hacia Nassau. En su trabajo siempre era importante tener previsto un camino que le permitiera escapar sin demora. Apagó el motor y miró por encima del hombro. Vio cómo la pareja se separaba; el profesor iba hacia la sastrería, mientras que la hermana de Tony caminaba hacia la tienda de ropa femenina.

No podía creerse este golpe de suerte. El problema había sido qué hacer con la mujer mientras él se ocupaba de su asunto con el profesor, dado que por decreto ella tenía que quedar fuera de la acción. Ahora la hermana no sería una complicación, siempre y cuando el profesor le brindara una oportunidad durante el tiempo que estaría solo. A la vista de que no tenía ninguna seguridad sobre el tiempo que su presa estaría solo, Gaetano se apeó del Cherokee de un salto. A medida que aceleraba el paso hasta trotar, su ansia fue en aumento. Para él, las maniobras que necesitaba para acercarse al objetivo eran como los juegos previos a un ciclo de excitación autogratificante, mientras que la violencia resultante era casi orgásmica. En realidad, para él, toda la experiencia era similar al acto sexual, pero mejor.

Para Daniel era un descanso bien venido estar solo, aunque únicamente fuese durante media hora. Las repetidas manifestaciones de Stephanie referentes a sus problemas de conciencia comenzaban a irritarlo. Descubrir que Spencer Wingate y sus socios estaban metidos en actividades dudosas no era una sorpresa, sobre todo después de todo lo que ella había encontrado gracias a la red. Confiaba en que sus actuales escrúpulos no le hicieran perder de vista el esquema general y se interpusiera en sus trabajos. Él se las podía arreglar sin su ayuda, pero no había mentido al afirmar que Stephanie estaba mucho más capacitada para la manipulación celular.

A Daniel no le gustaba comprar, y cuando entró en la tienda, tenía muy claro que no se entretendría mucho, para poder regresar al coche y disfrutar de la soledad. Todo lo que necesitaba comprar eran unas mudas de ropa interior, un bañador, y algunas prendas adecuadas para el trabajo, como unos pantalones de loneta y camisas de manga corta. Mientras estaban en Londres, Stephanie le había convencido para que se comprara pantalones, dos camisas de vestir, y una americana de mezclilla, así que por ese lado estaba cubierto.

El local era muy grande, a pesar de su modesta fachada, porque era largo. Junto a la puerta había una sección de golf muy bien provista y otra de tenis más pequeña, mientras que las prendas de vestir estaban más al fondo. La temperatura era fresca, y en el aire se olía a colonia mezclada con el olor de las telas. La música clásica sonaba a través de una multitud de altavoces. La decoración era la de un club, con el mobiliario de color caoba, grabados de caballos, y moqueta verde oscuro. Había otra media docena de clientes, todos en la sección de golf, cada uno acompañado por un vendedor.

Nadie se acercó a él, cosa que agradeció. Los vendedores siempre le molestaban con sus modales condescendientes, como si fuesen los árbitros del buen gusto. Cuando se trataba de prendas, Daniel era absolutamente conservador. Vestía lo mismo que en la universidad. Como iba a su aire, pasó de largo por la sección de deportes y se adentró en las profundidades de la tienda.

Daniel comenzó por lo más sencillo y buscó los bañadores. Encontró la sección y después la talla. Pasó unos cuantos entre docenas, y se decidió por un pantalón de baño azul oscuro. Consideró que era el más adecuado. Unos pasos más allá estaba la ropa interior. Siempre había usado los calzoncillos de tipo clásico, y no tardó en encontrar la talla.

Solo había gastado unos pocos minutos de su media hora de asueto cuando pasó a la sección de camisería. Descartó la mayoría, que eran de brillantes colores tropicales y estampados, y se decidió por las de tela oxford. Buscó la talla y cogió dos de color azul. Con el bañador, la ropa interior, y las camisas en la mano, fue hasta la sección de los pantalones. Le costó un poco más encontrar unos de loneta pero dio con ellos, aunque esta vez no tenía muy clara la talla. Un tanto irritado, cogió unos cuantos de diferentes largos, y buscó los probadores. Los encontró al fondo de todo de la tienda, más allá de las secciones de trajes y americanas, donde no había nadie.

Había cuatro probadores en una habitación con paneles de caoba y espejos en las paredes laterales. A esta habitación se accedía a través de unas puertas batientes. Cada probador tenía un espejo de cuerpo entero y todos tenían la puerta abierta. El primero de los probadores, que estaba a la derecha, doblaba en tamaño a los otros tres; Daniel se decidió por el más grande.

En el interior había una silla tapizada y varios colgadores. Daniel cerró la puerta y corrió el cerrojo; dejó las prendas en la silla y colgó los pantalones. Se quitó los zapatos, se desabrochó el cinturón, y se quitó el pantalón. Cogió uno de los nuevos; iba a ponérselo cuando tras un sonoro golpe la puerta se abrió violentamente y se estrelló contra uno de los tabiques, con tanta fuerza que el pomo lo perforó. Daniel notó una súbita opresión en la garganta mientras un débil gemido escapaba de sus labios.

Pillado como se dice con los pantalones bajados, Daniel se limitó a mirar al fornido intruso, que cerró la puerta a pesar de tener el marco astillado y que apenas se aguantaba de las bisagras. Luego el hombre se acercó al pasmado Daniel, que se fijó en los ojos de un color azul acerado que parecían tachones en una cabeza muy grande rematada por unos cabellos oscuros con un corte militar. Antes de que pudiese decir ni una palabra, el agresor le arrebató el pantalón que tenía en las manos y lo arrojó a un lado.

En el mismo momento en que Daniel encontró su voz para protestar, un puño apareció de la nada y le pegó en plena cara; la consecuencia fue que le rompió muchos de los capilares de la nariz y aplastó otros del párpado inferior derecho. Lanzado hacia atrás, Daniel chocó contra el espejo y se deslizó hasta quedar sentado sobre las piernas dobladas. La imagen del atacante flotó ante sus ojos. Solo consciente en parte de lo que pasaba y sin ofrecer resistencia, Daniel se vio levantado para después verse arrojado sobre la silla donde estaban las prendas que quería comprar. Sintió cómo la sangre le manaba de la nariz, y apenas conseguía ver con el ojo derecho.

—Escúchame, gilipollas —gruñó Gaetano, con su rostro casi pegado al de Daniel—. Seré breve. Mis jefes, los hermanos Castigliano, en nombre de todos los accionistas de tu puta compañía quieren que muevas el culo y regreses al norte para solucionar los problema de tu mierda de empresa. ¿Lo has entendido?

Daniel intentó hablar, pero sus cuerdas vocales no respondieron, así que asintió con un gesto.

—No es un mensaje complicado —añadió Gaetano—. Consideran que es una falta de respeto por tu parte estar aquí disfrutando del sol mientras su inversión de cien mil dólares se va al carajo.

—Estamos intentando... —consiguió decir Daniel, aunque su voz sonó como un chillido agudo.

—Sí, claro que lo estás intentando —se mofó Gaetano—. Tú y tu amiguita. Pero no es así como lo ven mis jefes, que preferirían mucho más ver que vuelves a Boston. Se hunda o no tu empresa, mis jefes esperan recuperar su dinero, por mucho que te busques unos abogados charlatanes. ¿Lo comprendes?

—Sí, pero...

—Nada de peros —le interrumpió Gaetano—. Quiero que esto quede bien claro. Tienes que decirme si lo entiendes. ¿Sí o no?

—Sí —gimió Daniel.

—Bien. Solo para estar seguro, tengo algo más en lo que quiero que pienses.

Gaetano golpeó a Daniel de nuevo sin previo aviso. Esta vez, fue en el lado izquierdo del rostro de Daniel, pero a diferencia del primer golpe, el matón utilizó la mano abierta. Sin embargo, fue un bofetón muy fuerte que arrancó a Daniel de la silla como si fuese un pelele y lo arrojó al suelo.

Daniel notó como si tuviese fuego en la mejilla y un pitido agudo en los oídos. Sintió cómo Gaetano lo empujaba con el pie antes de sujetarlo por los cabellos para apartarle la cabeza de la moqueta. Daniel abrió los ojos. Miró la silueta iluminada a contraluz de su atacante agachada sobre él.

—¿Puedo estar seguro de que has captado el mensaje? —preguntó Gaetano—. Porque quiero que sepas que podría haberte hecho mucho daño. Espero que lo comprendas. Por ahora no queremos hacerte mal porque tienes que ocuparte de salvar tu empresa. Por supuesto, eso podría cambiar si tengo que venir de nuevo desde Boston. ¿Lo has pillado?

—He entendido el mensaje —balbuceó Daniel.

Gaetano le soltó los cabellos, y la cabeza de Daniel golpeó contra el suelo. Permaneció inmóvil con los ojos cerrados.

—Esto es todo por ahora —se despidió Gaetano—. Espero no tener que hacerte otra visita.

Un segundo más tarde, Daniel escuchó el chirrido de la puerta cuando se abría y de nuevo cuando se cerraba. Luego reinó el silencio.

17

Daniel abrió los ojos después de permanecer absolutamente inmóvil durante unos minutos. Estaba solo en el probador; escuchó unas voces ahogadas al otro lado de la puerta. Le pareció que era uno de los vendedores que acompañaba a un cliente hasta uno de los otros probadores. Se sentó en el suelo y se miró en el espejo. El lado izquierdo de su rostro tenía un color rojo remolacha y un hilillo de sangre le chorreaba de la nariz hasta la comisura de los labios, antes de seguir hasta la barbilla. La hinchazón en el ojo derecho, que estaba amoratado le impedía abrir los párpados.

Se tocó la nariz y el pómulo derecho con la punta del dedo índice. Le dolía, pero no había un punto más doloroso que otro ni rebordes de hueso que indicaran que había sufrido una fractura. Se puso de pie y, después de un mareo momentáneo, se sintió razonablemente bien, excepto por el dolor de cabeza, la sensación de tener las piernas de goma y una inquietud como si acabara de tomar cinco tazas de café muy cargado. Tendió la mano; temblaba como una hoja. El episodio le había aterrorizado; nunca se había sentido tan absolutamente vulnerable.

Consiguió ponerse el pantalón aunque le costó mantener el equilibrio. Se limpió la sangre del rostro con el dorso de la mano, Mientras lo hacía, descubrió que tenía un corte en el lado interior de la mejilla. Con mucho cuidado, tocó la herida con la punta de la lengua. Afortunadamente, no era lo bastante grande como para que tuvieran que aplicarle puntos. Se arregló el cabello con los dedos a modo de peine. Después abrió la puerta y salió del probador.

—Buenas tardes —le saludó uno de los vendedores, de origen africano, elegantemente vestido y con un fuerte acento británico. Vestía un traje a rayas y el detalle de un pañuelo de seda que parecía haber explotado en el bolsillo del pecho. Estaba apoyado en la pared con los brazos cruzados mientras esperaba que su cliente saliera del probador. Miró a Daniel con una expresión de curiosidad aunque no dijo nada más.

Daniel, preocupado por cómo sonaría su voz, se limitó a asentir y esbozó una sonrisa. Avanzó con paso inseguro, muy consciente de sus temblores. Tenía miedo de dar la impresión de que estaba borracho. Sin embargo, a medida que caminaba, le resultó más fácil hacerlo. Respiró más tranquilo cuando el vendedor no le hizo ninguna pregunta. Quería evitar cualquier conversación. Solo deseaba salir de la tienda.

Cuando por fin llegó a la puerta, estaba seguro de que caminaba con normalidad. Abrió la puerta y asomó la cabeza al terrible calor exterior. Una rápida mirada al aparcamiento le convenció de que su musculoso atacante se había marchado hacía rato. Miró a través del escaparate de la tienda vecina, y vio a Stephanie muy entretenida con sus compras. Después de haber comprobado que ella estaba bien, caminó en línea recta hacia el Mercury Marquis.

Una vez en el interior del coche, Daniel abrió las ventanillas completamente para permitir que la brisa se llevara el tremendo calor acumulado en el interior durante los escasos minutos que había estado en la tienda. Exhaló un suspiro; le consolaba encontrarse en el entorno conocido de su coche alquilado. Movió el espejo retrovisor para poder mirarse con más atención. Le preocupaba sobre todo el ojo derecho, que ahora estaba prácticamente cerrado. Así y todo, se fijó en que la córnea estaba limpia, y que no había sangre en la cámara anterior, aunque había algunas hemorragias menores en la esclerótica. Después del tiempo que había pasado en las salas de urgencia durante su etapa como médico residente, sabía mucho respecto a los traumas faciales; en particular, de un problema llamado fractura estallada de la órbita. Para asegurarse de que eso no se había producido, comprobó si veía doble, sobre todo cuando miraba arriba y abajo. Afortunadamente, no era el caso. Así que acomodó el espejo retrovisor en la posición original y se reclinó en el asiento a esperar a Stephanie.

Stephanie salió de la tienda alrededor de un cuarto de hora más tarde, cargada con varias bolsas. Se protegió los ojos del sol, y miró hacia donde estaba el coche para saber si Daniel había vuelto; Daniel sacó la mano por la ventanilla y le hizo una seña. Stephanie respondió al saludo y se acercó corriendo. Él la observó mientras se acercaba.

Ahora que había tenido unos minutos para reflexionar sobre el ataque y su probable origen, su humor había pasado de la ansiedad a la furia, y gran parte de su enojo iba dirigido a Stephanie y a su familia. Aunque no le habían roto las rodillas, el modus operandi se parecía sospechosamente al de los mafiosos, cosa que le recordó de inmediato al hermano de Stephanie que estaba acusado por sus presuntas vinculaciones con el crimen organizado. No tenía idea de quiénes eran los Castigliano, pero iba a averiguarlo.

Stephanie abrió la puerta de atrás del lado del pasajero, y dejó las bolsas en el asiento trasero.

—¿Qué tal te ha ido? —preguntó alegremente—. Debo admitir que he comprado mucho y bien. —Cerró la puerta trasera, abrió la delantera y se sentó sin interrumpir la charla sobre sus compras. Cerró la puerta y cogió el cinturón de seguridad antes de mirar a Daniel. Cuando lo hizo, se interrumpió en mitad de la frase—. ¡Dios mío! ¿Qué le ha pasado a tu ojo? —exclamó.

—Es muy amable de tu parte advertirlo —respondió Daniel despectivamente—. Es obvio, que me han dado una paliza. Pero antes de que entremos en los detalles desagradables, quiero hacerte una pregunta. ¿Quiénes son los hermanos Castigliano?

Stephanie miró a Daniel, y esta vez no solo se fijó en el ojo a la funerala, sino también en la mejilla amoratada y la sangre seca en las aletas de la nariz y los labios. Sintió el deseo de tocarlo, pero se contuvo. Veía la furia reflejada en el ojo abierto y la había escuchado en su tono. Además, el nombre de los hermanos y su significado le había producido una parálisis momentánea. Se miró las manos apoyadas en el regazo.

—¿Hay algún otro pequeño detalle importante del que no has querido hablarme? —continuó Daniel, con el mismo sarcasmo—. Me refiero aparte de que a tu hermano lo acusaran de presunta participación en actividades mafiosas después de convertirse en accionista. Te repito la pregunta: ¿quiénes demonios son los hermanos Castigliano?

La mente de Stephanie funcionó a pleno rendimiento. Era verdad que no había compartido la noticia de que su hermano solo había aportado la mitad del dinero. No tenía ninguna excusa para no haberlo dicho, sobre todo cuando la noticia la había inquietado, y este segundo fallo la hacía sentirse como un ladrón al que han pillado dos veces por el mismo delito.

—Esperaba que al menos pudiéramos tener una conversación —manifestó Daniel cuando Stephanie permaneció en silencio.

—Podemos, y la tendremos —dijo Stephanie repentinamente. Miró a su compañero. Nunca se había sentido tan culpable en toda su vida. Lo habían herido y debía aceptar que gran parte de la responsabilidad era suya—. Primero dime si estás bien.

—Todo lo bien que se puede estar dadas las circunstancias. —Daniel arrancó y salió de la plaza de aparcamiento.

—¿Debemos ir al hospital o ver a un médico?

—¡No! No hay ninguna necesidad. Viviré.

—¿Qué me dices de la policía?

—¡Rotundamente no! Acudir a la policía, que podría decidir investigar, podría echar por tierra nuestros planes de tratar a Butler. —Daniel condujo hacia la salida.

—Quizá este sea otro augurio sobre todo este asunto. ¿Estás seguro de que no quieres renunciar a esta búsqueda faustiana?

Daniel miró a Stephanie con una expresión donde se mezclaban la cólera y el desprecio.

—No me puedo creer que seas capaz de sugerir algo así. ¡De ninguna manera! No voy a rendirme y perder todo aquello por lo que hemos trabajado solo porque una pareja de malhechores me haya enviado a una bestia para transmitirme un mensaje.

—¿Habló contigo?

—Entre golpe y golpe.

—¿Cuál fue exactamente el mensaje?

—En palabras del matón, se espera que mueva el culo, regrese a Boston y saque a flote a la compañía. —Daniel salió a la carretera y aceleró—. Algunos de nuestros accionistas, enterados de que estamos en Nassau, creen que hemos venido de vacaciones.

—¿Vamos de vuelta al hotel?

—Dado que he perdido mi entusiasmo por ir de compras, quiero ponerme un poco de hielo en este ojo.

—¿Estás seguro de que no deberíamos ir a un médico? El ojo está bastante mal.

—Quizá te sorprendas si te recuerdo que soy médico.

—Hablo de un médico de verdad, que ejerza.

—Muy gracioso, pero perdóname si no me río.

Recorrieron en silencio el corto trayecto hasta el hotel. Daniel metió el coche en el aparcamiento. Se apearon. Stephanie recogió sus bolsas. No sabía muy bien qué decir.

—Los hermanos Castigliano son conocidos de mi hermano Tony —admitió finalmente, mientras caminaban hacia el edificio.

—¿Cómo es que no me sorprendo?

—Aparte de eso, no los conozco ni sé nada más de ellos.

Abrieron la puerta de la habitación. Stephanie dejó las bolsas en el suelo. Culpable como se sentía, no sabía cómo enfrentarse a la muy justificada furia de Daniel.

—¿Por qué no te sientas? —sugirió, solícita—. Iré a buscar hielo.

Daniel se acostó en el sofá de la sala, pero se sentó inmediatamente. Estar acostado hacía que le latiera la cabeza. Stephanie se acercó con una toalla, donde había envuelto unos cubitos de hielo del recipiente que estaba en el mostrado junto al minibar. Se la dio a Daniel, que la puso con mucha delicadeza sobre el ojo hinchado.

—¿Quieres un analgésico? —preguntó Stephanie.

Daniel asintió. Stephanie le trajo varias pastilla, junto con un vaso de agua.

Mientras Daniel se tomaba el analgésico, Stephanie se sentó en el sofá con las piernas recogidas debajo de los muslos. Luego le relató a Daniel los detalles de su conversación con Tony la tarde del día en que se habían marchado a Turín. Concluyó el relato con una abyecta disculpa por no haberla mencionado. Explicó que, debido a todo lo demás que había estado ocurriendo entonces, le había parecido algo de menor importancia.

—Iba a decírtelo cuando regresáramos de Nassau y estuviera aprobada la segunda línea de financiación, porque quería considerar los doscientos mil dólares de mi hermano como un préstamo y devolvérselos con intereses. No quería que él ni sus socios pudieran tener en el futuro ninguna relación con CURE.

—Al menos estamos de acuerdo en algo.

—¿Vas a aceptar mis disculpas?

—Supongo que sí —manifestó Daniel, sin mucho entusiasmo—. ¿Así que tu hermano te advirtió del riesgo que suponía venir aquí?

—Lo hizo —admitió Stephanie—, porque no podía decirle la razón del viaje. Pero fue algo así como una advertencia genérica, y desde luego sin amenazas. Debo decir que todavía me cuesta creer que esté relacionado con esta agresión.

—¿Ah, sí? —exclamó Daniel sarcásticamente—. ¡Pues comienza a creerlo, porque tiene que estarlo! Si no ha sido tu hermano quien se lo dijo a los Castigliano, ¿cómo podían saber que estábamos en Nassau? No puede ser una coincidencia que este matón apareciera al día siguiente de nuestra llegada. Es obvio que después de que anoche llamaras a tu madre, ella llamó a tu hermano, y él se lo dijo a sus colegas. Supongo que no es necesario recordarte cómo te enfureciste cuando saqué el tema de la violencia si tratábamos con personas involucradas en el crimen organizado.

Stephanie se ruborizó al recordarlo. Era verdad; se había puesto furiosa. En un arranque, cogió el móvil, levantó la tapa, y comenzó a marcar. Daniel le cogió la mano.

—¿A quién llamas?

—A mi hermano —respondió Stephanie, colérica. Se echó hacia atrás con el teléfono pegado a la oreja. Mantenía los labios apretados con una expresión de furia.

Daniel se inclinó hacia ella y le quitó el móvil. A pesar de la furia de Stephanie y su aparente decisión, no ofreció ninguna resistencia. Daniel apagó el móvil y lo dejó sobre la mesa de centro.

—Llamar a tu hermano en este momento es la última cosa que podemos hacer. —Se sentó muy erguido, con la toalla apretada contra el ojo.

—Quiero echárselo en cara. Si de verdad está implicado, no voy a permitir que se salga con la suya. Me siento traicionada por mi propia familia.

—¿Estás furiosa?

—Por supuesto que sí —replicó Stephanie.

—Pues yo también —afirmó Daniel vivamente—. Pero soy yo quien ha recibido la paliza, no tú.

Stephanie desvió la mirada.

—Tienes razón. Eres tú quien tiene todo el derecho a estar verdaderamente furioso.

—Quiero hacerte una pregunta —prosiguió Daniel. Se acomodó mejor la toalla—. Hace cosa de una hora dijiste que pensabas en la posibilidad de volver a casa y así tranquilizar tu conciencia por tener que trabajar como unos granujas como Paul Saunders y Spencer Wingate. A la vista de los últimos acontecimientos, quiero saber si piensas hacerlo o no.

Stephanie miró de nuevo a Daniel. Sacudió la cabeza y rió avergonzada.

—Después de lo ocurrido, y culpable como me siento, no pienso marcharme de ninguna de las maneras.

—Eso es un alivio —comentó Daniel—. Quizá siempre haya algo de bueno en las cosas que pasan, incluso cuando te zurran.

—Siento mucho que estés herido —repitió Stephanie—. De verdad que sí. Más de lo que crees.

—De acuerdo, de acuerdo —dijo Daniel. Apretó la rodilla de Stephanie como si quisiera consolarla—. Ahora que sé que te quedas, te diré lo que creo que debemos hacer. Haremos como si este incidente no hubiese ocurrido, y con eso me refiero a que no llames a tu hermano para recriminarlo o incluso a tu madre. La próxima vez que hables con ella recalca que tú y yo no estamos aquí de vacaciones sino muy ocupados en un trabajo para salvar

CURE. Dile que nos llevará unas tres semanas y que luego regresaremos a casa.

—¿Qué me dices de la bestia que te atacó? ¿No crees que deberíamos preocuparnos ante la posibilidad de que regrese?

—Es una preocupación, pero también aparentemente un riesgo que debemos asumir. No es de las Bahamas y supongo que ya vuela de regreso a casa. Dijo que si tenía que venir otra vez desde Boston, él, y cito sus palabras, me haría daño de verdad, cosa que lleva a creer que debe de vivir en Nueva Inglaterra. Por otra parte, mencionó que no quería hacerme tanto daño como para que no pudiera ocuparme de reflotar la empresa, y eso me dice que, a su manera, les preocupa mi bienestar, a pesar de cómo me siento en estos instantes. Para mí lo más importante es que las conversaciones con tu madre, que sin duda alguna serán retransmitidas a tu hermano, sirvan para convencer a los hermanos Castigliano de que bien vale la pena esperar tres semanas.

—Puesto que le informé a mi madre de que nos alojábamos aquí; ¿debemos cambiar de hotel?

—Lo estuve pensando mientras estaba el coche y tú en la tienda. Incluso pensé en aceptar la oferta de Paul de alojarnos en la clínica Wingate.

—¡Oh, Dios! Eso sería como meterse en la boca del lobo.

—Yo tampoco quiero alojarme allí. Ya será bastante malo tener que aguantar a esos charlatanes durante el día. Por lo tanto, creo que deberíamos quedarnos aquí, a menos de que a ti te resulte insoportable. No quiero repetir la noche de Turín. Considero que debemos quedarnos aquí y no salir del hotel excepto para ir a la clínica, lugar donde, a partir de mañana, vamos a pasar la mayor parte del tiempo. ¿Estás de acuerdo?

Stephanie asintió varias veces mientras pensaba en todo lo que había dicho Daniel.

—¿Estás de acuerdo o no? —insistió Daniel—. No dices nada.

Stephanie levantó las manos en un repentino gesto de desilusión.

—Demonios, no sé qué pensar. El hecho de que te hayan atacado solo aumenta mis dudas sobre todo este asunto de tratar a

298

Butler. Desde el primer día nos hemos visto obligados a aceptar determinadas cosas de unas personas de las que sabemos poco o nada.

—¡Espera un momento! —protestó Daniel. Su rostro, amoratado por los golpes, enrojeció todavía más, y su voz, que había comenzado con un tono más o menos normal, se hizo chillona—. No vamos a empezar a debatir de nuevo si trataremos o no a Butler. Eso ya está decidido. ¡Esta conversación solo trata de la logística a partir de ahora y punto!

—Vale, vale —dijo Stephanie. Apoyó una mano en su brazo—. ¡Tranquilízate! ¡De acuerdo! Nos quedaremos aquí y confiaremos en que las cosas salgan mejor que hasta ahora.

Daniel hizo varias inspiraciones profundas para serenarse.

—También creo que debemos tener la precaución de mantenernos juntos —opinó.

—¿De qué hablas?

—No creo que fuese accidental que el matón me atacara cuando me encontraba solo. Es obvio que tu hermano no quiere que te hieran; de lo contrario, nos hubiese zurrado a los dos, o como mínimo, te hubiese obligado a ser testigo de cómo me pegaba. Creo que el tipo esperó hasta que me quedé solo. Por consiguiente, creo que no separarnos cuando nos encontremos fuera de la habitación, ayudará a que tengamos un cierto margen de seguridad.

—Quizá tengas razón —murmuró Stephanie sin mucho convencimiento. Estaba hecha un lío. Por un lado, agradecía que Daniel no hubiera hecho una referencia negativa a su relación cuando había mencionado permanecer juntos, mientras que por el otro, aún le resultaba difícil admitirse a sí misma que su hermano tuviese algo que ver con el ataque a su pareja.

—¿Puedes traerme un poco más de hielo? —preguntó Daniel—. Ya no queda en la toalla.

—Por supuesto. —Stephanie agradeció tener algo que hacer. Cogió la toalla empapada y la dejó en el baño, donde cogió otra. Luego fue a buscar más cubitos en el bar. Cuando le entregaba la toalla a Daniel, comenzó a sonar el teléfono. Durante unos momentos, el campanilleo fue lo único que se escuchó en la habitación. Daniel y Stephanie permanecieron inmóviles, con la mirada puesta en el aparato.

—¿Quién demonios puede ser? —preguntó Daniel, después del cuarto timbrazo. Se puso la toalla en el ojo.

—No son muchos quienes saben que estamos aquí —señaló Stephanie—. ¿Te parece que debo atender?

—Supongo que sí. Si es tu madre o tu hermano, recuerda lo que dije antes.

—¿Qué pasa si es la persona que te atacó?

—Eso es prácticamente imposible. ¡Responde, pero procura mostrarte despreocupada! Si es el matón, cuelga. No intentes establecer una conversación.

Stephanie se acercó al teléfono, lo cogió, e intentó decir hola con un tono normal mientras miraba a Daniel. Él vio cómo enarcaba las cejas mientras escuchaba. Al cabo de unos segundos, le preguntó solo con el movimiento de los labios: «¿Quién es?». Stephanie levantó una mano y le hizo una seña para indicarle que esperara. Por fin, dijo:

—¡Fantástico! Muchas gracias. —Luego volvió a escuchar. Con un gesto distraído, comenzó a enrollar el cordón con el dedo. Después de una pausa, añadió—: Es muy amable de su parte, pero esta noche no es posible. En realidad, tampoco será posible en ninguna otra. —Se despidió con un tono seco, y colgó. Miró de nuevo a Daniel, aunque sin decir palabra.

—¿Bueno? ¿Quién era? —preguntó Daniel, dominado por la curiosidad.

—Era Spencer Wingate —respondió ella, con un tono de asombro.

—¿Qué quería?

—Quería avisarnos de que ha localizado el paquete de FedEx, y que lo ha arreglado todo para que lo entreguen mañana por la mañana a primera hora.

—Demos vivas por los pequeños favores. Eso significa que podemos empezar a crear las células para el tratamiento de Butler. De todas maneras, fue una conversación bastante larga para un mensaje de cuatro palabras. ¿Qué más quería?

Stephanie soltó una risa desabrida.

—Quería saber si aceptaba su invitación a cenar en su casa en la marina de Lyford Cay. Curiosamente, dejó muy claro que solo me invitaba a mí, y no a los dos como pareja. No me lo puedo creer. El tipo intentaba ligar.

—Míralo por el lado bueno. Al menos tiene buen gusto.

—No me hace ninguna gracia —replicó Stephanie.

—Ya lo veo —admitió Daniel—. Pero no pierdas de vista la imagen global.

18

Lunes, 11 de marzo de 2002. Hora: 11.30

De vez en cuando, si era preciso, Daniel reconocía los méritos de otros. No había ninguna duda en su mente de que Stephanie era muy superior a él en la manipulación celular, y dicha realidad era patente ante lo que veía en aquel momento a través de los oculares del estereomicroscopio diseccionador doble. Habían pedido que colocaran el instrumento en una esquina de su banco en el laboratorio de la clínica Wingate para que Daniel pudiera mirar mientras Stephanie trabajaba. La bióloga estaba a punto de comenzar el procedimiento de transferencia nuclear, conocido también con el nombre de clonación terapéutica, que consistía en extraer el núcleo de un ovocito maduro cuyo ADN había sido marcado con un tinte fluorescente. Ya lo tenía sujeto por succión con una pipeta de punta roma.

—Consigues que parezca muy sencillo —comentó Daniel.

—Lo es —respondió Stephanie, mientras guiaba una segunda pipeta en el campo microscópico con un micromanipulador. Comparada con la pipeta de sujeción, el extremo hueco de esta otra pipeta era más aguzado que la más fina de las agujas, y la pipeta en sí solo tenía un diámetro de veinticinco micrones.

—Quizá lo sea para ti, pero no lo es en absoluto para mí.

—El truco está en no tener prisa. Todo tiene que ser muy lento y regular; nada de sacudidas.

Fiel a su palabra, la afilada pipeta se movió suave y firmemente hacia el ovocito para empujar contra la capa exterior de la célula sin penetrarla.

—Esa es la parte en la que invariablemente me equivoco —señaló Daniel—. La mitad de las veces, acabo atravesando la célula y salgo por el otro lado.

—Quizá sea porque eres muy ansioso y por lo tanto se te va un poco la mano —sugirió Stephanie—. Una vez que la célula está marcada adecuadamente, solo hace falta un toque muy suave con el índice en el extremo del micromanipulador.

—¿No utilizas el micromanipulador para hacer la perforación?

—Nunca.

Stephanie realizó la maniobra con el dedo índice dentro del campo microscópico y vio cómo la pipeta entraba limpiamente en el citoplasma del desafortunado ovocito.

—Vive y aprenderás —comentó Daniel—. Esto demuestra que soy un pobre aficionado en este campo.

Stephanie se apartó de los oculares para mirar a Daniel. Menospreciarse no era propio de él.

—No seas muy duro contigo mismo. Este es un trabajo rutinario, que puede realizar cualquier técnico bien capacitado. Lo aprendí en mis años de estudiante.

—Lo supongo —dijo Daniel sin mirarla.

Stephanie se encogió de hombros y prosiguió con la tarea.

—Ahora utilizaré el micromanipulador para acercarme al ADN fluorescente —explicó. La punta de la pipeta se acercó al objetivo, y cuando Stephanie aplicó una pequeña succión, el ADN desapareció en el interior de la pipeta como si esta fuera una aspiradora en miniatura.

—Tampoco soy muy bueno en esta parte —afirmó Daniel—. Me parece que siempre succiono demasiado citoplasma.

—Es importante coger solo el ADN.

—Cada vez que observo esta técnica, me sorprende más que funcione —admitió Daniel—. La imagen mental que tengo de la estructura interna submicroscópica de una célula viva es similar al de una casa de cristal en miniatura. ¿Cómo puede ser que podamos arrancar el núcleo por las raíces, meterlo en otro núcleo de una célula adulta diferenciada, y que tenga un resultado? Desafía la imaginación.

—No solo eso, sino que hace que el núcleo adulto en el que lo metemos vuelva a a ser joven.

—Eso también —asintió Daniel—. Te lo repito, el proceso de la transferencia nuclear es algo que a todas luces parece imposible.

—Estoy absolutamente de acuerdo —manifestó Stephanie—. Para mí, la imposibilidad de que funcione es una prueba de la participación de Dios en el proceso, cosa que sacude todavía más mi agnosticismo que aquello que aprendimos sobre la Sábana Santa. —Mientras hablaba, metió una tercera pipeta en el campo microscópico. Esta pipeta contenía una única célula fibroblástica obtenida del cultivo de los fibroblastos de Ashley Butler: una célula cuyo núcleo ancestral había manipulado Daniel cuidadosamente, primero con el RSHT para reemplazar los genes responsables de la enfermedad de Parkinson del senador con aquellos obtenidos de la sangre de la Sábana, y después, con un gen añadido a propuesta de Stephanie para disponer de una superficie antígen especial. Este ADN nuclear del fibroblasto reemplazaría el ADN que Stephanie había extraído del ovocito.

Mientras Daniel observaba las cuidadosas manipulaciones de Stephanie, se maravilló al pensar en todo lo que él y su compañera habían conseguido realizar en la semana y media que había transcurrido desde que lo atacara el matón de Boston. Afortunadamente, las heridas habían curado y ahora casi no eran más que un mero recuerdo, salvo unas molestias residuales en su mejilla derecha y el morado en el ojo. Pero aún se enfrentaba al daño psicológico. Grabada en su mente y como imagen recurrente en sus pesadillas, aparecía la silueta del atacante que se cernía sobre él con su cabezota, las orejas pequeñas y las facciones abotagadas. Mucho más preocupantes eran la sonrisa retorcida y los ojillos crueles del hombre. Incluso después de once días, Daniel continuaba teniendo pesadillas donde aparecía aquel rostro siniestro, lo que le provocaba una sensación de total indefensión.

Durante el día, Daniel se sentía mucho mejor que mientras dormía. Tal como él y Stephanie decidieron inmediatamente después del episodio, se habían mantenido juntos casi como si fuesen hermanos siameses y no habían salido de las dependencias del hotel, excepto para ir a la clínica Wingate. Tal como habían ido las cosas, había sido muy fácil hacerlo, ya que estaban en el laboratorio desde la mañana hasta la noche todos y cada uno de los días. Allí, Megan Finnigan les había ayudado mucho facilitándoles un pequeño despacho, además de su propio banco. Disponer de espacio para todo el papeleo que producían había sido una bendición, además de un premio a su eficacia. Hasta Paul Saunders había ayudado al cumplir con su palabra y proveerlos con diez ovocitos humanos frescos doce horas después de habérselos pedido.

Al principio, Stephanie y Daniel se habían repartido el trabajo adecuadamente. El trabajo de la bióloga había sido ocuparse del cultivo de los fibroblastos enviado por Peter, que no le había creado casi ninguna dificultad. Daniel, a su vez, se había centrado en la muestra de la Sábana guardada en la solución salina. Después de una sola pasada por la máquina PCR para ampliar el ADN presente en el líquido, Daniel había llegado a la conclusión de que el ADN presente era de un primate y probablemente humano aunque estaba fragmentado, tal como había supuesto.

Después de purificarlo con la utilización de cuentas de vidrio microscópicas, había pasado los fragmentos aislados del ADN del sudario por la PCR antes de emplear las sondas de genes dopaminérgicos. Consiguió un éxito inmediato, pero solo con parte de los genes necesarios, una situación que le había obligado a secuenciar las fracturas. Después de varios días de jornadas de dieciséis horas, Daniel había logrado encadenar los fragmentos apropiados con los ligamentos nucleares para formar los genes. En aquel momento tenía todo a punto para los fibroblastos de Butler, que Stephanie ya tenía en reserva.

El siguiente paso fue el RSHT, donde no se había producido ningún problema. Como creador del proceso, Daniel conocía a la perfección todas sus sutilezas y dificultades, pero con su guía experta, las enzimas y los vectores virales habían funcionado muy bien, y no había tardado en disponer de los fibroblastos. El único estorbo había sido Paul Saunders, que había insistido en seguir todos los pasos de Daniel y en más de una ocasión se había entrometido demasiado. Paul había reconocido sin el menor empacho que pensaba añadir la técnica a la terapia de las células madre que realizaban en la clínica, con la intención de cobrarle mucho más a los pacientes. Daniel había hecho todo lo posible por hacer caso omiso de su presencia y en más de una ocasión, aunque le había resultado duro, se había mordido la lengua para no echarle de su propio laboratorio.

Una vez que hubo acabado con el RSHT, Daniel pensó que ya estaban en condiciones de hacer la transferencia nuclear, pero Stephanie le había sorprendido con la idea de añadir a la célula modificada con el RSHT una combinación de varios genes capaces de crear una superficie antígen no humana en las células destinadas al tratamiento. Stephanie había defendido su propuesta con la explicación de que si alguna vez surgía la necesidad o el interés de visualizar las células del tratamiento dentro del cerebro de Butler después del implante, se podría hacer fácilmente, dado que en las células del tratamiento habría un antígen que no tendrían ninguno de los otros billones de células de Butler. A Daniel le pareció bien y aceptó el paso adicional, sobre todo cuando Stephanie le informó de que había tenido la previsión de pedirle a Peter que le enviara el preparado y el vector viral junto con el cultivo del tejido de Butler que tenían en el laboratorio de Cambridge. Daniel y Stephanie habían empleado la misma técnica cuando trataron con éxito a los ratones enfermos de Parkinson, lo que fue un valioso añadido al protocolo.

—Siempre utilizo el micromanipulador en este paso —comentó Stephanie, y su voz sacó a Daniel de sus reflexiones. La pipeta con el fibroblasto modificado de Butler atravesó la envoltura del ovocito sin perforar la membrana de la célula.

—Otro paso donde siempre tengo problemas —reconoció Daniel. Observó atentamente mientras Stephanie inyectaba los relativamente pequeños fibroblastos en el espacio comprendido entre la membrana del ovocito y la cubierta exterior comparativamente más gruesa. Luego la pipeta desapareció del campo visual.

—El truco consiste en acercarse tangencialmente a la cubierta del ovocito —comentó Stephanie—. De lo contrario, puedes acabar entrando en la célula sin darte cuenta.

—Eso tiene sentido.

—Pues yo diría que esto ha quedado estupendo —añadió

Stephanie, después de observar el resultado de sus manipulaciones. El ovocito desprovisto de núcleo y los comparativamente pequeños fibroblastos estaban ligados íntimamente dentro de la envoltura del ovocito—. Ahora hay que dejar que se realice el proceso de fusión y luego la activación.

Stephanie se apartó de los oculares del microscopio y retiró el platillo de Petri de la platina del microscopio. Se levantó del taburete para ir hasta la cámara de fusión, donde iba a someter a las células pareadas a una breve descarga eléctrica para fusionarlas.

Daniel la observó. Junto con las recurrentes pesadillas tras la paliza que recibió a manos del matón de los hermanos Castigliano, se enfrentaba a las otras secuelas psicológicas de la experiencia. Durante los primeros días siguientes al suceso, había soportado una permanente sensación de ansiedad y miedo ante la posibilidad de que el hombre pudiese reaparecer, a pesar de las manifestaciones en contra que le había hecho a Stephanie, inmediatamente después de que ocurriera. Solo le habían calmado un poco las medidas adoptadas por el hotel después de que Daniel informó a la dirección de lo ocurrido. El director había dispuesto que un agente del servicio de seguridad permaneciera de vigilancia en el edificio donde estaba la suite de la pareja. Todas las noches, el guardia acompañaba a los dos científicos a la habitación después de cenar en el Courtyard Terrace, y el gigantón había mantenido la vigilancia en el vestíbulo hasta que se marchaban a la clínica Wingate por la mañana.

A medida que los temores de Daniel fueron disminuyendo con el paso de los días, dejó de preocuparse tanto por lo ocurrido, y volvió a centrar gran parte de su enojo en Stephanie. Aunque ella se había disculpado y compadecido sinceramente, a Daniel le enfurecían sus dudas sobre la participación de la familia en el episodio. Ella no se lo había dicho abiertamente, pero Daniel lo había deducido de sus comentarios indirectos. Con una familia de poco fiar y su falta de juicio a la hora de tratar con ellos, Daniel se preguntaba si Stephanie no acabaría a la larga convirtiéndose en un riesgo.

También eran un problema los pruritos de conciencia de su compañera. A pesar de la promesa de no complicar las cosas con la gente de la clínica, no dejaba de hacerlo con sus constantes e inapropiados comentarios sobre la supuesta terapia de las células madre y las jóvenes nativas embarazadas que trabajaban allí, algo que era un tema muy delicado en el trato con Paul Saunders. Para colmo, se mostraba muy despectiva con Spencer Wingate. Daniel aceptaba que el hombre se había mostrado cada vez más atrevido a la hora de expresar su interés personal por Stephanie, algo que podía haber sido motivado por la pasividad de Daniel ante los comentarios de Spencer, pero había maneras mucho más corteses de resolver el asunto que el que ella había escogido. A Daniel le irritaba sobremanera que Stephanie no pareciera entender que su comportamiento estaba deteriorando las relaciones. Si los echaban de la clínica, habrían perdido todo.

Daniel exhaló un suspiro mientras la observaba trabajar. Aunque no tenía muy claro su contribución a largo plazo, no había ninguna duda de que la necesitaba en estos momentos. Solo faltaban once días para la llegada de Ashley Butler a la isla, y en ese plazo tenían que desarrollar las neuronas productoras de dopamina a partir de los fibroblastos del senador, necesarias para el tratamiento. Habían acabado con el RSHT y la transferencia nuclear, pero aún quedaba mucho por hacer. La habilidad de Stephanie en la manipulación celular era absolutamente imprescindible y no tenía tiempo de reemplazarla.

Stephanie era consciente de la mirada de Daniel. Admitía que la sensación de culpa y sus dudas respecto a las implicaciones de su familia en el ataque sufrido la hacían especialmente sensible, pero él no se comportaba como siempre. Solo podía imaginar cómo sería que te propinaran una paliza, pero había esperado una recuperación más rápida. En cambio, él continuaba mostrándose distante de muchas y muy sutiles maneras, y si bien dormían en la misma cama, habían dejado de tener relaciones íntimas. Dicha conducta había resucitado el viejo fantasma de que Daniel era incapaz o carecía de la motivación para ofrecerle el apoyo emocional que ella necesitaba, sobre todo en los momentos de tensión, con independencia de la causa o de quién fuese el responsable.

Stephanie había seguido las indicaciones de Daniel al pie de la letra; por lo tanto, eso no podía ser la explicación a su conducta. A pesar de su vehemente deseo de llamar a su hermano para aclarar las cosas, no lo había hecho. Además, en las relativamente frecuentes conversaciones que tenía con su madre se había preocupado en insistir en que ella y Daniel se encontraban en Nassau por motivos de trabajo y que trabajaban mucho, cosa que era la pura verdad. También le había dicho que no habían ido a la playa ni una sola vez, algo que también era verdad. Por si todo esto fuese poco, en todas y cada una de las ocasiones, había recalcado que no tardarían en acabar su trabajo y que regresarían sobre el veinticinco de marzo para ocuparse de una empresa financieramente saneada. Había evitado en todo lo posible hablar de su hermano con ella, aunque en la llamada del día anterior había cedido finalmente a la tentación.

—¿Tony te ha preguntado por mí? —le preguntó con un tono lo más indiferente posible.

—Por supuesto, querida —respondió Thea—. Tu hermano se preocupa por ti y no deja de preguntar.

—¿Qué dice?

—No recuerdo exactamente sus palabras. Te echa de menos. Solo quiere saber cuándo regresas a casa.

—¿Tú qué le respondes?

—Le digo lo que tú me dices. ¿Por qué? ¿Debo decir otra cosa?

—Por supuesto que no. Dile que estaremos de regreso en menos de dos semanas y que no veo la hora de reunirme con él. También dile que nuestro trabajo va muy bien.

En muchos sentidos, Stephanie agradecía que ella y Daniel estuviesen ocupados a todas horas. Así no tenía ocasión para angustiarse por los problemas sentimentales y no le dejaba tiempo para preguntarse por el aspecto ético del tratamiento de Butler. Sus recelos habían aumentado debido al ataque sufrido por Daniel y al hecho de tener que hacer la vista gorda ante la depravación de los directivos de la clínica. Paul Saunders era el peor. Lo tenía por un hombre sin escrúpulos, carente de los principios éticos más elementales y estúpido. Los resultados de la terapia de las células madre de los que tanto se vanagloriaba no eran más que una broma pesada. Solo eran una recopilación de casos individuales y sus resultados subjetivos. No había ni una pizca de método científico por ninguna parte, y lo más preocupante de todo era que Paul no parecía darse cuenta o que le importara.

Spencer Wingate era otra historia; era un pesado, pero no se daba aires de ser un científico como Paul. Así y todo, a Stephanie no le hubiese gustado verse sola en la casa de Spencer, como le proponía una y otra vez. El problema radicaba en que su lujuria se veía reforzada por un orgullo que no hacía el más mínimo caso de los rechazos a sus avances. Al principio, Stephanie había procurado mostrarse razonablemente cortés en sus excusas, pero al final había tenido que mostrarse tajante, sobre todo a la vista de la indiferencia de Daniel. Algunas de las invitaciones más descaradas las había hecho Spencer en presencia de Daniel sin que este reaccionara.

Como si el carácter y la conducta de estos charlatanes no fuese suficiente para que Stephanie pusiese en duda la corrección de trabajar en la clínica, estaba el enigma de la procedencia de los ovocitos humanos. Intentó hacer algunas averiguaciones discretas pero fue rechazada por todos, excepto por Mare, la técnica del laboratorio. Tampoco ella había sido muy explícita, aunque al menos le había dicho que los gametos procedían de la llamada sala de huevos, que estaba a cargo de Cindy Drexler y que funcionaba en el sótano. Cuando le había pedido que le explicara mejor qué era la sala de huevos, Mare había eludido la respuesta limitándose a decirle que preguntara a Megan Finnigan, la supervisora del laboratorio. Desafortunadamente, Megan ya le había repetido las palabras de Paul en el sentido de que la fuente de los ovocitos era un secreto del oficio. Más tarde, cuando había abordado a Cindy Drexler, ella le había respondido cortésmente que cualquier pregunta sobre los ovocitos debía hacerse al doctor Saunders.

Stephanie había cambiado de táctica y había intentado hablar con varias de las jóvenes que trabajaban en la cafetería. Todas se habían mostrado muy amables y dispuestas hasta que Stephanie había tocado el tema de si estaban casadas, momento en el que habían comenzado a responder con evasivas, y luego cuando se interesó por sus embarazos, se habían negado a decir nada más, cosa que solo sirvió para avivar su curiosidad. Llegó a la conclusión de que no era necesario ser una lumbrera científica para adivinar lo que estaba pasando, y a pesar de la prohibición de Daniel, quería probárselo a ella misma. Su idea era que, armada con dicha información, notificaría anónimamente a las autoridades locales después de que ella, Daniel y Butler estuvieran bien lejos de la isla.

Stephanie necesitaba entrar en la sala de los huevos. Muy a su pesar, no había tenido ninguna oportunidad por lo muy atareados que habían estado. Pero en las próximas horas se produjo un cambio. El ovocito que se estaba fusionando con uno de los fibroblastos de Butler alterados con el RSHT reemplazaba a uno de los diez ovocitos originales que les había suministrado Paul Saunders que no se había dividido después de la transferencia nuclear. En cumplimiento de la garantía, Paul les había entregado un undécimo huevo. Los otros nueve se estaban dividiendo sin problemas después de recibir el nuevo núcleo. Algunos ya llevaban cinco días de desarrollo y comenzaban a formar los blastocitos.

El plan que Stephanie y Daniel habían preparado consistía en crear diez células madre separadas, cada una con células clonadas de Butler. Las diez aportarían otras, que serían diferenciadas como productoras de dopamina. Esta cantidad serviría como una red de seguridad, dado que solo se utilizaría una de las líneas en el tratamiento del senador.

Quizá a última hora de la tarde, o mejor al día siguiente a primera hora, Stephanie comenzaría el proceso de recoger las células madre multipotenciales de los blastocitos en formación; hasta entonces dispondría de algún tiempo libre. El único problema sería apartarse de Daniel sin abandonar la seguridad de la clínica Wingate; gracias al distanciamiento afectivo que le demostraba su pareja, no sería un obstáculo insalvable, aunque fuera de la clínica él se negaba a perderla de vista.

—¿Qué tal va la fusión? —gritó Daniel desde donde estaba sentado.

—Se ve bien —respondió Stephanie, que miraba el preparado

a través del microscopio. El ovocito tenía ahora un núcleo nuevo con todo el complemento de cromosomas. De acuerdo con un proceso que nadie alcanzaba todavía a entender, el huevo comenzaría a reprogramar al núcleo de sus tareas como controlador de una célula epitelial adulta para devolverla a su estado primitivo. En cuestión de horas, el preparado imitaría a un huevo acabado de fertilizar. Para iniciar la conversión, Stephanie había transferido cuidadosamente el ovocito modificado artificialmente al primero de varios medios activadores.

—¿Tienes tanta hambre como yo? —preguntó Daniel.

—Es probable —contestó ella. Miró su reloj. No era de extrañar que estuviese hambrienta. Eran casi las doce. Llevaba sin probar bocado desde las seis de la mañana, y solo había consistido en un desayuno continental de café y tostadas—. Podemos ir a la cafetería en cuanto meta este ovocito en la incubadora. Solo faltan otros cuatro minutos en este medio.

—Me parece bien. —Daniel dejó el taburete y desapareció en el despacho para quitarse la bata.

Mientras Stephanie preparaba el siguiente medio activador para el ovocito reconstruido, intentó pensar en alguna excusa para volver sola al laboratorio durante la comida. Sería un buen momento para su labor detectivesca, dado que la mayoría iba a comer entre las doce y la una, incluida la técnica encargada de la sala de huevos, Cindy Drexler. La hora de la comida era el momento de reunión favorito del personal de la clínica. Stephanie pensó primero en decirle que necesitaba ocuparse del proceso de activación del undécimo ovocito, pero lo descartó rápidamente. Daniel sospecharía porque sabía que el ovocito necesitaba permanecer en la incubadora dentro del segundo medio de activación durante seis horas.

Necesitaba otra excusa y no se le ocurrió nada hasta que recordó el móvil. Después de la agresión de Daniel, había insistido en llevarlo siempre encima, y Daniel lo sabía. Había varias razones para esta obsesión, una de las cuales era que le había dicho a su madre que la llamara al móvil y no al hotel. Como había hablado con su madre aquella mañana y sabía que no había ninguna novedad en su estado de salud, no le preocupaba perderse una llamada durante la siguiente media hora. Después de mirar hacia el despacho para asegurarse de que Daniel no la vigilaba, sacó el pequeño teléfono Motorola del bolsillo, lo apagó y lo escondió en el estante de los reactivos en el banco.

Satisfecha con el plan, Stephanie volvió a ocuparse del proceso de activación. Al cabo de treinta segundos, sería el momento de pasar el ovocito del primer medio al segundo.

—¿Qué? —preguntó Daniel, cuando reapareció sin la bata—, ¿estás lista?

—Dame otro par de minutos. Voy a transferir el ovocito y lo pondré en la incubadora. Después ya nos podremos ir.

—Muy bien —respondió Daniel. Mientras esperaba, se acercó a la incubadora para mirar en los otros recipientes, algunos de los cuales llevaban allí cinco días—. Algunos de estos quizá estén a punto para recoger las células madre esta tarde.

—Lo mismo pensaba yo. —Con mucho cuidado, transportó el ovocito reconstruido hasta la incubadora y lo dejó con los demás.

Kurt Hermann dejó que sus pies bajaran con un súbito movimiento incontrolado. Los había tenido apoyados en el borde de la mesa de la sala de vídeo. Al mismo tiempo, se sentó muy erguido, lo que hizo que la silla rodara hacia atrás. Recuperó la serenidad que había desarrollado a lo largo de muchos años de entrenamiento en las artes marciales y se propulsó hacia delante para acercarse lenta pero decididamente a la pantalla que había estado mirando durante la última hora. No daba crédito a lo que acababa de ver. Había sucedido muy rápido, pero le había parecido que Stephanie D'Agostino acababa de sacar del bolsillo el móvil que él pretendía tener en sus manos desde hacía una semana y media y lo había colocado con toda intención detrás de unos frascos en el estante del banco de laboratorio. Si lo había visto bien, estaba ocultándolo.

Kurt utilizó el botón en la parte superior del mando que estaba conectado a la minicámara para activar el zoom y con él, mantuvo la cámara enfocada directamente en lo que esperaba que fuese el móvil. ¡Lo era! Un extremo de la carcasa de plástico negro asomaba muy poco por detrás de una botella de ácido hidroclorídico.

Desconcertado por este inesperado pero prometedor suceso, Kurt desconectó el zoom, y fue entonces cuando advirtió que Stephanie había desaparecido del campo visual. Utilizó de nuevo el mando para que la cámara hiciera un barrido del laboratorio y de inmediato vio las imágenes de Stephanie y Daniel delante de una de las incubadoras. Aumentó al máximo el volumen del micrófono para escuchar si la mujer mencionaba el teléfono, pero no lo hizo. Continuaron hablando de la comida, y en cuestión de minutos abandonaron el laboratorio.

La mirada de Kurt se dirigió al monitor instalado encima del que había observado hasta ahora. Vio salir a la pareja del edificio número uno y cruzar el patio central para dirigirse al edificio número tres.

Durante la construcción de la clínica Paul Saunders le había dado carta blanca a su jefe de seguridad para que tomara todas las medidas destinadas a convertirlo en un lugar seguro y evitar una catástrofe similar a la que habían sufrido en la clínica de Massachusetts, cuando una pareja de chivatos se habían colado en la base de datos de la clínica. Debido a que aquellas personas habían conseguido entrar sin autorización en la sala del ordenador central y luego habían escapado sin problemas, Kurt se había ocupado de que todos los edificios estuviesen vigilados con equipos de vídeo y sonido. Tanto las cámaras como los micrófonos eran la última palabra en tecnología; se controlaban por ordenador y estaban perfectamente disimulados. Sin que Paul lo supiera, Kurt los había instalado también en las salas de descanso, las habitaciones de los huéspedes, y en casi todas las habitaciones del personal, ocultos en los lugares más insospechados. El centro de control era la sala de vídeo en el despacho de Kurt que, por las noches, se pasaba horas observando las pantallas, incluso cuando no se trataba de cuestiones de seguridad. Por supuesto, Kurt siempre podía alegar lo contrario, porque era importante para una organización como la clínica Wingate saber quién se acostaba con quién.

Kurt continuó observando a Daniel y Stephanie hasta que entraron en el edificio número tres, aunque se centraba en Stephanie. Durante la última semana y media se había aficionado a observarla a pesar de la ambivalencia que evocaba. Se sentía atraído y repelido por su innata sensualidad. Como le ocurría con el resto de las mujeres en general, apreciaba su belleza y sin embargo al tiempo veía en ellas las cualidades de Eva. Kurt la había visto hacer y recibir llamadas en el laboratorio, y aunque con mucha frecuencia escuchaba su parte de la conversación, no podía escuchar al otro interlocutor. Por consiguiente, no había podido darle a Paul Saunders el nombre del paciente como le había prometido y al jefe de seguridad le gustaba cumplir sus promesas.

La actitud de Kurt hacia las mujeres había sido marcada a fuego por la gran traidora: su madre. Ambos habían mantenido una relación íntima propiciada por las largas ausencias del nada expresivo y estricto cabeza de familia que había exigido la perfección tanto de la esposa como del hijo pero que solo se había fijado en los fracasos. El padre había precedido a Kurt en los cuerpos especiales del ejército y como su hijo, que había acabado siguiendo sus pasos, había sido un asesino que se ocupaba de misiones encubiertas. Pero cuando Kurt tenía trece años, su padre murió en el curso de una operación secreta en Camboya durante las últimas semanas de la guerra de Vietman. La reacción de la madre había sido la de un pájaro al que acaban de abrirle la jaula. Sin hacer el menor caso de la confusión emocional de su hijo, que se debatía entre la pena y el alivio, se lanzó a una serie de aventuras amorosas cuyas intimidades Kurt había tenido que soportar audiblemente a través de las delgadas paredes de su casa en la base militar. En cuestión de meses, la madre de Kurt había consumado sus frenéticas experiencias sexuales casándose con un mojigato vendedor de seguros a quien Kurt despreciaba. El jefe de seguridad creía que todas las mujeres, y en particular las atractivas, eran como la madre idealizada de su juventud, que conspiraban para seducirlo, arrebatarle su fuerza y después abandonarlo.

En cuanto Daniel y Stephanie desaparecieron de la vista en el interior del edificio número tres, la mirada de Kurt pasó inmedia-

tamente al monitor doce y esperó a verlos aparecer en la cafetería.
Cuando se unieron a la cola en el mostrador de los platos calientes, Kurt se levantó para ir a su despacho. Del respaldo de la silla, cogió la americana de seda negra y se la puso sobre la camiseta negra. Necesitaba la americana para ocultar el arma que llevaba en una pistolera sujeta al cinturón. Se arremangó hasta más arriba de los codos. Luego recogió la caja que contenía el micrófono en miniatura que quería instalar en el móvil de Stephanie y el aparato de escucha. También recogió la caja de herramientas de relojería, que incluía un soldador y una lente de relojero.

Salió del edificio número dos por una puerta del sótano con el equipo de espionaje electrónico y la caja de herramientas en la mano, y con el andar elástico de un felino, se dirigió al edificio número uno. No tardó en llegar junto al banco asignado a los dos científicos. Después de una rápida ojeada en derredor para asegurarse de que estaba solo, cogió el móvil de Stephanie, se ajustó la lente y puso manos a la obra.

Tardó menos de cinco minutos en colocar y probar el micrófono. Estaba atornillando la tapa del móvil cuando escuchó que se abría la puerta al otro extremo del laboratorio. Se inclinó para mirar por debajo del estante en dirección a la puerta que estaba a unos treinta metros, convencido de que vería a algún miembro del personal o quizá a Paul Saunders. Se quedó de piedra al comprobar que se trataba de Stephanie, y que la mujer se acercaba con paso rápido y decidido.

Durante unos segundos, Kurt debatió qué hacer. No obstante, prevaleció su preparación, y no tardó en recuperar la compostura habitual. Terminó de atornillar la tapa, cerró el teléfono, y lo devolvió a su sitio detrás de la botella de ácido hidroclorídico. A continuación recogió las herramientas, el aparato de escucha y la lente. Sin hacer ruido, lo metió todo en un cajón y lo cerró empujándolo con la cadera. Stephanie D'Agostino se encontraba ahora solo a unos seis metros y se acercaba rápidamente. Kurt retrocedió con la intención de mantener el banco y el estante entre él y la científica. No tenía mucho más donde ocultarse, y ella acabaría por verle, pero no había más opciones.

A Tony le molestaba haber tenido que renunciar a una buena comida, que era uno de los mejores momentos del día, para tener que hacer una nueva visita a la horrorosa tienda de suministros de fontanería de los hermanos Castigliano. El olor a huevos podridos procedente del albañal tampoco ayudaba mucho, aunque con la baja temperatura no molestaba tanto como en la visita de hacía casi dos semanas. Al menos tenía el consuelo de visitar el sumidero en pleno día y no en la oscuridad de la noche, porque así se evitaba la preocupación de tropezar con alguna de las pilas de desperdicios que se acumulaban delante del local. La parte buena era que tenía buenas razones para creer que esta sería la última visita, al menos en lo referente al problema con CURE.

Entró en el local y fue directamente al despacho en el fondo. Gaetano, que estaba atendiendo a un par de clientes en el mostrador, lo miró por un segundo y lo saludó con un gesto. Tony no le hizo caso. Si Gaetano hubiera hecho bien su trabajo, él no tendría que estar ahora caminando entre estanterías cubiertas de polvo y respirando el hedor a huevos podridos. En cambio, estaría sentado a su mesa favorita en su restaurante Blue Grotto, en Hanover Street, con una copa de chianti del 97, muy entretenido en decidir qué pasta debía pedir. Le cabreaba horrores que los subordinados metieran la pata, porque siempre terminaban complicándole la vida. A medida que se hacía mayor, más se convencía de la verdad del dicho: «Si quieres que algo se haga bien, hazlo tú mismo».

Tony abrió la puerta del despacho, entró, y cerró de un portazo. Lou y Sal estaban en sus respectivas mesas, con sendas pizzas. Una náusea estremeció a Tony. Detestaba el olor de las anchoas, sobre todo si estaba mezclado con el hedor a huevos podridos que se filtraba en la habitación.

—Tíos, tenéis un problema —anunció Tony, y apretó los labios en una severa expresión de disgusto al tiempo que movía la cabeza como uno de aquellos perritos de plástico que algunos conductores colocaban en la bandeja trasera de sus coches. No

obstante, para establecer claramente que no se trataba de una falta de respeto a los mellizos, se acercó y chocó las manos con cada
uno de ellos antes de ir al sofá y sentarse. Se desabrochó la chaqueta pero no se la quitó. Solo iba a quedarse un par de minutos. No había nada complicado en lo que había venido a comunicar.

—¿Qué pasa? —preguntó Lou con la boca llena de pizza.

—Gaetano la ha jorobado. Lo que sea que hizo en Nassau no
ha tenido ningún efecto. Nada.

—Bromeas.

—¿Tengo cara de estar bromeando? —Tony frunció el entrecejo y extendió las manos.

—¿Nos estás diciendo que el profesor y tu hermana no han
regresado?

—Es más que eso —manifestó Tony despectivamente—. No
solo que no han vuelto, sino que las andanzas de Gaetano, las que
fueran, no han merecido ni una sola palabra de mi hermana a mi
madre, y eso que hablan todos los días.

—¡Espera un momento! —intervino Sal—. ¿Estás diciendo
que tu hermana no dijo nada de que hubiesen tenido un problema
o que a su novio le hubieran dado una paliza?

—¡Absolutamente nada! ¡Cero! Lo único que escucho es que
todo va de ensueño en el paraíso.

—Eso no encaja con lo que dijo Gaetano —afirmó Lou—,
cosa que me resulta difícil de creer, dado que, por lo general, tiende a pasarse en las palizas.

—Pues en esta ocasión, desde luego, no lo parece. Los tortolitos siguen allí muy felices, pasándoselo de fábula, e insisten, según mi madre, en que se quedarán las tres semanas, el mes, o el
tiempo que habían decidido. Mientras tanto, mi contable dice que
nada ha cambiado y que la compañía va de cabeza a la bancarrota.
Afirma que dentro de un mes no les quedará ni un centavo, así
que ya podemos despedirnos de nuestros doscientos billetes.

Sal y Lou intercambiaron una mirada donde se combinaban la
incredulidad, el desconcierto, y la furia.

—¿Qué dijo Gaetano que había hecho? —añadió Tony—.
¿Pegarle al profesor en la mano y decirle que era un niño malo?

¿No será que ni siquiera fue a Nassau y en cambio dijo que sí? —Tony se reclinó en el sofá con los brazos y las piernas cruzadas.

—¡En este asunto hay algo que no encaja! —declaró Lou—. ¡Las cosas no cuadran! —Dejó la porción de pizza de anchoas y salchichón, se pasó la lengua por el interior de los labios para despegar los restos de comida pegados a los dientes, tragó, y a continuación apretó un timbre instalado en la mesa. A través de la puerta se escuchó el sonido amortiguado de la campanilla que sonaba en el local.

—¡Gaetano fue a Nassau! —afirmó Sal—. Eso lo sabemos a ciencia cierta.

Tony asintió, aunque con una expresión de incredulidad. Era consciente de que estaba apretando las clavijas a los hermanos, porque a ambos les gustaba creer que lo tenían todo controlado. La intención era provocar su furia, y por ahora lo estaba logrando. Cuando Gaetano asomó la cabeza en el despacho, los gemelos estaban fuera de sí.

—¡Entra de una puñetera vez y cierra la puerta! —le ordenó Sal.

—Tengo clientes en la tienda —protestó Gaetano, y señaló por encima del hombro.

—Como si tuvieras al mismísimo presidente de Estados Unidos, imbécil —gritó Sal—. ¡Mueve el culo! —Para dar respaldo a sus palabras, Sal abrió el cajón central de la mesa, sacó un revólver del calibre 38 de cañón corto, y lo dejó sobre la carpeta que tenía delante.

Gaetano frunció el entrecejo mientras obedecía. Había visto el arma en repetidas ocasiones y no le preocupaba porque era uno de los numeritos que montaba su jefe. Al mismo tiempo, tenía claro que Sal estaba furioso por algo, y Lou no parecía mucho más contento. Echó una ojeada al sofá pero como Tony estaba sentado en el centro, decidió permanecer de pie.

—¿Qué pasa? —preguntó.

—¡Queremos saber exactamente qué demonios hiciste en Nassau! —le espetó Sal.

—Te lo dije. Hice lo que me ordenasteis que hiciera. Incluso lo hice en un día, cosa que en realidad me tocó los cojones.

—Pues quizá tendrías que haberte quedado un día más —replicó Sal despectivamente—. Al parecer, el profesor no captó el mensaje que le enviamos.

—¿Qué le dijiste exactamente a ese montón de mierda? —preguntó Lou con un tono de inquina.

—Que moviera el culo, y que regresara aquí para ocuparse de su compañía —respondió Gaetano—. Demonios, no fue nada complicado. No tuve que meterme en demasiadas complicaciones ni nada por el estilo.

—¿Lo zamarreaste un poco? —inquirió Sal.

—Hice mucho más que zamarrearlo. De entrada le di un puñetazo, que lo convirtió en un flan, hasta tal punto que tuve que levantarlo del suelo. Quizá le rompí la nariz, pero no estoy seguro. Sé que le puse un ojo a la funerala. Cuando acabamos la charla, le aticé un sopapo que lo tumbó de la silla.

—¿Qué hay del mensaje? —añadió Sal—. ¿Le dijiste que le harías otra visita si no movía el culo y regresaba a Boston para poner en orden su compañía?

—¡Pues claro! Le dije que le haría daño de verdad si tenía que volver, y no hay duda de que captó el mensaje.

Los mellizos miraron a Tony, y se encogieron de hombros al unísono.

—Gaetano no miente cuando se trata de estas cosas —afirmó Sal. Lou asintió con un gesto.

—Pues entonces es una prueba más de que el profesor pasa de nosotros —señaló Tony—. Salta a la vista que no se tomó en serio a Gaetano, y que no le importa para nada que se pierdan nuestros doscientos papeles.

Durante unos minutos, reinó el silencio en la habitación. Los cuatro hombres se miraron los unos a los otros. Era obvio que todos pensaban en lo mismo. Tony esperó a que alguien sacara el tema, y fue Sal quien lo hizo.

—Es como si lo estuviese pidiendo —comentó—. Ya habíamos decidido que si no hacía caso nos lo cargaríamos y dejaríamos que la hermana de Tony llevara las riendas.

—Gaetano, me parece que tendrás que hacer otro viaje a las Bahamas.

—¿Cuándo? —preguntó el matón—. Se supone que mañana por la noche tengo que atizarle al oculista de Newton.

—No lo he olvidado —contestó Lou. Consultó su reloj—. Son las doce y media. Puedes ir esta tarde vía Miami, cargarte al profesor, y estar aquí mañana.

Gaetano puso los ojos en blanco.

—¿Qué pasa? —continuó Lou—. ¿Tienes algún otro plan?

—Algunas veces no es fácil cargarse a alguien —señaló Gaetano—. ¡Demonios, primero tengo que encontrar al tipo!

—¿Sabes dónde están ahora tu hermana y el novio?

—Claro que sí, están en el mismo hotel —respondió Tony, y se rió en son de burla—. Eso indica lo muy en serio que se tomaron los cachetes de Gaetano.

—Lo dije antes —insistió Gaetano—. Nada de cachetes. Lo aticé con ganas.

—¿Cómo sabes que están en el mismo hotel? —preguntó Lou.

—A través de mi madre. La mayoría de las veces la llama al móvil, pero me dijo que también la llamó al hotel, un día que tenía el móvil apagado. Los tórtolos no solo están en el mismo hotel, sino que siguen en la misma habitación.

—Pues ya sabes dónde tienes que ir —le dijo Lou al matón.

—¿Puedo cargármelo en el hotel? Eso simplificaría mucho las cosas.

Lou miró a Sal, y este miró a Tony.

—No veo ninguna razón en contra. —Tony se encogió de hombros—. Siempre y cuando mi hermana no esté en medio, y que las cosas se hagan con discreción, sin montar una escena.

—Eso no es necesario decirlo —replicó Gaetano. Comenzaba a entusiasmarse. Viajar hasta Nassau para pasar solo una noche era un poco denso, y no se podría considerar como unas soleadas vacaciones, pero podía resultar divertido—. ¿Qué pasa con el arma? Tiene que tener un silenciador.

—Estoy seguro de que nuestros amigos colombianos se pueden ocupar del tema —dijo Lou—. Con toda la mierda que les pasamos en Nueva Inglaterra, nos lo deben.

—¿Cómo la conseguiré?

—Supongo que alguien se te acercará cuando llegues a Nassau —respondió Lou—. Ahora mismo los llamaré. Avísame en cuanto sepas el número del vuelo.

—¿Qué pasa si hay algún problema, y no me hago con un arma? Si queréis que esté de regreso mañana por la noche, todo tiene que ir sobre ruedas.

—Si llegas y nadie se te acerca, llámame —dijo Lou.

—Vale —asintió Gaetano, contento—. Toca mover el culo.

19

Lunes, 11 de marzo de 2002. Hora: 12.11

El mensaje del cartel era claro. Decía: ACCESO RESTRINGIDO. SOLO PERSONAL AUTORIZADO. LA PROHIBICIÓN SE CUMPLIRÁ ESTRICTAMENTE. Stephanie se detuvo por un momento, con la mirada puesta en el cartel enmarcado. Estaba atornillado a la puerta junto al montacargas. Era esta la puerta por la que entraba y salía Cindy Drexler habitualmente, la misma por la que había salido para entregarle los ovocitos a Stephanie y Daniel. Stephanie había visto el cartel de reojo, pero nunca se había acercado para leerlo. Ahora que lo había hecho, dudaba. Se preguntó cuál podía ser el significado de que la prohibición se cumplirá estrictamente, sobre todo a la vista de la tendencia de los directivos de la clínica Wingate a exagerar todo lo referente a la seguridad. Sin embargo, había llegado hasta aquí y no era cuestión de dar media vuelta y renunciar solo por un cartel con una advertencia genérica. Empujó la puerta. Se abrió sin más. Al otro lado, había una escalera que bajaba. Se tranquilizó al pensar que si les preocupaba tanto la presencia de intrusos en la sala de huevos no tendrían la puerta cerrada sin llave.

Con una última mirada por encima del hombro para asegurarse de que estaba sola en el laboratorio, cruzó el umbral y la puerta se cerró sola. De inmediato, notó el contraste con el frío seco del aire acondicionado del laboratorio. En la escalera, el aire era mucho más cálido y húmedo. Comenzó a bajar rápidamente, calzada como iba con zapatos de tacón bajo.

Stephanie se daba prisa porque había calculado que no podría estar más de quince minutos —estirando mucho, veinte— lejos de Daniel. Miró su reloj mientras bajaba; había consumido cinco minutos en ir desde la cafetería hasta allí. Solo se había desviado unos momentos para recoger el móvil. No quería olvidarlo y aparecer sin el teléfono en la cafetería, porque era la excusa que había dado. Daniel la había mirado con una expresión de curiosidad cuando ella se había levantado al minuto siguiente de dejar la bandeja con la comida en la mesa. Tenía claro que se enfadaría si se enteraba de sus intenciones.

Se tambaleó cuando se detuvo bruscamente al pie de la escalera. Se encontró en un pasillo corto y mal iluminado que daba acceso al montacargas en un lado y una puerta de acero inoxidable en el fondo. No tenía pomo ni cerradura. Stephanie se acercó, apoyó la mano en el metal, y empujó. Estaba caliente al tacto pero no cedió en lo más mínimo. Apoyó una oreja y le pareció escuchar un muy leve zumbido.

Stephanie se apartó un poco para observar todo el contorno. Parecía sellada en el marco metálico con una precisión milimétrica. Se puso a gatas, y comprobó que el encaje también era perfecto en el suelo. El esmero de la puerta aumentó su ya enorme curiosidad. Se levantó, y con el borde del puño, golpeó suavemente el metal. Intentaba calcular el grosor, y llegó a la conclusión de que era considerable, dado que no había notado ninguna vibración.

—Pues aquí se acaba mi muy cacareada investigación —susurró Stephanie. Sacudió la cabeza en una muestra de desilusión al tiempo que volvía a fijarse en el contorno. Le sorprendió que no hubiese un timbre, un interfono ni ninguna otra manera a la vista de abrir la puerta o de comunicarse con alguien en el interior.

Con un último suspiro de enfado, a juego con su expresión desilusionada, se volvió hacia la escalera, consciente de que debía inventarse alguna otra estrategia si pretendía continuar con su investigación clandestina. Sin embargo, solo había dado un paso cuando descubrió algo que había pasado por alto. Apenas si sobresalía de la pared delante del montacargas, y resultaba difícil de ver en la penumbra: se trataba de un pequeño lector de tarjetas magnéticas. No lo había visto antes porque solo había tenido ojos para la brillante puerta metálica. Además, el lector tenía el mismo color de la pared y estaba a dos metros de la puerta.

Megan Finnigan se había ocupado de que Stephanie y Daniel tuviesen las tarjetas de identificación de la clínica Wingate. Cada una llevaba una foto que parecía de presidiario plastificada en una cara y la banda magnética en la otra. La supervisora les había dicho que las tarjetas tendrían más valor para los temas de seguridad cuando tuvieran completa la plantilla, momento en que llevarían más datos de sus titulares, y añadió que ahora las necesitarían para entrar en el depósito del laboratorio si les hacía falta algún suministro.

Ante la remota posibilidad de que la tarjeta pudiese servir para esta sala a la vista de que estaban en los primeros meses de funcionamiento de la clínica, Stephanie la pasó por el lector. Su intento se vio recompensado de inmediato cuando vio cómo se abría la puerta de acero y escuchaba el suave silbido del aire comprimido. Al mismo tiempo, se vio envuelta en un extraño resplandor procedente de la sala, y que era una mezcla de luz incandescente y luz ultravioleta. También notó la corriente de aire cálido y húmedo; el lejano zumbido que había oído antes se escuchaba ahora con toda claridad.

Complacida con este súbito y bienvenido golpe de suerte, entró sin perder ni un segundo y se encontró en lo que parecía ser una incubadora gigante. Con una temperatura que rondaba los treinta y seis grados y la humedad de casi el ciento por ciento, notó cómo el sudor comenzaba a empaparle todo el cuerpo, a pesar de que llevaba una blusa sin mangas y una bata de laboratorio corta. Ahora comprendía por qué Cindy vestía unas prendas de algodón tan ligeras.

Unas estanterías similares a las de una biblioteca, con la única diferencia de que en lugar de libros estaban llenas de recipientes con cultivos de tejidos, ocupaban todo el espacio formando una cuadrícula. Cada una tenía unos tres metros de longitud, estaba hecha de aluminio con los estantes regulables y se alzaba desde el suelo de mosaico hasta casi el techo bajo. Todos los recipientes al alcance de su vista estaban vacíos. Delante de ella tenía un largo pasillo, y las estanterías parecían un dibujo en perspectiva. Era tan largo que una ligera bruma oscurecía el final. Por el tamaño de las instalaciones, era obvio que la clínica se estaba preparando para una gran capacidad productiva.

Stephanie avanzó a paso rápido mientras miraba a uno y otro lado. Después de caminar unos treinta pasos se detuvo cuando encontró una estantería donde había cultivos de tejidos en marcha, como lo demostraban los niveles del líquido en los recipientes de vidrio. Levantó uno. En la etiqueta pegada a la tapa ponía CULTIVO DE OOGONIOS, además de una fecha reciente y un código alfanumérico.

Dejó el recipiente en su lugar y comprobó los demás. Todos tenían fecha y código diferentes. Saber que la clínica parecía tener éxito en el cultivo de células germinales primitivas despertó su interés aunque también la preocupó por diversas razones, si bien no era este su objetivo. Deseaba confirmar el origen de los oogonios y los ovocitos que cultivaban y maduraban. Estaba segura de saberlo, pero quería una prueba definitiva que pudiera transmitir a las autoridades locales después de haber tratado al senador y de que ella, Daniel y Butler hubiesen regresado al continente. Miró su reloj. Habían pasado unos ocho minutos, la mitad del tiempo que se había dado.

Stephanie, dominada por una creciente ansiedad, avanzó rápidamente al tiempo que echaba una ojeada a los pasillos laterales y a cada una de las estanterías. El problema radicaba en que no sabía qué buscaba, y la sala era enorme. Para empeorar las cosas, comenzó a notar una leve sensación de falta de oxígeno. Entonces se le ocurrió que la atmósfera en el recinto tendría probablemente un elevado nivel de dióxido de carbono para ayudar a los cultivos de tejidos.

Se detuvo de nuevo después de otros veinte pasos. Había llegado junto a una estantería donde los recipientes tenían una forma particular. Nunca había visto antes nada parecido. No solo eran más grandes y profundos de lo habitual, sino que además tenían una matriz interna donde crecían las células cultivadas. Por otro lado, estaban colocados en unas bases giratorias que les imprimían un movimiento circular, al parecer con el propósito de facilitar la circulación del medio de cultivo. Sin perder ni un segundo,

Stephanie levantó uno de los recipientes. En la etiqueta habían escrito: OVARIO FETAL TROCEADO, VEINTIUNA SEMANA DE GESTACIÓN, OVOCITOS SUSPENDIDOS EN LA ETAPA DIPLOIDE DE PROFASE, seguido por una fecha y un código. Hizo lo mismo con los demás recipientes de la estantería. Como con los cultivos oogónicos, todos tenían fechas y códigos diferentes.

Las estanterías que quedaban todavía eran más interesantes. Contenían recipientes más grandes y profundos que los anteriores, aunque había menos por estante. La mayoría estaban vacíos. Los llenos contenían un líquido nutriente que circulaba a través de diversos tubos hasta unas máquinas centrales, que parecían unidades de diálisis en miniatura y que eran el origen del zumbido que llenaba la sala. Stephanie se inclinó para mirar en uno de los recipientes. Sumergido en el líquido había un pequeño trozo de tejido filamentoso, aproximadamente del tamaño de una chirla. Los vasos que salían del pequeño órgano estaban canulados con unos diminutos tubos de plástico conectados a una máquina aún más pequeña que las otras. El órgano era objeto de una perfusión interna además en estar sumergido en un caldo de cultivo que circulaba continuamente.

Stephanie metió la cabeza entre los dos estantes para poder mirar la tapa del recipiente sin moverlo. En la etiqueta habían escrito con rotulador rojo: OVARIO FETAL, VEINTE SEMANAS DE GESTACIÓN junto con la fecha y el código. A pesar de las implicaciones, no pudo menos que sentirse impresionada. Al parecer, Saunders y su equipo estaban manteniendo vivos ovarios fetales al menos durante unos días.

Se apartó de la estantería. Aunque no se trataba de una prueba concluyente, lo que estaba descubriendo allí era del todo coherente con sus sospechas de que Paul Saunders y su socio estaban pagando a las jóvenes lugareñas para embarazarlas y luego practicarles un aborto al cabo de unas veinte semanas para recoger los ovarios fetales. Con sus conocimientos de embriología, sabía más que los legos, sobre todo que un diminuto ovario fetal de veintiuna semanas contenía alrededor de siete millones de células germinales capaces de convertirse en ovocitos maduros. La mayoría de estos ovocitos estaban inexplicablemente condenados a desaparecer antes del nacimiento y durante la infancia, de forma que cuando una mujer joven comenzaba sus años reproductivos, su población de células germinales había quedado reducida a aproximadamente unas trescientas mil. Si la meta era la obtención de ovocitos humanos, el ovario fetal era la fuente primordial. Desafortunadamente Paul Saunders parecía saberlo muy bien.

Stephanie sacudió la cabeza, desconsolada ante la absoluta inmoralidad de abortar fetos humanos para obtener los ovocitos, cosa que acababa de ver confirmada al menos parcialmente. Para ella, era peor que seguir con la clonación reproductiva, que también sospechaba que era parte del plan de Saunders. Era consciente de que con estas prácticas inescrupulosas las organizaciones dedicadas a la reproducción asistida como la clínica Wingate, desprestigiaban la biotecnología y ponían trabas a su desarrollo. También le cruzó por la mente que la capacidad de Daniel para cerrar los ojos a la realidad en estas circunstancias le descubría algo de él que hubiese preferido no saber; ese conocimiento, junto al distanciamiento afectivo que mostraba, la hacía interrogarse sobre el futuro de la relación más de lo que había hecho en el pasado. Se dejó llevar por un impulso y decidió que como mínimo en cuanto regresaran a Cambridge se iría a vivir por su cuenta.

Sin embargo, quedaba mucho por hacer hasta entonces. Stephanie volvió a consultar su reloj. Habían pasado once minutos. Se le agotaba el tiempo, porque como mucho solo disponía de otros cuatro minutos antes de dar por concluida la visita. Necesitaba encontrar una prueba irrefutable para que Saunders no pudiera afirmar que los abortos eran terapéuticos. Si bien teóricamente podría volver a esta sala otro día, el instinto le decía que no sería fácil, máxime por la dificultad de encontrar otra excusa creíble para alejarse de Daniel. Su pareja no le daba apoyo, pero desde luego insistía en estar muy cerca físicamente.

Cuatro minutos no eran mucho tiempo. Llevada por la desesperación, Stephanie decidió correr todo el resto del pasillo hasta el final de la sala, desviarse a uno de los lados, y luego volver hacia la puerta por cualquiera de los otros pasillos longitudinales. No había corrido más de seis metros cuando se detuvo bruscamente. Al mirar a la izquierda por uno de los pasillos laterales, vio lo que parecía ser un laboratorio o un despacho separado de la sala principal por una cristalera. Se encontraba a casi siete metros de su posición. La brillante luz fluorescente alumbraba la zona cercana. Sin pensárselo dos veces, cambió de dirección para ir hacia allí.

Mientras se acercaba, comprobó que la impresión inicial había sido correcta. Sin duda se trataba de la oficina y laboratorio de Cindy, convenientemente ubicada en el centro y contra la pared del edificio. La habitación era rectangular, de unos tres metros de fondo por unos nueve de longitud. A todo lo largo de la pared había un mostrador con cajones y en el centro un espacio para utilizar el mostrador como mesa. La iluminación provenía de los tubos fluorescentes instalados en la parte inferior de los armarios colgados, que hacía resplandecer la superficie del mostrador.

El mostrador estaba abarrotado con recipientes, centrifugadoras, y toda clase de equipos, pero nada de todo esto le interesaba a Stephanie. Su atención se centró de inmediato hacia lo que parecía ser un gran libro de registro en la parte que servía de mesa. Lo ocultaba en parte el respaldo de la silla.

Consciente de que el tiempo corría implacablemente, miró a un lado y a otro de la oficina en busca de una puerta. Para su sorpresa, la tenía delante mismo de sus ojos; excepto por el pomo, no se distinguía del resto de los cristales. Las bisagras estaban por el lado interior.

Al ver el ojo de la cerradura, Stephanie pensó que podría estar cerrada con llave; rogó para que no fuese así. Sujetó el pomo y lo hizo girar. Exhaló un suspiro de satisfacción cuando la puerta se abrió silenciosamente. En el momento de entrar en la larga y poco profunda habitación, notó una brisa proveniente de la sala, algo que sugería que la sala estaba presurizada, probablemente para evitar la presencia de microbios transportados por el aire. La temperatura y la humedad en el interior del despacho eran normales. Dejó la puerta entreabierta y se acercó al libro. Un segundo más tarde estaba absorta en la lectura, convencida de que había encontrado lo que buscaba.

Apartó la silla y se inclinó sobre el libro para ver mejor las entradas manuscritas. Era un libro de registro, pero no financiero. Aparecía toda una lista de las mujeres que habían sido fertilizadas para después someterlas a un aborto, incluidas las fechas de las dos intervenciones, junto con otra información. Volvió unas cuantas páginas atrás, y comprobó que el programa había comenzado mucho antes de que la clínica abriera sus puertas. Paul Saunders se había ocupado de asegurarse el suministro de ovocitos con mucha antelación.

Stephanie se fijó en unos cuantos casos individuales, y siguió con el dedo las correspondientes entradas. Así se enteró de que las mujeres habían sido embarazadas después de una fecundación in vitro. Esto era coherente, dado que solo necesitaban fetos femeninos, y la FIV era la única manera de garantizar dicho resultado. Advirtió que los cromosomas X utilizados en todos los casos pertenecían al esperma de Paul Saunders, algo que ofrecía un claro testimonio de una megalomanía sin escrúpulos.

Se sintió fascinada. Todo estaba debidamente registrado con letra clara. Aparecían los tipos de cultivos de tejido empleados en cada caso junto con el estado actual de los cultivos en la sala. Según el registro, algunos fetos aportaban ovarios enteros, a otros se los extraían para trocearlos y hacer nuevos cultivos, mientras que unos solo servían para proveer líneas de células germinales no agregadas.

Stephanie volvió a la página que había encontrado abierta, y comenzó a contar cuántas mujeres estaban embarazadas en estos momentos. No pudo evitar sacudir la cabeza al ver que Saunders y sus secuaces no solo habían tenido la temeridad de ejecutar semejante programa sino también la audacia de anotar todos y cada uno de los sórdidos detalles. Tras este descubrimiento, ahora Stephanie no tenía más que informar a las autoridades locales de la existencia del libro de registro y dejar que ellos adoptaran las medidas pertinentes.

De pronto se quedó de una pieza cuando un estremecimiento de terror le recorrió la espalda. No había acabado de contar el número de mujeres embarazadas cuando un puño helado le oprimió el corazón. En el más absoluto silencio y sin ningún aviso previo, un círculo de acero helado había pasado entre sus cabellos para apoyarse en la nuca bañada en sudor. En el acto comprendió sin ninguna duda de que se trataba del cañón de un arma.

—¡No te muevas, y apoya las manos en la mesa! —le ordenó una voz incorpórea.

Stephanie notó que se le doblaban las rodillas. Sufrió una parálisis momentánea. Todos los temores relacionados con su espionaje, agravados por la presión del tiempo, se condensaron en una descarga de terror. Estaba inclinada sobre el libro, con una mano en el mesa y la otra levantada en el aire. Había utilizado el índice para ayudarse en la cuenta.

—¡Pon las manos en la mesa! —repitió Kurt sin disimular la furia. Le tembló la voz. Tuvo que hacer un esfuerzo para no pegarle con el arma a esta desvergonzada y provocadora mujer que había tenido el descaro de entrar en la sala de los huevos.

El cañón del arma se mantuvo apretado contra la nuca de Stephanie sin llegar a producirle dolor. La científica recuperó el movimiento; obedeció la orden y apoyó la otra mano en la mesa. Tenerlas apoyadas evitó que se desplomara. Temblaba tanto que notaba como si los músculos de las piernas estuviesen hechos de gelatina.

Agradeció para sus adentros que Kurt apartara el arma. Inspiró profundamente. Advirtió, sin mucha atención, que unas manos buscaban en el interior de los bolsillos de la bata, que cogían el móvil, un puñado de bolígrafos y papeles, y los volvían a guardar. Comenzó a recuperarse un poco, cuando notó que las manos se metían por debajo de la bata y le tocaban los pechos.

—¿Qué demonios está haciendo? —preguntó.

—¡Cállate! —gritó Kurt. Le palpó los costados del tórax. Luego las manos bajaron hasta las caderas, donde se detuvieron por un instante.

Stephanie contuvo la respiración. Se sentía mortificada y humillada. Al cabo de un segundo, las manos le sujetaron las nalgas.

—¡Esto es un abuso! —tartamudeó. La furia comenzó a imponerse al miedo. Intentó levantarse para enfrentarse a su captor.

—¡Cállate! —repitió Kurt. Apoyó una mano en la espalda de la bióloga y la empujó hasta hacerle caer sobre el libro con los brazos extendidos sobre el mostrador. Una vez más, el arma se apoyó en su nuca y esta vez le hizo daño—. No dudes ni por un segundo de que te puedo disparar aquí y ahora.

—Soy la doctora D'Agostino —dijo Stephanie con voz ahogada por la terrible presión en la espalda—. Trabajo aquí.

—Sé quién eres —replicó Kurt con el mismo tono feroz—, y también que no trabajas en esta sala. Esto es una zona vedada.

Stephanie notaba el aliento caliente de Kurt. Estaba inclinado sobre ella, y la apretaba contra el mostrador. Le costaba respirar.

—Si te vuelves a mover, disparo.

—Vale —gimió Stephanie. Para su alivio, desapareció el peso que la sofocaba. Hizo una inspiración a fondo en el mismo momento en que una mano le palpó la entrepierna. Apretó los dientes ante este nuevo abuso. Luego las dos manos le palparon una pierna y después la otra, pero no antes de tocarle de nuevo en la entrepierna. Después, el peso del hombre volvió a descansar sobre ella, aunque no con la misma violencia de antes. Al mismo tiempo, notó el calor de su aliento en la nuca cuando él se frotó lujuriosamente contra su cuerpo y le susurró al oído:

—Las mujeres como tú se merecen esto y más.

Stephanie contuvo el impulso de resistirse o siquiera gritar. El hombre que la aplastaba seguramente era un desequilibrado, y su intuición le gritaba silenciosamente que, por ahora, debía mostrarse pasiva. Después de todo, se encontraba en una clínica y no en algún lugar aislado. No tardaría en aparecer Cindy Drexler o algún otro.

—Verás, zorra —añadió Kurt—. Tenía que asegurarme de que no llevaras una cámara o un arma. Es algo que suelen hacer los intrusos, y no lo puedes saber si no los cacheas.

Stephanie permaneció callada e inmóvil. El hombre se apartó.

—¡Pon las manos detrás!

Stephanie obedeció la orden. Entonces, antes de que pudiese saber qué estaba pasando, notó el frío de las esposas. Sucedió tan rápido que no lo comprendió hasta escuchar el segundo chasquido metálico. La situación iba de mal en peor. Nunca la habían esposado, y las argollas le hacían daño en las muñecas. Para colmo, ahora se sentía muchísimo más indefensa.

Kurt la sujetó por la nuca, la levantó bruscamente, y la obligó a volverse. Miró a su asaltante, y se fijó en los finos labios desfigurados en una sonrisa cruel e insultante, como si hiciera alarde de que apenas conseguía mantenerse controlado.

Lo reconoció de inmediato. Aunque nunca había escuchado su voz hasta ahora, lo había visto por las dependencias de la clínica y en la cafetería. Incluso sabía su nombre y que era el jefe de seguridad. Había sido en su despacho donde a ella y Daniel los habían fotografiado para hacerles las tarjetas de identidad. El hombre estuvo presente, pero no dijo ni una palabra. En aquella ocasión, Stephanie había evitado en todo momento la mirada de sus ojos pequeños como cuentas.

Kurt se hizo a un lado y le señaló la puerta abierta de la oficina. Había guardado el arma. Stephanie no veía la hora de marcharse, pero cuando intentó volver por la dirección en que había venido, el jefe de seguridad la cogió del brazo.

—Vas en la dirección equivocada —dijo con voz áspera. Cuando ella se volvió para mirarlo, Kurt le señaló la dirección opuesta.

—Quiero volver al laboratorio —manifestó Stephanie. Intentó dar un tono autoritario a su voz, a pesar de lo difícil de las circunstancias.

—No me importa en lo más mínimo lo que quieras. ¡Camina! —Kurt le dio un empellón. Sin los brazos para ayudarla a mantener el equilibrio, a punto estuvo de caer de bruces. Afortunadamente, evitó la caída al golpear con el hombro contra una de las estanterías. Kurt la volvió a empujar, y ella avanzó tambaleante en la dirección indicada.

—No sé a qué viene tanto escándalo por esto —comentó Stephanie, después de recuperar la compostura hasta cierto punto—. Solo estaba echando una ojeada. Tenía curiosidad por conocer el origen de los ovocitos que nos suministró el doctor Saunders. —En su mente debatía si lo lógico era seguir las órdenes de Kurt o sencillamente negarse a dar un solo paso más. Si no iban a volver al laboratorio, quería quedarse en el despacho de Cindy Drexler, donde tenía la seguridad de que la técnica tendría que aparecer en algún momento. No saber dónde pretendía llevarla el jefe de seguridad la aterrorizaba, pero no se detuvo. La amenaza de que el hombre no vacilaría en dispararle la obligó a seguir caminando. Por muy loco y exaltado que pareciera, ella se lo tomaba muy en serio.

—Entrar sin autorización en la sala de los huevos es algo muy grave —replicó Kurt despectivamente, como si le hubiese leído el pensamiento.

Cuando llegaron al otro extremo de la sala, dieron una vuelta de noventa grados para ir hacia una puerta idéntica a aquella por donde había entrado Stephanie, pero en el lado opuesto del recinto. Kurt apretó un botón en el marco, y la pesada puerta metálica se deslizó silenciosamente sobre las guías. Kurt la hizo pasar con otro empellón. Como nunca había tenido que moverse con los brazos sujetos a la espalda, Stephanie tuvo problemas para mantener el equilibrio. Ahora estaban en un largo y angosto pasillo con las paredes de cemento que se curvaba hacia la izquierda. La iluminación era escasa y el aire húmedo olía a viciado.

Stephanie se detuvo. Intentó volverse, pero esta vez el empellón de Kurt la tumbó. Al no poder utilizar las manos para amortiguar la caída, cayó sobre un hombro, y se raspó la mejilla contra el suelo de cemento. Un segundo más tarde, Kurt la cogió por la bata y la levantó como si fuese una muñeca de trapo. En cuanto Stephanie se sostuvo de pie, la volvió a empujar. La bióloga se resignó a continuar caminando, consciente de que resistirse solo serviría para aumentar los riesgos.

—Exijo hablar con el doctor Wingate y el doctor Saunders —manifestó Stephanie, en un segundo intento por mostrarse autoritaria. Su miedo crecía por momentos mientras se preguntaba adónde quería llevarla. El calor y la humedad indicaban que se trataría de algún lugar subterráneo.

—En el momento oportuno —replicó Kurt y soltó una risa libidinosa que la hizo estremecer.

Stephanie no tardó mucho en darse cuenta de que caminaban en la misma dirección del camino cubierto que conectaba el edificio del laboratorio con el de la administración, solo que lo hacían por un pasaje subterráneo. Al cabo de unos minutos, llegaron a una puerta a prueba de incendios. Kurt la abrió, y Stephanie comprobó que había acertado. Se encontraban en el sótano del edificio de la administración. Recordaba el lugar de cuando ella y Daniel habían estado ahí para recoger las tarjetas de identificación. Respiró un poco más tranquila, al suponer que se encaminaban hacia el despacho del jefe de seguridad, una suposición que no tardó en verse confirmada.

—¡Sigue caminando! —le ordenó Kurt cuando entraron en su despacho. Se mantuvo detrás de ella, fuera de su campo visual.

Stephanie pasó a otra habitación donde una de las paredes aparecía cubierta con monitores de televisión. Kurt la obligó a continuar. La científica se detuvo cuando llegaron al final del pasillo.

—Verás que hay una celda a la izquierda y un dormitorio a la derecha —añadió Kurt con un tono burlón—. ¡Tú eliges!

Stephanie no respondió, sino que entró sin vacilar en la celda. Kurt cerró la puerta, y el chasquido del cerrojo resonó en el recinto de cemento.

—¿Qué pasa con las esposas? —preguntó Stephanie.

—Por ahora se quedan donde están —contestó Kurt, y en su rostro apareció de nuevo la sonrisa cruel—. Es por cuestión de seguridad. A la dirección no les gusta que los prisioneros se suiciden. —Kurt se echó a reír. Era obvio que disfrutaba mucho con la situación. Se volvió dispuesto a marcharse pero vaciló. En cambio, se acercó para mirar a Stephanie fijamente—. Hay un inodoro que está a tu disposición. Si lo quieres usar, adelante. Haz como si yo no estuviera.

Stephanie volvió la cabeza para mirar el inodoro. No solo estaba a la vista, sino que ni siquiera disponía de asiento. Miró a Kurt con una expresión furiosa.

—Quiero hablar con los doctores Wingate y Saunders inmediatamente.

—Mucho me temo que no estás en condiciones de dar órdenes —se mofó Kurt. Miró a su prisionera durante unos segundos antes de desaparecer por el pasillo.

Stephanie soltó el aliento y se relajó un poco en cuanto se marchó el jefe de seguridad. Solo alcanzaba a ver una parte del corredor. No podía consultar su reloj, y se preguntó qué hora era. Daniel no podía tardar mucho en comenzar a buscarla; quizá ya lo estaba haciendo. Entonces la asaltó otro miedo: ¿Qué pasaría si se había enfadado tanto con ella por lo que había hecho que no le importaba en absoluto que la tuviesen encerrada?

Kurt Hermann se sentó a su mesa y apoyó los brazos en la superficie. Temblaba del deseo no consumado. Stephanie D'Agostino lo había excitado al máximo. Desafortunadamente, el placer de acariciar su cuerpo había sido demasiado breve y ansiaba una repetición. Ella se había comportado de una manera despectiva, pero Kurt estaba seguro de conocer bien a las mujeres. Les gustaba comportarse de esa manera: primero provocaban, y luego fingían que no les gustaban las consecuencias. No era más que puro fingimiento, una broma.

Durante unos minutos buscó excusas para no llamar a Saunders. De haber estado dentro de sus atribuciones, no lo hubiese hecho. La doctora D'Agostino bien podía desaparecer sin más. Demonios, era lo que se merecía. Sin embargo, era consciente de que no podía hacerlo. Saunders se enteraría, porque sabía que Kurt controlaba las entradas y salidas de la clínica. Si desaparecía la doctora, Saunders sabría que Kurt era el responsable o por lo menos que estaba al corriente de lo que le había pasado.

Kurt apeló a su entrenamiento en las artes marciales para tranquilizarse. En cuestión de minutos, sus músculos se relajaron y desaparecieron los temblores. Incluso los latidos de su corazón bajaron a menos de cincuenta por minuto. Lo sabía porque se controló el pulso varias veces. Cuando recuperó el control de sus emociones, se levantó para ir a la sala de los monitores.

El reloj de pared marcaba las 12.41. Eso significaba que Spencer Wingate y Paul Saunders estarían en la cafetería. Kurt se sentó delante de los monitores. Se fijó en el número doce. Con el teclado, conectó el mando a la minicámara doce y comenzó un barrido del local. Antes de encontrar a sus jefes, encontró a Daniel Lowell. Kurt amplió la imagen. El hombre leía una revista científica mientras comía, absolutamente ajeno al entorno. Al otro lado de la mesa estaba la bandeja de Stephanie. Una mueca burlona apareció en el rostro de Kurt. Tenía a la novia del científico encerrada en su celda particular después de haberla magreado a placer, y el tipo no tenía ni la menor idea. ¡Menudo imbécil!

Kurt cerró el zoom y continuó buscando a Spencer y Paul.

Los encontró en la mesa habitual, en compañía de varios empleados. Ellos también eran unos imbéciles, porque Kurt sabía con
quiénes follaban, y la palma se la llevaba Paul, que vivía en la clínica. Para Kurt, la mayoría de los hombres eran unos gilipollas,
incluida la mayoría de sus comandantes cuando había estado en el
ejército. Era la cruz que le había tocado cargar.

Cogió el teléfono y llamó a la supervisora de la cafetería.
Cuando la mujer se puso al teléfono, le pidió que le comunicara a
Spencer y Paul que acababa de producirse una emergencia que requería la inmediata presencia de ambos en su despacho. Le indicó
las palabras exactas que debía decirle: «Es un problema grave».
Unos segundos después de colgar el teléfono, vio aparecer a la supervisora en el monitor. Se la veía muy nerviosa. Primero tocó
el hombro de Spencer y luego el de Paul, y se agachó para su-
surrarles el mensaje. Ambos se levantaron de un salto, y con expresiones preocupadas, se dirigieron directamente hacia la puerta. Spencer precedía a su socio porque se encontraba más cerca de
la salida.

Kurt activó desde el teclado la cámara de la celda, y la imagen
apareció en el monitor que tenía delante. Centró toda la atención
en la pantalla. Stephanie se movía por la celda como una fiera. Era
como si lo estuviese provocando con su cuerpo.

Incapaz de seguir mirándola, Kurt se levantó bruscamente.
Regresó a su despacho para valerse de nuevo del entrenamiento
para calmarse. Cuando Spencer Wingate y Paul Saunders entraron sin aliento, Kurt había recuperado el estoicismo habitual.
Solo movió los ojos cuando los dos médicos se acercaron a su
mesa.

—¿Cuál es el problema grave? —preguntó Spencer. Como director de la clínica le correspondía a él hacer las preguntas. El rostro de Wingate, como el de Paul, estaban un tanto enrojecidos.
Los dos hombres habían corrido todo el camino desde el edificio
número tres, un ejercicio que superaba al habitual. Ambos estaban muy asustados, porque el mensaje de Kurt había sido idéntico al que había transmitido cuando los agentes federales habían
asaltado la clínica Wingate en su sede de Massachusetts.

Kurt disfrutó del miedo como una venganza por el escaso reconocimiento a todos sus esfuerzos para poner en marcha los servicios de seguridad de la nueva clínica. Le hizo un ademán a sus jefes para que guardaran silencio mientras los llevaba a la sala de los monitores. Una vez allí, cerró la puerta y les señaló las dos sillas. Él permaneció de pie. Los observó sin dejar de recrearse con la atención que le dispensaban.

—¿Se puede saber cuál es la maldita emergencia? —preguntó Spencer, impaciente—. ¡Dígalo de una vez!

—Hemos tenido una entrada no autorizada en la sala de huevos. Es una evidente situación de espionaje industrial que compromete todo el programa de obtención de huevos.

—¡No! —exclamó Paul. Se movió hacia adelante en la silla. El programa de obtención de ovocitos era fundamental en sus planes para el futuro de la clínica y su reputación profesional.

Kurt asintió, cada vez más complacido.

—¿Quién es? —inquirió Paul—. ¿Ha sido alguien que trabaja aquí?

—Sí y no —respondió Kurt ambiguamente, sin dar más detalles.

—¡Venga ya! —se quejó Spencer—. No estamos jugando a las adivinanzas.

—La persona fue sorprendida leyendo el registro de los ovocitos y detenida en el acto.

—¡Dios santo! —soltó Paul—. ¿Esta persona estaba leyendo el registro?

Kurt señaló el monitor central delante mismo de la mesa. Stéphanie se había sentado en el camastro de hierro. Sin saberlo, miraba casi directamente a la cámara de vigilancia. Su inquietud no podía ser más evidente.

Durante unos minutos, reinó el silencio en la sala de vídeo. Todas las miradas estaban puestas en Stephanie.

—¿Cómo es que no se mueve? —preguntó Spencer—. Está bien, ¿no?

—Está bien —le tranquilizó Kurt.

—¿Por qué le sangra la mejilla?

—Se cayó cuando iba a la celda.

—¿Qué le hizo? —le espetó Spencer.

—No quería cooperar. Necesitaba un estímulo.

—¡Por todos los diablos! —protestó Spencer. En su conjunto, no era una emergencia del nivel que había sospechado, pero no dejaba de ser seria—. ¿Cómo es que tiene los brazos a la espalda?

—Está esposada.

—¿Esposada? —repitió Spencer—. ¿No le parece que es excesivo? Aunque, con su historial, tenemos que dar gracias que no le disparara en el acto.

—Spencer —intervino Paul—, debemos agradecerle a Kurt su vigilancia, y no mostrarnos críticos.

—Es el procedimiento habitual esposar a un individuo cuando se le detiene —declaró Kurt, con un tono agrio.

—Sí, pero ahora está en una celda —replicó Spencer—. Podría haberle quitado las esposas.

—Olvidemos las esposas por un momento —sugirió Paul—. Pensemos en las implicaciones de su comportamiento. No me hace ninguna gracia que estuviese en la sala de los huevos, y mucho menos que leyera el registro. Se ha mostrado bastante crítica con nuestros trabajos, y en particular con nuestra terapia de las células madre.

—Es un tanto soberbia —admitió Spencer.

—No quiero que trastorne nuestro programa de ovocitos, aunque es bien poco lo que puede hacer aquí en las Bahamas —comentó Paul—. No es como si estuviésemos en Estados Unidos. Así y todo, aún podría montar un escándalo que perjudicaría nuestra imagen, y provocaría algunos trastornos en nuestros esfuerzos para el reclutamiento de úteros de alquiler, cosa que acabaría afectando a nuestras ganancias. Debemos asegurarnos de que no ocurre tal cosa.

—Quizá esa sea la razón por la que Lowell y ella están aquí —sugirió Spencer—. Bien podría ser que todo el montaje sobre el presunto tratamiento no sea más que una farsa. Nada nos garantiza que no sean espías industriales dispuestos a arrebatarnos nuestros secretos.

—Son legales —afirmó Paul.

—¿Cómo puedes estar seguro? —replicó Spencer. Apartó la mirada del monitor para prestar atención a Paul—. Eres un tanto ingenuo cuando tratas con científicos de verdad.

—¿Qué has dicho? —exclamó Paul.

—Oh, no seas tan sensible —contestó Spencer—. Ya sabes lo que quiero decir. Esas personas son médicos.

—Algo que podría explicar su falta de creatividad —señaló Paul—. No necesitas un doctorado para abrir camino en la ciencia. En cualquier caso, te aseguro que estas personas saben lo que hacen. He visto con mis propios ojos que el RSHT es impresionante.

—Así y todo podrían estar engañándote. A eso me refiero. Son investigadores profesionales, y tú no.

Paul desvió la mirada por un momento para controlar su furia. Spencer era la persona menos indicada para sugerir que era una autoridad a la hora de decidir quién era un científico y quién no. Spencer no sabía absolutamente nada de investigación científica. No era más que un empresario vestido de médico y ni siquiera era bueno como empresario.

Después de un par de inspiraciones profundas, Paul miró a su jefe.

—Sé que están realizando unas manipulaciones celulares de primer orden, porque cogí algunas de las células donde añadieron el ADN de Jesucristo. Las células son sorprendentes y absolutamente viables. Las he utilizado para ver si funcionaban y funcionan.

—Espera un momento. No irás a decir que han demostrado que estas células tienen el ADN de Jesucristo.

—Por supuesto que no. —Paul hizo un esfuerzo para mantener la compostura. Había veces en las que discutir de ciencia biomolecular con Spencer era como hablar con un niño de cinco años—. No hay ninguna prueba de tal cosa. Lo que intento decirte es que trajeron con ellos un cultivo de fibroblastos de una persona con la enfermedad de Parkinson a la que pretenden tratar. Dentro de dichas células, han reemplazado los genes defectuosos con genes que han construido del ADN extraído de la muestra de la Sábana Santa. Ya han hecho toda esa parte, y ahora están preparando las células para el tratamiento. Es verdad. No tengo ni la más mínima duda de que es eso. Estoy absolutamente seguro. ¡Confía en mí!

—De acuerdo, de acuerdo —manifestó Spencer—. Dado que has estado con ellos en el laboratorio, supongo que debo aceptar tu palabra de que están aquí para realizar una tarea terapéutica legítima. Sin embargo, está pendiente la identidad del paciente, donde también acepté tu palabra. Dijiste que averiguarías quién es el paciente. Ahora falta poco más de una semana para el inicio del tratamiento y seguimos sin saber nada.

—Ese es otro problema.

—Sí, pero va asociado. Si no tenemos un nombre, está muy claro que no sacaremos ningún beneficio financiero de todo este asunto. ¿Por qué no hemos podido averiguar su identidad? A primera vista, no parece ser un imposible.

Paul miró al jefe de seguridad.

—¡Díselo! —ordenó.

—Ha sido un trabajo más difícil de lo que había supuesto en un primer momento —explicó Kurt, tras unos segundos de vacilación—. Buscamos cualquier pista en su apartamento y en la empresa incluso antes de que vinieran a Nassau. En el tiempo que llevan aquí nos hicimos con sus ordenadores y copiamos los contenidos de los discos duros, pero no encontramos nada que nos pudiese orientar. Por el lado positivo tenemos que hoy mismo conseguí colocar un micro en el móvil de la mujer. Lo venía intentando desde el primer día, pero ella nunca me dio la oportunidad. Ni una sola vez lo perdía de vista.

—¿Ha colocado el micro mientras ella está en la celda? —preguntó Spencer—. ¿No cree que sospechará?

—No. El micro lo coloqué antes de detenerla. Hoy, por primera vez, se dejó el móvil en el laboratorio antes de ir a la cafetería. Acababa de instalarlo cuando ella volvió inesperadamente para ir a la sala de los huevos. Yo la seguía cuando entró.

—En ese caso, ¿por qué no la detuvo antes de entrar? —dijo Spencer.

—Quería pillarla con las manos en la masa —respondió Kurt. La sonrisa de lujuria reapareció en su rostro.

—Supongo que a mí tampoco me hubiese importado pillarla con las manos en la masa —comentó Spencer, con la misma sonrisa.

—Con un micro en su móvil, estamos bien situados —manifestó Paul—. Desde el principio, Kurt insistió en que pincharle el móvil nos daría la identidad del paciente.

—¿Eso es verdad? —preguntó Spencer.

—Sí —contestó Kurt sencillamente—. Claro que tenemos otra opción. Ahora que la tenemos bajo custodia, podríamos exigirle que nos diga el nombre como condición para dejarla en libertad.

Los dos directores de la clínica Wingate se miraron el uno al otro mientras pensaban en la idea del jefe de seguridad. Fue Spencer quien respondió primero.

—No me gusta la idea —manifestó, y sacudió la cabeza.

—¿Por qué? —quiso saber Paul.

—Sobre todo porque no creo que nos lo vaya a decir, y eso descubriría nuestra desesperación por obtener el nombre. Es obvio que para ellos es muy importante mantener en secreto el nombre del paciente; de lo contrario, ya lo sabríamos. En este momento, con todo el avance que según tú han hecho en el laboratorio, bien podrían recogerlo todo y marcharse a otra parte para el tratamiento final. No quiero arriesgarme a perder los otros veintidós mil quinientos dólares que faltan por cobrar. No será una fortuna, pero es algo. Además, descubrirían que lo nuestro es un farol. No podemos tenerla en la celda a menos que lo encerremos a él también, cosa que no podemos hacer, y Lowell montará un escándalo mayúsculo en cuanto se entere de dónde está y cómo la han tratado.

—Has señalado todos los puntos importantes —declaró Paul—. Estoy de acuerdo contigo, y preferiría que la condición para dejarla en libertad sea una promesa de confidencialidad, algo muy razonable a la vista de las circunstancias. Es muy libre de tener sus propias opiniones, pero debería guardárselas. Tengo la sensación de que el doctor Lowell nos respaldará en este punto. Siempre me ha parecido que intenta poner freno a su arrogancia.

Spencer miró al jefe de seguridad.

—¿Está seguro de que descubrirá la identidad del paciente gracias a tenerle pinchado el móvil?

Kurt se limitó a asentir con un gesto.

—Entonces, confiemos en que así sea —añadió Spencer—. También insistiremos en la promesa de confidencialidad.

—De acuerdo —dijo Paul—. Por cierto, ahora que lo hemos mencionado. ¿Dónde está el doctor Lowell?

—Está en la cafetería —respondió Kurt. Miró el monitor número doce—. Al menos, estaba allí hace unos minutos.

—Creo que es significativo que la doctora D'Agostino estuviese sola cuando entró en la sala de los huevos —opinó Paul.

—¿Por qué? —preguntó Spencer.

—Tengo la casi seguridad de que el doctor Lowell no sabía nada de lo que ella estaba haciendo.

—Es probable que estés en lo cierto.

—El doctor Lowell va hacia el laboratorio —informó Kurt. Señaló el monitor, y los directores miraron la pantalla. Daniel caminaba a paso rápido por el camino que iba del edificio tres al uno, con una mano apoyada en el bolsillo de la camisa donde llevaba varios bolígrafos y lápices. Llegó al edificio uno y entró.

—¿Cuál es el monitor del laboratorio? —preguntó Paul. Kurt se lo señaló. Todos miraron mientras Daniel aparecía por la izquierda de la pantalla. Spencer comentó que parecía estar buscando a Stephanie. Kurt utilizó el mando para seguirlo. Después de acercarse al banco que tenían asignado, Daniel fue a mirar en el despacho. Incluso asomó la cabeza en el tocador de señoras. Luego se dirigió directamente al despacho de Megan Finnigan.

—Creo que hubiese ido a la sala de los huevos si supiese que estaba allí —apuntó Paul.

—Me parece que estás en lo cierto.

Paul cogió el teléfono y marcó el número de la extensión de Megan.

—Le diré a la supervisora dónde podrá encontrar el doctor Lowell a su colaboradora.

—Si no es alguna otra cosa —manifestó Spencer despectivamente—. No acabo de entenderla. Dígame, Kurt, ¿cómo consiguió entrar en la sala?

—Utilizó la tarjeta de identificación de la clínica. El acceso aún no está restringido, aunque se pedía que lo estuviese en la lista que presenté a la administración hace un mes.

343

—Eso es culpa mía —admitió Paul mientras colgaba el teléfono después de su breve conversación con Megan Finnigan—. Lo olvidé con todo el ajetreo de poner la clínica en marcha. Además, no teníamos previsto alquilar el laboratorio a extraños, y ni por un momento lo recordé cuando se presentaron los doctores Lowell y D'Agostino.

—Vayamos a charlar con la hermosa doctora D'Agostino antes de que se presente el doctor Lowell —propuso Spencer y se levantó—. Quizá ayude a facilitar la negociación. Kurt, quiero que por el momento se mantenga apartado.

Los dos médicos salieron al pasillo para dirigirse hacia la celda.

—No deja de ser una situación complicada —susurró Spencer—. Pero desde luego es mucho mejor de lo que me temía cuando vinimos aquí deprisa y corriendo.

20

Lunes, 11 de marzo de 2002. Hora: 19.56

Cuando las cosas se ponían serias, Gaetano era realista. Por mucho que esperaba con ansia llegar a Nassau en esta segunda visita para acabar aquello que había comenzado en la primera, estaba nervioso. Sobre todo le preocupaba el tema de que le dieran un arma, y tenía que ser un arma de primera, porque si no lo era, los problemas eran inevitables. No tenía la menor intención de aporrear al tipo hasta matarlo, ahogarlo en la bañera, o estrangularlo con una cuerda, como ocurría a veces en las películas. Cargarse a un tipo no era algo que se hacía como si nada. Requería una buena planificación. El método debía ser rápido y decisivo, y el lugar moderadamente remoto, para facilitar una huida rápida, y cuando se hablaba de rapidez, no había nada mejor que un arma. Una que fuese buena y silenciosa.

Para Gaetano, el problema en la actual situación radicaba en que dependía de personas a quienes no conocía y que no le conocían. Se suponía que alguien debía reunirse con él cuando aterrizara en la isla, pero no tenía ninguna garantía de que fuera así. Dado que el viaje se había montado a la carrera, no había ningún plan secundario o contactos a quienes llamar, excepto Lou en Boston, y Lou era un tipo difícil de encontrar fuera de los horarios normales. Incluso si el hombre misterioso se presentaba en el aeropuerto, siempre estaba la posibilidad de que él y Gaetano no se encontraran en la inevitable confusión, dado que ninguno de los dos sabía cómo era el otro. Para empeorar las cosas, se suponía que Gaetano debía estar de regreso en Boston al día siguiente, o sea que ni siquiera disponía del beneficio del tiempo.

La otra razón para el nerviosismo de Gaetano era que no le gustaban los aviones pequeños. Los grandes no estaban mal, porque podía engañarse a sí mismo y creer que no estaba volando. Los pequeños eran otra historia, y en el que volaba ahora era el más pequeño de todos. Como si eso fuese poco, el avión vibraba como un cepillo de dientes eléctrico y botaba como un balón. Gaetano no tenía dónde sujetarse, excepto el respaldo del asiento que tenía casi pegado a la nariz. No era una cabina precisamente amplia. Con su corpachón, estaba literalmente encajonado contra la ventanilla.

Había cogido un vuelo de American hasta Miami, donde había hecho transbordo al avión en que volaba ahora. El sol se ponía cuando inició la segunda etapa del viaje, y ahora no se veía más que oscuridad al otro lado de la ventanilla. Intentó no pensar en lo que había debajo del avión saltarín, aunque cada vez que los motores sonaban como si perdiesen potencia, la imagen de un vasto océano negro aparecía involuntariamente en su cabeza para aumentar todavía más su ansiedad. Gaetano tenía un secreto: no sabía nadar y soñar con ahogarse era una de sus pesadillas más habituales.

Echó una ojeada a los otros pasajeros. Nadie hablaba, como si todos compartiesen su terror. La mayoría miraba al frente. Unos pocos leían, y los finos rayos de luz de las lámparas individuales eran como brillantes columnas en medio de la penumbra. La azafata estaba sentada de cara a los pasajeros en respuesta a una orden del piloto referente a las turbulencias. Su expresión de profundo aburrimiento ofrecía un cierto consuelo, aunque lo estropeaba en parte el hecho de que ella utilizaba un cinturón que le sujetaba los hombros, como si esperase lo peor.

Un golpe muy duro seguido por una fuerte sacudida del avión hizo que Gaetano diera un bote en el asiento. Era como si hubiesen chocado con algún objeto volante. Durante casi un minuto no se atrevió ni a respirar, pero no hubo ningún cambio. Resignado a su suerte, cerró los ojos y se apoyó en el respaldo. No había acabado de acomodarse, cuando se escuchó la voz del piloto que anunciaba el aterrizaje en pocos minutos.

Con un súbito estallido de optimismo, Gaetano apretó la nariz contra el cristal de la ventanilla y miró hacia abajo. En lugar de la oscuridad, ahora vio el brillo de las luces. Respiró más tranquilo. Al parecer, saldría bien librado después de todo.

El avión aterrizó con un sonoro y reconfortante golpe de las ruedas. Al cabo de un segundo, se escuchó el rugido de las turbinas a plena potencia, acompañado por la sensación de un frenado rápido. Gaetano se sujetó al respaldo del asiento que tenía delante. La alegría que le embargaba al comprobar que el avión estaba en tierra hizo que le sonriera al pasajero sentado a su derecha. El hombre le devolvió la sonrisa. Miró de nuevo a través de la ventanilla, y se concentró en sus preocupaciones por el arma.

Como eran muy pocos los pasajeros, no perdieron mucho tiempo en el desembarco, y Gaetano fue uno de los primeros en pisar la pista. Respiró a fondo el cálido aire tropical y disfrutó con la sensación de encontrarse de nuevo en tierra firme. Cuando todos descendieron de la cabina, los llevaron a la terminal.

Gaetano, que solo llevaba un bolso de mano, se detuvo apenas pasada la puerta. No sabía muy bien qué hacer. Supuso que su físico le haría destacar, pero nadie lo abordó. Vestía las mismas prendas de la visita anterior: camisa de manga corta con estampados hawaianos, pantalones beige claro, y americana azul oscuro. La presión de las personas que tenía detrás le obligaron a avanzar. Era como dejarse llevar por la corriente de un río hacia el control de pasaportes. Entregó su documento cuando le llegó el turno. El funcionario ya se disponía a sellarlo cuando advirtió los sellos de la anterior visita. No solo había muy poco tiempo, sino que además había sido de un día. Miró a Gaetano con una expresión interrogativa.

—La primera vez solo vine a ver cómo era el lugar —le explicó Gaetano—. Me gustó, así que ahora he vuelto de vacaciones.

El hombre no respondió. Estampó el sello en el pasaporte, lo empujó hacia Gaetano, y cogió el siguiente.

Gaetano pasó junto a los pasajeros que esperaban recoger sus equipajes para ir hacia el control de aduana. Al ver que solo llevaba un bolso de mano y tenía pasaporte norteamericano, los funcionarios le dejaron pasar con un gesto. Salió al vestíbulo de la terminal donde una multitud se agrupaba detrás de una endeble barrera metálica. Todos permanecían atentos a la aparición de familiares y amigos. Nadie mostró el más mínimo interés por Gaetano.

Continuó caminando sin saber qué debía hacer. Caminó a lo largo de la barrera hasta dar con la abertura y mezclarse con la multitud. En cuanto la dejó atrás, se detuvo para mirar a un lado y a otro, con la idea de establecer contacto visual con alguien. Nadie le hizo caso. Se rascó la cabeza mientras pensaba. Al final, acabó por ir hacia el mostrador de una compañía de coches de alquiler y se puso en la cola.

Al cabo de quince minutos, tenía las llaves de otro Cherokee, aunque esta vez era de color verde. Volvió a la zona de las llegadas internacionales y se disponía a llamar a Lou cuando alguien le tocó en el hombro.

En un acto reflejo, Gaetano se volvió como una centella, dispuesto a pelear. Se encontró mirando los ojos oscuros del hombre más calvo y más negro que hubiese visto en toda su vida. Llevaba suficientes cadenas de oro alrededor del cuello como para que no inclinarse fuese todo un ejercicio de resistencia, y la luz que se reflejaba en la calva casi cegó al matón. El hombre respondió a la violenta reacción de Gaetano, dando un paso atrás al tiempo que levantaba las dos manos como si fuese a parar un golpe. En una de las manos sostenía una bolsa de papel muy arrugada.

—Tranqui, tío —dijo el individuo. Hablaba con el mismo tono nativo que Gaetano recordaba de la primera visita—. No pasa nada.

Gaetano se avergonzó de su agresividad e intentó disculparse.

—Ningún problema, tío. —La voz era claramente cantarina—. ¿Eres Gaetano Baresse de Boston?

—¡En persona! —respondió Gaetano, con una alegre sonrisa. Por un momento, sintió ganas de abrazar al extraño, como si fuese un familiar al que no veía desde hacía años—. ¿Tienes algo para mí?

—Lo tengo si tú eres Gaetano Baresse. Me llamo Robert. Deja que te enseñe lo que tengo. —El hombre abrió la bolsa y metió la mano en el interior con la intención de sacar el contenido.

—¡Eh, no saques esa cosa aquí! —le susurró Gaetano, horrorizado—. ¿Estás loco? —Echó una ojeada a la terminal. Había varios policías armados bastante cerca, aunque afortunadamente ninguno de ellos les prestaba atención.

—Quieres verla, ¿no? —replicó el hombre.

—Sí, pero no delante de todo el mundo. ¿Has venido en coche?

—Claro que he venido en coche.

—Pues vamos.

El hombre se encogió de hombros y se dirigió a la salida. Unos pocos minutos después, subieron a un viejo Cadillac color pastel con unas enormes aletas traseras. El hombre encendió la luz del techo y le entregó la bolsa a Gaetano. El matón esperaba encontrarse con una pistola barata, pero la que sacó lo dejó boquiabierto. Era una SW99 de nueve milímetros equipada con un LaserMax y un silenciador Bowers CAC9.

—¿A que es guay? —preguntó Robert—. ¿Eres feliz?

—Más que feliz —afirmó Gaetano. Admiró el impecable acabado, que indicaba que el arma era nueva. Se trataba de un arma que imponía. Aunque solo tenía un cañón de diez centímetros, con el silenciador medía casi veinticinco.

Después de asegurarse de que no había nadie más cerca, Gaetano apuntó a un coche a través del parabrisas, y activó el láser por un momento. Vio el destello del punto rojo en el parachoques trasero del vehículo que estaba a poco más de quince metros. Se sintió entusiasmado con el arma hasta que advirtió que faltaba el cargador en la culata.

—¿Dónde está el cargador? —preguntó. Sin el cargador ni las balas, el arma no servía para nada.

Robert sonrió en la penumbra del coche. Contra su piel negra, los dientes parecían perlas fluorescentes. Se palmeó el bolsillo izquierdo del pantalón.

—Lo tengo aquí, tío, cargado y listo para usar. Tengo otro más por si te hace falta.

—Bien. —Gaetano tendió la mano, mucho más tranquilo.

—No tengas tanta prisa —dijo Robert—. Me parece que esto también vale algo para mí. Me refiero a que me tomé la molestia de venir hasta aquí en lugar de quedarme tranquilamente en casa tomándome una cerveza. ¿Captas la idea?

Gaetano miró por un momento los ojos del hombre, que en la penumbra se parecían sorprendentemente a dos agujeros de bala en una manta blanca sucia. Se daba cuenta de que intentaba aprovecharse, y que probablemente era una iniciativa propia. Lo primero que pensó fue en coger la cabeza del tipo y estrellársela contra el volante para hacerle saber con quién estaba tratando, pero luego prevaleció la sensatez. El tipo podía tener un arma, algo que complicaría las cosas y desde luego no era la manera correcta de iniciar el viaje. Además, Gaetano no tenía idea de cuál era la relación de este tipo con los colombianos de Miami con los que había establecido contacto Lou para organizar la entrega. Lo que menos le interesaba mientras estaba en Nassau para hacer su trabajo era tener a un grupo de tíos que quisieran cargárselo, sobre todo si se trataba de colombianos.

Gaetano se aclaró la garganta. Llevaba encima un buen fajo, dado que en estos tipos de trabajo todo lo hacía por dinero.

—Robert, supongo que te mereces una pequeña muestra de aprecio. ¿De cuánto hablamos?

—Uno de cien no estaría mal —respondió Robert.

Sin decir nada más, Gaetano se inclinó hacia adelante para meter la mano libre en el bolsillo derecho del pantalón. Mientras lo hacía, no dejó de mirar ni por un instante a Robert. Cogió un billete de cien del fajo y se lo dio. Robert le entregó los cargadores. Gaetano metió uno en la culata. Se escuchó un chasquido. Descartó la pasajera fantasía de probar el arma en Robert, y se apeó del coche. Se guardó el segundo cargador en un bolsillo de la americana.

—¡Eh, tío! —gritó Robert—. ¿Quieres que te lleve a la ciudad?

Gaetano se agachó para meter la cabeza por la ventanilla.

—Gracias. He alquilado un coche.

Volvió a erguirse, y metió la pistola en el bolsillo izquierdo del pantalón, que tenía un agujero en el fondo hecho a medida para acomodar el silenciador del arma. El agujero era un truco que le había enseñado un mentor cuando había comenzado a trabajar para la familia de Nueva York. La única pega era tener presente no poner nada más en el bolsillo, como las monedas y las llaves, porque acabarían en el suelo. Mientras caminaba hacia el aparcamiento de los coches de alquiler, sintió el contacto del acero del silenciador contra el muslo. Para él era como una caricia.

Veinte minutos más tarde, Gaetano entró con el Cherokee en el aparcamiento del Ocean Club. El viaje le había dado tiempo para calmarse después del episodio de la extorsión de Robert. El ruido de los neumáticos al aplastar la gravilla le sonó muy fuerte al tener bajados los cristales de todas las ventanillas. Para disfrutar del aire cálido de la noche, Gaetano no había encendido el aire acondicionado. Dio una vuelta al aparcamiento. Buscaba una plaza que no solo estuviese cerca del hotel sino que también le permitiera una salida directa al camino. Después de matar al profesor, era imprescindible salir pitando.

Antes de apearse del coche, Gaetano encendió la luz interior y se miró en el espejo retrovisor. Quería asegurarse de que tenía un aspecto presentable en el lujoso hotel. Se peinó un poco las abundantes cejas y se arregló las solapas de la americana. Cuando le pareció que tenía un aspecto inmejorable, se apeó del Cherokee. Guardó las llaves en el bolsillo derecho del pantalón, y las palmeó a través de la tela para asegurarse. Sería una catástrofe tener que buscar las llaves cuando tenía que darse a la fuga. Acabada la preparación, se puso en marcha.

Gaetano siguió el mismo camino que había utilizado en su primera visita al hotel y fue hacia el edificio donde estaba la habitación 108. Eran las ocho y media de la noche; lo más probable era que el profesor y su novia estuviesen cenando, pero así y todo quería comprobar que no estuviesen todavía en la habitación. Caminó a paso tranquilo y se cruzó con varios de los huéspedes elegantemente vestidos que iban en la dirección opuesta.

En el lugar adecuado, Gaetano acortó camino entre dos edificios para llegar a la zona ajardinada que daba al océano. Siguió caminando hasta casi llegar a las uñas de gato que cubrían la aguda pendiente que acababa en la playa. En ese punto giró para seguir en paralelo al mar hasta llegar delante del edificio que buscaba. Se encontraba lo bastante cerca del agua como para escuchar el suave chapoteo de las olas en la playa a su derecha. Hacía un tiempo glorioso, con unas pocas nubes que pasaban rápidamente por una bóveda celeste parcialmente oculta por el fuerte resplandor de la luna. La brisa del mar hacía susurrar las hojas de las palmeras. No resultaba difícil comprender que a la gente le gustara el Ocean Club.

Cuando llegó delante mismo de la habitación 108, desde donde veía el interior, la excitación hizo que se le erizaran los pelos de la nuca y que un estremecimiento le recorriera todo el cuerpo. No solo estaban todas las luces encendidas y las cortinas abiertas, sino que el profesor y su novia estaban a la vista. Le parecía imposible que su misión pudiese realizarse con tanta facilidad y rapidez, y por un momento, se limitó a mirar mientras se le aceleraba el pulso como un preámbulo a la violencia. Sin embargo, las cosas cambiaran cuando se cuestionó lo que estaba viendo. Parpadeó varias veces para asegurarse de que no le pasaba nada a sus ojos. Algo raro estaba pasando con el profesor y la hermana de Tony, que iban de un lado para otro como un par de gallinas y que después sacudían lo que parecían ser mantas o sábanas. En el fondo se veía la puerta abierta que comunicaba el dormitorio con la sala. El televisor estaba encendido.

El pistolero, atraído por el desconcertante espectáculo, avanzó a través de la zona ajardinada. Su mano se había deslizado instintivamente en el bolsillo izquierdo para empuñar el arma. De pronto, se detuvo al ver la realidad. Las personas que veía no eran sus objetivos sino las doncellas que daban un último repaso a la habitación.

—¡Maldita sea! —exclamó. Luego exhaló un suspiro y sacudió la cabeza, desilusionado.

Gaetano permaneció en la oscuridad durante unos minutos mientras se convencía de que era mejor de esta manera. Si hubiese podía acercarse a la habitación, cargarse al profesor de un disparo, y después largarse, hubiese sido muy poco gratificante. Hubiese sido excesivamente fácil y rápido. Era mucho mejor el acecho, aderezado con un poco de peligro, que requiriese utilizar su habilidad y experiencia. Era así cuando el proceso resultaba auténticamente satisfactorio.

Soltó la pistola, movió la pierna para que el silenciador se acomodara correctamente en el pantalón, y se abrochó la americana.

Luego se volvió para dirigirse a las zonas de uso público del hotel: si el profesor y la muchacha no habían ido a cenar a alguna otra parte, era allí donde los encontraría.

El primer restaurante estaba mucho más cerca de la playa que los demás edificios, así que Gaetano volvió a caminar a lo largo de la pendiente con la playa a la izquierda. Los ventanales del comedor miraban directamente al mar, y Gaetano se encontraba lo bastante cerca como para escuchar algunas de las conversaciones. Aceleró el paso para apartarse rápidamente del campo visual de los comensales. Le preocupaba la posibilidad de que el profesor pudiese reconocerlo. Ese era el principal peligro, porque si el profesor le veía, llamaría a seguridad y probablemente a la policía.

Pasados los ventanales, Gaetano entró en el restaurante por la puerta principal, siempre atento a la presencia del profesor. Pasó junto al mostrador de la recepción, donde varias parejas esperaban mesa, y se detuvo en la entrada del comedor. Rápida y metódicamente inspeccionó el comedor. En cuanto estuvo seguro de que el profesor no estaba allí, se marchó sin perder ni un segundo.

A continuación se dirigió al restaurante más informal, con un bar en el centro, que había visto en su primera visita. Estaba construido al borde mismo de la playa, con un techo de cañas como una enorme choza polinesia. Estaba abarrotado, sobre todo el bar. Una vez más, con mucho cuidado, caminó por el pasillo entre el bar y las mesas. No vio ni rastro del profesor.

Resignado a aceptar que su presa probablemente hubiera salido del hotel para ir a cenar a alguna otra parte, caminó por el sendero que atravesaba la zona ajardinada hasta el edificio principal. Su intención era sentarse en el mismo sofá de la vez anterior, desde donde se podía vigilar sin problemas la entrada principal. Rogó para que estuviesen los boles de frutas. Después de recorrer dos restaurantes y oler los deliciosos aromas de los diferentes platos, el estómago de Gaetano comenzaba a protestar.

Había poca gente en el vestíbulo. Desafortunadamente, el sofá de Gaetano estaba ocupado por una pareja que conversaba con otras dos personas sentadas en sendas butacas. Se acercó a la pequeña barra del bar con su bol de cacahuetes salados. Por una de esas coincidencias, lo atendía el mismo camarero con quien había conversado la vez anterior. Desde aquí se veía la entrada, no tan bien como desde el sofá, pero sí con suficiente claridad.

—¡Eh, hola! —le saludó el camarero. Le extendió la mano—. ¡Bienvenido!

A Gaetano le inquietó un poco que el hombre lo recordara, entre la cantidad de personas que sin duda veía todos los días. Esbozó una débil sonrisa, estrechó la mano del hombre, y cogió un puñado de cacahuetes. El camarero era un neoyorquino trasplantado, y ese había sido el tema de la conversación que habían mantenido una semana y media antes.

—¿Qué le sirvo?

Gaetano vio aparecer en la arcada de la recepción a uno de los fornidos agentes de seguridad. Con los brazos en jarras, echó una ojeada al recinto. Vestía un traje azul. No había ninguna duda de que pertenecía al servicio de seguridad, porque llevaba un audífono en la oreja izquierda y el cable oculto debajo de la chaqueta.

—Una Coke no estaría mal —respondió Gaetano. Era mejor mostrarse relajado y ocupado para no dar la apariencia de que estaba fuera de lugar. Se apoyó en uno de los taburetes con la pierna izquierda recta, para que no se viera el bulto de la pistola y el silenciador—. Con unos cuantos cubitos y limón sería perfecto.

—Eso está hecho, compañero —dijo el camarero. Abrió la botella de gaseosa y echó la bebida en un vaso con los cubitos. Exprimió una rodaja de limón, la frotó contra el borde del vaso, y se lo sirvió—. ¿Sus amigos todavía se alojan en el hotel?

—Tenía que encontrarme con ellos aquí, pero no están en su habitación ni en ninguno de los dos restaurantes.

—¿Probó en el Courtyard?

—¿Qué es eso? —preguntó Gaetano. Vio por el rabillo del ojo que el agente de seguridad se marchaba.

—Es nuestro mejor restaurante —le explicó el camarero—. Solo sirven cenas.

—¿Dónde está?

—Vaya hasta la recepción y doble a la izquierda. No tiene más que cruzar la puerta. Está en el patio de la parte antigua del hotel.

—Iré a echar una ojeada. —Gaetano se acabó la bebida en un par de tragos, y no pudo evitar una mueca ante el exceso de gas.

Puso un billete de diez dólares en la barra y le dio una palmadita—. Gracias, colega.

—Vuelva cuando quiera —dijo el camarero, y se embolsó el dinero.

Gaetano subió los dos escalones hasta la recepción, con un ojo atento a la presencia del agente de seguridad. Lo vio casi en el acto, muy entretenido en una conversación con el portero. De acuerdo con las indicaciones del camarero, dobló a la izquierda, y cruzó la puerta que comunicaba con el patio. Era un amplio espacio rectangular lleno de palmeras, flores exóticas e incluso una fuente en el centro. El patio estaba rodeado por el edificio de dos plantas del viejo hotel. Una galería con balaustrada de hierro forjado recorría todo el segundo piso. La música que se escuchaba la interpretaba una orquesta situada fuera de la vista del pistolero.

—¿En qué puedo servirle? —le preguntó una mujer de cabellos oscuros que atendía la recepción. Llevaba un vestido estampado con motivos tropicales, sin hombros, largo hasta los tobillos, tan ceñido que Gaetano se preguntó si podría caminar sin recogérselo hasta la cintura.

—Solo estoy mirando —respondió Gaetano, con una sonrisa—. Es muy bonito. —Aunque entraba un poco de luz desde el vestíbulo del hotel, el patio estaba iluminado con la luz de las velas en las mesas y la luna en el cielo.

—Necesitará hacer una reserva si quiere cenar con nosotros una noche —le informó la encargada—. Esta noche estamos llenos.

—No lo olvidaré. ¿Puedo echar una ojeada?

—Por supuesto —respondió la mujer, y lo invitó a pasar.

Gaetano vio las escaleras que llevaban al segundo piso y, convencido de que dispondría de una mejor vista desde arriba, subió las escaleras. Lo primero que vio fue a los músicos. Ocupaban un pequeño lugar directamente encima del mostrador de la encargada. Para disponer de un poco más de espacio habían corrido algunos muebles del hotel.

El matón caminó a lo largo de la galería, con una mano apoyada en la balaustrada. Veía muy bien las mesas, al menos aquellas que no quedaban ocultas por la vegetación. La luz de las velas iluminaba los rostros de los comensales. Gaetano estaba seguro de que cuando diera toda la vuelta habría visto a todos los presentes sin que se apercibieran de su presencia.

De pronto se detuvo en seco, y de nuevo se le erizaron los cabellos de la nuca. A no más de unos quince metros de distancia, sentado a una mesa detrás de una adelfa en flor, estaba el profesor, que mantenía una conversación muy animada. Sacudía la cabeza mientras hablaba e incluso agitaba un dedo en el aire como si quisiera recalcar un punto. Gaetano no alcanzaba a ver el rostro de Stephanie, porque miraba en la dirección opuesta. Sin perder ni un segundo, Gaetano retrocedió para que la adelfa se interpusiera entre él y el profesor. Ahora venía la parte divertida. De haber tenido un fusil con mira telescópica, hubiese podido cargarse al profesor desde donde estaba, pero no lo tenía, y por otra parte, cargárselo de esa manera hubiese sido poco deportivo. Sabía muy bien que con una pistola, incluso con una mira láser, tenías que estar casi encima del blanco para asegurarte de que lo mataras. En consecuencia, era consciente de que debía esperar.

Miró en derredor. Ahora que había encontrado a los tortolitos, se preguntó dónde podría esperar a que acabaran su cena romántica. No había ninguna duda de que en cuanto lo hicieran, regresarían a su habitación por alguno de los muchos y oscuros senderos, que sería el lugar perfecto para el ataque. En el peor de los casos, quizá irían a dar un paseo por la playa, cosa que tampoco planteaba ningún problema. Gaetano, cada vez más excitado, sonrió complacido. Por fin todo comenzaba a encajar.

Delante no había nada más que las escaleras. Conducían a un balneario, al menos según el cartel que Gaetano alcanza a ver desde su posición. Miró de nuevo hacia donde estaban los músicos, y decidió que allí sería el lugar perfecto para esperar. Aunque probablemente no podría ver al profesor o a la hermana de Tony, debido a la adelfa que ocultaba la mesa, sí que los vería cuando se levantaran, y eso era lo importante. También lo era que mientras esperaba, pareciera que estaba sentado allí escuchando a la orquesta si se daba el caso de que pasara algún agente de seguridad.

Daniel se frotó los ojos como una excusa para recuperar la paciencia. Parpadeó varias veces antes de mirar de nuevo a Stephanie, cuya expresión de furia reflejaba perfectamente la suya.

—Lo único que digo es que el tipo de seguridad, como sea que se llame, afirmó que te cacheó cuando te encontró en una zona no autorizada, algo que no está fuera de lugar.

—¡Se llama Kurt Hermann! —manifestó Stephanie, indignada—. Te lo repito, me manoseó con todo descaro. Me sentí humillada y aterrorizada, no estoy muy segura de qué fue lo peor.

—Vale, así que te manoseó además de cachearte. No tengo muy claro dónde termina lo uno y empieza lo otro. Pero, sea lo que sea, tú no tendrías que haber entrado en la sala de los huevos. ¡Es como si te lo hubieses estado buscando!

Stephanie lo miró boquiabierta. Le horrorizó que Daniel pudiese decir algo así. Era la cosa más desconsiderada que le había dicho, y le había dicho muchas durante su relación. Apartó bruscamente la silla de hierro forjado con un rechinar contra el suelo de ladrillos que sonó muy fuerte, y se levantó. Daniel reaccionó casi con la misma rapidez. Se inclinó sobre la mesa y la sujetó por la muñeca.

—¿Dónde te crees que vas? —preguntó.

—No estoy segura —respondió Stephanie tajantemente—. Ahora mismo, solo quiero marcharme.

Se miraron el uno al otro durante unos segundos. Daniel no la soltó, y Stephanie tampoco intentó soltarse. Acababan de darse cuenta de que los comensales sentados a las mesas vecinas guardaban silencio. Cuando ambos miraron en derredor, comprobaron que todas las miradas estaban puestas en ellos. Incluso varios de los camareros se habían detenido para observarlos.

A pesar de su enfado, Stephanie volvió a sentarse. Daniel continuó sujetándola, aunque con mucha menos fuerza.

—No pretendía decir tal cosa —manifestó Daniel—. Estoy furioso e intranquilo y se me escapó. Sé que no lo buscabas.

Los ojos de Stephanie parecían echar llamas.

—Hablas como una de esas personas convencidas de que las víctimas de una violación se lo tienen merecido por provocar con su forma de vestir o su conducta.

—De ninguna manera —insistió Daniel—. Se me escapó. Solo estoy furioso contigo porque entraste en la maldita sala y montaste todo este lío. Me habías prometido que no ibas a hacer ningún escándalo.

—No lo prometí —replicó Stephanie. Su voz había perdido parte de su agresividad—. Dije que lo intentaría. Pero la conciencia me persigue. Entré en aquella sala con la intención de demostrar lo que me temía, y lo hice. Además de las otras cosas que sabíamos, están fecundando a las mujeres y luego les practican un aborto para obtener los ovarios fetales.

—¿Cómo puedes estar tan segura?

—Porque encontré pruebas concluyentes.

—De acuerdo. ¿Podríamos hablar de todo esto sin gritarnos el uno al otro? —Daniel espió las mesas vecinas. Los comensales habían reanudado sus conversaciones, y los camareros ya no les prestaban atención.

—No, a menos que evites decir cosas como la que acabas de decir.

—Haré todo lo posible.

Stephanie miró a Daniel, en un intento por decidir si estas últimas palabras eran deliberadamente pasivas-agresivas, o si se burlaba de ella con la repetición de las suyas. Desde su perspectiva, debía ser una u otra, y junto con todo lo demás, no era una buena señal.

—¡Venga! —la animó Daniel—. ¡Dime cuál es la prueba concluyente!

Ella continuó mirándolo. Ahora intentaba decidir si Daniel había cambiado durante los últimos seis meses o si siempre había sido indiferente a todo excepto a su trabajo. Desvió la mirada unos momentos para reprogramar sus emociones y recuperar el control. No conseguiría resolver nada si se marchaba o si no hacían otra cosa que discutir. Miró de nuevo a Daniel, inspiró a fondo y le describió todo lo que había visto, en particular los detalles que aparecían reflejados en el libro de registro. Cuando acabó, se miraron el uno al otro. Fue Daniel quien rompió el silencio.

—Tenías toda la razón. ¿Tenerla te da alguna satisfacción al menos?

—¡Ninguna! —declaró Stephanie, con una risa sarcástica—. La cuestión es: ¿podemos seguir adelante a pesar de lo que sabemos?

Daniel miró los platos que apenas si habían probado, y jugó distraídamente con los cubiertos.

—Tal como yo lo veo, debemos aceptar los ovocitos antes de conocer detalles de su procedencia.

—¡Ja! —se mofó Stephanie—. Esa es una excusa muy conveniente y un claro ejemplo de una ética de pacotilla.

Daniel hizo frente a la mirada de Stephanie.

—Estamos muy cerca —manifestó, recalcando cada una de las palabras con un tono solemne—. Mañana comenzaremos a diferenciar las células. No pienso detenerme ahora por lo que pase en la clínica Wingate. Siento mucho el maltrato y la humillación que has sufrido. También lamento que me dieran una paliza. Esto no ha sido precisamente una fiesta, pero sabíamos que tratar a Butler no sería una cosa fácil. Sabíamos muy bien desde el principio que los responsables de la clínica Wingate eran unos tipos sin escrúpulos, y sin embargo lo aceptamos. La pregunta es: ¿todavía estás en esto conmigo, o no?

—Deja que te haga antes una pregunta —dijo Stephanie en voz baja—. Después de haber acabado el tratamiento de Butler, cuando ya estemos en casa, la compañía esté a salvo y todo marche sobre ruedas, ¿podríamos denunciar anónimamente a la policía de las Bahamas lo que pasa en la clínica Wingate?

—Eso sería bastante problemático —respondió Daniel—. Para sacarte inmediatamente de la cárcel privada de Kurt Hermann, cosa que me pareció de primordial importancia para todos, firmé un compromiso de confidencialidad que impide hacer lo que acabas de proponer. Las personas con quienes estamos tratando quizá sean unos locos, pero no son estúpidos. En el compromiso también se detalla lo que estamos haciendo en la clínica, y eso significa que si descubrimos su secreto, ellos revelarán el nuestro, cosa que echará por tierra todo lo que estamos intentando conseguir con el tratamiento de Butler.

Stephanie cogió la copa de vino que no había probado, y la movió en círculos.

—A ver qué te parece esta idea —dijo impulsivamente—. Quizá cuando Butler esté curado, no le importará tanto el secreto.

—Supongo que es una posibilidad —admitió Daniel.

—Por lo tanto, ¿podemos decir que al menos dejaremos el tema abierto para discutirlo en otra ocasión?

—Supongo que sí —repitió Daniel—. Me refiero a que ¿quién sabe? Podrían ocurrir cosas que no hemos previsto.

—Esa parece una descripción bastante acertada de todo este asunto hasta la fecha.

—¡Muy graciosa!

—¡No ha ocurrido nada exactamente como lo habíamos planeado!

—Eso no es totalmente cierto. Gracias a ti, el trabajo celular ha progresado tal como lo habías programado. Para cuando Butler llegue aquí dispondremos de diez líneas celulares y cualquiera de ellas podría curarlo. Lo que necesito saber es si estarás conmigo para acabar con nuestro trabajo y marcharnos de Nassau.

—Tengo que pedir una cosa más.

—¿Sí?

—Quiero que le dejes claro a Spencer Wingate que no te gusta en absoluto que quiera ligar conmigo. Por cierto, ahora que hablamos del tema, ¿por qué te has mostrado absolutamente pasivo al respecto? Es humillante. Ni siquiera lo has mencionado entre nosotros.

—Solo intento no montar ningún escándalo.

—¿Eso es montar un escándalo? ¡No lo entiendo! Si Sheila Donaldson estuviese intentando hacer lo mismo contigo, yo desde luego te daría mi apoyo, lo quisieras o no.

—Spencer Wingate es un egocéntrico gilipollas que se considera como un don para las mujeres. Estaba seguro de que podrías manejarlo sin convertir la situación en un escándalo.

—Ya es un escándalo. Lo suyo raya en la insolencia, e incluso ha tenido el descaro de tocarme, aunque después de lo de hoy, quizá vaya con más cuidado. En cualquier caso, quiero que me des tu apoyo, ¿de acuerdo?

—¡Está bien! ¡De acuerdo! ¿Ya está? ¿Podemos seguir con lo nuestro y dedicarnos al tema Butler?

—Supongo que sí —manifestó Stephanie, sin mucho entusiasmo.

Daniel se pasó la mano por los cabellos varias veces, hinchó las mejillas, y luego soltó el aliento como un globo que se desinfla. Esbozó una sonrisa.

—Me disculpo de nuevo por lo que dije antes. Me desesperó enterarme de que te habían encerrado en aquella celda. Estaba seguro de que nos echarían a patadas de la clínica como consecuencia de tu curiosidad, precisamente cuando estamos a un paso del éxito.

Stephanie se preguntó si Daniel tenía la más mínima sospecha de su tremendo egoísmo.

—Confío en que todo esto no te lleve a decir que no debería haber entrado en aquella sala.

—No, no, en absoluto —negó Daniel—. Comprendo que lo hicieras porque te lo mandaba tu conciencia. Solo me alegro de que el proyecto no se fuera al traste. Pero este episodio me ha hecho comprender algo más. Hemos estado tan ocupados e inmersos en nuestro trabajo que no hemos tenido ni un momento para nosotros excepto la hora de comer. —Echó la cabeza hacia atrás para contemplar el cielo estrellado entre las hojas de las palmeras—. Me refiero a que estamos en las Bahamas en pleno invierno, y no lo hemos aprovechado en ningún sentido.

—¿Estás sugiriendo algo en particular? —preguntó Stephanie. De vez en cuando, Daniel la sorprendía.

—Así es. —Daniel cogió la servilleta y la dejó sobre el mantel—. Ninguno de los dos tenemos mucho apetito, y ambos estamos estresados. ¿Qué te parece si damos un paseo a la luz de la luna por el jardín del hotel y visitamos aquel claustro medieval que vimos desde lejos la primera mañana que llegamos aquí? Nos picó la curiosidad, y sería un lugar muy apropiado. En la época medieval, los claustros servían como refugio del tumulto del mundo real.

Stephanie también dejó la servilleta sobre el mantel. A pesar de su enfado con Daniel y las dudas que tenía sobre el futuro de la relación, no pudo menos que sonreír ante su inteligencia y la viveza de su intelecto, dos rasgos que tenían mucho que ver con su atracción inicial hacia él. Se levantó.

—Creo que es la mejor proposición que me has hecho en seis meses.

¡Esto promete!, pensó Gaetano cuando vio la cabeza de Stephanie y luego la de Daniel que aparecían por encima de la adelfa que le impedía ver la mesa. Antes había visto a Stephanie durante unos segundos, pero aparentemente había vuelto a sentarse. Se acurrucó un poco en la silla, ante la posibilidad de que a Daniel se le ocurriera mirar hacia la orquesta. Esperaba que la pareja caminara en su dirección y pasara junto al mostrador de la recepcionista en el camino de regreso a su habitación. Pero lo engañaron. Se dirigieron en la dirección opuesta sin mirar atrás ni una sola vez.

—¡Maldita sea! —masculló el pistolero. Cada vez que se convencía de que lo tenía todo bajo control, ocurría algo inesperado. Miró al director de la orquesta, con quien había intercambiado varias miradas durante el tiempo que había estado esperando. El hombre se había mostrado muy agradecido por la atención del desconocido. Gaetano le dedicó una sonrisa y se despidió con un gesto mientras se levantaba.

Al principio caminó a paso normal para no dar la impresión de que tenía prisa. Pero en cuanto se alejó lo suficiente de los músicos, apuró el paso mientras sujetaba el arma para impedir que golpeara contra la pierna. En el patio, el profesor y la muchacha ya habían desaparecido en el balneario, en el lado este del edificio.

Gaetano llegó al final de la galería, y bajó las escaleras de dos en dos, sin soltar la pistola. Cuando llegó a la puerta del balneario, se detuvo, adoptó una actitud despreocupada mientras miraba disimuladamente hacia el patio para comprobar que nadie le prestaba atención, y después la abrió. No tenía idea de lo que podía encontrar. Si el profesor y la chica estaban a la vista, dispuestos a solicitar un tratamiento, no podría hacer otra cosa que pensar en el siguiente paso. Pero las instalaciones ya estaban cerradas; testimonio de ello era el cartel en el mostrador de la recepción iluminado con una única lámpara. Entonces, recordó haber pasado por este mismo lugar en su primera visita cuando buscaba la piscina del hotel. Convencido de que el profesor y su novia se dirigían a la piscina, cruzó el salón desierto y salió por la otra puerta.

Ahora se encontraba en una zona donde estaban las casas individuales del hotel. Unas luces mortecinas señalaban las entradas, pero el resto del lugar estaba a oscuras. Gaetano caminó con paso firme por entre las palmeras, porque recordaba el camino. Se sentía complacido. Seguramente la piscina y el bar también estarían cerrados y desiertos, así que podía elegir el lugar más conveniente para realizar su trabajo.

Cuando llegó a un recodo a la derecha, vio por un momento al profesor y a la hermana de Tony antes de que bajaran un breve tramo de escaleras más allá de la balaustrada barroca. Volvió a apurar el paso. Se detuvo por un momento junto a la balaustrada para mirar la zona de la piscina. Tal como había esperado, ya había cerrado y no había luz alguna en los edificios vecinos. La piscina estaba iluminada por los focos submarinos, y parecía una enorme esmeralda.

—¡No me lo puedo creer! —susurró Gaetano—. ¡Esto es perfecto!

Su tensión era palpable. Daniel y Stephanie habían rodeado la piscina y ahora entraban en el amplio y solitario jardín. En la oscuridad, Gaetano no veía muchos detalles más allá de las aisladas y confusas siluetas de estatuas y setos. En cambio, veía con toda claridad el iluminado claustro medieval. Brillaba a la luz de la luna como una corona en la cumbre de las terrazas del jardín.

Gaetano metió la mano en el bolsillo izquierdo del pantalón y empuñó la pistola. Se estremeció al sentir el contacto del acero y en su mente vio el punto rojo del láser en la frente del profesor, una fracción de segundo antes de apretar el gatillo.

21

Lunes, 11 de marzo de 2002. Hora: 21.37

—Recuerdo esta estatua de alguna otra parte —comentó Daniel—. ¿Sabes si es famosa?

Daniel y Stephanie contemplaban un desnudo reclinado de mármol blanco que parecía resplandecer en la húmeda y neblinosa penumbra del jardín estilo Versalles del Ocean Club. Una luz azulada bañaba el paisaje y el contraste con las sombras era muy marcado.

—Creo que es una copia de Canova —respondió Stephanie—. Sí, es bastante famosa. Si es la que pienso, el original se encuentra en el museo Borghese en Roma.

Stephanie no se dio cuenta de la mirada de asombro de Daniel. Acariciaba el muslo de la mujer.

—Es sorprendente lo mucho que se parece el mármol a la piel con la luz de la luna.

—¿Cómo demonios sabes que es una copia de Canova? ¿Quién diablos era ese tipo?

—Antonio Canova era un famoso escultor neoclásico italiano del siglo XVIII.

—Estoy impresionado —manifestó Daniel, con la misma expresión de asombro—. ¿Cómo puedes citar como si nada unos hechos tan arcanos? ¿No será que has leído el folleto sobre el jardín que está en la habitación y ahora me tomas el pelo?

—No leí el folleto, pero te vi a ti cuando lo leías. Quizá tendrías que ser tú el guía.

—¡Ni hablar! La única parte que leí con atención fue la referente al claustro de lo alto de la colina. En serio, ¿cómo sabías lo de Canova?

—Me apunté a un curso de historia en el colegio universitario. Una de las clases era historia del arte, y es la que mejor recuerdo.

—Algunas veces me sorprendes —admitió Daniel. Imitó el ejemplo de Stephanie, y acercó la mano para tocar el almohadón de mármol donde se reclinaba la mujer—. Es un misterio cómo estos tipos eran capaces de conseguir que el mármol pareciera tan suave. Fíjate cómo el cuerpo hunde la tela.

—¡Daniel! —exclamó Stephanie con un súbito tono de urgencia.

Daniel se volvió y intentó interpretar la expresión de Stephanie que miraba hacia la piscina. Él también miró en la misma dirección pero no advirtió nada extraño en el paisaje iluminado por la luna.

—¿Qué pasa? ¿Has visto algo?

—Sí. Vi un movimiento por el rabillo del ojo. Creo que hay alguien junto a la balaustrada.

—¡Vaya! Es lógico que haya más personas por aquí, a la vista de lo hermoso que es todo esto. No creo que pudiéramos tener este enorme jardín para nosotros solos.

—Es verdad —admitió Stephanie—. Solo que me pareció que la persona que vi se escondió en cuanto volví la cabeza. Fue como si quisiera permanecer oculto.

—¿Qué intentas sugerir? —preguntó Daniel, con una de sus risas despreciativas—. ¿Que alguien nos está espiando?

—Pues sí, algo por estilo.

—¡Oh, venga, Stephanie! No lo decía en serio.

—Pues yo sí. Creo que vi a alguien. —Stephanie se puso de puntillas y se esforzó para ver en la oscuridad—. ¡Hay alguien más! —añadió, excitada.

—¿Dónde? No veo a nadie.

—Junto a la piscina. Alguien acaba de ocultarse en las sombras del bar.

Daniel sujetó a Stephanie por los hombros y la obligó a volverse. Ella se resistió por un instante.

—¡Eh, vamos! Hemos venido aquí a relajarnos. Ambos hemos pasado un día nefasto, y tú más.

—Quizá tendríamos que volver y dar un paseo por la playa donde siempre hay gente. Este jardín es demasiado grande, demasiado oscuro y demasiado solitario para mi gusto.

—Subiremos al claustro —dijo Daniel con un tono firme, y señaló hacia lo alto de la colina—. Es algo que nos interesa a ambos, y como dije antes, visitarlo es algo metafísicamente perfecto. Necesitamos un lugar donde aislarnos de tantas tensiones. Además, la noche es el mejor momento para visitar ruinas. ¡Así que anímate y en marcha!

—¿Qué pasará si es verdad que vi a alguien ocultarse detrás de la balaustrada? —Stephanie volvió a girar la cabeza para mirar por encima de las buganvillas.

—¿Quieres que vaya hasta allí para echar una ojeada? Lo haré con mucho gusto si con eso te tranquilizas. Comprendo tu paranoia, aunque no deja de ser una paranoia. Por todos los diablos, todo esto es del hotel. Hay agentes de seguridad por todas partes.

—Supongo que sí —admitió Stephanie sin mucho entusiasmo. Por un momento recordó la expresión lujuriosa de Kurt Hermann. Tenía muchas razones para sentirse nerviosa.

—¿Qué me dices? ¿Quieres que vaya hasta allí?

—No, quiero que te quedes aquí.

—¡En ese caso, vamos! Subamos al claustro.

Daniel la cogió de la mano y la llevó hasta el camino central que cruzaba las terrazas y subía las escalinatas hasta la cumbre de la colina donde estaba situado el claustro. A diferencia del jardín, el edificio estaba iluminado con unos focos instalados a ras de tierra para resaltar los arcos góticos y hacer que, visto desde lejos, pareciera flotar en el aire.

Mientras pasaban por las diferentes terrazas y rodeaban alguna fuente o estatua central, vieron que a cada lado había glorietas con más esculturas. Algunas eran de mármol, pero también las había de piedra y bronce. Aunque estuvieron tentados de acercarse para contemplarlas, evitaron dar más rodeos.

—No tenía idea de que aquí tuvieran tantas obras de arte —comentó Stephanie.

—Todo esto era una finca privada antes de que la convirtieran en un hotel —le explicó Daniel—. Al menos, eso es lo que dice el folleto.

—¿Qué dice del claustro?

—Lo único que recuerdo es que francés y que lo construyeron en el siglo XII.

Stephanie soltó un silbido de asombro.

—Son muy pocos los claustros que han llegado de Francia. Yo solo sé de uno, y no es ni de lejos tan antiguo.

Subieron el último tramo de escaleras, y cuando llegaron a la cima, se encontraron con una carretera pública que separaba el claustro del resto del jardín. Desde abajo era imposible saber que había una carretera a menos que pasara algún coche, y no había pasado ninguno.

—Esto sí que es una sorpresa —afirmó Daniel. Miró a un lado y a otro. La carretera iba de este a oeste por el centro de isla Paradise.

—Supongo que es el precio del progreso —opinó Stephanie—. Lo más probable es que vaya hasta el campo de golf.

Cruzaron la carretera y notaron el calor acumulado por el asfalto a lo largo del día. Subieron unos pocos escalones más para llegar a la cumbre dominada por el claustro. La antigua estructura consistía solo en una planta cuadrada de arcos góticos. La hilera de columnas interiores conservaba algo de la tracería, con un lóbulo dentro de cada arco.

Daniel y Stephanie se acercaron al edificio. Tuvieron que caminar con mucho cuidado porque a diferencia del jardín, el terreno cercano al claustro era desigual y estaba lleno de piedras y conchas aplastadas.

—Tengo la sensación de que esta será una de esas cosas que se ven mejor de lejos —comentó Stephanie.

—Esa es una de las razones por las que es mejor ver las ruinas de noche.

Llegaron al claustro y caminaron precavidos por el pasillo formado por las dos hileras de columnas. Sus ojos tardaron unos segundos en acomodarse al resplandor de la iluminación después de haberse habituado a la oscuridad del jardín.

—Toda esta parte estaba techada cuando lo construyeron —explicó Stephanie.

Daniel contempló la parte superior de los arcos y asintió.

Se abrieron paso entre los cascotes para acercarse a la balaustrada interior. Ambos se apoyaron en la vieja balaustrada de piedra y miraron el patio central. Tenía una superficie de unos cuarenta metros cuadrados y estaba lleno de pequeños montículos y fragmentos de conchas; el juego de luces y sombras le confería un aspecto muy curioso.

—No deja de ser una pena —opinó Stephanie—. Cuando este patio era el centro del claustro en plena actividad, seguramente tenía un pozo o quizá incluso una fuente, además de un jardín.

Daniel observó el patio y el entorno.

—A mí me parece una pena que después de haber durado casi mil años en Francia, todos estos restos estén condenados a desaparecer como consecuencia del sol tropical y el aire marino. —Se apartaron de la balaustrada y se miraron el uno al otro—. No deja de ser una desilusión —añadió Daniel—. Me parece que es hora de ir a dar un paseo por la playa.

—Buena idea —asintió Stephanie—. Pero antes, vamos a darle a estos restos el beneficio de la duda y un poco de respeto. Al menos demos un paseo alrededor del claustro.

Cogidos de la mano, se ayudaron el uno al otro a evitar los obstáculos en el suelo. El resplandor de las luces exteriores, les impedía ver los detalles. En el lado opuesto al hotel, se detuvieron brevemente para admirar la vista de la bahía de Nassau. Sin embargo, aquí también les molestó la iluminación del claustro, así que no se entretuvieron mucho más.

Gaetano no daba crédito a su suerte. No hubiese podido planearlo mejor. El profesor y la hermana de Tony estaban ahora en un cuadrado de luz que convirtió al pistolero en invisible mientras se acercaba a la distancia de tiro. Podría haber atacado en la oscuridad del jardín, pero había acertado con su destino, y sabía que era perfecto.

Había decidido que lo mejor para la hermana de Tony era saber sin la menor sombra de duda quién había ordenado la ejecución, para que no creyera que se trataba de un acto de violencia al azar. Gaetano consideraba que esto era importante, dado que ella sería quien tendría el control de la empresa. A su modo de ver, era fundamental que ella supiese exactamente la opinión de los hermanos Castigliano respecto al préstamo y cómo se debía dirigir la compañía.

En aquel momento, la pareja daba una vuelta al claustro y estaba en el lado opuesto de las ruinas. Gaetano se había situado muy cerca de la zona iluminada en el lado oeste. Su intención era esperar hasta tenerlos a unos cinco metros de distancia antes de saltar al camino para interceptarlos.

Se le aceleró el pulso cuando vio que Daniel y Stephanie aparecían por la última esquina y caminaban hacia él. Cada vez más excitado, sacó el arma del bolsillo y se aseguró de que hubiese un proyectil en la recámara. La sostuvo en alto, junto a la cabeza, y se preparó para lo que más le gustaba en el mundo: ¡la acción!

—No creo que debamos volver a este tema —declaró Stephanie—, ni ahora ni quizá nunca más.

—Me disculpé por lo que dije en el restaurante. Lo único que digo ahora es que prefiero que me toquen a que me den una paliza. No estoy diciendo que resulte agradable que te manoseen; solo que es más fácil de soportar que no que te peguen y acabes herido físicamente.

—¿Qué es esto, un concurso? —preguntó Stephanie despectivamente—. ¡No me respondas! No quiero hablar más de este asunto.

Daniel estaba a punto de responder cuando soltó una exclamación ahogada, se detuvo en seco, y apretó muy fuerte la mano de su compañera. Stephanie, que había estado mirando el suelo para no tropezar con unas piedras, se sobresaltó al escuchar la exclamación y alzó la mirada. Cuando lo hizo, ella también soltó un gemido.

Una figura descomunal había aparecido en su camino y les apuntaba con una pistola que sostenía con el brazo extendido. Daniel, más que Stephanie, se fijó en el punto rojo inmediatamente debajo del cañón.

Ninguno de los dos fue capaz de moverse mientras el hombre se acercaba lentamente. La expresión burlona y despectiva destacaba en su ancho rostro que Daniel reconoció con un estremecimiento. Gaetano se detuvo a un par de metros de la despavorida pareja que parecían haberse convertido en estatuas. En aquel instante, quedó sobradamente claro que la pistola apuntaba directamente a la frente de Daniel.

—Me has obligado a volver, imbécil —dijo Gaetano con voz áspera—. ¡Una decisión equivocada! A los hermanos Castigliano no les ha hecho ninguna gracia que no regresaras a Boston para ocuparte de su dinero. Creía que habías captado mi mensaje, pero está visto que no ha sido así, con la consecuencia de que me has hecho quedar mal. Así que adiós.

El sonido del disparo fue como un trueno en el silencio de la noche. El brazo de Gaetano que sostenía el arma bajó bruscamente mientras Daniel se tambaleaba hacia atrás y arrastraba a Stephanie con él. Stephanie soltó un grito mientras el cuerpo caía pesadamente, y se estrellaba de bruces contra el suelo con los brazos abiertos. Durante unos segundos, se produjeron algunas contracciones musculares, y después yació inmóvil. Del enorme orificio de salida en la parte de atrás del cráneo manó un reguero de sangre y materia gris.

22

Daniel y Stephanie continuaron inmóviles durante unos segundos, y cuando se movieron, fue únicamente para mirarse el uno al otro después de tener solo ojos para el cadáver tendido a sus pies. Absolutamente aturdidos, ni siquiera respiraban mientras esperaban en vano que el otro pudiese ofrecer alguna explicación a lo que acababan de presenciar. Boquiabiertos, sus rostros reflejaban una mezcla de miedo, horror, y confusión, pero finalmente se impuso el miedo. Sin decir ni una palabra y sin tener claro quién guiaba a quién, saltaron el murete que tenían a la izquierda y echaron a correr por el mismo camino por donde habían venido con la única idea de regresar al hotel.

En los primeros momentos no tuvieron mayores problemas con la huida, gracias a la luz de los focos que alumbraban el claustro. Sin embargo, en cuanto se encontraron en la oscuridad comenzaron las dificultades. Con los ojos habituados a las luces del claustro, ahora eran como dos ciegos que corrían por un terreno desigual y poblado de obstáculos. Daniel fue el primero en rodar por el suelo cuando tropezó con un arbusto. Stephanie lo ayudó a levantarse pero un segundo más tarde fue ella quien acabó tumbada en el suelo. Ambos sufrieron algunos rasguños, que ni siquiera notaron.

Con un gran esfuerzo de voluntad, se obligaron a caminar para prevenir nuevas caídas, a pesar de que sus aterrorizados cerebros les gritaban que corrieran. En cuestión de minutos, llegaron a la escalinata que bajaba hasta la carretera. Para entonces, sus ojos comenzaron a percibir los detalles a la luz de la luna, y al ver dónde pisaban, pudieron acelerar el paso.

—¿Hacia dónde? —preguntó Stephanie con voz entrecortada, en cuanto pisaron el pavimento de la carretera.

—Sigamos por la ruta que conocemos —respondió Daniel en el acto.

Cogidos de la mano, cruzaron la carretera y descendieron por la primera de las muchas escaleras de piedra todo lo rápido que les permitía el calzado. Los desniveles de los escalones contribuían a sus dificultades, aunque corrían cada vez que se encontraban con una zona de césped. Cuanto más se alejaban del claustro, mayor era la oscuridad, aunque ahora sus ojos se habían acomodado al entorno, y la luz de la luna era más que suficiente para evitar que chocaran con alguna de las numerosas esculturas.

Después de bajar el tercer tramo de escaleras, el agotamiento les obligó a trotar. Daniel estaba mucho más cansado que Stephanie y cuando llegaron a la zona iluminada por los focos de la piscina y consideraron que estaban relativamente seguros, tuvo que detenerse. Se inclinó con las manos apoyadas en las rodillas, desesperado por recuperar el aliento. Durante unos momentos, ni siquiera tuvo fuerzas para hablar.

Stephanie, que estaba casi al límite de su resistencia, se obligó a mirar en la dirección que habían seguido en la huida. Después de la conmoción del suceso, su imaginación la había asediado con mil temores distintos, pero la visión del jardín iluminado por la luna era tan idílica y tranquila como antes. Un tanto más serena, volvió su atención a Daniel.

—¿Estás bien? —le preguntó entre jadeos.

Daniel asintió. Aún le faltaba aliento para poder hablar.

—Vayamos al hotel —añadió Stephanie.

Daniel asintió de nuevo. Se irguió, y después de una rápida mirada atrás, cogió la mano que le tendía Stephanie.

Esta vez caminaron, aunque lo más rápido que pudieron; rodearon la piscina y subieron las escaleras que conducían a la balaustrada barroca.

—¿Aquel era el mismo hombre que te asaltó en la tienda? —preguntó Stephanie. Aún le costaba trabajo respirar.

—¡Sí! —contestó Daniel.

Pasaron junto a las casas y entraron en la recepción desierta del balneario, que también servía como zona de paso entre el hotel y la piscina. Después del sangriento episodio en el claustro, y el consiguiente terror que había engendrado, la sencillez minimalista, la pulcritud, y la absoluta serenidad del balneario, les pareció un cambio casi esquizofrénico. Cuando entraron en el patio del restaurante lleno de comensales elegantemente vestidos, la música en vivo, y los camareros de esmoquin, se sintieron como unos extraterrestres. Sin hablar con nadie ni entre ellos, entraron en el hotel.

Stephanie obligó a Daniel a detenerse cuando se encontraron en la recepción. A la derecha estaba el vestíbulo, donde los huéspedes charlaban tranquilamente. A la izquierda estaba la entrada del hotel con los porteros de uniforme. Delante estaban las mesas individuales de la recepción; solo había una ocupada. Los ventiladores de techo giraban lentamente.

—¿Con quién tendríamos que hablar? —preguntó Stephanie.

—No lo sé. ¡Déjame pensar!

—¿Qué te parece el director nocturno?

Antes de que Daniel pudiera responderle, se acercó uno de los porteros. Se dirigió a Stephanie.

—Perdón. ¿Está usted bien?

—Creo que sí —contestó ella.

—¿Sabe que le sangra la pierna izquierda? —añadió el hombre, y le señaló la pierna.

Stephanie miró hacia abajo y por primera vez fue consciente de su aspecto desastrado. En la caída se había ensuciado el vestido y rasgado el bajo. El panty estaba en peor estado, sobre todo debajo de la rodilla izquierda, donde tenía un agujero. Las carreras le llegaban hasta el tobillo, y un hilo de sangre le manaba de la rodilla. Entonces advirtió que tenía varios cortes en la palma de la mano derecha, con algunos diminutos trozos de concha incrustados.

Daniel no estaba mucho mejor. Tenía un corte en el pantalón debajo de la rodilla derecha, y en la tela se veía una mancha de sangre. La chaqueta estaba salpicada de trozos de concha y le faltaba el bolsillo derecho.

—No es nada —le aseguró Stephanie al portero—. Ni siquiera me había dado cuenta de la herida. Tropezamos cerca de la piscina.

—Tenemos un coche de golf en la entrada —dijo el hombre—. ¿Quieren que los lleve hasta su habitación?

—No será necesario —manifestó Daniel—. Pero muchas gracias por su interés. —Cogió a Stephanie del brazo y tiró para que caminara hacia la puerta que daba al camino que los llevaría a su habitación.

Stephanie se dejó llevar, pero se libró de la mano de Daniel antes de que cruzaran la puerta.

—¡Espera un momento! ¿Es que no vamos a hablar con nadie?

—¡Baja la voz! ¡Venga! Vayamos a la habitación para limpiarnos. Ya hablaremos allí.

Desconcertada por el comportamiento de Daniel, Stephanie le acompañó, pero volvió a detenerse cuando no habían recorrido más que unos pocos metros. Apartó la mano de Daniel y sacudió la cabeza.

—No lo entiendo. Hemos visto cómo le disparaban a un hombre, y está mal herido. Hay que llamar a una ambulancia y a la policía.

—¡No grites! —le advirtió Daniel. Miró en derredor, y agradeció que no hubiese nadie cerca—. Ese tipo está muerto. Tú has visto el agujero que tenía en la cabeza. Las personas no se recuperan de esa clase de heridas.

—Razón de más para llamar a la policía. Por lo que más quieras, hemos sido testigos de un asesinato. Han matado a un hombre delante de nuestras narices.

—Es verdad, pero también lo es que no vimos quién lo hizo, ni tenemos la más remota idea de quién pudo hacerlo. Se escuchó un disparo y el tipo cayó muerto. No vimos absolutamente nada excepto la caída de la víctima: ¡ni a una sola persona y ningún coche! Solo fuimos testigos de que dispararon a un hombre, algo que notará la policía sin necesidad de nuestra ayuda.

—Así y todo, hemos sido testigos de un crimen.

—No podemos aportar ningún otro dato aparte de haberlo visto. A eso me refiero. ¡Piénsalo!

374

—¡No tengas tantas prisas! —dijo Stephanie, que intentaba poner un poco de orden en sus caóticos pensamientos—. Puede que lo que dices sea verdad, pero tal como yo lo veo es un delito no denunciar un crimen, y está muy claro que hemos visto uno.

—No tengo ni la más mínima idea de si no denunciar un crimen es un delito en las Bahamas. Pero incluso si lo es, creo que debemos arriesgarnos a cometerlo, porque en estos momentos no quiero que nos enredemos con la policía. Además, no siento el más mínimo aprecio por la víctima, algo que seguramente tú compartes. No solo fue quien me propinó la paliza, sino que amenazaba con matarme, y quizá a ti también. Mi preocupación es que si vamos a la policía y nos vemos metidos en la investigación de un crimen en la que no podemos prestar ninguna ayuda, nos arriesgamos a poner en peligro el proyecto Butler cuando estamos muy cerca de acabarlo. Yo diría que estaríamos arriesgando todo a cambio de nada. Así de sencillo.

Stephanie asintió varias veces y se pasó una mano por los cabellos.

—Supongo que tienes razón —manifestó, contrariada—. Permíteme que te pregunte una cosa. Creías que mi hermano estaba relacionado con la paliza que te dieron. ¿Crees que también está metido en esto?

—Tu hermano tuvo que estar implicado en la primera ocasión. Pero esta vez tengo mis dudas, dado que el matón no hizo nada para mantenerte aparte como hizo de forma clara la primera vez. Sin embargo, ¿quién puede estar seguro?

Stephanie miró a lo lejos. Su mente y sus emociones eran un caos. Una vez más, vivía una situación conflictiva, debido a un sentimiento de culpa muy fuerte. En última instancia, se sentía responsable por haber implicado a su hermano, que a su vez había metido a los hermanos Castigliano, quienes acababan de probar sin ninguna duda que eran unos mafiosos.

—¡Vamos! —la apremió Daniel—. Volvamos a la habitación para limpiarnos. Podemos seguir con el asunto si quieres, pero te advierto que ya lo tengo decidido.

Stephanie dejó que su compañero la llevara hacia la habitación. Estaba aturdida. Aunque no se podía decir que fuese una santa, nunca había violado ninguna ley a sabiendas. Le producía una sensación muy extraña verse a sí misma como una delincuente por no haber denunciado un crimen. También le inquietaba pensar que su hermano estaba relacionado con personas capaces de cometer un asesinato, sobre todo porque dicha vinculación daba un significado radicalmente nuevo a la acusación de supuesta pertenencia al crimen organizado. Como si todo esto fuese poco, además estaban los efectos psicológicos residuales de haber sido testigo de un hecho violento. Temblaba, y tenía la sensación de que una mano helada le apretaba la boca del estómago. Nunca había visto a una persona muerta, y mucho menos que mataran a alguien delante de sus propios ojos de una manera absolutamente brutal.

Contuvo las náuseas al recordar la terrible imagen que se había grabado para siempre en su memoria. Deseó estar en cualquier otra parte. Desde el momento en que Daniel había propuesto tratar en secreto a Butler había considerado que era una mala idea, pero nunca en sus suposiciones más descabelladas había pensado en que llegaría a esto. Sin embargo, se veía atrapada en el asunto como si hubiese caído en una zona de arenas movedizas, y se hundiera cada vez más, sin ninguna posibilidad de librarse.

Daniel, por su parte, se sentía cada vez más confiado en su decisión. En un primer momento no lo había estado tanto, pero eso había cambiado cuando le acosó el recuerdo de la catástrofe profetizada por el profesor Heinrich Wortheim. Se había jurado a sí mismo desde el principio que no fracasaría y que evitaría cualquier posibilidad de fracaso. Debía tratar a Butler y eso significaba eludir cualquier contacto con la policía. Dado que él y Stephanie serían las únicas personas relacionadas con el asesinato incluso la más torpe de las investigaciones si es que no los consideraban directamente sospechosos, acabaría por preguntarse qué estaban haciendo en Nassau. En ese punto Butler tendría que ser informado de la situación, porque después de su llegada era probable que descubrieran su identidad, algo que despertaría el interés de la prensa. Con semejante amenaza en el horizonte, Daniel dudaba de que Butler se atreviera a venir.

Llegaron a la habitación. Daniel abrió la puerta. Stephanie entró primero y encendió las luces. Las doncellas se habían marchado hacía rato, y la habitación ofrecía la imagen de un remanso de paz. Estaban echadas las cortinas, las camas abiertas, con golosinas en las almohadas. Daniel cerró la puerta con todas las cerraduras y el cerrojo de seguridad.

Stephanie se levantó la falda para mirarse la rodilla. Se tranquilizó al ver que la herida no tenía la gravedad que hacía temer la cantidad de sangre, que ahora le llegaba al zapato. Daniel se bajó el pantalón para mirarse la suya. Como en el caso de Stephanie, tenía una herida del tamaño de una pelota de golf. Ambas heridas tenían incrustados fragmentos de concha, que tendrían que sacar para evitar una infección.

—Me siento terriblemente inquieto —admitió Daniel. Se quitó el pantalón, y luego extendió la mano: se sacudía como una hoja—. Seguramente es consecuencia de la descarga de adrenalina. Abramos una botella de vino mientras se llena la bañera. Tenemos que remojar las heridas, y la combinación del vino y el agua caliente ayudará a relajarnos.

—De acuerdo —asintió Stephanie. Un baño la ayudaría a pensar con más claridad—. Yo me encargo de la bañera, tú trae el vino. —Abrió al máximo el grifo del agua caliente después de echar una buena cantidad de sales en la bañera. La habitación se llenó rápidamente de vapor. En cuestión de minutos, el perfume de las sales y el tranquilizador sonido del chorro de agua le produjeron un efecto sedante. Cuando salió del baño con un albornoz del hotel para avisarle a Daniel de que el baño estaba preparado, se sentía muchísimo mejor. Daniel estaba sentado en el sofá con la guía de las páginas amarillas abierta en el regazo. Había dos copas de vino tinto en la mesa de centro. Stephanie cogió una y bebió un sorbo.

—Se me acaba de ocurrir otra cosa —anunció Daniel—. Es obvio que los Castigliano no se han dejado impresionar como esperaba por las conversaciones que tú has tenido con tu madre.

—No podemos estar seguros de si mi hermano le comunicó a los Castigliano lo que a nosotros nos interesaba.

—Ahora qué más da —dijo Daniel, con un gesto—. La cuestión es que mandaron al pistolero para que me liquidara y quizá a ti también. Por lo que se ve, no están muy contentos. No sabemos cuánto tardarán en enterarse de que su matón no regresará. Tampoco podemos saber cuál será su reacción cuando se enteren. Bien podrían creer que nosotros lo matamos.

—¿Qué estás proponiendo?

—Utilizar el dinero de Butler para contratar a un guardaespaldas las veinticuatro horas del día. A mi modo de ver, es un gasto justificado, solo durante una semana y media, máximo dos.

Stephanie exhaló un suspiro de resignación.

—¿Aparece alguna compañía de seguridad en la guía?

—Sí, hay unas cuantas. ¿Qué opinas?

—No sé qué pensar —admitió Stephanie.

—Creo que necesitamos protección profesional.

—Está bien, si tú lo dices. Pero quizá sería más importante que comenzáramos a ser un poco más cuidadosos de lo que hemos sido hasta ahora. Se acabaron los paseos en la oscuridad. ¿En qué estábamos pensando?

—Visto ahora, fue una tontería, sabiendo que me dieron una paliza y me lo advirtieron.

—¿Qué pasa con el baño? ¿Quieres bañarte tú primero? Está preparado.

—No, ve tú. Quiero llamar a estas agencias. Cuanto antes tengamos a alguien vigilando, mejor me sentiré.

Diez minutos más tarde, Daniel entró en el baño y se sentó en el borde de la bañera. Aún no se había acabado el vino. Stephanie estaba sumergida hasta el cuello, rodeada de burbujas, y su copa estaba vacía.

—¿Te sientes mejor? —preguntó Daniel.

—Mucho mejor. ¿Qué tal te ha ido con las llamadas?

—Bien. Dentro de media hora vendrá alguien para una entrevista. Es de una compañía llamada First Security. Está recomendada por el hotel.

—Estoy tratando de pensar quién pudo matar a aquel tipo. No lo hemos comentado, pero fue nuestro salvador. —Stephanie se levantó, se envolvió en una toalla, y salió de la bañera—. Tiene que ser un tirador de primera. ¿Cómo es que estaba allí precisamente cuando lo necesitábamos? Fue algo así como lo que hizo el padre Maloney en el aeropuerto de Turín solo que diez veces más importante.

—¿Se te ocurre alguna idea?

—Solo una, pero es muy rebuscada.

—Te escucho. —Daniel metió la mano en el agua y abrió el grifo del agua caliente.

—Butler. Quizá tiene a alguien del FBI que nos vigila para darnos protección.

Daniel se echó a reír mientras se sumergía en la bañera.

—Eso sería toda una ironía.

—¿Se te ocurre alguna idea mejor?

—Ninguna —reconoció Daniel—. A menos que tenga algo que ver con tu hermano. Quizá envió a alguien para que te vigilara.

Ahora fue Stephanie quien se echó a reír muy a su pesar.

—¡Esa idea todavía es más descabellada que la mía!

Bruno Debianco, el supervisor de seguridad nocturno, estaba habituado a recibir llamadas de su jefe, Kurt Hermann, a cualquier hora. El hombre solo vivía para su trabajo como jefe de seguridad, y como tenía sus habitaciones en la clínica, siempre estaba importunando a Bruno con toda clase de órdenes y de peticiones de menor cuantía. Algunas de ellas sorprendentes y ridículas, pero la de esta noche se llevaba la palma. Kurt le había llamado al móvil poco después de las diez para decirle que fuera a la isla Paradise en una de las furgonetas negras de la clínica. El destino era el claustro de Huntington Hartford. Bruno solo debía aparcar si la carretera estaba desierta, y lo estaba, debía apagar los faros antes de detenerse. Después de aparcar, debía subir hasta el claustro pero sin entrar en la zona iluminada. En aquel instante, Kurt iría a su encuentro.

Bruno esperó a que el semáforo le diera paso antes de entrar en el puente que llevaba a la isla Paradise. Nunca le habían ordenado que saliera de la clínica Wingate para realizar una misión misteriosa, y todavía era más extraña la orden de que llevara una bolsa para cadáveres. Intentó pensar qué podría haber pasado, pero no se le ocurrió nada. En cambio, recordó los problemas que Kurt había tenido en Okinawa. Bruno había servido con Kurt en las fuerzas especiales del ejército y sabía que el hombre tenía una relación de amor-odio con las prostitutas. Había sido una obsesión que de pronto en la isla japonesa se había convertido en una venganza personal. Bruno nunca lo había comprendido del todo, y esperaba no verse enredado en una reaparición del problema. Él y Kurt tenían un trabajo de primera con Spencer Wingate y Paul Saunders, y no quería perderlo. Si Kurt había empezado de nuevo con su vieja cruzada, tendrían todo un problema.

Había un tráfico moderado en la carretera que recorría la isla de este a oeste, pero se redujo después de que Bruno pasara la zona de los centros comerciales. Se redujo todavía más cuando dejó atrás los primeros hoteles, y después del desvío al Ocean Club estaba desierta. De acuerdo con las órdenes, apagó los faros cuando se acercó al claustro. Gracias a la luz de la luna y la raya blanca en el centro de la carretera, no tuvo ningún problema para conducir en la oscuridad.

Después de pasar un último bosquecillo, el claustro iluminado apareció a la derecha de Bruno. Cruzó la carretera y aparcó en una zona más ancha del arcén. Apagó el motor antes de apearse del coche. A la izquierda, al pie de la colina, vio la piscina iluminada del Ocean Club.

Bruno fue hasta la parte trasera de la furgoneta, abrió la puerta y recogió la bolsa de plástico. A continuación subió las escaleras que llevaban al claustro. Se detuvo antes de llegar a la zona iluminada. El claustro estaba desierto. Echó una ojeada a todo el lugar, atento a cualquier presencia entre los árboles. Se disponía a llamar a Kurt cuando su jefe apareció súbitamente a su derecha. Lo mismo que Bruno, vestía de negro y era prácticamente invisible. Le hizo una seña para que lo siguiera, al tiempo que le ordenaba:

—¡Venga, muévete!

Bruno no tuvo problemas para caminar con la luz de la luna, pero en cuanto se encontraron entre los árboles, fue otro cantar. Se detuvo en cuanto dio unos pocos pasos.

—¡No veo nada, maldita sea!

—Ni falta que te hace —replicó Kurt en voz baja—. Ya estamos. ¿Has traído la bolsa?

—Sí.

—¡Ábrela y ayúdame a cargarla!

Bruno obedeció. Sus ojos se acomodaron gradualmente a la oscuridad, y vio la silueta de Kurt. También vio el difuso contorno de un cuerpo tumbado en el suelo. Le tendió un extremo de la bolsa a Kurt que la cogió para después acercarse a los pies del cadáver. Estiraron la bolsa, la dejaron en el suelo, y la abrieron.

—A las tres —añadió Kurt—. Ten cuidado con la cabeza. Está hecha un asco.

Bruno sujetó el cuerpo por las axilas, y cuando Kurt dijo tres levantó el torso mientras su jefe levantaba las piernas.

—¡Maldita sea! —exclamó Bruno—. ¿Quién es este tipo, un zaguero de los Chicago Bears?

Kurt no respondió. Colocaron el cadáver en la bolsa y Kurt se encargó de cerrar la cremallera.

—No me digas que tendremos que cargar a este tipo que pesa una tonelada hasta la furgoneta —dijo Bruno, espantado ante la idea.

—No vamos a dejarlo aquí. Ve y abre la puerta trasera de la furgoneta. No quiero que haya ninguna interrupción al cargarlo.

Al cabo de unos minutos, metieron la cabeza y el tronco de Gaetano en la furgoneta. Para meter el resto, Bruno tuvo que subir al vehículo y tirar de la bolsa mientras Kurt empujaba. Ambos jadeaban cuando acabaron la macabra tarea.

—Hasta aquí todo ha ido bien —comentó Kurt, mientras cerraba la puerta—. Larguémonos antes de que se nos acabe la suerte y aparezca algún coche.

Bruno se sentó al volante. Kurt dejó la mochila negra en el asiento trasero antes de sentarse en el asiento del acompañante. Bruno arrancó el motor.

—¿Adónde vamos?

—Al aparcamiento del Ocean Club. El tipo tenía en el bolsillo las llaves de un jeep alquilado. Quiero encontrarlo.

Bruno dio una vuelta en U antes de encender los faros. Viajaron en silencio. Bruno se moría de ganas de preguntar quién demonios era el fiambre que llevaban en la furgoneta, pero se abstuvo. Kurt tenía el hábito de decir solo aquello que consideraba imprescindible, y se cabreaba cada vez que Bruno le hacía preguntas. Siempre había sido un hombre de pocas palabras. Estaba siempre tenso y a punto de estallar, como si estuviese constantemente furioso por algún motivo.

Solo tardaron unos minutos en llegar al aparcamiento; una vez allí, no tardaron mucho más en dar con el vehículo. Era el único jeep en el aparcamiento y estaba muy cerca de la salida. Kurt se apeó de la furgoneta para comprobar si las llaves abrían las puertas. Así fue. Los documentos del jeep estaban en la guantera y el bolso de mano de Gaetano en el asiento trasero. Kurt se acercó a la furgoneta

—Quiero que me sigas hasta el aeropuerto —le dijo a Bruno—. Conduce con cuidado. No quiero que te detengan y que descubran el cadáver.

—Eso sería una molestia —comentó Bruno—. Sobre todo cuando no sé absolutamente nada. —Le pareció ver un destello de furia en los ojos de Kurt antes de subirse al coche alquilado. Se encogió de hombros y arrancó el motor.

Kurt puso en marcha el Cherokee. Detestaba las sorpresas, y este día habían sido constantes. Gracias a su entrenamiento con las fuerzas de operaciones especiales, se preciaba de ser un buen planificador, algo muy necesario en cualquier misión militar. Por eso llevaba más de una semana vigilando a los dos doctores y creía comprender la situación que vivían y sus personalidades. La entrada de la doctora en la sala de los huevos había sido algo del todo inesperado y lo había pillado desprevenido. Lo de esta noche todavía era peor.

En cuanto atravesaron la ciudad y salieron otra vez a la carretera, Kurt cogió el móvil y marcó el número de Paul Saunders. Spencer Wingate era el director de la clínica, pero Kurt prefería tratar con Paul. Había sido él quien lo había contratado en Massachusetts. Además, a Kurt le caía bien Paul que, como él mismo, siempre estaba en la clínica, a diferencia de Spencer, cuya única preocupación era ligar con cuanta mujer bonita se le cruzara por el camino.

Paul, como siempre, atendió el teléfono casi en el acto.

—Llamo desde el móvil —le advirtió Kurt antes de decir nada más.

—¿Sí? No me digas que ha surgido otro problema.

—Me temo que sí.

—¿Tiene alguna relación con nuestros invitados?

—Toda.

—¿Tiene algo que ver con lo que ocurrió hoy?

—Es peor.

—No me gusta como suena. ¿Puedes adelantarme alguna cosa?

—Creo que es mejor que nos reunamos.

—¿Dónde y cuándo?

—Dentro de tres cuartos de hora en mi despacho. Digamos a las veintitrés cero cero. —La costumbre hacía que Kurt utilizara el horario militar.

—¿Debemos incluir a Spencer?

—No soy yo quien lo debe decidir.

—Hasta luego.

Kurt acabó la llamada y guardó el móvil en la funda sujeta al cinturón. Miró por el espejo retrovisor. Bruno lo seguía a una distancia prudencial. Por ahora, todo parecía estar bajo control.

El aeropuerto estaba desierto, excepto por el personal de limpieza. Todos los mostradores de las empresas de alquileres de coches estaban cerrados. Kurt aparcó el jeep en la zona correspondiente. Cerró el vehículo y dejó las llaves y la documentación en el buzón nocturno. Un minuto más tarde, subió a la furgoneta de Bruno, que había dejado el motor en marcha.

—¿Ahora, adónde? —preguntó Bruno.

—Volvemos al Ocean Club para recoger mi furgoneta. Después iremos hasta la marina de Lyford Bay. Saldrás a navegar a la luz de la luna en el yate de la compañía.

—¡Ajá! Comienzo a captar la idea. Supongo que no tardaremos en ir a comprar un ancla nueva. ¿Estoy en lo cierto?

—Calla y conduce —dijo Kurt.

Fiel a su palabra, Kurt entró en su despacho exactamente a las once. Spencer y Paul ya estaban allí, acostumbrados a su puntualidad habitual. El jefe de seguridad llevó su mochila hasta la mesa y la dejó caer. El golpe contra la superficie metálica sonó como un trueno.

Spencer y Paul estaban sentados delante de la mesa. Sus miradas habían seguido los movimientos del jefe de seguridad desde el instante en que había cruzado la puerta. Esperaban que Kurt dijese algo, pero él se tomó tiempo. Se quitó la chaqueta de seda negra y la colgó en el respaldo de la silla. Luego sacó el arma que llevaba en la cartuchera a la espalda y la dejó con mucho cuidado sobre la mesa.

Spencer exhaló un sonoro suspiro como muestra de su impaciencia y puso los ojos en blanco.

—Señor Hermann, me veo en la obligación de recordarle que es usted quien trabaja para nosotros y no a la inversa. ¿Qué demonios está pasando? Espero que la explicación sea convincente, y justifique habernos hecho venir aquí en plena noche. Se da el caso de que estaba placenteramente ocupado.

Kurt se quitó los guantes y los dejó junto a la automática. Solo entonces se sentó. Luego apartó la pantalla del ordenador para ver a sus visitantes sin ningún impedimento.

—Esta noche me vi forzado a matar a alguien en el cumplimiento del deber.

Spencer y Paul abrieron las bocas, pasmados. Miraron al jefe de seguridad que les devolvió la mirada sin perder la calma. Durante una fracción de segundo, nadie se movió ni dijo nada. Fue Paul el primero en recuperar la voz. Tituberó al hablar como si le asustara escuchar la respuesta.

—¿Podrías decirnos a quién has matado?

Kurt utilizó una sola mano para desabrochar la tapa de la mochila y con la otra sacó un billetero. Lo empujó a través de la mesa hacia sus jefes y luego se reclinó en la silla.

—Su nombre era Gaetano Baresse.

Paul cogió el billetero. Antes de que pudiese abrirlo, Spencer descargó un manotazo en la superficie de metal con la fuerza suficiente para hacerla sonar como un bombo. Paul dio un salto y dejó caer el billetero. Kurt no mostró ninguna alteración visible, aunque tensó todos los músculos.

Después de golpear la mesa, Spencer se levantó y comenzó a caminar por la habitación, con las manos entrelazadas sobre la cabeza.

—No me lo puedo creer —se lamentó—. Antes de que nos demos cuenta, volverá a repetirse lo de Massachusetts, solo que esta vez serán las autoridades de las Bahamas y no los agentes norteamericanos quienes aporreen nuestra puerta.

—No lo creo —afirmó Kurt sencillamente.

—¿Ah, no? —replicó Spencer con un tono sarcástico. Se detuvo—. ¿Cómo es que está tan seguro?

—No hay cadáver —dijo Kurt.

—¿Cómo es posible? —preguntó Paul, mientras cogía de nuevo el billetero.

—Mientras hablamos, Bruno está arrojando al mar el cadáver y sus pertenencias. Devolví el coche de alquiler del hombre al aeropuerto como si se hubiera marchado de la isla. Desaparecerá sin más. ¡Punto! Fin de la historia.

—Eso suena alentador —comentó Paul. Abrió el billetero y sacó el carnet de conducir de Gaetano. Lo observó atentamente.

—¡Prometedor, y un cuerno! —gritó Spencer—. Me prometiste que este... —señaló a Kurt mientras buscaba la palabra adecuada para describirlo— ... este imbécil de boina verde no mataría a nadie. Y aquí estamos, cuando no hace nada que hemos abierto, y ya se ha cargado a alguien. Esto es un desastre total. No podemos permitirnos trasladar la clínica a otra parte.

—¡Spencer! —gritó Paul—. ¡Siéntate!

—¡Me sentaré cuando a mí me dé la gana! Soy el director de esta maldita clínica.

—Lo que quieras —dijo Paul, sin desviar la mirada—, pero escuchemos primero los detalles antes de montar el cirio y empezar a hablar de desastres. —Miró a Kurt—. Nos debes una explicación—. ¿Por qué matar a Gaetano Baresse de Somerville, Massachusetts, fue en cumplimiento del deber? —Dejó el billetero y el carnet de conducir sobre la mesa.

—Ya les dije que había instalado un micro en el móvil de la doctora D'Agostino. Para escuchar las conversaciones, tenía que mantenerme cerca. Después de cenar, salieron a dar un paseo por el jardín del Ocean Club. Mientras los seguía a una distancia prudencial, vi que el tal Gaetano Baresse también los seguía, pero mucho más cerca. Así que me acerqué. No tardó mucho en quedar claro que Gaetano Baresse era un asesino profesional, y que se disponía a cargarse a los doctores. Tuve que tomar una decisión instantánea. Consideré que querrían a los doctores vivos.

Paul miró a Spencer con una expresión interrogativa para saber cuál era su reacción a lo que acababa de escuchar. Spencer se acercó para recoger el carnet de conducir. Miró la foto durante un momento antes de arrojarlo sobre la mesa. Cogió la silla y se sentó, un tanto apartado de los demás.

—¿Cómo puede afirmar que el tal Baresse era un asesino profesional? —preguntó. Su voz había perdido gran parte de su agresividad.

Kurt abrió de nuevo la mochila con la mano izquierda, y con la derecha sacó el arma de Gaetano. La empujó a través de la mesa como había hecho con el billetero.

—Esto no es un juguete cualquiera. Tiene un silenciador y una mira láser.

Paul cogió el arma con mucho cuidado, le echó un vistazo, y se la ofreció a Spencer. El director de la clínica se negó a tocarla. Paul volvió a dejarla sobre la mesa.

—Con mis contactos en el continente, quizá consiga averiguar algo más de este tipo —manifestó Kurt—. Hasta entonces, no tengo ninguna duda de que es un profesional, y llevando un arma como esta, que tuvo que haber conseguido desde que llegó a las ocho, está conectado.

—¡Hable en inglés! —le ordenó Spencer.

—Hablo del crimen organizado —le explicó Kurt—. Sin duda estaba vinculado con el crimen organizado, probablemente con los capos de la droga.

—¿Sugiere que nuestros invitados están metidos en el narcotráfico? —preguntó Spencer, incrédulo.

—No —respondió el jefe de seguridad. Miró a sus jefes como si los desafiara a que sacaran las conclusiones que él había sacado mientras esperaba a que Bruno llegara al claustro.

—¡Espere un momento! —añadió Spencer—. ¿Por qué un rey del narcotráfico iba a enviar a un asesino profesional a las Bahamas para matar a un par de científicos si los investigadores no estaban metidos en ese mundo?

Kurt no respondió. Miró a Paul, y este asintió al cabo de unos segundos.

—Creo que entiendo el razonamiento de Kurt. ¿Estás sugiriendo que el misterioso paciente quizá no esté relacionado con la Iglesia católica?

—Pienso que quizá sea un jefe rival —señaló Kurt—, o al menos un capo de la mafia. En cualquier caso, sus enemigos no quieren que se cure.

—¡Maldita sea! —exclamó Paul—. Tiene sentido. Eso desde luego explicaría tanto secretismo.

—A mí me parece muy traído por los pelos —manifestó Spencer, escéptico—. ¿Por qué una pareja de científicos de primer orden iban a estar dispuestos a tratar a un señor de la droga?

—El crimen organizado tiene muchas maneras de presionar a la gente —declaró Paul—. ¿Quién sabe? Quizá algún cártel blanqueó dinero a través de la compañía de Lowell. Creo que Kurt ha dado en el clavo. Es probable que un señor de la droga colombiano o un capo de la mafia del nordeste sean católicos, cosa que explicaría toda esa parte de la Sábana Santa.

—Pues te diré una cosa —dijo Spencer—. Todo esto hace que no me interese averiguar la identidad del paciente, y no es solo por este asesinato. No tenemos ninguna posibilidad de intentar aprovecharnos de algún jefe del crimen organizado. Sería una estupidez.

—¿Qué me dices de nuestra participación general? —preguntó Paul—. ¿Queremos reconsiderar el permiso para que realicen el tratamiento?

—Quiero ese segundo pago —contestó Spencer—. Lo necesitamos. Creo que lo prudente sería mantenernos pasivos para no enfadar a nadie.

Paul se volvió hacia el jefe de seguridad.

—¿El doctor Lowell fue consciente de que estaba en peligro?

—Con toda claridad. Gaetano le salió al paso y le apuntó con el arma a la frente. Le disparé en el último segundo.

—¿Por qué lo preguntas? —quiso saber Spencer.

—Espero que Lowell se preocupe por su seguridad —respondió Paul—. Las personas que enviaron a Gaetano quizá envíen a algún otro cuando se enteren del fracaso del pistolero y que no volverá.

—Eso no ocurrirá al menos durante un tiempo —intervino Kurt—. Por esa misma razón me tomé tanto trabajo para hacerlo desaparecer. En lo que se refiere al doctor Lowell, juro que se llevó un susto de muerte. La doctora D'Agostino también.

23

Sábado, 23 de marzo de 2002. Hora: 14.50

La comitiva salió del ascensor del Imperial Club en el complejo hotelero Atlantis en el piso treinta y dos del ala oeste de las Royal Towers y desfiló por el pasillo enmoquetado. En la vanguardia iba el señor Grant Halpern, el gerente del hotel que estaba de servicio, seguido por la señora Connie Corey, supervisora de la recepción en el turno de día, y Harold Beardslee, director del Imperial Club. Ashley Butler y Carol Manning los seguían un poco más atrás, retrasados por el andar dificultoso del senador, que había empeorado sensiblemente en el último mes. La retaguardia la cerraban dos botones; uno empujaba un carro con las varias maletas de Ashley y Carol, el otro cargaba el equipaje de mano y las bolsas con los vestidos y trajes. Era como un safari en miniatura.

—Bueno, bueno, mi querida Carol —dijo Ashley, con su acento sureño pero con una voz que ahora era monótona—. ¿Cuál es tu primera impresión de este modesto establecimiento?

—Modesto quizá sea el último adjetivo que se me pueda ocurrir —respondió Carol. Sabía que Ashley solo pretendía complacer a la gente del hotel.

—En ese caso, ¿cuál crees tú que sería el adjetivo más adecuado?

—Fantasioso pero impresionante —manifestó Carol—. No estaba preparada para esta grandeza teatral. El vestíbulo de la planta baja es algo muy creativo, sobre todo con las columnas con volutas y la bóveda dorada con conchas doradas. Me cuesta calcular la altura que tiene.

—Se eleva a veinticinco metros —informó el señor Halpern por encima del hombro.

—Muchas gracias, señor Halpern —le agradeció Ashley—. Es usted muy amable y admirablemente bien informado.

—A su servicio, senador —respondió el señor Halpern sin acortar el paso.

—Me complace que estés impresionada con el alojamiento —declaró Ashley, que bajó la voz y se inclinó hacia su jefa de personal—. Estoy seguro de que también estás impresionada con el tiempo si lo comparas con el de Washington a finales de marzo. Espero que te guste estar aquí. En honor a la verdad, me siento culpable por no haberte pedido que me acompañaras el año pasado cuando vine en una visita de reconocimiento, cuando estaba preparando toda esta empresa.

Carol miró a su jefe con una expresión de sorpresa. Nunca le había manifestado ninguna culpa por nada relacionado con ella, y mucho menos por un viaje al trópico. Era otro pequeño pero curioso detalle de los repentinos cambios que había mostrado durante el año pasado.

—No tiene por qué sentirse culpable, señor. Estoy encantada de encontrarme en Nassau. ¿Y usted está contento de estar aquí?

—Absolutamente —afirmó Ashley, sin el menor rastro de acento.

—¿No está un poco asustado?

—¿Yo, asustado? —preguntó Ashley en voz muy alta, que volvió a adoptar súbitamente su histrionismo—. Mi papá me dijo que la manera correcta de enfrentarte a la adversidad era hacer todo lo que podías hacer, y luego ponerte en las manos de Dios. Eso es lo que he hecho, así de sencillo. ¡Estoy aquí para divertirme!

Carol asintió en silencio. Lamentaba haber hecho la pregunta. Si alguien se sentía culpable era ella, dado que aún no tenía claro cuál era el resultado que esperaba de la actual visita. Por el bien de Ashley, intentaba convencerse a sí misma que deseaba una cura milagrosa, mientras que íntimamente, sabía que no quería eso ni mucho menos.

El señor Halpern y sus subalternos se detuvieron delante de

una gran puerta de caoba adornada con bajorrelieves de sirenas. Ashley y Carol se unieron al grupo mientras el señor Halpern buscaba en el bolsillo la tarjeta magnética maestra.

—Un momento —dijo Ashley, y levantó una mano como si estuviese recalcando un punto importante en el senado—. Esta no es la habitación que ocupé en mi última estancia en el Atlantis. Pedí específicamente la misma habitación.

La amable expresión del señor Halpern se nubló por un momento.

—Senador, quizá no me escuchó usted antes. Cuando la señora Corey le acompañó a mi despacho, mencioné que le habíamos dado una habitación de más categoría. Esta es una de nuestras pocas suites temáticas. Es la suite Poseidón.

El senador miró a su jefa de personal.

—Efectivamente, fue lo que dijo —afirmó Carol.

Por un instante, Ashley pareció perdido detrás de sus pesadas gafas de montura negra. Vestía como siempre, con un traje oscuro, camisa blanca y una corbata muy discreta. Las gotas de sudor perlaban su frente. Los rostros bronceados del personal del hotel hacían que resaltara todavía más la palidez enfermiza del senador.

—Esta habitación es más grande, tiene mejor vista, y es mucho más elegante que la que ocupó el año pasado —explicó el señor Halpern—. Es una de las mejores. ¿Quizá quiera usted verla?

Butler se encogió de hombros.

—Supongo que solo soy un sencillo granjero, poco acostumbrado a que lo mimen. ¡Muy bien! Veamos la suite Poseidón.

La señora Corey, que se había adelantado al señor Halpern, sacó la tarjeta, abrió la puerta y se apartó. El señor Halpern invitó a Ashley con un gesto a que pasara primero.

—Después de usted, senador.

Ashley cruzó el pequeño recibidor para entrar en una gran habitación con las paredes pintadas con una surrealista visión submarina de una antigua ciudad sumergida, que presumiblemente correspondía a la mítica Atlántida. El mobiliario consistía en una mesa de comedor para ocho comensales, una mesa escritorio, un mueble que integraba el televisor, la cadena de sonido y el minibar, dos butacones y dos sofás de cuatro plazas. Toda la madera a la vista estaba tallada con la forma de criaturas marinas, incluidos los brazos de los dos sofás, que eran delfines. Los cuadros, los colores de la tapicería y los dibujos de las alfombras también se ajustaban al tema marino.

—Vaya, vaya —comentó Ashley mientras contemplaba la habitación.

La señora Corey se acercó al minibar para controlar el contenido. El señor Beardslee esponjó los cojines de los sofás.

—El dormitorio principal está a su derecha, senador —explicó el señor Halpern, y señaló una puerta abierta—. Para la señorita Manning, tal como nos indicó, hay un dormitorio a la izquierda.

Los botones se ocuparon inmediatamente de distribuir el equipaje en las habitaciones indicadas.

—Ahora el plato fuerte —añadió el señor Halpern. Había pasado junto a la figura un tanto encorvada de Ashley para acercarse a una botonera instalada en la pared, y apretó el primero de los botones. Se escuchó el suave zumbido de un motor mientras se descorrían poco a poco las cortinas que cubrían toda una de las paredes, para ir mostrando paulatinamente el maravilloso espectáculo del mar verde esmeralda y zafiro más allá de la balaustrada de la terraza con el suelo de mosaico.

—¡Fantástico! —exclamó Carol con una mano en el pecho. Desde una altura de treinta y dos pisos, la vista quitaba el aliento.

El señor Halpern apretó otro botón, y esta vez fueron las ventanas las que se deslizaron por las guías metálicas. Cuando se paró el mecanismo, los cristales habían desaparecido de la vista, y el salón y la terraza habían quedado integrados en un único espacio. El director señaló la terraza con una expresión de orgullo.

—Si son tan amables de salir a la terraza, les señalaré algunas de nuestras muchas atracciones al aire libre.

Ashley y Carol aceptaron la invitación. El senador se acercó sin vacilar a la balaustrada de piedra de poco más de un metro de altura. Apoyó las manos en la balaustrada y miró hacia abajo. Carol, que tenía un poco de miedo a las alturas, se acercó con cierta prevención. Tocó la balaustrada como si quisiera asegurarse de su solidez antes de asomarse. Después gozó de la visión a vista de pájaro de la enorme playa del complejo hotelero y el parque acuático, donde destacaba la laguna Paradise.

El señor Halpern se acercó a Carol. Comenzó a señalarle los puntos más destacados, incluida la impresionante piscina, situada casi directamente debajo de donde estaban.

—¿Qué es aquello a la izquierda? —preguntó Carol. Señaló el lugar. A ella le parecía un monumento arqueológico trasplantado.

—Ese es nuestro templo maya —le informó el señor Halpern—. Si se atreve, hay un tobogán acuático que la llevará desde la cima, que tiene una altura de seis pisos, a través de un tubo de plexiglás que acaba en las profundidades de la laguna de los tiburones.

—Carol, querida —intervino Ashley, con un tono divertido—. Esa parece ser una actividad perfecta para alguien como tú, que considera muy seriamente seguir una carrera política en Washington.

Carol miró a su jefe con el miedo de que en su comentario hubiese algo más que humor, pero él contemplaba la vista del océano, como si su mente ya estuviese ocupada en otra cosa.

—Señor Halpern —llamó la señora Corey desde la habitación—. Todo está en orden, y las tarjetas del senador están sobre la mesa. Debo volver a la recepción.

—Yo también debo marcharme —dijo el señor Beardslee—. Senador, si necesita cualquiera cosa, solo tiene que comunicárselo a mi personal.

—Les agradezco su extraordinaria amabilidad para con nosotros —replicó el senador, con su tono más obsequioso—. Son ustedes un orgullo para esta maravillosa organización.

—Yo también me marcho —anunció el señor Halpern, mientras amagaba seguir a los demás.

Ashley sujetó ligeramente el brazo del director.

—Le agradecería mucho que aguardara usted un momento.

—Por supuesto —respondió el señor Halpern.

El senador hizo un gesto de despedida a los demás que se marchaban, y luego volvió a contemplar el panorama.

—Señor Halpern, mi estancia en Nassau no es ningún secreto, ni lo puede ser, dado que he llegado aquí en un transporte público. No obstante, eso no quiere decir que no agradezca que se respete mi privacidad. Preferiría que esta habitación apareciera registrada solo a nombre de la señorita Manning.

—Como usted desee, señor.

—Muchísimas gracias, señor Halpern. Cuento con su discreción para evitar la publicidad. Quiero sentir que puedo disfrutar de los placeres de su casino sin el miedo de ofender a los más puritanos de mis votantes.

—Tiene usted mi palabra de que haremos todos los esfuerzos en ese sentido. Pero, como el año pasado, no podemos impedir que en el casino se le acerque cualquiera de sus muchos partidarios.

—Mi temor es leer en los periódicos cualquier noticia referente a mi presencia o que alguien llame al hotel para confirmar que estoy aquí.

—Le aseguro que haremos todo lo que esté a nuestro alcance para proteger su intimidad —afirmó el señor Halpern—. Ahora los dejo para que descansen y deshagan las maletas. Les traerán una botella de champán, con nuestros deseos para que disfruten de una muy agradable estancia.

—Una última pregunta —dijo Ashley—. Se hicieron unas reservas para nuestros amigos. ¿Hay alguna noticia de los doctores Lowell y D'Agostino?

—¡Por supuesto! Ya están aquí, han llegado hace poco más de una hora. Están en la 3208, en una de nuestras Superior Suites, en esta misma planta.

—¡Muy conveniente! Es obvio que se ha ocupado admirablemente de atender todas nuestras necesidades.

—Intentamos hacer siempre lo mejor —afirmó el señor Halpern. Después de un último saludo, abandonó la terraza para dirigirse a la puerta.

Ashley volvió la atención a su jefa de personal, quien ya se había acostumbrado a la altura y ahora estaba arrobada por la vista.

—¡Carol, querida! Quizá quieras tener la amabilidad de averiguar si los doctores están en su habitación y, si es así, si quieren reunirse con nosotros.

Carol se volvió para mirar a su jefe y parpadeó como si saliera de un trance.

—Desde luego —se apresuró a responder, al recordar cuáles eran sus obligaciones.

—Quizá tendrías que entrar tú solo —propuso Stephanie. Daniel y ella estaban delante de la puerta con las tallas de sirenas de la suite Poseidón. Daniel tenía una mano cerca del timbre.

Daniel manifestó su desagrado con un sonoro suspiro, y dejó que su brazo cayera a un costado.

—¿Se puede saber cuál es ahora el problema?

—No quiero ver a Ashley. Este asunto no me ha entusiasmado en lo más mínimo desde el primer día, y ahora menos que antes.

—¡Si estamos muy cerca de acabarlo! Las células para el tratamiento ya están listas. Lo único que nos queda es implantarlas, y esa es la parte más sencilla.

—Eso es lo que crees, y esperemos que estés en lo cierto. Pero no he compartido tu optimismo en ningún momento, y no creo que mi negatividad pueda servir para un propósito constructivo.

—Tampoco creías que pudiéramos tener las células del tratamiento en un mes, y lo hicimos.

—Es verdad, pero el trabajo celular es lo único que ha ido bien.

Daniel movió la cabeza en círculos con los ojos en blanco para aliviar la súbita tensión. Estaba furioso.

—¿Por qué me haces esto ahora? —preguntó con un tono teatral. Inspiró a fondo y miró a Stephanie—. ¿Estás tratando de sabotear el proyecto cuando hemos llegado al final?

Stephanie soltó una carcajada fingida, mientras se ruborizaba.

—¡Todo lo contrario! Después de tantos esfuerzos, no quiero estropear las cosas. ¡Esa es la cuestión! Por eso te digo que entres tú solo.

—Carol Manning dijo muy claramente que Ashley quería vernos a los dos, y le respondí que así sería. Por todos los diablos, si no entras, él creerá que algo no va bien. ¡Por favor! No tienes que decir ni hacer nada. Solo sé tú misma y sonríe. ¡No creo que eso sea pedir mucho!

Stephanie vaciló; se miró los pies y luego al guardaespaldas, apoyado tranquilamente en la pared, junto a la puerta de la habitación, donde le dijeron que esperara. Para ella, su presencia era un claro recordatorio de todo lo que había salido mal. El problema radicaba en que sus dudas la estaban volviendo loca. Por otro lado, Daniel acertaba en cuanto a la implantación. En los experimentos con los ratones, esta fase del tratamiento, después de haberla perfeccionado, no había presentado ninguna dificultad.

—¡Muy bien! —asintió Stephanie con un tono de resignación—. Acabemos con esto de una vez, pero tú te encargarás de la charla.

—¡Buena chica! —dijo Daniel mientras tocaba el timbre.

Esta vez fue Stephanie quien puso los ojos en blanco. En circunstancia normales, nunca hubiese tolerado este comentario condescendiente y sexista.

Carol Manning abrió la puerta. Sonrió con una cortesía superficial, aunque Stephanie intuyó el nerviosismo y la preocupación subyacentes, como si fuese un espíritu gemelo en las actuales circunstancias.

Ashley estaba sentado en uno de los sofás de brazos con forma de delfín, aunque Daniel y Stephanie tardaron unos segundos en reconocerlo. Habían desaparecido el traje oscuro, la camisa blanca, y la discreta corbata. Incluso había abandonado las gafas de montura negra. Ahora vestía una camisa de manga corta verde brillante estampada con motivos caribeños, pantalón amarillo y zapatos blancos con el cinturón a juego. Con los brazos blancos y velludos, que indicaban que nunca había visto la luz del día y mucho menos el sol, era la caricatura del turista. Las gafas de sol de cristales azules se curvaban hacia las sienes como las gafas de los ciclistas profesionales. También era una novedad para los dos científicos la rigidez de la expresión facial del senador.

—Bienvenidos, mis muy queridos amigos —les saludó Ashley con su deje de siempre pero con una voz mucho menos modulada—. Son ustedes una grata visión para unos pobres ojos fatigados, como la carga de caballería en el momento oportuno. Soy incapaz de describir la alegría que siento al ver sus agraciados e inteligentes rostros. Perdonen que no me levante de un salto para saludarles adecuadamente, como me dictan mis emociones. Lamentablemente, los beneficios clínicos de la medicación se están esfumando con mucha más celeridad desde la última vez que nos encontramos.

—No se mueva —dijo Daniel—. Nosotros también nos alegramos de verle. —Se acercó para estrechar la mano de Ashley antes de sentarse en el otro sofá.

Stephanie dudó durante unos momentos antes de sentarse junto a Daniel y procuró sonreír. Carol Manning prefirió sentarse aparte, en el sillón giratorio de la mesa escritorio.

—Después de la muy escasa comunicación durante el mes pasado, mi seguridad en que ustedes acabarían por aparecer aquí se basó sobre todo en la fe —admitió Ashley—. La única pista indicadora de que se hacían progresos era el considerable e implacable drenaje de los fondos que puse a su disposición.

—Ha sido un esfuerzo titánico en muchos sentidos —respondió Daniel.

—Espero que eso implique que están preparados para proceder.

—Totalmente —afirmó Daniel—. Hemos hecho todos los preparativos para que la implantación tenga lugar mañana a las diez en la clínica Wingate. Confiamos en que usted esté preparado para actuar deprisa.

—Este viejo granjero no ve la hora de hacerlo —manifestó Ashley, con un tono mucho más grave, y solo un vestigio del deje sureño habitual—. Se me está agotando el tiempo y cada vez me resulta más difícil ocultar a los medios mi enfermedad degenerativa.

—Entonces es de mutuo interés que se haga el implante.

—Interpreto que han podido terminar el arduo proceso de preparar las células del tratamiento que me describió hace un mes.

—Lo hemos hecho —contestó Daniel—. En gran medida gracias a la habilidad de la doctora D'Agostino. —Apretó la rodilla de Stephanie.

Su compañera consiguió sonreír con cierta alegría.

—Durante la última semana —añadió Daniel—, hemos creados cuatro líneas celulares separadas de neuronas dopaminérgicas que son clones de sus células.

—¿Cuatro? —preguntó Ashley sin el menor deje. Miró al científico fijamente—. ¿Por qué tantas?

—La redundancia no es más que una red de seguridad. Queríamos estar absolutamente seguros de que al menos teníamos una. Ahora podemos escoger, dado que todas serán igualmente eficaces para tratarlo.

—¿Hay alguna otra cosa que deba saber sobre lo de mañana, aparte de llevar mis viejos huesos a la clínica Wingate?

—Solo las indicaciones preoperatorias habituales, como no comer nada sólido después de la medianoche. También preferiríamos que no tomara su medicación por la mañana, si eso es posible. En nuestros estudios con ratones hemos apreciado que los efectos terapéuticos son muy rápidos después de la implantación; esperamos que ocurra lo mismo con usted. Los medicamentos podrían enmascararlos.

—No tengo ningún inconveniente —asintió Ashley amablemente—. Lo último que quiero hacer es complicar el tema. Por supuesto, Carol tendrá que enfrentarse a la pesada tarea de vestirme y llevarme hasta el coche.

—Estoy segura de que el hotel dispone de una silla de ruedas que les podemos pedir —intervino Carol.

—¿Debo entender que la prohibición de comer después de la medianoche es porque me anestesiarán? —preguntó Ashley, sin hacer caso de Carol.

—Me han dicho que la anestesia será local, con una fuerte sedación y la opción de una anestesia total si es necesaria. Un anestesista estará presente en la sala. Debo informarle de que hemos contratado los servicios de un neurocirujano local que tiene experiencia en este tipo de implantes, aunque desde luego que no con células clonadas. Es el doctor Rashid Nawaz. Le conoce a usted con el nombre de John Smith, lo mismo que la clínica Wingate. El doctor y los directores de la clínica han comprendido la necesidad de ser discretos y están de acuerdo.

—Tengo la impresión de que se han ocupado admirablemente de todos los detalles.

—Esa era nuestra intención —declaró Daniel—. De acuerdo con el procedimiento habitual, debemos recomendarle que permanezca ingresado en la clínica para que podamos controlarlo de cerca.

—¿Sí? —preguntó Ashley, como si estuviese sorprendido—. ¿Durante cuánto tiempo?

—Al menos durante una noche. Después de todo, será su evolución clínica la que lo determine.

—Había contado con regresar al Atlantis —señaló Ashley—. Fue ese el motivo por el que reservé una habitación para ustedes. Pueden controlarme aquí todo lo que quieran. Están en el otro extremo del pasillo.

—El hotel carece de equipo médico de diagnóstico.

—¿Qué?

—Aquello que tiene cualquier centro médico, como un laboratorio y aparatos de rayos X.

—¿Rayos X? ¿Por qué un aparato de rayos X? ¿Esperan alguna complicación?

—Ninguna en absoluto, siempre es preferible ser precavido. Recuerde que, a falta de una palabra mejor, lo que haremos mañana es experimental.

Daniel dirigió una rápida mirada a Stephanie para ver si ella quería añadir algo más. En cambio, ella puso los ojos en blanco durante unos segundos.

Muy atento, dadas las circunstancias, a cualquier matiz, Ashley no pasó por alto la reacción de Stephanie.

—¿Tiene usted algún término que resulte más apropiado, doctora D'Agostino? —preguntó.

Stephanie titubeó durante un momento.

—No. Creo que experimental es muy acertado —respondió, cuando en realidad, pensó que *temerario* sería más próximo a la realidad.

—Espero no estar detectando una sutil corriente negativa —comentó Ashley, mientras su mirada pasaba alternativamente y con gran rapidez de Daniel a Stephanie—. Para mí es importante creer que ustedes como científicos ven este procedimiento con el mismo entusiasmo que manifestaron durante la audiencia.

—Del todo —declaró Daniel—. Nuestra experiencia con los modelos animales ha sido sorprendente. No podemos estar más entusiastas y ansiosos por poner esta maravilla al servicio de la humanidad. Esperamos con entusiasmo que llegue mañana para aplicarle el tratamiento.

—Bien —dijo Ashley, pero su mirada implacable no se apartó

de Stephanie—. ¿Qué dice usted, doctora D'Agostino? ¿Comparte ese ánimo? Parece un tanto callada.

A estas palabras siguió un breve silencio, solo roto por los lejanos gritos de alegría de los niños que jugaban en las abarrotadas piscinas y toboganes acuáticos treinta y dos pisos más abajo.

—Sí —asintió Stephanie finalmente. Luego inspiró profundamente mientras escogía las palabras con mucho cuidado—. Me disculpo si parezco apática. Supongo que estoy un poco cansada después de todo lo que hemos pasado para crear las células del tratamiento. Pero, en respuesta a su pregunta, no solo comparto ese ánimo sino que además espero con ansia ver acabado el proyecto.

—Me tranquiliza saberlo —manifestó Ashley—. ¿Eso significa que está satisfecha con las cuatro líneas celulares que ha clonado a partir de mis células epiteliales?

—Lo estoy —respondió Stephanie—. Son neuronas productoras de dopamina, y son... —hizo una pausa como si buscara la palabra adecuada—... vigorosas.

—¿Vigorosas? —preguntó Ashley—. Vaya. Supondré que eso es una ventaja, aunque suena un tanto vago para un lego como yo. Dígame una cosa: ¿todas contienen genes de la Sábana Santa?

—¡Por supuesto! —declaró Daniel—. Aunque supuso un considerable esfuerzo por nuestra parte conseguir la muestra del sudario, extraer el ADN, y reconstruir los genes necesarios a partir de los fragmentos. Sin embargo, lo hicimos.

—Quiero estar absolutamente seguro en este punto —señaló el senador—. Sé que no tengo manera de comprobarlo, pero no quiero que haya ninguna duda. Es algo muy importante para mí.

—Los genes que utilizamos para el RSHT pertenecen a la sangre de la Sábana Santa —afirmó Daniel—. Se lo juro por mi honor.

—Aceptaré su palabra de caballero —dijo Ashley, que recuperó súbitamente su deje sureño. Con un tremendo esfuerzo consiguió mover su corpachón y se levantó. Le extendió la mano a Daniel, que también se había levantado. Se estrecharon las manos una vez más.

—Durante el resto de mi vida, les estaré agradecido por sus esfuerzos y creatividad científica —declaró.

—Por mi parte, lo estaré por su liderazgo y genio político al no prohibir el RSHT —respondió Daniel.

Una sonrisa irónica apareció en el rostro de Ashley.

—Me gustan los hombres con sentido del humor. —Soltó la mano de Daniel y se la tendió a Stephanie, que se encontraba junto a su pareja.

Stephanie miró la mano que le tendían, como si estuviese debatiendo consigo misma si estrecharla o no. Por fin, lo hizo y sintió cómo su mano quedaba sujeta por el sorprendentemente fuerte apretón de Ashley. Después del prolongado y firme apretón y de sostener la mirada fija del senador, intentó apartar la mano, sin conseguirlo. Ashley se aferraba a ella. Aunque Stephanie podía haber adivinado que el episodio era un reflejo de la enfermedad del político, su reacción inmediata fue la de un súbito miedo irracional a verse permanentemente sujeta por el hombre como una metáfora de su participación en todo este desquiciado asunto.

—Quiero expresarle mi más sincera gratitud por sus esfuerzos, doctora D'Agostino —dijo Ashley—, y como caballero, debo confesar que me he sentido encantado por su considerable belleza desde el primer momento que tuve el placer de verla. —Solo entonces sus dedos que parecían salchichas aflojaron su formidable presión en la mano de la investigadora.

Stephanie cerró la mano en un puño y la apretó contra el pecho, temerosa de que Ashley intentara sujetarla de nuevo. Era consciente de que continuaba comportándose de una manera irracional, pero no podía evitarlo. Al menos consiguió asentir y esbozó una sonrisa de agradecimiento al cumplido y la gratitud del senador.

—Bien —añadió Ashley—, ahora solo me queda desearles que gocen de un plácido sueño. Quiero que ambos estén bien descansados para el procedimiento de mañana que, según han dado a entender, no será muy largo. ¿Es una suposición correcta?

—Calculo que tardará una hora, quizá un poco más —le informó Daniel.

—¡Alabado sea Dios! Poco más de una hora es todo lo que necesita la moderna biotecnología para apartar a este muchacho del precipicio y evitar el hundimiento de su carrera. Estoy impresionado.

—La mayor parte del tiempo estará dedicado a poner en su sitio el marco estereotáxico —le explicó Daniel—. La implantación en sí solo tardará unos minutos.

—Ya está de nuevo con lo mismo —protestó Ashley—. Otra andanada de palabrejas incomprensibles. ¿Qué demonios es un marco estereotáxico?

—Es un marco calibrado que se encaja en la cabeza como una corona. Permitirá que el doctor Nawaz inyecte las células del tratamiento en el lugar exacto donde usted ha perdido sus células productoras de dopamina.

—No sé muy bien si debo preguntarlo —dijo Ashley con una ligera vacilación—. ¿He de creer que inyectarán las células del tratamiento directamente en mi cerebro y no en una vena?

—Así es —comenzó Daniel.

—¡Alto ahí! —le interrumpió Ashley—. Creo que llegado a este punto cuanto menos sepa, mejor. Soy un paciente muy miedoso, y más cuando me harán todo esto sin dormirme. El dolor y yo nunca hemos sido buenos compañeros.

—No sentirá ningún dolor —le aseguró Daniel—. El cerebro carece de sensaciones.

—Acaba de decir que me meterán una aguja en el cerebro —replicó el senador, incrédulo.

—Una aguja roma, para evitar cualquier daño.

—¿Cómo, si se puede saber, consiguen meter una aguja en el cerebro?

—Se perfora un pequeño agujero a través del hueso. En su caso será prefrontal.

—¿Prefrontal? Esa es otra palabreja.

—Significa a través de la frente —explicó Daniel, y apoyó un dedo en su frente por encima de la ceja—. Recuérdelo, no notará ningún dolor. Sentirá una ligera vibración cuando hagan la perforación, algo parecido a los viejos tornos de los dentistas, siempre y cuando no esté dormido por los sedantes, algo que puede ser muy posible.

—¿Por qué no me duermen durante todo el proceso?

—El neurocirujano quiero que esté despierto durante la implantación.

—¡No quiero escuchar nada más! —Ashley exhaló un suspiro y levantó una mano temblorosa como si quisiera protegerse—. Prefiero mantener la ilusión de que las células del tratamiento me las inyectarán en la vena como hacen con los implantes de médula ósea.

—Eso no serviría para las neuronas.

—Es de lamentar, pero ya me las apañaré. Mientras tanto, recuérdeme cuál es mi alias.

—John Smith.

—¡Por supuesto! ¿Cómo he podido olvidarlo? Doctora D'Agostino, usted será mi Pocahontas.

Stephanie consiguió esbozar otra sonrisa.

—¡Muy bien! —exclamó Ashley con un tono entusiasta—. Ha llegado el momento de que este sencillo granjero se olvide de las preocupaciones de su enfermedad y baje al casino. Tengo una cita importante con un grupo de delincuentes mancos.

Unos pocos minutos más tarde, Daniel y Stephanie caminaban por el pasillo hacia su habitación. Stephanie saludó al guardaespaldas cuando pasaron a su lado, pero Daniel hizo como si no lo viera. Su enfado se hizo evidente en el portazo que dio cuando entraron. La habitación tenía la mitad del tamaño de la suite de Ashley. Disfrutaba de la misma vista, pero sin la terraza.

—¡Vigorosas! ¡Menuda chorrada! —gritó. Se detuvo con las manos en jarras—. ¿No podías haber pensado en alguna descripción de nuestras células del tratamiento que llamarlas «vigorosas»? ¿Qué pretendías hacer? ¿Intentabas que se echara atrás cuando ya estamos acabando? Para colmo, has actuado como si no quisieras darle la mano.

—No quería —replicó Stephanie. Se acercó al único sofá y se sentó.

—¿Se puede saber por qué no? ¡Dios bendito!

—No lo respeto, y lo he repetido hasta la saciedad. Todo este asunto me ha inquietado desde el primer momento.

—Te has comportado como si fueses pasiva-agresiva. Has hecho una pausa antes de responder a las preguntas más sencillas.

—¡Escucha! Hice todo lo posible. No quería mentir. Recuerda que no quería entrar. Tú insististe.

Daniel la miró mientras respiraba sonoramente.

—Algunas veces puedes ser insultante.

—Lo siento. Me cuesta fingir. En cuanto a lo de ser insultante, tú tampoco lo haces nada mal. La próxima vez que te sientas tentado de decir «buena chica», muérdete la lengua.

24

Domingo, 24 de marzo de 2002. Hora: 10.22

Sí, a lo largo de los años, ir al médico se había convertido en algo emocionalmente difícil para Ashley Butler debido a que se trataba de un ingrato recordatorio de su mortalidad, ir al hospital era mucho peor, y su llegada a la clínica Wingate no había sido una excepción. Por mucho que hubiese bromeado con Carol en la limusina y utilizado su encanto sureño con las enfermeras y técnicos durante la admisión, estaba aterrorizado. La delgada pátina de su aparente despreocupación sufrió una severa prueba cuando le presentaron al neurocirujano, el doctor Rashid Nawaz. No era lo que Butler se había imaginado, a pesar de haber dicho su nombre claramente no occidental. Los prejuicios siempre habían jugado un papel muy importante en los pensamientos de Ashley, y ahora más que nunca. En su mente, los neurocirujanos eran personas altas, de expresión grave y talante autoritario, preferiblemente de ascendencia norteña. En cambio, se vio delante de un individuo bajo, delgado y de piel oscura con los labios y los ojos todavía más oscuros. Por el lado positivo estaba su marcado acento británico que reflejaba su formación en Oxford. También en el lado positivo figuraba una aureola de confianza y profesionalidad unida a la compasión. El médico comprendía y simpatizaba con la ansiedad de Ashley como un paciente que se enfrentaba a un tratamiento nada ortodoxo y para tranquilizarlo le explicó al senador que el procedimiento no era nada difícil.

El doctor Carl Newhouse, el anestesista, estaba más en la línea de las expectativas de Ashley. El inglés entrado en carnes y mejillas rubicundas, se parecía más a los médicos caucásicos que Ashley había conocido en el pasado. Iba vestido con las prendas verdes de quirófano y llevaba gorra y una mascarilla colgada alrededor del cuello sobre su pecho, junto con el estetoscopio, y una colección de bolígrafos asomaba en el bolsillo del pecho. Un trozo de tubo de goma marrón le rodeaba la cintura.

El doctor Newhouse había repasado concienzudamente el historial médico de Ashley, en especial todo lo relacionado con las alergias, las reacciones a los medicamentos y a las anestesias. Mientras el doctor Newhouse auscultaba y golpeaba el pecho de Ashley como parte del examen médico rutinario, también le insertó una aguja intravenosa con tanta práctica que Ashley apenas si notó el pinchazo. Después de verificar que el líquido pasaba a su entera satisfacción, el doctor Newhouse le explicó a Butler que le suministraría un potente cóctel intravenoso que le haría sentirse calmado, contento, posiblemente eufórico y definitivamente somnoliento.

Cuanto antes mejor, había pensado Butler. Estaba más que dispuesto a estar calmado. Sus miedos ante la inminente intervención le habían impedido dormir la noche anterior. Además de esta presión psicológica, no había sido una mañana fácil. De acuerdo con las indicaciones de Daniel, no había tomado la medicación para el Parkinson, con unas consecuencias más severas de las que había esperado. No había sido consciente de la medida en que los medicamentos habían controlado sus síntomas. No había sido capaz de evitar que sus dedos realizaran un movimiento rítmico involuntario como si quisiera hacer rodar algún objeto sobre las palmas. Todavía peor era la rigidez, que él comparaba con la intención de caminar sumergido en gelatina. Carol había tenido que buscar una silla de ruedas para llevarlo hasta la limusina, y había sido necesaria la ayuda de dos porteros para pasarlo de la silla al interior del coche. La llegada a la clínica Wingate había comportado idénticas dificultades, con la consiguiente indignidad. La única parte buena de la dura prueba había sido que nadie pareció reconocerlo, gracias a su disfraz de turista.

El cóctel intravenoso del doctor Newhouse había sido todo lo que le había prometido y más. En estos momentos, Ashley se sentía considerablemente más contento y tranquilo de lo que hubiese estado de haberse bebido varias copas de su bourbon favorito, y esto a pesar de encontrarse sentado en un quirófano en una mesa de operaciones articulada para adoptar la forma de silla con los dos brazos extendidos a los lados y sujetos a apoyabrazos. Incluso los temblores habían mejorado, o si no era así, al menos no era consciente de ello. Vestía el típico camisón corto abierto por atrás que dejaba al aire sus gordas piernas, de un blanco lechoso. Sus pies desnudos, huesudos, con juanetes y las curvadas uñas amarillentas apuntaban hacia el techo. En un brazo tenía la aguja intravenosa y en el otro el ancho brazalete del aparato medidor de la presión. En el pecho tenía adheridos los parches con los extremos de los cables del electrocardiógrafo, y los monótonos pitidos del aparato resonaban en la habitación.

El doctor Nawaz estaba ocupado con la cinta métrica, un rotulador, y una maquinilla de afeitar mientras preparaba la cabeza de Ashley para colocarle el marco estereotáxico, que Ashley veía junto a una colección de instrumentos esterilizados dispuestos sobre una mesa cubierta con una sábana. A pesar de que el marco parecía un instrumento de tortura, a Ashley, drogado como estaba, no le provocaba el menor espanto. Tampoco le preocupaba la presencia del doctor Lowell y la doctora D'Agostino, que se encontraban en compañía de los doctores Wingate y Saunders al otro lado de una ventana que daba al quirófano. Vestidos con las batas verdes, el cuarteto parecía estar observando los preparativos como si fuese un entretenimiento. A Ashley le hubiese gustado hacerles un gesto de saludo, pero no podía, por tener las manos atadas. Además, si le costaba mantener los ojos abiertos, menos aún podría levantar un brazo.

—Ahora le afeitaré unas pequeñas zonas en los costados y en la parte posterior de la cabeza —anunció el doctor Nawaz, al tiempo que le entregaba el rotulador y la cinta métrica a Marjorie Hickam, la enfermera ayudante—. Esos serán los lugares donde aseguraré el marco a su cabeza, tal como le expliqué antes. ¿Me ha entendido, señor Smith?

Ashley tardó unos instantes en recordar que su nombre falso era Smith y en comprender que se dirigían a él.

—Creo que sí —manifestó con una voz de beodo—. Quizá quiera aprovechar para afeitarme. Sin la medicación, mucho me temo que esta mañana no he sido mi mejor barbero.

El doctor Nawaz se echó a reír ante esta inesperada muestra de humor, y lo mismo hicieron los demás presentes en el quirófano, incluida la enfermera Constance Bartolo, quien con la mascarilla y los guantes puestos, permanecía junto a la mesa con el marco y el instrumental como si estuviese de guardia.

Al cabo de unos pocos minutos, el doctor Nawaz se apartó para observar su trabajo.

—Yo diría que no ha quedado nada mal. Saldré un momento para lavarme las manos, luego colocaremos las telas, y podremos comenzar.

Ashley se sumió en un tranquilo sueño a pesar de verse en la terrorífica circunstancia de esperar a que le taladraran el cráneo. No tardó mucho en despertarse parcialmente al sentir el contacto de las telas esterilizadas, pero volvió a dormirse sin demora. La siguiente vez que se despertó fue a causa de un súbito y terrible dolor en el cuero cabelludo en el lado derecho de la cabeza. Con un gran esfuerzo, entreabrió los párpados que le pesaban como plomo. Incluso intentó levantar el brazo derecho que tenía atado.

—¡Tranquilo! —dijo el doctor Newhouse. Estaba a un lado por detrás de Ashley—. ¡Todo va bien! —Apoyó una mano en el brazo de Ashley.

—Solo le estoy inyectando un poco de anestesia local —le explicó el doctor Nawaz—. Quizá note una sensación parecida a un escozor. Le inyectaré en cuatro puntos.

¡Un escozor! Ashley se maravilló silenciosamente en su sopor. Era muy típico de los médicos restarle importancia a los síntomas, porque la sensación se parecía más a la de un cuchillo al rojo vivo que le estuviese despellejando el cráneo. Así y todo, el senador notaba un extraño distanciamiento, como si el dolor lo sufriera otra persona y él solo fuese un observador. También le ayudó en cada una de las aplicaciones el hecho de que el dolor fuera pasajero, y lo reemplazara el entumecimiento total de la zona.

Ashley apenas si advirtió el proceso de colocación del marco esterotáxico. Se despertó y se durmió de nuevo varias veces durante la más de media hora de manipulaciones y ajustes para fijar el marco firmemente al cráneo. No tenía conciencia del pasado, del futuro o del paso del tiempo.

—Creo que ya está —manifestó el doctor Nawaz. Sujetó los brazos calibrados semicirculares que se arqueaban por encima de la cabeza de Ashley y probó la estabilidad del marco, intentando moverlo suavemente en todas las direcciones. Se aguantaba firmemente, con los cuatro tornillos apretados contra el cráneo del senador. Satisfecho con el resultado, el neurocirujano se apartó, cruzó las manos enguantadas y las apretó contra su pecho, al tiempo que se aclaraba la garganta—. Señorita Hickman, si es tan amable, por favor avise a rayos X de que ya estamos preparados.

La enfermera se detuvo bruscamente en su camino para ir a buscar otro frasco de suero para el doctor Newhouse. Sus ojos color humo miraron primero a su colega Constance en busca de apoyo antes de enfrentarse a la mirada del doctor Nawaz. Durante unos segundos, Marjorie se quedó sin palabras, dado que durante su período de formación había tenido que enfrentarse a los arrebatos de cólera de los neurocirujanos durante las operaciones, y se temía lo peor.

—Quisiera que no nos demoráramos —añadió el doctor Nawaz con un tono incisivo—. Es el momento de hacer las radiografías.

—No tenemos rayos X —respondió Marjorie, vacilante. Buscó con la mirada al doctor Newhouse para que corroborara su respuesta, y así no tener que cargar con toda la responsabilidad del problema que acababa de plantear.

—¿Qué quiere decir con eso de que no tienen rayos X? —preguntó el doctor Nawaz—. ¡Más les valdrá tener rayos X, o recogemos todo y nos vamos a casa! No hay manera de que pueda hacer una implantación intercraneal si no dispongo de las radiografías.

—Marjorie se refiere a que estos dos quirófanos no disponen de rayos X —medió el doctor Newhouse—. Fueron diseñados básicamente para tratamientos de fecundación asistida, así que disponen de la última palabra en equipos de ultrasonido. ¿Eso le resolvería el problema?

—¡En absoluto! —tronó el doctor Nawaz—. El ultrasonido

no me sirve para nada. Necesito las radiografías para hacer las mediciones acertadas. Hay que relacionar la parrilla de referencia tridimensional del marco con el cerebro del paciente. De lo contrario, sería como disparar a ciegas. ¡Necesito las malditas radiografías! ¿Pretenden decirme que ni siquiera disponen de un equipo portátil?

—¡Desafortunadamente, no! —respondió el doctor Newhouse. Hizo un gesto para llamar a Paul Saunders que contemplaba la escena desde el otro lado de la ventana.

Paul se cubrió la náriz y la boca con la mascarilla y asomó la cabeza en el quirófano.

—¿Hay algún problema?

—Claro que tenemos un maldito problema —protestó el doctor Nawaz, furioso—. Me acaban de informar de que no disponemos de rayos X.

—Tenemos rayos X —replicó Paul—. Incluso tenemos un equipo de resonancia magnética.

—¡En ese caso, traiga el equipo de rayos X ahora mismo! —ordenó el doctor Nawaz impacientemente.

Paul entró en el quirófano y miró a los demás que estaban al otro lado de la ventana. Les hizo una seña para que entraran, cosa que hicieron después de ponerse las máscaras.

—Acaba de surgir un problema en el que nadie había pensado —les informó Paul—. Rashid necesita hacer unas radiografías, pero este quirófano carece de las instalaciones adecuadas, y no tenemos un equipo portátil.

—¡Por todos los diablos! Después de todos estos esfuerzos, ¿fracasará todo por una chorrada? —preguntó Daniel. Luego, miró al neurocirujano, y le espetó sin más—: ¿Por qué no mencionó que necesitaría hacer radiografías?

—¿Por qué no me informaron de que no había ningún equipo disponible? —replicó el doctor Nawaz—. Nunca he tenido el dudoso honor de trabajar en un quirófano moderno que no dispusiera de rayos X.

—Pensemos con calma por un momento —intervino Paul—. Tiene que haber una solución.

—¡No hay nada en que pensar! —afirmó el doctor Nawaz—.

No puedo localizar el punto en el cerebro donde aplicar la inyección sin unas radiografías. Es así de sencillo.

Todos guardaron silencio, y el único sonido que se escuchó en el quirófano fue el del monitor cardíaco. Nadie buscó la mirada de los demás, ni se movió.

—¿Por qué no trasladamos al paciente hasta la sala de rayos X? —sugirió Spencer, cuando ya desesperaban de encontrar una solución—. No está muy lejos.

A los demás también se les había ocurrido la misma idea, pero la habían descartado. Ahora volvieron a considerarla. Trasladar a un paciente desde el quirófano hasta la sala de rayos X en medio de una intervención no era algo precisamente rutinario, y sin embargo, no era algo descartable en las actuales circunstancias. La sala de rayos X era flamante y estaba prácticamente vacía, con lo cual el tema de la contaminación no tenía la misma importancia que en una situación normal, máxime cuando aún no se había iniciado la craneotomía.

—A mí me parece algo razonable —opinó Daniel con entusiasmo—. Somos bastantes. Todos podemos echar una mano.

—¿Usted qué opina, Rashid? —preguntó Paul.

El doctor Nawaz se encogió de hombros.

—Supongo que podría funcionar, siempre y cuando mantengamos al paciente en la mesa de operaciones. Dado que está sentado y con el marco estereotáxico en su lugar, sería poco prudente pasarlo a una camilla.

—La mesa tiene ruedas —les recordó el doctor Newhouse.

—Pues entonces, ¿a qué esperamos? —dijo Paul—. Marjorie, avise al técnico que vamos a la sala de rayos X.

El doctor Newhouse solo tardó unos minutos en desconectar a Ashley del electrocardiógrafo y desatarle los brazos. De habérlos tenidos abiertos, hubiese sido imposible hacer que pasara por la puerta. Cuando todo estuvo preparado y Ashley tenía las manos cruzadas sobre el vientre, el doctor Newhouse quitó el freno de las ruedas con el pie. Luego, el doctor Newhouse empujó la mesa mientras Marjorie y Paul tiraban, y entre los tres la sacaron al pasillo. Excepto Constance, que permaneció en el quirófano, los demás los escoltaron. Ashley continuaba dormido, y del todo ajeno a lo que ocurría, a pesar de estar sentado y en movimiento. Con el marco estereotáxico en la cabeza, parecía un personaje de una película de ciencia ficción.

Una vez en el pasillo, todos excepto el doctor Nawaz ayudaron a empujar, aunque no era necesario. La mesa de operaciones rodaba sin problemas, y solo se escuchaba el rumor de las ruedas debido al peso. Cuando el grupo llegó a la sala de rayos X, se suscitó una discusión referente a si debían trasladar a Ashley de la mesa de operaciones a la mesa de rayos X. Después de sopesar las ventajas y los inconvenientes, decidieron que lo mejor era dejarlo donde estaba.

El doctor Nawaz se puso un pesado delantal de plomo, dado que insistió en ser él quien alineara y sostuviera la cabeza del senador mientras le hacían las radiografías. Todos los demás se retiraron al pasillo. Ashley continuó durmiendo como un bendito.

—Quiero que revele las radiografías antes de que volvamos a trasladarlo —le dijo el doctor Nawaz al técnico, cuando entró para llevarse las placas—. Quiero tener la certeza de que han salido bien.

—Las tendré preparadas en unos minutos —respondió el técnico, con un tono entusiasta.

El doctor Newhouse entró en la sala para comprobar las constantes vitales del paciente. Paul y Spencer acompañaron al técnico para esperar el revelado de las placas. Daniel y Stephanie se quedaron solos por unos momentos.

—Esto es como una comedia de errores donde nada es divertido —susurró Stephanie, con una expresión de profundo desagrado.

—Eso no es justo —replicó Daniel en voz baja—. Nadie tiene la culpa. Veo las dos partes, y considero que ya es agua pasada. Han hecho las radiografías, así que el proceso puede continuar.

—No importa quién tenga la culpa —afirmó Stephanie, con un tono de disgusto—. No deja de ser otra complicación añadida a todas las que ha habido desde aquella fatídica y lluviosa noche en Washington hasta ahora. No dejo de preguntarme qué más puede salir mal.

—Intentemos ser un poco más optimistas —declaró Daniel, tajante—. El final está a la vista.

Paul y Spencer salieron del cuarto de revelado, con el técnico a la zaga. Paul llevaba las placas.

—A mí me parece que están bien —comentó cuando pasó junto a Daniel y Stephanie para entrar en la sala. Los demás lo siguieron. Paul colocó las placas en las cajas, encendió las luces, y se hizo a un lado. Las imágenes mostraban el cráneo de Ashley y la estructura opaca del marco estereotáxico.

El doctor Nawaz se acercó, y con la nariz casi pegada a las placas, las observó cuidadosamente una a una, con la única orientación de las difusas sombras de los ventrículos llenos de fluido en el cerebro del senador. Durante unos momentos, nadie dijo ni una palabra. El único sonido era el de la respiración profunda de Ashley al que se sumó por unos segundos el bombeo de la pera del medidor de la presión arterial cuando el doctor Newhouse hizo otro control.

—¿Qué? —preguntó Paul.

El doctor Nawaz asintió sin demasiado entusiasmo.

—Parecen estar bien. Tendrían que servir. —Sacó un rotulador, un transportador y una regla metálica. Con mucho cuidado, buscó un punto específico en cada placa y lo marcó con una equis—. Este es nuestro objetivo: la parte compacta de la *substantia nigra* en el lado derecho del cerebro medio. Ahora tengo que calcular las tres coordenadas. —Comenzó a trazar líneas y a medir ángulos en las placas.

—¿Tiene que hacer todo eso aquí? —inquirió Paul.

—Es una buena caja de luz —respondió el doctor Nawaz. Se le veía preocupado.

—Tendríamos que llevar al paciente al quirófano —manifestó el doctor Newhouse—. Me sentiría mucho más tranquilo si le viera conectado al electrocardiógrafo.

—Buena idea —asintió Paul. Se acercó inmediatamente a los pies de la mesa para echar una mano. El doctor Newhouse quitó el freno de las ruedas.

Daniel y Stephanie miraron por encima del hombro del doctor Nawaz, y no se perdieron ni un solo detalle mientras él calculaba las coordenadas para la aguja de implantación, y el lugar en el marco donde colocaría la guía.

Entre Paul que tiraba y el doctor Newhouse que empujaba, sacaron la mesa de la sala de rayos X. El doctor Newhouse mantenía una mano en el hombro de Butler para ayudar a mantenerlo en posición mientras ellos avanzaban. Probablemente no era necesario, dado que el doctor Newhouse había sujetado el torso de Ashley a la parte levantada de la mesa con esparadrapo antes del traslado, pero quería estar seguro.

Una vez en el pasillo, Paul cambió de posición para tener la mesa detrás y mirar al frente. Resultaba más fácil que caminar hacia atrás. Continuó tirando, pero su contribución ahora era la de guiar, dado que la mesa, con las cuatro ruedas giratorias, tenía la tendencia a desviarse. Marjorie caminaba junto a la mesa, con el frasco de suero pero atenta por si hacía falta sujetar a Ashley. Spencer cerraba la retaguardia, y de vez en cuando, daba alguna orden, a la que nadie hacía el menor caso.

—Su color no es muy bueno —se quejó el doctor Newhouse cuando recorrían el pasillo muy iluminado—. ¡Habrá que darse prisa!

Todos aceleraron el paso.

—Su color era enfermizo desde el momento en que entró en la clínica —señaló Spencer—. No creo que haya cambiado.

—Quiero tenerlo conectado al monitor cuanto antes —insistió el doctor Newhouse.

—¡Ya hemos llegado! —anunció Paul, al tiempo que abría la puerta del quirófano y entraba sin volverse para mirar la mesa. En la prisa, no alineó la mesa con la entrada, con la consecuencia de que la mesa estaba un poco torcida. El resultado fue que una de las esquinas delanteras golpeó contra el marco de hierro con la fuerza suficiente como para que el cuerpo de Ashley presionara contra el esparadrapo que lo sujetaba a la mesa. La inercia del marco estereotáxico causó un leve efecto látigo, y la cabeza del senador se movió hacia delante en una trayectoria oblicua. El doctor Newhouse y Marjorie reaccionaron en el acto y sujetaron los brazos de Ashley, que también se habían movido como consecuencia del impacto.

—¡Dios bendito! —exclamó el doctor Newhouse.

—Lo siento —dijo Paul con un tono culpable. Dado que él se

había encargado de guiar la mesa, era el único responsable de la colisión.

—¿El aparato golpeó contra el marco? —preguntó el doctor Newhouse, mientras acomodaba las manos de Ashley sobre los muslos.

—No alcanzó a tocarlo —contestó Marjorie, que estaba en el lado de la colisión y quizá podría haberla evitado si la hubiese visto venir. Sencillamente había ocurrido muy rápido. Dejó el brazo de Ashley para ocuparse de apartar del marco la parte delantera de la mesa.

—Demos gracias a Dios por que haya sido así —manifestó el doctor Newhouse—. Al menos no lo hemos contaminado. Si lo hubiésemos hecho, habríamos tenido que empezar de nuevo por el principio.

Constance se apartó de la mesa con el instrumental para acercarse al grupo. Como ella se había quedado en el quirófano con la bata, la mascarilla y los guantes puestos mientras todos los demás iban a la sala de rayos X, sujetó el marco estereotáxico sin amenazar su esterilidad, y lo colocó en posición junto con la cabeza de Ashley.

—¿Ya hemos acabado? —preguntó el senador con voz de borracho. La colisión lo había sacado del sueño. Intentó abrir los ojos, sin éxito. Apenas si consiguió mover un poco los párpados. Al notar un peso extraño en la cabeza, comenzó a levantar una mano para tocarlo y saber qué era. El doctor Newhouse le sujetó el brazo alzado y Marjorie el otro antes de que pudiese moverlo.

—Pongan la mesa en posición —ordenó el doctor Newhouse.

Paul empujó la mesa hasta el centro del quirófano. Ayudó al doctor Newhouse a instalar los reposabrazos, y entre los dos ligaron los brazos del senador. Ashley colaboró con ellos durmiéndose en el acto. El doctor Newhouse le entregó los extremos de los cables del electrocardiógrafo a Marjorie, quien los conectó al equipo. Al cabo de un segundo el rítmico y tranquilizador pitido del aparato rompió el tenso silencio en la habitación. El doctor Newhouse se quitó el estetoscopio de los oídos después de medir la tensión arterial del paciente.

—Todo en orden —anunció.

—Tendría que haber tenido un poco más de cuidado —se lamentó Paul.

—No ha pasado nada grave —le tranquilizó el doctor Newhouse—. El marco no ha sufrido ningún daño. Se lo comunicaremos al doctor Nawaz para que lo compruebe. ¿Lo notas estable, Constance?

—Firme como una roca —respondió Constance, que aún continuaba sujetando el marco.

—Bien —manifestó el doctor Newhouse—. Creo que ya lo puedes soltar. Gracias por la ayuda.

Constance aflojó la presión de las manos precavidamente. La posición del marco no varió. La enfermera volvió a ocupar su puesto junto a la mesa con el instrumental.

—Supongo que tenía usted razón en lo del color del paciente —le dijo el doctor Newhouse a Spencer—. No se ha producido ningún cambio en su ritmo cardíaco. No obstante, creo que le colocaré un oximedidor. Marjorie, ¿podrías traerme uno de la sala de anestesia?

—Por supuesto —respondió Marjorie, y se dirigió de inmediato al cuarto vecino.

Una figura apareció en la ventana que daba al vestíbulo e hizo una seña para llamar la atención de Paul. Aunque el hombre vestía una bata verde y la mascarilla, Paul reconoció en el acto a Kurt Hermann. El pulso de Paul se aceleró de nuevo después de haberse normalizado tras la colisión de la mesa contra el marco de la puerta. Se sentía nervioso, dado que era algo fuera de lo habitual ver al jefe de seguridad fuera del edificio de la administración, donde tenía su despacho, y más todavía verlo en el quirófano. Algo tendría que estar muy mal, sobre todo cuando el muy comedido Kurt agitaba una mano para indicar a Paul que saliera al vestíbulo.

Paul no perdió ni un segundo y salió al pasillo.

—¿Qué pasa? —preguntó, ansioso.

—Necesito hablar con usted y el doctor Wingate en privado.

—¿De qué se trata?

—De la identidad del paciente. No está relacionado con la mafia.

—¡Fantástico! —exclamó Paul, complacido. Lo que menos había esperado era una buena noticia—. ¿Quién es?

—¿Por qué no llama al doctor Spencer?

—¡De acuerdo! Ahora mismo lo llamo.

Paul entró de nuevo en el quirófano y le habló al oído al director de la clínica. Spencer enarcó las cejas. Miró a Kurt a través de la ventana, como si no diese crédito a la información de Paul. Sin más demoras, siguió a Paul. Una vez fuera, Kurt los invitó con un ademán a que lo siguieran hasta el cuarto de suministros quirúrgicos. Entraron, y el jefe de seguridad comprobó que la puerta estuviese bien cerrada antes de mirar a sus jefes. No sentía un gran respeto por ninguno de los dos, sobre todo porque nunca sabía cuál de ellos tenía el control.

—¿Bien? —preguntó Spencer, que no tenía con Kurt la misma paciencia que Paul—. ¿Nos lo dirá o qué? ¿Quién es?

—Primero, algunos antecedentes —respondió Kurt con su conciso estilo militar—. Me enteré por el chófer de la limusina que él había recogido al paciente y a su acompañante en el hotel Atlantis. A través de los contactos con los empleados del complejo que me facilitó la policía local, averigüé que se alojaban en la suite Poseidón, registrada a nombre de Carol Manning, de Washington.

—¿Carol Manning? —repitió Spencer—. Nunca lo he oído mencionar. ¿Quién demonios es ese tipo?

—Carol Manning es una mujer —le corrigió Kurt—. Hice que un amigo en el continente buscara el nombre en la red. Es la jefa de personal del senador Ashley Butler. Lo comprobé luego con las autoridades de inmigración locales. El senador Butler llegó ayer a Nassau. Creo que el paciente es el senador.

—¿El senador Butler? ¡Por supuesto! —exclamó Spencer. Se dio una palmada en la cabeza—. Me pareció reconocerlo esta mañana, pero no conseguí relacionar el nombre con el rostro, al menos vestido con aquellas ridículas prendas de turista.

—¡Maldita sea! —estalló Paul. Se paseó por el pequeño espacio con las manos en jarras—. Tantas molestias para descubrir quién era, y resulta ser un político. Ya podemos despedirnos de hacernos con una pasta.

—Eh, no vayas con tanta prisa —le advirtió Spencer.

—¿Por qué no, joder? —replicó Paul. Miró a Spencer—. Contábamos con que el tipo anónimo fuese rico y famoso. Eso significa ser una celebridad como una estrella de cine, un cantante de rock, un as del deporte, o como mínimo, algún gran ejecutivo. ¡Nunca un político!

—Hay políticos y políticos —manifestó Spencer—. Lo importante para nosotros podría ser que se habla mucho de que Butler quiera ser el candidato demócrata en las elecciones de 2004.

—Los políticos no tienen dinero —afirmó Paul—. Al menos, propio.

—Puede ser, pero sin duda tienen acceso a personas que sí tienen mucho dinero —le recordó Spencer—. Eso es lo importante, sobre todo si se trata de alguien que aspira a la presidencia. Cuando quede claro quiénes serán los candidatos con mayores posibilidades en las primarias, aparecerá el dinero. Si Butler se presenta y le va bien en las primarias, aún podríamos hacernos con una buena cantidad.

—Me parece que son demasiados si —declaró Paul con una expresión incrédula—. En cualquier caso, estoy satisfecho con lo que hemos conseguido hasta ahora. Nos hagamos o no con más pasta, he aprendido mucho del RSHT, cosa que nos dará grandes beneficios, sin contar los cuarenta y cinco mil dólares, que no son moco de pavo. Por lo tanto, soy feliz, y más todavía porque el doctor Lowell firmara aquel compromiso. No podrá negar lo que ha hecho aquí, y pienso insistir para que publique el artículo sobre la Sábana Santa y el RSHT en el *NEJM*. La publicidad será nuestra mayor ganancia a largo plazo, y para eso, diría que un político es incluso mejor que cualquier otra celebridad.

—Volveré a mis ocupaciones —anunció Kurt. No estaba dispuesto a malgastar su tiempo escuchando las tonterías de estos dos payasos. Abrió la puerta.

—Gracias por averiguar el nombre —dijo Paul.

—Sí, gracias —añadió Spencer—. Intentaremos olvidar que tardó un mes y que mató a alguien en el proceso.

Kurt miró fijamente a Spencer por un momento, y luego se marchó. La puerta se cerró automáticamente.

—Ese último comentario no ha sido justo —protestó Paul.

—Lo sé —admitió Spencer, sin darle importancia—. Solo intentaba ser gracioso.

—No aprecias en absoluto su trabajo.

—Supongo que no.

—Lo harás cuando estemos funcionando a pleno rendimiento. La seguridad será algo muy importante. ¡Créeme!

—Quizá, pero ahora volvamos al quirófano, y confiemos en que las cosas vayan mejor que hasta ahora. —Spencer abrió la puerta.

—Espera un momento. —Paul lo cogió por el brazo—. Se me acaba de ocurrir una cosa. Ashley Butler es el senador que ha impulsado el movimiento para prohibir el RSHT de Lowell. ¡No deja de ser una ironía, dado que ahora será el beneficiado!

—A mí me parece que es más hipócrita que irónico —opinó Spencer—. Él y Lowell han tenido que llegar a algún tipo de acuerdo secreto.

—Creo que tienes razón, y si es así, será perfecto para nuestras intenciones de hacernos con una pasta, dado que ambos querrán mantenerlo todo en el más estricto secreto.

—Tenemos la sartén por el mango —manifestó Spencer—. Ahora volvamos al quirófano para asegurarnos de que no haya más problemas, y que se haga la implantación. ¡Ha sido una suerte que estuviésemos a mano para resolver el tema de las radiografías!

—Tendremos que comprar un equipo de rayos X portátil.

—Si no te importa, preferiría esperar hasta tener un poco de liquidez. —Spencer se detuvo un momento delante de la puerta del quirófano—. Creo que es importante no decir que conocemos la verdadera identidad del senador.

—Por supuesto —asintió Paul.

25

Domingo, 24 de marzo de 2002. Hora: 11.45

Para Tony D'Agostino, era como estar atrapado en una horrible pesadilla, sin poder despertarse. cuando se encontró de nuevo aparcando el coche delante del local de la empresa de suministros de fontanería de los hermanos Castigliano. Para empeorar las cosas, se trataba de una fría y lluviosa mañana de un domingo de finales de marzo, y había mil cosas que hubiese preferido hacer, como tomarse un capuchino y un *cannoli* en el acogedor Café Cosenza en Hanover Street.

Tony abrió la puerta del coche, sacó el paraguas y lo abrió. Solo entonces se apeó del Cadillac. Sin embargo, sus esfuerzos no le sirvieron de nada. Acabó empapado. El viento arrastraba la lluvia en todas las direcciones, e incluso tuvo problemas para evitar que el viento le arrancara el paraguas de la mano.

Entró en el local, dio varias patadas en el suelo para quitarse el agua de los zapatos, se secó la frente con el dorso de la mano y dejó el paraguas apoyado en la pared. Mientras pasaba junto al mostrador donde trabajaba Gaetano, maldijo por lo bajo. No tenía la menor duda de que Gaetano había vuelto a meter la pata, y esperaba que el matón estuviese en el local para poder cantarle cuatro frescas.

Como siempre, la puerta del despacho estaba abierta, y Tony entró después de golpear sin esperar una respuesta. Los hermanos ocupaban sus mesas alumbradas por sendas lámparas de pantalla verde. Dado que afuera el cielo estaba encapotado, era muy poca la luz que entraba a través de las ventanas con los cristales sucios que se abrían al albañal.

Los Castigliano lo miraron al mismo tiempo. Sal tenía delante un viejo libro de cuentas donde estaba copiando las facturas que tenía apiladas sobre la mesa. Lou estaba haciendo un solitario. Lamentablemente, a Gaetano no se le veía por ninguna parte.

De acuerdo con el ritual, Tony chocó las manos de los gemelos antes de sentarse en el sofá. No se echó hacia atrás ni se desabrochó el abrigo. Tenía la intención de que la visita fuese lo más breve posible. Se aclaró la garganta. Nadie había dicho ni una palabra, cosa que resultaba un tanto extraña, máxime cuando era él quien deseaba mostrarse enfadado.

—Mi madre habló anoche con mi hermana —comenzó Tony—. Quiero que sepan que estoy un tanto confuso.

—¿Ah, sí? —preguntó Lou con un leve tono de desprecio—. ¡Bienvenido al club!

Tony miró a uno de los gemelos y después al otro. De pronto resultó obvio que los Castigliano estaban de muy mal humor, tanto o más que él. Lou incluso tuvo la insolencia de continuar con su solitario; golpeaba las cartas contra la mesa a medida que jugaba. Tony miró a Sal, y Sal lo miró, furioso. Sal parecía más siniestro que de costumbre, con su rostro esquelético iluminado por debajo por la luz verdosa. Bien podía pasar por un cadáver.

—¿Por qué no nos cuentas por qué estás confuso? —sugirió Sal arrogantemente.

—Sí, nos encantaría saberlo —añadió Lou, sin interrumpir el solitario—. Sobre todo a la vista de que fuiste tú quien nos retorció los brazos para que pusiéramos los cien billetes para el chiringuito de tu hermana.

Un tanto alarmado por esta fría recepción que no se esperaba, Tony se reclinó en el sofá. Notó un súbito calor en todo el cuerpo, y se desabrochó el abrigo.

—No le retorcí el brazo a nadie —protestó, indignado, pero cuando lo dijo, sintió que lo dominaba una desagradable sensación de vulnerabilidad. Aunque ya era tarde para lamentaciones, se reprochó haber ido al aislado local de los gemelos sin ninguna protección o un respaldo. No iba armado, pero eso era habitual. Casi nunca iba armado, y los hermanos lo sabían. Sin embargo, él también tenía unos cuantos matones en su organización, lo mismo que los Castigliano, y tendría que haberlos traído.

—Sigues sin decirnos por qué estás confuso —insistió Sal, sin hacer caso de la protesta.

Tony se aclaró la garganta de nuevo. A la vista de su creciente inquietud, decidió controlar su enfado.

—Estoy un tanto confuso respecto a lo que hizo Gaetano en su segundo viaje a Nassau. La semana pasada, mi madre me comentó que tenía problemas para dar con mi hermana. Dijo que cuando la encontró, se comportó de una manera extraña, como si hubiese ocurrido algo malo de lo que no quería hablar hasta el momento de regresar a casa, cosa que sería pronto. Obviamente, creí que Gaetano había hecho su trabajo y que el profesor era historia. Bueno, anoche mi madre consiguió hablar con mi hermana, a la vista de que no había vuelto a dar señales de vida. Esta vez volvió a ser, en palabras de mi madre, «la misma de siempre». Dijo que ella y el profesor continuaban en Nassau, pero que regresarían a casa en cuestión de días. ¿Cómo se entiende?

Durante unos minutos de tensión, nadie dijo nada. El único sonido en la habitación era el golpe de las cartas cuando Lou las dejaba sobre la mesa, combinado con los chillidos de las gaviotas en el albañal.

Tony se irguió en el sofá y miró en derredor; la mayor parte de la habitación estaba en sombras a pesar de la hora.

—Ya que hablamos de Gaetano, ¿dónde está? —A Tony no le hacía ninguna gracia verse sorprendido por el matón de los gemelos.

—Esa es una pregunta que no dejamos de hacernos —contestó Sal.

—¿Qué demonios me estás diciendo?

—Gaetano todavía tiene que regresar de Nassau —le informó Sal—. Se ha esfumado. No sabemos nada de él desde que se marchó la última vez que estuviste aquí, ni tampoco saben nada su hermano y su cuñada, con quienes está muy unido. Nadie sabe absolutamente nada. Cero.

Si Tony antes había creído que estaba confuso, ahora estaba atónito. Aunque se había quejado hasta hacía unos minutos del comportamiento de Gaetano, lo respetaba como un profesional experimentado, y, por tratarse de un hombre relacionado, no podía en duda su indudable lealtad. No tenía sentido que se largara sin más.

—No es necesario decir que también nosotros estamos un tanto desconcertados —añadió Sal.

—¿Habéis hecho algunas averiguaciones? —preguntó Tony.

—¿Averiguaciones? —replicó Lou con un tono sarcástico, y esta vez dejó de interesarse por el solitario—. ¿Qué necesidad tenemos de hacer semejante estupidez? ¡Joder, no! Sencillamente nos hemos quedado aquí, un día tras otro, comiéndonos las uñas mientras esperamos a que suene el teléfono.

—Llamamos a la familia Spriano en Nueva York —explicó Sal, sin prestar atención al sarcasmo de su hermano—. Por si no lo sabías, somos parientes lejanos. Lo están averiguando. Mientras tanto, nos enviarán a otro ayudante, que llegará aquí dentro de un par de días. Ellos fueron quienes nos enviaron a Gaetano.

El miedo fue como una mano helada en la espalda de Tony. Sabía que la organización de los Spriano era una de las familias más poderosas y despiadadas de la Costa Este. No sabía que los gemelos estaban emparentados, cosa que los situaba en una categoría mucho más preocupante y peligrosa.

—¿Qué hay de los colombianos de Miami que debían suministrarle el arma? —preguntó para cambiar de tema.

—También los hemos llamado —respondió Sal—. Nunca están muy dispuestos a colaborar, como ya sabes, pero dijeron que preguntarían. Las redes están echadas. Es obvio que queremos saber dónde se ha escondido ese idiota y por qué.

—¿Falta algo de vuestro dinero? —preguntó Tony.

—Nada que Gaetano hubiese podido llevarse —contestó Sal enigmáticamente.

—Curioso —opinó Tony a falta de otra cosa mejor. No había entendido la respuesta de Sal, pero no estaba dispuesto a preguntar—. Lamento que tengáis este problema. —Se adelantó en el asiento como si fuese a levantarse.

—Es más que curioso —afirmó Lou—, y que lo lamentes no es suficiente. Hemos estado hablando del tema en los últimos días, y creo que deberías saber cuál es nuestro parecer. En última instancia, te hacemos a ti responsable por este lío con Gaetano, sea cual sea el resultado, y también de nuestros cien billetes, que queremos recuperar con intereses. El interés será el habitual a partir del día que lo entregamos y no es negociable. Una última cosa: ahora consideramos que el crédito ha vencido.

Tony se levantó bruscamente. Su cada vez mayor ansiedad había alcanzado un punto crítico después de escuchar los comentarios de Lou y la poco velada amenaza.

—Mantenedme informado si os enteráis de alguna cosa —manifestó mientras caminaba hacia la puerta—. Mientras tanto, haré algunas averiguaciones por mi cuenta.

—Más te valdrá comenzar a averiguar de dónde sacarás los cien billetes —replicó Sal—, porque no vamos a tener tanta paciencia.

Tony abandonó el local a toda prisa, sin preocuparse de la lluvia. Sudaba, a pesar del frío. Cuando ya estaba en el coche recordó que se había dejado el paraguas. ¡Que se lo metan donde les quepa!, gritó. Puso el Cadillac en marcha, y con el brazo apoyado en el respaldo del asiento del acompañante, miró por la ventanilla trasera y aceleró. Los neumáticos levantaron una lluvia de guijarros cuando el coche atravesaba el aparcamiento y salía a la calle. Un momento más tarde, circulaba en dirección a la ciudad a casi noventa kilómetros por hora.

Se relajó un poco y secó las palmas por turno en las perneras. Se había librado de la amenaza inmediata, pero sabía intuitivamente que una amenaza mucho mayor asomaría por el horizonte, sobre todo si los Spriano se involucraban en el tema, aunque solo fuera muy tangencialmente. Todo resultaba muy desalentador, por no decir preocupante. Precisamente cuando estaba movilizando todos sus recursos para enfrentarse a la acusación de la fiscalía, asomaba la posibilidad de una guerra territorial.

—¡John! ¿Me escucha? —llamó el doctor Nawaz. Se inclinó al tiempo que levantaba los bordes de las telas esterilizadas que colgaban sobre el rostro de Butler. La mayor parte del marco estereotáxico sujeto al cráneo de Ashley y también gran parte de su cuerpo aparecían cubiertos por las telas, y solo quedaba a la vista una porción del lado derecho de la frente del senador. Allí, el doctor Nawaz había hecho una pequeña incisión cutánea, que ahora mantenía abierta con un retractor.

Después de dejar a la vista el hueso, el neurocirujano había empleado un taladro especial para perforar un agujero muy pequeño que dejaba a la vista la membrana grisácea que recubría el cerebro. Directamente alineada con el agujero y bien sujeta a uno de los arcos del marco estereotáxico estaba la aguja para la implantación. Había calculado los ángulos correctos con la ayuda de las radiografías, y la aguja ya había atravesado la membrana hasta la parte exterior del cerebro. En este punto, solo faltaba avanzar la aguja hasta la profundidad exacta para alcanzar la *substantia nigra*.

—Doctor Newhouse, quizá quiera usted sacudir al paciente por mí —dijo el doctor Nawaz con su melodioso acento paquistaní-inglés—. En este momento, preferiría que el paciente estuviese despierto.

—Por supuesto. —El doctor Newhouse dejó a un lado la revista que estaba leyendo y se levantó. Metió una mano por debajo de las telas y sacudió el hombro de Ashley.

El senador abrió los párpados con un considerable esfuerzo.

—¿Ahora me escucha, John? —preguntó de nuevo el neurocirujano—. Necesitamos su ayuda.

—Por supuesto que lo escucho —contestó Ashley con voz de dormido.

—Quiero que me diga si tiene cualquier sensación, la que sea, durante los próximos minutos. ¿Lo hará?

—¿Qué quiere decir con «sensaciones»?

—Imágenes, pensamientos, sonidos, olores, o sensación de movimiento; cualquier cosa que note.

—Tengo mucho sueño.

—Lo sé, pero intente mantenerse despierto solo unos minutos. Como le dije, necesitamos su ayuda.

—Lo intentaré.

—Eso es todo lo que le pedimos —dijo el doctor Nawaz. Bajó la tela para tapar el rostro de Ashley. Se volvió para levantar el puño con el pulgar en alto en dirección al grupo al otro lado de la ventana. Luego, después de flexionar los dedos enfundados en el guante de látex, utilizó la ruedecilla del micromanipulador en la guía que aguantaba la aguja de la implantación. Lentamente, milímetro a milímetro, avanzó la aguja roma en las profundidades del cerebro de Ashley. Cuando la aguja entró hasta la mitad, levantó de nuevo el borde de la tela. Se alegró al ver que Ashley mantenía los ojos abiertos, aunque fuese muy poco.

—¿Cómo vamos? —le preguntó al senador.

—De maravilla —contestó Ashley, con un leve rastro de su acento sureño—. Feliz como un cerdo en la pocilga.

—Lo está haciendo muy bien —lo animó el doctor Nawaz—. No tardaremos mucho más.

—Tómese su tiempo. Lo importante es hacerlo bien.

—Eso es algo que está muy claro —respondió el doctor Nawaz. Sonrió debajo de la mascarilla mientras bajaba la tela y hacía avanzar la aguja de nuevo. Estaba impresionado con el coraje y buen humor de Ashley. Unos pocos minutos más tarde y con una última vuelta del micromanipulador, se detuvo exactamente en la profundidad medida. Después de comprobar el estado de Ashley, le dijo a Marjorie que llamara al doctor Lowell. Mientras tanto, preparó la jeringa con las células del tratamiento.

—¿Todo marcha bien? —preguntó Daniel. Se había puesto una mascarilla antes de entrar. Con las manos cruzadas a la espalda, se inclinó para mirar el agujero de la craneotomía con la aguja insertada.

—Muy bien —contestó el doctor Nawaz—. Pero hay un problema que admito que se me olvidó con todo el embrollo anterior. En esta etapa, es costumbre hacer otra radiografía para corroborar totalmente la ubicación de la punta de la aguja. Sin embargo, sin un aparato de rayos X en el quirófano, eso no es posible. Hecha la craneotomía y con la aguja insertada, no se puede mover al paciente sin riesgos.

—¿Me está pidiendo mi opinión referente a si debe seguir?

—Precisamente. Al fin y al cabo es su paciente. En esta situación un tanto única, yo soy, como dicen ustedes los norteamericanos, solo un pistolero contratado.

—¿Hasta qué punto está seguro de la posición de la aguja?

—Estoy muy seguro. A lo largo de mi experiencia con el marco estereotáxico, siempre he acertado con el lugar exacto. En este caso hay otro factor que ayuda. Estamos añadiendo células; no extirpamos nada, que es lo que suelo hacer habitualmente con este procedimiento y donde los problemas pueden ser muchísimo más graves si se produjera una muy leve desviación.

—Es difícil discutir con un cien por ciento de aciertos. Creo que estamos en buenas manos. ¡Adelante!

—Bien dicho —afirmó el doctor Nawaz. Cogió la jeringa cargada con la cantidad señalada de las células de tratamiento. Retiró el trócar de la aguja de implantación y en su lugar sujetó la jeringa—. Doctor Newhouse, estoy preparado para comenzar la implantación.

—Muchas gracias —contestó el doctor Newhouse. Le gustaba que le informaran de los momentos críticos de un procedimiento, y se apresuró a verificar las constantes vitales. Cuando acabó y se quitó el estetoscopio de los oídos, le indicó al neurocirujano con un gesto que podía continuar.

Después de levantar la tela y hacer que el doctor Newhouse volviera a sacudir a Ashley para despertarlo, el doctor Nawaz le repitió al paciente las mismas instrucciones que le había dado antes de insertar la aguja. Solo entonces comenzó la implantación, esta vez con otro artilugio mecánico que le permitía empujar el émbolo de la jeringa a un ritmo lento y constante.

Daniel se estremeció mientras presenciaba la implantación. A medida que las neuronas productoras de dopamina clonadas y aumentadas con los genes de la sangre de la Sábana Santa eran depositadas lentamente en el cerebro de Ashley, estaba seguro de que presenciaba un nuevo hito en la historia de la medicina. De una tacada, las promesas de las células madre, la clonación terapéutica y el RSHT se convertían en realidad para curar una grave enfermedad degenerativa humana por primera vez. Con una sensación de creciente entusiasmo, se volvió para hacerle a Stephanie el signo de la victoria. Stephanie le respondió con el mismo gesto aunque con mucho menos entusiasmo y como si se sintiera avergonzada. Daniel supuso que estaba incómoda al verse obligada a estar con Paul Saunders y Spencer Wingate y tener que charlar con ellos.

El doctor Nawaz se detuvo a mitad de la implantación, como había hecho durante la inserción de la aguja. Cuando levantó el borde de la tela, descubrió que Ashley se había vuelto a quedar dormido.

—¿Quiere que lo despierte? —preguntó el doctor Newhouse.

—Por favor —respondió el doctor Nawaz—. Quizá quiera usted intentar mantenerlo despierto durante algunos minutos.

Ashley abrió los ojos en respuesta a las sacudidas. La mano del doctor Newhouse le sujetaba el hombro.

—¿Se siente bien, señor Smith? —preguntó el neurocirujano.

—De fábula —murmuró Ashley—. ¿Hemos terminado?

—¡Casi! ¡Solo un momento más! —afirmó el doctor Nawaz. Soltó la tela, y miró al doctor Newhouse—. ¿Todo estable?

—Como una roca.

El doctor Nawaz volvió a empujar el émbolo, siempre con el mismo ritmo controlado. El momento en que se disponía a darle al mecanismo que empujaba el émbolo la última vuelta, e inyectar lo que quedaba de las células de tratamiento, Ashley murmuró algo ininteligible debajo de las telas. El neurocirujano se detuvo, miró al doctor Newhouse, y le preguntó si había entendido las palabras de Ashley.

—No he entendido nada —admitió el doctor Newhouse.

—¿Todo continúa estable?

—No se ha producido ningún cambio —le informó el doctor Newhouse. Se puso el estetoscopio para controlar de nuevo la presión sanguínea. Mientras tanto, el doctor Nawaz levantó la tela y miró a Ashley. La apariencia de su rostro, visible solo hasta el nivel de los ojos debido al marco, había cambiado de una manera un tanto drástica. Curiosamente, las comisuras de los labios aparecían inclinadas hacia arriba, y mantenía la nariz fruncida en una expresión que sugería desagrado. Esto resultaba incluso más sorprendente, porque antes su rostro había carecido de toda expresión, un síntoma típico de su enfermedad.

—¿Hay algo que le preocupa? —preguntó el doctor Nawaz.

—¿Qué es ese olor apestoso? —replicó Ashley. Su voz aún sonaba como la de un beodo, pero hablaba de corrido.

—¡Dígalo usted! —dijo el doctor Nawaz, en un tono de preocupación—. ¿A qué huele?

—Diría que a mierda de cerdo. ¿Qué demonios están haciendo?

La intuición de que se cernía un desastre sacudió al doctor Nawaz como una débil y desagradable descarga eléctrica que le dejó una leve molestia en el estómago que solo conocen los cirujanos con una larga experiencia. Miró a Daniel en busca de consuelo, pero el científico se limitó a encogerse de hombros. Daniel, que tenía una experiencia quirúrgica muy limitada, no acababa de entender lo que pasaba.

—¿Mierda de cerdo? ¿A qué se refiere? —preguntó, desconcertado.

—Dado que no hay cerdos en el quirófano, mucho me temo que está sufriendo una alucinación olfatoria —contestó el doctor Nawaz, con un tono casi de furia.

—¿Eso es un problema?

—A ver si se lo puedo explicar —dijo el neurocirujano vivamente—. Me preocupa. Confiemos en que no sea nada, pero recomendaría que prescindamos de inyectarle lo que queda de las células de tratamiento. ¿Está de acuerdo? Le hemos inyectado más del noventa por ciento.

—Si hay alguna duda, no hay ningún inconveniente —manifestó Daniel. No le preocupaba en absoluto que no inyectaran el resto. Había calculado la cantidad a partir de los experimentos con los ratones. En cambio, le preocupaba la reacción del doctor Nawaz. Era consciente de la inquietud del neurocirujano, aunque no alcanzaba a comprender por qué un mal olor pudiese ser señal de algo preocupante. En cualquier caso, lo que menos deseaba en estos momentos era una complicación de cualquier tipo, sobre todo cuando estaban muy cerca del éxito.

—Estoy retirando la aguja —le comunicó el doctor Nawaz al doctor Newhouse, aunque no estaban utilizando ningún tipo de anestesia por inhalación. Con el mismo cuidado que había tenido para la inserción, extrajo lentamente la aguja. En cuanto la punta quedó a la vista, el neurocirujano miró la perforación para ver si sangraba. Afortunadamente, no vio ninguna señal de hemorragia.

—¡Retirada la aguja! —añadió el doctor Nawaz y se la entregó a Constance. Inspiró profundamente y luego levantó la tela para mirar a Ashley. Fue consciente de que Daniel miraba por encima de su hombro. La expresión de asco del senador había dado paso a otra de enfado. Mantenía los labios apretados, con los ojos muy abiertos y las aletas de la nariz dilatadas.

—¿Se encuentra bien, señor Smith? —preguntó el neurocirujano.

—Quiero marcharme de aquí de una puñetera vez —replicó Ashley.

—¿Todavía huele ese olor?

—¿Qué olor?

—Hace solo un momento se quejó usted de un olor.

—No sé de qué demonios me habla. ¡Lo único que sé es que quiero largarme de aquí! —Dispuesto a cumplir con su deseo, Ashley hizo presión contra el esparadrapo que le sujetaba el torso contra la mesa y contra las ligaduras en las muñecas. Al mismo tiempo, levantó las piernas hasta tocarse el pecho con las rodillas.

—¡Sujétenlo! —gritó el doctor Nawaz. Se echó sobre los muslos del senador, con la intención de obligarlo a bajar las piernas con el peso de su cuerpo. El neurocirujano no había soltado el borde de la tela, y vio cómo el rostro de Ashley enrojecía por el esfuerzo.

Daniel reaccionó en el acto y se situó a los pies de la mesa. Metió las manos bajo las telas para sujetar los tobillos de Ashley. Intentó bajarlos y se sorprendió ante la resistencia del paciente. El doctor Newhouse había soltado el hombro de Ashley para cogerle la muñeca que el senador había conseguido librar del esparadrapo. Marjorie corrió al otro lado de la mesa para sujetar el otro brazo que también estaba a punto de zafarse de la ligadura.

—¡Señor Smith, cálmese! —gritó el doctor Nawaz—. ¡Todo va bien!

—¡Suéltenme, cabrones! —gritó el senador a su vez. Su tono era el típico del borracho beligerante que se resiste a todos los esfuerzos de aquellos que intentan sujetarle.

Stephanie, Paul y Spencer entraron a la carrera mientras intentaban ponerse las mascarillas. Echaron una mano para sujetar a Ashley, y así darle a Marjorie la oportunidad para reforzar las ligaduras de las muñecas y que Daniel consiguiera bajar las piernas de Ashley. En cuanto tuvo las manos libres, el doctor Newhouse midió de nuevo la presión arterial de Butler. Los pitidos del monitor del electrocardiógrafo habían aumentado el ritmo considerablemente. Marjorie salió de la sala para ir a buscar unas correas.

—Todo está bien —le repitió el doctor Nawaz a Ashley en cuanto consiguieron controlarlo. Miró el rostro furioso del paciente, que ahora mostraba un color rojo remolacha debido al esfuerzo—. ¡Tiene que serenarse! Tenemos que cerrarle la incisión, y ya habremos acabado. Entonces podrá levantarse. ¿Me ha comprendido?

—Ustedes no son más que una pandilla de maricones. ¡Apártense de una puñetera vez!

El uso de un lenguaje absolutamente soez e inapropiado en un quirófano los sorprendió a todos tanto como su súbita resistencia física. Durante una fracción de segundo, nadie dijo nada ni se movió.

El doctor Nawaz fue el primero en reaccionar. Ahora que tenía la seguridad de que Ashley no podía moverse, se apartó de los muslos del paciente. Cuando lo hizo, todos advirtieron que Ashley tenía una erección que levantaba las telas.

—¡Por favor, suéltenme las manos y los pies! —suplicó Ashley, y se echó a llorar—. Están sangrando.

Todos se fijaron de inmediato en las manos y los pies de Ashley, en particular Daniel, que aún sujetaba los tobillos del senador mientras Marjorie se esforzaba para colocarle las ligaduras.

—¿De qué demonios habla? —le preguntó Paul a los demás—. Si no sangra.

—¡John, escúcheme! —dijo el doctor Nawaz, que mantenía levantada la tela para dejar al descubierto el rostro de Ashley de las cejas para abajo—. No le sangran las manos ni los pies. Está perfectamente. Solo tiene que mantenerse tranquilo unos minutos más para que yo pueda terminar.

—No me llamo John —manifestó Ashley en voz baja. Las lágrimas se habían esfumado con la misma rapidez con la que habían aparecido. Aunque aún hablaba como un borracho, parecía haber recuperado súbitamente la paz interior.

—Si no se llama John, ¿cuál es su nombre? —preguntó el neurocirujano.

Daniel dirigió una mirada de preocupación a Stephanie, que acababa de apartarse de la mesa de operaciones después de haber ayudado a sujetar uno de los brazos de Ashley. Como si ya no tuviese bastantes problemas, ahora le preocupaba que el senador, bajo el efecto de las drogas, acabara por revelar su verdadera identidad. No tenía idea de cuál podía ser el efecto sobre el resultado final del proyecto, pero no podía ser nada bueno, después de todos los esfuerzos que habían hecho hasta el presente para mantener el anonimato de Butler.

—Mi nombre es Jesús —contestó Ashley con voz dulce, mientras cerraba los ojos beatíficamente.

Una vez más, todos los presentes en la sala se miraron los unos a los otros con expresiones de desconcierto y también un tanto divertidas. Todos menos el doctor Nawaz. Su respuesta fue preguntarle al doctor Newhouse cuáles eran los sedantes que le había suministrado al paciente antes de iniciar la intervención.

—Diazepán y fentanil por vía intravenosa —respondió el doctor Newhouse.

—¿Le parece correcto suministrarle otra dosis inmediatamente?

—Por supuesto —asintió el doctor Newhouse—. ¿Quiere que lo haga?

—Por favor.

El doctor Newhouse abrió el cajón de su mesa rodante, sacó una jeringuilla, y abrió el envoltorio. Preparó rápidamente la mezcla de sedantes y la inyectó en el tubo intravenoso.

—Perdónalos, padre —dijo Ashley sin abrir los ojos—, porque no saben lo que hacen.

—¿Qué demonios está pasando aquí? —preguntó Paul con un susurro forzado—. ¿Es que este tipo se cree que es Jesucristo en la cruz?

—¿Es acaso alguna reacción extraña de los sedantes? —quiso saber Spencer.

—Lo dudo —contestó el doctor Nawaz—. Sea cual sea la causa, desde luego es un ataque.

—¿Un ataque? —repitió Paul con un tono de incredulidad—. Esto no se parece a ningún ataque que yo haya visto.

—Se denomina un ataque parcial complejo —le explicó el neurocirujano—. Se le conoce más habitualmente como ataque del lóbulo temporal.

—¿Qué lo causa, si no son los sedantes? —preguntó Paul—. ¿Meterle la aguja en el cerebro?

—Si hubiese sido la aguja, creo que se hubiera producido antes —señaló el doctor Nawaz—. Dado que ocurrió casi al final de la implantación, creo que debemos asumir que esa fue la causa. —Miró al doctor Newhouse—. ¿Puede comprobar si está dormido?

El doctor Newhouse metió una mano por debajo de la tela y sacudió suavemente el hombro de Ashley.

—¿Alguna respuesta? —le preguntó a su colega.

El neurocirujano sacudió la cabeza y cubrió con la tela el rostro del senador. Exhaló un suspiro al tiempo que se volvía para mirar a Daniel. Entrelazó las manos sobre el pecho.

Daniel tuvo la sensación de que le flaqueaban las piernas mientras miraba los ojos oscuros del neurocirujano. Se daba cuenta de su preocupación, que afloraba a pesar de la compostura que procuraba mantener. El miedo a una complicación, que había estado acechando en el fondo de su mente desde el momento en que Ashley había mencionado el olor, reapareció con la fuerza de un torrente.

—Creo que ya puede soltar los tobillos del paciente —dijo el doctor Nawaz.

Daniel apartó las manos de los tobillos del senador, que había continuado sujetando, incluso después de que Marjorie los ligara.

—El ataque me preocupa —manifestó el doctor Nawaz—. No solo creo que no fue causado por los sedantes, sino que creo que producirse estando sedado indica una violenta perturbación focal.

—¿Por qué no puede estar relacionado con los sedantes? —preguntó Daniel, más animado por la esperanza que por la razón—. ¿No podría tratarse de un sueño inducido por los sedantes? Me refiero a que la mezcla de diazepán y fentanil es muy potente. Combinar esa mezcla con el fuerte estímulo emocional de la Sábana Santa podría ser la causa de las alucinaciones.

—¿Qué tiene que ver la Sábana Santa con todo esto? —exclamó el doctor Nawaz.

—Tiene relación con las células del tratamiento —explicó Daniel—. Es una historia muy larga, pero antes del proceso de clonación, algunos de los genes del paciente fueron reemplazados con genes obtenidos de la sangre de la Sábana Santa. Fue una petición específica del paciente, que cree en su autenticidad. Incluso mencionó la posibilidad de la intervención divina.

—Acepto que dicha idea podría tener algo que ver con las alucinaciones del paciente. No obstante, no se puede negar la evidencia de que la implantación produjo el ataque.

—¿Cómo puede tener seguridad absoluta? —replicó Daniel.

—Debido al momento y a la alucinación olfatoria —manifestó el doctor Nawaz—. El olor del que habló fue un aura, y una de las características del ataque del lóbulo temporal es que comienza con un aura. Otras características son la hiperreligiosidad, los bruscos cambios de humor, los intensos deseos sexuales y el comportamiento agresivo, todas ellas cosas que el paciente ha manifestado en el breve tiempo que permaneció despierto. Se trata de un ejemplo clásico.

—¿Qué debemos hacer? —preguntó Daniel, aunque le asustaba la posible respuesta.

—Rezar para que se trate de un fenómeno aislado. Lamentablemente, a la vista de la intensidad del foco, me sorprendería si no acaba con una epilepsia del lóbulo temporal.

—¿No se puede hacer nada profilácticamente? —intervino Stephanie.

—Lo que me gustaría hacer aunque sé que no puedo es ver las células del tratamiento —comentó el doctor Nawaz—. Me gustaría saber dónde han ido a parar. Quizá entonces podríamos hacer alguna cosa.

—¿Qué quiere decir con eso de dónde han ido a parar? —protestó Daniel—. Usted me dijo que con su experiencia en el uso del marco estereotáxico, nunca había tenido ningún problema a la hora de saber dónde estaba la aguja.

—Es verdad, pero también lo es que nunca he visto que un paciente sufriese un ataque como este durante la intervención —se defendió el doctor Nawaz—. Aquí hay algo que no encaja.

—¿Acaso insinúa que las células podrían no estar en la *substantia nigra*? —exclamó Daniel—. Si es así, no quiero saberlo.

—¡Escuche! —replicó el doctor Nawaz, con un tono airado—. Usted fue quien me animó a seguir con el procedimiento sin contar con las radiografías adecuadas.

—No discutamos —dijo Stephanie—. Las células del tratamiento se pueden ver.

Todas las miradas se centraron en ella.

—Incorporamos un gen como receptor en las células de tratamiento —explicó Stephanie—. Hicimos lo mismo en los experimentos con los ratones, con el propósito de poder radiografiarlas. Disponemos de un anticuerpo monoclonal que contiene un metal pesado opaco a las radiaciones diseñado por un radiólogo. Es estéril y listo para ser utilizado. Solo hay que inyectarlo en el fluido cerebroespinal en el espacio subaracnoide. Funcionó a la perfección con los ratones.

—¿Dónde está? —preguntó el doctor Nawaz.

—En el laboratorio del edificio número uno —contestó Stephanie—. En la mesa de nuestro despacho.

—¡Marjorie, llame inmediatamente a Megan Finnigan! —ordenó Paul—. Dígale que recoja el anticuerpo y lo traiga a la carrera.

26

Domingo, 24 de marzo de 2002. Hora: 14.15

El doctor Jeffrey Marcus era el radiólogo del Doctors Hospital de Shirley Street, en el centro de Nassau. Spencer había llegado a un acuerdo con él para cubrir los servicios de radiología de la clínica Wingate a tiempo parcial hasta que se justificara la necesidad de un radiólogo de plantilla. En cuanto se decidió que era necesario hacerle un escáner al senador, Spencer le dijo a una de las enfermeras que llamara a Jeffrey. Como era domingo por la tarde, acudió a la llamada inmediatamente. El doctor Nawaz se alegró porque conocía a Jeffrey desde los tiempos de Oxford y sabía que contaba con una considerable experiencia neurorradiológica.

—Estas son las secciones transversales del cerebro, que comienzan en el borde dorsal del puente de Varolio —explicó Jeffrey mientras señalaba en la pantalla del ordenador con la punta de un anticuado lápiz Dixon amarillo n.° 2. Jeffrey Marcus era otro de los expatriados ingleses que habían venido a las Bahamas para escapar del clima británico, lo mismo que el doctor Carl Newhouse—. Avanzaremos en incrementos de un centímetro y llegaremos al nivel de la *substantia nigra* en un par de imágenes, como mucho.

Jeffrey estaba sentado delante de la pantalla. A su derecha e inclinado para ver mejor se encontraba el doctor Nawaz. Daniel estaba a la izquierda de Jeffrey. Paul, Spencer y Carl permanecían junto a la ventana que daba a la sala del escáner. Carl tenía en la mano una jeringuilla con otra dosis de sedantes que no había sido necesario utilizar. Ashley no se había despertado desde la segunda dosis y había dormido mientras le tapaban la perforación con un botón de metal y le cosían la incisión, le quitaban el marco estereotáxico, y lo trasladaban a la mesa del escáner. Ahora, Ashley yacía en posición supina con la cabeza en el interior de la abertura de la enorme máquina con forma de rosquilla. Tenía las manos cruzadas sobre el pecho con las ligaduras en las muñecas aunque sin atar. El suero continuaba goteando. Butler parecía dormir beatíficamente.

Stephanie estaba en el fondo de la habitación, apartada de los demás y apoyada contra un mostrador con los brazos cruzados. Sin que nadie se diera cuenta, hacía lo imposible por contener las lágrimas. Rogaba que nadie se acercara, porque si lo hacían, no podría mantener el control. Había pensado en salir de la habitación pero entonces se dijo que eso llamaría la atención de los demás, así que se quedó donde estaba y sufrió en silencio. No necesitaba mirar la siguiente imagen en el monitor. La intuición le decía que se había producido un error muy grave en la implantación, y eso había acabado con su control emocional, ya bastante castigado por todo lo sucedido en el transcurso del mes. Se reprochó a sí misma no haber hecho caso a sus intuiciones en el mismo momento en que había comenzado este ridículo y ahora potencialmente trágico asunto.

—¡Muy bien, allá vamos! —anunció Jeffrey. Volvió a señalar la imagen en la pantalla—. Este es el cerebro medio, y esta la zona de la *substantia nigra*. Mucho me temo que no se aprecia la luminosidad que se esperaría de un anticuerpo de metal pesado.

—Quizá el anticuerpo aún tiene que pasar del fluido cerebroespinal al cerebro —manifestó el doctor Nawaz—. También podría ser que no hubiese un único antígeno superficial en las células de tratamiento. ¿Está seguro de que el gen que insertó estaba marcado?

—Absolutamente seguro —contestó Daniel—. La doctora D'Agostino lo comprobó.

—Podríamos intentar repetirlo dentro de unas pocas horas —opinó el doctor Nawaz.

—Con nuestros ratones, lo vimos a partir de la media hora y un máximo de cuarenta y cinco minutos —le informó Daniel. Miró su reloj—. El cerebro humano es más grande, pero hemos utilizado una mayor cantidad de anticuerpo, y ya ha transcurrido una hora. Tendríamos que verlo. Tiene que estar allí.

—¡Un momento! —avisó Jeffrey—. Aquí aparece una luminosidad lateral difusa. —Movió la punta del lápiz un centímetro a la derecha. Los puntos luminosos eran sutiles, como diminutos copos de nieve sobre un fondo de cristal.

—¡Oh, Dios mío! —gritó el doctor Nawaz—. Esa es la parte mesial del lóbulo temporal. No me extraña que tuviese un ataque.

—Miremos la próxima sección —dijo Jeffrey, mientras la nueva imagen comenzaba a borrar la anterior de arriba abajo, como una cortina que se desenrolla—. Ahora es más visible. —Dio varios golpecitos en la pantalla con la goma del lápiz—. Diría que está en la región del hipocampo, pero para localizarlo con precisión, tendríamos que insuflar un poco de aire en el cuerpo temporal del ventrículo lateral. ¿Quiere hacerlo?

—¡No! —negó el doctor Nawaz tajantemente. Se llevó las manos a la cabeza—. ¿Cómo demonios pudo desviarse tanto la aguja? No me lo creo. Incluso miré las placas de nuevo, volví a tomar las medidas, y luego comprobé las graduaciones en la guía. Todas eran absolutamente correctas. —Apartó las manos de la cabeza y las extendió como si suplicara que alguien le ofreciera una explicación de lo ocurrido.

—Quizá el marco se movió un poco cuando golpeamos el marco de la puerta con la mesa —dijo el doctor Newhouse.

—¿De qué está hablando? —preguntó el neurocirujano—. Me dijeron que la mesa había rozado el marco. ¿A qué se refiere exactamente con «golpeamos»?

—¿Cuándo golpeó la mesa el marco? —inquirió Daniel. Era la primera vez que lo escuchaba mencionar—. ¿De qué marco están hablando?

—El doctor Saunders fue quien dijo que lo rozó —manifestó el doctor Newhouse, sin hacer caso a Daniel—. No yo.

El doctor Nawaz miró a Paul con una expresión interrogativa. Paul asintió a regañadientes.

—Admito que quizá fue más un golpe que un roce, pero fue algo sin importancia. Constance dijo que el marco estaba bien colocado cuando lo sujetó.

—¿Lo sujetó? —chilló el doctor Nawaz—. ¿Qué necesidad tenía de sujetar el marco?

Se produjo una pausa incómoda mientras Paul y el doctor Newhouse se miraban el uno al otro.

—¿Qué es esto, una conspiración? —añadió el neurocirujano—. ¡Que alguien me responda!

—Hubo algo parecido a un efecto látigo —dijo el doctor Newhouse—. Tenía prisa por conectar al paciente al monitor, así que empujábamos la mesa bastante rápido. Lamentablemente, no estaba alineada con la puerta del quirófano. Después de producirse el choque, Constance se acercó para sujetar el marco. Ella llevaba la bata y los guantes. En aquel momento, nos preocupaba la contaminación, dado que el paciente se había despertado y no tenía las manos sujetas. Sin embargo, no hubo ninguna contaminación.

—¿Por qué no se me dijo cuando sucedió? —replicó el doctor Nawaz, furioso.

—Se lo dijimos —manifestó Paul.

—Me dijeron que la mesa había rozado el marco de la puerta. Eso dista mucho de un golpe lo bastante fuerte como para producir un efecto látigo.

—Bueno, quizá decir que se produjo un efecto látigo resulte una exageración —se corrigió a sí mismo el doctor Newhouse—. La cabeza del paciente cayó hacia adelante. No volvió bruscamente hacia atrás ni nada parecido.

—¡Dios bendito! —murmuró el doctor Nawaz, desanimado. Se sentó pesadamente en una silla. Se quitó el gorro con una mano y con la otra se mesó los cabellos mientras sacudía la cabeza como una muestra de su frustración. No podía creer que hubiese aceptado enredarse en un asunto absolutamente ridículo. Ahora veía claro que el marco estereotáxico había rotado ligeramente además de inclinarse, ya fuera como consecuencia del impacto o cuando lo sujetó la enfermera.

—¡Tenemos que hacer algo! —afirmó Daniel. Había tardado unos momentos en recuperarse de la noticia del choque de la mesa contra el marco de la puerta y la posibilidad de una trágica consecuencia.

—¿Qué se le ocurre? —preguntó el doctor Nawaz despectivamente—. Hemos implantado por error una legión de células productoras de dopamina en el lóbulo temporal del hombre. No podemos entrar allí y sacarlas como si nada.

—No, pero podemos destruirlas antes de que comiencen la arborización —replicó Daniel, con una chispa de esperanza que comenzó a crepitar como el fuego en su imaginación—. Tenemos el anticuerpo monoclonal para la superficie antigén de la célula. En lugar de añadir el anticuerpo a un metal pesado como hicimos para la visualización con los rayos X, podemos unirlo a un agente citotóxico. En cuanto inyectemos esta combinación en el fluido cerebroespinal, ¡bam! Aniquilaremos las neuronas mal colocadas. Entonces solo nos quedará hacer otra implantación en el lado izquierdo del paciente, y asunto solucionado.

El doctor Nawaz se arregló sus lustrosos cabellos negros y dedicó unos momentos a pensar en la idea de Daniel. Por un lado, la posibilidad de rectificar un desastre en el que él compartía una buena parte de la responsabilidad resultaba tentadora, incluso si el método no era nada ortodoxo, pero por el otro lado, su intuición le decía que no debía permitir que lo complicaran todavía más con la ejecución de otro procedimiento absolutamente experimental.

—¿Tiene a mano la combinación del anticuerpo citotóxico? —preguntó el doctor Nawaz. No se perdía nada con preguntar.

—No —admitió Daniel—. Sin embargo estoy seguro de que la misma firma que nos suministró el anticuerpo con el metal pesado podría prepararlo de urgencia, y tenerlo aquí mañana.

—Muy bien, avíseme cuando lo tenga —manifestó el doctor Nawaz mientras se levantaba—. Hace un segundo dije que no podríamos volver a entrar para eliminar las células del tratamiento. La muy lamentable ironía es que si el paciente acaba con el tipo de epilepsia del lóbulo temporal con la que seguramente acabará, es probable que se tenga que someter a algo parecido a esto en el futuro. Pero será una intervención invasiva que requerirá la extirpación de una considerable cantidad de tejido cerebral con todos los riesgos que conlleva.

—Eso refuerza la necesidad de hacer lo que propongo —señaló Daniel, cada vez más entusiasmado con la idea.

Stephanie se apartó bruscamente del mostrador y se dirigió a la puerta. A pesar de la fragilidad de sus emociones y el miedo a llamar la atención, era incapaz de escuchar ni una sola palabra más de esta conversación. Era como si la discusión versara sobre un objeto inanimado y no sobre un ser humano enfermo. Se sentía especialmente pasmada ante el comportamiento de Daniel, porque se daba cuenta de que a pesar de la terrible complicación, continuaba maniobrando como un moderno Maquiavelo médico, lanzado a la ciega persecución de sus propios intereses empresariales a pesar de las consecuencias morales.

—¡Stephanie! —llamó Daniel, al ver que caminaba hacia la puerta—. Stephanie, ¿por qué no llamas a Peter a Cambridge y le...?

La voz de Daniel se apagó cuando la puerta se cerró detrás de Stephanie. Echó a correr por el pasillo. Escapó hacia el tocador de señoras, donde confiaba poder llorar en paz. Estaba angustiada por una multitud de cosas, pero sobre todo porque sabía que era tan responsable como cualquiera de lo que había sucedido.

27

Domingo, 24 de marzo de 2002. Hora: 19.42

—No pretendo ser una molestia para ustedes que son personas de tanto talento —manifestó Ashley con su característico acento sureño—. Tampoco quiero dar la impresión de que no aprecio todos sus esfuerzos. Me disculpo desde lo más profundo de mi corazón si les causo la más mínima preocupación, pero de ninguna manera puedo quedarme aquí esta noche.

Ashley estaba sentado en la cama con el respaldo levantado al máximo. Ya no vestía el camisón sino que llevaba las mismas prendas del turista típico que había vestido a su llegada a la clínica. La única prueba de la intervención quirúrgica era el vendaje en la frente.

La habitación donde se encontraba se parecía más a la de un hotel que a la de un hospital. Los colores tenían unos brillantes tonos tropicales, en particular las paredes, pintadas de color melocotón, y las cortinas, que eran una combinación de color verde mar y rosa fuerte. Daniel, que hacía todo lo posible para convencer al senador de la conveniencia de permanecer ingresado al menos durante una noche, estaba a la derecha de Ashley. Stephanie estaba a los pies de la cama. Carol Manning ocupaba una butaca con el tapizado rojo cerca de la ventana. Se había quitado los zapatos para estar más cómoda.

Después de que le hicieran el escáner, habían trasladado a Ashley a la habitación para que durmiera hasta que se le pasara el efecto de los sedantes. Tanto el doctor Nawaz como el doctor Newhouse se habían marchado después de asegurarse de que la condición del paciente era estable. Ambos le habían dado a Daniel los números de sus móviles para que los llamara cuando apareciera algún problema, sobre todo si se trataba de una repetición del ataque. El doctor Newhouse también dejó un frasco con el preparado de fentanil y diazepán que había dado excelentes resultados, con la indicación de que debían suministrarle una dosis de dos centímetros cúbicos por vía intramuscular o intravenosa si surgía la necesidad.

Técnicamente, Ashley se encontraba al cuidado de una enfermera de aspecto impecable llamada Myron Hanna, que había sido la encargada de la sala de recuperación de la clínica Wingate en Massachusetts. Así y todo, Daniel y Stephanie se habían quedado en la habitación, junto con Carol Manning, durante las cuatro horas que el senador había tardado en despertarse. Paul Saunders y Spencer Wingate también se habían quedado durante un rato, pero se habían marchado al cabo de una hora después de avisar dónde estarían si necesitaban de sus servicios.

—Senador, se olvida de lo que le dije —repitió Daniel con toda la paciencia de que fue capaz. Había momentos en los que tratar con Butler era como tratar con un chiquillo malcriado.

—No, comprendo que hubo un pequeño problema durante el procedimiento —replicó Ashley, al tiempo que apoyaba una mano sobre los brazos cruzados de Daniel para hacerlo callar—. Pero ahora me siento muy bien. La verdad es que me siento como el chaval que no soy, cosa que es un tributo a sus poderes esculapianos. Me dijo antes de la implantación que quizá no notaría muchos cambios durante los primeros días, e incluso que podría ser gradual, pero está claro que no ha sido así. Si lo comparo con cómo me sentía esta mañana, ya estoy curado. Los temblores prácticamente han desaparecido, y me muevo con mucha más facilidad.

—Me alegra que se sienta de esa manera —declaró Daniel—. No obstante —añadió con una sacudida de cabeza—, quizá debamos atribuirlo más a su actitud positiva o a los sedantes que le administraron. Senador, creemos que todavía necesita tratamiento, tal como le dije antes, y es mucho más seguro que permanezca aquí en la clínica, con todos los recursos médicos a mano. No olvide que sufrió un ataque durante la intervención, y que cuando lo tuvo, se comportó como una persona del todo diferente.

—¿Cómo podría comportarme como otra persona? Bastantes problemas tengo para ser yo mismo.—Ashley se rió, pero nadie más secundó su carcajada. Miró a los demás—. ¿Se puede saber qué les pasa? Se comportan como si esto fuese un funeral más que una celebración. ¿Es posible que les cueste tanto creer lo bien que me siento?

Daniel había informado a Carol de que las células del tratamiento habían sido inyectadas inadvertidamente en un punto algo desviado del lugar previsto. Si bien había procurado restarle importancia a la gravedad de la complicación, sí le había hablado del ataque y de su preocupación ante la posibilidad de que pudiera repetirse, y admitió la necesidad de continuar con el tratamiento. Debido a la presencia de las ligaduras en las muñecas y los tobillos de Butler, incluso había reconocido la preocupación colectiva referente a lo que ocurriría cuando se despertara. Afortunadamente, dichas preocupaciones habían resultado ser infundadas, dado que el senador se había despertado con su habitual personalidad histriónica como si no hubiese ocurrido el ataque. La primera cosa que había reclamado había sido que le quitaran las ligaduras para poder levantarse de la cama. Una vez conseguido esto y después de que desapareciera un leve mareo, insistió en vestirse con las prendas de calle. A partir de ese momento, había declarado que estaba preparado para regresar al hotel.

Daniel, consciente de que llevaba las de perder, miró a Stephanie y luego a Carol, pero ninguna de los dos decidió acudir en su ayuda. El científico miró de nuevo al senador.

—¿Qué le parece si negociamos? Usted se queda en la clínica durante veinticuatro horas, y luego volvemos a hablar del tema.

—Es obvio que tiene muy poca experiencia como negociador —replicó Ashley con un tono risueño—. Sin embargo, no se lo reprocharé. La cuestión es que no puede retenerme aquí contra mi voluntad. Deseo regresar al hotel, tal como le manifesté ayer. Lleve toda la medicación que crea que puedo necesitar, y siempre podemos volver aquí si es necesario. No olvide que usted y la hermosa doctora D'Agostino estarán a unos pocos pasos de mi habitación.

Daniel puso los ojos en blanco como reconocimiento de la derrota.

—Lo intenté —dijo. Se encogió de hombros y exhaló un suspiro.

—Claro que sí, doctor —asintió Butler—. Carol, querida, confío en que nuestro chófer nos esté esperando con la limusina.

—Si no ha cambiado de idea —respondió Carol—. Estaba hace una hora , y le dije que esperara hasta tener noticias mías.

—Excelente. —El senador movió las piernas por encima del borde de la cama con una agilidad que sorprendió a todos, incluido él mismo—. ¡Gloria santa! No creo que hubiese podido hacerlo esta mañana. —Se levantó—. Muy bien, este granjero está preparado para regresar a los placeres del Atlantis y el esplendor de la suite Poseidón.

Quince minutos más tarde en el aparcamiento delante de la clínica Wingate, se suscitó una discusión referente al viaje. Al final se decidió que Daniel iría con Butler y Carol en la limusina mientras que Stephanie llevaría el coche alquilado. Carol se había ofrecido a viajar con Stephanie, pero ella le había asegurado que estaría bien y que prefería estar sola. Daniel llevaba el frasco con la combinación de sedantes, varias jeringuillas, un puñado de sobres de toallitas empapadas en alcohol, y un torniquete en una pequeña bolsa negra que le había preparado Myron. Dado que él llevaba la medicación, consideraba que era su deber estar junto a Ashley por si surgía algún problema, al menos hasta que Butler se encontrara en su habitación.

Daniel se sentó en el asiento que miraba hacia la ventanilla trasera directamente detrás del cristal que separaba al chófer de los pasajeros. Ashley y Carol viajaban sentados en el asiento trasero y sus rostros eran iluminados intermitentemente por los faros de los coches que circulaban en dirección opuesta. Superado el trance de la intervención, Butler se mostraba ostensiblemente eufórico en la conversación que mantenía con Carol sobre su agenda política después del receso en el senado. En realidad, la conversación se parecía mucho más a un monólogo, dado que Carol sencillamente asentía con un gesto o decía sí de vez en cuando.

Mientras Ashley continuaba con la charla, Daniel comenzó

a relajarse un poco de la tensión engendrada por la posibilidad de que el senador sufriera otro ataque y la preocupación asociada de tener que suministrarle los sedantes. Si el ataque resultaba similar al que había presenciado en el quirófano, Daniel era consciente de que la vía intravenosa sería del todo imposible, y que tendría que ser intramuscular. El problema con la vía intramuscular era que los sedantes tardarían más en hacer efecto, y cualquier demora podría resultar problemática si el paciente se volvía agresivo, tal como le había insistido el doctor Nawaz. Dada la corpulencia y la sorprendente fuerza de Ashléy, Daniel se daba cuenta de que forcejear con él dentro de la limusina sería una pesadilla.

Cuanto más se relajaba, más se centraba su mente en temas que estaban más allá de la preocupación de un ataque. Estaba cada vez más asombrado por el grado de movilidad que desplegaba el senador en sus gestos y lo normal que parecían sus expresiones faciales y la modulación de la voz. No tenía nada que ver con el individuo casi paralizado que había visto por la mañana. Daniel estaba intrigado, a la vista de que las células del tratamiento no se encontraban en el lugar correcto, tal como habían visto con toda claridad en el escáner. Así y todo, el efecto que estaba observando no podía ser el resultado de los sedantes o el placebo, como había sugerido antes. Tenía que haber alguna otra explicación.

Como todos los científicos, Daniel era consciente de que a veces la ciencia no avanzaba únicamente gracias al trabajo sino también por algún golpe de suerte. Comenzó a preguntarse si el lugar que ahora ocupaban las células del tratamiento podría resultar el más adecuado para las células productoras de dopamina. No tenía sentido, porque Daniel sabía que la zona del sistema límbico donde residían ahora las células no era un modulador del movimiento, sino que estaba involucrado con el olfato, las conductas automáticas como el sexo, y las emociones. No obstante había muchas cosas del cerebro humano y sus funciones que continuaban siendo un misterio, y por ahora Daniel disfrutaba al ver el resultado positivo de sus esfuerzos.

Cuando llegaron al Atlantis, Ashley insistió en que no necesitaba la ayuda de los porteros para apearse de la limusina. Aunque tuvo otro ataque de mareos cuando se puso de pie y tuvo que apoyarse en Carol por un momento, se le pasó rápidamente y estuvo en condiciones de caminar casi con absoluta normalidad a través del vestíbulo para ir a los ascensores.

—¿Dónde está la bellísima doctora D'Agostino? —preguntó Ashley mientras esperaban.

Daniel se encogió de hombros.

—Si no ha llegado antes que nosotros, estará a punto de llegar. No me preocupa. Es una chica mayor.

—¡Desde luego! —afirmó Butler—. Y más lista que el hambre.

En el pasillo del piso treinta y dos, Ashley caminó a la vanguardia como si quisiera hacer exhibición de sus nuevas fuerzas. Aunque caminaba un tanto de lado, lo hacía con mucha más normalidad e incluso movía el brazo, que por la mañana casi no había utilizado.

Carol usó la tarjeta llave cuando llegaron a la puerta con las sirenas. La abrió y se hizo a un lado para que pasara su jefe. Ashley encendió las luces al entrar.

—Cada vez que arreglan la habitación, lo cierran todo para que el lugar parezca una tumba —protestó. Se acercó a la botonera y apretó el de la abertura de las ventanas y de las cortinas simultáneamente.

De noche, el panorama desde el interior de la suite no resultaba tan impresionante como durante el día, porque la extensión oceánica era negra como el petróleo. Pero no ocurría lo mismo desde la terraza, y allí fue donde Butler se dirigió sin perder ni un instante. Apoyó las manos en la fría balaustrada de piedra, se inclinó hacia adelante, y contempló el enorme semicírculo del parque acuático del hotel. Con el gran número de piscinas, cascadas, pasarelas y acuarios, todos iluminados de una forma artística, resultaba toda una fiesta para sus ojos después de las tensiones del día.

Carol se retiró a su habitación mientras Daniel se acercaba al umbral de la terraza. Durante unos momentos observó cómo el senador cerraba los ojos y levantaba la cabeza para disfrutar de la fresca brisa tropical que soplaba desde el mar. El viento le agitó los cabellos y las mangas de su camisa estampada, pero por lo demás permaneció inmóvil. Daniel se preguntó si Butler estaría rezando o comunicándose con su Dios de alguna manera especial ahora que creía que en su cerebro llevaba los genes de Jesucristo.

Una leve sonrisa apareció en el rostro de Daniel. De pronto vio con optimismo el resultado del tratamiento de Ashley. El ataque en el quirófano le había provocado una gran preocupación que había aumentado al ver el escáner. Comenzó a pensar en la posibilidad de un milagro.

—¡Senador! —llamó Daniel después de que pasaran cinco minutos sin que Ashley moviera ni un solo músculo—. No quiero molestarlo, pero creo que me iré a mi habitación.

Butler se volvió al escuchar la llamada y actuó como si le sorprendiera ver a Daniel en el umbral de la terraza.

—¡Vaya, si es el doctor Lowell! —respondió—. ¡Qué placer verlo! —Se apartó de la balaustrada y caminó hacia el científico. Antes de que Daniel pudiera darse cuenta de lo que pasaba, se vio atrapado en un abrazo de oso que le mantenía los brazos pegados al cuerpo.

Cohibido, Daniel se dejó abrazar, aunque se preguntó si tenía alguna otra opción. Era una reafirmación de lo mucho más grande y pesado que era Ashley comparado con el cuerpo delgado y huesudo de Daniel. El abrazo continuó más allá de lo que Daniel consideró razonable, y en el momento en el que se disponía a protestar, Butler lo soltó y dio un paso atrás aunque mantuvo una mano en el hombro de Daniel.

—Mi querido, querido amigo —dijo el senador—. Quiero darle las gracias por todo lo que ha hecho desde lo más profundo de mi corazón. Es usted un tributo a su profesión.

—Vaya, muchas gracias por decirlo —murmuró Daniel, incómodo al saber que se había ruborizado.

Carol salió de su dormitorio y su presencia rescató a Daniel de las manos de Ashley.

—Me voy a mi habitación —le dijo Daniel.

—¡Acuéstese y descanse! —le ordenó Butler, como si él fuese el médico. Le dio una palmada en la espalda con tanta fuerza que Daniel se vio obligado a dar un paso adelante para no perder el equilibrio. El senador se volvió inmediatamente para salir a la terraza y apoyarse en la balaustrada, donde adoptó la misma pose meditabunda de antes.

Carol acompañó a Daniel hasta la puerta de la suite.

—¿Hay algo que deba saber o hacer? —preguntó.

—Nada que no le haya dicho antes. Parece encontrarse bien, y desde luego mucho mejor de lo que esperaba.

—Tendría que sentirse orgulloso.

—Sí, bueno, quizá —tartamudeó Daniel. No tenía muy claro si ella se refería al estado actual de Butler o era un comentario sarcástico referente a la complicación. Su tono, lo mismo que su rostro inexpresivo, era difícil de interpretar.

—¿A qué debo prestar una atención especial? —añadió Carol.

—A cualquier cambio en su estado de salud o su comportamiento. Sé que no tiene usted conocimientos médicos, así que se verá en la necesidad de hacer lo que pueda. Hubiese preferido que se quedara en la clínica para controlarle las funciones vitales durante la noche, pero no ha sido así. Es un individuo con una voluntad de hierro.

—Lo sé —manifestó Carol—. Lo vigilaré como siempre. ¿Debo despertarlo durante la noche o cualquier otra cosa por el estilo?

—No creo que sea necesario, a la vista de que parece estar bien. Pero si surge cualquier problema o tiene alguna duda, llámeme, no importa la hora.

Carol abrió la puerta para que saliera y la cerró sin añadir nada más. Daniel contempló las tallas de las sirenas durante un momento. Él era un científico puro y duro. La psicología distaba mucho de ser su fuerte, y las personas como Carol Manning lo confirmaban. Lo desconcertaba. En un momento cualquiera parecía la ayudante perfecta y al siguiente daba la impresión de estar furiosa por su subordinación. Daniel exhaló un suspiro. Al menos no era su problema, siempre y cuando vigilara al senador durante la noche.

Mientras recorría la corta distancia que lo separaba de la habitación que compartía con Stephanie, volvió a pensar en la sorprendente mejoría de Ashley. Había muchas cosas que no entendía pero se sentía muy complacido, y no veía la hora de compartir las noticias con Stephanie. Abrió la puerta y le sorprendió no verla, máxime cuando tampoco se encontraba en el dormitorio. Entonces escuchó el ruido de la ducha.

Daniel entró en el cuarto de baño y se encontró envuelto en una densa niebla como si Stephanie llevase allí una media hora. Bajó la tapa de la taza y se sentó. Ahora que estaba más bajo, consiguió distinguir la silueta de su compañera detrás de la mampara. Le pareció que ella permanecía inmóvil bajo el potente chorro de la ducha.

—¿Estás bien? —gritó Daniel.

—Estoy mejor —respondió Stephanie.

¿Mejor?, se preguntó Daniel. No tenía idea de a qué se refería, aunque recordó que Stephanie se había mostrado muy poco comunicativa durante toda la tarde. También le recordó su casi descortés respuesta al ofrecimiento de Carol de acompañarla en el coche, si bien admitió que él hubiese respondido de la misma manera. La diferencia radicaba en que, a diferencia de él, Stephanie se preocupaba por los sentimientos de los demás. Daniel no se consideraba a él mismo como una persona grosera, sino que sencillamente no podía tomarse esa molestia. Las personas debían comprender que tenía demasiadas cosas importantes en las que pensar como para preocuparse de ser amable.

Debatió consigo mismo si debía o no acercarse al minibar para buscar algo de beber. En muchos sentidos, este había sido uno de los días más estresantes de su vida. Al final, decidió quedarse donde estaba. Aún no le había comunicado a Stephanie las últimas noticias referentes al senador; ya bebería más tarde. Pero Stephanie no se movió.

—¡Stephanie! —gritó de nuevo cuando se cansó de esperar—. ¿Sales o qué?

Stephanie corrió una de las hojas de la mampara y asomó la cabeza en medio de otra nube de vapor.

—Lo siento. ¿Estás esperando para ducharte?

Daniel agitó la mano para apartar el vapor de su rostro. El cuarto se había convertido en un baño turco.

—No, estoy esperando para hablar contigo.

—Quizá no tendrías que esperar. Ahora mismo no me apetece hablar.

Daniel se enfureció en el acto. La respuesta de Stephanie no era precisamente la que deseaba escuchar. Después de todo lo que había ocurrido a lo largo del día, necesitaba y se merecía un poco de apoyo, algo que desde su punto de vista no era mucho pedir. Se levantó bruscamente y salió del baño con un portazo. Refunfuñó para sus adentros mientras sacaba del minibar una cerveza. No necesitaba más agravios. Se dejó caer en el sofá y bebió un buen trago. Para el momento en que Stephanie salió del baño envuelta en una toalla, él ya se había tranquilizado.

—Sé por el portazo que estás enojado —comentó Stephanie con voz calma. Fue hasta la puerta del dormitorio—. Solo quiero que sepas que estoy emocional y físicamente agotada. Necesito dormir. Nos levantamos a las cinco de la mañana para ocuparnos de que todo estuviese en orden.

—Yo también estoy cansado. Solo quería decirte que Ashley está muy bien. No deja de ser un misterio pero han desaparecido casi todos los síntomas del Parkinson.

—Me alegro. Es una pena que eso no cambie el hecho de que la implantación no se hiciera en el lugar correcto.

—¡Quizá no sea así! —replicó Daniel—. Te estoy diciendo que te asombrarás cuando lo veas. Es otro hombre.

—Desde luego que es otro hombre. Sin darnos cuenta le hemos implantado una horda de células productoras de dopamina en el lóbulo temporal. Un neurocirujano con mucha experiencia cree firmemente que acabará con una epilepsia del lóbulo temporal. Para Butler, eso será incluso peor que el Parkinson.

—No ha tenido otro ataque desde el que tuvo en el quirófano. Te lo repito, está de fábula.

—Di mejor que *todavía* no ha tenido otro ataque.

—Si tiene algún problema, siempre podríamos tratarlo de la manera que le indiqué al doctor Nawaz.

—¿Te refieres al agente citotóxico añadido al anticuerpo monoclonal?

—Exactamente.

—Puedes hacerlo si te parece conveniente y si puedes convencer a Butler de que se someta a un experimento sin la menor garantía de éxito, pero no digas podríamos. No pienso tomar parte. Ni siquiera lo hemos intentado en los cultivos celulares, y mucho menos en animales. En mi opinión es un paso todavía menos ético que todos los que hemos dado hasta ahora.

Daniel miró a Stephanie. El enfado resurgió con nuevas fuerzas.

—¿Se puede saber de qué lado estás? Decidimos tratar a Butler para salvar el RSHT y CURE, y te digo que lo conseguiremos.

—Me gustaría creer que me estoy situando en el lado menos motivado por el egoísmo —declaró Stephanie—. Hoy, cuando nos enteramos de que no había un equipo de rayos X en el quirófano, tendríamos que haber interrumpido el procedimiento. Arriesgamos la vida de otra persona en aras de nuestro propio beneficio. —Levantó las manos al ver cómo enrojecía el rostro de Daniel y abría la boca para responder—. Si no te importa, vamos a dejarlo aquí —añadió—. Lo siento. Esto se ha convertido precisamente en la clase de discusión que no me siento capaz de tener esta noche. Estoy agotada. Quizá me sienta diferente después de dormir.

—¡Fantástico! —exclamó Daniel con un tono sarcástico. Hizo un gesto despectivo—. ¡Vete a la cama!

—¿Vienes?

—Sí, quizá —contestó Daniel, furioso. Se levantó para ir al minibar. Necesitaba otra cerveza.

Daniel no estaba seguro de cuántas veces había sonado el teléfono desde que su mente agotada había incorporado los timbrazos a la pesadilla. En el sueño, era de nuevo un estudiante de medicina, y el teléfono era algo temible. En aquellos años, a menudo era una llamada de emergencia para la que no estaba en condiciones de atender.

Cuando consiguió abrir los ojos, ya no sonaba. Se sentó en la cama, miró el teléfono y se preguntó si había sonado de verdad o solo lo había soñado. Entonces miró en derredor para orientarse. Estaba en la sala, vestido y con todas las luces encendidas. Después de las dos cervezas, se había quedado dormido.

Se abrió la puerta del dormitorio. Stephanie entró en el salón vestida con su pijama de seda corto. Entrecerró los párpados, molesta por la intensidad de la luz.

—Carol Manning está al teléfono —dijo con voz somnolienta—. Parece inquieta y quiere hablar contigo.

—¡Oh, no! —exclamó Daniel. Apartó las piernas de la mesa de centro. Aún tenía los zapatos puestos. Sin levantarse, se inclinó sobre el sofá y cogió el teléfono. Stephanie permaneció atenta a la conversación.

—Ashley se comporta de una manera extraña —le soltó Carol en cuanto Daniel dijo hola.

—¿Qué hace? —preguntó Daniel. El viejo temor estudiantil de no ser capaz de atender una emergencia resucitó con toda su fuerza. Después de tantos años de no ejercer la medicina clínica, había olvidado casi todos los conocimientos prácticos.

—No es tanto lo que hace, es de lo que se queja. Perdón por el lenguaje, pero dice que huele a mierda de cerdo. Usted me advirtió que si olía algo extraño, podría ser importante.

Daniel sintió cómo el corazón le daba un brinco y el optimismo que había sentido antes se esfumó en un abrir y cerrar de ojos. No tenía ninguna duda de que Ashley estaba teniendo un aura que anunciaba el comienzo de otro ataque en el lóbulo temporal. Al mismo tiempo, los últimos vestigios de su confianza médica desaparecieron cuando comprendió que estaba a punto de enfrentarse a un episodio que, según había anunciado el doctor Nawaz, sería peor que el primero.

—¿Se ha comportado de forma agresiva o ha dado muestras de conducta sin inhibiciones? —preguntó Daniel, nervioso. Comenzó a buscar con la mirada la bolsa negra con el sedante y las jeringuillas. Ya desesperaba cuando afortunadamente la vio en la mesa del vestíbulo.

—Ninguna de las dos cosas, pero sí que se ha mostrado irritable. Claro que lo ha hecho a lo largo de todo el último año.

—¡De acuerdo, no pierda la calma! —le recomendó Daniel, tanto por su propio bien como por el de Carol—. Ahora mismo voy a su habitación. —Consultó su reloj. Eran las dos y media de la mañana.

—No estamos en la habitación.

—¿Dónde diablos está?

—Estamos en el casino —admitió Carol—. Ashley insistió. No

pude hacer nada aunque lo intenté. No lo llamé porque sabía que usted tampoco podía hacer nada. Cuando decide hacer algo, se acabó. Me refiero a que es un senador.

—¡Dios bendito! —Daniel se dio una palmada en la frente—. ¿Intentó llevarlo de nuevo a la habitación cuando dijo que olía a mierda de cerdo?

—Se lo sugerí, pero me respondió que me largara con viento fresco.

—¡De acuerdo! ¿En qué lugar del casino están ahora?

—Estamos en las tragaperras en el lado de la sala que da al mar, más allá de las mesas de ruleta.

—Ahora mismo bajo. ¡Tenemos que llevarlo de regreso a la habitación!

Daniel se levantó y se volvió hacia Stephanie, pero ella había desaparecido en el dormitorio. Fue hasta allí y asomó la cabeza. Stephanie se había quitado el pijama y se vestía a la carrera.

—¡Espera, iré contigo! Si Ashley va a tener otro ataque parecido al que tuvo en el quirófano, necesitarás toda la ayuda que puedas conseguir.

—Vale. ¿Dónde está el móvil?

Stephanie le señaló el tocador con un movimiento de cabeza mientras se abotonaba la blusa.

—¡No te lo dejes! ¿Dónde están los números de Newhouse y Nawaz?

—Ya los tengo. —Stephanie se puso el pantalón—. Están en el bolsillo.

Daniel fue a recoger la bolsa negra. Solo para asegurarse, abrió la cremallera. Se sintió un poco más tranquilo después de ver el frasco con los sedantes y las jeringuillas. Lo difícil sería inyectarle los sedantes antes de que se produjera la catástrofe.

Stephanie salió del dormitorio. Intentó calzarse los mocasines sobre la marcha al tiempo que acababa de remeterse la blusa. Daniel la esperaba con la puerta abierta. Salieron al pasillo y echaron a correr en dirección a los ascensores.

Daniel apretó el botón de llamada. Luego cogió el móvil de Stephanie, le dio la bolsa negra y marcó el número del doctor Nawaz.

—¡Venga, venga! —murmuró Daniel mientras sonaba el teléfono. El doctor Nawaz atendió la llamada con voz somnolienta cuando se abrían las puertas del ascensor—. Soy el doctor Lowell —dijo—. Quizá se interrumpa la comunicación. Estoy entrando en un ascensor. —Stephanie apretó el botón de la planta baja y se cerraron las puertas—. ¿Me escucha?

—Apenas —respondió el neurocirujano—. ¿Cuál es el problema?

—Ashley está teniendo un aura olfatorio —le informó Daniel. Miró el indicador electrónico. Estaban en un ascensor rápido, pero los números parecían cambiar con una lentitud desesperante.

—¿Quién es Ashley? —replicó el doctor Nawaz.

—Quiero decir el señor Smith. —Daniel miró a Stephanie, quien puso los ojos en blanco. Para ella, era otro pequeño episodio en esta trágica comedia de errores.

—Tardaré unos veinte minutos en llegar a la clínica. Le recomiendo que llame al doctor Newhouse. Como le dije antes, sospecho que este ataque será peor que el primero, a la vista del lugar donde se encuentran las células. Quizá convendría reunir al mismo equipo.

—Llamaré al doctor Newhouse, pero no estamos en la clínica.

—¿Dónde están?

—Estamos en el Atlantis, en la isla Paradise. En estos momentos, el paciente se encuentra en el casino, pero vamos a intentar llevarlo de nuevo a su habitación. Está registrada a nombre de Carol Manning. Es la suite Poseidón.

A esta información siguió un silencio que se prolongó varios pisos.

—¿Todavía está allí? —preguntó Daniel.

—Me cuesta creer lo que acabo de escuchar. A este hombre le han practicado una craneotomía hace unas doce horas. ¿Qué demonios está haciendo en el casino?

—Sería una explicación demasiado larga.

—¿Qué hora es?

—Son las dos y treinta y cinco. Sé que no es una excusa, pero no teníamos idea de que el señor Smith iría al casino cuando lo trajimos aquí. Es un hombre que cuando toma una decisión no atiende a razones.

—¿Se han producido más cambios más allá del aura?

—Aún no lo he visto, pero no lo creo.

—Lo mejor que puede hacer ahora mismo es sacarlo del casino, si no quiere encontrarse con un escándalo de cuidado.

—Vamos camino del casino mientras hablamos.

—Llegaré allí lo antes posible. Primero iré a buscarlos al casino. Si no están allí, subiré a la habitación.

Daniel se despidió del neurocirujano y marcó el número del doctor Newhouse. Como había ocurrido con el doctor Nawaz, el teléfono sonó durante un par de minutos antes de que lo atendieran. En cambio, a diferencia del doctor Nawaz, respondió con una voz alerta como si hubiese estado despierto.

—Lamento tener que molestarlo —dijo Daniel, mientras las puertas del ascensor se abrían en el vestíbulo.

—No se preocupe. Estoy más que acostumbrado a que me llamen en mitad de la noche. ¿Cuál es el problema?

Daniel le explicó la situación al tiempo que avanzaba lo más rápido que podía sin llegar a correr en dirección al casino, que estaba en el centro del enorme complejo. La reacción del doctor Newhouse fue un fiel reflejo de la del doctor Nawaz en todos los sentidos, y él también aseguró que acudiría inmediatamente. Daniel apagó el teléfono y se lo entregó a Stephanie que le devolvió la bolsa negra.

Stephanie y Daniel acortaron un poco el paso cuando llegaron al casino. Las salas de juego funcionaban a tope y la multitud era mucho mayor de la que esperaban, a pesar de la hora. Era un colorido espectáculo con las mullidas alfombras rojas y negras, los enormes candelabros de cristal, y los encargados de las mesas de juego vestidos de esmoquin. La pareja se dirigió en línea recta en medio de la multitud hacia la zona más allá de las ruletas agrupadas en el centro de la inmensa sala. No tardaron mucho en dar con la hilera de tragaperras que Carol les había indicado y, una vez allí, todavía menos en encontrar a Ashley. Carol estaba detrás del senador y se alegró ostensiblemente al ver que llegaba ayuda.

Butler estaba sentado delante de una de las tragaperras con una considerable cantidad de monedas en la bandeja. Aún iba vestido con sus ridículas prendas de turista. El vendaje destacaba en la frente. Su palidez no se veía gracias al resplandor rojizo de la alfombra. No había ningún jugador en las máquinas vecinas.

El senador echaba monedas en la máquina a un ritmo que le hubiese sido imposible el día anterior. En el instante en que se detenían las figuras, echaba otra moneda en la ranura y tiraba de la palanca. Ashley parecía hipnotizado por las fugaces imágenes de las frutas.

Sin la menor vacilación, Daniel se acercó a Ashley, apoyó una mano en su hombro izquierdo y lo obligó a volverse.

—¡Senador! ¡Es un placer verlo!

Butler escudriñó el rostro de Daniel sin parpadear. Tenía las pupilas dilatadas. Sus cabellos habitualmente bien peinados estaban revueltos como si alguien se los hubiese alborotado, cosa que empeoraba su aspecto.

—Quítame las manos de encima, imbécil de mierda —gruñó Ashley, sin el menor rastro de su acento sureño.

Daniel obedeció en el acto, sorprendido y aterrorizado por el uso de un lenguaje que no era nada habitual en el político y que le recordó el estallido en el quirófano. Lo que menos le interesaba era provocar al hombre con la consecuencia de una más rápida progresión de los síntomas del ataque. Miró los ojos de Ashley, que reflejaban una cierta desconexión, dado que no daba ninguna señal de reconocimiento. Durante unos segundos, ninguno de los dos se movió mientras Daniel debatía rápidamente para sus adentros si debía intentar medicarlo en el lugar. Decidió que no, por miedo al fracaso y empeorar todavía más las cosas en el proceso.

—Carol me dice que percibió un olor desagradable —comentó Daniel, sin tener muy claro qué decir o cómo proceder.

Ashley hizo un gesto como si quisiera quitarle importancia.

—Creo que fue aquella puta del vestido rojo. Por eso me vine a esta máquina.

Daniel miró a lo largo de la hilera de tragaperras. Había una joven con un vestido rojo muy escotado que dejaba a la vista gran parte de sus pechos, sobre todo cuando accionaba la palanca de la máquina. Volvió a mirar al senador que continuaba con el juego.

—¿Quiere decir que ya no lo huele?

—Solo un poco, ahora que estoy lejos de esa zorra.

—Muy bien —dijo Daniel. Se permitió un cierto optimismo al pensar que el aura no pasaría a mayores. No obstante, quería llevar a Ashley a la suite Poseidón. Si se producía un escándalo en el casino, no dudaba que todo el asunto acabaría apareciendo en los medios.

—Senador, tengo algo que quiero mostrarle en su habitación.

—Lárgate, estoy ocupado.

Daniel tragó saliva. Su incipiente optimismo desapareció mientras admitía que el humor y la conducta de Butler eran significativamente anormales, aunque todavía no eran escandalosos. Buscó con desesperación cualquier excusa para llevar a Ashley a la habitación, pero no se le ocurrió nada.

Ya se daba por perdido cuando Carol le tiró de la manga de la camisa y le susurró al oído. Daniel se encogió de hombros. Estaba dispuesto a probar cualquier cosa por ridícula que fuese.

—Senador. Hay una caja de botellas de bourbon en su habitación.

Ashley soltó la palanca de la tragaperras y se volvió con una alentadora rapidez para mirar a Daniel.

—Vaya, doctor, qué curioso resulta verlo por aquí —manifestó con su acento habitual.

—Yo también me alegro de verlo, señor. He bajado para avisarle de que acaban de traer una caja de bourbon para usted. Tendrá que subir a la habitación para firmar el recibo.

Daniel observó con gran alivio cómo Ashley se bajaba del taburete atornillado al suelo delante de la tragaperras. Sin duda debió tener un leve ataque de mareo, porque se tambaleó unos momentos antes de sujetarse de la bandeja de la máquina. Daniel lo cogió del otro brazo por encima del codo para ayudarlo a sostenerse. Butler parpadeó, miró a Daniel, y por primera vez sonrió.

—Vamos allá, joven —manifestó, muy animado—. Firmar el recibo de una caja de bourbon le parece una causa muy digna a este viejo granjero. ¡Por favor, Carol, querida, ocúpese de mis ganancias!

Sin soltarle el brazo, Daniel guió al senador lejos de las tragaperras. En una muestra de agradecimiento por la idea de Carol, que a él nunca se le hubiera ocurrido, le guiñó un ojo cuando se cruzaron sus miradas. Mientras Carol recogía rápidamente las monedas de Butler, Daniel y Stephanie acompañaron al senador entre la multitud de jugadores.

No tuvieron ningún problema hasta llegar a los ascensores, donde tuvieron que esperar un par de minutos. Como una nube que pasa delante del sol, la sonrisa de Ashley desapareció bruscamente para ser reemplazada por una expresión agria. Daniel, que había estado atento y había visto la transición, se sintió tentado de preguntarle al senador en qué estaba pensando. Pero no lo hizo, temeroso de romper el statu quo. La intuición le decía que un hilo muy fino de realidad mantenía el control mental de Butler.

Desafortunadamente, dos parejas que Ashley había visto por encima del hombro de Daniel entraron tras ellos en el mismo ascensor. Uno de los hombres apretó el botón del piso treinta. Daniel maldijo por lo bajo. Había esperado tener el ascensor para ellos solos, y la preocupación de que pudiera montar un escándalo en presencia de extraños hizo que se le acelerara el pulso y que aparecieran gotas de sudor en su frente. Durante una fracción de segundo miró a Stephanie, quien parecía tanto o más aterrorizada que él. Cuando miró de nuevo al político, comprobó que el senador miraba furioso a las parejas que estaban un tanto bebidas y se comportaban de una manera ruidosa y provocativa.

Daniel abrió la cremallera de la bolsa. Echó una ojeada al frasco con la mezcla de sedantes y las jeringuillas, y se preguntó si debía preparar una. El problema era que los extraños verían lo que estaba haciendo y se alarmarían.

—¿Qué pasa, papaíto? —preguntó una de las mujeres provocativamente después de advertir la mirada truculenta de Ashley—. ¿Estás celoso, viejo? ¿Quieres un poco de acción?

—¡Que te follen, puta! —replicó Butler.

—Eh, esa no es manera de hablarle a una señora —exclamó el compañero de la mujer. Apartó a la mujer y se adelantó para encararse con Butler.

Sin pensar en las consecuencias, Daniel se metió entre los dos.

Olió el aliento a ajo y alcohol del hombre y sintió la mirada de Ashley en la nuca.

—Le pido disculpas en nombre de mi paciente —dijo Daniel—. Soy médico, y el caballero está enfermo.

—Lo estará mucho más si no le pide disculpas a mi esposa —amenazó el hombre—. ¿Qué le pasa? ¿Ha perdido la chaveta? —El hombre soltó una risotada al tiempo que intentaba esquivar el bulto de Daniel para ver mejor a Ashley.

—Algo así —asintió Daniel.

—¡Puta! —gritó Ashley y acompañó el insulto con un gesto obsceno.

—¡Se acabó! —afirmó el hombre. Intentó apartar a Daniel mientras levantaba el puño.

Stephanie se apresuró a sujetarle el brazo.

—El doctor le está diciendo la verdad —declaró—. El caballero no es él mismo. Lo llevamos de regreso a su habitación para suministrarle un medicamento.

El ascensor se detuvo en el piso treinta, y se abrieron las puertas.

—Quizá lo mejor sería que le consiguieran un cerebro nuevo —se burló el hombre, mientras sus compañeros, muertos de risa, lo obligaban a salir del ascensor. Se soltó de las manos que lo sujetaban y continuó mirando a Ashley con una expresión de furia hasta que las puertas se cerraron.

Daniel y Stephanie intercambiaron una mirada de inquietud. Habían conseguido evitar un desastre. Daniel miró a Ashley, que hacía un chasquido con los labios como si estuviese probando algo desagradable. Las puertas del ascensor se abrieron en el piso treinta y dos.

Con Carol de un brazo y Daniel del otro, consiguieron sacar a Butler del ascensor y guiarlo por el pasillo. No oponía resistencia sino que caminaba como un autómata. Cuando llegaron a la puerta de las sirenas, Carol soltó a Ashley solo el tiempo necesario para sacar la llave tarjeta y dársela a Stephanie, quien se encargó de abrir la puerta. Carol y Daniel se disponían a ayudar al senador, pero él los sorprendió al apartarle las manos y entrar libremente.

—Gracias a Dios —murmuró Stephanie al cerrar la puerta.

El candelabro del recibidor y la lámpara de la mesa en la sala estaban encendidas. El resto de la suite estaba a oscuras. Las cortinas y las ventanas estaban abiertas. Más allá de la terraza, las estrellas formaban un arco sobre el mar oscuro. La brisa movía suavemente el ramo de flores colocado en la mesa de centro.

Ashley continuó caminando hasta llegar a unos pocos pasos de la mesa de centro. Allí se detuvo y permaneció inmóvil con la mirada fija en la distancia. Carol encendió todas las luces y luego se acercó a Ashley para ver si conseguía que se sentara.

Daniel vació el contenido de la bolsa en una de las mesas del recibidor. Con manos torpes intentó abrir el envoltorio de una jeringuilla, mientras Stephanie quitaba el capuchón de plástico que cubría el tapón de goma del frasco con la combinación de sedantes.

—¿Qué harás si se resiste? —susurró Stephanie.

—No tengo ni la menor idea —admitió Daniel—. Con un poco de suerte, el doctor Nawaz y el doctor Newhouse no tardarán en llegar para echar una mano. —Utilizó los dientes para romper el celofán.

—El senador está haciendo las mismas muecas que hacía cuando dijo que olía los excrementos de cerdo —gritó Carol desde la sala.

—Haga lo posible para que se siente —respondió Daniel a voz en cuello. Por fin consiguió abrir el envoltorio y lo arrojó al suelo.

—Ya lo he intentado —volvió a gritar Carol—. No quiere.

Un tremendo estrépito de muebles rotos en la sala hizo que Daniel y Stephanie volvieran la cabeza. Carol se estaba levantando del suelo después de haber sido lanzada contra una de las mesas donde había estado una gran lámpara de cerámica que ahora era un montón de añicos. Ashley se estaba arrancando las prendas y las arrojaba por toda la habitación.

—¡Dios bendito! —gritó Daniel—. ¡El senador se ha vuelto loco! —Cogió uno de los sobres con las toallitas empapadas en alcohol, pero cuando consiguió sacar la toallita, se le cayó al suelo. Cogió otra.

—¿Te puedo ayudar? —preguntó Stephanie.

—Es como si tuviera seis dedos —respondió Daniel. Sacó la toallita y la usó para frotar el tapón de goma. Antes de que pudiera insertar la aguja, Ashley soltó un alarido. Dominado por el pánico, Daniel le entregó el frasco y la jeringuilla a Stephanie antes de correr a la sala para ver qué pasaba. Carol se encontraba detrás de un sofá con las manos apoyadas en las mejillas, Ashley seguía en el mismo lugar pero completamente desnudo excepto por los calcetines negros. Estaba ligeramente encorvado y se miraba las manos que mantenía curvadas muy cerca de los ojos.

—¿Cuál es el problema? —preguntó Daniel mientras se volvía para mirar a Butler.

—Me sangran las palmas —contestó Ashley, horrorizado. Temblaba como una hoja. Bajó las manos poco a poco con las palmas hacia arriba y separó los dedos.

Daniel miró las manos de Butler y luego lo miró a la cara.

—Sus manos están bien, senador. Tiene que serenarse. Todo saldrá perfectamente. ¿Por qué no se sienta? Tenemos unos medicamentos que le harán sentirse relajado.

—Lamento que no pueda ver las heridas en mis manos —señaló el senador con un tono cortante—. Quizá consiga verlas en mis pies.

Daniel le miró los pies y después a la cara.

—Lleva calcetines, pero sus pies parecen estar bien. Deje que le ayude a sentarse en el sofá. —Daniel tendió una mano para coger el brazo de Ashley, pero antes de que pudiera hacerlo, Butler apoyó las manos en el pecho de Daniel y le dio un violento empellón. Pillado totalmente por sorpresa, Daniel tropezó contra la mesa de centro, cayó de espaldas sobre la misma y aplastó el jarrón con las flores en su caída. El agua y las flores cayeron como una lluvia sobre la mullida alfombra. Daniel rodó sobre la mesa y acabó boca abajo en el suelo entre la mesa y uno de los sofás.

Sin preocuparse en lo más mínimo por el caos que había provocado, Ashley pasó por el otro lado de la mesa y corrió hacia la terraza. Se detuvo bruscamente apenas pasado el umbral y levantó los brazos con las manos dobladas hacia arriba. La brisa nocturna le alborotó los cabellos.

—¡Virgen santa! ¡Está en la terraza! —gritó Stephanie. Apretaba la jeringuilla, la toallita y el frasco contra el pecho.

Daniel se levantó con la espalda dolorida por el golpe contra el jarrón primero y luego contra la mesa. Evitó a Ashley cuando salió a la terraza para después colocarse a modo de barrera entre el senador y la balaustrada.

—¡Senador! —gritó Daniel con las manos levantadas—. ¡Vuelva ahora mismo a la sala!

Butler no se movió. Tenía los ojos cerrados, y una expresión de profunda serenidad había reemplazado el horror de antes.

Daniel chasqueó con los dedos para llamar la atención de Stephanie. La joven estaba muy cerca del umbral con una expresión de espanto en su rostro.

—¿La jeringuilla está preparada? —le preguntó Daniel, sin apartar la mirada del paciente.

—¡No!

—¡Prepárala ya!

—¿Qué cantidad?

—Dos centímetros cúbicos. ¡Deprisa!

Stephanie llenó la jeringuilla con la cantidad indicada, guardó el frasco en el bolsillo, y golpeó la jeringuilla con la uña del dedo índice para eliminar cualquier burbuja. Luego corrió a la terraza para entregarle la jeringuilla a su compañero. Miró el rostro beatífico de Ashley. El hombre era como una estatua. No se movía. Ni siquiera parecía respirar.

—Está como congelado —opinó Stephanie.

—No sé si intentar ponérsela por vía intravenosa o conformarme con la vía intramuscular —dijo Daniel. Se acercaba sin haber acabado de decidirse, cuando Ashley abrió los ojos. Sin el más mínimo aviso previo se lanzó hacia adelante. Daniel reaccionó en el acto. Se abrazó al pecho de Butler al tiempo que intentaba afirmar los pies en el suelo. Pero era como intentar detener a un toro furioso. Los zapatos de Daniel se deslizaron sobre el suelo de cerámica como si se tratara de una pista de baile, y cuando los dos hombres chocaron contra la balaustrada, el impulso de Ashley hizo que ambos pasaran por encima y se precipitaran al vacío.

Stephanie soltó un grito de desesperación mientras corría

para asomarse a la balaustrada. Para su indescriptible horror, Ashley y Daniel caían a cámara lenta, abrazados como dos amantes que se precipitan al abismo. Al instante siguiente, Stephanie cerró los ojos, y con una sensación de náusea, se dejó caer al suelo con la espalda apoyada en la fría balaustrada de piedra.

EPÍLOGO

Lunes, 25 de marzo de 2002. Hora: 6.15

El débil resplandor en el horizonte, que había sido apenas perceptible media hora antes, ahora era claro. Las estrellas se habían ocultado, y en su lugar había un bello color rosado que anunciaba la inminente salida del sol. Se había calmado la brisa nocturna. Los trinos y los gorjeos de infinidad de pájaros se escuchaban claramente, incluso en el piso treinta y dos.

Stephanie y Carol estaban sentadas en sofás opuestos en la sala de una suite similar en tamaño aunque no con el mismo lujo de la Poseidón. Llevaban allí horas sin moverse ni hablar, en un estado casi catatónico, después del tremendo trauma emocional provocado por el salto mortal de Ashley y Daniel por encima de la balaustrada. Carol había sido la primera en reaccionar después del suceso. Había corrido al teléfono para avisar a la recepción de que dos personas habían caído desde la terraza de la suite Poseidón.

El espanto reflejado en la voz de Carol había conseguido que Stephanie se pusiera de pie. Había evitado mirar de nuevo por encima de la balaustrada y había salido corriendo de la habitación para dirigirse a los ascensores. Mientras esperaba, Carol se había reunido con ella. En el ascensor, ninguna de las dos había dicho ni una palabra, sino que se habían mirado la una a la otra sin poder creerse lo que habían presenciado. Ambas aún habían confiado en un milagro. Todo había ocurrido tan rápido que les parecía irreal.

Las dos mujeres habían bajado al nivel de lo que llamaban el Pozo, y una vez allí habían corrido entre los acuarios iluminados llenos con toda clase de criaturas marinas, y la fantástica reproducción de las ruinas de la mítica Atlántida, para acceder a la zona delante del hotel. Seguramente existía una ruta más corta, pero esta era la única que Carol conocía para llegar hasta allí, y el tiempo era lo más importante.

Cuando salieron al exterior, habían doblado a la izquierda para rodear la Royal Baths Pool, iluminada con los focos submarinos. Luego habían tenido que acortar el paso cuando se encontraron con una pasarela mal iluminada. A continuación habían cruzado el puente sobre la laguna Stingray para llegar a la zona ajardinada al pie del ala izquierda de las Royal Towers. A las dos les había faltado el aliento.

Un contingente de guardias de seguridad del hotel habían reaccionado rápidamente al aviso dado por Carol y ya se encontraban en la escena. Varios se ocupaban de acotar la zona con una cinta de plástico amarilla tendida entre las palmeras. Un guardia muy fornido vestido con un traje oscuro les interceptó el paso.

—Lo siento —dijo. Su corpachón les impidió ver más allá—. Se ha producido un accidente.

—Estamos alojadas con las víctimas —replicó Stephanie. Intentó ver por el costado del guardia.

—Lo siento, pero es mejor que permanezcan aquí —insistió el hombre—. Las ambulancias vienen de camino.

—¿Ambulancias? —repitió Stephanie que se aferraba desesperadamente a la más mínima esperanza.

—Y la policía —añadió el guardia.

—¿Están bien? —tartamudeó Stephanie—. ¿Aún viven? ¡Tenemos que verlos!

—Señora —respondió el guardia con voz amable—. Cayeron desde el piso treinta y dos. No es un espectáculo agradable.

Habían llegado las ambulancias para llevarse los cuerpos. Después vino la policía para realizar una investigación preliminar. El hallazgo de la jeringa había provocado un cierto revuelo hasta que Stephanie explicó que se trataba de un medicamento recetado por un médico local. Esto lo habían confirmado el doctor Nawaz y el doctor Newhouse, que habían llegado minutos después de producirse la tragedia. La policía había acompañado a las mujeres y a los médicos a la suite Poseidón para ver la terraza y la balaustrada. A continuación el inspector jefe les había confiscado los pasaportes a las dos mujeres y les había dicho que debían permanecer en Nassau hasta que se celebrara la vista preliminar. También ordenó que precintaran la suite Poseidón y la habitación de Stephanie a la espera del equipo de la policía científica.

El director del turno de noche había sido todo un ejemplo de compostura, eficacia y comprensión. Inmediatamente y sin hacer preguntas, había transferido a las mujeres a una suite en el ala este de las Royal Towers, donde se encontraban ahora. También les había provisto de toda clase de productos de uso personal dado que no podían acceder a los propios por el momento. El doctor Nawaz y el doctor Newhouse se habían quedado un rato. El doctor Newhouse les había dado un sedante para que se lo tomaran si lo consideraban necesario. Ninguna de los dos lo empleó. El pequeño recipiente de plástico permanecía intacto en la mesa de centro en los dos sofás.

Stephanie no había dejado de repasar una y otra vez todo lo ocurrido, desde la lluviosa noche en Washington hasta la tragedia de la madrugada. Al verlo en retrospectiva, le costaba creer que ella y Daniel hubiesen decidido implicarse en algo que era una locura. Más extraña todavía resultaba su incapacidad para darse cuenta del error, a pesar de que tendrían que haber interpretado los múltiples tropiezos como que se habían equivocado al tomar la decisión. Habían confundido el fin con los medios. El hecho de que ella en algunas ocasiones hubiese puesto en duda lo que estaban haciendo era un magro consuelo, dado que ella nunca había seguido sus intuiciones.

Apartó los pies de la mesa de centro y se sentó. Era incapaz de seguir con el análisis. Entrelazó las manos y estiró los brazos por encima de la cabeza. Estaba entumecida. Después de arreglarse los cabellos y realizar una inspiración profunda, que exhaló sonoramente, miró a Carol.

—Debe estar agotada —comentó—. Al menos yo dormí unas horas.

—Por extraño que parezca, no lo estoy —respondió Carol. Siguió el ejemplo de Stephanie y se desperezó—. Me siento como si hubiese bebido diez tazas de café. No puedo dejar de pensar en lo ridículo que ha sido todo este episodio, desde la noche de aquel fatídico encuentro en mi coche hasta esta catástrofe.

—¿Usted estaba en contra? —preguntó Stephanie.

—¡Por supuesto! Intenté convencer a Ashley para que lo dejara correr desde el primer momento.

—Estoy sorprendida.

—¿Por qué?

—No lo sé exactamente, pero creo que es porque eso significa que las dos pensamos de la misma manera. —Stephanie se encogió de hombros—. Yo también estaba en contra. Hice lo imposible para que Daniel desistiera pero es obvio que no lo hice con la estridencia necesaria.

—Al parecer, ambas estábamos condenadas a ser unas Casandras —opinó Carol—. Sin duda es algo metafísicamente apropiado, dado que todo este asunto ha resultado ser una tragedia griega.

—¿Por qué lo dice?

Carol se rió sin fuerzas.

—No me haga caso. Me licencié en literatura, y algunas veces me dejo llevar por mis metáforas.

—Me interesa —afirmó Stephanie—. ¿Explíqueme por qué lo ve como una tragedia griega?

La mujer permaneció en silencio para darse tiempo a organizar sus ideas.

—Es por el carácter de los protagonistas. Es la historia de dos titanes en sus respectivos campos y, al mismo tiempo, extrañamente similares en su arrogancia, personas que han conseguido la grandeza pero que adolecían de trágicas faltas. La del senador Butler era el amor al poder, que había evolucionado de ser un medio para un fin a un fin en y para sí mismo. En el caso del doctor Lowell diría que era el deseo del éxito financiero y la celebridad que él consideraba adecuada a su intelecto y a su obra. Cuando estos dos hombres se aliaron con el secreto deseo de utilizar al otro para sus propios fines, sus trágicos fallos acabaron por liquidarlos en el sentido más literal.

Stephanie miró a Carol atentamente. Siempre la había tenido por una mujer un tanto corta, destinada a ser una segundona. De pronto fue ella quien se sintió diferente y en comparación menos inteligente y menos preparada de lo que creía.

—¿Qué significa ser una Casandra?

—En la mitología griega, Casandra tenía el don de la profecía pero estaba condenada a que nadie la creyera.

—Es interesante —dijo Stephanie a falta de algo mejor—. Recuerdo que en una ocasión me burlé de Daniel al decirle que era muy parecido a Ashley.

—Lo eran en algunos aspectos, al menos en lo referente a sus egos. Dígame, ¿cuál fue la respuesta del doctor Lowell a la burla?

—Se puso furioso.

—No me sorprende. La respuesta del senador Butler hubiese sido la misma de haber tenido yo el coraje de decirle algo parecida. En realidad creo que se admiraban, despreciaban y tenían envidia el uno del otro todo al mismo tiempo. Eran competidores de una manera un tanto distorsionada.

—Quizá tenga razón —contestó Stephanie, mientras pensaba en el comentario. No creía que Daniel hubiese admirado mucho a Butler, pero aceptaba que ahora mismo su capacidad para el análisis no estaba al máximo—. ¿Tiene hambre? —preguntó, para cambiar de tema.

—En absoluto —afirmó Carol.

—Yo tampoco. —Estaba agotada, pero era consciente de que no podría dormir. Necesitaba del contacto humano y de la conversación para evitar que su mente volviera una y otra vez a los mismos temas—. ¿Qué hará cuando nos marchemos finalmente de las Bahamas después de la vista preliminar?

—No estoy muy segura de que se celebre, y si se hace, será rápida, solo para cubrir el expediente, y a puerta cerrada.

—¿Por qué lo dice?

—Ashley Butler era un senador en un Congreso con una pequeña mayoría. El gobierno norteamericano intervendrá inmediata y agresivamente al más alto nivel. Creo que todo esto se resolverá con muchísima rapidez, porque es por el interés de todos. Incluso creo que se hará mucha presión para conseguir que este asunto no aparezca en los medios, si eso es posible.

—¡Vaya! —murmuró Stephanie. La idea no se le había ocurrido. La verdad es que ya se había imaginado los titulares en *The Boston Globe*, como el tiro de gracia para CURE. En cambio, en ningún momento había pensado en las ramificaciones políticas debidas al cargo de Butler.

—En cuanto a mí personalmente —añadió Carol—, iré a ver al gobernador cuando vuelva a casa. Tendrá que nombrar a alguien para ocupar el escaño de Butler, y quiero dejar bien claro que soy la más adecuada para serlo. Si eso no ocurre e incluso si me designa, comenzaré a preparar mi campaña para presentarme a las próximas elecciones.

—¿Qué cree usted que pasará con el proyecto de ley 1103?

—Sin el senador Butler, probablemente pasará al olvido —manifestó Carol—. El único riesgo es que los republicanos más derechistas quizá decidan recoger el estandarte.

—Esa fue nuestra preocupación desde el principio —admitió Stephanie—. Nos dejamos cegar por su jefe.

—No tendría que haber sido así. Era uno más de los temas populistas que le gustaba abanderar. De esa manera mantenía su base de poder. Supongo que no pasó por alto su hipocresía respecto al procedimiento del doctor Lowell.

—En absoluto.

—¿Qué me dice de usted? ¿Qué hará cuando se marche de Nassau?

Stephanie pensó durante un momento antes de dar su respuesta.

—Primero, tengo que resolver un problema pendiente con mi hermano. Es una larga historia, pero nuestra relación es otra víctima de este lamentable asunto. Luego creo que me ocuparé de recomponer lo que queda de CURE. No lo había creído posible hasta que usted mencionó la posibilidad de que los medios no se hagan eco de toda esta tragedia y que el proyecto de ley 1103 languidezca en el comité. No tengo mucho de empresaria, pero puedo intentarlo. Creo que eso es lo que hubiera querido Daniel, sobre todo si así el público se beneficia del RSHT.

—Debo reconocer que me he convertido en una firme partidaria del procedimiento del doctor Lowell y de la clonación terapéutica. Sé que hubo una complicación técnica en la implantación del senador Butler, pero no hay duda de que su Parkinson mejoró como por arte de magia.

—Un resultado positivo tan inmediato nos pilló por sorpresa —declaró Stephanie—. Nunca habíamos visto que los síntomas desaparecieran con tanta rapidez en los ensayos con los ratones. No puedo explicar qué le pasó a Ashley, pero no tengo ninguna duda de que si la implantación se hubiese hecho tal como estaba planeada en un centro médico norteamericano, el senador se hubiese curado, o por lo menos hubiese mejorado notablemente.

—A mí me impresionó.

—A pesar de la tragedia, la intervención ha demostrado las promesas de esta tecnología. Estoy convencida de que es el futuro de la medicina para una legión de enfermedades, siempre que un puñado de políticos no consigan negársela al pueblo norteamericano por razones políticas.

—Confiemos en que tenga la oportunidad de evitarlo —afirmó Carol—. Si consigo ocupar el escaño de Ashley Butler, será mi cruzada.

NOTA DEL AUTOR

Considero mis novelas como «realficción», una palabra que significa que la realidad y la ficción están tan ligadas que resulta muy difícil ver la línea divisoria. ¿Qué significa esto para *Convulsión*? Por supuesto, todos los personajes son ficticios, como lo es la historia. Tampoco, desafortunadamente, el procedimiento RSHT forma parte del arsenal biomédico. Pero casi todo lo demás es realidad, incluidas las partes referentes a la Sábana Santa, de la cual se han aislado genes específicos de las manchas de sangre. Debo admitir que, como a Daniel y Stephanie, el sudario me fascinó. La referencia que cita Stephanie también es real, y para aquellos interesados en profundizar en el tema, lo recomiendo para comenzar.

También es un hecho que unos cuantos políticos norteamericanos se han implicado en el debate sobre la biociencia, un campo donde los descubrimientos se producen en progresión geométrica. Todo parece indicar que el siglo XXI será el de la biología, de la misma manera que el siglo XX fue para la física y el XIX para la química.

Lamentablemente, en mi opinión, algunos de los políticos se han sumado al debate, como mi ficticio senador Ashley Butler, por razones demagógicas más que como verdaderos líderes interesados en el bien público. No obstante, sospecho que aquellos políticos que buscan prohibir las investigaciones de estas tecnologías terapéuticas del siglo XXI en Estados Unidos por lo que ellos creen que son legítimas razones morales, no vacilarían en

volar a otro país donde se permitiera el desarrollo de dichos tratamientos si ellos o algún miembro de sus familias padecieran de
una enfermedad curable.

En la escena de la audiencia del subcomité del Congreso des-
crita en esta obra (capítulo 2), el senador Ashley Butler muestra
quién es en la realidad al jugar con los temores públicos referentes
a los cultivos de embriones y las atávicas mitologías frankestei-
nianas.

El senador también rehúsa separar la clonación reproductiva
(la clonación de una persona, un tema que merece el rechazo universal) de la clonación terapéutica (clonar las células de un individuo con el propósito de tratar a dicho individuo). El senador
Butler, como otros oponentes de la investigación con células madre y la clonación terapéutica, comenta que el proceso requiere el
desmembramiento de embriones.

Tal como señala Daniel sin el menor resultado, esto es falso.
Las células madre clonadas en la clonación terapéutica son recogidas en la etapa de los blastocitos mucho antes de que se forme el
embrión. El hecho es que en la clonación terapéutica nunca se
permite que se forme el embrión y mucho menos que se implante
algo en el útero.

La mayoría de mis lectores saben que mis novelas tienen
como fondo importantes temas sociológicos. Esta novela no es
una excepción, y es que aquí el tema es el lamentable choque
entre la política y la biociencia en constante progreso. Pero una
cosa es utilizar un relato de advertencia para señalar un problema
y otra muy distinta proponer una solución. Sin embargo, Daniel
se refiere a una, y es la que a mí me gustaría que adoptara mi
país. Daniel pregunta en el capítulo 6: «Nosotros [se refiere a Estados Unidos] hemos tomado muchas ideas sobre los derechos
del individuo, el gobierno, y desde luego nuestro derecho consuetudinario de Inglaterra. ¿Por qué no podemos seguir la orientación británica a la hora de tratar los temas éticos de la biociencia
reproductiva?».

Para dar una respuesta a los frecuentemente difíciles y preocupantes temas éticos relacionados con la genética molecular y la
investigación de la reproducción humana puestos de relieve por el

nacimiento del primer bebé por reproducción *in vitro* en 1978, el Parlamento británico, en su sabiduría, creó la Human Fertilisation and Embriology Authority (HFEA), que está funcionando desde 1991. Este organismo, entre otras funciones, otorga las licencias y controla las clínicas de reproducción asistida (algo que no se hace en Estados Unidos), además de debatir y recomendar al Parlamento las políticas referentes a las tecnologías e investigaciones reproductivas. Es digno de destacar que el presidente, el presidente delegado y al menos la mitad de los miembros no pueden ser médicos o científicos relacionados con la tecnología reproductiva. La cuestión es que los ingleses han conseguido formar un cuerpo verdaderamente representativo cuyos miembros reflejan un amplio espectro de los intereses del público y que pueden debatir los temas en un entorno apolítico. También se debe señalar que la HFEA redactó un informe en 1998 donde diferenciaba claramente la clonación reproductiva, con la recomendación de prohibirla, y la clonación terapéutica, que recomendaba como una gran promesa para la terapia de enfermedades graves.

El hecho de que la biociencia en general y la biociencia reproductiva en particular avanzan a un ritmo acelerado plantea la necesidad de establecer algún tipo de control. No hay ninguna duda de que dejada a su libre albedrío la biociencia podría llegar a ser una amenaza para la dignidad humana e incluso de nuestra identidad, tal como ha señalado el doctor Leon Kass, actual titular del consejo de bioética de la Presidencia. Sin embargo, la política partidista no es el campo apropiado para tratar con este problema. En dicho entorno, cualquier comité que se forme estará inevitablemente copado por miembros de una determinada tendencia política.

Creo que si el Congreso norteamericano dispusiera la creación de un grupo no partidista similar a la HFEA inglesa para que recomendara qué política seguir, el público estadounidense estaría bien servido.

No solo se resolvería el actual debate sobre la clonación terapéutica de una manera inteligente, apolítica y democrática (ya existe el consenso contra la clonación reproductiva), sino que además se podrían controlar adecuadamente las clínicas de reproducción asistida. Incluso sería concebible que el tema del aborto pudiese ser apartado del terreno político, para nuestro beneficio colectivo.

ROBIN COOK, *doctor en medicina*
Naples, Florida, 12 de marzo de 2003

Convulsión, de Robin Cook
se terminó de imprimir en abril de 2006 en
Gráficas Monte Albán, S.A. de C.V.
Fracc. Agro Industrial La Cruz
El Marqués, Querétaro
México